필원산어
筆苑散語

필원산어

글밭에 흩어진 이야기

성섭 지음

장유승·부유섭·백승호 함께 옮김

성균관대학교
출 판 부

목차

필원산어 하편 1

서설

1. 머리말

『필원산어(筆苑散語)』는 성섭(成涉, 1718~1788)이 편찬한 시화(詩話)다. 성섭의 본관은 창녕(昌寧), 자는 중응(仲應), 호는 교와(僑窩)이다. 교와는 성섭이 한때 거주한 성주(星州) 다산(茶山) 상곡촌(上谷村)에 있던 집 이름이다.

성섭은 영남 남인이다. 누대에 걸쳐 문과 급제자와 관료를 배출한 명문가의 후예였으나 누차 과거에 낙방한 끝에 산수유람과 저술에 몰두하며 여생을 마쳤다. 노년에는 대개의 영남 문인과 마찬가지로 성리학에 침잠하였으나, 젊은 시절부터 축적한 그의 문학적 역량은 저술에 고스란히 남아 있다. 『필원산어』는 그의 평생 공력이 집중된 문학비평서이다.

인조반정 이후 서인이 정권을 장악하고, 이후 노론의 집권이 계속된 관계로 남인은 정국에서 소외되었다. 정치적 박해로 인해 저술 또한 전하지 않는 것이 많다. 이로 이해 독자적인 학문적, 문학적 전통을 지닌 남인 문단의 실상은 제대로 알려져 있지 않다. 문학사가 노론

위주로 서술되는 것도 불가피한 현상이다.

이러한 문학사의 공백을 채울 수 있는 문헌이 남인 문인들에 의해 편찬된 시화서이다. 이극성(李克誠, 1721~1779)의 『형설기문(螢雪記聞)』과 강준흠(姜浚欽, 1768~1833)의 『삼명시화(三溟詩話)』가 근기 남인의 시화라면, 이경유(李敬儒, 1750~1821)의 『창해시안(滄海詩眼)』과 본서 『필원산어』는 영남 남인의 시화다. 이 책에 실려 있는 영남 남인들의 시와 일화는 다른 문헌에서 찾아보기 어려운 것이 많아 자료적 가치를 더한다.

2. 성섭의 생애와 저술

성섭의 가계와 생애는 선행연구에 자세하다.1 이 장에서는 선행연구를 바탕으로 생애의 중요한 사실을 짚어보고, 현전하는 그의 저술을 검토한다. 진주 출신의 박지서(朴旨瑞, 1754~1819)는 남인 문인 130여 명의 인적사항을 기록한 「종유제현유사(從遊諸賢遺事)」에서 성섭을 언급했다.

> 성 교와(成僑窩)의 이름은 섭(涉), 자는 중응(仲應)이며 창녕 사람이다. 부용(芙蓉) 선생 성안의(成安義)의 후손으로 칠곡(漆谷) 월오(月塢)에 살았다. 젊어서부터 학문을 좋아하여 식견이 해박하다. 저서로 『교와산록(僑窩散錄)』 수십 권이 있다.2

---

1 임규완, 「僑窩 成涉의 생애와 저작, 학문경향」, 『한국학논집』 39집, 계명대학교 한국학연구원, 2009. 『교와문고』 사본을 비롯한 모든 자료를 아낌없이 제공해 주신 임규완 선생님께 감사드린다.

성안의(成安義, 1561~1629)는 성섭의 5대조이다. 정구(鄭逑)의 문인으로 문과에 급제하고 목사를 지냈다. 창녕에 거주하다가 정인홍(鄭仁弘)의 심복 박종주(朴宗冑)의 박해를 피해 영천으로 이주했다. 성안의의 3남 성이성(成以性, 1595~1664)이 성섭의 고조다. 역시 문과에 급제하고 목사를 지냈다. 성이성의 차남 성석하(成錫夏, 1625~1653)가 성섭의 증조이다. 정경세(鄭經世)의 문인으로, 처가와 스승이 있는 상주로 이주하였다. 성섭의 조부 성세황(成世璜, 1648~1708)은 진사시에 합격했지만 관력은 확인되지 않는다. 다만 방목에 거주지가 상주로 명기된 점으로 미루어 이 집안은 계속 상주에 터를 잡은 듯하다. 부친 성기인(成起寅, 1674~1737)은 문과에 급제하고 현감을 지냈다. 이중 성안의, 성이성, 성기인의 문집이 전한다. 크게 현달하지는 못했으나 영남 남인으로서의 정체성은 뚜렷하다.

성섭은 성기인의 차남이다. 젊어서 조덕린(趙德鄰), 이광정(李光庭)에게 수학했다. 권만(權萬), 이익(李瀷)과도 교분이 있었던 것으로 보인다. 성섭은 선조들을 이어 과거에 도전했으나 실패를 거듭하고 결국 진출을 포기했다. 그는 산수를 소요하며 시문으로 여생을 보냈다. 영남의 산수를 두루 유람한 기록은 『교와문고』에 자세하다. 만년에는 칠곡의 월오(月塢)로 이주했는데, 현재 경북 칠곡군 왜관읍 왜관리이다.

성섭은 만년에 자신의 저술을 여러 사람에게 보이며 서문을 요구했다. 그중 한 사람이 박내오(朴來吾, 1713~1785)이다. 그는 성섭의 부탁을 받아 저술을 열람하고 서문을 썼는데, 당시 그가 본 성섭의 저

---

2 "成僑窩諱涉字仲應, 昌山人, 芙蓉先生安義後, 居漆谷月塢, 自少嗜學, 識見恢博, 所著有僑窩散錄數十卷."(朴旨瑞, 『訥菴集』卷7「遺事」「從遊諸賢遺事」)

술은 근래에 지은 시가 대부분이었으며, 자서(自序) 2편이 실려 있었다.[3] 조목수(趙沐洙, 1736~1807)는 성섭의 서재를 방문하여 저술을 열람할 기회를 얻었는데, 이때 그가 열람한 성섭의 저술은 시집 「복부집(覆瓿集)」, 산문집 「산록(散錄)」, 노년에 성리학을 논한 「병촉록(秉燭錄)」이었다.[4]

남한조(南漢朝, 1744~1809)는 성섭에게 저술을 산삭해 달라는 부탁을 받고 '잡고(雜藁)' 4질을 열람했다. 그는 좀 더 다듬는 것이 좋겠다고 조언했고, 성섭은 그의 조언을 받아들여 몇 년 더 정리하기로 했다. 성섭이 세상을 떠나고 3년 뒤, 남한조는 성섭의 질손(姪孫) 성헌로(成獻魯), 성태로(成泰魯) 등의 부탁을 받고 발문을 지었다.[5] 이원조(李源祚, 1792~1871)는 성섭의 증손에게 교정과 서문을 부탁받고 성섭의 저술을 열람했다. 그가 본 성섭의 유집은 15권으로 내편과 외편으로 구성되어 있었으며, 시문 잡저와 별도로 내편에 「병촉록(炳燭錄)」, 외편에 「산록(散錄)」이 실려 있었다.[6] 그가 지은 후서(後敍)가 현전하는 『교와문고』의 권두에 실려 있다.

이상의 진술을 종합하면, 성섭은 생전에 자신의 저술을 정리해두었으며, 이는 시집 「복부집」, 산문집 「산록」, 그리고 성리설을 수록한 「병촉록」으로 구성되어 있었다. 후손이 간행을 염두에 두고 여러 문인에게 교정과 서문을 청한 사실도 확인할 수 있는데, 결국 간행에 이

---

3 朴來吾, 「僑窩草稿序」, 『尼溪集』 卷6.

4 趙沐洙, 「書僑窩成丈文稿後」, 『舊堂集』 卷9.

5 南漢朝, 「題僑窩成公遺卷後」, 『損齋集』 卷13.

6 李源祚, 「僑窩集後敍」, 『凝窩集』 卷15.

르지는 못했다.

현전하는 성섭의 저술로『필원산어』외에『교와문고(僑窩文稿)』
와『교와문고(僑窩文稿) 외편(外篇)』이 있다.『교와문고』는 3책으로 구
성되어 있으며, 제1책은「교와산록(僑窩散錄)」, 제2책은「병촉록(秉燭
錄)」, 제3책은「복옹편(覆瓮編)」이다.

「교와산록」은 견문을 두서없이 기록한 필기에 가깝다.『필원산어』
와 중복되는 부분이 상당하므로,『필원산어』를 편찬할 때 긴밀하게
참고한 것으로 보인다. 어떠한 기준으로 선발하였는지는 모르겠지
만,『필원산어』에 누락된 기사도 흥미로운 것이 많다. 뿐만 아니라 성
섭의 시문도 곳곳에 실려 있고, 타인의 시문도 섞여 있으므로『필원산
어』의 초고라고 보기는 어렵다. 정리되지 않은 '산고(散稿)'에 가깝다.
「교와산록」에 수록된 타인의 시문은 주로 남인 선배들의 것인데, 이
또한 주의 깊게 살펴볼 필요가 있다. 다른 문헌에 보이지 않는 것도 적
지 않기 때문이다. 엄밀한 대조가 필요하다.

「병촉록」은 성리학 논설을 모은 것이다. 성리학의 주요 개념, 선유
들의 학설 및 주요 쟁점에 대한 견해가 실려 있다.「교와산록」과 마찬
가지로 선배들의 문집에서 초록한 부분도 상당하다. 천착을 피하고
간명하게 서술하였으며, 중국과 한국 경학사에 대한 폭넓은 이해를
보여주고 있다.

「복옹편」은 산문집이다. 조목수가 보았다는 시집「복부집」과는 다
른 것으로 보인다. 기(記), 설(說), 논(論), 서(序), 제(題), 서(書), 제문(祭
文) 등 다양한 문체가 실려 있다. 기는 유기(遊記)가 많고, 논은 대부분
사론(史論)이다. 여기서도『필원산어』에 수록된 것이 더러 보인다. 말

미에 시조 성인보(成仁輔)부터 성섭에 이르기까지 행적을 정리하여 가계(家系)를 상세히 서술하였다.

『교와문고 외편』은 이원조가 언급한 '외편'과는 무관한 것으로 보인다. 이는 별도의 저술이 아니라 『교와문고』에 수록된 글을 간추린 것으로, 문집 간행을 위한 정고본(定稿本)에 가깝다. 『교와문고』와 달리 계선(界線)이 있는 종이에 필사되어 있다. 상당 부분이 『교와문고』와 중복되지만, 중복되지 않는 글도 적지 않다. 『교와문고』 이외의 현전하지 않는 다른 초고에서 초록한 것으로 추정된다. 『필원산어』에 실려 있으나 『교와문고』에 보이지 않는 내용 역시 현전하지 않는 다른 초고에서 초록했을 가능성이 높다.

성섭의 저술을 열람한 이원조는 성섭의 생애를 3기로 나누었는데, 1기는 과문(科文)으로 명성을 떨치던 젊은 시절, 2기는 불우한 처지로 시작(詩作)과 산수 유람에 몰두한 중년, 3기는 성리학에 잠심한 만년이다. 이 구분은 성섭의 저술에 접근하는 데도 유효하다. 현전하는 성섭의 저술은 대부분 2기와 3기에 지은 것이다. 시가 대부분 전하지 않는 점은 아쉽지만, 중년 이후의 저작은 온전히 남아 있어 그나마 다행이라 하겠다.

3. 『필원산어』의 구성과 내용

『필원산어』는 필사본 3책이다. 『중국어문학』 1, 2집에 영인 수록되어 있다. 원본의 현 소장처는 알 수 없다. 『한국시화총편』 제11집에 영인

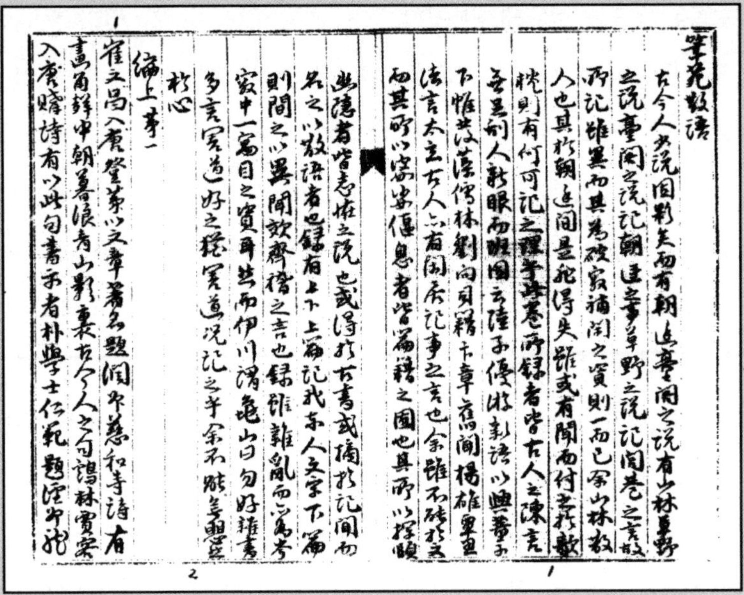

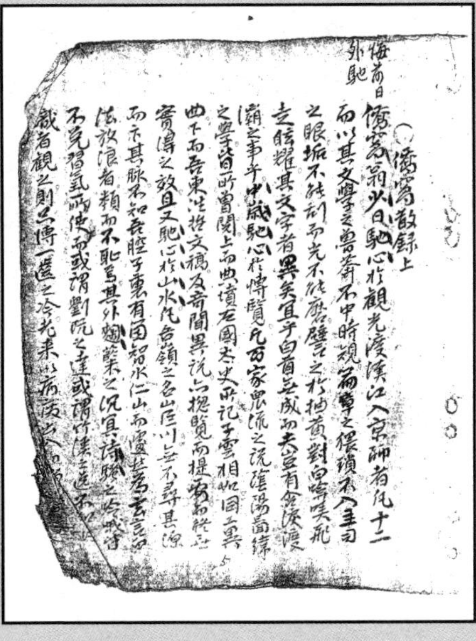

『필원산어』의 첫 장(위)과
『교와문고』 가운데
『교와산록』 시작 부분(아래)

수록된 것도 동일한 필사본이다.

권두에 성섭의 서문이 있다. 그는 서문에서 "이 책에 기록한 것은 모두 옛사람의 진부한 말"이며 "잡다하고 어지럽다"면서 한껏 겸양하는 태도를 보인다. 그러나 이는 시화잡기류 저자의 상투적 발언이다. 성섭은 자신이 저서를 남긴 이유를 육가(陸賈), 동중서(董仲舒), 유향(劉向), 양웅(揚雄)에 견주었다. 저술은 유자(儒者)의 본분이며, 후대에 자신의 존재를 입증할 수단은 저서뿐이라고 믿었던 듯하다.

앞서 살펴본 바와 같이, 『필원산어』는 성섭이 『교와문고』를 비롯한 자신의 저술에서 일부를 뽑아 편찬한 것이다. 따라서 『필원산어』에 수록된 내용은 장기간에 걸친 기록에서 나온 것이다. 다만 "이공(李公, 이중광, 1709~1778)이 죽은 지 벌써 5~6년이다."라는 언급, 그리고 "요즘 들으니 성상께서 채제공(蔡濟恭) 대감을 버려진 상태에서 기용하여 평안 병사(平安兵使)로 삼으려고 하였다"라는 언급 등 1780년대 후반의 사건을 언급한 사례가 자주 보인다. 이로 보건대 『필원산어』의 편찬은 성섭의 말년에 완성되었을 가능성이 높다.

『필원산어』는 3부로 구성되어 있다. 「상편 1」에 156칙, 「상편 2」에 88칙, 「하편 1」에 82칙, 총 326칙이 실려 있다. 저자는 서문에서 "상편에는 우리나라 사람의 글을 기록하고, 하편에는 기이한 이야기를 끼워 넣었다."라고 밝혔는데, 그 말대로 상편은 대부분 우리나라 문인의 일화이다.

체계가 부족한 시화의 특성상 각 부의 성격을 단언하기는 어려우나, 「상편 1」은 대부분 기존 문헌을 전재(轉載)한 것이다. 40여 칙은 『동인시화』에서 초록한 것이며, 이를 포함하여 전체의 2/3 정도는 조선 중기까지의 인물과 사건을 다루었다. 이 부분은 기존의 문헌을 적극 활용하였다. 「상편 1」의 후반부와 「상편 2」는 저자의 견문이 주를 이룬다. 저자와 동시대에 살았던 인물들이 주로 등장한다. 「하편 1」은 중국 문인의 일화와 기이담(奇異談)이 주를 이룬다.

(1) 폭넓은 독서에 바탕을 둔 초록

대개의 시화가 그렇듯이, 『필원산어』의 상당 부분은 기존 시화의 내용을 옮긴 것이다. 특히 서거정(徐居正)의 『동인시화(東人詩話)』, 김시양(金時讓)의 『부계기문(涪溪記聞)』, 이수광(李睟光)의 『지봉유설(芝峯類說)』, 강박(姜樸)의 「총명쇄록(聰明瑣錄)」, 남학명(南鶴鳴)의 『회은집(晦隱集)』 등을 자주 인용하였다.

성섭의 독서 범위는 상당히 넓다. 그가 폭넓은 독서에 힘입어 박식하였다는 점에는 제가(諸家)의 견해가 일치한다. 퇴계(退溪)와 그 문인들의 문집을 비롯하여 이민구(李敏求), 조경(趙絅), 이서우(李瑞雨), 채팽윤(蔡彭胤), 허목(許穆), 채제공(蔡濟恭), 정범조(丁範祖), 이덕주(李德胄), 이홍덕(李弘悳) 등 남인 선배들의 저술을 두루 열람하였다.

남인 선배들의 저술을 자주 인용했지만, 그의 독서범위는 당색을 넘나들었다. 장유(張維)의 『계곡집(谿谷集)』, 이식(李植)의 『택당집(澤堂集)』을 인용하고, 김창협(金昌協)의 『농암집(農巖集)』을 열독하여 10여 편의 글을 「교와산록」에 초록하고 "글 짓는 자의 표준으로 삼는다"라고 밝히기도 했다. 성섭이 근세 최고의 문장가로 평가한 인물이 다름 아닌 김창협이다. "내가 깊이 인정하는 것은 오직 농암 김창협의 문장이다", "근래 쉽게 얻을 수 있는 글이 아니다"라고 하며, 당색을 초월

한 평가를 내렸다.

『필원산어』가 조선시대 문학사를 거시적으로 바라보는 관점을 제공하는 것도 저자의 폭넓은 독서 덕택이다. 성섭은 주자학의 도입과 명나라 문장의 수용을 조선 산문사의 변곡점으로 인식했다. 조선시대 주요 문장가를 두루 평론하고, 사부(辭賦), 과문(科文), 척독(尺牘) 등 문체별로 대표 작가를 선발했으며, 나아가 산문사를 새롭게 구성했다. '우리나라 문장의 흐름'에서 서술한 조선시대 산문사는 당색과 시대를 넘나드는 폭넓은 독서의 결과다.

이밖에 진계유(陳繼儒)의 『미공비급(眉公秘笈)』, 전겸익(錢謙益)의 『열조시집(列朝詩集)』 등에서 인용한 부분이 있는 점으로 미루어 명청 서적도 제법 섭렵한 듯하다. 성섭은 과거를 보기 위해 12차례 서울을 왕래하였다고 밝혔는데, 이를 계기로 영남 지역에서 구하기 쉽지 않은 문헌들까지 입수한 것으로 보인다. 『교와문고』에는 전인(前人)의 문집에서 전편을 초록한 글이 자주 보이는데, 이것이 결국 『필원산어』 편찬의 자료로 활용된 것으로 보인다. 앞서 언급한대로 성섭은 자신의 저술 일부를 초록하여 『필원산어』에 수록했는데, 「시화설(時化說)」, 「독사(讀史)」, 「독법언(讀法言)」, 「혜서설(鼷鼠說)」 등 독립적 성격의 글도 실려 있다.

(2) 신빙성 있는 견문에 의거한 서술

『필원산어』에서 가장 가치 있는 부분은 저자가 직접 견문한 내용이다. 당시 현지에서 직접 견문하지 않으면 알기 어려운 영남 문인들의 일화가 풍부하다. 우선 저자의 선조들에 대한 일화가 자세하다. 12대조 성사홍(成士弘)의 시 2수 및 다른 문인들의 차운시를 수록하고, 5대조 성안의가 어릴 적 시를 지은 일화 및 생애를 소개했다. 고조 성이성의 암행어사 시절 일화는 『춘향전』과 유사하여 이미 주목을 받았다. 증조 성석하의 시는 희작에 가까우나 전하는 것이 몹시 적다며 지면을 할애했다. 이밖에 부친 성기인이 만경 현령으로 재직할 때 선정을 베푼 일, 무신란 때 노론 핵심 가문에 속하는 이구(李球)의 딸을 구조한 사건을 언급했다. 성삼문(成三問)을 두고 "우리 종중을 빛낸 분〔有光于吾宗中〕"이라고 하며 그의 시와 의총(疑塚)에 관한 일화도 자세히 소개했다. 다만 매죽헌(梅竹軒)이라는 당호(堂號)에 착안하여 「몽유도원도(夢遊桃源圖)」의 주인공을 성삼문으로 비정한 것은 다소 무리한 논증으로 보인다.

저자의 선조 이외에 장인 이세황(李世璜) 등 주변 인물들에도 상당한 지면을 할애하였다. 이중광(李重光), 신돈항(愼敦恒), 권득중(權得中), 김강한(金江漢), 김낙행(金樂行), 강해(姜楷), 이현중(李顯中), 김창문(金昌文), 손덕승(孫德升) 등이다. 저자가 직접 만난 경험을 서술하거나 전해들은 이야기를 기록했는데, 잘 알려지지 않은 문인을 발굴, 소개하여 조선후기 영남 문단의 실상을 전한다는 데 의의가 있다.

이밖에 삼가현(三嘉縣) 과거 시험장에서 일어난 소동 등은 저자가 직접 목격한 것이다. 출제된 문제가 어렵다는 이유로 응시자들이 문제를 바꾸라고 요구하며 소동을 벌인 일은 실록에도 보이는데, 당시 상황을 구체적으로 묘사하여 사료적 가치가 있다. 김항광(金恒光)이 노굉(盧肱)의 버린 답안지를 제출하여 합격한 일화 및 대구 백일장의 유래와 현황 등의 기사 역시 당시 과장(科場)의 실태를 보여준다.

성섭이 기록한 견문 중에는 사실로 보기 어려운 것도 많다. 용이 승천하는 모습을 묘사한 부분은 자연현상을 착각한 것으로 보인다. 이 밖에 김인후가 저승의 재상이 되었다거나 김시민이 괴물과 싸웠다는 일화, 상주 공갈못 설화 등은 허무맹랑한 이야기처럼 보이지만, 당대 널리 전승되던 구전 설화를 문헌으로 정착시켰다는 의의가 있다.

(3) 영남 남인으로서의 정체성 피력

시화는 문학비평서의 성격과 함께 당론서의 성격을 겸하고 있다. 조선시대 시화 가운데 당색으로부터 자유로운 것은 없다고 해도 과언이 아니다. 『필원산어』 역시 저자의 당색이 뚜렷이 드러난다. 노론의 영수 송시열(宋時烈)을 시종일관 부정적으로 서술한 점에서도 확인할 수 있다. 송시열이 지은 권시(權諰)의 묘표(墓表) 및 「송함흥이주군서(送咸興二朱君序)」를 거론하며 본격적으로 비판하고, 송시열이 『주역』에 밝은 이홍업(李弘業)과 논쟁하다가 좁은 속내를 드러내고 말았다는 일화를 소개했다.

성섭이 청나라에 비교적 우호적인 시선을 보냈던 것도 송시열이 주도한 대명의리론에 대한 반발에서 나온 것으로 보인다. 청 태조 누루하치의 탄생 설화를 소개하고, 청 태종 홍타이지가 조선을 침략한 이유는 명나라 침략에 앞서 후방의 안전을 확보하려는 의도였다고 보았다. 청나라는 송나라 황릉을 파헤친 원나라와 같은 만행을 저지른 적도 없고, 명나라처럼 법률이 까다롭지도 않다고 했다. 더구나 백성을 위해 부역을 경감하였으니, 중국 사람들이 한족 왕조를 그리워하지 않아 청나라가 오래 갈 것이라고 예상했다. 성섭은 강희제를 '영주

(英主)', 건륭제를 '인걸(人傑)'로 평가했다. 이는 '오랑캐의 운수는 백년을 가지 못한다(胡運不百年)'라는 믿음으로 청나라가 곧 망하고 한족 왕조가 탄생할 것이라는 노론 문인들의 근거 없는 믿음과는 상반된 것이었다.

한일관계사를 보는 관점도 독특하다. 성섭은 도요토미 히데요시의 공과(功過)가 반반이라고 보았다. 임진왜란을 일으켜 조선을 침략한 것은 잘못이지만, 히데요시의 전국 통일로 고려 말부터 끊이지 않던 왜구의 우환이 사라졌다는 점은 결과적으로 잘된 일이라는 것이다. 이 역시 다른 문인에게서는 찾아보기 어려운 시각이다.

성섭의 당파적 입장은 이황(李滉)을 위시하여 유성룡(柳成龍), 정경세(鄭經世), 정구(鄭逑) 등 영남 유현(儒賢)들의 일화를 자주 거론하고, 그들에게 꼬박꼬박 '선생'이라는 호칭을 붙이는 점에서 극명히 드러난다. 참고로 이이(李珥)에게는 한 차례도 '선생'이라는 호칭을 붙이지 않았는데, 성섭은 이이가 이황의 학문을 두고 '다른 사람을 흉내 낸 기미(依樣之味)가 많다', '얽매이고 조심한다(拘而謹)'라고 비판한 일을 문제 삼으며 장문의 논설로 반박했다. 이황에 대한 존경심만큼은 여느 영남 문인 못지않았던 듯하다. 또한 세상에 알려진 바와 달리 조식이 이황에게 우호적이었다고 주장하고, "남명의 학문이 변하여 정인홍이 되었다"라는 이식의 논의에 강력히 반발하며 조식을 적극 변호했다.

지역성이 가장 뚜렷이 드러나는 곳은 영남 출신으로 현달한 이들을 따로 정리한 부분이다. 영남 출신의 정승 11인, 대제학 7인, 독서당 학사 35인, 청백리 12인을 열거했다. 여기서 흥미로운 것은 영남인의 자격이다. 부친이 영남 출신이라도 서울에서 태어난 사람은 영남인으로 간주하지 않았다. 영남에서 태어난 사람만 영남인으로 간주했다.

성섭은 서인이 정권을 잡은 이후로 영남인을 서북인처럼 취급한다고 불평했다. "서인이 국정을 담당한 뒤로 대제학을 맡은 사람은 모두 서인이고, 남인은 참여하지 못했다"라는 언급에서도 불만을 엿볼 수 있다. 그러나 "비록 낮은 관직 한 자리 못하더라도 권문세가에 빌붙을 마음은 없으니, 이것이 다른 도(道)와 다른 점이다"라고 하여, 차별에 대한 불만과 함께 자부심도 드러내었다. '우리 영남〔吾嶺〕' 등의 표현에서도 지역에 대한 애착심을 엿볼 수 있다.

성섭은 당시 점차 심화되고 있던 남인 내부의 갈등을 부정적으로 바라보며, 남인 집단을 두루 보합하고자 했던 채제공의 노력을 높이 평가했다. 남인 간의 갈등을 완화하려는 성섭의 의도는 퇴계와 남명의 사이가 좋지 않았다는 세간의 설을 반박하고, 탁남에 속하는 허적(許積)을 비교적 우호적으로 평가한 점에서도 드러난다. 허적은 서자 허견(許堅)을 편애하여 화를 자초했지만, 화를 당할 줄 알면서도 나라 걱정에 물러나지 않았다는 평가다. 다만 경신환국이 일어나기 앞서 허목(許穆)이 허적을 공격함으로써 탁남(濁南)과 선을 그은 덕택에 청남(淸南)이 살아남을 수 있었다고 보았다. 경종 연간에 허목을 추숭하고 윤휴(尹鑴)와 허적을 배척한 강박(姜樸), 이인복(李仁復), 오광운(吳光運), 홍경보(洪景輔), 이만유(李萬維) 등 오학사(五學士)에 비판적인 입장 역시 이러한 인식의 소산이라 하겠다.

4. 『필원산어』의 가치

17세기 이후 남인은 정국 운영에서 배제된 것이나 다름없는 상황이었다. 성섭이 활동한 18세기 중반, 영남 남인의 고립은 갈수록 심화되고 있었다. 중앙 진출의 어려움도 어려움이지만, 무엇보다 영남 남인에게는 선진 문물을 접할 기회가 주어지지 않았다. 이로 인해 영남 남인은 퇴계의 학설을 고수하며 성리학에 침잠하여 더욱 보수화되는 면모를 보인다. 이로 인해 조선시대 영남의 문화사는 성리학자 위주로 서술되어 왔으며, 영남 문인들의 문학적 성취는 소홀히 취급되기 일쑤였다. 지역 문단의 실상조차 분명하지 않다. 때문에 영남의 문학사는 단조롭게 서술되기 일쑤였다.

이 점에서 『필원산어』는 영남 문학에 대한 그간의 인식을 전환하고 재평가할 수 있는 계기를 제공한다. 성섭은 당색을 넘나드는 폭넓은 독서를 바탕으로 독자적인 안목을 갖추고, 당대 문단의 동향에 민감하게 반응하며 영남 문학의 과거와 현재를 자세한 기록으로 남겼다. 『필원산어』는 성섭의 견문을 바탕으로 서술된 영남 문학사이며, 영남 문화의 다채로운 면모를 보여준다.

『필원산어』는 지금까지 좀처럼 조명을 받지 못했다. 이 책에 실려 있는 성이성의 암행어사 시절 일화가 『춘향전』의 내용과 유사하다는 이유로 거론된 정도에 불과하다. 그러나 이는 이 책이 전하는 풍부한 정보의 극히 일부에 불과하다. 『필원산어』는 영남 지역 문화 연구의 보고(寶庫)이다. 이 점에서 지역 문화 연구에 관심이 많은 영남 지역 연구자들의 손길이 여태 미치지 않았다는 점은 이상할 정도다. 행초서(行草書)로 필사되어 판독이 쉽지 않다는 점도 한몫 했을 것이다.

조선후기 시화는 대체로 기존의 시화를 전재(轉載)하는 데 머무르는 경우가 많아 독창적인 견해를 찾아보기 어려운데, 『필원산어』는 저자 성섭의 폭넓은 견문과 독서에 바탕한 독특한 시각을 보여주는 자료이다. 단순히 영남 문단의 실상을 전하는 자료에 머물지 않고, 조선시대 문학사와 문화사 연구에 기여할 것으로 기대된다.

본디 지역문화 연구는 지역사정에 밝은 해당 지역 출신 연구자의 주도로 이루어지는 것이 바람직하다. 이 책의 역자들은 우연히 이 책의 가치에 주목하여 번역에 착수하였으나 영남 지역과는 연고가 없으므로 지역인에게 익숙하거나 중요한 정보를 놓쳤을 수도 있다. 독자의 기탄없는 질정을 바란다.

끝으로 이 책의 번역과 주석을 검토하고 바로잡은 문대인, 강민우, 김민석, 신영미, 임현정, 이지은 등 성균관대학교 동아시아학술원 한문고전번역협동과정 대학원생들에게 감사를 표한다.

역자를 대표하여

장유승

참고문헌

成涉,『筆苑散語』,『中國語文學』1, 2집, 영남중국어문학회, 1980.

成涉,『筆苑散語』,『韓國詩話叢編』11집, 동서문화원, 1989.

成涉,『僑窩文稿』, 개인 소장본.

成涉,『僑窩文稿』外篇, 개인 소장본.

안대회,『조선후기 시화사』, 소명출판, 2000.

이휘교,「『筆苑散語』解題」,『中國語文學』1집, 영남중국어문학회, 1980.

임규완,「僑窩 成涉의 생애와 저작, 학문경향」,『한국학논집』39집, 계명대학교 한국학연구원,
   2009.

필원산어

✻

상편 1

일러두기

1. 이 책은 『중국어문학』 1·2집(1989)에 영인 수록된 『필원산어(筆苑散語)』를 저본으로 하여 우리말로 옮겼다.

2. 저본은 「편상(編上) 제일(第一)」 158칙, 「편상 제이(第二)」 89칙, 「편하(編下)」 82칙의 총329칙으로 구성되어 있으나, 이 책에서는 저본의 중복 및 오류를 수정하여 「상편 1」 156칙, 「상편 2」 88칙, 「하편 1」 82칙의 총326칙으로 재구성하였다.

3. 저본의 각 칙(則)은 제목이 달려 있지 않으나 핵심 내용을 뽑아 소제목으로 붙였다.

4. 내용주는 번역문에 각주로 부기하되, 간략한 경우 간주를 활용하였다.

5. 서명은 겹낫표(『 』), 편명 및 작품명은 홑낫표(「 」)로 표기하였다.

글밭에 흩어진 이야기

옛날 사람과 지금 사람의 소설(小說)[1]이 참으로 많지만, 조정과 대각의 소설이 있고 산림과 초야의 소설이 있다. 대각의 소설은 조정의 일을 기록했고, 초야의 소설은 민간의 말을 기록했다. 그러므로 기록한 것은 다르지만 심심풀이로 한가한 시간을 보낼 밑천이 되기는 마찬가지다.

나는 산림에서 한가로이 사는 사람이다. 조정의 시비와 득실을 간혹 들더라도 베개맡에 제쳐놓으니, 어찌 기록할 리가 있겠는가? 이 책에 기록한 것은 모두 옛사람의 진부한 말이니 눈을 새로 뜨게 만들기는 부족하다. 그러나 반고(班固)가 말했다.

"육가(陸賈)는 한가로이 지내며 『신어(新語)』를 편찬했고,[2] 동중서(董仲舒)는 휘장을 내리고 유림(儒林)에서 문채를 과시했다.[3] 유향(劉向)은 서적을 관리하며 예전에 들은 이야기를 정리했고,[4] 양웅(揚

---

[1] 소설(小說) : 자잘한 이야기, 즉 야담(野談)을 말한다. 지금 쓰이는 문학장르의 의미와는 다르다.

[2] 육가(陸賈)는……편찬했고: 육가는 한(漢)나라 사람으로, 고조(高祖)가 천하를 통일한 뒤 고금의 치란(治亂)을 서술하여 『신어』를 저술하였다.

雄)은 사색에 잠겨 『법언(法言)』과 『태현경(太玄經)』을 남겼다."[5]

옛사람도 한가로이 지내면서 기록한 말이 있었던 것이다. 내가 문장에 능하지는 못하지만 노닐고 쉬었던 곳은 서적의 동산이었고, 깊이 탐구한 것은 모두 괴이한 이야기였다. 옛 책에서 찾기도 하고 견문에서 뽑기도 하여 산어(散語)라고 이름하였다.

이 책에는 상편과 하편이 있는데, 상편에는 우리나라 사람의 글을 기록하고, 하편에는 기이한 이야기를 끼워 넣었으니, 『제해(齊諧)』[6]의 내용을 본뜬 것이다. 책이 비록 잡다하고 어지럽지만 한가로이 지내면서 한번 훑어볼 밑천은 될 것이다. 그러나 이천(伊川 정이(程頤))이 귀산(龜山 양시(楊時))에게 말했다.

"잡서(雜書)를 좋아하지 말라. 말이 많으면 도(道)에 해롭다."

좋아하는 것도 도에 해로운데 하물며 기록하는 것이겠는가? 나는 두려운 마음이 없을 수 없다.

---

3 동중서(董仲舒)는……과시했다: 동중서는 한나라 학자로, 휘장을 내리고 강학하며 3년 동안 뜰을 엿보지 않았다.

4 유향(劉向)은……정리했고: 유향은 한나라 사람으로 궁중 도서관 천록각(天祿閣)에서 책을 교정하였다. 과거의 일화를 모아 『설원(說苑)』을 편찬하였다.

5 양웅(揚雄)은……남겼다: 양웅은 한나라 사람으로 은거하여 저술에 몰두하여 『법언』과 『태현경』을 남겼다.

6 제해(齊諧): 『장자(莊子)』「소요유(逍遙遊)」에 나오는 책 이름으로, 괴이한 이야기를 기록한 것이라 한다.

1

최치원, 박인범, 박인량의 시

문창후(文昌候) 최치원(崔致遠)은 당나라에 들어가 과거에 급제하여 문장으로 이름났다. 윤주(潤州) 자화사(慈和寺)에서 쓴 시에 이런 구절이 있다.

뿔피리 소리에 아침저녁으로 물결 치고	畫角聲中朝暮浪
푸른 산 그림자 속에 옛날과 지금 사람	靑山影裏古今人

신라 상인이 당나라에 들어가 시를 구입했는데, 이 구절을 써서 보여준 사람이 있었다.

학사 박인범(朴仁範)이 경주(涇州) 용삭사(龍朔寺)에 쓴 시에 이런 구절이 있다.

반딧불처럼 흔들리는 등불은 험한 길을 밝히고	燈撼螢光明鳥道
무지개 같은 구름다리는 바위 사이로 내려오네	梯回虹影落巖扃

참정 박인량(朴寅亮)이 사주(泗州) 구산사(龜山寺)에 쓴 시에 이런 구

절이 있다.

탑 그림자는 강에 거꾸로 비쳐 물결 아래 일렁이고　　　　塔影倒江翻浪底

경쇠 소리는 달을 흔들며 구름 사이로 떨어지네　　　　　　磬聲搖月落雲間

문 앞의 나그네는 크고 거센 물결에서 배를 타고　　　　　門前客棹洪波急

대나무 아래 승려는 대낮에 한가로이 바둑을 두네　　　　竹下僧棋白日閑

　『방여승람(方輿勝覽)』[1]에 모두 실려 있다. 우리나라 사람이 시로 중국에 이름난 것은 이 세 분으로부터 시작되었다. 이처럼 문장은 나라를 빛내기 충분하다.

1　방여승람(方輿勝覽): 송(宋)나라 축목(祝穆)이 편찬한 지리지이다.

2

최해의 시

예산(猊山) 최해(崔瀣)는 재주가 기이하고 뜻이 높았으며 유난히 방탕하였다. 한 번은 해운대에 올라 만호(萬戶) 장선(張瑄)이 쓴 시를 보고 말했다.

"이 나무에게 무슨 액운이 있어 이처럼 나쁜 시를 만났는가?"

마침내 긁어내고 썩은 흙을 칠했다. 장선이 성이 나서 장교에게 뒤를 쫓아가 그의 겸종(傔從)1을 잡아오게 하여 문밖에 묶어놓자 예산이 달아났다 돌아왔다. 그는 이처럼 재주를 믿고 남에게 오만하게 굴었다. 그래서 이 때문에 인생이 불우했다. 한 번은 장사 감무(長沙監務)로 좌천되어 시를 지었다.

장사의 이름은 천고에 드높은데	高名千古長沙上
재주는 가의만 못하여 부끄럽구나2	却愧才非賈少年

또 시를 지었다.

---

1 겸종(傔從) : 부유한 집에서 잡무를 맡아보거나 시중을 들던 사람이다. 겸인(傔人)이라고도 한다.
2 장사라는……부끄럽구나: 한(漢)나라 가의가 좌천되어 장사 태부(長沙太傅)를 지낸 적이 있다.

나는 솜옷 입었는데 남들은 가벼운 갖옷 입고   我衣縕袍人輕裘

남들은 화려한 집에 사는데 나는 오두막에 사네   人居華屋我圭竇

조물주가 부여한 운명 본디 같지 않은데   天工賦與本不齊

나는 남을 미워하지 않으나 남들은 나를 욕하네   我不嫌人人我詬

그의 시에서는 곤궁한 기상을 볼 수 있다.

3

최해와 조맹부의 시

나는 예전에 졸옹(拙翁) 최해(崔瀣)의 「사호(四皓)」 시를 좋아하였다.

한나라에 등용되어 기이한 꾀로 제업을 이루니	漢用奇謀立帝功
호걸들을 어린아이처럼 지휘하였네	指揮豪傑似兒童
가련하다 백발의 상산 노인들이여	可憐皓首商山老
역시 유후(留侯 장량)의 계책에 빠졌구나[1]	亦墮留侯計術中

조자앙(趙子昂 조맹부(趙孟頫))의 「사호」 시는 다음과 같다.

상산에 사는 백발 노인 네 사람	白髮商山四老翁
「자지가」[2] 마치자 솔바람 소리 듣네	紫芝歌罷聽松風

---

1 가련하다……빠졌구나 : 한 고조(漢高祖)가 여후(呂后) 소생의 태자를 폐위하고 척부인(戚夫人)의 소생을 태자로 세우려 하자, 장량이 계책을 써서 '상산사호(商山四皓)'로 불리는 동원공(東園公), 기리계(綺里季), 하황공(夏黃公), 녹리선생(甪里先生)을 불러들여 태자를 보필하게 했다. 고조는 태자를 돕는 세력이 있는 것을 보고 태자를 폐위하려던 마음을 바꾸었다.
2 자지가(紫芝歌) : 상산사호(商山四皓)가 불렀다는 은거의 의지를 피력한 노래이다.

평생 인간세상 일에 관여하지 않다가 　　　　　　半生不與人間事

역시 유후의 계책에 빠졌구나 　　　　　　　　亦墮留侯計術中

　비록 시의 뜻은 다르지만 마지막 구는 한 사람의 손에서 나온 것 같다. 졸옹은 원나라에 들어가 제과(制科)에 급제했는데 조자앙과 같은 시기였으니 혹시 본떴는지도 모르겠다. 다만 거만한 졸옹이 어찌 동시대의 동년배가 지은 시를 흉내 냈겠는가.

4

김약수, 정윤의의 시

봉사(奉使) 김약수(金若水)가 임실(任實) 공관(公館)에 쓴 시는 다음과
같다.

늙은 나무와 거친 덤불이 옛길을 덮었는데 　　　老木荒榛夾古蹊

집집마다 나물도 배불리 먹지 못하네 　　　　　家家猶未飽蔬藜

산새는 백성 걱정하는 마음도 모르고 　　　　　山禽不識憂民意

그저 숲에서 마음껏 지저귀네 　　　　　　　　唯向林間自在啼

밀직(密直) 정윤의(鄭允宜)가 강성(江城) 현사(縣舍)에 쓴 시는 다음과
같다.

새벽에 말 달려 외딴 성으로 들어가니 　　　　凌晨走馬入孤城

울타리에 사람 없고 살구만 열렸네 　　　　　籬落無人杏子成

뻐꾸기는 나랏일이 급한 줄도 모르고 　　　　布穀不知王事急

숲속에서 하루 종일 봄갈이를 권하네 　　　　隔林終日勸春耕

정윤의의 시는 김약수의 시에서 나왔지만 더욱 교묘하게 단련하였으니, 청출어람(靑出於藍)이라 하겠다.

5

이인로와 한유의 시

이인로(李仁老)가 천수사(天壽寺) 벽에 쓴 시는 다음과 같다.

손님을 기다려도 손님은 오지 않고	待客客未到
승려를 찾으니 승려도 없네	尋僧僧亦無
오직 숲 너머 새만 남아	唯餘林外鳥
간곡히 술 마시라 권하네[1]	款曲勸提壺

창려(昌黎) 한유(韓愈)의 시는 다음과 같다.

일어나라 깨우니 창은 완전히 밝았고	喚起窓全曙
돌아가길 재촉하니 해는 지지 않았네[2]	催歸日未西
무심한 꽃 속의 새는	無心花裏鳥

---

1 간곡히……권하네 : 원문의 '제호(提壺)'는 사다새의 별명이다. 울음소리가 '제호로(提壺蘆)'라는 말과 비슷한데, 풀이하면 술병을 들라는 뜻이다.

2 일어나라……않았네 : 원문의 '환기(喚起)'와 '최귀(催歸)'는 모두 새 이름이다. 환기는 춘환(春喚)이라고도 하는 봄 새이며, 최귀는 두견새다.

더욱 진심을 다해 우네 　　　　　　　　　　　　　更與盡情啼

이인로의 시에는 자연스럽게 한유의 법이 있다.

6

이색의 시

서애(西厓) 유성룡(柳成龍) 선생이 말했다.

"고려 말에 포은(圃隱) 정몽주(鄭夢周)는 원찬(袁粲)[1]과 같았고 목은 (牧隱) 이색(李穡)은 양표(楊彪)[2]와 같았다."

또 목은의 시를 기록하였다.

사람 마음이 어찌 사물처럼 무심하랴   人情那似物無情

요새 보이는 것마다 점차 불편하구나   觸境年來漸不平

우연히 동쪽 울타리를 보니 부끄럽기 그지없네   偶向東籬羞滿面

진짜 국화가 가짜 도연명을 마주하고 있으니[3]   眞黃花對僞淵明

옛적 내가 이 시를 읽고 목은의 마음을 생각하며 슬퍼하였는데, 서

---

1 원찬(袁粲): 남조(南朝) 송(宋)나라 사람이다. 권신(權臣) 소도성(蘇道成)이 태자를 죽이고 순제(順帝)를 옹립하자 소도성을 죽일 계획을 세웠으나 계획이 누설되어 피살당했다.

2 양표(楊彪): 후한(後漢) 사람으로 조조(曹操)가 나라를 좌지우지하자 관직을 그만두었다.

3 우연히……있으니: 도연명의 「음주(飮酒)」에 "동쪽 울타리 아래에서 국화를 따다가 아득히 남산을 보네.〔採菊東籬下, 悠然見南山.〕"라는 구절이 있다. 속세를 벗어나 한가로이 살았던 도연명과 달리, 자신은 여전히 세상일에 연연해 하므로 이렇게 말한 것이다.

애 역시 말했다.

"이 노인의 심사는 모두 여기에 있으니 슬프다."

시가 사람의 마음을 감동시키는 것이 이와 같다.

7

정지상의 시

정지상(鄭知常)의 「대동강(大同江)」 시는 다음과 같다.

비 그친 긴 둑에 풀빛이 짙은데   雨歇長堤草色多

남포에서 그대를 보내니 슬픈 노래 울려퍼지네   送君南浦動悲歌

대동강 물은 언제나 마를까   大同江水何時盡

이별의 눈물이 해마다 보태어 물결을 이루네   別淚年年添作波

연남(燕南) 홍재(洪載)가 예전에 이 시를 쓰면서 "푸른 물결 불어나네〔漲綠波〕"라고 하자, 익재(益齋) 이제현(李齊賢)이 말했다.

"작(作)과 창(漲) 두 글자 모두 온당치 않으니, '푸른 물결에 보태네〔添綠波〕'라고 해야 한다."

내 좁은 소견으로 이 노인(정지상)은 요체(拗體)[1]를 즐겨 썼다. 또 두보(杜甫)가 고적(高適)에게 바친 시는 다음과 같다.

---

1 요체(拗體) : 의도적으로 평측(平仄)의 규칙을 어기는 변격(變格)의 근체시이다.

하늘 끝에서 봄빛이 날 저물기를 재촉하니 　　　　天涯春色催遲暮

이별의 눈물이 멀리 비단 같은 물결을 보태네 　　　別淚遙添錦水波

'보태어 물결을 이룬다〔添作波〕'라는 말은 몹시 본래의 운치가 있다.

8

김부식과 정지상의 시

고려의 김부식(金富軾)과 정지상(鄭知常)은 시로 나란히 이름을 날렸다. 김부식의 「기수궁(綺繡宮)」 시는 다음과 같다.

요임금 섬돌은 석 자로 낮았지만	堯階三尺卑
천년 동안 그 덕을 칭송하였네	千載稱其德
진나라는 만리장성 쌓았지만	秦城萬里長
두 대만에 나라를 잃었네	二世失其國
수양제는 어찌 생각하지 못하고	隋皇何不思
토목공사로 국력을 다 쏟았나	土木竭其力

참으로 덕 있는 사람의 말이다. 정지상은 구법이 호방하고 요체(拗體)에 더욱 뛰어나다. 예컨대,

| 바위 위 늙은 소나무에 한조각 달 | 石頭松老一片月 |
| 하늘 끝 구름 아래 천 점의 산 | 天末雲低千點山 |

땅은 푸른 하늘과 그리 멀지 않을테고　　　　地應碧落不多遠

승려는 흰구름과 한가로이 마주보네　　　　僧與白雲相對閑

버들 숲에 문 닫은 열아홉 집　　　　綠楊閉戶八九屋

밝은 달에 주렴 걷은 두세 사람　　　　明月捲簾三兩人

라고 하였으니, 두 사람의 기상은 같지 않다.

9

성삼문의 시

나는 예전에 매죽당(梅竹堂) 성삼문(成三問)이 이제묘(夷齊廟)를 지나며 지은 시를 읽고 나도 모르게 머리카락이 서고 담력이 커졌다. 그 시는 다음과 같다.

그때 말고삐 잡고 감히 그르다고 말했으니	當年叩馬敢言非
당당한 대의는 해와 달처럼 빛났네	大義堂堂日月輝
초목도 주나라의 비와 이슬 맞았으니	草木亦霑周雨露
부끄럽게도 그대는 수양산 고사리를 먹었구나	愧君猶食首陽薇

훗날 과연 그의 말대로 되었다. 아, 살아서는 임금을 사랑하여 신하의 도리를 다하고, 죽어서는 임금에게 충성하여 신하의 절개를 세웠다. 충분(忠憤)은 태양을 꿰뚫고 의기(義氣)는 가을 서리처럼 늠름하니, 먼 훗날 신하된 자에게 한 마음으로 임금을 섬기는 의리를 알게 할 것이다. 천금의 재물을 터럭 하나처럼 보아 인(仁)을 이루고 의(義)에 나아갔으니,[1] 그 말에 부끄럽지 않다고 하겠다.

공이 예전에 연경에 갔을 때 어떤 이가 백로 그림에 시를 써 달라고 하였다. 공이 먼저 두 구를 지어 재빨리 썼다.

  옷은 눈 같고 발은 옥 같은데   雪作衣裳玉作趾
  갈대밭 물가에서 얼마나 오래 고기를 노렸나   窺魚蘆渚幾多時

그러자 그림을 꺼내 보여주었는데 수묵화였다. 마침내 이렇게 덧
붙였다.

  우연히 날아서 산음현을 지나가다가   偶然飛過山陰縣
  왕희지가 벼루 씻은 못에 잘못 떨어졌네[2]   誤落羲之洗硯池

중국 사신 장녕(張寧)이 우리나라에 왔다가 매죽당이 없다는 소식
을 듣고 탄식했다.

"우리 스승 예시강(倪侍講 예겸)이 동국에는 이름난 선비가 많다고
하였는데, 어찌 이렇게 눈앞에는 없는가."

그리고는 이때부터 수창하기를 좋아하지 않았다. 그의 「예양론(豫
讓論)」은 의도가 있어 지은 것이라 한다.

---

1 살아서는……나아갔으니: 남효온(南孝溫)의 『추강집(秋江集)』 권8 「육신전(六臣傳)」에 실려
  있다.

2 우연히……떨어졌네 : 산음은 왕희지의 고향이다. 이곳에 연지(硯池)라는 못이 있는데, 왕
  희지가 붓을 씻어 까맣게 변했다고 한다.

10

최치원의 시

고운(孤雲) 최치원(崔致遠)은 우리나라 사람이지만 당나라에 들어가 진사가 되었으니 당나라 사람과 다름없다. 그의 시 역시 만당(晚唐) 사람과 비슷하다. 그의 「해인사(海印寺)」 시는 우리나라 사람의 말이 아니다. 유창(劉滄)과 여온(呂溫)의 위에 있으니, 전중문(錢仲文), 이군옥(李群玉)과 우열을 다툴 만하다.[1] 시는 다음과 같다.

미친 듯한 물결이 바위에 부딪치며 깊은 산을 울리니	狂瀾疊石吼重巒
지척 사이에서도 사람 말소리 분간하기 어렵네	人語難分咫尺間
행여 옳고 그름 따지는 소리가 귀에 들어올까봐	或恐是非聲到耳
일부러 흐르는 물로 산을 온통 두르게 하였네	故敎流水盡籠山

또 「임경대(臨鏡臺)」 시는 다음과 같다.

안개 덮인 봉우리 뾰족뾰족하고 강물은 넘실거리는데	煙巒簇簇水溶溶

---

1 유창(劉滄)과……만하다: 모두 만당(晚唐)의 시인이다.

거울 같은 물에 비친 인가는 푸른 봉우리 마주하였네   鏡裏人家對碧峯

어디선가 돛배 한 척 바람 가득 안고 지나가니   何處孤帆飽風過

별안간 나는 새처럼 자취 없이 사라졌네   瞥然飛鳥杳無蹤

11

이제현의 중국 여행

우리나라 문집 중에 중국 사람의 문집과 비슷한 것은 오직 익재(益齋)
이제현(李齊賢)의 문집 뿐이다. 익재는 충선왕을 따라 연경에 들어가
만권당에서 날마다 원나라 학사 우집(虞集), 구양현(歐陽玄), 조맹부(趙
孟頫), 게혜사(揭傒斯) 등과 수창하였다. 또 장안(長安)에서 촉(蜀)까지
모두 기행시를 남겼다. 또 충선왕을 따라 강남에 사신갔을때 소주(蘇
州), 항주(杭州)와 금릉(金陵), 전당(錢塘) 등 아름다운 지역에 모두 제영
시를 남겨 인구에 회자되었으니 「감로사(甘露寺)」 시, 「기부신영(夔府
新詠)」 등이 이것이다. 그 뒤 가정(稼亭) 이곡(李穀)과 목은(牧隱) 이색(李
穡) 부자가 원나라 제과(制科)에 급제하였으나 그들의 유람은 익재에
미치지 못했다.

12

이제현의 시

익재 이제현의 「감로사(甘露寺)」 시는 다음과 같다.

양자진 남쪽은 옛 윤주	楊子津南古潤州
한 동이 술로는 고금의 시름을 씻기 어렵네	一樽難洗古今愁
간사한 신하는 미끼 탐내는 고기처럼 나라를 도모하고	佞臣謀國魚貪餌
교활한 관리는 새가 모이 모으듯 백성을 괴롭히네	黠吏憂民鳥養羞
풍경은 밤에 울리는데 조수는 포구에 들고	風鐸夜喧潮入浦
안개 속 비옷 입고 섰는데 누각에 비 들이치네	烟簑瞑立雨侵樓
중류에서 뱃전 치는 것 내 일이 아니니[1]	中流擊楫非吾事
하늘 끝 범려[2]의 배를 한가로이 보네	閑望天涯范蠡舟

---

1 중류에서……아니니 : 동진(東晉)의 조적(祖逖)이 중원의 회복을 다짐하는 마음으로 강 중
  류에서 노를 들어 뱃전을 치며 "중원을 평정하지 않으면 이 강을 다시 건너지 않겠다."라고 한
  고사를 인용한 것이다.
2 범려(范蠡): 전국시대 월(越)나라 재상으로, 월왕 구천(句踐)이 오(吳)나라를 멸망시키는 데
  공헌했으나 그 뒤 배를 타고 떠나 은거하였다.

13

노수신의 시

우리나라에서 두보의 기법을 터득한 사람은 오직 소재(蘇齋) 노수신 (盧守愼) 선생 뿐이다. 그의 「효릉(孝陵)」 시는 두보 이후로 많이 찾을 수 없다. 근세에는 오직 연초재(燕超齋) 오상렴(吳尙濂)의 시가 당나라 사람에 방불하다. 「효릉」 시는 다음과 같다.

묘는 마음의 덕이 온전함을 나타내고	墓表全心德
능의 이름은 모든 행실의 근원이라네	陵名百行源
임금의 복식은 보이지 않고	衣裳圖不見
사직은 말이 없고자 하네	社稷欲無言
하늘이 장수하게 하지 않아	天慳逾年壽
사람은 만고의 원통함 품었네	人含萬古寃
시강원의 옛 신하들 중에	春坊舊僚屬
오직 우사[1]만 남아 있네	惟有右司存

---

1 우사(右司) : 세자시강원 사서(司書)를 역임한 노수신 자신을 말한다.

14

오상렴의 시

연초재 오상렴의 「마포(麻浦)」 시는 다음과 같다.

마포의 오랑캐 글씨 비석	麻浦胡書碣
산성에서 포위 풀리던 날 떠오르네	山城憶解圍
부질없구나 제후의 나라에	空聞千乘國
군사 한 사람 보이지 않았네	未見一戎衣
장수는 계책이 없고	將帥無籌策
문장은 시비가 있네[1]	文章有是非
조회하던 옛길 잃어버렸는데	朝宗迷舊路
강물은 어디로 가는가	江漢欲何歸

---

1 문장은 시비가 있네 : 이경석(李景奭)이 삼전도비(三田渡碑)를 지었다가 훗날 송시열에게 비난받은 일을 말한다. 참고로 삼전도비의 글씨를 쓴 오준(吳竣)은 오상렴의 종증조이다.

15
요체

요체(拗體)라는 것은 당(唐)나라 율시(律詩)가 다시 변한 것인데, 예나 지금이나 짓는 사람이 많지 않다. 성률(聲律)이 변하여 평성(平聲) 글자를 놓아야 하는 곳에 측성(仄聲) 글자로 바꾸어 써서 어구를 남달리 기이하고 굳세게 만들려는 것이다. 만당(晚唐) 사람들이 이 방법을 쓰는 것을 좋아했다. 정지상(鄭知常)의 시가 그 묘리를 깊이 터득했지만 그 뒤를 잇는 사람이 없었다. 오직 김지대(金之岱)만이 그 방법을 터득했다. 예컨대,

구름 사이 깎아지른 비탈길 7, 8리	雲間絶磴七八里
하늘 끝에 먼 봉우리 천만 겹	天末遙岑千萬重
차 마시니 소나무 창가에 희미한 달 걸렸고	茶罷松窓掛微月
법강 마친 탑상에는 남은 종소리 흔들린다	講闌風榻搖殘鐘

| 흰 새는 가 버리고 저녁 하늘 푸르니 | 白鳥去盡暮天碧 |
| 청산은 아직도 남은 석양빛 품고 있네 | 靑山猶涵殘照紅 |

향기로운 바람이 십 리에 불어 주렴을 걷으니   香風十里捲珠簾

밝은 달 아래 피리 소리 들려오네   明月一聲飛玉笛

등과 같은 구절은 도움 되는 점이 많다.

16

불교어를 사용한 시

옛사람은 시에 불교의 말을 많이 써서 기이한 기세를 자랑했다. 예컨
대 학사 진화(陳澕)의,

물은 하늘 위의 참된 달을 나누고 　　　　　　水分天上眞身月

구름은 강가의 본래 산에서 새어나오네 　　　雲漏江邊本色山

익재 이제현의,

이 물건은 다른 물건이 아니니 　　　　　　　此物非他物

전생의 몸이 바로 내세의 몸이라네 　　　　　前身定後身

라는 구절은 모두 좋다. 그러나 형공(荊公) 왕안석(王安石)이 지은 사진
시(寫眞詩)에,

나와 그림은 모두 환상의 몸 　　　　　　　　我與丹靑兩幻身

세상 떠돌다 먼지 되리라 　　　　　　　　　世間流轉會成塵

다만 이 물건은 다른 물건 아닌줄 알겠으니   但知此物非他物

전생의 몸이 내세의 몸이냐고 묻지 말게   莫問前身定後身

라고 하였다. 익재의 시는 반산(半山 왕안석)의 구절을 풀이한 것이니, 뜻이 새롭고 말이 기이한 진화의 시만 못하다.

17

승려의 시

승려의 시는 기상이 같지 않다. 송(宋)나라 승려 홍각범(洪覺範)이 시 한 연(聯)을 지었다.

눈 내리는 깊은 밤 원숭이는 산꼭대기에서 울고　　　夜久雪猿啼岳頂

꿈에서 깨니 밝은 달이 매화 위에 떴네　　　　　　夢回晴月上梅花

성(聲)과 색(色)이 모두 공(空)[1]이라는 묘리를 말한 것이다. 천봉(千 峰) 우상인(雨上人)이 시 한 연을 지었다.

늙은 회나무는 천년의 모습　　　　　　　　　　檜老千年色

차가운 종소리 한밤에 울리네　　　　　　　　　鍾寒半夜聲

도은(陶隱) 이숭인(李崇仁)이 평했다.

"이것은 불가의 법안(法案)이니, 성과 색이 모두 공이라는 말이다."

---

1 성(聲)과……공(空) : 귀로 들리는 것과 눈으로 보이는 것은 모두 연기(緣起)에 의한 것으로 실체가 없다는 불교의 교리이다.

18
정 이오의 시

교은(郊隱) 정이오(鄭以吾)가 선산 군수(善山郡守)로 있을 때 봄날 서쪽 교외에서 시를 지었다.

관아 업무 마치고 한가로이 성 서쪽으로 나가니	衙罷乘閑出郭西
승려 드문 오래된 절에 길은 오르락내리락	僧殘寺古路高低
별에 제사지내는 제단 옆에 봄바람 일찍 부니	祭星壇畔春風早
붉은 살구꽃 반쯤 피고 산새 지저귀네	紅杏半開山鳥啼

아름답고 맑아 당시(唐詩)에 두더라도 부끄럽지 않다.

19

강백년의 시

우리 고조 계서공(溪西公) 성이성(成以性)과 설봉(雪峰) 강백년(姜栢年)
은 친한 사이였다. 우리 고조가 군주에게 미움을 받고 쫓겨나 강계 부
사(江界府使)로 부임하자 설봉이 시를 지어 주었다.

그대 지금 필마로 평안도로 가는데	君今匹馬向西關
나는 방금 북쪽 변방에서 돌아왔네	我亦纔從北塞還
천리 멀리 만나고 헤어지는 나그네 회포	聚散羈懷千里外
십년 동안 세상사에 슬퍼하고 기뻐했네	悲歡世故十年間
만나면 문득 변방이 고달프다 이야기하고	相逢便說邊城苦
이별에 앞서 험한 고갯길이 걱정스럽네	未別先愁嶺路艱
원래 대장부는 가는 곳마다 순리대로 행하는 법	倚是丈夫行素位
마음은 어딜 가도 불안한 곳 없네	一心無處不安閑

참으로 지기(知己)의 말이다.

20

임춘의 시

서하(西河) 임춘(林椿)이 성주(星州)를 유람하는데 고을 원님이 이름난 기생을 보내 잠자리를 모시게 하였다. 그러나 저녁이 되자 도망갔다가 이튿날 아침에 곧장 잔치 자리로 왔다. 임춘이 시를 지었다.

새벽부터 화장하고 금비녀 꽂고	紅粧待曉帖金鈿
재촉받아 잔치 자리에 나왔네	爲被催呼上綺筵
원님의 엄한 명령 두려워 않고	不怕長官嚴號令
나그네와의 나쁜 인연을 탓하네	謾嗔行客惡因緣
누대에 올라 통소 부는 짝이 되지 못하고[1]	乘樓未作吹簫伴
약을 훔쳐 달로 달아난 선녀가 되었네[2]	奔月還爲竊藥仙

---

1 누대에……못하고: 춘추시대 진 목공(秦穆公) 때 소사(簫史)가 피리를 잘 불었는데, 목공의 딸 농옥(弄玉)이 그를 좋아하여 혼인하였다. 소사는 날마다 농옥에게 피리 부는 법을 가르치니, 피리 소리가 봉황의 울음소리와 같았다. 그 소리를 듣고 봉황이 찾아왔고, 목공이 봉대(鳳臺)를 지어주자 두 사람은 그곳에서 살다가 어느 날 봉황을 타고 날아갔다.

2 약을……되었네: 전설의 인물 후예(后羿)가 서왕모(西王母)에게 죽지 않는 약을 얻었는데, 후예의 아내 항아(姮娥)가 그것을 훔쳐 먹고 달로 달아났다.

청운의 어진 학사에게 말씀드리니 寄語靑雲賢學士

어진 마음으로 부들 채찍 쓰지 마소서3 仁心不用示蒲鞭

21

박치안의 시

유생 박치안(朴致安)은 일찍이 시로 명성을 떨쳤으나 누차 과거에 낙방해 항상 불만이었다. 영해군(寧海郡)을 여행하다가 늙은 기생이 달빛 아래 거문고 타는 소리를 들었는데 몹시 처량해 다음 같이 시를 지었다.

칠보 장식한 방에서 노래하고 춤출 때	七寶房中歌舞時
백발로 시골에서 늙을 줄 어찌 알았으랴	那知白髮老荒陲
돈 없으니 「장문부」¹를 살 수가 없고	無金可買長門賦
꿈에서 금자시²를 부질없이 전하네	有夢空傳錦字詩
오나라 비단 소매를 얼마나 눈물로 적셨나	珠淚幾霑吳練袖
향기는 여전히 월나라 비단옷에 배어 있네	薰香猶濕越羅衣
깊은 밤 달 비치는 창가에 거문고 소리 괴로우니	夜深窓月絃聲苦
그저 평생 종자기 없음이 한스러울 뿐	只恨平生無子期

---

1 장문부: 한 무제(漢武帝) 때 진황후(陳皇后)가 총애를 잃자 사마상여(司馬相如)에게 황금 백 근을 주고 지어달라고 한 글이다. 이 글을 읽은 무제는 다시 진황후를 총애하였다.

2 금자시: 전진(前秦)의 두도(竇滔)가 진주 자사(秦州刺史)로 부임하자 아내 소씨(蘇氏)가 수놓아 보낸 시다.

22

이나의 시

이나(李那)가 아들을 경계하는 시를 지었다.

북풍은 매섭게 불고 눈보라 휘날리는데	朔風號怒雪飄揚
춥고 굶주린 너를 생각하며 장탄식한다	念爾飢寒感歎長
여색은 몸을 망치니 반드시 조심하고	色必敗身須戒愼
말은 너를 해치니 다시 생각하여라	言能害己更商量
방탕한 벗 사귀면 끝내 도움이 되지 않고	狂荒結友終無益
교만하여 남을 업신여기면 되레 다친다	驕慢輕人反有傷
만사를 충성과 효도 밖에서 찾지 않으면	萬事不求忠孝外
하루아침에 우리 임금께 이름이 알려지리라	一朝名譽達吾君

말이 제법 온당하다.

23

송도 제영시

송도(松都 개성)는 옛날의 수도이다. 제영시가 몹시 많은데 근래에 두기(杜機) 최성대(崔成大)의 절구가 더욱 회자된다. 그리고 이병연(李秉淵)이 지은,

해질녘 고려국에 말을 멈추니	黃昏立馬高麗國
흐르는 물속에 오백 년 세월	流水聲中五百年

이라는 구절은 보통을 뛰어넘는다고 하겠다. 이희사(李羲師)의 율시도 마음에 든다. 그 시는 다음과 같다.

황량한 만월대에 가을 해 지는데	滿月臺荒秋日斜
나그네 말 멈추고 길게 노래하네	行人駐馬一長歌
운수는 사람이 어쩔 수 없다 말하지 마라	休言曆數人無奈
결국 임금의 덕에 흠이 있었기 때문이네	終是君王德有瑕
초목은 주(周)나라의 비와 이슬 맞아 자라고	草木生成周雨露
솥과 종은 박(亳)¹ 땅의 산하에 묻혔네	鼎鐘埋沒亳山河

대궐문 희미하게 알아볼 수 있으니　　　　依稀看識端門路

봄바람 부는 날 어가 행차 상상하네　　　　想像春風引翠華

---

1 박(亳): 은(殷)나라의 수도이다.

24
목만중의 시

목만중(睦萬中)의 관왕묘(關王廟) 시 또한 근래의 뛰어난 작품이다.

음산한 회오리바람이 회랑에 불어오니	颯颯回飇赴畵廊
늦봄의 날씨가 갑자기 싸늘해졌네	暮春天氣忽微涼
어느 해 남쪽으로 와서 사당 세웠나	南征祠廟何年事
우리나라 갓과 도포 쓴 성 다른 왕이라네	東國冠袍異姓王
촉정[1]에 비 내리니 천지가 어둡고	蜀井雨飛天地黑
청룡도에 이끼 끼어 세월 흘렀네	龍刀苔蝕歲時長
중원 만리에 마른 땅 없으니	中原萬里無乾土
영원히 한양에서 제사를 받네	香火千秋寄漢陽

---

1 촉정(蜀井) : 촉 땅에 있는 불타는 우물인데, 여기서는 그냥 우물을 가리키는 듯하다.

25

이길상의 시

옛 시인은 대부분 곤궁하였으니 맹교(孟郊), 가도(賈島) 같은 부류가 그러하다. 상사(上舍) 이길상(李吉祥)이 시를 지었다.

반백이니 어찌 늙은이 아니겠는가마는	班白豈非爲老翁
평소 행동 멋대로이니 아직도 어린이라네	飄飄日用尙孩童
그저 엉뚱한 말로 사람을 놀래킬 뿐	驚人只有疏狂語
세상 도운 공로는 조금도 없었네	輔世曾無細小功
술을 좋아하여 세 잔은 넘어야 갈증을 멈추고	嗜酒過三杯止渴
시를 읊으면 온전히 공교로운 구절 하나도 없네	吟詩無一句全工
천지가 너를 용납했으니 얼마나 두터운 덕인가	乾坤容汝德何厚
너는 더욱 수양하여 시종일관 조심하여라	汝自加修愼始終

자연스럽게 불우한 기상이 있으니, 참으로 맹교, 가도 같은 부류이다.

26

왕백의 시

밀직(密直) 왕백(王伯)의 시에,

시골집에 어젯밤 부슬부슬 비 내려　　　村家昨夜雨濛濛

대숲 너머 복숭아꽃이 홀연 붉게 피었네　　竹外桃花忽放紅

술에 취해 양쪽 귀밑머리 센 줄도 모르고　　醉裏不知雙鬢雪

꽃 꺾어 비녀 꽂고 봄바람 속에 서 있네　　折簪繁蕚立東風

하였다. 시어가 영롱하고 기상이 한가롭다. 동파(東坡) 소식(蘇軾)의
시에,

늙은이는 머리에 꽃을 꽂고도 부끄러워 않는데　人老簪花不自羞

꽃은 늙은이 머리 위에서 부끄러워 하리라　　花應羞上老人頭

하였다. 이 노인의 점화(點化) 역시 뛰어나다.

백원항의 시

찬성(贊成) 백원항(白元恒)이 충선왕(忠宣王)을 모시고 대궐 연못에서 연회를 벌이다가 시를 지었다.

유리처럼 매끄러운 빛은 네모난 못에 넘실거리고 　　瑠璃晴色漱方池

물고기는 즐거워하다 무심히 낚싯줄에 올라오네 　　魚樂無心上釣絲

버드나무 너머 굽은 난간에서 주렴을 반쯤 걷으니 　　柳外曲欄簾半捲

가랑비 잠시 개인 사이 제비가 언뜻 날아가네 　　燕輕微雨小晴時

시어가 영롱하고 부드러워 좋다.

28

백원항, 최사립의 시

찬성 백원항이 또 조강(祖江)에서 지은 시가 있다.

작은 배 떠나려 하자 늦은 조수 재촉하는데 　　　小船當發晚潮催

강가에 말 멈추고 홀로 차갑게 웃네 　　　駐馬臨江獨冷咍

물가에 지나가는 사람 언제쯤 다하려나 　　　岸上行人何日了

앞사람 건너지 않았는데 뒷사람 오네 　　　前人未渡後人來

사인(舍人) 최사립(崔斯立)의 천수사(天壽寺) 시는 다음과 같다.

천수문 앞에 버들개지 날리는데 　　　天壽門前柳絮飛

술 한 병 가져와 친구 오기 기다리네 　　　一壺來待故人歸

지는 해 뚫어지게 보노라니 먼 길은 저무는데 　　　眼穿落日長程晚

수많은 행인들 다가오면 그 사람 아니라네 　　　多少行人近却非

29
정몽주의 시 1

포은 정몽주가 일본에 사신으로 가서 시를 지었다.

매화 핀 창가에 봄빛 이르고　　　　　　　梅窓春色早

판잣집에는 빗소리가 많네　　　　　　　　板屋雨聲多

이 구절이 일본에 널리 전해졌다.

이혼의 시

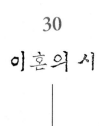

정승 이혼(李混)의 시는 제법 웅건하다. 그가 영명사(永明寺)에서 지은 시는 다음과 같다.

영명사 안에 승려는 보이지 않고	永明寺中僧不見
영명사 아래 강물만 절로 흐르네	永明寺下江自流
빈 산에 탑 하나 뜰가에 서고	山空孤塔立庭際
사람 없는 나루 어귀에 작은 배 가로놓였네	人斷小舟橫渡頭
먼 하늘 나는 새는 어디로 가는가	長天去鳥欲何向
넓은 들판에 봄바람이 쉬지 않고 부네	大野東風吹不休
아득한 지난 일을 물을 곳이 없으니	往事微茫問無處
옅은 안개와 지는 해에 시름겨워하네	淡煙斜日使人愁

31

이규보의 시

문순공(文順公) 이규보(李奎報)가 벽한서(辟寒犀)[1]를 읊은 시는 다음과
같다.

향기로운 비단이 봄처럼 따뜻한데	羅綺薰香暖似春
임금은 그래도 진귀한 벽한서를 좋아하네	君王猶愛辟寒珍
세상에는 섣달 눈이 석 자나 쌓였으니	人間臘雪盈三尺
어찌 초가집에 얼어 죽은 사람 없으랴	白屋那無凍死人

풍자가 몹시 절실하다.

---

1 벽한서(辟寒犀): 찬 기운을 물리치는 무소뿔이다. 당(唐)나라 때 교지국(交趾國)에서 진상하
였다.

32

이제현의 시

익재 이제현의 「산 속의 눈 내리는 밤」 시는 다음과 같다.

종이 이불은 싸늘하고 절 등불은 어두운데	紙被生寒佛燈暗
사미는 밤새도록 종을 울리지 않네	沙彌一夜不鳴鍾
간밤에 나그네가 일찍 문을 열었다고 성내겠지만	應嗔宿客開門早
암자 앞 눈 쌓인 소나무 보려 하였네	要看庵前雪壓松

산가의 눈 내린 밤 기이한 흥취를 묘사하여 읽으면 입에서 항해(沆瀣)[1]가 생기는 듯하다.

---

1 항해(沆瀣) : 신선이 마신다는 밤이슬이다.

33

이견간의 시

집의 이견간(李堅幹)이 임금의 명을 받고 강원도에 갔다가 밤에 두견 새 소리를 듣고 시 한 수를 지었다.

여관에서 꺼져가는 등불 심지 돋우니	旅館挑殘一盞燈
사신의 분위기가 승려보다 담박하네	使華風味淡於僧
창 너머 두견새 소리 밤새 들리는데	隔窓杜宇終宵聽
몇 번째 산꽃에서 울고 있을까	啼在山花第幾層

이 시는 중국에 전해졌다. 그 뒤 이견간이 중국에 사신으로 갔는데, 중국 사람이 시를 주었다.

산꽃의 시구는 천지와 함께 남아	山花句與兩儀存
강남 곳곳의 집에 두루 적혔네	題遍江南處處軒
알겠구나 이백이 세상을 떠난 뒤	也識謫仙歸去後
한 집안 풍월이 자손에게 전해졌네	一家風月有傳孫

중국 사람은 성(姓)이 같으면 동성(同姓)으로 여긴다. 그러므로 이런 시를 지은 것이다. 이 시는 한 시대에 회자되었다. 그러므로 세상 사람들은 집의를 산꽃[山花]이라고 불렀다. 어떤 이는 이렇게 말한다. "집의의 이 시에서 그의 충성스럽고 의로운 마음을 볼 수 있다."

34

정몽주의 시 2

포은 정몽주 선생의 시는 호방하고 씩씩하며 자유롭고 걸출하여 당시에는 그 짝이 드물었다. 절개와 기상이 언어에 나타나니, 여기서 뜻을 말하는 것이 시라는 점을 알 수 있다. 홍무 연간에 중국에 가서 다경루(多景樓)에 올라 시를 지었다.

가슴 속의 호연지기 펴고 싶다면	欲展胷中氣浩然
감로사 누각 앞에 와야 한다네	須來甘露寺樓前
석양 속에 옹성의 뿔피리 소리 들리고	瓮城畵角斜陽裏
가랑비 너머 과포로 돌아오는 배가 보이네	瓜浦歸帆細雨邊
옛 솥에는 아직도 양나라 세월 남아 있고	古鑊尙留梁日月
높은 정자는 초 땅의 산천을 바로 누르네	高亭直壓楚山川
올라가서 승려 만나 반나절 이야기하니	登臨半日逢僧話
동한 가는 팔천 리 길을 잊어버렸네	忘却東韓路八千

춘정(春亭) 변계량(卞季良)이 그 바르고 큰 기상을 칭찬하였다.

"선생의 시는 익재 이제현의 감로사 시[1]와 앞을 다툴 만하다. 일재

(一齋) 권한공(權漢功)의 시[2]는 그보다 못하다."

영천(永川) 조양각(朝陽閣)에 올라 태수에게 준 시 한 구절이 있다.

풍류 있는 태수는 녹봉이 이천 섬이요   風流太守二千石

옛친구 만나 술을 삼백 잔 마시네   邂逅故人三百杯

그 원대한 기상을 시에서 대략 볼 수 있다.

---

1 익재……시 : 상편1 12칙 참조.
2 일재(一齋)……시 : 상편1 36칙 참조.

정몽주의 시 3

포은 정몽주의 청심루(淸心樓) 시는 다음과 같다.

뿌연 안개비가 온 강에 가득한데	煙雨空濛滿一江
누각에 묵던 나그네가 밤에 창문을 여네	樓中宿客夜開窓
내일은 말에 올라 진흙길을 지나가리니	明朝上馬衝泥去
푸른 물결 돌아보면 흰새 한 쌍 날아가리	回首滄波白鳥雙

36
권한공의 시

일재(一齋) 권한공(權漢功)의 시는 다음과 같다.

북고산에 올라 윤주를 바라보니	北固登臨望潤州
한 동이 술로는 고금의 시름 씻기 어렵네	一樽難洗古今愁
거세게 흐르는 강은 여전히 노기를 품고	浪奔江勢猶含怒
나라가 망했으니 산은 여전히 부끄러워하네	國破山顔尙帶羞
회수의 안개는 옛 보루에 이어지고	淮海風烟連古壘
금초사 종소리는 높은 누각에서 들려오네	金焦鍾鼓隱岑樓
누구에게 흥망의 역사를 물어볼까	憑誰與問興亡事
그저 일엽편주로 다가오는 갈매기 있을 뿐	唯有沙鷗近葉舟

비록 포은의 시[1]에는 미치지 못하지만 일가의 풍격을 이루었다.

---

1 포은의 시 : 상편1 34칙 참조.

한종유와 이암의 시

복재(復齋) 문절공(文節公) 한종유(韓宗愈)는 만년에 한양 필림(筆林) 별장에 살았다. 일엽편주로 저자도(楮子島)를 오가며 시를 지었다.

십 리 평평한 호수에 가랑비 지나가고	十里平湖細雨過
한 줄기 긴 피리소리 갈대밭 너머 들리네	一聲長笛隔蘆花
은나라 솥에 간 맞추던 손으로[1]	却將殷鼎調羹手
한가로이 낚싯대 들고 저녁 백사장을 내려가네	閑把漁竿下晚沙

행촌(杏村) 시중(侍中) 이암(李嵒)은 두 번 정승을 지내고 만년에 물러나 승려 식영암(息影庵)과 방외의 교유를 맺었다. 일엽편주를 타고 오갔는데, 가기만 하면 돌아오는 것을 잊었다. 한 번은 그가 시를 지었다.

덧없는 세상의 공명은 정승이요	浮世功名是政丞

---

1 은나라……손으로 : 간을 맞춘다는 말은 정승이 나라를 다스리는 것을 비유한다. 은나라 고종이 정승 부열에게 "내가 만일 국을 조리하면 그대는 소금과 매실이 되라." 하였다.

작은 집의 한가로운 사람은 산의 승려라네   小窓閑味卽山僧

그곳에도 풍류 있는 곳 있으니   箇中亦有風流處

한 송이 매화가 등불을 비추네   一朶梅花照佛燈

두 분은 풍류와 높은 흥취가 있었고, 두 시 역시 지극히 맑아 사랑스럽다. 시 속에 그림이 있다고 해도 될 것이다.

38

이색의 시

가정(稼亭) 이곡(李穀)과 목은(牧隱) 이색(李穡) 부자는 잇따라 원나라 제과(制科)에 급제하고 문장으로 천하를 진동하였다. 지금 두 사람의 문집이 세상에 널리 전하고 있다. 목은과 가정의 관계는 두보(杜甫)와 두심언(杜審言) 및 소식(蘇軾), 소철(蘇轍)과 소순(蘇洵)의 관계와 같아 원래 가법(家法)이 있다. 평론하는 사람은 이렇게 말한다.

"목은의 시는 호방하고 굳세며 타고난 바탕이 절륜하니 배워서 도달할 수 없다. 가정의 시는 정밀하고 평담하며 답답하지 않고 여유로우며 격률이 삼엄하다. 저절로 우열이 갈라지니 안목 있는 자는 판단할 수 있을 것이다."

목은이 처음 원나라에 갔을 때 그곳의 문사가 조금 무시하며 조롱하였다.

술잔을 들고 바다에 들어가니 바다가 넓은 줄 알겠네   持盃入海知多海

목은이 즉시 말했다.

학사(學士) 구양현(歐陽玄)을 만나 인정을 받은 적도 있다. 목은이 만
년에 지은 시에,

의발이 해외에 전해질 것이라는	衣鉢當從海外傳
규재(구양현)의 한 마디가 아직도 낭랑하네	圭齋一語尙琅然
요즘 물가가 전부 올랐는데	邇來物價皆翔貴
내 문장만 값을 받지 못하네	獨我文章不直錢

하였으니, 불우한 만년을 탄식한 것이었다. 승려 환암(幻庵)과 목은의
관계는 소식과 참료(參寥)[1]의 관계와 같다. 환암은 글씨가 몹시 뛰어
나 진(晉)나라 필체를 터득하여 한때 글씨를 구하는 사람들이 몰려들
었다. 그러나 글씨를 쓸 적에는 반드시 시문을 보고, 마음으로 수긍한
뒤에야 붓을 들었다. 광평부원군(廣平府院君) 시중(侍中) 이인임(李仁任)
이 윤반(尹泮)이 그린 12폭 병풍을 얻어 무송(茂松) 윤회종(尹會宗)에게
시를 짓게 하고 환암에게 글씨를 써 달라고 하였다. 환암이 말했다.
　"시를 후세에 전하고자 한다면 목은이 아니고는 불가능합니다. 세상
에 목은이 있는데 감히 병풍에 시를 쓰는 것은 참람한 일입니다."
　그리고는 즉시 목은에게 편지를 보내 사찰로 초대했다. 목은이 말했다.

1　참료(參寥): 송(宋)나라 시승(詩僧) 도잠(道潛)의 호이다. 소식과 절친하여 많은 시를 주고받
　았다.

"만약 나를 부르고 싶다면 안화사(安和寺)[2]의 샘물로 차를 끓여야
한다."

목은이 도착하자 즉석에서 입으로 절구 12수를 불렀다. 붓에서 바
람이 일어나듯 환암에게 받아 쓰게 하였다. 그러다가 등왕각(滕王閣)
시 마지막 구절에서 이렇게 읊었다.

그날 강의 신은 나를 알아볼까	當日江神知我否
언제쯤 다시 돛배에 바람을 빌려줄까	何時更借半帆風

환암이 붓을 던지며 외쳤다.

"참으로 왕발(王勃)의 본색이다. 이 시는 몹시 뛰어나니 목은이야
말로 시의 성인이다."

쓰기를 마치자 마침내 3수를 지었다. 광평이 소중히 간직하였다.
훗날 운암(雲菴) 징공(澄公) 청수(淸叟)가 장성현(長城縣) 백암사(白菴寺)
누각을 다시 세우고 삼봉(三峰) 정도전(鄭道傳)에게 이름을 지어달라고
하였다. 삼봉은 극복루(克復樓)라는 이름을 지어주고 기문을 지어 자
기 문도 절간(絶磵) 윤사(倫師)를 시켜 환암에게 해서(楷書)를 받아오게
하였다. 환암이 말했다.

"이것은 제가 쓸 것이 아닙니다. 목은이 세상에 있는데 감히 장편의
글을 짓는단 말입니까?"

그리고는 즉시 사미를 시켜 절간과 함께 목은에게 가서 누각의 이

---

2 안화사(安和寺) : 개성 송악산 남쪽 기슭에 있는 사찰이다.

름과 기문을 지어달라고 청하였다. 목은이 절간에게 편지를 보내니, 절간이 말했다.

"절은 두 강 사이에 있고, 강은 절의 남쪽에서 합류하였다가 동서로 나뉘어 흐르고, 또 누각 앞에서 합류하여 연못이 된 뒤에 산을 나갑니다."

목은이 말했다.

"그렇다면 쌍계루(雙溪樓)라고 지어야겠다."

그리고는 붓을 잡고 기록하였는데 글에 고칠 곳이 전혀 없었다. 그 말미에 이렇게 썼다.

"나는 늙었다. 밝은 달이 누각에 가득한 날 그곳에서 묵을 수 없으니, 젊은 시절 손님으로 찾아가지 못한 것이 한스럽다."

환암이 받아 적고 탄식하며 말했다.

"당나라 시에,

밝은 달은 쌍계사에 뜨고	明月雙溪寺
봄바람은 입영루에 들어오네	春風入詠樓
젊은 시절 손님 되었던 곳에	少年爲客處
오늘 떠나는 그대를 보내네	今日送君遊

하였다. 목은은 이 말을 따온 것인데 따온 흔적이 없으니 참으로 뛰어난 솜씨이다."

목은은 결국 시안(詩案)에 연좌되어 헤아릴 수 없는 위기에 처했는데, 이 역시 환암 등이 빌미가 되지 않았다고 할 수는 없을 것이다. 평론하는 자는 목은이 만년에 지은 시가 젊은 시절만 못하다고 한다. 승려 죽간(竹澗)은 이렇게 말했다.

"목은은 젊은 시절 중국에 가서 뛰어난 문인들과 재주를 겨루었다. 시문을 지을 때는 한 글자 한 구절이 법도가 삼엄하여 옛날의 문인에게 부끄러울 것이 없었다. 만년에 지은 것은 드넓고 자유로워 생각을 거치지 않은 것 같다. 목은의 재주는 한 시대에 뛰어나 우리나라를 업신여기며 안목을 갖춘 사람이 없다고 여겼기에 감히 이렇게 하였던 것이다."

죽간은 승려 중에 걸출한 사람이다. 평론하는 자가 '목은은 동파와 흡사한데 발랄한 부분은 더 뛰어나다.' 하였다. 어떤 이가 양촌(陽村) 권근(權近)에게 묻자, 양촌이 말했다.

"그대가 돌아가서 소식의 「전적벽부」와 「후적벽부」, 목은의 「관어대부(觀魚臺賦)」를 읽어보면 저절로 알게 될 것이네."

사가(四佳) 서거정(徐居正)이 말했다.

"옛 사람은 소식의 「전적벽부」와 「후적벽부」를 두고 만고에 뛰어난 작품이라고 하였으니, 후세 사람이 비길 만한 것이 아니다."

39

전유의 시

헌납 전유(田濡)가 공주의 수령이 되어 시를 지었다.

공무가 구름 같아 머리가 세려 하는데	公事如雲鬢欲絲
눈 그친 강가 길에 말은 더디 가네	雪晴江路馬遲遲
아전과 백성은 백성 걱정하는 마음도 모르고	吏民不識憂民意
산수에서 좋은 시만 찾는다고 오해하네	誤道溪山覓好詩

　오묘한 시어가 저절로 백성을 가까이하는 수령의 책무에 어긋나지 않는다.

40

조준의 시

문충공(文忠公) 조준(趙浚)은 정승으로 나라를 다스리는 업적을 세웠다. 시에는 마음을 쓰지 않은 것 같지만 시를 지으면 호방하고 걸출하여 대인 군자의 기상이 있었다. 안주(安州) 백상루(百祥樓)에 쓴 시는 다음과 같다.

드넓은 살수는 푸르게 넘실거리는데	薩水湯湯漾碧虛
수나라 백만 군사가 물고기로 변했네	隋兵百萬化爲魚
지금도 어부와 나뭇꾼 이야기에 남아 있는데	至今留得漁樵話
나그네의 웃음거리도 되지 못하네	未滿征夫一哂餘

수나라와 당나라를 조롱하는 뜻이 있는데, 시어가 기이하다. 명나라 사신 축맹헌(祝孟獻)이 차운하였다.

두 차례의 수나라 침략 어찌 헛일이었으랴	隋兵再擧豈成虛
이 땅은 작은 웅덩이에서 헐떡이는 물고기 신세 되었으리	此地應爲涸轍魚

보지 못했는가 당시 당나라 이세적과 설인귀가   不見當時唐李薛

곧장 깃발 휘날리며 부여까지 갔던 일을   直揮旌節到扶餘

조준의 시를 뒤집어 우리나라를 억누르는 기상이 있다.

41

권근의 시

양촌(陽村) 권근(權近)의 시는 온순하고 전아하다. 홍무(洪武) 연간에 부름을 받고 명나라로 들어갔는데, 고황제(高皇帝)가 시 24편을 지으라고 명하자 모두 붓을 잡자마자 지어냈는데 글의 이치가 지극히 정밀하여 고칠 필요가 없었다. 변한(弁韓)을 읊은 시에,

어지러운 만과 촉의 전쟁1   紛紛蠻觸戰

혼란스런 진한과 변한   擾擾弁辰韓

라고 하니, 고황제가 기뻐하였다. 대동강을 읊은 시에,

기자의 유적은 초목이 평평한데   箕子遺墟草樹平

큰 강이 서쪽으로 꺾여 외로운 성을 감도네   大江西拆抱孤城

안개와 파도는 아스라이 먼 하늘과 이어지고   烟波飄渺連天遠

백사장과 물은 맑아 바닥까지 환하네   沙水澄清徹底明

---

1 만과 촉의 전쟁 : 달팽이의 오른쪽 뿔에 있는 만(蠻)이라는 나라와 왼쪽 뿔에 있는 촉(觸)이라는 나라가 땅을 다투며 전쟁을 벌인다는 이야기가 『장자』 「측양(則陽)」에 보인다.

온갖 시내 널리 받아들여 항상 가득하고　　　　　　廣納百川常混混

모든 형상 비추어 더욱 넘실거리네　　　　　　　　虛涵萬象更盈盈

거세게 바다로 들어가 조종하는 뜻　　　　　　　　霈然入海朝宗意

참으로 우리 왕이 큰 나라 섬기는 정성 같네　　　　正似吾王事大誠

하니, 고황제가 말하기를,

　"신하의 말은 이와 같아야 한다."

하고, 몹시 총애하였다. 어떤 이가 호정(浩亭) 하륜(河崙)에게 물었다.

　"도은 이숭인의 시문은 각고의 노력으로 단련하여 정밀하고 고아

하며, 양촌 권근의 시문은 평담하고 온후하여 자연스럽게 완성되

었으니, 결국 도은이 양촌보다 낫습니까?"

　호정이 말했다.

　"도은의 단련은 양촌도 충분히 할 수 있지만, 양촌의 자연스러움은

도은이 끝내 미칠 수 없다. 또 응제시 24편으로 말하자면 양촌은 지

을 수 있지만 도은은 필시 지을 수 없을 것이다."

42

이숭인의 시

홍무 연간에 도은 이숭인이 금릉(金陵)으로 사신 가다가 양주(楊州)의 배 안에서 한 연을 지었다.

뜬구름 너머 석양이 지고	落照浮雲外
큰 벌판 앞에 산이 남았네	殘山大野頭

사공이 등을 두드리며 감탄하였다.
"이 선비와는 시를 말할 수 있겠군."
그러더니 즉시 붓을 꺼내 나머지 구절을 채웠다.

43
이인로의 시

대간 이인로의 소상팔경시(瀟湘八景詩)는 다음과 같다.

구름 사이로 황금 떡이 출렁거리고	雲間灩灩黃金餠
서리 내린 뒤 푸른 옥 같은 물결 넘실거리네	霜後溶溶碧玉濤
깊은 밤 바람과 이슬 무거운 줄 알려면	欲識夜深風露重
배에 기댄 어부의 한쪽 어깨 높은 걸 보게	倚船漁父一肩高

이 말은 본디 소순흠(蘇舜欽)의,

구름 앞에 황금 떡이 출렁거리고	雲頭灩灩開金餠
수면에는 채색 무지개가 잠겨 있네	水面沈沈臥綵虹

라는 구절에서 나온 것인데, 점화(點化)가 절로 아름답다. 원나라 학사 조맹부(趙孟頫)가 이 시를 좋아하여 뒷구를 바꾸었다.

기억하나니 태호에 단풍잎 지는 늦가을	記得太湖楓葉晚

필시 취사선택할 사람이 있을 것이다.

---

1 수홍정……찾아갔네 : 수홍정은 오강(吳江)에 있는 정자이며 세 고사는 전국 시대 월(越)나라의 범려(范蠡), 진(晉)나라의 장한(張翰), 당(唐)나라의 육귀몽(陸龜蒙)을 말한다. 오강에 이들을 제향한 삼고사(三高祠)가 있다.

44

이인복의 시

사암(思庵) 유숙(柳淑)이 벼슬에서 물러나 서성(瑞城)으로 돌아가 여생을 보내자, 시중 초은(樵隱) 이인복(李仁復)이 시를 보냈다.

인간세상은 기름불이 날마다 타는 듯한데1	人間膏火日相煎
공처럼 명철한 사람은 역사에 전하리라	明哲如公史可傳
이미 위험한 때 사직을 안정시켰고	已向危時安社稷
다시 평지에서 신선이 되려 하네	更從平地作神仙
오호의 꿈은 끊어지고 물결만 푸른데	五湖夢斷烟波綠
삼경에 가을 깊고 국화는 선명하네	三徑秋深野菊鮮
부끄럽네 나는 벼슬 그만두지 못하여	愧我未能投紱去
요사이 두 귀밑머리가 눈처럼 날리네	邇來雙鬢雪飄然

당시 사람들이 걸작이라고 칭찬하였다. 그러나 얼마 되지 않아 사

---

1 인간세상은……듯한데 : 『장자』「인간세(人間世)」의 "산의 나무는 유용하므로 스스로 해를 당하고 기름은 불이 붙으므로 스스로 태운다.〔山木自寇也, 膏火自煎也〕"라는 말을 인용한 것으로, 이익과 욕심 때문에 자신을 해치는 사람들을 비유한 말이다.

암은 역적 신돈의 손에 죽었다. 논하는 자들은 초은의 시가 빌미가 되었다고 한다. '명철'이라는 말은 당시 임금이 좋아하는 것이 아니며, '오호' 두 글자는 정확히 그의 노여움을 샀다. 아, 초은의 시는 실로 사암의 실상을 기록한 것이다. 그런데 참소하는 역적이 죄를 지어내었으니, 시를 함부로 말할 수 있겠는가.

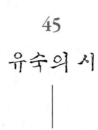

45

유숙의 시

사암(思庵 유숙)이 물러날 때 벽란도를 지나며 시를 지었다.

오랫동안 강호의 약속을 저버리고	久負江湖約
홍진 세상에서 이십 년을 보냈네	紅塵二十年
갈매기는 마치 비웃으려는 듯	白鷗如欲笑
일부러 누각 가까이 오네	故故近樓前

46

오순의 시

간의대부 오순(吳洵)은 절구에 뛰어났다. 무릉(茂陵)의 객관(客館)에 쓴 시는 다음과 같다.

대숲 집집마다 비취새 우는데　　　　　　　　脩竹家家翡翠啼

비가 한식을 재촉하여 시내가 불어나네　　　雨催寒食水生溪

푸른 이끼 짧은 풀이 교량에 자랐으니　　　蒼苔小草官橋路

남은 붉은 꽃이 말발굽 아래 들어가는 것 보기 두렵네　怕見殘紅入馬蹄

또 봄 강을 읊은 시는 다음과 같다.

끝없는 봄 강은 안개에 잠겼는데　　　　　春江無際暝烟沈

홀로 낚싯대 잡고 깊은 밤 앉아 있네　　　獨把漁竿坐夜深

미끼 아래 작은 고기 몇 마리나 되는가　　餌下纖鱗知幾許

---

1 자라 낚을 마음 : 원대한 포부를 말한다. 당나라 시인 이백(李白)이 자신의 포부를 자랑하며 '바닷가에서 자라 낚는 나그네〔海上釣鰲客〕'로 자처하였다.

십년 동안 자라 낚을 마음[1] 저버렸구나　　　　　　　十年空負釣鰲心

음미하면 점입가경(漸入佳境)이다. 그의 장편시를 못 본 것이 한스럽다.

47

성석린의 시

문충공(文忠公) 조준(趙浚)이 좌주(座主) 문정공(文靖公) 이색(李穡)을 초
청하여 잔치를 벌이자 벼슬아치들이 자리에 가득하였다. 독곡(獨谷)
문경공(文景公) 성석린(成石璘)이 먼저 축하하는 절구시 한 편을 지었다.

선비를 얻으니 좌주가 현명한 줄 알겠고	得士方知座主賢
시중이 시중 앞에서 장수를 비는 술잔을 올리네	侍中獻壽侍中前
하늘이 단비를 내려 좋은 손님 붙잡으니	天敎好雨留佳客
바람이 꽃잎을 날려 잔치 자리에 떨어뜨리네	風送飛花落舞筵

독곡의 부친이 말했다.
"재주를 과시하고 능력을 자랑하는 것은 화를 부르는 길이다."
독곡은 후회하며 사죄하였다.

48

이규보와 진화의 시

문순공 이규보의 시는 다음과 같다.

가벼운 적삼 차림에 작은 돗자리 깔고 마루에 누웠다가　輕衫小簞臥風櫳

꿈에서 깨어나니 꾀꼬리가 두세 번 우네　夢斷啼鶯三兩聲

무성한 잎에 가려진 꽃은 봄이 지나도 남아 있고　密葉翳花春後在

엷은 구름 사이로 새어나오는 햇빛은 빗속에도 밝네　薄雲漏日雨中明

진화(陳澕)의 시는 다음과 같다.

작은 매화 시들고 버들 드리웠는데　小梅零落柳僛垂

한가로이 아지랑이 밟으니 걸음마다 더디네　閑踏靑嵐步步遲

어촌은 문 닫히고 사람 말소리 드문데　漁店閉門人語少

온 강에 봄비 내려 가지마다 푸르네　一江春雨碧絲絲

　두 시가 한가롭고 멋이 있어 마치 한 사람의 손에서 나온 것 같아 논평을 잘 하는 사람도 우열을 가리기 어렵다.

49

허종의 시

허종(許悰)이 중국 사신을 전송하며 지은 시는 다음과 같다.

푸른 안개 자욱하고 풀은 무성한데	靑烟漠漠草離離
바로 강가에서 송별하는 때라네	正是江頭送別時
묵묵히 바라보니 끝없는 마음	默默相看無限意
이 생애 어디에서 다시 어울릴까	此生何處更追隨

약산(藥山) 오광운(吳光運)이 지은 「황화집서(皇華集序)」에 말했다.
"중국 사신에게 칭찬받은 빈접사의 시가 많지만 그중에 가장 잘 알려진 것은 '이 생애 어디에서 다시 어울릴까.'이다."

50

차천로의 시

오산(五山) 차천로(車天輅)가 일본에 사신으로 가서 지은 시 한 연(聯)이
한 시대에 회자되었다. 시는 다음과 같다.

하늘은 노나라 노인이 뗏목 타려던 바다와 이어지고[1]　　天連魯叟乘桴海

땅은 진나라 동자가 불로초 캐던 산과 붙어 있네[2]　　地接秦童採藥山

---

1 하늘은······이어지고 : 노나라 노인은 공자를 말한다. 『논어』 「공야장(公冶長)」의 "나는 도가
　행해지지 않으면 뗏목을 타고 바다로 나가겠다.〔道不行, 乘桴浮于海.〕"라는 공자의 말을 인용
　한 것이다.
2 땅은······있네 : 진 시황(秦始皇)이 서불(徐市)에게 동남동녀(童男童女) 3천 명을 데리고 바
　다로 나가 불로초를 가져오게 하였는데, 이들이 일본에 가서 눌러살았다는 전설이 있다.

51

권응인의 시

송계(松溪) 권응인(權應仁)이 사신을 따라 중국에 들어가 무령현(撫寧縣)을 지나며 시를 지었다.

말을 전하려 번거롭게 땅에 글씨 쓰고	通言煩畫地
가무를 구경하니 사신 온 것이 기쁘네	觀樂喜朝天

이 시를 벽에 썼는데, 돌아올 때 이미 비단으로 씌워 놓았다. 오산(五山) 차천로(車天輅)의 시와 표문(表文)이 중국에 들어가자 중국 사람들이 칭찬해 마지 않았다. 이 사람들이 중국에 태어났다면 필시 낮은 신분을 한계로 삼지 않았을 것이다. 이 때문에 차천로가 용만관(龍灣館) 술자리에서 제호(霽湖) 양경우(梁慶遇)의 "한 줄기 붉은 구름 황성에 가깝네〔一抹紅雲近帝都〕"라는 구절을 보고 눈물을 흘린 것이다. 지금 청천(靑泉) 신유한(申維翰)은 옛날 오산 차천로와 비슷한 사람이다. 문장으로 세상에 이름났지만 낮은 신분에 구애되어 요직에 오르지 못했다. 울산(蔚山) 김시빈(金始鑌)이 그에게 시를 주었다.

그대 재주는 학과 같지만 아쉽게도 날개 없어   君才似鶴恨無翎

봉래산이 지척인데 오르지 못하네   咫尺蓬瀛隔未登

『황정경』 읽을 만한 곳 헤아려보니   算到黃庭堪讀處

세상에는 그저 월송정만 있네   世間惟有月松亭

    신유한은 평해 군수(平海郡守)를 지냈으므로 월송정을 시의 소재로 삼은 것이다. 신유한이 보더니 개탄하며 차운하지 못했다. 차천로가 붉은 구름 시를 보고 눈물을 흘린 뜻과 같다.

52
채응일의 시

단성현(丹城縣) 앞에 사산리(蛇山里)가 있고, 사산리 앞에 문강성(文江城, 문익점)의 효자 정려(旌閭)가 있다. 채응일(蔡膺一)이 단성 현령이 되어 시를 지었다.

산줄기 하나 구불구불 뱀처럼 뻗었는데	透迤一麓走如蛇
효자의 비석 앞에 해가 지려 하는구나	孝子碑前日欲斜
북쪽 나그네는 옷을 두 번 받도록[1] 돌아가지 못하니	北客未歸衣再授
가을 바람에 또 목화꽃이 피었네	秋風又發木綿花

---

1 옷을……받도록: 『시경』 「칠월(七月)」의 "칠월에 심성이 서쪽으로 내려가면 구월에 옷을 만들어 준다.[七月流火, 九月授衣.]"라는 말을 인용한 것으로, 2년이 지났다는 뜻이다.

53

문익점이 목면 씨를 얻어오다

강성(江城) 문익점(文益漸)이 중국에 갔다가 강남으로 발길을 돌려 목
면 씨를 얻어와 온 나라에 이익이 되었다. 퇴계 선생이 「강성효자비(江
城孝子碑)」[1]에서 그 사실을 말했다.

---

1 강성효자비: 『퇴계집(退溪集)』 권42에 실려 있는 「전조 고 좌사의대부 문공 효자비각기(前
  朝故左司議大夫文公孝子碑閣記)」를 말한다.

54

심 진사의 시

단성(丹城)의 심 진사(沈進士)는 시를 잘 지었다. 처사 소응천(蘇凝天)이 가야산 해인사에서 경치를 구경하고 돌아오다가 심 진사의 집에 들르자, 심 진사가 시를 지어 주었다.

산 나그네가 문에 들어와 강 나그네가 맞이하니	山客入門江客邀
강산의 풍미를 승려와 나뭇꾼에게 이야기하네	江山風味說僧樵
옷 위에서 자줏빛 안개 뚝뚝 떨어질 것 같으니	衣上紫霞濃欲滴
그대가 무릉교[1]에서 온 줄 알겠구나	知君應自武陵橋

소응천은 차운하지 못했다.

---

1 무릉교(武陵橋) : 가야산 해인사 홍류동(紅流洞) 골짜기 입구에 있는 다리이다.

55

최해의 시

예로부터 지금까지 어부를 읊은 시가 몹시 많은데, 오직 졸옹(拙翁) 최해(崔瀣)의 시만이 무한한 의미가 있어 본받을 만하다. 시는 다음과 같다.

조물주는 어부를 후대하지 않아	天翁尙不剩漁翁
일부러 강호에 순풍을 적게 보내네	故遣江湖少順風
인간세상 험난하다 그대는 비웃지 마소	人世險巇君莫笑
자기 몸이 도리어 급류 속에 있으니	自家還在急流中

56

소응천의 시

처사 소응천이 과거 보는 때 정진(鼎津)을 건너면서 시를 지었다.

정진 나루터 아전이 내게 말하기를	鼎津津吏向余言
"응시자가 구름처럼 나루 건너 북쪽으로 갔네	擧子如雲北渡津
그대는 홀로 석양을 등지고 가니	君今獨背斜陽去
문인도 아니고 무인도 아닌 듯하네"	似是非文不武人

57

이희사의 시

근래의 시인 중에는 이희사(李羲師)가 독보적이라고 하겠다. 그가 비를 읊은 시는 다음과 같다.

맑은 가을 정원에 이끼가 자라는데	淸秋庭院長茵苔
산새와 개울가 구름은 해 저물자 돌아오네	林鳥溪雲日暮回
몇 점 청산이 강가에 솟아 있고	數點靑山江上出
한 떨기 누런 국화가 빗속에 피었네	一叢黃菊雨中開
어진 외숙이 초가집에 찾아오지 않았다면	不因賢舅臨茅屋
어찌 가난한 아내가 술을 마련했으랴	那得貧妻辦酒盃
슬픔과 기쁨 모두 겪느라 이미 충분히 늙었으니	閱盡悲歡足衰老
이별이 또 마음 상하게 하지 말게	莫敎離別重相催

그가 남에게 준 시는 다음과 같다.[1]

---

1 그가······같다 : 『취송시고(醉松詩稿)』 권1에 「정경휘의 아들이 묵고 가기에 이 시를 지어 그의 아버지에게 부친다(鄭景輝之胤歷宿賦此寄呈其大庭)」라는 제목으로 실려 있다.

백년 인생 얻고 잃는 것 모두 운명이니	百年得失無非命
강호에 누워 홀로 사립문 닫네	一枕江湖獨掩扉
백발은 찾지 않아도 저절로 오고	白髮不求他自至
친구는 그리워도 어긋나는 일 많네	故人相憶苦多違
봄바람에 우는 꾀꼬리는 누구를 기다리나	春風黃鳥啼誰待
저녁 비 맞은 복숭아꽃 점차 성글어져 아쉽네	暮雨桃花惜漸稀
홀연 익숙한 모습의 종문(宗文)2을 만나니	忽遇宗文儀範熟
초가집에 붙잡아 두고 가지 못하게 하네	宿留茅屋未敎歸

---

2 종문(宗文): 두보의 아들 이름으로 여기서는 상대방의 아들을 말한다.

58
신광수의 시

신광수(申光洙) 역시 시를 잘 짓기로 유명하다. 그의 진해루(鎭海樓) 시
는 다음과 같다.

범려의 배는 거친 파도 너머 만 리를 가고	范舟萬里越驚瀾
높은 진해루를 지척에서 보네	鎭海樓高咫尺看
천 겹 산은 사나운 범이 걸터앉은 듯하고	千疊湖山蹲虎壯
백 년 비바람에 싸우던 고래도 조용하네	百年風雨戰鯨安
하늘에 북소리 피리소리 울려퍼지는 저녁	天長鼓角鳴鳴暮
포구 넓고 줄지어 정박한 배는 싸늘하네	浦闊艤衝陣陣寒
군문에서 호령하는 장수는 엄숙한데	號令棘門雄節制
초췌한 신생은 갓 쓴 것이 부끄럽네	申生憔悴愧儒冠

59

권근의 시

반양산(半洋山)은 내주(萊州) 바다에 있다. 일명 오호도(嗚呼島)라고도 하는데, 전횡(田橫)의 식객 5백 명이 자살한 곳이다. 뱃길로 중국에 사신 갈 때 이 섬이 눈에 들어오면 지나가는 사람은 반드시 시를 지었는데, 양촌 권근의 시가 가장 웅혼하다.

열 길 돛을 만 곡의 배에 달고	十丈風帆萬斛船
구름 걷힌 바다는 아득히 끝이 없네	雲開滄海渺無邊
별이 물결에 드리워 서로 비추고	星垂雪浪相涵映
물은 은하에 부딪쳐 이어져 있네	水拍銀河共接連
반양산 바라보며 장사들을 슬퍼하니	可向半洋悲壯士
삼신산에서 신선을 찾을 것 없네	不須三島問群仙
배에서 드러누우니 흥에 겨워	舟中偃仰堪乘興
뗏목을 타고 하늘로 올라가는 듯하네	自是浮槎便上天

60

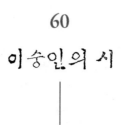

이숭인의 시

도은 이숭인 역시 오호도 시를 지었다. 목은에게 질정하자 목은이 말
했다.

"이와 같은 시는 중국에서도 쉽게 얻을 수 없다."

그 뒤 정도전이 자기 시를 당나라 사람의 시라고 하며 질문하자 목
은이 말했다.

"이 시는 자네들도 충분히 지을 수 있는 것이네."

정도전은 묵묵히 자리를 떠났다.

61

점철성금(點鐵成金)

시인이 전고를 사용할 때는 비속한 말이라도 점화(點化)를 잘하면 쇠를 금으로 바꿀 수 있다. 점필재 김종직의 시에,

마을 개가 사람에게 짖는데 울타리에 구멍 있고 　　邑犬吠人籬有竇

무당은 귀신을 맞이하니 종이로 돈을 만들었네 　　野巫迎鬼紙爲錢

하였고, 소재 노수신의 시에,

처음 우의정을 사직하고 　　　　初辭右議政

다시 판중추에 임명됐네 　　　　再拜判中樞

하였다. 이 구절은 모두 쇠를 금으로 바꾼 격이니, 어떻게 단련하는가에 달려 있을 뿐이다.

62

김태현의 시

고려의 정승 김태현(金台鉉)은 풍모가 단정하고 수려하며 미목이 그림처럼 아름다웠다. 젊어서 공부하던 때 친구들과 선배의 집에서 수업을 받았는데, 선배가 기특하게 여겨 아끼며 남달리 대우하고, 누차 안으로 데리고 들어가 밥을 먹여 주었다. 그 집에 과부가 된 지 얼마 안된 여인이 있었는데, 조금 시를 지을 줄 알았다. 하루는 창틈으로 시를 던졌다.

말 위의 백면서생은 어느 집 아들인가	馬上誰家白面生
지금까지 석 달 동안 이름도 몰랐네	邇來三月不知名
이제야 김태현이라는 것을 알았으니	如今始識金台鉉
고운 눈과 긴 눈썹이 가만히 마음에 드네	細眼長眉暗入情

공은 이때부터 절대 다시는 그 집에 가지 않았다. 이 일은 정암 조광조 선생의 일[1]과 비슷하다. 보통 사람은 여색을 만나면 예의를 지

---

1 정암……일 : 조광조가 밤에 글을 읽는데 이웃집 처녀가 사모하여 담을 넘어 들어오자 조광조는 예의가 아니라며 회초리를 쳐서 돌려보냈다.

켜 스스로 지키기가 어렵다. 김태현 같은 사람은 쩡쩡 울리는 쇠²와 같다고 하겠다.

---

2 쩡쩡 울리는 쇠: 후한(後漢) 광무제(光武帝)가 서선(徐宣)에게 "경은 이른바 쩡쩡 울리는 쇠와 같은 사람이다."라고 한 데서 유래한 말로, 남다른 사람을 말한다.

63

정지상의 시

정지상(鄭知常)은 평양 사람이다. 시를 잘 짓기로 세상에 이름났다. 그의 율시와 절구는 당나라 사람을 방불케 한다. 「봄날」 시는 다음과 같다.

복숭아꽃 붉은 비에 새들은 지저귀고	桃花紅雨鳥喃喃
집 주위 푸른 산에서 아지랑이 피어오르네	繞屋靑山間翠嵐
머리에 쓴 사모는 게을러 정돈하지 않고	一頂烏紗慵不整
꽃밭에서 취해 자며 강남을 꿈꾸네	醉眠花塢夢江南

같은 시대에 김부식(金富軾)이 그와 이름을 나란히 하였다. 묘청(妙清)과 백시한(白時翰)이 평양을 점거하고 반란을 일으키자 김부식이 왕명을 받고 토벌하였는데, 정지상이 본디 평양 사람으로 묘청과 몰래 내통한다고 왕에게 몰래 아뢰어 죽였다. 당시 정지상은 사간(司諫)으로 개경에 있었으니 사실은 묘청의 역모를 몰랐다. 어떤 이는 김부식과 정지상이 서로 시 때문에 다투었으므로 김부식이 정지상의 재주를 시기하여 죽인 것이라 한다. 김부식이 묘청의 난을 평정하고 대동강에 배를 띄우고는 개선가를 연주하며 강에서 큰 잔치를 벌이며 시를 지었다.

버들가지는 천 가닥 실처럼 푸르고　　　　　　　　　楊柳千絲綠

복숭아꽃은 만 점이 붉네　　　　　　　　　　　　　　桃花萬點紅

한참 읊고 있을 때 귀신이 공중에서 소리쳤다.

"너는 나를 시기하여 죄도 없는데 죽이더니, 너는 끝내 시 짓는 흥취를 모르는구나. 네가 어찌 버들가지가 천 가닥이며 복숭아꽃이 만 점인 줄 아느냐? 어찌하여 '버들가지는 가닥마다 푸르고 복숭아꽃은 점점이 붉네.〔楊柳絲絲綠, 桃花點點紅〕'라고 하지 않느냐?"

김부식은 정지상의 혼령이 사라지지 않고 이렇게 말했다는 것을 알고 마침내 잔치를 파하라고 명했다. 문인이 재주 때문에 시기하여 죽이기까지 하였으니, 어찌 귀하다 하겠는가.

64

시능살인(詩能殺人)

옛사람이 말하기를, "시는 사람을 곤궁하게 할 수도 있고 사람을 현달하게 할 수도 있다." 하였다. 나는 시가 사람을 죽일 수도 있다고 여긴다. 중종조에 교리 윤결(尹潔)이 시를 지었다.

삼월이라 장안에는 온갖 꽃 향기롭고	三月長安百草香
한강에는 봄물이 한참 넘실거리네	漢江春水正洋洋
태평성대의 무궁한 뜻을 알고 싶다면	欲知聖代不窮意
춤추는 왕손의 긴 소매를 보라	看取王孫舞袖長

결성위(結城尉) 구사안(具思顏)이 이 시를 가지고 왕에게 참소하여 죽이게 하였다. 윤결이 수레에 실려 남대문으로 나올 적에 구사안이 말을 타고 오다가 마침 서로 만나게 되었다. 윤결이 소리쳤다.

"사안, 이게 무슨 일인가?"

구사안은 부끄러워 차마 마주보지 못하고 부채로 얼굴을 가렸는데, 말이 놀라는 바람에 떨어져 목이 부러져 죽었다. 죽은 때로 말하자면 구사안이 윤결보다 먼저였다.

광해군 때 석주(石洲) 권필(權韠)은 임숙영(任叔英)이 과거 합격자 명단에서 제외되었다는 소식을 듣고 시를 지었다.

대궐 버들은 푸르고 꾀꼬리는 어지러이 우는데　　　宮柳靑靑鸎亂啼

성 가득한 벼슬아치들이 봄빛에 아부하네　　　　　滿城冠蓋媚春輝

조정 관원들아 태평성대 즐겁다고 말하지 마라　　　朝廷莫道昇平樂

누가 선비에게 위험한 말이 나오게 하였나　　　　誰遣危言出布衣

당시 유희분(柳希奮)이 권력을 잡고 있었는데, 자기를 비방하는 것이라 여겨[1] 광해군에게 말해 죽이게 하였다. 그 전에 석주가 한양 민가의 판자문에 옛사람의 시 한 구절을 썼다.

한창 봄날이 저물려 하는 때　　　　　　　　　　正是靑春日將暮

복숭아꽃이 붉은 비처럼 어지러이 떨어지네　　　桃花亂落如紅雨

그가 곤장을 맞고 죽자 시신을 그 판자 위에 두었다. 당시 3월이었으니, 과연 옛사람이 말한 시참(詩讖)에 부합하였다. 이는 모두 미리 정해졌기 때문에 그렇게 된 것인가.

인조 때 농포(農圃) 정문부(鄭文孚)가 전임 참판으로 집에 있었는데, 역사를 읊은 시를 지었다.

---

1 자기를……여겨 : 권필 시의 '궁류(宮柳)'가 외척인 자신을 가리킨다고 여겼기 때문이다.

초나라에 세 집만 남아도 진나라를 망하게 하리라는　　楚雖三戶亦秦亡

남공의 말이 반드시 맞는지 모르겠네2　　未必南公語得當

한번 무관으로 들어가 끝내 돌아오지 못하니　　一入武關終不返

남은 후손이 어찌하여 또 회왕이 되었나　　殘孫何事又懷王

　최내길(崔來吉)이 임금에게 참소하여 감옥에서 죽었다. 당시 농포의 종질 정조(鄭造), 정준(鄭遵) 등은 모두 대북파라는 이유로 죽음을 당했는데, 시의 뜻이 또 정확히 알 수 없었다. 그러므로 이를 이야기하여 죽인 것이다. 세 사람의 죽음은 모두 원통하지만 시 때문에 죽음을 면하지 못했으므로 나는 시가 사람을 죽일 수도 있다고 하는 것이다.

---

2 초나라에……모르겠네: 전국시대 초 회왕(楚懷王)이 진(秦)나라에 억류되어 죽자 초나라 사람들이 진나라를 원망하였다. 조 남공(楚南公)이 말하기를 "초나라에 세 집만 남아 있어도 진나라를 멸망시키는 것은 분명히 초나라일 것이다.〔楚雖三戶, 亡秦必楚也.〕" 하였다.

65

시능생인(詩能生人)

사가 서거정이 말했다.

"시는 사람을 죽일 수도 있고 사람을 살릴 수도 있다."

고려 때 사암 유숙이 역적 신돈을 거슬렀다가 물러나기를 청하며 이런 시를 지었다.

충성이 쇠하고 성의가 박해서가 아니라	不是忠衰誠意薄
큰 이름 아래에 오래 있기 어려워서라네	大名之下久居難

참소하는 자가 신돈의 생각을 엿보고 이렇게 지어냈다.

"큰 이름 아래에 오래 있기 어렵다는 말은 본디 범려(范蠡)가 월왕(越王) 구천(句踐)을 떠나면서 한 말입니다. 유숙은 자신을 범려에 비유하고 구천을 왕에게 비유한 것입니다. 또 서주(瑞州)는 바다에 가까우니 필시 범려가 한 짓을 본받을 것입니다. 일찍 제거하는 것이 낫습니다."

신돈에게 참소하니 신돈이 왕에게 아뢰어 해쳤다. 우리나라의 문정공(文貞公) 맹사성(孟思誠), 정숙공(貞肅公) 박안신(朴安信)은 함께 대관

(臺官)이 되었다가 말을 잘못하였다는 이유로 죽음을 당하게 되었다. 문정공은 얼굴이 흙빛이 되어 당황하여 어찌할 줄 몰랐고, 정숙공은 안색이 그대로였는데 절구 한 수를 지었다.

천년 만에 황하가 맑아지는 때를 만나	數當千載應河淸
임금이 지극히 훌륭하다고 믿었네	自謂君王至聖明
너는 직분을 다하지 못했으니 달게 죽어야 하나	爾職不供甘受死
임금이 간언하는 신하 죽였다는 이름을 얻을까 두렵네	恐君得殺諫臣名

사기그릇으로 땅바닥에 글씨를 쓰고는 눈을 부라리며 옥리에게 말했다.

"이 시를 성상께 아뢰어라. 그렇지 않으면 내가 귀신이 되어 너희들을 남김없이 죽이겠다."

태종이 듣고서 노여움을 거두고 사면했다. 두 가지 일을 보면 시는 사람을 곤궁하게 하고 현달하게 할 뿐만 아니라 사람을 죽이고 살리기도 한다. 아, 사가의 말이 옳다.

66

정인홍을 비난한 시

광해군 때 정인홍(鄭仁弘)이 정권을 잡자 누군가 시를 지어 비난했다.

옛절에서 두견새 소리 처음 들리니	古寺初聞蜀魄聲
슬퍼하는 듯 하소연하는 듯 무슨 마음인가	如哀如訴有何情
강남 곳곳이 살만한 곳이니	江南處處堪棲息
천진교에 가서 태평성대 그르치지 마라[1]	莫向天津誤太平

그 뒤로 당시의 시인들이 정인홍에게 시기를 많이 받았다.

---

1 천진교에……마라: 송(宋)나라 소옹(邵雍)이 낙양(洛陽) 천진교에서 두견새 소리를 듣고 남
쪽 지방의 선비가 천하를 어지럽힐 것이라고 예언하였는데, 과연 왕안석(王安石)이 정권을
잡아 조정에 분란이 일어났다. 여기서는 영남 사람으로서 정권을 잡은 정인홍을 비난한 것
이다.

67

탄금대 시

창설재(蒼雪齋) 권두경(權斗經)이 수찬이 되어 서울로 올라가다가 탄금대(彈琴臺)에 와서 말에서 내려 배회하며 시를 읊었다. 이때 어떤 사람이 서쪽에서 오더니 읍을 하고 다가와 말했다.

"공은 옛 싸움터에 들렀으니 시를 짓고 싶습니까?"

공이 말했다.

"지금 구상하고 있는데 아직 짓지 못했소."

그 사람이 말했다.

"제가 조금 시를 지을 줄 압니다."

공이 시험 삼아 운을 부르니 그 사람이 곧장 대답했다.

달천이 끝없이 흐르는	㺚水流不盡
먼 옛날 싸움터	千秋古戰場
장군의 한때 잘못으로	將軍一時誤
사졸이 몇이나 죽었나	士卒幾人亡
봄풀은 무성히 자라고	漠漠生春草
멀리서 석양이 지네	蒼蒼下夕陽

어부는 시름겨운 생각 없이　　　　　　　　　　漁翁不愁思
나그네 보내며 뱃노래 부르네　　　　　　　　　送客棹歌長

창설재가 두세 번 읊조리고는 이름을 물었는데, 그 사람은 말하지
않고 갔다. 창설재의 시는 내가 잊어버려 기억하지 못한다. 천천옹(喘
喘翁) 정중원(鄭重元)이 탄금대를 지나며 역시 시를 지었다.

지나는 나그네의 끝없는 한　　　　　　　　　　過客無窮恨
탄금대에 저물녘 구름　　　　　　　　　　　　　琴臺日暮雲
회음후의 배수진이　　　　　　　　　　　　　　　淮陰背水陣
먼 훗날 장군을 그르쳤네[1]　　　　　　　　　　千古誤將軍

그 시가 비록 평이하지만 짧은 시의 체재를 터득하여 좋다.

---

1 회음후의……그르쳤네 : 한(漢)나라 회음후 한신(韓信)이 조(趙)나라와 싸울 적에 배수진을
친 결과 큰 승리를 거두었는데, 신립이 이를 본떠 탄금대에서 배수진을 쳤다가 패배한 사실
을 말한 것이다.

68

이명한의 시

백주(白洲) 이명한(李明漢)[1]이 탄금대를 지나며 지은 시는 다음과 같다.

조각 구름이 비를 흩날리며 탄금대를 지나가는데   片雲飛雨過琴臺

충신의 혼을 부르려고 술을 붓고 돌아오네   招得忠魂酹酒回

당시 이기고 진 일을 묻고 싶지만   欲問當時成敗事

저녁 산은 말이 없고 물소리만 서글프네   暮山無語水聲哀

---

1 백주(白洲) 이명한(李明漢): 현주(玄洲) 이소한(李昭漢)의 오기로 보인다. 아래의 시는 『현주
  집(玄洲集)』 권5에 「탄금대」라는 제목으로 실려 있다.

69

회고시

만당(晚唐) 사람은 옛일을 애도하는 시를 지은 경우가 많았다. 연기 끊어진 평원에 처량한 바람이 불고 달 밝은 밤 황량하고 쓸쓸한 형상은 종종 아쉽고 슬프다. 유몽득(劉夢得), 유창(劉滄), 여온(呂溫)의 시는 모두 『당시고취(唐詩鼓吹)』에 실려 있는데, 그 아름다운 승경과 부드러운 모습이 사람을 감격해 마지 않게 한다. 우리나라 사람의 시는 풍경만 읊어 청초한 의미가 없으니, 이 점이 당나라 사람에게 한참 못 미치는 이유이다. 점필재 김종직의 「동도회고시(東都懷古詩)」는 다음과 같다.

초목이 구름에 닿은 옛 강산에	連雲草樹舊江山
화표주 우뚝하게 저자를 굽어보네	華表亭亭壓市闤
포석정에는 여전히 오래된 돌조각 남아 있고	石老鮑魚猶片段
반월성은 텅 비어 활처럼 둥그네	城空半月自彎環
누가 외침으로 나라를 가볍게 여기게 했나	誰敎外侮輕周鼎
끝내 항복한 왕이 관문을 두드렸네	終見降王叩漢關
오랜 세월 금오산은 흥망을 보았으니	千古金鰲閱興廢
한 섞인 석양이 얼굴에 가득하네	夕陽和恨滿屏顏

비록 점필재 같은 대가조차 당시와 비교하면 좋은 옥과 돌멩이보다 차이가 크니, 그 밖의 사람들이야 또 무엇을 말하겠는가. 근세에 조륜(趙綸)이 지은 시구는 이렇다.

천문 관측하던 석대[1]는 대궐 터에 남아 있고　　　　　觀象石臺餘魯殿
혼을 부르던 금척[2]은 섬돌에 떨어져 있네　　　　　返魂金尺落齊稽

시구를 조탁한 점은 좋으나 자연스러운 뜻이 없어 공교롭고 말았을 뿐이다. 승려 처능(處能)의 「부여회고시(扶餘懷古詩)」는 다음과 같다.

백마강 물결 소리는 오랜 세월 남아 있으니　　　　　白馬波聲萬古留
남아가 이곳에 오면 눈물이 흐를 만하네　　　　　男兒到此涕堪流
처음에는 위나라 산하가 보물이라 자랑하더니　　　　　始誇魏國山河寶
끝내 오강 자제들을 시름겹게 하였네　　　　　終作吳江子弟愁
해 지는 부서진 성첩에 까마귀 울고　　　　　廢堞有鴉啼落日
늦가을 황량한 누대에 춤추는 기생 없네　　　　　荒臺無妓舞殘秋
어부는 지난 왕조의 일을 알지 못하고　　　　　漁翁不識前朝事
때때로 물새 옆에서 일엽편주 띄우네　　　　　時傍沙鷗泛葉舟

---

1 천문 관측하던 석대 : 첨성대를 가리키는 듯하다.
2 혼을 부르던 금척 : 박혁거세가 신인(神人)에게 금척(金尺)을 받았는데, 병든 사람을 고치고 죽은 사람을 살렸다는 전설을 인용한 것이다.

이 시는 소리가 울려 당시를 방불케한다고 할 수 있으나 정밀하고 전아하기로는 점필재의 「동도회고시」만 못하다. 근래 이희사(李羲師)가 개성에서 지은 회고시3는 지금 세상의 보배이다. 신광수(申光洙)의 「기자묘(箕子墓)」 시에,

정전 터 가을이라 태곳적 연기 피어나는데	井甸秋生太古烟
희미한 유적이 참으로 가련하구나	蒼茫遺跡正堪憐

하였는데, 이희사의 시와 우열을 다툴 만하다. 우리나라의 시는 별도로 하나의 체재를 이루었으나 음률은 끝내 둔탁하다. 지금은 시의 도가 또 한 차례 액운을 만나 시를 잘 짓는다는 자들도 그저 쓸쓸한 말만 얻고 청초한 의미는 없다. 애당초 당시와 송시의 격조가 무엇인지도 모르고 억지로 "나는 당시를 지을 수 있다."라고 한다. 도리어 순전히 소식(蘇軾)과 황정견(黃庭堅)만 배운 고려 사람만도 못하니 한탄스럽다.

---

3 이희사(李羲師)가……회고시 : 상편1 23칙 참조.

70

권필의 시

송경 회고시(松京懷古詩)는 다음과 같다.

번화한 자취 없고 산하만 남았으니	繁華無跡有山河
눈 닿는 곳마다 감개를 어이하랴	觸目其如感慨何
태액지의 마른 연잎에 가을빛 짙고	太液枯荷秋色老
후원의 차가운 낙엽에 빗소리 크네	禁林寒葉雨聲多
궁궐 까마귀는 금쟁반[1]의 이슬을 쪼기 좋아하고	宮烏愛啄金盤露
들판의 새는 옥수후정화[2]를 노래할 줄 아네	野鳥能吟玉樹歌
여읜 말 타고 홀로 왔다 홀로 떠나니	瘦馬獨來還獨去
석양이 구리 낙타[3] 비추는 모습 견딜 수 없네	不堪斜日照銅駝

---

1 금쟁반 : 승로반(承露盤)을 말한다. 한 무제(漢武帝)가 감로(甘露)를 받기 위해 구리로 만든
것인데, 여기서는 대궐의 기둥을 비유한 듯하다.

2 옥수후정화(玉樹後庭花) : 남조(南朝) 진(陳)나라 후주(後主)가 지은 악곡으로 망국의 노래
로 일컬어지는데, 여기서는 아름다운 새소리를 비유하였다.

3 구리 낙타 : 낙양(洛陽)의 대궐문에 세운 것으로, 진(晉)나라 삭정(索靖)이 오랑캐의 침입을
예견하며 "네가 가시덤불 속에 있는 모습을 보겠구나."라고 했다. 여기서는 궐터에 남은 석수
(石獸)를 비유한 듯하다.

석주(石洲 권필)의 이 시는 조금 마음에 든다.

71

이달의 시

나는 손곡(蓀谷) 이달(李達)의 「한식(寒食)」 시를 좋아했다.

흰둥이 앞에 가고 누렁이 뒤에 가는데	白犬前行黃犬後
풀 자란 밭 가장자리에 무덤이 여럿이네	野田草際塚纍纍
노인이 밭두둑에서 제사 마치고	老翁祭罷田間道
해질녘 취하여 아이 부축 받고 돌아오네	日暮醉歸扶小兒

이 시는 늙은 농부가 무덤에 올라 제사지내는 광경을 묘사했는데, 꾸민 흔적이 없으니 당나라 사람의 분위기를 얻었다고 하겠다. 내가 배산촌(盃山村)을 지나며 시를 지었다.

강변을 가노라니 홀연 마을이 나타났는데	行盡江邊忽有村
고운 꽃과 버들이 울타리 옆에 뿌리내렸네	欹花嫩柳傍籬根
길에는 고려시대의 무덤이 버려져 있는데	路中埋沒高麗塚
산 아래 누가 그의 자손일까	山下何人是子孫

그 마을의 좌우에는 모두 고려시대의 무덤이 있는데, 전부 수십 기였기 때문에 이렇게 말한 것이다. 이 또한 그 분위기의 만분의 일이나마 얻었다고 할 수 있겠는가. 안목 있는 사람은 알 것이다.

72

성삼문과 최립의 시

예나 지금이나 지금도 매화시가 몹시 많다. 매죽당(梅竹堂) 성삼문(成三問)의 시는 다음과 같다.

자고(증공(曾鞏))는 시를 못 지었지만	子固不能詩
못 지은들 무슨 상관이랴	不能亦何傷
나는 유중영1을 좋아하니	我愛柳仲郢
옷에 향기 배는 걸 좋아하지 않네	衣不喜薰香

시의 뜻을 자세히 알 수는 없지만 아마도 이 매화는 향기가 없었던 듯하다. 그러므로 시를 못 지었지만 뛰어난 인물이었던 증공(曾鞏)에 비유한 것이다. 이 매화는 향기가 없지만 좋은 품종의 꽃인 것처럼 증공은 시를 못 지었지만 으뜸가는 문장가라고 할 수 있다는 것이다. 시의 뜻이 심원하니, 성삼문의 솜씨가 아니면 지을 수 없다.

---

1 유중영: 당(唐)나라 사람으로 높은 관직에 올랐으나 검소하여 마구간에는 좋은 말이 없었고 옷에는 향기 나는 주머니를 차지 않았다.

간이(簡易) 최립(崔岦)이 괴석을 읊은 시는 다음과 같다.

창가에 매달린 이 한 마리   窓間一蝨懸

고요히 바라보면 수레바퀴만큼 크네   目靜車輪大

내가 이 물건을 얻은 뒤로는   自我得此物

화산을 향해 앉지 않네   不向華山坐

괴석은 석가산이었을 것이다. 아껴서 항상 앞에 놓고 보았는데, 마치 기창(紀昌)이 창문에 이를 매달아놓고 삼년 동안 보았더니 수레바퀴만큼 커 보였던 것처럼[2] 항상 보고 있으므로 석가산이 화산처럼 보인다는 말이다. 자기가 화산 아래 있는 것이나 다름없으니 어찌 화산을 바라볼 필요가 있겠냐는 것이다. 시의 뜻이 심오하기가 위의 시와 같다. 이것은 시인의 별조(別調)이니 시의 정맥(正脈)은 아니다. 그러나 최립의 솜씨가 아니라면 역시 이 시를 지을 수 없다. 당나라 시에는 이러한 격조가 없다.

---

2 기창(紀昌)이⋯⋯것처럼: 기창은 전설의 명사수이다. 그가 스승 비위(飛衛)에게 활쏘기를 배울 때 이 한 마리를 실에 꿰어 창문에 걸고 매일 보았더니 3년 만에 수레바퀴처럼 크게 보여 심장을 쏘아 맞혔다.

73

오도일의 시

서파(西坡) 오도일(吳道一)은 시를 잘 지었는데 술 마시기를 좋아했다. 성상께서 그의 재주를 아껴 항상 과음을 경계하셨다. 그가 양양 부사 (襄陽府使)로 부임하며 이런 시를 지었다.

신신당부한 성상의 말씀 홀연 잊어버리고	三申聖戒忽焉忘
가득찬 술잔에 봄바람 시원하게 부네	快倒春風滿滿觴
아이들에게 일제히 박수치게 하지 않으면	不使兒童齊拍手
누가 양양에 왔는지 후세 사람이 어찌 알리오[1]	後人誰識到襄陽

시의 뜻이 호탕하니 그의 풍류를 볼 수 있다.

---

1 아이들에게……알리오 : 이백(李白)이 「양양가(襄陽歌)」에서 진(晉)나라 산간(山簡)이 날마다 술에 취한 일을 언급하고, 이어서 "양양의 아이들은 일제히 손뼉 치며 길을 막고 다투어 백동제를 노래하네.[襄陽小兒齊拍手, 攔街爭唱白銅鞮.]"라고 하였다. 여기서는 양양 부사로 부임한 오도일 자신을 산간에 비유한 것이다.

74

홍사묵의 시

옛날이나 지금이나 매화를 읊은 시가 몹시 많아 한 마디 하기가 어렵
다. 그렇지만 홍사묵(洪思默)의 시는 근래에 빼어난 것이라 하겠다. 시
는 다음과 같다.

봄바람이 사사로이 총애한 것 아니라	不是東風私寵光
일찍부터 고결하여 온갖 꽃의 으뜸이네	早自高潔首群芳
폭설 헤치고 외로운 절개 자랑하니	强排虐雪誇孤節
감히 어진 하늘 대신하여 양기를 지키네[1]	敢替仁天護一陽
시인들이 읊조려도 냉담한 말 많고	詞客嘲啾多冷語
화가가 묘사해도 향기는 빠진다네	畵工模寫漏眞香
주인이 나를 위해 고요한 분위기 만들어	主人爲我長幽寂
달 보고 술 마시며 거문고 연주하네	對月淸樽琴一張

---

1 감히……지키네 : 동지(冬至)는 양기가 소생하는 때인데, 이 무렵 피는 매화가 양기를 지키
는 듯하다고 말한 것이다.

75

목만중의 시

이천(利川)의 쌍령(雙嶺)은 병자년(1636) 전군(全軍)이 패배한 곳이다. 내가 예전에 쌍령을 지나다가 오래 전 원혼들을 생각하고, 비를 맞으며 곤제암(昆弟岩) 주막으로 들어갔다. 주막은 전쟁터 가운데에 있었다. 그곳 사람들의 말에 따르면 날이 흐리고 비가 내리면 귀신 소리가 들리는 듯하다고 한다. 내가 시를 지으려 하였으나 하지 못했다. 근래 목만중(睦萬中)이 병자년(1756) 쌍령을 지나며 지은 시를 보았는데, 절조(絶調)라고 할 만하다. 시는 다음과 같다.

평소 남한산성 앞에서 눈물 흘렸는데	平生流涕漢山前
이해 또 이곳을 지나가네	此地經過又此年
전군이 일시에 나라 위해 죽었고	三師一時能死國
쌍봉은 백년 넘게 여전히 하늘을 받치네	雙峯百載尙撑天
솔바람 서늘히 불어 골짜기는 가을인데	松杉颯颯秋生壑
학은 하늘로 날아가고 비는 냇물로 들어가네	虫鶴冥冥雨入川
국왕이 올봄에도 사람을 보내 제사 지냈으니	王使今春來設祭
성은으로 나라 위해 죽은 사람 불쌍히 여기네	聖恩猶軫國殤憐

내가 지금 목만중의 다른 시를 보니, 지금 세상 사람 중에 빼어나다고 할 만하다. 그의 구룡폭포 시는 다음과 같다.

지난해 내게 박연폭포 노래를 자랑하더니	去年誇我朴淵謠
용연에 와서는 마음이 교만하지 않네	始到龍淵意不驕
무너지는 파도 같은 기세는 절벽을 흔들고	勢積崩濤搖絶峽
바람에 날리는 물방울은 하늘에 흩어지네	氣吹飛沫散層霄
천 봉우리에 빗기운은 항상 열렸다 닫히고	千峰雨色常開合
만 골짜기 솔바람 소리는 온통 고요하네	萬壑松聲盡寂寥
곧장 여산과 어깨를 나란히 할 만하니	直與匡廬驪並長
동해 외딴 구석에 있어도 부족할 것 없네	未嫌東海處偏遙

세검정[1] 시는 다음과 같다.

외로운 달은 허공을 지나고 북방 기운 맑은데	孤月流空朔期晴
천 길 수루 위에서 철적을 비껴드네	戍樓千尺鐵簫橫
어룡은 춤추며 가인의 검에 응하고	魚龍舞應佳人劒
하늘의 새는 장군의 깃발로 돌아오네	雲鳥光廻上將旌
수풀 양 끝은 아득히 끝이 없고	草樹兩邊渾杳漠
계곡의 강물은 한밤에도 온통 밝네	峽江中夜摠自明
서생이 칼과 활 차지 않고 나와	書生不帶刀弓出

---

1 세검정(洗劍亭) : 강계(江界) 만포진(滿浦鎭)의 세검정을 말한다.

위강[2]의 공을 세워 산하를 안정시켰네　　　　　　魏絳功成海岳平

2 위강(魏絳): 춘추시대 진(晉)나라의 대부(大夫)로 산융(山戎)과 화친하여 나라를 안정시켰다.

76

이황의 시

퇴계(退溪) 선생의 「의주십이영(義州十二詠)」 시는 기상과 격조가 호방하며 음절이 웅장하니, 시인이 비슷하게 지을 수 있는 것이 아니다. 지금 시대의 시인 중에 누가 감히 대적하겠는가. 시는 하나의 기예이지만, 자연스럽게 나오는 것이지 억지로 지어내는 것이 아니다. 선생이 시를 짓는 데 뜻이 있었던 것은 아니지만 종횡무진하며 천태만상을 묘사하였으니 바람과 구름, 달과 이슬을 아름답게 꾸미는 자와 비교하면 어떠한가. 나는 항상 보며 읊조렸다. 천혜의 험지인 압록강을 읊은 첫 번째 시는 다음과 같다.

해 저무는 변방 성에서 홀로 난간에 기대니	日暮邊城獨倚欄
한 줄기 오랑캐 뿔피리 소리 수루 사이에서 들리네	一聲羌笛戌樓間
그대에게 의지하여 중원과의 경계를 표시하고 싶으니	憑君欲識中原界
웃으며 긴 강 서쪽 언덕 산을 가리키네	笑指長江西岸山

77

영남루시

나의 선조 휘 원도(元度)는 고려 말에 태학사를 지냈다. 사홍(士弘)으로
개명했는데, 두 이름이 모두 『고려사』에 보인다. 그 시문은 『동문선』
에 많이 실려 있다. 지정(至正) 갑신년(1344) 봄, 찰방으로 밀양(密陽) 영
남루(嶺南樓)에 올라 먼저 율시를 지었다. 그 서문은 다음과 같다.

"내가 사방을 여행하면서 올라가 본 승경이 많다. 그러나 한 걸음
도 옮기지 않고서 끝없이 멀리 바라볼 수 있는 곳은 이 누각 만한
곳이 없다. 남방의 아름다운 곳으로는 복주(福州 안동)의 영호루(暎
湖樓), 울산(蔚山)의 태화루(太和樓), 김해(金海)의 연자루(燕子樓), 진
주(晉州)의 촉석루(矗石樓), 합천(陜川)의 함벽루(涵碧樓)가 있는데 모
두 이 누각과 어깨를 나란히 할 수는 없다. 여강(驪江)의 청심루(淸心
樓), 평해(平海)의 망양정(望洋亭), 단양(丹陽)의 봉소루(鳳韶樓)로 말
하자면 우열을 다툴 만하다. 이 누각은 고을로 가는 길의 옆에 있어
마치 소나무 있는 언덕에 의지한 것 같고, 서쪽으로 큰길을 마주하
고 있으며 큰 강이 그 사이를 가로질러 흐르고 여러 봉우리가 사면
을 겹겹으로 둘러싸고 있다. 아득히 펼쳐진 넓은 들판은 바둑판처
럼 평평하고, 그 사이에 큰 숲이 울창하다. 흐린 날, 갠 날, 아침과

저녁, 사계절의 경치가 끝이 없어 시로 다 기록할 수 없고 그림으로 다 모사할 수 없다. 남방 산수의 영기(靈氣)가 밀양에 모여 이 누각을 둘러싸고 있는 듯하다. 나는 지정 갑신년 봄에 찰방으로 임명되어 이 도를 순찰하러 왔다가 이 고을을 지나게 되었다. 고을 수령 유공(兪公)이 내게 구경하라고 권하기에 이를 계기로 율시를 지어 현판에 쓴다. 후세의 군자는 서툴다고 비난하지 말기 바란다."
시는 다음과 같다.

붉은 난간 우뚝하여 하늘의 구름에 맞닿고	朱欄突兀襯雲天
천 봉우리 줄지어 서서 눈앞에 모이네	列岫千峰輳眼前
아래로는 끝없이 흐르는 긴 강이 있고	下有長江流不盡
남쪽으로 가없이 넓은 큰 벌판 마주하였네	南臨大野闊無邊
시골 다리의 버들 어둑한데 온 숲에 비 내리고	村橋柳暗千林雨
큰길의 꽃 환한데 십 리에 아지랑이 피어나네	官路花明十里烟
올라가 풍경을 감상하고 싶지 않으니	不欲登臨賞風景
남들이 이로 인해 잔치 자리 벌일까 두렵네	恐人因此設歡筵

그 뒤 차운한 사람이 몹시 많다. 점필재 김종직의 시는 다음과 같다.

올라가니 때마침 늦봄을 만났는데	登臨正値浴沂天
기둥에 기댄 앞에서 얼굴 씻는 바람이 부네	灑面風生倚柱前
남쪽 지방 산천은 바닷가에 모이고	南服山川輸海上
사방의 음악 소리에 구름 끝까지 소란하네	八窓絲竹鬧雲邊

들판의 소는 코를 내민 채 나루를 건너가고 野牛浮鼻橫官渡

둥지의 제비는 새끼 데리고 저녁 연기를 가르네 巢燕將雛割暝烟

이제야 내 여행 쓸쓸하지 않은 줄 알겠으니 方信吾行不牢落

매번 어머니 뵙느라 잔치 자리에 참석하네 每仍省母忝賓筵

도원흥(都元興)의 차운시는 다음과 같다.[1]

금빛 푸른빛 누각이 하늘 비친 물가를 누르는데 金碧樓明壓水天

옛적 누가 이 봉우리 앞에 지었는가 昔年誰搆此峰前

낚싯대 하나 든 어부는 빗소리 밖에 있고 一竿漁父雨聲外

십리 길 나그네는 산 그림자 곁에 있네 十里行人山影邊

난간에 들어온 구름은 무협의 봉우리에서 생기고 入檻雲生巫峽峀

물결 따라 흐르는 꽃은 무릉의 안개 속에서 나왔네 逐波花出武陵烟

물새도 양관곡을 들을 줄 아는데 沙鷗解聽陽關曲

어찌 송별연의 시름겨운 마음을 알리오 那識愁心在別筵

이 시는 예로부터 가야산 선녀의 시라고 전하여 도원흥의 시인지 정확히 알 수 없다. 호정(浩亭) 하륜(河崙)이 연(烟)자로 압운하여 지은 시에,

---

1 도원흥(都元興)의……같다 : 아래의 시는 『청강시화(淸江詩話)』에 송씨(宋氏) 교생(校生)이 지은 시로 실려 있다. 『기아(箕雅)』에는 정희량(鄭希良)이 지은 시로 실려 있다.

십 리 뽕나무와 삼밭에 비와 이슬 짙고   十里桑麻深雨露

언덕 하나 숲과 골짜기에 구름과 안개 늙었네   一丘林壑老雲烟

라고 하였는데, 달성(達城) 서거정(徐居正)이 비평하기를, "재상의 기상이 있다."라고 하였으니, 구법이 혼융(渾融)하기 때문이다. 퇴계의 시는 다음과 같다.

누각은 영해 하늘에 우뚝히 서 있는데   樓觀危臨嶺海天

좋은 날 국화 앞에 손님이 왔네   客來佳節菊花前

구름은 상수 언덕 푸른 숲 너머로 걷히고   雲收湘岸靑楓外

물은 형산 남쪽 흰기러기 곁으로 떨어지네   水落衡陽白雁邊

비단 장막은 광한루의 달을 감싸고   錦帳圍將廣寒月

옥피리 소리는 태청의 안개 속으로 들어가네   玉簫吹入太淸烟

그 뒤 차운한 시가 몹시 많으나 다 기록하지 못한다.

78

성사홍의 시

선조께서 또 안렴사(按廉使)로 동래(東萊) 객관(客館)에 들러 시를 지었다.

선친께서 옛적 동래로 부임하였을 때	先人往歲赴東萊
홀로 남은 나는 포대기의 아기였지	孤子方爲褓褓孩
오늘 순행하러 오니 백성이 기쁘게 맞이하여	今日巡臨民喜迓
마치 내가 고향으로 온 것 같네	怳如身入故鄕來

시의 뜻은 그분의 선친께서 동래 현령(東萊縣令)으로 부임하였을 때 태어나셨으므로 "마치 내가 고향으로 온 것 같네."라고 말씀하신 것이다. 대제학이 되었을 때 여주(驪州)에 살면서 목은(牧隱 이색), 유항(柳巷 한수) 등 여러 현인과 왕래하고, 또 학사 권질(權質)과 시 친구가 되었다. 망포(芒浦) 촌가로 권 학사를 방문하여 지은 시는 다음과 같다.

영양포 어귀에 갈대꽃 희고	迎陽浦口蘆花白
앙덕암 곁에는 강가 나무 붉네	仰德岩邊江樹紅

약속 있어 일엽편주에 거문고와 술을 싣고   有約扁舟載琴酒

금사탄 곁으로 시 짓는 노인을 찾아가네   金沙灘上訪詩翁

『동문선』을 보고 쓴다.

79

김이만과 권만의 시

강좌(江左) 권만(權萬) 공이 정승 정호(鄭澔)에게 시를 지어 주었는데, 이
일이 구설수에 올랐다. 학고(鶴皐) 김이만(金履萬)이 시를 지어 물었다.

그대가 영동 고을에서 돌아왔다 하는데	聞君歸自嶺東州
그곳 산수는 내가 예전에 노닌 곳이라네	此地風烟我舊遊
푸른 바다가 뽕나무밭 되는 것도 쉬운 일인데	滄海桑田容易事
죽서루는 별 탈 없이 그대로 있던가	可能無恙竹西樓

강좌가 답했다.

푸른 바다는 동쪽으로 축전주1와 맞닿았는데	滄波東接笠田州
난도가 떠 다니는 괴이한 일 다투어 전하네	異事爭喧卵島遊
난도는 지금도 떠내려가지 않았으니	卵島至今飄不去
그대는 번거롭게 죽서루를 묻지 말게	煩君莫問竹西樓

---

1 축전주: 일본 후쿠오카 서부에 있었던 지쿠젠을 말한다.

두 시의 문답은 모두 속되지 않으니, 강좌와 학고 두 공의 솜씨가 아니면 지을 수 없다. 지리지에 따르면 동해에 난도(卵島)가 있는데, 세상 사람들은 난도가 물결 따라 오간다고 한다.

80

이서우가 오상렴에게 준 시

송곡(松谷) 이서우(李瑞雨)가 연초재(燕超齋) 오상렴(吳尙濂)에게 시의
의발(衣鉢)을 전하며 시를 지어주었다.

하늘의 규성[1]도 우리 동방을 비추니	天文奎璧亦吾東
앞에는 고운(최치원)이 있고 뒤에는 목은(이색)이 있네	前有孤雲牧後同
미천한 몸으로 만당에 들어가 굳센 필력 뽑아내고	絲入晚唐抽健筆
동해에 의발 전하니 웅건한 기풍 우러러보네	鉢傳滄海仰雄風
홀로 읊조리는 가운데 날씨 차고 한 해 저무는데	天寒歲暮孤吟裏
끝없이 바라보면 강은 멀고 산은 길구나	水遠山長極目中
홀연 젊은이가 노래하는 옛 곡조 들으니	忽聽少年歌古調
등불 켠 초가집에서 생각이 끝이 없네	一燈茅屋意無窮

---

1 규성(奎星): 문장을 담당하는 별이다.

81

박손경의 시

남야(南野) 박손경(朴孫慶)은 초가집에서 가난하게 살면서 성현의 책을 탐독하여 정밀한 의리와 은미한 마음, 천리와 인욕의 구분, 소인과 군자의 차이가 가슴 속에 분명하였다. 스스로 즐거워하여 세상에 바라는 것이 없었으니, 『맹자』에 이른바 '남들이 알아도 만족하고 몰라도 만족한다.'라는 사람이다. 산에 살며 느낌이 있어 지은 시는 다음과 같다.

빈 산에 밤새도록 등불 하나 켜고	空山永夜一燈深
책상 위 책을 다 읽고 옷깃을 바로잡네	讀罷床書自整襟
방은 고요하여 더 이상 남은 물건 없고	室靜更無餘物在
마음 한가로와 한 가지 시름도 침범하지 못하네	心閑不許一愁侵
옛 거울 꺼내 와서 새로 닦고	撥來古鏡開新面
거문고 불러 끊어진 소리를 잇네	喚却瑤琴理斷音
한때의 좋은 소식에 의지하지 말라	莫倚片時消息好
항상 귀신을 마주한 듯 해야 하네	直須長對鬼神臨

82

김이만과 박손경의 시

학고(鶴皐) 김이만(金履萬)은 본디 예천(醴泉) 화장(花庄) 사람이다. 학고
의 선친 승지공은 이름이 해일(海一)인데 제천(堤川)으로 이사하였다.
학고가 과거에 급제한 뒤 그대로 제천 사람이 되었다. 그의 문장은 연
초재(燕超齋) 오상렴(吳尙濂)과 명성을 나란히 하였다. 김공과 남야(南
野) 박손경(朴孫慶)은 옛적 동향 사람이었기에 수창한 시가 몹시 많다.
학고의 원래 시는 다음과 같다.

옛적 우리 선조가 화장에 살았으니	憶曾吾祖住花庄
삼대의 옛 선영이 그대로였네	三世依然舊梓桑
두곡(杜曲)에 이미 공부(工部)의 집 없고[1]	杜曲已無工部宅
병주(幷州)는 지금 낭선(浪仙)의 고향이라네[2]	幷州今是浪仙鄉
내 얼굴과 머리카락은 전부 바뀌었고	此生容鬢全凋換

---

1 두곡(杜曲)에……없고: 두곡은 장안(長安) 동남쪽의 지명으로 두보의 선조가 살던 곳이다.
두보는 공조원외랑(工部員外郞)을 역임했으므로 두공부(杜工部)라고 한다.
2 병주(幷州)는……고향이라네: 낭선은 당(唐)나라 시인 가도(賈島)의 자이다. 그가 병주에 오
래 살다가 그곳을 떠나며 지은 「상건하를 건너며(渡桑乾河)」로 인해, 병주는 제2의 고향을 의
미한다.

고향의 친척은 거의 다 죽었네	故國宗親略喪亡
금곡의 옛친구는 아들 묻은 지 오래이니	金谷故人埋玉久
그대 보내는 오늘 산양(山陽)의 마음이네3	送君今日感山陽

남야의 차운시는 다음과 같다.

듣자니 조촐한 성곽 밖 별장에	聞說翛然郭外庄
뜰의 풍경은 완연히 시상(柴桑)4과 같다지	中園物色宛柴桑
백년 인생 소식 도리어 오늘을 만나니	百年鱗羽還今日
남쪽 지방 느릅나무 심은 곳이 고향이라네	南國枌楡是故鄉
얕은 교분으로 감히 부자와 교유했다 하겠는가	末契敢言遊父子
새로운 시를 받으니 생사에 감회가 생기네	新詩偏荷感存亡
선친의 묘소가 어디인지 묻는다면	先人墓草如相問
한강 북쪽 소나무 잣나무 시든 곳이라네	松栢催殘漢水陽

---

3 산양(山陽)의 마음이네: 진(晉)나라 상수(向秀)가 산양(山陽)에 있을 때 혜강(嵇康)과 친하게
  지냈는데, 혜강이 죽은 뒤 그곳을 지나다가 옛일을 생각하며 「사구부(思舊賦)」를 지었다.
4 시상(柴桑): 진(晉)나라 도연명(陶淵明)이 은거한 곳이다.

83

권응인의 이황 만시

퇴계 노선생을 장사지낼 때 송계(松溪) 권응인(權應仁)의 만시가 회자되었다. 그 시의 수련(首聯)과 경련(頸聯)은 동파(東坡, 소식(蘇軾))의 변려문 한 구절을 사용했지만, 어구를 몹시 잘 다듬어 원만하게 만들었다. 시는 다음과 같다.

황폐해진 경학을 다시 드러내었으니	經學荒蕪更發揮
유림의 뿌리요 나라의 시초와 거북이었네	儒林根柢國蓍龜
공명과 사업은 세 조정의 원로요	功名事業三朝老
도덕과 문장은 백대의 스승이었네	道德文章百世師
초야에서 한가로이 지내며 영욕을 잊었고	田野養閑忘寵辱
조정의 빈 자리에 안위가 달려 있었네	廟堂虛位係安危
갑자기 조물주가 빼앗아 하늘에 오르니	騎箕忽被天公奪
차가운 달빛이 처량하게 무이산을 비추네	寒月淒涼照武夷

또 다음과 같다.

스승의 연원은 낙수와 이수[1]였고 　師友淵源洛與伊

재주 많아 여사로 시에도 능하였네 　多才餘事又能詩

사람 놀래키는 오묘한 말은 강산의 도움 받았고 　驚人妙語江山助

세상을 뒤덮는 공명은 초목도 안다네 　蓋世功名草木知

물러나 쉬던 날 임금 은혜는 더욱 무거워졌고 　賜盃屢增休退日

태평성대에 병을 앓으며 끝내 사양하였네 　抱病終謝聖明時

공자의 수명보다 삼 년이 적었으니 　三年方減宣尼壽

남겨두지 않은 저 하늘을 원망하네 　怨彼蒼天不憖遺

동파의 변려문에 "도덕은 세 조정의 원로였고, 문장은 백대의 스승이었다."라고 하였다.

---

1 낙수(洛水)와 이수(伊水): 정이(程頤)와 정호(程顥) 형제를 말한다.

84

정경세의 유성룡 만시

우복(愚伏) 정선생(鄭先生, 정경세)이 지은 서애(西厓, 유성룡) 선생의 만시
는 필력이 노성하고 건장하며 구법이 예스러워 후세 사람의 모범으로
삼을 만하다. 시는 다음과 같다.

쇳소리와 옥빛에 봉황의 위엄	金聲玉色鳳威儀
태평성대의 빼어난 모습을 세상이 스승 삼았네	瑞世英姿世所師
산하의 기상이 있는 곳에서 태어나	河岳氣中生有自
퇴계의 문하에서 보고서 알았네	退陶門下見而知
시초와 거북 없으니 인간세상은 끝이요	人間已矣無蓍蔡
미수와 기수 바라보이는 하늘은 예전 그대로네	天上依然望尾箕
그간의 구설수 말할 필요 있으랴	脣吻向來何足說
파리는 야광주에 흠집 낼 수 없네	靑蠅難辨夜光疵
왕을 보좌할 재주로 일컬어지기 부끄럽지 않고	才稱王佐未應慚
나라 위한 충성은 상제가 굽어보리라	徇國誠心帝降監
세상 다스리던 도중 다섯 궁귀[1] 만나고	經濟中途窮鬼五

고향으로 돌아가니 존귀한 점 셋이었네[2]   棲遲初服達尊三

대아가 속세와 맞지 않았기 때문이니   只緣大雅難諧俗

중화가 어찌 참소를 미워하지 않으랴[3]   豈有重華不塈讒

임종 앞두고 짧은 봉사 올리니   臨絶一封文字少

슬픈 눈물 동남쪽에 가득한 줄 알겠네   解敎悲涕滿東南

서림[4]을 오간 지 사십 년이 지났는데   來往西林四十春

지금도 길에서 나루를 찾지 못하네   只今於道尙迷津

스승 돌아가신 지금 장차 누구를 우러를까   山頹此日將安仰

평생 다시는 황하를 마실 수 없으리라   河飮平生更莫因

만고의 고상한 풍도 영원히 볼 수 없고   萬古高風長隔面

하늘의 밝은 달이 정신을 전하네   一天明月是傳神

관직에 얽매여 무덤에 가보지도 못하니   縻官宦冗違臨穴

옛날 집 지은 사람[5]에게 부끄럽구나   慙愧當年築室人

---

1 다섯 궁귀(窮鬼): 한유(韓愈)의 「송궁문(送窮文)」에 나오는 사람을 곤궁하게 하는 다섯 종류의 귀신이다.

2 존귀한 점 셋이었네: 맹자의 "천하에 모두가 존귀하게 여기는 것이 세 가지이니, 관직, 나이, 덕이다."라는 말을 인용한 것이다.

3 중화가……않으랴: 중화는 순(舜)임금이다. 『서경』「순전(舜典)」에 "짐은 참언이 선한 이를 해치고 짐의 무리를 놀라게 하는 것을 미워한다." 하였다.

4 서림(西林): 여산(廬山) 서림원(西林院)을 말한다. 주자가 이통(李侗)에게 배운 곳인데, 여기서는 스승의 거처를 말한다.

5 집 지은 사람: 공자의 제자 자공(子貢)을 말한다. 공자가 세상을 떠나자 자공이 무덤 곁에 집을 짓고 6년 동안 상을 치렀다.

85

이안눌의 절구 만시

한강(寒岡, 정구) 선생을 장사지낼 때 동악(東岳) 이안눌(李安訥)의 만시
가 제일이었다. 지봉(芝峯, 이수광)이 말했다.

"사운시(四韻詩)를 잘라서 짧은 절구로 만든다면 옛날의 훌륭한 작
자를 뒤따를 수 있을 것이다."

그러나 나는 지봉의 말이 틀리다고 생각한다. 경련(頸聯)에 격식을
벗어난 대우를 사용하였으니, 마지막 2구를 붙여야 시가 원만하여
흠이 없어진다. 지봉이 우연히 생각하지 못한 듯하다. 시는 다음과
같다.

신안(新安)[1]의 옛 마을에서	新安故宅里
돌아가신 해도 경신년이었네[2]	易簀又庚申
정강성(鄭康成 정현)의 성에	以鄭康成姓
주중회(朱仲晦 주희)의 행실	爲朱仲晦身

---

1 신안(新安): 주자의 고향인데, 정구가 태어난 성주(星州)의 별칭이기도 하다.
2 돌아가신 해도 경신년이었네: 주희가 세상을 떠난 1200년(신종3)과 정구가 세상을 떠난
  1620년(광해군12)이 모두 경신년이므로 이렇게 말한 것이다.

조정에 하루도 있지 않았으나   朝廷不一日

수천 사람을 가르쳤네   教授幾千人

인륜을 부지하였으니   扶植民彝地

충성은 귀신에게 맹세할 수 있네   誠忠質鬼神

86

채평윤의 이서우 만시

송곡(松谷, 이서우)가 병들자 은와(恩窩, 채평윤)가 문안하러 갔다. 송곡이
말했다.

"내가 죽은 뒤 내 행적을 글로 써줄 사람은 중기(仲耆, 채평윤의 자) 한
사람뿐이니, 내가 임종을 앞두고 하는 말을 잊지 말게."

송곡이 세상을 떠난 뒤 은와가 100운 만시를 지었는데, 뒷구는 다
음과 같았다.

멀고 외진 곳에 있어 조문하지 못했는데　　　　　　未奠生蒭嗟僻遠

사적으로 시호를 논한다면 문정이라 하리라　　　　若論私諡有文貞

87

대궐에서 조회하고 지은 시

시화(詩話)에 말했다.

궁전과 조회를 소재로 지은 시는 부귀하고 화려한 말을 많이 쓴다. 두보(杜甫)의 「조조대명궁(早朝大明宮)」 시의 화운시를 지은 사람이 잠삼(岑參), 가지(賈至) 등 한둘이 아닌데, 모두 지극히 아름다워 곁불을 쬐거나 구걸하는 소리가 없다. 목은(牧隱, 이색)이 천수절(天壽節)에 대명전(大明殿)으로 들어가 조회하고 지은 시는 다음과 같다.

활짝 열린 정전(正殿)은 새벽이라 추운데	大闢明堂曉色寒
옥으로 만든 난간에 깃발 높이 휘날리네	旌旗高拂玉欄干
구름 걷힌 옥좌에서 황제의 말씀 들리고	雲開寶座聞天語
금술잔에 봄빛 가득한데 임금의 기쁨 받드네	春滿金巵奉聖懽
온 세상이 한 집이 되었으니 요임금 시대 같고	六合一家堯日月
세 번 만세를 부르니 한나라의 의관이라네	三呼萬歲漢衣冠
모르겠네 이 몸은 지금 어디에 있는가	不知身世今安在
아마도 난새 타고 하늘에 올랐나 보네	疑是靑冥控紫鸞

통정(通亭) 강회백(姜淮伯) 역시 남경(南京)에 갔을 적에 「조조봉천전 (早朝奉天殿)」 시를 지었다.

대궐 도랑의 버들가지 한창 하늘거리는데	御溝楊柳正依依
전각에 달이 뜨고 물시계 느리게 가네	月上觚稜玉漏遲
패옥을 쟁그랑거리며 관리들 모이고	環佩丁當鵷鷺集
의장을 덜그럭거리며 용사들이 달려오네	羽林磨戛虎賁馳
용 머리[1] 홀연 어두워지자 향 연기 움직이고	螭頭忽暗香烟動
봉황 꼬리[2] 서서히 열리자 의장이 움직이네	鳳尾徐開彩仗移
붉은 구름 앞에 머리 조아리며 엄숙히 바라보니	稽首紅雲瞻肅穆
햇빛이 먼저 만년지를 감싸는구나	日光先繞萬年枝

이는 가지, 두보가 남긴 시에서 얻은 것이다. 선덕(宣德) 연간에 목은의 손자 문열공(文烈公) 이계전(李季甸)이 연경에 갔다가 조회를 마치고 대궐을 나오자 주객 낭중(主客郞中)이 이른 조회를 시로 읊어달라고 하였다. 문열공은 군색하여 목은의 시를 써서 보여주었는데, 주객 낭중이 대단히 칭찬하였다. 훗날 통정의 손자 문경공(文景公) 강맹경(姜孟卿)이 연경으로 가게 되었는데, 이 문열공이 장난삼아 말하기를,

"중국 선비가 글을 시험하면 어떻게 하겠는가?"

하니, 문경공이 즉시 대답하기를,

---

1 용 머리: 대궐 섬돌에 새겨진 용 머리를 말한다.
2 봉황 꼬리: 임금의 의장을 말하는 것으로 보인다.

"우리 집에도 『통정집(通亭集)』이 있다네."

하니, 좌중의 사람들이 모두 포복절도하였다.

88

충선왕의 시

시의 용사(用事)는 출처가 있어야 한다. 만약 자기 생각에서 나왔다면 말이 공교롭더라도 비난을 피할 수 없다. 고려 충선왕(忠宣王)이 원(元)나라에 들어가 만권당(萬卷堂)을 열자, 원나라 학사 염복(閻復), 요수(姚燧), 조맹부(趙孟頫)가 모두 왕의 문하를 출입했다. 하루는 왕이 시 한 연을 지었다.

닭 울음은 흡사 문 앞의 버드나무 같네　　　　　　　鷄聲恰似門前柳

학사들이 용사의 출처를 물었으나 왕은 침묵했다. 익재(益齋) 이 문충공(李文忠公, 이제현)이 곁에 있다가 즉시 설명했다.

"우리나라 시에,

지붕 위에 해가 뜨자 금빛 닭이 우니　　　　　　　屋頭初日金鷄唱

흡사 길게 하늘거리는 버드나무 가지 같네　　　　　恰似垂楊裊裊長

라는 구절이 있습니다. 부드러운 닭 울음을 가벼운 버드나무 가지에 비유한 것입니다. 우리 전하의 시구는 이 뜻을 사용한 것입니다. 또 한퇴지(韓退之)가 거문고를 읊은 시에 '뜬구름과 버들가지는 뿌리도 꼭지도 없네.〔浮雲柳絮無根蔕〕'라는 구절이 있으니, 옛사람도 소리를 버들가지에 비유한 경우가 있습니다."

그러자 좌중에 있던 사람들이 모두 감탄했다. 충선왕의 시는 익재의 설명이 없었다면 비난을 받고 군색해졌을 것이다.

89

이존오의 시 1

고려 말의 정언 이존오(李存吾)는 평소 남달리 강개하였다. 그가 역적 신돈을 논죄한 상소는 문장과 기개가 해나 달과 빛을 다툰다. 시 역시 호방하고 절륜하다. 태주(台州)로 돌아가는 봉사(奉使) 호약해(胡若海) 를 전송한 시는 다음과 같다.

남성의 낭관이 우리나라 찾아오니	南省郞官聘我邦
시원한 풍류에 마음으로 항복했네	風流瀟洒已心降
임금이 총애하여 붉은 활 하사하고	主人寵迫彤弓一
문객은 지우 깊어 구슬 한 쌍 주었네	門客知深白璧雙
우공의 산하는 여전히 전쟁 중인데	禹貢山河猶戰伐
고려의 풍속은 저절로 순박하네	箕封風俗自淳厖
가을바람은 그대 붙잡는 마음 알지 못하고	秋風不識留君意
곧장 배를 불어 절강으로 보내네	直送飛艭到浙江

또 절강(浙江)으로 사신 가는 이 부령(李副令)을 전송하는 시는 다음 과 같다.

천지 사이에 전쟁이 몇 번이나 벌어졌나   天地紛爭間幾回

남송의 지난 일에 슬픔을 견딜 수 없네   南朝往事不勝哀

그대 돌아가면 악왕묘[1]를 지나리니   君歸應過岳王墓

부디 나를 위해 술 한 잔 뿌려주시오   爲我丁寧酹一盃

그의 시를 읽으면 그의 기상을 알 수 있다.

---

1 악왕묘(岳王墓): 송(宋)나라 충신 악비(岳飛)의 무덤이다.

90

이존오의 시 2

시는 작은 재주이다. 그러나 간혹 세교에 관계가 있으니 군자는 배우는 점이 있어야 한다. 정언 이존오가 역적 신돈을 거슬러 장사(長沙)로 좌천되면서 시를 지었다.

미쳤으니 바닷가에 버려져도 참으로 마땅한데	狂妄眞堪棄海邊
성상의 은혜 하늘처럼 커서 시골로 돌려보냈네	聖恩天大賜歸田
초가집에서 내뜻대로 사니 생애가 만족스러운데	草廬隨意生涯足
일편단심은 예전에 비하면 갑절이라네	一片丹心倍昔年

91

이숭인의 시

문인들이 서로 시기하는 것은 옛날부터 그랬다. 왕 반산(王半山, 왕안석)은 동파(東坡, 소식)와 사이가 좋지 않았다. 그러나 동파의 「설후차운시(雪後次韻詩)」를 읽고 예닐곱 편까지 뒤따라 차운하다가 끝내 "미칠 수 없다." 하니, 당시 사람들은 그가 자신을 몹시 잘 안다고 인정하였다.

하루는 삼봉(三峯, 정도전)이 졸고 있는데 족질 황현(黃鉉)이 곁에서 도은(陶隱, 이숭인)의 「호종시(扈從詩)」를 외웠다.

북소리 피리소리에 강물은 일렁이고	鼓角滄江動
깃발이 가득하여 태양이 어둡네	旌旗白日陰
글 짓는 신하들이 곁에 많이 모시니	詞臣多侍從
우잠¹ 바치는 모습을 보겠네	會見獻虞箴

삼봉이 홀연 눈을 뜨더니 말했다.

---

1 우잠(虞箴): 주 무왕(周武王) 때 사냥터를 지키는 우인(虞人)이 올린 잠언(箴言)이다. 여기서는 신하가 임금을 경계하는 말을 뜻한다.

"어감이 맑고 원만하여 당시(唐詩)와 비슷하다."

황현이 말했다.

"첨서 이숭인이 지은 것입니다."

그러자 삼봉이 말했다.

"아이놈이 어디서 나쁜 시를 얻어왔느냐?"

아, 반산처럼 고집스러운 사람도 공론을 무시하지 못했거늘, 정도전은 반산에 한참 못 미친다.

92

권필의 정철 만시

권 석주(權石洲, 권필)가 정 송강(鄭松江, 정철)의 묘를 지나며 시를 지었다.

빈산에 낙엽 지고 부슬부슬 비 내리는데   空山木落雨蕭蕭

정승의 풍류가 이제는 적막하네   相國風流此寂寥

슬프다 한 잔 술 다시 올리기 어려우니   惆悵一盃難更進

옛날 노래가 바로 오늘 아침 광경이라네   昔年歌曲卽今朝

정철이 「장진주(將進酒)」 장가(長歌)를 지었으므로 이렇게 말한 것이다.

93

홍주원의 영창대군 만시

영창대군(永昌大君)을 이장할 때 영창대군을 애도하는 시가 몹시 많았
으나 홍주원(洪柱元)의 시가 으뜸이었다. 시는 다음과 같다.

선왕이 남긴 유언 끝내 소용없었으니	遺教終無賴
깊은 원한 누군들 슬퍼하지 않으랴	深寃孰不哀
인생은 팔년 만에 다하고	人生八歲盡
천도는 십년 뒤에 돌아왔네	天道十年回
태양은 땅속을 비추고	白日重泉照
청산의 무덤이 열렸네	青山永宅開
천추토록 장락전에	千秋長樂殿
망사대를 지으리라[1]	應作望思臺

---

1 천추토록……지으리라: 장락전은 한(漢)나라 대궐 이름이고, 망사대는 한 무제(漢武帝)가
  억울하게 죽은 태자(太子)를 위해 지은 누대이다.

94

이달의 남사고 만시

격암(格庵) 남사고(南師古)는 우리나라의 이인(異人)이다. 천문과 지리
에 능통하고 새와 짐승의 말을 이해했다. 세상 사람들의 말에 따르면
신선이 되었다고 한다. 손곡(蓀谷, 이달)이 만시를 지었다.

난새 타고 은하수로 훌쩍 떠났으니	鸞馭飄然折木津
군평의 주렴¹ 아래 또 누가 있었던가	君平簾下更何人
사위와 제자들이 남은 글을 수습하니	床東弟子收遺草
옥동²의 복숭아꽃 만 그루가 봄이라네	玉洞桃花萬樹春

---

1 군평(君平)의 주렴: 군평은 한(漢)나라 은자 엄준(嚴遵)의 자이다. 그는 시장에서 점을 치다
　가 100전을 벌면 가게문을 닫고 주렴을 내리고 제자들에게 『노자(老子)』를 가르쳤다.
2 옥동(玉洞): 남사고의 묘소가 있는 울진의 지명으로 보인다.

95
이황이 이자현을 평하다

퇴계 노선생이 청평산을 지나다가 이자현(李資玄)이 관직을 버리고 은거한 일에 느낀 바 있어 시를 지어 이자현의 마음을 드러내었으니, 천년의 세월을 뛰어넘어 알아주는 사람을 만났다고 하겠다. 이자현은 사관(史官)에게 탐욕스럽고 인색하다는 모함을 받았으니, 세상 사람들은 필시 사관의 논의를 정론으로 여겼을 것이다. 그러나 선생의 말씀이 한 번 나와 이자현은 천상의 백옥경(白玉京)에 오르고 천리마의 꼬리에 붙은 파리처럼 저절로 과거의 모함이 사라졌고, 사관의 말은 전부 허위로 귀결되었다. 이자현이 선생을 만난 것은 참으로 알아주는 사람을 만났다고 하겠다.

선생은 이자현이 부귀영화에서 몸을 빼내고 명예와 이익을 헌신짝처럼 버렸기 때문에 사랑한 것이다. 이자현은 원래 가지고 있던 벼슬을 버리고 시골에서 은거하는 생활을 즐겼으니, 은자 흉내를 낸 자가 아니다. 그런데 사관의 논의가 각박했던 이유는 무엇인가? 선생이 이른바

"당시 사대부는 영예를 탐내고 이익을 좋아하여 세상살이에 바빴기에 이자현이 떠나는 모습을 보고서 근거 없는 비방을 지어내었다."

라는 말이 사실에 가깝다. 그렇다면 사필(史筆)을 잡고 남을 모함한 것을 어찌 군자의 마음이라 하겠는가. 군자가 사람을 논할 적에는 항상 잘못한 가운데서도 잘못하지 않은 점을 찾아야 한다. 하물며 잘못이 없는데 잘못한 점을 찾는다면 어떻겠는가. 나는 사관이 애석하다.

96

이황의 시 1

퇴계가 청평산을 지나며 시를 지었다.

골짜기에 강 흐르고 잔도는 기울었는데	峽束江盤棧道傾
홀연 구름 밖에서 맑은 시내 나타났네	忽逢雲外出溪淸
지금까지 사람들은 여산의 결사1를 이야기하고	至今人說廬山社
이곳에서 그대는 곡구2 땅을 경작하네	是處君爲谷口耕
밝은 달은 하늘에 가득하고 평소 포부 남았는데	白月滿空餘素抱
맑은 안개는 자취 없어 부귀영화 버렸네	晴嵐無跡遣浮榮
우리나라 은일전3을 누가 지어 전하려나	東韓隱逸誰修傳
작은 흠 지적하여 흰옥을 버리지 말기를	莫指微疵屛白珩

---

1 여산(廬山)의 결사(結社) : 진(晉)나라 승려 혜원(慧遠)이 18인의 명사들과 결성한 모임이다.

2 곡구(谷口) : 한(漢)나라 은자 정자진(鄭子眞)이 농사를 지으며 살던 곳이다.

3 은일전(隱逸傳) : 역사책에 실려 있는 은자들의 전기(傳記)이다.

이황의 시 2

영월(寧越)의 장릉(莊陵)¹은 능소(陵所)가 편안하고 길할 뿐만 아니라 뛰어난 경치가 온 지방의 으뜸이다. 능관(陵官)이 된 사람도 얻는 것이 제법 있으니, 장릉이 산골짜기 고을에 있어 산속에서 거두는 것이 적지 않기 때문이다. 땅이 서울에서 멀어 일이 생길 염려가 없으니 책 읽고 공부할 수 있다. 장릉 능소의 정자각(丁字閣)과 몹시 가까운 곳에 사육신(死六臣)의 사당이 있고, 금강(錦江)이 그 앞을 둘러싸고 있다. 강가에 정자가 있는데 금강정(錦江亭)이라고 한다. 이곳이 산골짜기에서 제일가는 승경이다. 퇴계 선생이 시를 지었다.

두견새는 어찌하여 일 년 내내 산이 찢어지게 우는가²　鵑啼山裂豈窮年

촉 지방의 강과 이름 같은 것 우연이 아니라네³　蜀水名同非偶然

1　장릉(莊陵): 단종(端宗)의 묘이다.

2　두견새는……우는가: 두보의 「현도단가기원일인(玄都壇歌寄元逸人)」에 "두견새는 밤에 울어 산의 대나무 쪼개지는 듯하고, 서왕모는 낮에 내려와 구름 깃발 펄럭이네.〔子規夜啼山竹裂 王母晝下雲旗翻〕"라고 한 구절을 인용한 것이다.

3　촉……아니라네: 촉 지방은 지금의 중국 사천성이다. 이곳을 흐르는 민강(岷江)의 지류를 금강이라고 한다.

새벽 처마에 반짝이며 뜨는 해를 맞이하고   明滅曉簷迎海旭

저물녘 기와에 바람 불어 가을 안개를 걷어가네   飄蕭晩瓦掃秋烟

단풍 흔들리는 푸른 못의 고기는 비단에서 헤엄치는 듯   碧潭楓動魚游錦

구름 피어나는 푸른 절벽에서 학은 깔개를 밟는 듯   靑壁雲生鶴踏氈

도인과 다시 약속하여 철적을 가져와   更約道人攜鐵笛

불어서 늙은 용의 잠을 깨우기로 하네   爲來吹罷老龍眠

이달의 금강정 제영시

금강정(錦江亭)에 쓴 시가 꽤 많지만 이달(李達)이 쓴 시를 으뜸으로 친다. 그 시는 다음과 같다.

회포 서린 나그네 길 멀고	懷緒客行遠
천 봉우리 길은 험하네	千峰道路難
봄바람에 두견새 괴롭게 울고	東風蜀魄苦
지는 해에 노릉은 싸늘하네	西日魯陵寒
마을은 산을 따라 이어지고	郡邑連山郭
나루터 정자는 물가를 누르네	津亭壓水闌
서성이며 지난날 생각하니	徘徊想往事
나도 모르게 눈물이 흐르네	不覺淚闌干

99

단종과 이옥봉의 시

노산군(魯山君)이 영월에 물러나 두견새 우는 소리를 듣고 시를 지었다.

촉제의 혼령 울고 산에 달은 나지막히 떴네	蜀魄啼山月低
그리워 그리워 누대에 기대네	相思憶倚樓頭
너의 울음 괴롭고 내가 듣기도 괴롭네	爾啼苦我聞苦
네가 울지 않았다면 내 시름도 없으리	非爾啼無我愁
천하의 괴로운 이들에게 알리니	爲報天下苦勞人
춘삼월 두견새 우는 달밤 누대에	愼莫登春三月子規啼山月樓
오르지 마라	

이 고사는 『추강냉화(秋江冷話)』에 실려 있다. 근세에 삼척 부사(三陟府使) 조원(趙瑗)의 첩 이씨(李氏)[1]는 종실(宗室)의 후예로 조원을 따라 삼척으로 가다가 영월에 들려 절구 한 수를 남겼다.

---

1 삼척 부사(三陟府使)⋯⋯이씨(李氏): 이옥봉(李玉峯)을 말한다.

닷새는 대관령 넘어 가고 사흘은 영월땅   五日長關三日越

봄바람에 말을 세우니 노릉에 구름 자욱하네   東風立馬魯陵雲

이내 몸도 왕손의 딸이니   妾身亦是王孫女

이곳 두견새 울음 차마 듣지 못하겠네   此地鵑聲不忍聞

100

명종 필적의 영사시

서애(西厓) 유성룡(柳成龍)이 명종(明宗)의 글씨에 관해 기록한 글은 다음과 같다.[1]

"임진년(1592, 선조25) 변란이 일어나 왜적이 서울로 들어오자 어가(御駕)는 서쪽으로 떠났다. 이듬해 계사년(1593) 4월 서울이 비로소 수복되자 그해 10월에 어가가 도성으로 돌아왔다. 관청과 개인의 집, 궁궐, 종묘, 사직이 모두 없어지고 도서와 전장과 문물은 모두 남김없이 불타 잿더미가 되었다.

하루는 내가 비변사에 있을 때, 어떤 서리가 여염집에서 작은 병풍을 얻어다가 앉은 자리의 벽에 펼쳐놓았다. 모두 6첩(疊)인데, 각각 절구 1수를 그 위에 썼다. 나는 동료들과 돌려가며 보았는데, 식자들은 모두 명종대왕의 글씨인 줄 알아보고 감히 외부에 둘 수가 없어 드디어 궐내로 들이도록 아뢰었다. 그 절구들은 옛사람이 역사를 읊은 시로 모두 전란을 겪은 뒤 옛날을 회상하며 지은 것이니[2], 또한 기이했다. 그 첫 번째 시는 다음과 같다.[3]

---

1 서애(西厓)가······같다:『서애집(西厓集)』권15「기명묘어필(記明廟御筆)」에 보인다.

초왕이 고생하며 싸웠으나 이룬 공 없고　　　　　楚王辛苦戰無功

도성은 파괴되어 황폐하니 패업이 헛되도다　　　　國破城荒霸業空

그저 봄날 꽃에 맺힌 이슬만　　　　　　　　　　惟有靑春花上露

지금껏 세요궁에서 눈물 흘리네　　　　　　　　　至今猶泣細腰宮

두 번째 시는 다음과 같다.[4]

우거진 봄풀이 장화대를 뒤덮어　　　　　　　　　茫茫春草沒章華

영왕이 옛적 사치 부린 일 비웃네[5]　　　　　　　因笑靈王昔好奢

누대 흙 마르지 않았는데 퉁소 소리 끊기니　　　　臺土未乾簫管絶

가련하다 임금이 촌가에서 죽었구나　　　　　　　可憐身死野人家

세 번째 시는 다음과 같다.[6]

2　그……것이니: 당(唐)나라 호증(胡曾)의 「영사시(詠史詩)」를 말한다. 150수의 칠언절구로
　　역대의 인물과 사적을 읊은 시집이다. 명종이 쓴 영사시 작품을 보면, 패망의 역사에 대한 경
　　계의 의미가 크다.

3　그……같다: 아래의 시는 호증(胡曾)의 「세요궁(細腰宮)」이다. 세요궁은 초나라 별궁 이름이
　　다. 초나라 영왕이 허리가 가는 여인들을 좋아했다 한다.

4　두……같다: 아래의 시는 호증의 「장화대(章華臺)」이다. 장화대는 초 영왕(楚靈王)이 만들었
　　다는 별궁이다.

5　영왕이……비웃네: 초 영왕이 사치를 좋아하여 장화대를 만들었는데, 훗날 공자 비(公子比)
　　에게 패하여 자결했다.

6　세……같다: 아래의 시는 호증의 「고소대(姑蘇臺)」이다. 오왕(吳王) 부차(夫差)가 고소산(姑
　　蘇山) 위에 미인 서시(西施)를 위해 고소대를 세우고 정사를 돌보지 않았다. 충신 오자서(伍
　　子胥)의 간언에도 듣지 않아 얼마 지나지 않아서 월(越)나라에 망했다.

오왕이 패권을 믿어 영웅을 버리고	吳王恃霸棄雄才
고소대에 올라 술에 탐닉했네	貪向姑蘇醉綠醅
깨닫지 못했네 전당 강가의 달이	不覺錢塘江上月
하룻밤 새 월나라 병사 보낸 줄	一宵西送越兵來

네 번째 시는 다음과 같다.7

초나라 성과 못 쓸쓸히 비었는데	楚國城池颯已空
양대의 사랑놀이 자취 없이 사라졌네	陽臺雲雨去無蹤
누가 다시 양왕의 꿈을 꾸려는가	何人更有襄王夢
무산의 열 두 봉우리 쓸쓸하구나	寂寂巫山十二重

다섯 번째 시는 다음과 같다.8

양왕이 직언하는 신하 계책을 따르지 않고	襄王不用直臣籌
쫓겨나 남쪽으로 가니 강가는 가을이어라	放逐南來澤國秋
물결 따라 물고기 뱃속에 장사 지내고부터	自向波間葬魚腹
초나라 사람은 강 건너는 배를 더욱 찾았네	楚人徒倚濟川舟

---

7 네······같다: 아래의 시는 호증의 「양대(陽臺)」이다. 초나라 회왕(懷王)이 고당(高唐)에 노닐
  다가 미인과 동침했는데, 미인이 이별을 앞두고 "첩은 무산(巫山)의 남쪽 언덕의 꼭대기에 있
  는데, 아침에는 구름이 되고 저녁에는 비가 되어 아침저녁으로 양대(陽臺) 아래에 머물러 있
  을 것입니다."라고 했다. 송옥(宋玉)의 「고당부(高唐賦)」에 실려 있는 내용이다.
8 다섯······같다: 아래의 시는 호증의 「멱라(汨羅)」이다. 초나라 양왕이 충신 굴원의 간언을 듣
  지 않고 쫓아낸 일화를 시화한 것이다.

여섯 번째 시는 다음과 같다.⁹

노공의 성궐은 이미 폐허가 되었으니   魯公城闕已丘墟

무성한 풀 속에 옛 계단을 알아볼 길 없네   荒草無由認玉除

재주와 지혜 없는 장손을 비웃노니¹⁰   因笑臧孫才智少

동문에서 종과 북으로 원거에 제사지냈네.¹¹   東門鐘鼓祀鶢鶋"

---

9 여섯……같다: 아래의 시는 호증의 「노성(魯城)」이다.

10 재주와……비웃노니: 장손(臧孫)은 노(魯)나라 경(卿) 장손진(臧孫辰)으로, 흔히 장문중(臧
文仲)이라 한다.

11 동문에서……지냈네:『국어(國語)』「노어(魯語)」에 따르면, 원거(鶢鶋)라는 새가 노나라
동문(東門) 밖에 와 사흘 동안 머물자, 장문중(臧文仲)이 나라 사람들을 시켜서 제사를 지내
주었다.

101

목시경의 시

목시경(睦時敬)이 남포 현감(藍浦縣監)이 되었을 때, 진사 이서관(李瑞觀)이 가서 만나보았다. 모두 때를 만나지 못한 사람들이었다. 목시경이 시를 지어 주었다.

동지 되자 양기가 남포 바닷가에도 생기니	冬至陽生藍海隈
십년 만에 만나 이곳에서 반가운 눈 떴네	十年靑眼此中開
매화 피고 달빛 고운 마음 나누는 밤	梅花月色論心夜
한 잔 술에 가난과 부귀가 아득해지네	貧富茫茫酒一盃

102

조태억의 시

조태억(趙泰億)이 수주(愁州 종성)로 유배 가는 사람을 전송하며 쓴 시는
다음과 같다.

벼슬살이 풍파 속을 예전 함께 했는데	風波宦海昔同遊
영욕 겪으며 어느새 모두 백발 되었네	榮辱居然各白頭
나는 상류로 떠났건만 낙토가 아니고[1]	我去上流非樂土
그대 변방으로 갔으니 근심스런 고을이네	君投絶塞是愁州
관문의 구름 끝도 없이 천 리나 뻗어있고	關雲極目餘千里
강가 국화는 마음 상하게 또 가을에 피었네	江菊傷心又九秋
언제쯤 다시 낚시 하자는 약속 지켜	何日更尋漁釣約
안개 낀 달빛 아래 태호에서 조각배 띄울까	太湖烟月弄扁舟

---

1 나는⋯⋯아니고: 조태억이 1717년 여주 목사(驪州牧使)로 부임한 사실을 말한다.

103
오수엽의 시

오수엽(吳遂燁)이 연행 떠나는 사신에게 준 시는 다음과 같다.

팔월에 사신이 압록강 건너는데	八月仙槎鴨綠波
북방 구름과 관문의 눈에 감회가 많네	朔雲關雪感懷多
연경 남쪽 저물녘 하늘은 취한 듯하고	燕南日暮天如醉
계주 북쪽 한가을에 검 두드리며 노래하네	薊北秋高劒作歌
동토에 사람 있어 한수를 슬퍼하고	東土有人悲漢水
중원으로 나그네 보내며 황하를 묻네	中原送客問黃河
청성사 앞 비석을 한번 보게[1]	試看淸聖祠前石
해마다 비바람 맞아도 여전히 깎이지 않네	風雨年年尙不磨

1 청성사……보게: 연경에 사신 가는 사람들이 경유하던 난주(灤州)는 옛날 고죽국(孤竹國)의 땅이었다. 이곳에 백이(伯夷)와 숙제(叔齊)의 위패를 모신 청성사라는 사당이 있다. 뜰에 두 개의 비가 있는데, 동쪽 것은 한림 시독(翰林侍讀)인 원위(袁煒)가 지은 것이었고, 서쪽 것은 한림 검토(翰林檢討)인 곽반(郭鎜)이 지은 것이었으며, 모두 1550년에 쓴 것이라 한다.

104

김안로의 시

예전에 율시로 과거 시험을 치렀는데, 김안로(金安老)가 「그네」라는 시로 합격했다.

봄바람이 작은 복숭아꽃 봉오리 터뜨리고   東風初破小桃腮

절기는 청명절에 가까워 비는 먼지를 씻네   節迫秋千雨洗埃

비단신은 꽃을 스치며 붉은 이슬에 젖고   繡鳥掠花紅露濕

가냘픈 팔다리로 버들 헤치니 푸른 안개 걷히네 纖肢劈柳綠烟開

처음엔 농옥¹이 퉁소를 불며 가는가 싶더니   初疑弄玉吹簫去

다시 보니 비경²이 학을 타고 오는 듯하네   還訝飛瓊御鶴來

우습구나 반선³ 놀이 참으로 즐겁다지만   堪笑半仙眞戲劇

경양궁의 병란⁴이 여기에서 움텄다네   景陽兵禍是成胎

---

1 농옥: 진 목공(秦穆公)의 딸 농옥(弄玉)이 피리를 불면 진나라 서울인 함양(咸陽)에 봉황이 내려왔다는 전설이 전한다.

2 비경: 서왕모(西王母)의 시녀 허비경(許飛瓊)을 말한다.

3 반선: 그네 타는 사람을 말한다. 신선이 허공에 있는 모양과 닮아서 이렇게 표현한 것이다.

4 경양궁의 병란: 남조(南朝) 진(陳)나라의 후주(後主)가 수(隋)나라의 침공을 받고 경양궁(景陽宮) 우물속에 숨었다가 수나라 군사에게 사로잡힌 일을 말한다.

105

두류산 화개동 바위에 새겨진 시

두류산 화개동에서 어떤 사람이 바위틈에서 시 한 수를 발견했다. 고운 최치원의 작품이 아닐까 생각했는데, 시어가 세속 사람의 말이 아니었다. 시는 다음과 같다.

우리나라 화개동	東國花開洞
호리병 속 별천지라네1	壺中別有天
선인이 옥베개를 밀치고 일어나니	仙人推玉枕
세상에선 천 년이 훌쩍 흘렀네	身世欻千年
만 골짜기에 우렛소리 일어나고	萬壑雷聲起
천 봉우리에 빗 속 풍경 새롭네	千峯雨色新
승려는 세월 가는 줄도 모르는데	山僧忘歲月
여전히 잎새 사이 봄을 기억하네	猶記葉間春

---

1 호리병 속 별천지라네: 후한(後漢)의 술사(術士) 비장방(費長房)이 시장에서 약을 파는 선인(仙人) 호공(壺公)의 총애를 받아 호리병 속으로 들어갔더니 별천지가 있더라는 전설을 인용한 것이다.

106
김방걸의 시

갑술년(1694)에 대사성 김방걸(金邦杰)이 동복(同福)에 유배되어 적벽
에서 노닐면서 시를 지었다.

임술년 가을을 갑술년 가을에 만나니[1]　　　　　壬戌秋逢甲戌秋

쫓겨난 신하 놀던 곳에 쫓겨난 신하가 노니네　　逐臣遊處逐臣遊

바가지로 막걸리를 떠서 긴 밤 지새는데　　　　匏樽白酒經長夜

밝은 달과 맑은 바람이 쪽배에 가득하네　　　　明月淸風滿小舟

---

1 임술년……만나니 : 송(宋)나라 소식(蘇軾)이 1082년 임술년에 적벽에서 뱃놀이를 하였는
　데, 자신은 갑술년에 하게 되었다는 말로 보인다.

107

남인이 지은 만시

갑술환국 이후 남인(南人) 중에서 어떤 사람은 죽고 어떤 이는 유배를 갔다. 한 재신이 영남에서 죽었는데, 어떤 이가 죽음을 애도하는 시를 지었다.

정원 연간 조정 선비 남아 있지 않아[1]	貞元朝士已無存
반은 유배가고 반은 죽었네	半是三危半九原
약노(藥老)는 서쪽으로 유배가고 파우(坡友)는	藥老西投坡友繫
감옥에 갇혔는데[2]	
영남에서 또 원통한 상여가 나가게	嶠南旅櫬又含寃

말의 기운이 넘쳐서 보는 사람이 흐르는 눈물을 금할 수 없으니, 시가 다른 사람을 감동시키는 것이 이와 같다.

---

1 정원……않아: 유우석(劉禹錫)이 정원 연간에 낭관어사로 임용되었다가, 왕숙문의 당화에 연좌되어 20여 년이 지나 태자 빈객으로 입조했다. 유우석의 「청구인목씨창가(聽舊人穆氏唱歌)」에 "정원연간의 공봉곡 부르지 마라, 당시의 조정 벼슬아치들 벌써 많이 죽었나니.[休唱貞元供奉曲, 當時朝士已無多.]"라는 구절이 있다.
2 약노(藥老)는……갇혔는데: 약노와 파우는 미상이다. 갑술환국으로 유배되거나 감옥에 갇힌 인물을 말한 것으로 보인다.

108

성안의의 총명

나의 5대조 부용당(芙蓉堂) 성안의(成安義) 공은 어린 시절 총명하다고
알려졌다. 일곱 살 때 현풍 현감(玄風縣監)이 소문을 듣고 보자고 하니,
나의 6대조가 안고서 말을 타고 갔다. 현풍 고을에 들어갔을 때는 날
이 이미 저물었다. 현풍 현감이 그 용모를 보고 아끼며 물었다.

"네가 시를 지을 수 있다고 하던데, 내가 너와 연구(聯句)를 지으면
네가 대구(對句)를 지을 수 있겠느냐?"

"제가 잘 짓지는 못하지만 말씀하신대로 하겠습니다."

현풍 현감이 말했다.

흰 달이 동쪽에서 떠오르네 白月從東出

공이 즉시 말했다.

현풍 현감이 곧 돌아갈 듯하네[1] 玄風向似歸

1 현풍……하네: 현풍(玄風)은 고을 이름이지만 '백월(白月)'과 대우가 되도록 차대(借對)한
것이다.

당시 현풍 현감이 임기가 차서 돌아가게 되었기 때문에 이렇게 말한 것이었다. 현풍 현감이 그 시를 읊조리고는 크게 칭찬하며,

"이 아이는 앞으로 반드시 문장으로 세상에 이름날 것이니 잘 가르
치시오."

하고는 종이와 붓과 먹을 상으로 주었다. 6대조가 받고서 집으로 돌아
왔다.

109

성이성의 호남 암행어사 시

나의 고조가 전라도 암행어사가 되었을 때 몰래 다니다 한 곳에 도착하니 전라도 열두 고을 수령이 큰 잔치를 벌이고 있었다. 술잔과 그릇이 여기저기 흩어져 있고, 기악(妓樂)을 잡혀 구경하는 사람들이 담처럼 둘러쌌다. 해가 중천에 오자 암행어사가 거지꼴을 하고는 음식을 청했다. 수령들은 취해서 잠시 자리를 내주고 대충 음식을 차려 놓았다. 수령들이 말했다.

"손님이 시를 지을 수 있으면 하루종일 잔치 자리에 끼어 술 마시고 배불리 음식을 먹겠지만, 그렇지 못하면 얼른 돌아가는 게 좋을 것이오."

암행어사가 운(韻)을 청하자, '기름 고(膏)'와 '높을 고(高)' 자를 불렀다. 바로 종이 한 장을 청하여 시를 썼다.

술동이 속 맛난 술은 수많은 사람의 피	樽中美酒千人血
그릇 위 좋은 안주는 만백성의 기름	盤上嘉肴萬姓膏
촛농 떨어질 때 백성 눈물 떨어지고	燭淚落時民淚落
노랫소리 높은 곳에 원망 소리 높네	歌聲高處怨聲高

쓰기를 마치고 바로 내보였다. 여러 수령들이 돌려보고 의아해 할때, 서리가 "암행어사 출두요."라고 외치며 바로 들이닥쳤다. 수령들이 일시에 모두 흩어졌다. 그날 파출(罷出)된 자가 6명이고, 나머지 6명은 서계(書啓)에 이름이 들어갔다. 수령들은 모두 권세가의 자제였지만 조금도 돌아보지 않았으니, 전라도 사람들이 칭찬하며 미담으로 여긴다.

110

김일손과 박은의 시와 문장

세상 사람들은 말한다.

"탁영(濯纓) 김일손(金馹孫)이 산문은 잘 쓰지만 시는 그의 장기가 아니며, 읍취헌(挹翠軒) 박은(朴誾)이 시는 잘 짓지만, 산문은 그의 장기가 아니다."

이 말은 잘못된 것이다. 탁영과 읍취는 산문과 시에 모두 타고난 재주가 있다. 그저 좋아하는 것이 산문과 시로 서로 다를 뿐이다.

내가 예전에 탁영의 「관수루(觀水樓)」 율시를 보았더니 그 격조가 보통의 음조가 아니니, 두보(杜甫) 이후로 많이 볼 수 있는 작품이 아니었다. 읍취헌이 남곤(南袞)에게 편지를 보내 묘비명을 써달라고 했는데, 그의 글이 완연히 하나의 행장(行狀)으로 반고(班固)가 쓴 『한서(漢書)』의 서사 문체를 본뜬 것이었다.

요컨대 두 분의 산문과 시는 장기보다 못하지 않으니, 장수를 누리며 시와 산문 두 가지에 마음을 쏟았다면, 탁영은 산문만으로 세상이 이름이 나지 않았을 것이고, 읍취헌은 시만으로 자신을 드러내지 않았을 것이다. 탁영이 삼가현(三嘉縣) 관수루에 쓴 시는 다음과 같다.

한 줄기 시내 흐르는 마을에 흰 연기 오르는데	一縷溪村生白煙
소와 양이 내려오며 부질없이 앞을 다투네	牛羊下括謾爭先
높은 누각에는 술동이, 동쪽 서쪽에서 온 나그네	高樓樽酒東西客
십 리 뽕밭과 삼밭 남북으로 뻗어 있네	十里桑麻南北阡
소리 있는 시구 적어 노니는 이 졸렬하고	句乏有聲遊子拙
일 없어 술 마시니 사또는 어질도다	杯斟無事使君賢
난간에 기대어 다시 황혼이 지기 기다려	倚欄更待黃昏後
물을 보다가 하늘에 뜬 달을 보네	觀水仍看月到天

이 시와 그의 문장을 비교하면 어떠한가? 탁영은 35세에 사화(土禍)를 당하고, 읍취헌은 27세에 사화를 당했다. 세상 사람들이 읍취헌은 그때 머리가 반백이 되었고 탁영의 글에는 늙고 병들었다는 말을 자주 썼다고 한다. 어쩌면 두 선생의 수명이 이 때문에 여기에 그친 것인가?

111

임숙영과 이안눌의 시

소암(疏庵) 임숙영(任叔英)은 오언배율 600운 「술회(述懷)」 시를 지어 동악(東岳) 이안눌(李安訥)에게 보냈다. 동악이 칠언시 한 수를 지어 답하니, 600운에 맞설 만했다. 고려 때 이규보(李奎報)가 오세문(吳世文)의 600운시에 차운하며 쓴 시서(詩序)에 말했다.

"옛 사람의 시집에 300운으로 압운한 시가 없는데, 하물며 600운이겠는가. 당나라와 송나라의 대가도 하지 않은 일을 그대가 해냈으니 몹시 기특하다."

소암은 이규보와 오세문을 본받은 것이다. 그렇지만 옛사람이 하지 않은 일을 어찌 귀하게 여길 것이 있겠는가. 동악의 시는 다음과 같다.

명나라 만력 기미년(1619) 가을	萬曆皇明己未秋
임공이 육백운 시를 지어 내게 보냈네	任君六百韻吾投
당나라 송나라 때부터 본 적 없으니	自從唐宋不曾覯
두보와 한유가 있은들 수창할 수 있으랴	雖有杜韓那得酬
심오한 이치는 복희가 만든 괘에서 깎아오고	奧理包犧卦外刮

신기한 글은 창힐이 지은 글자 이전에 찾아냈네　　　　　秘書倉頡字前搜

올해 큰 가뭄 들어 산악을 태우니　　　　　　　　　　是年大旱燋山岳

하늘이 놀라고 땅도 시름겨워 하는 줄 알겠네　　　　　定識天驚地亦愁

112

이제현의 시

옛 사람은 두보를 두고 시의 성인일 뿐만 아니라 시가 모두 나라를 걱정하고 백성을 사랑하는 마음에서 나와 밥 한술 뜰 때조차 임금을 잊지 않는 마음이 있었다고 말했다.

원나라 지치(至治) 연간에 충선왕(忠宣王)이 참소를 당해 서번(西蕃)으로 유배되었을 때[1] 익재(益齋) 문충공(文忠公) 이제현(李齊賢)이 만 리를 달려가 소식을 물었으니, 충분이 가득했다. 시는 다음과 같다.[2]

창자 속에 얼음과 숯이 어지럽게 섞인 듯	寸腸氷炭亂交加
연산을 한 번 바라볼 때마다 아홉 번 탄식하네	一望燕山九起嗟
고래가 개미에게 시달릴 줄 누가 알았으랴	誰謂鱣鯨困螻蟻
이와 서캐가 개구리를 중상하니 가련하네	可憐蟣蝨訴蝦蟆

---

1 충선왕(忠宣王)이……때: 1320년 충선왕을 지지한 원나라 인종이 죽고, 그의 아들 영종이 즉위하면서, 충선왕은 고려 출신 환관의 모략으로 인해 토번으로 유배되었다. 그러다가 1323년 그의 매부 태정제가 즉위하면서 유배에서 풀려났다.

2 시는 다음과 같다: 이 시는 이제현의 『익재집(益齋集)』에 「황토점(黃土店)」이라는 제목으로 실려 있다. 시제의 주석에 "이때 상왕께서 참소를 만나 스스로 변명할 수 없었다는 소문을 들었다.〔聞上王見譖, 不能自明.〕"라는 주석이 있다.

난을 미리 못 막으니 재주 없어 얼굴 붉어지고　　　才微杜漸顔宜赭

기우는 형세 붙잡으려니 책임이 중해 머리가 희었네　　　責重扶顚髮已華

먼 옛날 금등에 남은 글이 있으니　　　萬古金縢遺冊在

관숙과 채숙이 주나라 망치지 못하리.3　　　未容群叔誤周家

　그의 충성스럽고 격렬한 마음은 두보가 앞에서 미덕을 독차지하게 하지 않을 것이다.

---

3 먼……못하리: 금등(金縢)은 『서경(書經)』「주서(周書)」의 편명이다. 금(金)으로 막아놓았다
　는 뜻으로, 주 무왕(周武王)이 병들었을 때, 주공(周公)이 단(壇)을 모아 놓고 자신을 대신 죽
　게 해 달라고 신명께 기도한 사실을 사관(史官)이 기록하여 금으로 봉인한 궤에 간직하여 둔
　것을 말한다. 소인이 참소하더라도 누명을 벗을 것이라는 뜻으로 쓰였다. 관숙(管叔), 채숙(蔡
　叔)은 둘다 주공의 형이다. 주공을 모함하자 성왕이 금등의 궤를 열어보고, 옛날 주공이 무왕
　을 위해 자신을 대신 죽게 해 달라는 기도문을 발견하고는 주공에게 의심을 풀었다.

113

김상헌의 시

물길로 중국에 조공갈 때 청음(淸陰) 김상헌(金尙憲)이 진중자(陳仲子)의 옛고을에 들러 시를 지었다.

청렴한 선비 살던 터를 어디서 찾을까　　　　　　　廉士遺墟何處尋

우물가 벌레 먹은 자두나무 그늘도 없네[1]　　　　　井邊蟲李已無陰

푸른 연못물에 하얀 한 쌍의 오리　　　　　　　　野塘水綠雙鵝白

아직도 그때 꽥꽥 소리를 내네[2]　　　　　　　　猶作當時鵝鵝音

1　우물가……없네:『맹자』「등문공 하(滕文公下)」에 따르면, 청렴한 선비 진중자(陳仲子)가 오릉(於陵)에 있을 때 사흘 동안 굶다가 벌레가 반 넘게 파먹은 우물가의 자두를 주워 먹었다.

2　아직도……내네: 진중자는 형이 받는 녹봉이 의롭지 않다 여겨 도움을 받지 않았다. 누군가 형에게 거위를 선물하자, 이를 보고는 "이 꽥꽥거리는 놈을 어디 쓰겠는가."라고 했다. 나중에 어머니가 거위를 잡아주어 먹었는데, 형이 들어오며 "이것이 꽥꽥거리던 거위의 고기이다."라고 하자 진중자는 모두 토해버렸다.

114

권만의 시

참판 이인복(李仁復)이 안동 부사(安東府使)로 있을 적에 강좌(江左) 권만(權萬) 공이 만나러 갔더니, 이인복이 말했다.

"강자순(姜子淳, 강박(姜樸))이 내일 우리 고을에 온다는데, 그대가 나를 위해 시 한 수 지어주면 어떻소?"

강좌가 말했다.

"부사 어르신의 문장으로 사람을 시켜 지으려 하신다니, 제가 시구를 조금 알지만 다른 사람 대신 지을 수는 있어도 부사 어르신을 대신해서 지을 수는 없습니다."

이인복이 말했다.

"자순이 시를 안다고 자부하기에 내가 이 사람을 속여 볼까 하오. 그러므로 그대에게 시를 부탁하여 시를 보는 자순의 안목을 시험해 보려는 것뿐이오."

강좌가 말했다.

"만약에 그렇다면 시구가 비루하고 말이 진부하지만 말씀대로 하겠습니다."

마침내 오언절구 한 수를 지었다.

동각에 있는 사군의 매화	東閣使君梅
눈 속에서도 날마다 피었네	雪中連夜開
강가 달이 점점 차오르니	漸看江月巨
내일이면 자순이 온다네	明日子淳來

시를 다 쓰고 집으로 돌아왔다. 그 뒤 다시 만나러 가니 이인복이 말했다.

"시를 보는 자순의 안목이 틀리지 않았소. 그 시를 서너번 읊어보더니 내게 '이것은 그대의 시가 아니오. 누가 대신 지었소?' 하기에 '내가 그대의 안목을 시험해보려고 다른 사람에게 부탁했소. 그대가 알아차렸으니 그대의 안목이 과연 높소.' 했소. 자순이 '그 시의 격조가 그대보다 낫소.' 하고 한바탕 웃고 헤어졌소. 시를 가지고 알지 못하는 사람을 속일 수는 있어도 시를 아는 사람을 속일 수는 없소."

강좌가 대답했다.

"제 시는 진부하고 누추하니, 강공이 위로삼아 한 말을 어찌 믿을 수 있겠습니까?"

이인복이 말했다.

"그대의 시는 시원하고 쾌활하여 매운맛 나는 채소 같은 기색이 없으니, 영남의 시는 권군이 지탱할 수 있을 것이오."

마침내 술을 마시고 시에 대해 이야기를 나누었다고 한다.

115

이헌경의 시

단양(丹陽)의 구담(龜潭)은 제일가는 승경으로 옛 사람의 시가 아주 많다. 지금 시대 이헌경의 시도 시원하다. 배가 가는 풍경을 잘 묘사해 후세에 필적할 사람이 드물다. 시는 다음과 같다.

노 저으니 부서지는 비단 물결 유난히 사랑스럽고	棹撥偏憐破穀紋
잔치 여니 난초 깔고 앉아 되레 애석하네	開筵還惜藉蘭薰
꽃은 응당 충주성으로 떠내려 가고	花應浮下忠州郭
봄이라 죽령의 구름 절로 유연하네	春自悠然竹嶺雲
섬 나무는 날이 개자마자 온통 어두운 듯하고	島樹初晴渾似暝
뱃노래는 끊겼다가 다시 들리는 듯하네	漁歌已斷更如聞
어떻게 하면 단양군에 하룻밤 묵을까	那堪一宿丹陽郡
몸은 가도 마음은 이 물가에 남아 있네	身去心留此水濆

116

강한의 시

강한(康侗)은 함경도의 문관이다. 시로 함경도에서 이름났다. 예조 낭관이 되어 충암(冲庵) 김정(金淨)에게 사제(賜祭)를 지내고 시를 지어 주인에게 주었다.

온릉 추복은 남긴 상소에서 비롯되었으니[1]	溫陵追復自遺疏
당당한 옛 판서에게 임금 명으로 제사 지내네	諭祭堂堂故判書
하늘과 땅의 분노 오늘부터 누그러지고	天壤憤平今日後
임금과 신하가 백년 뒤에 뜻이 맞았네	君臣契合百年餘
푸른 산에 비 쏟아져 송백은 어둡고	靑山雨集松柏暗
파란 골짜기는 가을이라 물에 비친 그림자 신령하네	碧壑秋來水影靈
주인에게 읍하여 제사를 지내고	好揖主人行祀事
창구에서 하루 묵으니 얼마나 다행인가	蒼丘一宿幸何如

창구(蒼丘)는 충암의 자손이 사는 곳이다.

---

1 온릉……비롯되었으니: 온릉은 중종의 폐비(廢妃) 신씨(愼氏)의 능호이다. 김정과 박상의 청으로 위호(位號)를 회복했다.

117

정범조의 시

독서당에 선발된 정범조(丁範祖)가 황산 찰방(黃山察訪)이 되어 동래(東萊) 영가대(永嘉臺)에 올라 시를 지었다.

장기 서린 비는 교룡의 굴 밖까지 하얗게 이어지고   瘴雨白連蛟窟外

오랑캐 안개는 귤숲 앞에 파랗게 피어나네   蠻烟靑出橘林前

또 영남루(嶺南樓)에 올라 지은 시는 다음과 같다.

벼슬하며 황정(荒政)[1] 겪은 뒤 마음 괴롭고   一宦惱心荒政後

반평생 나그네로 유람하다 병이 덧났네   半生添病客遊中

---

1 황정(荒政): 흉년에 백성을 구제하기 위한 정책이다.

118

소식 삼부자의 시문

고려의 문인은 오로지 소식(蘇軾)을 숭상하여 매번 과거 급제자 명단이 나오면 사람들이 "33명의 동파가 나왔다."라고 했다. 고종(高宗)과 원종(元宗) 연간에 송(宋)나라 사신이 시를 요구하자, 학사 권적(權適)이 시를 지어 주었다.

소식의 문장은 바다 밖까지 알려졌으니	蘇子文章海外聞
송나라 황제가 그 글을 불살랐네	宋朝天子火其文
문장을 재로 만들 수 있을지라도	文章可使爲灰燼
천고의 꽃다운 이름은 불사를 수 없네	千苦芳名不可焚

송나라 사신이 탄복했으니, 얼마나 소식을 숭상했는지 알 수 있다.

나는 소식의 문장과 시를 매우 좋아하여 늘 눈여겨 보았다. 그러다가 주자의 글을 읽은 뒤에 소식이 웅혼하고 오묘한 문장으로 열고 닫으며 저울질하는 술법을 부렸다는 사실을 알았다. 소씨 집안 삼부자[1]

---

1 소씨 집안 삼부자: 소순(蘇洵)과 그의 두 아들 소식(蘇軾), 소철(蘇轍)을 말한다.

의 글은 대체로 이 범위에서 벗어나지 않으니, 이치에 맞는 바른 말이라고 할 수 없다. 그러므로 주자가 왕상서(汪尙書)에게 답한 편지에서 변론하기를 그치지 않았다.² 대나무와 돌을 그린 소식의 그림을 칭찬하며³ 올바른 군자라고 했으니, 엄격히 도를 지키기 위해서는 이렇게 하지 않을 수 없었던 것이다.

우리나라의 퇴도(退陶, 이황) 선생이 제자와 탁영담(濯纓潭) 개울에서 달밤에 배를 띄우고 제자에게 「적벽부(赤壁賦)」를 읊게 하고 감탄하며,

"소식은 결국 욕심이 적었다."

라고 했으니, 인정한 것이었다. 삼소(三蘇)의 문장은 내달리고 기이한 것을 좋아한다. 이 때문에 이단의 신기한 말을 보면 따라서 좋아했으니, 회암(晦庵)이 논의하여 배척한 것도 당연하다.

"도는 문장의 근본이고, 문장은 도의 지엽이다. 도에 근본하므로 문장으로 드러낸 것이 모두 도이다. 삼대(三代) 성현의 문장은 모두 이 마음에서 써낸 것이므로 문장이 바로 도였다. 지금 동파는 '내가 말하는 문장이란 반드시 도와 함께한다.'라고 했으니, 이는 문장은 문장이고 도는 도일 뿐이다."⁴

그러므로 주자가 말했다.

"문장 지을 때를 기다렸다가 허둥지둥 도를 가져다 문장 속에 집어넣으려 했으니, 이것이 그의 병폐다. 그저 그는 늘상 문장을 화려하

---

2 주자가……않았다: 『주자대전(朱子大全)』 권30 「답왕상서(答汪尙書)」에 보인다.

3 대나무와……칭찬하며: 『주자대전』 권30 「발진광택가장동파죽석(跋陳光澤家藏東坡竹石)」에 보인다.

4 도는……뿐이다 : 『주자어류』 권139 「논문(論文)」에 보인다.

고 묘하게 꾸며 흐리멍텅하게 설득하려 했으니 이 부분에서 자기도 모르게 잘못을 드러냈다. 그의 근본적인 병통이 생긴 까닭을 말하자면, 그는 문장을 지으면서 점점 도리를 말했지, 먼저 도리를 이해하고 문장을 짓지 않아 중대한 근본이 모두 어긋난 것이다."[5]

주자의 주장은 소식의 정수리에 일침을 놓은 격이다. 그의 시도 그러하니 온유돈후(溫柔敦厚)한 뜻은 적고, 나무라고 원망하는 시구가 많다. 희녕(熙寧) 연간에 왕안석(王安石)이 신법을 시행하여 천하를 그르치자 소식의 「산촌오절(山村五絶)」에,

요즘 석 달 동안 소금 없이 밥 먹었네	邇來三月食無塩
동전이 눈을 스쳐가 빈털터리 되었네	過眼靑錢轉手空

라는 따위의 시구가 있었다. 당시의 정사를 비판했다는 이유로 남쪽 지방으로 유배되었으니, 그 시를 오대시안(烏臺詩案)이라 한다.

원풍(元豊) 8년 신종(神宗)이 붕어하자, 5월 1일 소식이 양주(楊州)의 죽서사(竹西寺)에서 제영시를 지었다.

이번 생애 다행히 일이 없으니	此生幸得都無事
금년에도 이어서 대풍년을 만났네	今歲仍逢大有年
사찰에 돌아와 좋은 소식 들으니	山寺歸來聞好語

---

5 문장……것이다: 위와 같은 곳.

원우(元祐) 연간에 조군석(趙君錫) 등이 소식을 모함하여,

"소식이 신종 때 뜻을 펴지 못하자 지금 신종이 붕어한 것을 기뻐하며 이 시구를 지었다."

하니, 철종이 의심했다. 소식의 시와 문장은 모두 위대한 종주가 되었지만 이 같은 허물이 있으니 내가 안타깝게 여긴다.

소식은 평소 공명과 출처를 향산(香山) 백거이(白居易)에게 비겼고, 목은(牧隱) 이색(李穡)도 자기를 소식에 비겼다. 목은이 장단(長湍)에 유배되었을 때 낭관에게 보낸 시 10수에,

승려를 되레 왕륜사로 쫓아낸 격은 아닐지   黜僧還恐似王輪

조정 가득한 고관 중에 이런 사람은 없으리   滿廷靑紫絶無人

라는 따위의 시구가 있었다. 대관에게 탄핵을 당하여 화를 예측할 수 없었는데, 오대시안과 비교해보면 거의 비슷하다. 그러나 삼소의 글은 문장가로 말하자면 '방에 들어가고 마루에 올랐다.'[6]라고 할 수 있다. 소순(蘇洵)의 문장은 매우 높지만 의론이 어그러졌으며, 웅건(雄健)이 바로 그의 본색이다. 소식은 문장이 물결치듯 변화하여 문장의 용

---

6 방에⋯⋯올랐다: 공자가 제자 자로(子路)를 두고 "마루에까지 올랐으나 방에 들어오지 못했다."라고 한 말에서 유래한 표현으로, 높은 경지에 올랐다는 뜻이다.

(龍)이라 하겠다. 그러나 도리의 관점에서 전편을 보아서는 안 되며, 단지 큰 것만 보고 말해야 한다. 소철(蘇轍)의 문장은 소식에 비해 조금 도리에 가깝지만, 이해(利害)를 말한 부분은 소식의 글이 비교적 명백하고, 소철의 글은 그다지 분명하지 않다. 요컨대 학술은 삼소가 마찬가지이니, 훗날 삼소의 글을 읽는 자는 몰라서는 안 된다.

119

이준과 채펑윤의 시안

강좌(江左) 권공(權公 권만)이 한 번은 내게 말했다.

"시는 비록 작은 기예지만 앞길을 볼 수 있다. 옛적 내가 부석사(浮石寺) 취원루(聚遠樓)에 올라 시를 지었다.

머리 위에는 북두성 서넛	頭上四三天北斗
눈앞에는 칠십 영남 고을	眼前七十嶺南州

그러자, 숙부 창석(蒼石) 이준(李埈) 공이 비평했다.

'너는 오래지 않아 과거에 합격할 것이다.'

몇 년이 지나서 과거에 합격하여 말이 과연 증험되었다. 그 뒤 공명을 이루지 못하고 수십 년 동안 침체되어 태백산(太白山)에 있는 석포촌(石浦村)으로 들어가 세월을 보냈다. 하루는 참판 은와(恩窩) 채펑윤(蔡彭胤)이 역사책을 봉안하는 사신으로 안동에 왔다가 유곡(酉谷)의 청암정(青岩亭)에 들른다고 하므로 내가 기다렸다. 만나서 안부를 나눈 뒤 그가 내게 물었다.

'근래 산속에 들어가 은사(隱士)가 되었다던데 과연 그렇소?'

'그렇습니다.'

'은자는 무슨 일을 하시오?'

'은자의 일은 그저 산속의 흰구름을 관리하는 것뿐입니다.'

'근래 시의 격조가 필시 좋아졌을 터이니 나를 위해 읊어주어 가슴 속을 트이게 해주면 어떻겠소?'

'게을러서 붓을 잡지 않고 시 읊기도 전폐했으나 근래 시 한 수를 지었는데, 그 시의 연구에 이런 구절이 있습니다.

계곡이 어두워 늘 안개가 끼고   峽昏常作霧

강이 개이자 갑자기 무지개 떴네   江霽忽高虹

은와가 속으로 한참 읊조리다가 높은 소리로 낭랑히 읊고 말했다.

'구법이 이 같이 호쾌하고 시원한데 은사로 끝나는 사람이 있겠소? 그대는 머지않아 반드시 복직할 것이오.'

'조정에서 제 이름을 잊은 지 오래입니다. 누가 기억하여 망단자(望單子)에 넣겠습니까?'

'올봄에 반드시 문신 중시(文臣重試)가 있을 터이니 그대가 시험 삼아 보는 것이 어떻소?'

헤어진 이후 한달 남짓 지나자 조정에서 과연 중시 날짜를 정했다. 나는 불현듯 그 말이 생각나 그날 가서 중시의 시제(試題)를 보니, '배와 수레를 만들어 통하지 않는 곳을 건넜다(作舟車以濟不通)'[1]였다. 내가 과연 방안(榜眼)으로 합격하여 바로 예조 정랑에 제수되고 양산 군수(梁山郡守)가 되었다. 고을이 작고 녹봉이 적었지만 산속의 은자에 비하면 과연 현달한 것이다.

옛사람은 시를 가지고 그 사람의 궁달을 점쳤다. 시란 말이 드러난 것이니, 그 시를 보면 그 말을 알 수 있고, 그 말을 알면 그 소리를 살필 수 있다. 그 소리를 살필 수 있다면 그 마음이 있는 곳을 숨길 수 없으니, 그 시를 통해 -1자 빠짐- 상상할 수 있다. 옛사람이 시를 통해 알았던 것도 이 때문이었다. 내가 중시에 합격할 거라고 은와가 점친 것도 괴이한 일이 아니다. 내가 벼슬길에서 그간 어려운 상황에 처한 것도 혹시 시가 궁하여 그런 것이 아니겠는가."
내가 강좌공의 말을 듣고 기록한다.

---

1 배와……건넜다: 『한서(漢書)』 권28 「지리지(地理志)」에 "옛날 황제가 배와 수레를 만들어 통하지 않는 곳을 건너 천하를 두루 다니면서 만리의 땅을 제정(制定)하여 전야를 경계짓고 주를 나누어 백리의 국가 만 곳을 얻었다.(在昔黃帝, 作舟車以濟不通, 旁行天下, 方制萬里, 畫壄分州, 得百里之國萬區.)"라는 구절에서 뽑은 것이다.

120

우리나라 사부

우리나라의 사부(辭賦)는 원래 남초(南楚)[1]에서 흘러나온 것이 아니다. 오직 점필재(佔畢齋) 김종직(金宗直)의 「조의제문(弔義帝文)」이 그 격조가 유종원(柳宗元)과 비슷하여 우리나라에 그와 짝할 작품이 없다. 만약 『초사후어(楚辭後語)』를 놓고 작품을 따져보면 유종원의 「조갈홍문(弔葛弘文)」보다 못하지 않고, 황정견(黃庭堅)의 「훼벽(毀璧)」은 한 발 양보해야 할 것이다. 지금 시대에 청천(靑泉) 신유한(申維翰)의 「애박다진부(哀博多津賦)」도 조금 마음에 든다. 격조는 「조의제문」에 미치지 못하지만 말이 화려하기가 형거실(邢居實)의 「추풍삼첩(秋風三疊)」보다 못하지 않다.

---

1 남초(南楚): 중국 초나라 지역을 말한다. 전국시대 초나라 굴원(屈原)이 조정에서 쫓겨나 원수(沅水), 상수(湘水) 사이를 방랑하며 지은 글이 초사(楚辭)이다.

121

이홍덕의 문장

청천(靑泉) 신유한(申維翰)이 말하기를,

"자하(紫霞) 이홍덕(李弘悳)의 문장은 엄산(弇山) 왕세정(王世貞)보다 못하지 않다."

하고, 「강상열효녀전(江上烈孝女傳)」을 읊으며,

"이 문장은 지금 시대에는 없고, 간이(簡易) 최립(崔岦)도 두려워하지 않을 수 없을 것이다. 선조(宣祖) 때 간이가 거장으로 홀로 빼어났지만, 만약 자하가 상대했다면 무릎을 꿇지 않았을 것이다."

했다. 이 말은 그를 지나치게 인정한 것이다. 내가 자하가 지은 「송오장전(宋五藏傳)」, 「매학헌기(梅鶴軒記)」와 그 밖의 잡문을 보니, 간이의 아래에 놓여야 마땅하다. 오직 「강상열효녀전」은 간이라도 두려워했을 것이다. 참으로 문장은 많이 짓는다고 좋은 것이 아니다.

122

길재의 묘와 비석

겸암(謙庵) 유운룡(柳雲龍) 선생이 인동 군수(仁同郡守)로 있을 적에 야
은(冶隱) 길재(吉再)의 묘소를 수리하고, 오산서원(烏山書院)을 지었으
며, 서원 앞 강가에 지주비(砥柱碑)를 세웠으니, 후세의 선비에게 풍교
를 전할 만하다. 비석은 세월이 오래되자 자획이 떨어져 나가고, '중
류(中流)' 두 글자는 돌이 부셔져 조각이 났다. 6,7년 전 임희우(任希雨)
가 군수가 되어 돌을 다듬어 다시 세우고 그 자획을 보수하여 보는 사
람들이 환하게 다시 보도록 했으니, 역시 후세에 이름을 전할 만하다.
옛 비석에는 비석 글씨를 쓴 사람의 이름을 쓰지 않는데, 세상 사람들
은 겸암의 글씨라고 전한다. 그러므로 임희우도 비석에 글씨를 쓰면
서 자기 이름을 쓰지 않았으니 옛 제도를 본뜬 것이다.

123

유성룡의 지주중류비

서애(西厓 유성룡) 선생이 지주중류비(砥柱中流碑)의 음기(陰記)를 적고 노래를 지었다. 노래는 다음과 같다.

오산에 무엇이 있나	烏山兮何有
모퉁이와 평지가 있네	有圮兮有堂
낙동강 돌아흐르니	洛水兮沄沄
그 물결 몹시 기네	其流兮孔長
한 무더기 황량한 무덤	一抔兮荒原
선생이 묻힌 곳이네	維先生之藏
돌을 깎아 글을 새기니	斲石兮鑴辭
만세에 전하여 빛나리라	垂萬載兮耿光
충성과 효도를 요구하니	課忠兮責孝
우리에게 끝없는 은혜 베풀었네	惠我人兮無疆
좋은 안주 올리고 좋은 술 따르니	薦蘭肴兮酌桂醑
혼령이 노니는 듯하네	魂髣髴兮徜徉
높은 산 우러러보고 맑은 물 굽어보며	仰高山兮俯清流

선생을 생각하니 잊을 수 있으랴   思先生兮可忘

124

성삼문의 무덤

매죽당(梅竹堂) 충문공(忠文公) 성삼문(成三問)은 우리 종중(宗中)에서 빛나는 분이므로 나는 공이 저승에서 살아서 돌아오지 못하는 것을 한스럽게 여긴다. 항상 노량진을 지날 때면 공의 부자 묘소에 절을 하고 나도 모르게 눈물을 흘린다. 노량진 남쪽에 무덤 네 개가 나란히 있다. 사람들이 사육신의 묘소라고 전하는데 모두 표석(標石)이 있다. '성씨지묘', '박씨지묘', '유씨지묘', '이씨지묘'라고 되어 있어 부인처럼 씨(氏)를 일컬었다. 그러나 지금 이 무덤은 네 개가 나란히 있으니 부인의 무덤이 아닌 것이 분명하다.[1] 세상 사람들이 전하기를, 승려가 사육신의 시신을 지고 가서 묻었는데 승려는 매월당(梅月堂) 김시습(金時習)이라고 한다.

　노량(露梁)의 의총비(疑塚碑)[2]는 셋이 있다. 미수(眉叟) 허목(許穆)은 의심하면서 명에 기록했고,[3] 약천(藥泉) 남구만(南九萬)은 사실이라고

---

1 노량진……분명하다: 이 말은 허봉(許篈)의 『해동야언(海東野言)』에서 인용한 것이다.

2 의총비(疑塚碑) : 사육신의 것으로 추정되는 묘소에 세운 비석이다.

3 미수(眉叟)……기록했고: 『기언(記言)』 권17에 실려 있는 「육신의총비(六臣疑塚碑)」를 말한다.

비에서 말했다.⁴ 조관빈(趙觀彬)은 의문과 사실을 참작했으나 그의 문
장은 볼 만하지 않다.⁵

---

4 약천(藥泉)……말했다:『약천집(藥泉集)』권19에 실려 있는 「노량육신묘비(露梁六臣墓碑)」를
  말한다.
5 조관빈(趙觀彬)은……않다:『회헌집(悔軒集)』권17에 실려 있는 「노량육신묘비명(露梁六臣墓
  碑銘)」을 말한다.

125

허목의 「동해송」

미수(眉叟) 허목(許穆)의 「동해송(東海頌)」은 문장이 높고 예스러워 우리나라에서는 자주 볼 수 없다. 다만, '불제(佛齊)'[1]는 서해 바다의 작은 나라인데, 동해를 읊으면서 서해의 고사를 썼으니 이는 알 수 없는 일이다. 하늘과 땅이 나뉜 뒤로 비해(裨海)[2]가 둘러싸고 있고, 중국 밖은 적현신주(赤縣神州)가 아홉이니 큰 바다가 둘러싸고 있으며, 그 바깥은 하늘과 땅의 가장자리이다. 그가 바다를 읊었기 때문에 동쪽과 서쪽으로 나누지 않고 한데 섞어서 말한 것인가. 미수는 박학다식하니 반드시 근거가 있겠지만, 의심이 없을 수 없어 기록해 둔다.

---

1 불제(佛齊) : 현재 태국 남부, 수마트라섬, 자바섬에 걸친 지역의 옛 명칭이다.
2 비해(裨海) : 구주(九州)를 에워싸고 있다는 바다이다.

126

조경과 임나산의 편지

용주(龍洲) 조경(趙絅) 공이 일본인 임도춘(林道春, 하야시 라잔(林羅山))과 주고받은 서찰이 있다.[1] 임도춘은 그 나라에서 뛰어난 인물로 불교를 믿는 나라에서 정자와 주자의 학문을 알았고, 문장 역시 서투르지 않았다. 용주공이 답한 편지는 외국인에게 우리나라가 예의의 나라라는 사실을 알게 하여 나라의 체모가 저절로 무거워졌다. 그러나 훗날 일본에 사신 간 사람은 오직 시 짓기를 일삼아 학문에 대해서는 한 마디도 하지 않으니, 이것이 흠이다.

---

1 용주(龍洲)……있다: 『용주유고(龍洲遺稿)』 권23 「동사록(東槎錄)」에 실려 있는 「답도춘서(答道春書)」와 「중답임도춘서(重答林道春書)」를 말한다.

127

신광한의 공부

기재(企齋) 신광한(申光漢)은 나이 열대여섯에 재상 집안의 귀한 아들로 글공부는 하지 않고 날마다 호사스런 짓만 했다. 한 번은 이웃 아이와 다투다가 공이 말했다.

"나는 귀공자이고 너는 서인의 자식인데 어찌 감히 나를 욕하느냐?"

이웃 아이가 말했다.

"너는 귀공자가 아니라 무장공자(無腸公子)[1]다."

그러자 분노를 참고 집으로 돌아와서는 그날부터 밤낮을 가리지 않고 책을 읽었다. 이듬해 「백구부(白鷗賦)」로 초시에서 장원을 하고, 이어 과거에 급제하여 문장으로 세상에 이름났다. 그의 재주가 본디 남보다 월등히 뛰어났지만, 이웃 아이가 그의 마음을 격동시키지 않았다면 어찌 발분하여 여기까지 성취할 수 있었겠는가.

---

1 무장공자(無腸公子): 게[蟹]의 별칭으로, 기개나 담력이 없는 사람을 놀리는 말이다.

128

김일손의 문장과 박은의 시

계곡(谿谷) 장유(張維)가 국초 사대가(四大家)를 논한 글[1]에서 다음과 같이 말했다.

"점필재(佔畢齋) 김종직(金宗直)은 정밀하지만 규모가 크지 않고, 괴애(乖厓) 김수온(金守溫)은 해박하지만 법도가 부족하다. 사가(四佳) 서거정(徐居正)과 허백당(虛白堂) 성현(成俔)은 관각의 으뜸이다."

이 평론이 참으로 정확하다. 내 견해로는 사대가 외에 문장은 탁영(濯纓) 김일손(金馹孫), 시는 읍취헌(挹翠軒) 박은(朴誾)을 꼽을 수 있다. 탁영의 문장은 규모와 법도가 한유(韓愈)의 글을 변화시킨 것으로, 「중흥책(中興策)」은 필력이 용무늬가 새겨진 세 발 솥을 들어올릴 만하니,[2] 당시 중국 사람이 동국의 한유라고 일컬었다.

읍취헌의 시는 천기(天機)가 빼어나 자연히 삼매(三昧)의 그림자를 터득했으니, 그 격조가 만당(晚唐)의 경지에 충분히 들어간다. 두 분

---

1 계곡(谿谷)……글: 『계곡집(谿谷集)』 권6에 실려 있는 「간이당문집서(簡易堂集序)」를 말한다.
2 용무늬……만하니: 한유(韓愈)의 「병중증장십팔(病中贈張十八)」 시에 "용무늬 새긴 백곡을 담을 세 발 달린 큰 솥을, 필력이 홀로 들만한 힘을 그대는 가졌네[龍文百斛鼎, 筆力可獨扛]."라는 구절을 인용한 것이다.

의 문장과 시는 실로 하늘이 내린 재주이니, 배워서 할 수 있는 것이 아니다. 만약 두 분이 사화를 당하지 않고 학문에 전념하여 갈고 닦아서 점차 완숙한 경지에 올랐다면, 그 성취를 어찌 쉽게 헤아릴 수 있겠는가.

탁영공의 문장은 가볍고 날카로운 기가 넘쳐 푹 익은 맛이 없는 듯하다. 읍취공의 시는 맑고 아름다우며 한가롭고 담박하지만 말과 뜻이 높아서 명랑하고 매끄러운 모습은 몹시 부족하다. 그러나 두 분은 우리나라의 뛰어난 인재이다. 불행하게도 큰 화를 당했으니 애석하다.

129

조선 중기 문장가

중기에는 계곡(谿谷) 장유(張維)와 택당(澤堂) 이식(李植)이 대가로 알려졌고, 용주(龍洲) 조경(趙絅), 동주(東州) 이민구(李敏求)도 대가의 부류로 불렸으나 각기 장점이 있어서 우열을 쉽게 평론할 수 없다. 내가 깊이 인정하는 것은 농암(農巖) 김창협(金昌協)의 문장 뿐이다. 그의 문장은 구양수(歐陽脩)의 정맥(正脈)을 얻어 온화하고 치밀하니, 후세 사람의 모범이 되어 마땅하다. 박천(博泉) 이옥(李沃)의 문장은 그보다 아래이니 어찌 맞먹을 수 있겠는가.

130
장유의 문장

근세의 문장 중에 오직 계곡(谿谷) 장유(張維)의 문장이 평이하면서 전아하여 본받을 만하다.

131

강백년의 문장

설봉(雪峰) 강백년(姜栢年)의 문장도 드넓어 끝이 없다.

132
김창협의 문장

농암전고(農巖全稿)는 그 문장이 넘실거리며 끝없이 흐르는 강물과 같다. 주자(朱子)의 문장을 근본으로 삼아 갈아도 다하지 않는 기운으로 팔대가(八大家)의 문장으로 꾸며 글 짓는 법을 터득했다. 이것은 근래 쉽게 얻을 수 있는 글이 아니다. 그의 글을 뽑아 써 두어 글 짓는 사람의 표준으로 삼는다.

133

허목의「노량의총비문」

미수(眉叟) 허목(許穆)의 「노량의총비문(露梁疑塚碑文)」[1]은 한유의 문장 이후로 자주 볼 수 없던 것이다.

---

1 노량의총비문(露梁疑塚碑文):『기언(記言)』권17에「육신의총비(六臣疑塚碑)」라는 제목으로 실려 있다.

134

『퇴계언행록』이본

창설(蒼雪) 권두경(權斗經) 공이 퇴계(退溪, 이황) 선생의 언행 가운데 문하의 제자들이 각자 기록해 둔 것을 모아 4책으로 엮었다. 이것은 공자의 『제논어(齊論語)』와 『노논어(魯論語)』, 『주자격언(朱子格言)』과 『주자어류(朱子語類)』와 짝이 되는 것으로, 창설공이 모으고 나누어 비슷한 내용을 모아 엮은 것이니, 우리 유학에 공이 있다고 하겠다.

해촌(海村) 조현명(趙顯命)이 경상도 관찰사로 있을 때 이 책이 관아에 있다는 말을 듣고 안동 부사(安東府使)에게 말하여 책판을 만들어 인출했다. 그러자 예안(禮安)의 선비들이 갑자기 시기하고 이기려는 마음이 생겨 책판을 만들 때 예안 사람들에게 알리지 않았고, 『퇴계전서(退溪全書)』에서 고친 부분이 있거나 흠을 찾아낸 부분이 있으니, 세상에 유통할 수 없다고 했다. 어떤 이는 '한 글자가 잘못되면 피가 천리나 흐른다.' 하고, 어떤 이는 '권공이 무식하기가 이 지경에 이르렀다.'라고 했다.

두 고을의 선비들이 남쪽 고을에서 당파를 이루고, 심지어 선성(宣城, 예안) 사람들은 대궐에 호소하여 안동의 판목을 부수고 쓰지 말도록 하면서 다시 도산서원(陶山書院)에서 책판을 새겼다. 그 편목을 바꾸기도 하고 중복되는 것을 없애 2권의 책으로 만들었으니, 지금 세상에 돌아다니는 것으로 곧 도산서원본(陶山書院本)[1]이다.

우리 집에는 화산본(花山本)[2] 한 질이 있는데 근래 마음을 차분히 가라앉히고 보니, 창설공의 편차는 극진하여 흠이 없다고 하겠다. 당시 도산의 제자들이 각자 기록할 때 자세하고 소략하기가 같지 않은 곳이 있지만 대체로 그때 선생의 문하에서 함께 들었으니, 후세 사람의 도리로서는 한 글자도 버릴 수 없다. 이것이 선생을 존경하는 도이다. 그러나 선성 사람들이 임의로 산삭하고 『주자어류』에 비길 수 있다고 말하니, 스스로 경솔한 부류로 귀결되는 줄도 모른다. 게다가 퇴도(退陶, 이황) 선생이 중구(仲久, 이담(李湛))에게 보내는 편지에,

"편찬한 책에는 긴요하게 주고받은 말도 있지만, 어찌 한가하게 주고받은 말이 없겠는가."

했다. 창설공이 언행록을 편찬할 때 노선생의 가르침을 체득하여 간혹 한가한 때 주고받은 말도 버리지 않은 것은 이 때문이다.

선생의 언행이 문인의 기록에 처음 보이는 것은 월천(月川) 조목(趙穆)이 편찬한 『언행총록(言行總録)』, 서애(西厓) 유성룡(柳成龍)이 편찬한 『연보(年譜)』인데, 『퇴계집』에 부록으로 실려 세상에 전한다. 그밖에 학봉(鶴峰) 김성일(金誠一), 문봉(文峰) 정유일(鄭惟一), 율곡(栗谷) 이

---

1 도산서원본(陶山書院本): 이황의 후손 이수연(李守淵)을 중심으로 안동(安東)과 예안(禮安) 지역의 선비들이 권두경의 『퇴계선생언행통록(退溪先生言行通録)』의 오류를 지적하여 물의가 일어났다. 이수연 등은 오류를 바로잡고 체례와 규모를 약간 바꾸어 1733년 가을 도산서원(陶山書院)에서 6권으로 간행했다.

2 화산본(花山本): 권두경이 편찬하고 조현명이 안동에서 간행한 『퇴계언행록』을 말한다. 화산은 안동의 별칭이다.

이(李珥), 추연(秋淵) 우성전(禹性傳), 설월당(雪月堂) 김부륜(金富倫), 간재(艮齋) 이덕홍(李德弘), 몽재(蒙齋) 이안도(李安道)가 기록한 것은 자세하고 소략하기가 같지 않고, 성글고 정밀한 차이가 있으나 오묘한 도와 정미한 말, 훌륭한 행동과 명철한 규범이 질서정연하여 뽑을 만하다.

간혹 개인적으로 기록하여 전하는 것은 태반이 잘못되었고, 간혹 책상자에 묻혀 있어 사람들이 보기 어려운 것이 있다. 백담(栢潭) 구봉령(具鳳齡), 운암(雲巖) 김명일(金明一), 풍암(楓庵) 문위세(文緯世), 겸암(謙庵) 유운룡(柳雲龍), 지헌(芝軒) 정사성(鄭士誠), 물암(勿庵) 김륭(金隆), 몽촌(夢村) 김수(金晬) 등 여러 공은 만 가지를 빠뜨린 채 하나를 기록하고 각자 개인적으로 보관해두어 없어지기 쉬웠다. 창설공이 여러 해 동안 이리저리 찾아서 여러 본을 참고하고 교정하여 작은 부분을 모아 많은 내용을 채웠고, 잘못된 것은 고쳐 바로잡았으며, 널리 구하고 자세히 정정하여 유감이 없게 했다. 그런데 선성 사람이 갑자기 다른 마음을 낸 것은 어째서인가. 먼 훗날 안목을 갖춘 사람이 나타나면 두 판본 중에 필시 하나는 취하고 하나는 버릴 것이다.

이황과 조식의 관계

창랑(滄浪) 임영(林泳)이 퇴계(退溪, 이황)의 어록을 기록한 것 가운데 남명(南冥, 조식)에 대한 말이 있다. 그 말은 다음과 같다.

"남명이 내게 말하기를, '작년에 임금의 부름을 받고 서울로 가는데 내가 이항(李恒)을 방문하려고 임시로 사는 집으로 갔다. 이항이 내게 '경호(景浩, 이황)는 문장을 통해 학문으로 들어가는데 잘못된 것이다.'라고 했다. 내가 대답하기를, '그의 학문은 공과 제가 알 수 있는 것이 아닙니다. 공은 그저 궁각(弓角)[1]을 논했고, 저는 그저 강경(講經)을 논했으니, 어찌 경호의 학문의 깊이를 함께 논할 수 있겠습니까?'라고 했다. 이항의 자리에 가득한 문도가 내 말을 좋아하지 않고 대부분 불만스런 기색을 보였다. 이것은 일재(一齋, 이항)가 처음 무예를 익히다가 『대학(大學)』을 읽고 나서야 깨닫고 그 전에 배운 것을 모두 버리고 독서하고 수행했기 때문이다. 남명 선생은 문과 초시에 합격하고 경서를 강론했으며, 훗날 두류산에 들어가 은거하며 의(義)를 실천했다. 남명은 전에 배운 것을 두루 거론

---

1 궁각(弓角): 활 만드는 데 쓰는 물소뿔로, 여기서는 군사에 관한 일을 말한다.

한 것이다."

남명은 퇴계 선생의 학문을 이렇게 흠모하고 감복했다. 세상 사람들은 두 선생이 서로 사이가 좋지 않다고 하지만, 이 말로 따져보면 남명이 퇴계를 이와 같이 알고 있었는데 어찌 서로 사이가 좋지 않을 리가 있겠는가.

정인홍이 이황을 배척하다

병암(瓶庵) 남책(南策)의 『잡부(雜裒)』에 다음과 같이 말했다.

광해군(光海君) 신해년(1611) 4월, 정인홍(鄭仁弘)이 퇴계 선생을 헐뜯으며 정미년(1547)에 봉성군(鳳城君)에게 벌을 주도록 청한 논의에 퇴계가 동참했다고 했다. 백사(白沙) 이항복(李恒福) 등 여러 공들이 의정부에 있으면서 임금에게 차자를 올려 변호했다.

"신들이 예전에 들으니, 작고한 원로 이황이 정미년 홍문관 응교로 임명되던 날, 삼사(三司)에서 갑작스럽게 봉성군에게 벌을 주어야 한다는 논의를 꺼냈습니다. 이황은 지방에서 처음으로 돌아왔으므로 논의의 전말을 몰랐습니다. 동참한 뒤 이튿날 임금 앞에서 대신(大臣) 이하가 모두 자리를 비키며 봉성군에게 벌을 주도록 청했습니다. 안명세(安名世)처럼 강직한 신하도 감히 다른 말을 하지 못했습니다. 그러나 이황만은 자리를 비키지 않았고, 물러나서는 본직을 그만두었습니다. 거의 죽을 상황에서도 쇠를 끊을 만한 용기를 갖추고, 만 마리 말이 치달리는 중에도 발을 멈출 힘이 있어야 합니다. 일이 난처하기가 논의에 참여하지 않는 것과 비교해보면 더욱 어려운 일인데, 이황은 능히 해냈습니다. 지금 정인홍이 이것으로 흠을 잡으려 하니 너무 각박하지 않습니까."

그러나 정인홍이 끝내 이 일을 말하며 12년 동안 본도의 문묘 배향
을 막았다.

이준민이 이황, 조식, 이항을 평하다

선조 정묘년(1567) 10월 17일, 승지 이준민(李俊民)이 아뢰었다.

"이황(李滉)과 조식(曺植)은 신이 다행히 만나보아 그들이 어질다는 것을 알지만, 이항(李恒)은 미처 만나지 못했습니다.[1] 그러나 예전에 벗들을 통해 그 사람에 대해 들었습니다. 이황은 지위가 매우 높고 정자(程子)와 주자(朱子)를 조술(祖述)했으므로 그 저술이 정자와 주자에 가깝습니다. 우리나라에서는 이와 같은 인물이 몹시 드뭅니다. 그의 성품이 물러나기를 좋아하며 젊어서부터 벼슬을 즐겨하지 않았으니, 그 마음이 가장 엄격합니다.

이항은 당초 무예를 일삼으며 멋대로 행동하던 인물이었습니다. 그러나 깨달아 학문을 알고는 공부를 했으니, 그 용기가 옛날 사람과 무엇이 다르겠습니까. 문을 닫고 책을 읽어 덕의 바탕이 완성되니, 그를 보면 의젓합니다. 다만 무인으로 처음에 책을 보지 않다가 만년에 학문을 알았으므로 학문이 해박하고 통달하지는 않습니다.

---

1 이황(李滉)과······못했습니다: 『선조실록』 즉위년 11월 17일 기사에는 이황과 이항은 만나보았으나 조식과는 안면이 없다고 했다.

조식은 기질이 꼿꼿하여 천 길 절벽이 우뚝 서 있는 것 같으니, 완고한 자를 격동시키고 나약한 자를 일으켜 세울 만하나, 학문은 법도를 따르지 않는 병통이 있습니다. 성운(成運)도 유일(遺逸)의 선비입니다. 선왕조에 부름을 받고 올라왔다가 병으로 사직하고 물러갔는데 나이가 지금 일흔입니다. 이 사람은 어떠한지 모르겠으나 대체로 담박하게 지조를 지키는 사람입니다. 한 시대의 어진 이는 한 사람이 아니지만, 이황 같은 사람은 그중에서도 뛰어난 사람입니다.

성상께서 저 두세 사람을 불러 삼대(三代)의 다스림을 이루고자 하시지만, 저 두세 사람이 어찌 이윤(伊尹)이나 주공(周公)으로 자처하겠습니까. 책임이 너무 무거우면 학문이 미진하다고 꺼릴까 걱정이고, 대우가 지나치게 후하면 또 감당하지 못할까 걱정입니다. 날씨가 따뜻해져 올라온 뒤에 불러보신다면 그 사람들이 반드시 아뢰는 말이 있을 것입니다. 신임하는 뜻은 한결같아야 하며, 그 사이의 대우는 참착해서 하는 것이 좋겠습니다."

138

정인홍이 이황을 모함하다

퇴계(退溪 이황) 선생의 옛집은 서울 서대문 안에 있다. 마당에는 늙은
전나무가 있는데 수십 길이나 된다. 병란을 겪은 뒤 옛집의 큰 나무가
싹 없어졌으나 유독 이 나무만은 온전히 남아 사람들이 모두 기이하
게 여겼다. 신해년(1611) 봄, 갑자기 나무가 부러지고, 그해 여름 정인
홍(鄭仁弘)이 박여량(朴汝樑), 박건갑(朴乾甲)의 무리를 사주하여 퇴계
를 비난했으니, 이는 우리 유학의 일대 재앙이었다. 전나무가 부러진
변괴는 혹시 그 조짐이 아닐까.

정인홍이 퇴계를 헐뜯자 성균관에서 의리를 거론하며 심하게 배척
했다. 광해군은 유생들에게 몹시 성을 내었는데, 정승 백사(白沙) 이항
복(李恒福)이 상소하여,

"조식의 문하에 정인홍이 없었다면 도가 더욱 높아졌을 것입니다."
라고 하니, 당시 사람들이 명언이라 했다.

139

이황의 학문

택당(澤堂) 이식(李植)이 말했다.

"율곡(栗谷, 이이)이 퇴계(退溪, 이황)를 두고 '다른 사람을 흉내 낸 기미〔依樣之味〕가 많다.'라고 하고, 또 '얽매이고 조심한다〔拘而謹〕'라고 했다. 오늘날 세상 학자들이 이 말을 근거로 퇴계를 얕잡아 보고, 영남 선비들은 이 말 때문에 율곡을 비난한다. 내가 보기에 '흉내 낸다〔依樣〕'는 말은 양웅(揚雄)이 『태현경(太玄經)』과 『법언(法言)』을 지은 것처럼 표절하고 모방했다는 말이 아니다. 주자(朱子)가 여러 학파의 주장을 절충하여 만세의 정론을 세웠으니, 퇴계는 그 말대로 배우고 익히면서 마음속으로 이해하여 마치 자기 말 하듯 한 것이다. 당시 퇴계가 논술한 내용은 모두 주자가 남긴 학문을 드러내어 보완한 것이니, 퇴계는 주자를 제대로 배운 사람이다. 율곡은 일시적으로 화담(花潭) 서경덕(徐敬德)과 나란히 놓고 비교하며 범범하게 비평했을 뿐인데, 후세 사람이 효시로 삼는다면 율곡의 뜻이 아니다."

나는 택당이 율곡의 말뜻을 참으로 잘 드러냈다고 여긴다. 다만 '흉내 낸다〔依樣〕'는 두 글자는 존경하는 말이 아니니, '주자를 배웠다.'라고 하면 괜찮지만 '흉내 냈다'라고 하면 그 은연중에 표절하고 모방했다는 의미가 있다. 어째서인가. 퇴계 선생은 이렇게 말했다.

"성현의 책은 읽기 쉽지 않고, 의리가 정밀하여 연구하기 쉽지 않다. 전해오는 핵심은 함부로 고칠 수 없고, 주장을 내세워 남을 깨우치는 것도 함부로 할 수 없다."[1]

그러므로 말을 하거나 주장을 내세울 때 옛 현인의 말을 따랐으며, 함부로 말하지 않아 신중한 뜻을 보였다. 이것은 지극히 공경하고 조심스러운 태도이니, 전해오는 핵심을 함부로 말할 수 없기 때문이다. 율곡은 '흉내 낸 기미가 많다.'라고 직설적으로 말했으니, 이것은 경솔히 함부로 말한 결과를 면치 못하며, 노선생을 존경하는 뜻도 아니다. 율곡에게 배운 영북(嶺北) 지방 사람들이 퇴계를 얕잡아 보는 것도 근거가 없지 않다. 영남의 학자들이 이 때문에 율곡을 비난하는 것도 그 논의 때문에 그런 것은 아니다.

더구나 '얽매이고 조심한다(拘而謹)'라는 세 글자는 얕잡아보는 의도를 감출 수 없다. 이것은 경(敬)과 의(義)를 함께 지키는 퇴계 선생의 공부를 이해하지 못한 것이다. 퇴계는 겸허하게 지조를 지키며 인물의 장단점이나 시사의 잘잘못을 결코 입에 담지 않았다. 오직 이단을 물리치는 일만은 조금도 망설이지 않고, 반드시 힘껏 분석하고 절충했다. 이를테면 화담 서경덕, 송당(松堂) 박영(朴英)의 학술에 대해서는 퇴계가 비판해 마지않았다. 회재(晦齋) 이언적(李彦迪) 선생의 경우, 세상 사람들이 그 심오한 학문을 알지 못했는데, 퇴계가 그의 학문을

---

1 성현의……없다 :『퇴계집(退溪集)』권41「심무체용변(心無體用辯)」에 보인다.

드러내고 한훤(寒暄) 김굉필(金宏弼), 일두(一蠹) 정여창(鄭汝昌), 정암(靜菴) 조광조(趙光祖)를 나란히 거론하며 사현(四賢)이라고 일컬었다.[2]

경(敬)으로 말하자면 세상 사람들이 모르던 회재 선생을 드러내었고, 의(義)로 말하자면 사람들이 감히 논의하지 못하던 화담과 송당 두 선생을 변별하였다. 굳센 태도로 세속의 견해를 벗어나고, 당당한 태도로 엄격히 도를 지켰다. 이것은 노선생이 평소 경과 의에 힘쓴 결과다. 그런데 지금 그저 '얽매이고 조심한다.'라고 하였으니, 그 '조심한다'라는 말은 얽매이고 조심하는 것이며, 경과 의를 함께 지키는 조심스러운 태도가 아니다. 율곡의 말이 과연 후세 학자의 마음에 유감이 없을 수 있겠는가. 택당의 해명 역시 아첨하는 의도를 면치 못한다. 내가 하는 말은 그 사이에 터럭만큼의 사사로운 마음도 섞여 있지 않은 공정한 말이다.

퇴계 선생이 예전에 율곡에게 답장을 보냈다.[3]

"숙헌(叔獻. 이이)이 그간 논변한 내용을 보니, 늘 선유(先儒)의 학설에서 옳지 않은 부분을 먼저 찾아내고 힘써 비판하여 그가 다시는 입을 놀리지 못하게 하고야 말았습니다. 올바른 곳을 찾아 명백하고 평이하며 정당한 도리에 따라 착실하게 차근차근 나아가려는 생각은 전혀 볼 수 없습니다. 행여 오랜 시간이 지나면 바른 견해와 참된 실천에 방해가 될까 걱정입니다. 그러므로 이렇게 함부로 말하니, 저도 모르게 남의 밭을 맨다는 경계[4]를 저질러 두려워 땀이

---

2 퇴계는⋯⋯일컬었다: 『택당집(澤堂集)』별집(別集) 권15 「추록(追錄)」에 보인다.
3 퇴계⋯⋯보냈다: 아래의 내용은 『퇴계집』권14 「답이숙헌(答李叔獻)」에 보인다.

줄줄 흐릅니다."

율곡은 선유의 학설을 지적하며 함부로 말하였으니, 이것이 그의 문제점인데 퇴계 선생은 이미 알고 있었다. 후세의 학자는 흉내 낸 퇴계 선생을 스승 삼아야지, 스스로 터득한 화담과 율곡을 본받아서는 안 된다.

---

4 남의……경계: 『맹자』 「진심 하(盡心下)」의 "사람들의 병통은 자기 밭은 버려두고 남의 밭을 김 매는 데에 있다. 남에게 요구하는 것은 무겁고 스스로 책임지는 것은 가볍다.〔人病舍其田而芸人 之田, 所求於人者重, 而所以自任者輕.〕"라는 말을 인용한 것이다.

140

조식과 정인홍의 관계

택당(澤堂 이식)이 또 말했다.

"남명의 학문이 한번 변하여 정인홍이 되었다."

그러나 이 말은 더욱 잘못된 것이다. 정인홍은 이이첨(李爾瞻)의 사주를 받고 광해군의 총애를 받아 위엄과 권세가 온 나라를 뒤흔들었다. 그러니 만 길 절벽처럼 우뚝 서고 부귀를 뜬구름처럼 덧없는 것으로 여긴 남명의 마음과는 차이가 있다. 마음이 다른데 학문이 어찌 같을 리가 있겠는가? 남명이 그를 제대로 알지 못했던 것을 두고 밝지 않았다고 하면 괜찮지만, 남명의 학문이 변하여 정인홍이 되었다는 말은 옳지 않다. 귀산(龜山) 양시(楊時)의 문하에서 육당(陸棠)[1]이 나왔지만, 육당이 사악하고 아첨했다는 이유로 귀산의 학문을 의심할 수는 없다. 정씨(程氏)의 문하에 형서(邢恕)가 있었지만 형서가 배신했다는 이유로 정씨의 학문을 의심할 수 없다.

지금 정인홍이 임금을 어지럽히고 나라를 망쳤다는 이유로 남명의 학문이 변한 것이라고 한다면 이는 그 마음을 따지지 않고 그저 겉으

---

1 육당(陸棠): 양시의 문인으로 스승을 배신한 인물이다.

로 드러난 모습만 보고 말한 것이다. 그러므로 나는 변론하지 않을 수 없다.

옛 사람이 "순경(荀卿, 순자(荀子))의 학문이 흘러가서 이사(李斯)가 되었다."라고 했는데, 나는 벼슬을 탐하고 녹봉을 축내는 정인홍의 마음이 남명의 확고한 마음과는 다르다고 여긴다. 이것이 이른바 스승을 배신하는 학문이다. 남명과 무슨 상관이 있겠는가?

141

유성룡에 대한 변호

국포(菊圃) 강박(姜樸)의 「총명쇄록(聰明瑣錄)」에 다음과 같이 말했다.

"정응태(丁應泰)가 경리(經理) 양호(楊鎬)를 무고(誣告)하자 조정에서는 사신을 파견하여 무고를 변론하려고 했다. 선조(宣祖)는 영의정이 갔으면 했지만 영의정【서애(西厓) 유성룡(柳成龍)】이 가기를 청하려하지 않았다. 좌의정이었던 완평(完平) 이원익(李元翼)이 갔다가 돌아오면서 요동(遼東)에 이르러 이이첨(李爾瞻)이 서애를 논죄했다는 말을 듣고는 '조정에 강직한 선비가 있구나.'라고 감탄했다.

광해군 때 와서 이이첨이 대비(大妃)를 별궁에 안치하자는 논의를 주도하자, 완평이 차자를 올려 극력 반대하여 홍주(洪州)로 유배되었다가 얼마 후 풀려나 여주(驪州)로 돌아왔다. 수몽(守夢) 정엽(鄭曄)은 예전에 공의 종사관(從事官)이었고, 무고를 변론하러 연경에 갈 때는 서장관(書狀官)이었다. 하루는 공에게 문안하면서 이이첨 이야기가 나오자,

'사또의 강직한 선비가 지금은 어떻습니까?'

라고 하니, 완평이 말하기를,

'당시 유 정승의 일은 개탄스러웠으나 아무도 말하는 사람이 없

었는데, 이이첨이 홀로 논죄했으므로 그렇게 말한 것이다. 한 가지 일을 가리켜 한 말에 불과하니, 어찌 이것으로 그의 평생을 판단할 수 있겠는가.'

라고 했다."

아, 국포의 이 기록은 분명 사실과 다른 말이다. 서애와 완평은 지기(知己)의 벗이었으니, 완평은 필시 서애의 마음을 알았을 것이다. 당시 선조가 하문하였을 때 서애는 늙고 병들어 갈 수 없다고 대답했다. 서애의 의도는 무고를 변론하는 일이 몹시 중요하니, 중도에 행여 중요한 일을 마치지 못하고 먼저 죽을까 염려한 것이다. 만약 그렇게 된다면 비단 시일이 지체될 뿐만 아니라 나랏일도 어떻게 될지 알 수 없었으므로 갈 수 없다고 대답한 것이다. 전란의 상처가 남아 있는 시기에 어찌 한 번 먼 길 떠나기를 꺼려 이렇게 했겠는가. 또 당시 아흔 노모가 있었으니, 서애가 떠난 뒤 사람의 일은 알 수 없는 것이다. 기왕 나라에 몸을 바쳤는데 어찌 그 사정을 말할 수 있겠는가.

서애의 마음을 완평은 이미 알고 있었다. 그러므로 선조 앞에서 자기는 글재주가 없다고 대답하며 글재주가 있는 사람을 데리고 가겠다고 청한 것이다. 두 분의 마음은 모두 나랏일을 생각하는 공정한 것이었다. 서애는 중도에 죽을까 염려하였으므로 늙고 병들어 갈 수 없다고 말했고, 완평은 상국이 들어주지 않을까 걱정하여 글재주 있는 사람을 데리고 가려고 다시 청하려 생각했다. 일은 비록 다르지만 그 마음을 따져보면 한결같다. 어찌 그가 본국으로 돌아와 개탄스럽다고 말했겠는가.

'애석한 점이 있다'고 말한 것은 사람들이 마음을 알지 못하고서 그

외면만 보니 이 같이 탄식한 것이다. 두 공이 평소에 이미 그 마음을 알았고 그날 임금의 앞에서 대답한 것도 훤하게 그 마음을 알았으니 어찌 애석한 마음을 품었겠는가?

개탄스럽다는 것은 남의 마음을 모르는 사람이 겉만 보고 이렇게 탄식하는 것이다. 두 분은 평소 서로의 마음을 알았으므로, 당일 임금 앞에서 대답할 적에도 그 마음을 분명히 알았을 것이다. 어찌 개탄스러운 마음을 품고 있다가 완평이 돌아올 때 이런 말을 입으로 뱉었겠는가. 이것은 결코 있을 수 없는 이치다.

또 대북(大北)과 소북(少北) 사람들이 서애를 미워하여 쫓아내려는 마음을 품고 있었다는 사실을 완평은 이미 잘 알고 있었다. 이이첨이 당시 관직은 높지 않았지만, 그가 골북(骨北)의 우두머리라는 사실도 완평이 알고 있었다. 임금의 마음을 엿보다가 한 장의 상소를 올려 원로를 쫓아내었으니, 그 마음은 전부 자기 세력을 공고히 하려는 데 있었으며, 나라를 위해 한 일이 아니었다. 삼척동자라도 모두 이이첨의 속셈을 알 것인데, 완평처럼 현명한 사람이 나라를 위하는 충성스러운 신하를 버리고 젊은이가 사감(私感)을 끼고 하는 말을 함부로 믿었겠는가. 그가 이이첨을 강직한 선비로 인정하지 않았으리라는 점은 불 보듯 뻔하다.

대체로 서인(西人)은 늘 서애를 부족하게 여기는 마음을 품었으므로 수몽과 완평이 묻고 답한 말을 지어내어 서애의 허물을 입증하여 세상에 전파한 것뿐이다. 국포가 그 말을 믿고「쇄록」에 썼으니, 이 또한 몹시 온당치 않다. 나는 그러므로 두 분의 마음을 밝혀「쇄록」의 오류를 변증한다.

142

강박이 지은 이인복 묘비명

국포(菊圃) 강박(姜樸)이 이인복(李仁復) 내초(來初)의 묘비명[1]을 지으면서 서두에 '미수(眉叟) 허목(許穆)이 기미년(1679)에 올린 상소는 후세 사람에게 은혜를 베푼 것이다.'라고 했으며, '구차하게 당론(黨論)에 얽매이지 않았다.'라는 한 마디를 핵심으로 삼았다. 그 아래에,

"나는 내 몸을 깨끗이 할 뿐이다, 당파와 무슨 관계가 있겠는가. 나는 내 마음을 공정히 할 뿐이다. 어찌 사사로이 같아지기를 일삼겠는가."

라는 이인복의 말을 이어붙였다. 그리고 이인복을 '금고되어 실의한 사람이라고 지목하는 자가 있으면 냄새나는 우리에 뒹구는 돼지처럼 여기고 분개하며 곧바로 배척했다.'라는 점을 이인복의 중요한 절개로 여겼다. 그리고 '이것으로 미수의 도를 지켰고 이것으로 완평(完平) 이원익(李元翼)의 가문을 계승했다.'라고 했다.[2] 그 말이 옳은 듯하지만 내가 보기에 이것은 당시 권력자에게 아첨한 발언에 불과하다. 이

---

1 이인복(李仁復) 내초(來初)의 묘비명: 『국포집(菊圃集)』 권9에 실려 있는 「신절재이공묘지명(愼節齋李公墓誌銘)」을 말한다.

2 완평(完平)의⋯⋯했다: 이인복이 이원익(李元翼)의 5대손이므로 이렇게 말한 것이다.

런 말을 금석에 새겨 당시 권력자들이 모두 보게 만들었으니, 어째서 인가.

이내초는 현명한 정승의 재상의 후손으로 젊은 나이로 과거에 합격하여 나이가 마흔도 되기 전에 참판의 자리에 올랐으니, 현달하지 않았다고 할 수 없다. 국포 역시 대대로 벼슬한 집안사람으로 대궐에 들어가 홍문관에 올랐으니, 그도 현달하기는 내초와 마찬가지다. 당시 미수를 존경하고 배운다고 앞장서서 말하며 하나의 당파를 만들고 호응한 사람은 오광운(吳光運), 홍경보(洪景輔), 이만유(李萬維) 등 몇 사람뿐이었으니, 이들을 오학사(五學士)라 한다. 그들은 자기들을 청론(淸論)이라 하고, 그 나머지 남인의 당론을 대대로 지키는 사람들을 냄새나는 우리에 뒹구는 돼지 같은 부류라고 했으니, 이것이 어찌 군자다운 사람의 말투이겠는가. 군자는 한 마디 말에 지혜로운 사람이 되기도 하고, 한 마디 말에 지혜롭지 않은 사람이 되기도 하는 법이다.[3] 국포의 한 마디 말은 지혜롭다고 하겠는가, 지혜롭지 않다고 하겠는가. 나는 오학사의 논의를 몹시 개탄한다.

또한 백호(白湖) 윤휴(尹鑴)와 사상(社相)[4] 허적(許積)이 경신년(1680) 옥사에 걸려 벌을 받고 죽었지만 아직 신원되지 않았으니, 금석 문자에 다른 호칭을 쓰지 못하는 것이 분명하다. 그런데 윤휴를 산인(山人)이라 하였으니, 산인이라는 호칭은 더욱 알 수 없다. 만약 '여윤(驪

---

3 군자는……법이다:『논어』「자장」의 "군자는 한 마디 말로 지혜로운 사람이 되기도 하고, 한 마디 말로 지혜롭지 않은 사람이 되기도 하니, 말을 조심하지 않을 수 없다.〔君子一言以爲知, 一言以爲不知, 言不可不愼也.〕"라는 말을 인용한 것이다.

2 사상(社相): 허적이 사직동에 살았으므로 이렇게 불렸다.

尹)[5] 이라고 했다면 아직 신원되지 않은 줄 알겠지만, 벼슬한 사람을 산인이라고 한 의도는 무엇인가. 더구나 경신년 이후로 이미 200여 년이 지났으니 죄가 있고 없고는 지난일로 치부하는 것이 옳다. 그런데 기필코 산인을 끄집어 낸 것은 백호가 송 정승(송시열)에게 죄를 지었기 때문이다. 송 정승은 서인(西人)의 영수로 죽은 뒤에도 위세가 여전히 강렬하니, 국포의 글은 그저 송 정승을 위한 것이며, 송 정승에게 아첨한 것은 서인의 마음을 기쁘게 하기 위해서이다. 이미 우물에 빠진 사람에게 돌을 던지고, 위세가 강렬한 정승에게 아첨하여 한 편의 글에서 누차 말하기를 그치지 않았으니, 나는 그것이 옳은지 모르겠다.

　대체로 금석 문자는 본디 전례가 있으니, 먼저 그 사람의 세계(世系)를 적고 다음으로 그 사람의 행적을 적는다. 그러나 이 비문은 그런 전례를 버리고 다른 논의를 써내었으니, 그가 정신을 집중한 곳은 '구차하게 당론에 얽매였다.'라는 한 마디에 있다. 오학사는 모두 대대로 벼슬한 집안 출신으로 현달하였지만, 대대로 지키던 논의를 배신할 수는 없었다. 그러므로 미수 허목을 존숭한다는 말을 지어내어 대대로 지키던 논의를 바꿀 수 없다는 점을 드러내었으니, 이것은 겉으로는 의지하고 속으로는 배신하는 것이라 하겠다. 지금 내가 그들의 진짜 속셈을 적발했지만 지나치게 교묘하다는 비난을 받을까 걱정이니, 도리어 두려운 마음을 견딜 수 없다. 세상 사람의 논의는 한결같지 않으니, 내 말을 옳다고 여기겠는가, 그르다고 여기겠는가.

---

5 여윤(驪尹): '여주에 사는 윤휴'라는 뜻으로 서인이 윤휴를 일컫는 말이다.

미수 허목의 명철한 견해를 누가 우러르고 존숭하지 않겠는가마는 어찌 유독 이내초 한 사람을 특별히 드러내어 쓴 것인가. 국포의 논의가 이와 같으니, 그의 자손이 상소하여 정승 채제공(蔡濟恭)을 논죄한 일이 무엇이 괴이하겠는가. 다만 그의 문장은 채 정승이 서문6에서 '미수 허목 이후 일인자'라고 한 말이 참으로 옳다. 돌에 새겨 세상에 전하였으니 필시 종이를 낭비했다는 부끄러움은 없을 것이다. 채 정승은 국포를 저버리지 않았으니 문생의 도리를 다했다고 하겠다.

---

6 채 정승이 서문: 채제공의 『번암집(樊巖集)』 권32에 실려 있는 「국포집서(菊圃集序)」를 말한다.

143

우리나라 문장의 흐름

국초의 문장은 모두 전아하고 순정한 문체에 껄끄러운 말을 겸했으니, 한유(韓愈), 유종원(柳宗元), 구양수(歐陽脩), 소식(蘇軾)을 본받은 것이다. 한(漢)나라 이후의 문장은 한유와 유종원에 와서 비로소 확립되었으며, 문인 문집의 권차와 편목은 구양수와 소식에 와서야 널리 퍼졌다. 구양수의 글은 풍부하고 온화하며, 소식의 문장은 물결이 일렁이듯 변화가 자유로우니, 모두 후세 사람의 모범이 된다.

우리나라는 고려부터 국초까지 오로지 소식의 문장과 시를 숭상하여 모두 송나라 문장을 법도로 삼았기에 전아하고 순정한 문체를 잃지 않았으니, 국초 사람의 글을 보면 알 수 있다. 점필재(佔畢齋) 김종직(金宗直), 괴애(乖崖) 김수온(金守溫), 사가(四佳) 서거정(徐居正), 허백당(虛白堂) 성현(成俔) 등 사대가(四大家) 이외에도 작자가 배출되었는데 문장은 전아함에 그치고 시는 혼후(渾厚)함에 그칠 뿐이었다.

명종과 선조 이후부터 중국에서 창명(滄溟) 이반룡(李攀龍)과 엄주(弇州) 왕세정(王世貞)의 무리가 튀어나와 껄끄러운 문체를 만들기에 힘썼으니, 우리나라에서 그 말을 모방한 사람으로 간이(簡易) 최립(崔岦)이 있어 당시 대가로 불렸다. 하지만 이것은 모두 우맹(優孟)이 초나라 재상의 의관을 입고 흉내 낸 꼴이니 어찌 귀하게 여길 것이 있겠는가.

관각의 문장으로는 서애(西厓) 유성룡(柳成龍), 월사(月沙) 이정귀(李廷龜), 오봉(五峰) 이호민(李好閔), 백사(白沙) 이항복(李恒福), 한음(漢陰) 이덕형(李德馨) 등 여러 공이 있는데, 서애의 글이 특히 분명하고 적절하다. 광해군 때 어우(於于) 유몽인(柳夢寅)의 글은 여러 공 못지않았으나 죄를 지어 죽었으므로 세상에 전하는 문집이 없으니 애석할 따름이다.

인조 이후로는 계곡(谿谷) 장유(張維)와 택당(澤堂) 이식(李植)이 대가로 평가받았고, 미수(眉叟) 허목(許穆)이 고문(古文)을 극력 추구했으나 문장은 시대와 함께 낮아지는 법이니 비록 사마천(司馬遷)의 『사기(史記)』와 반고(班固)의 『한서(漢書)』를 짓고자 한들 가능하겠는가.

용주(龍洲) 조경(趙絅), 동주(東州) 이민구(李敏求), 백호(白湖) 윤휴(尹鑴)가 일파를 이루고, 하계(霞溪) 권유(權愈)의 경우는 귀신 소굴과 가시나무1의 길을 찾았을 뿐이다. 몽예(夢囈) 남극관(南克寬)이 말했다.

"회천(懷川 송시열)이 만년에 쓴 글을 보니, 거의 다른 사람을 잡아먹으려 했다. 푸른 하늘 아래 두터운 땅 위에 끝없이 밝은 세상이 펼쳐져 있는데, 대숲 속 험한 길에서 그 사람만 무엇을 꺼려 지칠 줄도 몰랐는가."

나도 이 말이 옳다고 여긴다. 대개 우리나라 문인은 모두 중국 사람들의 문장을 법도로 삼는다. 그러나 규모가 작고 범위가 좁아 우물 안 개구리의 소견을 면치 못했으니, 대가에게 비웃음을 받는 것도 마땅하다.

---

1 귀신 소굴과 가시나무: 몹시 껄끄러운 문장을 비유한 말이다.

주자가 말했다.[2]

"구양수(歐陽脩)가 말하기를, '삼대 이전에는 다스림이 한 곳에서 나와 예악이 온 세상에 통했다. 그러나 삼대 이후로는 다스림이 두 곳에서 나와 예악은 헛된 명분이 되었다.'라고 하였으니, 이것은 예나 지금이나 바꿀 수 없는 지당한 논의다. 그러나 그는 정사와 예악이 한 곳에서 나오지 않으면 안 된다는 것만 알고, 도덕과 문장이 두 곳에서 나오면 더욱 안 된다는 것을 몰랐다.

옛 성현의 문장은 훌륭하다고 할 수 있다. 하지만 애초에 이와 같은 문장을 배울 의도가 있었겠는가. 마음속에 이러한 실질이 있으면 반드시 밖으로 이러한 문장이 나오는 법이다. 마치 하늘에 이 기(氣)가 있으니 반드시 해와 달과 별이 빛나고, 땅에 이 문(文)이 있으니 반드시 산천과 초목이 줄지어 늘어서는 것과 같다. 성현의 마음이 이미 이처럼 정밀하고 순수한 실질이 있어 그 안을 가득 채웠으니, 밖으로 드러나는 것도 반드시 저절로 조리있고 분명하며 빛을 발하여 감출 수 없는 것이다.

우선 가장 중요한 것만 거론하면 『주역(周易)』의 괘와 획, 『시경(詩經)』의 노래, 『서경(書經)』의 기록, 『춘추(春秋)』의 서술, 예법의 위엄과 음악의 연주이니, 모두 이미 나란히 육경(六經)이 되어 먼 훗날까지 전한다. 그 훌륭한 문장은 참으로 따라잡을 수 없지만, 훌륭한 원인이 어찌 없겠는가. 세상 사람들이 모를 뿐이다. 그러므로 공자가 말하기를, '문왕(文王)이 돌아가셨으니 문장이 내게 있지 않

---

2 주자가 말했다: 아래의 내용은 『회암집(晦庵集)』 권70 「독당지(讀唐志)」에 실려 있다.

겠는가.'라고 하였다. 어찌 세속의 이른바 문장이라는 것이 여기에
해당하겠는가.

맹가(孟軻)가 죽자 성인의 학문이 전해지지 않았다. 천하의 선비
들은 근본을 등지고 말단을 추구하였으며, 도를 알고 덕을 길러 내
면을 채우기를 추구하지 않고, 한갓 문장을 사업으로 여기기에 급
급했다. 그러나 전국 시대에도 신불해(申不害), 상앙(商鞅), 손자(孫
子), 오자(吳子)의 술법, 소진(蘇秦), 장의(張儀), 범수(范睢), 채택(蔡
澤)의 변론, 열어구(列禦寇), 장주(莊周), 순황(荀況)의 말, 굴평(屈平)
의 부(賦)가 있었고, 진(秦)나라와 한(漢)나라에 와서는 한비(韓非),
이사(李斯), 육가(陸賈), 가의(賈誼), 동중서(董仲舒), 사마천(司馬遷),
유향(劉向), 반고(班固)가 있었다. 이후 엄안(嚴安), 서악(徐樂)의 부류
에 이르기까지 여전히 모두 그 실질을 먼저 갖춘 뒤에 말에 의지했
다. 다만 근본이 없고 한결같이 도에서 나오지 않았으므로 군자가
부끄러워하기도 했다.

그러다가 송옥(宋玉), 사마상여(司馬相如), 왕포(王襃), 양웅(揚雄)
의 무리에 이르러서는 하나같이 들뜨고 화려한 것만 숭상하여 말
할 만한 실질이 없었다. 양웅의 『태현경(太玄經)』, 『법언(法言)』 또한
「장양부(長楊賦)」, 「교렵부(校獵賦)」 따위의 부류로 조금 그 음절을
변화시킨 것이니, 실로 도를 밝히고 학문을 강론하기 위해 지은 것
은 아니다. 동한(東漢) 이후 수(隋)나라와 당(唐)나라에 이르기까지
수백 년 동안은 시대가 내려올수록 쇠퇴했으니, 도와의 거리가 더
욱 멀어져 실질이 없는 문장은 논할 가치도 없다.

한유(韓愈)가 나타나 비로소 그 누추함을 깨닫고 개연히 천하를

호령하며 진부한 말을 없애고 『시경』과 『서경』을 비롯한 육경을 추구했다. 정신을 피폐하게 만들고 세월을 허비하기는 이전 시대의 사람들이 했던 것보다 심했지만, 그래도 근본도 없고 실질도 없는 문장을 믿을 수 없다는 점을 대충 알았으니 다행이다. 이를 계기로 그 근원으로 거슬러 올라가 마침내 깨닫고 「원도(原道)」 등의 몇 편을 비로소 지었다. 그가 말하기를, '뿌리가 무성하면 열매를 맺고, 땅이 비옥하면 광채가 빛나듯, 어질고 의로운 사람은 그 말이 성대하다.'[3]라고 했다. 그의 문인들이 호응하며 '도에 조예가 깊지 않고서 문장에 능한 사람은 없다.'라고 했으니, 역시 현인에 가까웠다.

그렇지만 지금 그의 글을 읽어보면 아첨과 희롱에서 나오고 방탕하여 실질이 없는 것이 적지 않다. 그가 도의 근원을 파고든 것도 한갓 그 대략만 말했을 뿐, 깊이 살펴보고 몸소 실천하는 효과는 없었으며, 그가 문장으로 지어낸 말도 모두 여기서 나오지는 않았다. 그러므로 그가 옛 사람을 논의하면서 곧장 굴원(屈原), 맹가(孟軻), 사마천(司馬遷), 사마상여(司馬相如), 양웅(揚雄)을 일급으로 여기고, 여전히 동중서(董仲舒), 가의(賈誼)에 대해서는 언급하지 않았다. 그가 당대의 폐단을 논할 적에는 그저 '말이 자기에게서 나오지 않아 마침내 신령이 떠나고 성인이 숨게 되었다.'[4]라고 한탄했을 뿐이다.

그 문도의 논의로 말하자면 그저 표절을 글짓기의 병폐로 여겨

---

3 뿌리가……성대하다: 『창려집(昌黎集)』 권16 「답이익서(答李翊書)」에 보인다.
4 말이……되었다: 『창려집』 권34 「남양번소술묘지명(南陽樊紹述墓誌銘)」에 보인다.

쇠퇴한 문풍을 크게 진작시키고 사람들에게 스스로 짓게 한 것을 한유의 공로로 여겼다. 스승과 제자가 전수하면서 도와 문장을 갈라 두 가지로 만드는 결과를 면치 못했으며, 경중과 완급, 본말과 주종의 구분에 있어서도 도치되는 결과를 면치 못했다.

이때부터 또 쇠퇴하여 수십, 수백 년이 지난 뒤 구양수가 나타났다. 그 문장의 오묘함은 이미 한유에게 부끄럽지 않았다. '다스림이 한 곳에서 나온다.'라는 그의 말은 순자(荀子)와 양웅(揚雄) 이래 아무도 언급하지 않았던 것이며 한유에게서도 들어보지 못했으니, 도에 가까운 것 같다. 그러나 그가 평생 한 말과 행동의 실상을 살펴보면 역시 한유의 문제점을 벗어나지 못한 듯하다.

또 예전에 구양수의 문도들이 한 말을 살펴보니, 구양수의 말을 외는 자가 '나는 늙어서 이제 쉴 것이니 그대에게 사문(斯文)을 부탁한다.'5라고 했고, 또 '내가 말하는 문장은 반드시 도와 함께 한다.'6라고 했다. 구양수의 제자들이 스승을 존숭하여 '지금 시대의 한유'7라고 했고, 또 반드시 '문장이 여기에 있지 않겠는가?'라는 공자의 말을 인용하며 구양수의 말을 퍼뜨렸다. 앞의 말을 따르자면 나는 도와 문장이 과연 하나인지 모르겠다. 뒤의 말을 따르자면 문왕(文王)과 공자(孔子)의 문장이 한유와 구양수의 문장과 과연 이처럼 동등한지 나는 모르겠다."

---

5 나는……부탁한다: 『동파집(東坡集)』 권91 「제구양문충공부인문(祭歐陽文忠公夫人文)」에 보인다.

6 내가……한다: 위와 같은 곳에 보인다.

7 지금 시대의 한유: 『동파집』 권34 「육일거사집서(六一居士集敍)」에 보인다.

주자가 고문(古文)과 당시 문장가를 논하면서 삼소(三蘇)[8]를 언급하지 않은 이유는 삼소의 문장이 구양수만 못하다고 여겨 그런 것이 아니다. 소씨 삼부자의 문장은 전국 시대 임기응변의 문장에서 터득한 것이므로 이치에 가까운 것이 적고, 종횡가(從橫家)의 여닫는 술책을 부렸다. 그러므로 '소씨의 문장은 노자와 부처의 문장보다 심하게 바른 도를 해친다.'라고 했으니, 조심하지 않으면 안 된다.

---

8 삼소(三蘇): 소순(蘇洵), 소식(蘇軾), 소철(蘇轍) 삼부자를 말한다.

144

주자학의 도입

고려 광종, 현종 이후 문사가 배출되어 사부(詞賦)와 사륙문(四六文)은 섬세하고 화려하여 후세 사람이 미칠 수 없었다. 다만 문사와 의론은 논의할 만한 것이 많다. 이때는 정자(程子)와 주자(朱子)의 집주(集注)가 우리나라에 전하지 않아 심오한 성명(性命)과 의리(義理)를 논한 것이 그릇되어도 괴이할 것이 없다. 성리학은 송나라에서 성행했고, 송나라 이전부터 자사(子思)와 맹자(孟子) 이래 작자가 한둘이 아니었지만, 오직 이고(李翺)와 한유(韓愈)만이 바른 학문에 가까웠으니, 우리나라는 어떻겠는가.

충렬왕(忠烈王) 이후 집주가 처음으로 전해져 학자들이 점차 성리학으로 들어왔다. 익재(益齋) 이제현(李齊賢), 가정(稼亭) 이곡(李穀), 목은(牧隱) 이색(李穡), 포은(圃隱) 정몽주(鄭夢周), 양촌(陽村) 권근(權近) 등의 여러 선비가 이어서 일어나 도학을 창도하니, 문장의 기습이 오래지 않은 옛날에 가까워지고 시와 부, 사륙문도 저절로 우열이 생겼다.

145

명나라 문장의 영향

명나라 문장은 오직 송렴(宋濂)만이 가장 순수하고 바르며 화려하고 풍부하다. 방효유(方孝孺)는 그의 제자이며 역시 구양수(歐陽脩)와 소식(蘇軾)의 여파이다. 그 뒤를 이은 왕수인(王守仁), 당순지(唐順之), 왕신중(王愼中), 귀유광(歸有光)의 부류는 모두 전아하고 순정한 문체로 수사와 이치를 겸비하여 우뚝히 중국 문장의 정맥이 되었다. 갑자기 그 사이에서 이반룡(李攀龍)이 튀어나와 별도의 문체를 만들어 내어 껄끄럽고 험난하여 사람들이 이해하지 못하는 구절을 엮어 글을 지었다. 『춘추좌씨전(春秋左氏傳)』과 『국어(國語)』의 자구를 뽑아 사마천(司馬遷)과 반고(班固)의 모양으로 꾸며 한 마디도 참되게 스스로 터득한 것이 없다. 그 이치와 정신은 열렸다 닫혔다 하며 어두컴컴하여 알 수가 없다.

시를 지을 적에는 단지 두보(杜甫), 왕유(王維), 이기(李頎), 잠삼(岑參) 등이 지은 여러 작품에서 가장 아름다운 수십 개의 구절을 비슷하게 베껴 덮어씌우고, 중원(中原), 대륙(大陸), 우주(宇宙), 건곤(乾坤), 일월(日月), 풍운(風雲), 천리(千里), 만리(萬里), 백운(白雲), 명월(明月), 대막(大漠), 창해(滄海) 등의 수십 가지 거대한 광경으로 기세를 펼쳤다.

서한(西漢) 이후의 문장과 천보(天寶) 연간 이후의 시로는 자기 붓을 더럽히기 부족하다고 여겼다. 그를 추종하는 무리는 또 위로 순(舜)임금까지 올라가고 아래로 한(漢)나라와 당(唐)나라에 가깝다고 하니, 이 반룡은 오만하게 스스로 담당하며 과장하기에 힘썼다. 포산(鮑山) 아래 백설루(白雪樓)[1]를 짓고 왕세정(王世貞), 서중항(徐中行), 종신(宗臣), 여왈덕(余曰德), 장가윤(張佳胤)과 결사(結社)하여 칠자(七子)라 하며, 이 사람들이 아니면 이 누대에 오를 수 없다고 했다. 천하 문장의 권력을 20년 동안 잡으니, 온 세상이 휩쓸려 방탕하고 괴이한 말과 알 수 없고 어려운 문체로 마침내 천하를 바꾸기에 이르렀다. 천하는 만여 리나 되고 문사는 수만 명이나 되는데, 모두 여우의 정령에 홀려서 귀신 소굴과 가시덤불에 쓰러져 있으니 어찌 슬프지 않겠는가.

우리나라는 국초부터 지금까지 문장을 짓는 자들이 모두 구양수와 소식의 여파였다. 대부분 전아하고 순정한 문체를 체재로 삼고 이치가 닿는 것을 위주로 삼아 어색하고 어려운 말을 쓰지 않았다. 그러나 대제학 하계(霞溪) 권유(權愈)가 숙종조에 태어나서 한 시대의 문형(文衡)을 맡았다. 그가 지은 기문(記文), 서문(序文), 비명(碑銘)은 오직 뻐걱거려 읽기 어렵게 만드는 데 힘써 사람들이 간혹 구두를 뗄 수 없었다. 심장을 찌르고 눈에 상처를 주는 것[2]이 어색하고 기괴한 데 그쳤을 뿐이다. 그 문장을 본떠 그 물결을 일으킨 사람은 참의 민창도(閔昌

---

1 백설루(白雪樓): 본디 이반룡이 산동성 제남에 지은 정자 이름이다.
2 심장을……것: 한유(韓愈)의 「정요선생 묘지명(貞曜先生墓誌銘)」에 "시를 지을 때에는 눈에 상처가 나고 심장을 찌르는 듯했다.〔及其爲詩, 劌目鉥心.〕"라는 구절에서 인용한 말로, 각고의 노력으로 시문을 창작하는 것을 말한다.

道)이며, 한 시대에 그와 어울린 사람이 대체로 그러했다. 귀신 소굴과 가시덤불이라 하겠으니, 비유하자면 하루살이의 날개와 반딧불의 빛이 절로 일어났다 절로 사라지는 것과 같을 뿐이다. 그 뒤 약산(藥山) 오광운(吳光運)의 문장이 간결하여 본받을 만하였으나 과문(科文)의 투식을 벗어나지 못했다.

146
정범조의 문장

독서당에 선발된 정범조(丁範祖)는 문장으로 세상에 이름났다. 내가 그의 전고(全稿)를 얻어 집에 보관해두고 있으나, 이 정도 문장으로 이름을 얻었으니 근세에 훌륭한 문장이 없다는 사실을 알 수 있겠다. 그의 시는 조금 낫다.

147

이덕주의 문장

근래 하정(荷亭) 이공(李公 이덕주(李德胄))의 「가림사고서(嘉林四稿序)」를 보니 서사와 장법에 진부한 말이 없어 문장가의 모범이라 할 만하다. 내가 그 사람을 만나지 못했고 또 그의 전집을 보지 못했으니 몹시 한스럽다. 그러나 고기 한 점만 맛을 보아도 온 솥의 음식 맛을 알 수 있는 법이니 많을 필요가 있겠는가? 자하(紫霞) 이홍덕(李弘惪)의 문장과 앞을 다툴 만하다. 하정공은 이름이 덕주(德胄)이며 완산(完山, 전주) 사람이다.

148
이민구의 문장

동주(東州) 이민구(李敏求)의 문장도 문장가에 뒤지지 않지만, 그 사람 됨에 취할 점이 없기 때문에 그의 문장도 사람의 인품에 따라 한층 낮아져서 사람들이 공경하는 마음으로 보지 않는다. 안타깝다.

김시빈의 재주 1

울산 부사(蔚山府使) 김시빈(金始鑌)이 19세에 증광시(增廣試) 감시(監試)
에서 두 차례 시험에 합격하고, 그의 형 김시갑(金始鉀)도 울산 부사의
글로 합격자 명단에 이름을 올렸다가 동당시(東堂試)에서는 자신의 힘
으로 삼장(三場)[1]에 합격했다. 서울로 가서 회시(會試)를 치렀는데 형
제가 모두 종장(終場)에서 생원(生員)이 되고 이어서 문과에 급제하니
이름이 서울과 지방에 자자했다. 영조조에는 정승 조현명(趙顯命)이
재주가 장수와 재상을 함께 할 만하다고 추천했으나 성상이 미처 등
용하기 전에 중도에 세상을 떠났으므로 세상 사람들이 아쉬워한다.

---

1 삼장(三場): 과거 시험의 초시(初試), 복시(覆試), 전시(殿試)를 말한다.

김시빈의 재주 2

족숙(族叔) 성현인(成顯寅) 씨가 말했다.

"울산 부사(蔚山府使) 김시빈(金始鑌)은 지금 세상 인재 중에 으뜸이다. 예전에 집에 있을 적에 목우유마(木牛流馬)[1]를 만들었는데 움직일 수 있었고, 돌무더를 깔아 팔진도(八陣圖)를 만들어 개를 가두자 개가 빠져나오지 못했다. 소옹(邵雍)의 『황극경세서(皇極經世書)』와 채원정(蔡元定)의 『황극내편(皇極內篇)』, 선기옥형(璿璣玉衡)의 제도에 대해 환하여 모르는 것이 없었다. 역학(易學)에 대해서도 식견이 높았으며, 점치는 법도 신명과 통했다. 재능과 기예로 말하면 요즘 세상에 없을 뿐만 아니라 옛사람 중에서도 드물다."

나의 선친도 말했다.

"서울에서 벼슬살이할 적에 섣달그믐이 되어 영남 사람들이 한곳에 모였다. 조촐한 술자리를 마련하였는데, 어떤 사람이 운(韻)을 부르자 바로 종이를 꺼내 썼다.

---

1 목우유마(木牛流馬): 제갈량(諸葛亮)이 군량을 운반하기 위해 나무로 만든 소와 말 모양의 수레다.

푸른 등 깜박이는데 술 마시고 잠드니	靑燈明滅酒樽眠
각자 고향 떠난 시름 안고 묵은해를 전송하네	各把離愁餞舊年
천 리 떠난 나그네 되어 임금 밑에서 벼슬하고	千里旅遊丹陛下
오경 되자 부모님 계신 곳으로 돌아가는 꿈을 꾸네	五更歸夢北堂前
얼굴 가득 붉은 술기운 오르니 봄이 일찍 온 듯하고	紅潮滿面春生早
흰 눈이 창문에 내리니 새벽이 먼저 온 듯하네	白雪當窓曉到先
파루(罷漏) 소리 뚝뚝 울려도 사람 소리 시끄럽고	漏罷丁東人語鬧
안개 자욱한 도성에 백관의 말고삐 소리	千官珂馬禁城烟

비록 눈금을 표시한 초가 타고 놋그릇을 친 소리가 끝나기 전까지 시를 지은 옛사람이라도 이보다 나을 수는 없을 것이다. 당시 목대경 (睦大敬), 유자산(柳子山, 유래(柳徠))이 자리에 있었는데, 모두 붓을 놓으면서 '충효의 뜻이 말 밖으로 넘치니 다른 사람이 더 이상 덧붙일 것이 없다.'라고 했다. 다른 글짓기도 입으로 외는 것처럼 몹시 민첩하여 남들이 당해낼 수 없었으니, 참으로 한 시대의 기이한 인재다."

청천(靑泉) 신유한(申維翰)이 말했다.

"서울에서 고향으로 내려오다 아림에 도착했는데, 이때 김공이 아림 사또로 있으면서 내가 왔다고 몹시 기뻐하며 길에서 지은 시를 보자고 했다. 내가 시축(詩軸) 하나를 올렸더니 보고 나서는 아이를 불러 종이를 가져오게 하고 일필휘지로 차운하여 잠깐 사이에 끝냈다. 내가 시인을 많이 보았지만 이처럼 신속한 사람은 보지 못했다."

이 역시 그의 신속함을 두려워한 것이다. 하늘이 이와 같은 인재를 내고 장수를 누리지 못하게 하였으니, 애석하다.

151

이복후의 문장과 학문

반학정(伴鶴亭) 이공(李公)의 이름은 복후(復厚)이다. 약관의 나이에 진
사시에 합격하고 성균관에서 유학하여 이미 동년배들이 놀라 감복했
다. 남모르게 독실한 행실을 닦고, 문장도 절실하고 온당하여 법도를
따랐으니, 한유(韓愈)가 '덕이 있는 자는 반드시 말이 있으니,[1] 성대하
기가 봄 하늘의 구름 같다.'[2]라고 한 말과 같다. 평소 성품이 선비다워
부화하고 거짓된 것을 배척했다. 그의 문장과 학문이 세상에 저절로
드러났지만, 유독 벼슬살이에는 급급해 하지 않았다.

만년에 노강(老江)[3] 가의 언덕에 살면서 정자를 지어 학을 기르고
이로 인해 '반학(伴鶴)'이라 자호했다. 속세 밖에서 소요하면서 강산의
한가로운 흥취를 얻으니, 세상 사람들이 모두 고상하게 여겼으며, 지
나가는 사람은 반드시 그의 집 앞에서 예의를 갖추었다.

공의 집안은 대를 이어 문장과 학문으로 세상에 이름났다. 공의 부

---

1 덕이……있으니: 『논어』 「헌문(憲問)」에 나오는 공자의 말을 인용한 것이다.
2 성대하기가……같다: 한유의 「취증장비서(醉贈張秘書)」에 "그대의 시는 풍류 운치가 많아,
　성대하기가 봄 하늘의 구름 같다.[君詩多態度, 藹藹春空雲.]"라는 구절을 인용한 것이다.
3 노강(老江): 경북 고령군 다산면 인근을 지나는 낙동강을 말한다.

친 상사공(上舍公) 익겸(益謙)은 관각의 문장으로 한 시대의 종주가 되었다. 다섯 번 동당시(東堂試)에 수석했으나 번번이 성시(省試)에서는 합격하지 못했다. 사람들이 근세의 억울한 사람으로 공을 첫 손가락에 꼽지 않은 적이 없는데, 공이 또 억울한 사람이 되었다. 두 대에 걸쳐 현달해야 하는데 현달하지 못하고, 명정에다 그저 '상사(上舍)' 두 글자만 썼으니 너무도 한탄스럽다. 처사(處士) 소응천(蘇凝天)이 시를 지어주었다.

두 신선4이 노강 가에 함께 살았는데	兩癯仙共老江潯
맑은 학 울음이 때로 괴로이 읊조린 시에 화답하네	清唳時時和苦吟
먹고 마시는 일 자연히 본분 따르고	飲啄自如吾本分
얽매이지 않고 하늘 멀리 떠날 마음이었네	雲宵不繫爾遐心
청전5의 옛 친구는 한 해 넘게 기다리다	青田舊侶經年待
적벽의 가을 약속 달밤에 찾아가네	赤壁秋期帶月尋
언제쯤 방장산6의 나그네 와서	幾日報來方丈客
정자 아래 배를 돌리고 속을 터놓을까	廻舟亭下話沖襟

공이 세상을 떠난 뒤 반학정은 다른 사람의 소유가 되었으나 번듯하게 강가에 서 있다. 내가 함양(咸陽)에서 진주(晉州)를 경유하여 칠곡(漆谷)으로 돌아올 때 반학정 아래를 지나며 옛일을 생각하고 오늘날을 돌아보니 나도 모르게 처연해졌다.

---

4 두 신선: 이익겸과 이복후 부자를 말한다.
5 청전: 청지(青芝)가 나고 학이 산다는 신선의 세계이다.
6 방장산: 소응천이 거주하는 지리산의 별칭이다.

152
남구만, 남학명, 남극관 3대의 문명

회은(晦隱) 남학명(南鶴鳴) 자문(子聞)은 정승 남구만(南九萬)의 아들이
다. 문장에 능했지만 서울에 있으면서도 과거를 보지 않았다. 음직으
로 세마(洗馬)가 되었으나 출사하지 않고 포의로 생을 마쳤으니 또한
한 시대의 고상한 선비다. 문집 2권이 있다. 그 아들 남극관(南克寬)은
호가 몽예(夢囈)이며 역시 문장에 능하다. 약천(藥泉, 남구만)에서 몽예
에 이르기까지 3대가 모두 문집이 있어 세상에 전한다.

이중광의 행적

두릉(杜陵) 이중광(李重光) 공은 승지 이동표(李東標)의 손자이며, 하당
(荷塘) 권두인(權斗寅)의 외손이니, 송재(松齋) 이우(李堣) 선생의 후예이
다. 본래 진성(眞城) 사람이었는데, 송재 때부터 예안(禮安)에 살았으
며 그 뒤로 벼슬이 계속 이어졌다. 승지공(이동표)은 숙종 연간의 명신
이며, 그의 아들 이호겸(李好謙)이 하당공(권두인)의 사위가 되어 안동
(安東)에 살게 되면서 안동 사람이 되었다. 두릉은 안동 태백산(太白山)
아래에 있다. 이공은 이 마을에 은거하면서 남에게 알려지기를 바라
지 않았다. 시골에서 즐겁게 살면서 시를 즐겨 읊조리며 회포를 드러
내었는데, 시가 그 사람처럼 맑고 고아했다. 영조조에 정승 원경하(元
景夏)가 아뢰어 승지공을 이조 판서에 증직하고 이어서 이공을 참봉에
제수했지만 공은 출사하지 않았다. 그 뒤 다시 참봉으로 불렀지만 공
은 끝내 출사하지 않고 산 속에서 늙었다. 나는 이공과 육촌 관계이므
로 한 번은 사적으로 물었다.

"벼슬길에 골몰하는 평범한 사람들은 모두 영달하고자 하는 마음이
있는데, 그대만은 없습니다. 『주역』 예괘(豫卦)의 효사처럼 바르고
길한 지조를 돌처럼 견고하게 지키기 때문에 이러는 것입니까?[1]

소요하는 즐거움이 고관대작의 영예보다 낫기 때문에 이러는 것입니까? 아니면 산신령이 이문(移文)을 보낼까 두려워 이러는 것입니까?"2

공이 웃으며 말했다.

"자네 말은 나를 희롱하고 비웃는 것이네. 나는 세상을 벗어나 고상한 뜻을 지키려고 이러는 것이 아니네. 만약 밀옹(密翁, 이재(李栽))이 살아 있었다면 내 마음을 알았을 것이며 자네도 묵묵히 알았을 것이네. 그렇지 않다면 이 태평성대에 모든 사람이 벼슬하려고 하는데 내가 어찌 남과 다르다고 벼슬을 맡고 있는 이때에 출사하지 않겠는가?"

나는 그 말을 듣고 훌륭하게 여겼다. 보통 사람은 작은 벼슬이라도 얻으면 구차한 일도 부끄러워하지 않는데, 공은 벼슬을 얻어도 마음이 바뀌지 않았으니, 요즘 세상의 맑은 선비라 하겠다. 이공이 죽은 지 벌써 오륙 년이 되었는데 세상에 그 행적을 아는 사람이 없으므로 기록한다.

---

1 주역······것입니까: 『주역』 예괘(豫卦) 육이효(六二爻)에 "견고하기가 돌과 같아서, 과거의 잘못을 하루가 지나지 않아 제거해 버리니, 바르고 길하다.〔介于石, 不終日, 貞吉.〕"라고 하였다.

2 산신령이······것입니까: 남조(南朝) 제(齊)나라의 주옹(周顒)이 은자로 자처하다가 출사하자 공치규(孔稚圭)가 「북산이문(北山移文)」을 지어 산신령의 입을 빌어 그를 조롱하였다.

김성탁의 운명을 예고한 시

내가 젊었을 적 춘양현(春陽縣)의 생원 권정통(權正通) 매형 집에서 겨
울을 보냈는데, 그때 어떤 사람이 이런 이야기를 전해 주었다. 영해(寧
海) 비익동(飛益洞)¹의 이씨 선비가 꿈에 한 노인을 만났는데, 모습이
매우 훌륭하였다. 그 노인이 시를 지어 선비에게 주었다.

누가 금을 깎아 백척 누각 만들어	誰鑿金精百尺樓
평생 설가의 근심을 물리칠까	平生除却薛家愁
다리 그림자는 청량 세계에 끊어졌는데	洪橋影斷淸凉界
만 리 강산에 햇볕이 내리쬐네	萬里江山白日遒

시의 뜻을 자세히 알 수 없었는데, 강좌(江左) 권만(權萬) 공이 시를
잘 알았기에 강좌 공에게 시를 보내어 그 뜻을 풀이하고자 하였다. 그
러나 강좌 공도 상구(上句)의 뜻을 잘 몰라서 그 시를 국포(菊圃) 강박
(姜樸) 공에게 보냈다. 강공이 대답했다.

---

1 비익동(飛益洞): 현재 영덕군 창수면 인량리이다. 나랫골이라고도 한다. 갈암 이현일 종택이
  이곳에 있다.

"어구가 영롱하여 귀신의 말 같지는 않은데 나도 잘 모르겠습니다. 그러나 대체로 좋은 말은 아닙니다."

이듬해 제산(霽山) 김성탁(金聖鐸) 어른의 상소문에 '선천(先天)' 두 글자가 있었기에 의금부에 갇혀 형벌을 받았다. 풍랑이 크게 일어나 영해군(寧海郡)에 있는 갈암(葛巖) 이현일(李玄逸) 사당이 모두 훼철되고 김성탁 어른은 섬에 유배되었다가 그 뒤 광양(光陽)으로 이배되어 유배지에서 세상을 떠났다. 여기서 중요한 계기가 닥치면 신령이 알려주지만 사람이 스스로 깨닫지 못한다는 것을 알 수 있으니, 이루 말할 수 없이 한탄스럽다.

송익필과 박형의 사람됨

택당(澤堂) 이식(李植)이 송익필(宋翼弼)과 박형(朴泂)의 사람됨을 논했다.

"송익필은 우계(牛溪) 성혼(成渾), 율곡(栗谷) 이이(李珥)와 교유했다. 타고난 자질이 뛰어나 분석이 정밀했고, 시구가 절묘하여 세상에 전해지는 것이 많다. 선조에게 허물이 있었으나 덮을 생각을 하지 않고, 미천한 신분이면서 함부로 자신을 높였다. 안씨 집안 자손이 송사를 일으키자 선조(宣祖)께서 찾아 잡아오라고 명하여 희천(熙川)에 유배되었다가 임진왜란을 만나 풀려났다. 그런데도 고담준론을 하면서 시사를 비판하였으니, 그 사람과 그 학문은 공허한 견해일 뿐이며, 몸소 실천하고 마음으로 터득한 학문은 아니었다.

박형은 부지런히 배우고 잘 가르쳤다. 서울에 살 적에는 제자가 수백 명이었는데 『소학』과 경서 외에 다른 책은 가르치지 않았다. 당론이 갈라지자 제자들이 자리에서 동인과 서인의 옳고 그름을 말하면 곧장 배척하며 말했다.

'너희들이 시사를 논하고 싶으면 건물에서 나가서 서로 따져야지, 내 자리에서 논란하지 마라.'

나중에 원주(原州)의 정산(鼎山)에서 살다가 죽었다. 박형은 문장에 능하지 못하여 한 마디도 전할 만한 것이 없다. 그러나 귀봉의 처신과 비교해보면 잘잘못이 현격히 다르다."

두 사람은 모두 서자(庶子)이지만, 문장에 능하지 못한 박형이 문장에 뛰어난 귀봉보다 낫다. 요즘은 신돈항(愼敦恒), 권득중(權得中)이 있는데, 두 사람 모두 신분은 미천하지만 신돈항은 문장을 잘하여 여러 차례 과거에 합격했다. 나는 친구 집에서 잠시 신돈항을 만났으나 이야기를 나누지는 못했다. 그러므로 그의 학문이 어떠한지는 모르겠으나 사람들의 말을 들어보면 그 사람은 자기가 사는 고을 산 속에 서재를 짓고 학생을 모아서 강론한다고 한다. 이 역시 요즘 세상에 드문 일이다. 권득중은 비록 문장에 능하지 못하지만 모든 일에 정당한 도리를 따랐으며, 속임수를 쓰지 않았다. 그러므로 백성의 풍속이 바뀌기도 했다고 한다. 이 역시 평민 중에 빼어난 인물이다. 미천한 사람들도 이러한데 사대부가 이들만도 못해서야 되겠는가. 사대부의 행실은 푸른 하늘의 태양과 같으니, 미천한 사람들의 행동을 본받을 필요는 없다. 그러나 간혹 몸가짐과 일처리가 법도에 어긋난다면 도리어 두 사람에게 부끄러울 것이다. 힘쓰지 않을 수 있겠으며 삼가지 않을 수 있겠는가.

156

홍여하와 그의 저술

목재(木齋) 홍여하(洪汝河) 공은 부계(缶溪) 사람이다. 대사간 홍호(洪鎬) 의 아들이고 문광공(文匡公) 허백당(虛白堂) 홍귀달(洪貴達) 선생의 5대 손이다. 과거에 급제하고 예문관을 거쳐 사간에 올랐는데 겨우 55세 에 세상을 떠났다. 문장이 전아하고 저술로『목재집(木齋集)』6책,『휘 찬여사(彙撰麗史)』20여 책,『동사제강(東史提綱)』6책이 있다.『목재 집』과『동사제강』은 이미 간행되었고,『휘찬여사』는 재력이 부족해 간행하지 못했다. 얼마 전 안동 사람이 도내에 통문(通文)을 돌려 미비 한 자금을 보충하여 간행하려고 한다. 그렇다면 반드시 간행될 것이 니, 실로 사문(斯文)의 다행이다.

필원산어

✻

상편 2

1

신유한이 권만의 시를 보고 붓을 놓다

강좌(江左) 권만(權萬) 공이 말했다.

"시는 뜻을 얻어 먼저 지으면 그 시에 차운하여 짓기가 참으로 어렵다. 옛적 청천(靑泉) 신유한(申維翰) 주백(周伯)이 평해(平海) 군수로 있을 때 축관(祝官)으로 장릉(莊陵)에 갔는데, 내가 봉성(鳳城)에서 만나 시 한 수를 지어 주었다.

단종의 능침이 금강 굽이에 있는데	端宗陵寢錦江灣
한식날 그대가 축관이 되었네	寒食君爲大祝官
향기로운 풀은 마협¹에 또 자라나고	芳草又生來馬峽
봄꽃은 두견새 우는 산에서 피려 하네²	春花欲動有鵑山
이러한 때 사람 마음 슬프기가 간절하니	人情此際思哀切
이번 행차에 시 짓기가 참으로 어렵구나	詩意今行得正難
처량한 비 내리는 봉성의 동쪽 길에서	凄雨鳳城東畔路

---

1 마협(馬峽): 장릉이 있는 여주 신륵사 부근의 마암(馬巖)을 말하는 듯하다.

2 봄꽃은⋯⋯하네: 단종을 두견새의 화신인 촉(蜀) 망제(望帝)에 비유한 것이다.

주백이 이 시를 보더니 이렇게 말했다.

'공이 이미 용의 소굴을 찾아 여의주를 얻었으니, 나머지 발톱과 껍데기를 얻은들 어디에 쓰겠습니까? 저는 벌써 붓을 놓았습니다.'

옛적 향산(香山) 백거이(白居易)가 유우석(劉禹錫)의 「금릉회고(金陵 懷古)」 시를 보고서 항복 깃발을 세웠는데,[3] 신유한의 뜻은 이를 본 뜬 것이다. 지금 시인은 이와 같지 않으니 '모르는 사람과 말할 수 없다'는 말은 이를 두고 한 말이다."

---

3 향산(香山)이……세웠는데: 백거이가 유우석이 지은 「금릉회고」 시를 칭찬하며 물속에 있는 용의 여의주를 얻은 격이니 다른 사람들은 비늘이나 발톱을 얻은 정도에 불과하다고 말한 일을 가리키는 듯하다.

2

맹숙경의 시

정덕(正德, 1506~1521) 연간에 맹숙경(孟淑卿)[1]이라는 사람이 시로 이름 났다. 「연꽃 보는 미인 그림에 쓴 시」는 다음과 같다.

푸른 홰나무에 매미 고요하고 날은 유난히 긴데	綠槐蟬靜日偏長
화로에 백화향을 나른히 사르네	懶熱金爐百和香
연못의 연밥을 따지 마라	莫摘池中蓮子看
개중에 태반이 비었으니	箇中多半是空房

또 「춘규도(春閨圖)」 시는 다음과 같다.

누각에 한가로이 기댔다가 까마귀 소리에 놀라	粧樓倚倦怯啼鴉
트레머리에 느릿느릿 말리화를 꽂네	寶髻慵簪茉莉花
나비처럼 희고 벌처럼 누런 화장 온통 바랬는데	蝶粉蜂黃渾褪却

---

1 맹숙경(孟淑卿) : 송(宋)나라와 명(明)나라에 동명이인이 있었는데, 아래의 「연꽃 보는 미인 그림에 쓴 시」는 송나라 맹숙경이 지은 것이다.

낭군은 아직도 하늘 멀리 계시는가.　　　　　　　　　不應人尙在天涯

　이 시를 보니 송계(松溪) 권응인(權應仁)이나 오산(五山) 차천로(車天
輅) 같은 사람은 중국을 횡행할 수 있겠다.

3

채제공의 시

번암(樊巖) 채제공(蔡濟恭)이 평안도 병마절도사로 가면서 시 한 구절을 지었다.

조선 땅에서 평안도가 중요하고　　　　　朝鮮地重平安道

임금님 은혜는 채 판서에게 깊네　　　　聖主恩深蔡判書

구법히 호쾌하여 속되지 않으니 기상을 볼 수 있다.

4

정구가 김우옹에게 준 시

동강(東岡) 김우옹(金宇顒) 선생이 백유함(白惟咸)에게 모함을 받아 기축년(1589) 회령(會寧)에 유배되었다. 한강(寒岡) 정구(鄭逑) 선생이 시를 주었다.

곤궁한 길은 나 때문이지 하늘 때문이 아니니	窮途由我不由天
유배 가는 팔천 리 길을 한스럽게 여기지 마오	莫恨潮州路八千
오늘은 바로 운명에 순응하는 날이고	此日正爲安命日
남은 인생은 모두 허물을 반성하는 시간이네	餘年盡是省愆年
강남에서 가을 난초 풀지 말게1	江南莫解秋蘭佩
대궐에서 야대할 때 생각하실 테니	宣室應思夜席前
이 일을 겪으면 그대는 완성될 터이니2	這裏經過知玉汝
천지 같은 임금님 은혜 끝이 없구나	乾坤恩造更無邊

---

1 강남에서……말게: 굴원(屈原)의 「이소(離騷)」에 나오는 "가을 난초 꿰어 허리에 차네.〔紉秋蘭以爲佩〕"라는 구절을 인용한 것으로, 고결한 지조를 지킨다는 뜻이다.

2 이……터이니: 장재(張載)의 「서명(西銘)」에 나오는 "빈천과 근심은 너를 옥처럼 갈고 닦아 완성하려는 것이다.〔貧賤憂戚, 庸玉汝於成也.〕"라는 말을 인용한 것이다.

동강이 답했다.

십 년 동안 대궐에서 경연 자리 있었는데   十年經幄九重天

수천 리 회령으로 갈 줄 어찌 알았으랴   豈識鰲山路數千

작은 정성 임금께 바친다고 착각했다가   錯擬野芹堪獻御

은거하여 국화로 연명할 줄 몰랐네   不知秋菊可延年

구름 가로지른 철령 너머 고향집은 어디인가   雲橫鐵嶺家何在

눈 덮인 함관령에 말이 가지 못하네   雪擁咸關馬不前

쫓겨난 신하의 혼백을 부를 필요 있으랴   孤臣魂魄何須喚

임금 향한 일편단심 원래부터 있다네   自有丹心向日邊

5

성삼문의「몽유도원도」

매죽헌(梅竹軒) 성삼문(成三問) 선생이 꿈에서 도화원(桃花源)을 노닌 사실을 세상에 아는 사람이 없다. 내가 예전에 『동문선(東文選)』을 보니, 영성군(寧城君) 최항(崔恒)의 「도원도에 쓰다」라는 장편 율시 한 편이 실려 있었다. 그 앞구절은 다음과 같다.

도원은 우리나라와 멀리 떨어졌는데	桃源縹緲隔東韓
매죽헌은 어떻게 갑자기 보았는가	梅竹何從驀地看
자신을 잊고 자연에 노닐며 단잠 잤더니	忘我天遊酣一枕
정신이 날아가 해가 중천에 뜨도록 편히 누웠네	馳神高臥任三竿

시가 길어서 다 기록할 수는 없지만, 매죽헌을 안평대군(安平大君)이라고 지목하였다. 나는 의심스러웠다. 매죽은 성삼문의 호인데 안평대군이 가져다 자기 호로 삼은 이유는 무엇인가? 패설(稗說)[1]을 보니 다음과 같았다.

---

1 패설(稗說): 여기서는 어숙권(魚叔權)의 『패관잡기(稗官雜記)』를 말한다.

"매죽헌이 한 번은 꿈에 도화원에 갔더니 어떤 사람이 먼저 와 있었다. 자세히 보니 박팽년(朴彭年) 인수(仁叟)였다. 깨어나 안견(安堅)을 불러 꿈속의 일을 말해주고, 꿈에서 보았던 산천의 모습을 그리게 하였다. 그림이 완성되자 스스로 서문을 지어 그 첫머리에 쓰고, 당시 함께 어울리던 선비들이 모두 그 일을 시로 읊어 하나의 큰 축(軸)으로 만들었다. 내가 예전에 서울의 어떤 정승 집에서 보았는데, 매죽헌의 글씨와 안견의 그림, 여러 명사들의 시가 참으로 삼절(三絶)이었다. 다만 겨우 한 번 보았을 뿐이라 시구는 기억하지 못한다."

아!『동문선』을 편찬할 때 사가(四佳) 서거정(徐居正), 허백(虛白) 성현(成俔) 등 여러 공은 매죽헌이 죄인이라는 이유로 그 사실을 기록하지 않고 범범하게 '도원도'라고 썼으니 당연한 일이다. 아! 매죽헌이 꿈속에서 도원을 노닐었던 일을 어숙권(魚叔權)이 기록하지 않았다면 후세 사람이 어떻게 알겠는가? 도원 이야기는 황당하고, 매죽헌과 취금헌(박팽년)이 함께 노닐었던 일도 꿈이지 진짜가 아니다. 그렇지만 정신이 모이지 않았다면 어떻게 밤중의 꿈속에 나타나 함께 걸었겠는가? 병자년(1456)의 옥사 때 같은 날 화를 입었으니, 나는 알겠다. 저 두 선생의 영혼이 잠들지 않아 무지개로 변화하여 북두성과 견우성 사이에 걸쳐 있으면서 인간세상을 굽어보면 그저 모기와 파리가 모여 있는 것 같으리라. 당시 도원을 꿈꾼 것도 혼탁한 세상을 싫어하여 제몸을 깨끗이 하고자 하였기에 이와 같았을 것이다. 영성군의 시구가 묘하기는 하지만 병자년 이후로 낯부끄럽지 않을 수 있겠는가.

서거정이 한 번은 「태공조어도(太公釣魚圖)」를 얻고 김시습(金時習)

에게 보여주며 시를 부탁했다. 김시습이 붓을 들고 시를 지었다.

비바람이 쓸쓸히 낚시터를 스치는데   風雨蕭蕭拂釣磯

위천의 물고기와 새는 기심을 온통 잊었네.   渭川魚鳥摠忘機

어찌하여 늘그막에 응양장2이 되어   如何老作鷹揚將

공연히 백이숙제 고사리 캐다 굶어죽게 했나   空使夷齊餓採薇

서거정이 보고서 말했다.

"자네 시는 나의 죄안(罪案)일세."

서거정 같은 사람은 부끄러운 줄 알았다고 하겠다. 세상 사람들이 매죽헌이 꿈에서 도원에 간 일을 잘 모르므로 기록한다.

---

2 응양장:『시경』「대명(大明)」의 "태사 상보가 마치 매가 나는 듯하여〔維師尚父, 時維鷹揚〕"라
는 구절에서 나온 표현으로 강태공을 말한다.

6

유성룡의 고난

서애(西厓) 유성룡(柳成龍) 선생이 이조 판서로 있을 때 백유양(白惟讓)이 편지를 보내 정여립(鄭汝立)을 천거했는데, 유성룡이 답장을 보냈다. 기축옥사가 일어나자 유성룡은 불안하여 상소했다.

"당시 정여립이 중망을 받고 있었는데, 실상을 알고 그를 미워한 사람은 이경중(李敬中) 한 사람 뿐이었습니다. 그러나 미움을 받아 탄핵을 당했습니다."

성상이 이경중에게 관직을 추증(追贈)하고 그를 탄핵했던 대간 정인홍(鄭仁弘)에게 벌을 주었다. 정인홍이 이로 인해 파직되자 유성룡을 원망하는 마음이 골수에 사무쳤다. 그가 성상의 지우를 입자 온힘을 쏟아 유성룡을 배척했다. 그러다가 이이첨(李爾瞻)이 유성룡을 축출하자 남이공(南以恭) 무리가 어지럽게 일어났다. 정인홍은 자기 문하생 문홍도(文弘道)를 시켜 유성룡을 탄핵하게 했는데, 탄핵하는 글에 '미오(郿塢)'[1]라는 말이 있었다. 유성룡이 창석(蒼石) 이준(李埈)에게

---

[1] 미오(郿塢): 후한(後漢)의 동탁(董卓)이 부정 축재한 재물을 쌓아둔 곳이다. 1597년 유성룡이 탄핵을 받을 때 논자들은 그가 뇌물을 탐한다는 이유로 미오에 비유하였다.

보낸 편지에 "산수와 구름 한 구역이 모두 탄핵하는 글에 들어갔소"[2]
라는 말이 바로 이를 가리킨다. 그 뒤 완평부원군(完平府院君) 이원익
(李元翼)이 청백리(淸白吏)를 선발할 적에 유성룡을 뽑으며 말했다.

"이 사람은 한 가지 장점으로 말할 수 없지만 제가 선발한 것은 '미
오'라는 누명을 씻어주기 위해서이다."

유성룡이 쫓겨난 뒤 이이첨의 무리가 나의 선조 부용당(芙蓉堂) 성
안의(成安義) 공이 청요직에 선발될 길을 막았다. 나의 선조가 유성룡
의 문인이고, 유성룡 공이 체찰사로 있을 적에 5년 동안 그 막하에서
조도사(調度使) 직임을 수행했기 때문이다.

정인홍이 권력을 잡자 유성룡의 문인들은 모두 배척을 받았는데,
우복(愚伏) 정경세(鄭經世) 선생도 그 함정에 빠졌다. 당시 이이첨이 조
정에서 권세를 휘두르고 정인홍이 그 이빨과 발톱이 되었다. 북인이
가득 포진하였으니 유성룡 쪽 사람들이 어찌 조정에 편안히 있겠는
가. 유성룡이 기해년(1599) 서평부원군(西平府院君) 한준겸(韓浚謙)에게
보낸 편지의 '토실복벽(土室複壁)'[3]이라는 말에서 그 화의 기색을 알 수
있다.

---

2 산수와……들어갔소: 『서애집』 권12 「답이숙평(答李叔平)」에 "산수와 구름이 있는 고장은 본
  디 아름다운 곳이지만, 주인을 잘못 만나서 붉은 언덕과 푸른 벼랑이 모두 탄핵하는 글에
  들어갔소."라고 한 말을 가리킨다.
3 토실복벽(土室複壁): 『서애집』 권11 「여한익지(與韓益之)」에 "옛사람은 흙으로 만든 집에 이중
  벽을 만들고 당시의 화를 피하였으니, 이 또한 한 가지 방법입니다."라고 한 말을 가리킨다.

7

성안의의 생애

선조는 호가 부용당(芙蓉堂)이다. 임진왜란 때 서애(西厓) 유성룡(柳成龍) 선생이 체찰사(體察使)가 되고, 우리 선조가 조도어사(調度御使)로 휘하에 있었다. 직임을 잘 수행하여 5년 동안 체직되지 않았다. 그 사이에 부모님을 뵈러 영해(寧海)에 갔는데, 총독사(摠督使) 윤승훈(尹承勳)이 달아났다고 거짓으로 아뢰어 화를 헤아릴 수 없었다. 문충공(文忠公)【서애】이 급히 아뢴 덕택에 용서를 받았다. 난리가 끝나자 조도어사로 있을 때의 공로로 즉시 정언(正言)에 임명되고, 사간(司諫)을 거쳐 세자시강원에 들어가 문학(文學)이 되었다. 당시 의정부 사인으로 천거되어 벼슬길이 겨우 열렸는데, 문충공이 조정에서 쫓겨나 이끌어 줄 사람이 없었다.

그러다가 광해군이 즉위하고 북인이 권력을 잡았다. 이보다 앞서 북인 박종주(朴宗胄)가 우리 선조와 산송(山訟) 때문에 서로 다투다가 원수 사이가 되었는데, 이때 와서 박종주가 정인홍의 당파가 되어 조정에서 권력을 잡고 한강(寒岡) 정구(鄭逑) 선생 문하의 여러 사람을 원수로 여겼다. 선조는 정 선생의 문인이며 또 문충공의 신임을 받았는데, 박종주가 사적인 혐의로 청요직으로 가는 길을 막으니, 광해군이 왕위에서 물러날 때까지 12년 동안 관직에 임명되지 못했다. 선조는 창녕에서 영천(榮川)으로 이사하여 그 흉악한 화염을 피했다.

8

단양의 운암

단양(丹陽)에 운암(雲巖)이라는 곳이 있는데 그 땅이 매우 빼어나다. 서
애(西厓) 유성룡(柳成龍) 선생이 서울에서 내려왔을 때 그 빼어난 땅을
사랑하여 하사받은 표범가죽 한 벌로 그곳 민가 터를 사두었는데, 문
홍도(文弘道) 무리가 동탁(董卓)의 미오(郿塢)로 비유하며 방자하게 성
상께 아뢰었으니, 북인이 임금을 속이는 것이 이 지경에 이르렀다.

내가 서울로 갈 적에 죽령(竹嶺)으로 길을 잡고 운암에 들어가 선생
이 살던 터를 살펴보니 과연 빼어난 승경이었다. 내가 반드시 운암을
보고자 했던 것은 이유가 있었다. 나의 고조부(성이성)가 강계(江界)에
서 악인에게 곤액을 당하여 단양(丹陽)으로 유배되었는데,[1] 사면을 받
은 지 얼마 안 되어 세상을 떠났다. 고조부가 단양에 있을 때 운암이
고을에서 멀지 않은 곳이고 또 경치가 빼어났으므로 집을 짓고 살았
는데, 그 집이 아직도 남아 있다. 내가 그 집을 보니 옛 생각을 견디지
못하겠다.

---

1 나의……유배되었는데: 성이성은 강계 부사(江界府使)로 재직 중 범월(犯越) 사건에 연루되
  어 단양으로 유배되었다.

9

유성룡이 임금의 마음을 돌리다

옛사람 중에 한 마디 말로 임금의 마음을 돌린 사람이 있으니, 우리나라에는 서애(西厓) 유성룡(柳成龍) 선생이 있다. 선조(宣祖)가 한 번은 모시는 신하들에게 물었다.

"나는 옛날의 어떤 임금에게 비길 수 있겠는가?"

정이주(鄭以周)가 대답했다,

"요순(堯舜)과 같은 임금입니다."

학봉(鶴峯) 김성일(金誠一)이 대답했다.

"요순이 될 수도 있고 걸주(桀紂)가 될 수도 있습니다."

선조가 말했다.

"요순과 걸주가 이렇게 같은가?"

김성일이 대답했다.

"성상의 자질이 고명하시니 요순이 되기는 어렵지 않으나 스스로 훌륭하다 여기고 간언을 거부하는 병통이 있습니다. 간언을 거부하고 스스로 훌륭하다 여긴 것이 걸주가 망한 까닭입니다."

선조가 낯빛이 변하여 용상(龍床)으로 자리를 옮겨 앉으니 좌우의 신하들이 두려워했다. 서애 유성룡이 나와서 말했다.

"두 사람의 말이 모두 옳습니다. 요순에 비긴 것은 임금을 인도하는 말이요, 걸주 이야기는 경계하는 뜻입니다."

선조가 진노를 거두며 술을 하사하고 파하였다. 해평부원군(海平府院君) 윤근수(尹根壽)가 명종조에 『육신전(六臣傳)』을 간행하여 반포하기를 요청하자 명종이 진노하여 끌어내라고 명했다. 율곡(栗谷) 이이(李珥)가 선조조에 윤근수의 말대로 또 요청하자 선조가 노하여,

"집에 『육신전』을 보관하면 반역으로 논죄하겠다."

하니, 좌우의 신하들이 두려워 벌벌 떨었다. 유성룡이 나서서 말했다.

"나라에 불행히 난리가 있으면 신들이 신숙주(申叔舟)가 되기를 바라십니까, 성삼문(成三問)이 되기를 바라십니까?"

선조가 이 때문에 진노를 거두었다. 이것이 한 마디 말로 임금의 마음을 돌린 것이 아니겠는가?

10

김성일의 강직한 말

학봉(鶴峯) 김성일(金誠一) 선생은 강직하고 과감하게 말했다. 판서 송기수(宋麒壽)가 특진관(特進官)으로 경연에 나갔는데, 그의 아들 송응개(宋應漑)는 홍문관 관원으로, 송응형(宋應泂)은 주서(注書)로 강연에 입시하였다. 강을 마친 뒤 을사사화 이야기가 나왔는데, 송기수가 울면서 그 원통한 상황을 아뢰니 그 슬픔이 좌우를 감동시켰다. 학봉도 정언으로 경연에 있다가 나와서 말했다.

"송기수는 을사년(1545) 무렵 간사한 권신(權臣)에게 붙어 거짓 공훈에 책록되고 20여 년 동안 그 부귀를 누렸습니다. 지금 성상께서 즉위하시어 공론이 널리 시행되니 이제야 슬프고 괴로운 말로 그 원통함을 아뢰어 공론의 명성을 훔치려고 하니, 참으로 소인의 모습입니다."

송기수가 황공하여 물러났다. 삼부자가 일시에 병을 핑계로 물러나자 듣는 사람이 목을 움츠리며 두려워했지만 공의 말투는 태연했다. 옛날부터 강직한 신하가 있었으니 김성일이 여기에 가깝다.

11

최영경의 과격한 말

언론이 과격한 것도 화를 부르는 길이다. 옛사람이 말을 조심한 이유
가 이것이다. 내가 수우당(守愚堂) 최영경(崔永慶)의 일을 보니 공자께
서 자유(子游)에게 말씀하신 가르침[1]이 참으로 옳다.

정여립(鄭汝立)이 전주(全州)에 있을 적에 책을 널리 보고 기억을 잘
하여 경전에 통달하였고, 논의가 격렬하며 기세가 강했다. 율곡(栗
谷) 이이(李珥)가 당시 추앙받는 것을 보고 몸을 굽혀 그를 섬겨 제자
의 예를 행했다. "공자는 이미 익은 감이요, 이이는 아직 익지 않은 감
이다."[2]라고 말하기도 했다. 이이가 그의 재주를 기특하게 여겨 이끌
어주고 칭찬하니, 마침내 청요직에 오르고 명성이 널리 퍼졌다. 그 뒤
정여립은 여론이 점차 변하는 것을 보더니 마침내 이이를 배신하고
이발(李潑) 형제에게 아첨하며 붙었다.

---

1 공자께서⋯⋯가르침: 『논어』 「이인(里仁)」의 "임금을 섬길 적에 자주 간언하면 욕을 당하고,
  친구 사이에 자주 충고하면 소원해진다.(事君數, 斯辱矣, 朋友數, 斯疏矣.)"라는 말을 가리킨
  다.
2 공자는⋯⋯감이다: 어떤 이가 정여립에게 이이의 사람됨을 물으니, "공자는 다 익은 감이요,
  이이는 반쯤 익은 감이다. 반쯤 익었으니 곧 다 익지 않겠는가. 율곡은 참으로 성인이다."라
  고 하였다.

하루는 성상이 이이는 어떤 사람이냐고 물었다. 신하들이 미처 대답하지 못하였는데, 정여립은 그의 단점을 남김없이 말했다. 성상이 몹시 미워하며 말했다.

"정여립은 오늘날의 형서(邢恕)[3]로다."

정여립은 화가 나서 물러나 벼슬을 버리고 전주로 돌아가서는 누차 불러도 나오지 않았다. 고향에서 권세를 휘두르며 역모를 도모하다가 일이 발각되자 자살했다.

기축옥사 때 역당(逆黨) 중에 길삼봉(吉三峯)이라는 자가 있었는데 도망가서 잡지 못했다. 강해(姜海), 양천경(梁千頃) 등은 당시 재상의 지시를 받아 최영경이 길삼봉이라는 상소를 올렸다. 최영경은 체포되어 옥에 갇혔으나 낯빛과 말투를 굽히지 않고 의기가 평상시와 같았기에 옥리들이 모두 탄복하고 공경히 섬겼다.

최영경은 본디 정여립을 몰랐는데, 아들을 잃었을 때 정여립이 조문하는 글을 보냈으나 최영경은 기억하지 못했다. 이때 와서 심문하면서 정여립을 아냐고 물었더니 최영경은 모른다고 대답했다. 성상께서 정직하지 않다고 여기니 정철(鄭澈)이 위관(委官)으로써 심문하기를 청했다. 성상께서는 처사에게 형벌을 가할 수 없다고 여기고 풀어주었는데, 대간(臺諫) 구성(具宬)이 굳이 다시 국문하기를 청하여 최영경은 끝내 감옥에서 죽었다. 최영경이 처음 감옥에서 나왔을 때 성혼(成渾)이 자기 아들 성문준(成文濬)을 시켜 쌀을 보내주며 말했다.

---

3 형서(邢恕): 송(宋)나라 사람으로 정호(程顥)의 문인이었으나 훗날 스승을 배신하고 사마광(司馬光), 정이(程頤) 등을 모함했다.

"어찌 남에게 미움을 받아 이 같은 화를 당했습니까?"

최영경이 말했다.

"다만 자네 아버님에게 미움을 받았을 뿐이네."

이 때문에 다시 국문받는 화를 당했다고 한다. 최영경은 효행이 있어 석곽(石槨)으로 부친을 장사지냈고, 유일(遺逸)로 지평에 임명되었으나 나아가지 않았다. 나는 최영경의 일에 대해 그 언론이 너무 과격했다고 개탄한다. 그러므로 그 일을 기록하여 경계로 삼는다.

12

강서의 감식안

사람을 분명히 알기는 예로부터 어려웠다. 승지 강서(姜緖)는 남달리
사람을 잘 알아보았다. 시절이 한창 태평할 적에 이원익(李元翼)이 하
급 관료로 머물러 있었다. 사람들은 그가 기이한 줄 몰랐는데, 강서는
그를 볼 때마다 말했다.

"국가에 큰 난리가 일어나면 이 사람이 반드시 눈물을 흘리며 그 일
을 담당할 것이다."

사람들이 모두 비웃었지만 임진왜란이 일어나자 그 말이 증명되었다.

승지 조인복(趙仁復)과 전한(典翰) 김홍민(金弘敏)은 일시에 모두 명
성이 높았다. 합천 군수(陜川郡守) 김창일(金昌一)이 강서에게 물었다.

"조인복은 어떤 사람입니까?"

강서가 거만하게 앉아서 말했다.

"내 종놈입니다."

"김홍민은 어떤 사람입니까?"

강서가 꿇어앉아 말했다.

"나의 스승입니다."

말년에 와서 조인복은 실성하여 일처리가 어긋났다. 그제야 사람

들이 그 밝은 식견을 인정했다.

약봉(藥峯) 서성(徐渻)이 젊은 시절 미관말직으로 하급 관료에 머물러 있었는데, 강서는 그를 볼 때마다 공경히 대하며 말했다.

"이 사람은 자기만 정승에 오를 뿐만 아니라 그 자손들도 반드시 크게 번창할 것이다."

훗날 모두 그 말대로 되었다.

강서는 정승 강사상(姜士尙)의 아들이다. 거짓으로 미친 척하며 술에 취해 지내니 사람들이 그를 '늘 취한 사람[每醉]'이라고 불렀다. 두 다리를 뻗고 수수께끼 같은 말을 하였는데, 하루는 길가에 쓰러져 있자 아이들이 놀렸다.

"영공께서는 길에 눕지 마십시오. 옥관자가 부서질까 두렵습니다."

강서가 말했다.

"금관자로 바꾸면 된다."

그의 묘소는 금양(衿陽) 길가에 있다. 이원익이 그 묘소를 지날 때마다,

"나의 현명한 벗이다."

하며 절하고 갔다.

13

성제원의 시화를 첩으로 만든 춘절

사람의 지조는 여색을 만나야 알 수 있다. 동주(東洲) 성제원(成悌元)이 명산을 유람하다가 서원(西原 청주)을 지나자 목사가 시녀 한 명에게 따라가라고 했다. 성제원은 그와 함께 다니며 원근을 두루 유람하며 오랜 시간을 보냈는데, 시종일관 한 침상을 쓰면서도 범하지 않았다. 시녀가 돌아온 뒤 사람들에게 그 이야기를 전하니, 사람들이 모두 탄복했다. 임진왜란 이후 경자년(1600) 감찰 성민후(成民厚)가 괴산 군수(槐山郡守) 김순명(金順命)을 따라가서 청주 목사 윤경립(尹敬立)의 술자리에 모였다. 화제가 옛날이야기에 미치자, 좌우에서 말했다.

"시녀의 이름은 춘절(春節)이고 늙었지만 아직 죽지 않았습니다."

청주 목사가 불러오라고 명하니, 춘절은 나이가 이미 여든이었다. 감찰이 성제원 공의 현손이라는 사실을 알고는 자기도 모르게 눈물을 줄줄 흘리면서 말했다.

"오늘 다시 동주(성제원)의 손자를 볼 줄은 생각도 못했습니다."

청주 목사가 그 일을 묻자, 예전에 들은대로 일일이 아뢰었다. 동주가 산을 여행할 적에 산수가 맑고 빼어나 마음에 드는 곳에 도착하면 즉시 그림을 그리고 또 시를 지어 종이 끝에 적어두었다. 마치면 춘절에게 맡겼는데, 산을 나서던 날에는 수십 장이나 되었다. 동주가 그에게 말했다.

"내가 너를 범하지 않았지만 사람들은 반드시 내가 너를 가까이 하였다고 여겨 다시는 너를 돌아보지 않을 것이다. 네 생계는 그저 이 종이에 달려 있으니, 이 종이를 갖고 있다가 사람들에게 보여주면 나를 잊지 않은 사람이 너를 불쌍히 여겨 많은 선물을 줄 것이다."

춘절은 스스로 말했다.

"비록 한 번 모시지도 못했지만 어찌 차마 저버리겠는가."

마침내 죽을 때까지 수절했다. 시와 그림을 서첩(書帖)으로 만들어 청주목을 지나는 유명 인사들에게 보여주니, 모두 후한 선물을 주었기에 여기에 힘입어 살았다고 한다.

14

이항복의 감식안

한음(漢陰) 이덕형(李德馨)은 영의정을 지내고 백사(白沙) 이항복(李恒
福)은 좌의정을 지냈는데 어린 시절부터 지기(知己)였다. 하루는 이항
복이 이덕형에게 말했다.

"우리가 일을 맡은 지 오래되어 이제 쉴 때가 되었소. 대감은 대소
신료 중에 우리를 대신할 사람을 보았소? 관직이 낮다면 힘껏 끌어
주어야 할 것이오."

이덕형은 일부러 대답하지 않고 그저 이렇게 말했다.

"아무 날 대감이 반드시 보실 것이오."

이항복이 과연 약속한 날짜에 가서 앉으니, 이덕형이 말했다.

"승지 이이첨(李爾瞻)이 대감이 들어왔으므로 물러나 있습니다."

이항복이 그를 들어오게 했다. 얼마 후 이덕형의 뜻을 헤아리고는
이덕형을 자세히 보고는 이렇게 말했다.

"대감의 눈이 근래 어두워졌소."

이덕형이 묵묵히 있자 이이첨은 즉시 인사하고 갔다. 이항복이 그
제야 말했다.

"대감은 어찌하여 잘못 보았소? 우리가 훗날 이 사람의 독한 솜씨

에 걸리지 않으면 다행일 것이오."

계축년(1613), 이덕형은 쫓겨나서 세상을 떠났고, 이항복은 북청(北靑)에 유배가서 돌아오지 못했으니, 모두 이이첨이 한 짓이었다. 이덕형은 쫓겨난 뒤 늘 탄식했다.

"상(常) 대감이 사람을 알아보았다."

상 대감이라고 한 것은 이항복의 자가 자상(子常)이었기 때문이다.

15

이덕형이 산송을 해결하다

영천(永川) 나현(羅峴)에 광주 이씨(廣州李氏) 선산이 있다. 의성(義城)에 사는 생원 장원 이산악(李山岳)의 조카가 나현 선산의 금지된 곳에 몰래 장사를 지냈다. 칠곡(漆谷)에 사는 광주 이씨 여러 사람이 모여 의논했다.

"이 아무개가 벌써 남몰래 장사를 지냈으니, 파내서 옮기기는 매우 어렵겠소. 이 이야기를 한음(漢陰) 이덕형(李德馨) 정승에게 알리면 필시 처리할 방법이 있을 것이오."

채비를 차려 한 사람을 서울로 보냈다. 그 사람이 곧장 이덕형의 집에 들어가 찾아온 이유를 말하며 선산의 일을 말했다. 이덕형이 말했다.

"내가 무슨 권세가 있어 그 무덤을 파내겠소. 이이첨(李爾瞻) 만한 사람이 없소. 오늘 그의 집에 가면 그가 반드시 '올 적에 이덕형 정승 댁에 들러 이 일을 이야기 했는가?'라고 물을 것이오. 그러면 '들르지 않고 곧장 영감 댁에 왔습니다.'라고 하시오. 만약 우리 집에 먼저 들렀다고 하면 그 사람은 본래 시기심이 많고 또 성품이 권세를 좋아하니 필시 처리하지 않을 것이오. 숨기고 만나보는 것이 좋겠소."

칠곡 사람이 이덕형의 말대로 이이첨을 만나보니, 과연 이덕형이 예상한대로 먼저 이덕형의 집에 들렀는지 여부를 물었다. 그 사람이 숨기자 이이첨이 그의 이야기를 듣고 말했다.

"마땅히 처리할 것이오."

그리고는 자기 집에 나흘 동안 머물게 했는데 별다른 말이 없었다. 그 사람이 돌아가겠다고 하니 이이첨은 "잘 가시오."라고 했다. 그 사람이 한강 가에 도착하여 강을 건너려 하니, 배 안에 경상도에서 온 사람이 있었는데, 감영의 관문(關文)을 가지고 이 판서 댁으로 간다고 했다. 그에게 물어보니 무덤을 파서 이장했다는 관문이었다. 판서는 바로 이이첨이다.

16

허엽을 위로한 심대부의 시

초당(草堂) 허엽(許曄) 묘소는 남한강 상초리(霜草里)에 있다. 허균(許筠)의 옥사 이후 화가 지하에까지 미쳐 밤마다 묘소에서 곡소리가 들렸다. 사간(司諫) 심대부(沈大孚)가 시를 지어 위로했다.

불초자식보다 무자식이 나으니	不肖寧無子
빈산에 백골이 차갑네	空山白骨寒
정령이여, 밤에 통곡 멈추시오	精靈休夜哭
금사발도 인간세상이라오[1]	金盌亦人間

묘소의 곡소리가 마침내 멈추었다. 아! 허엽은 요망한 인간 허균을 낳았으니, 그 집안이 화를 당한 것은 당연하다. 어찌하여 묘소에서 곡하는가. 심대부의 시를 보고 부끄러워 통곡을 그친 것이 당연하다.

---

1 금사발도 인간세상이라오: 금사발은 무덤에 묻는 그릇이다. 저승에 있으니 이승에 관여하지 말라는 뜻으로 쓰인 듯하다.

17

신원되지 못한 백유양

기축옥사 때 참의 백유양(白惟讓)의 아들은 정여립의 조카 사위였기에 옥사가 일어난 초기에 의금부로 잡혀와 진술한 뒤 경성(鏡城)에 유배되었다. 백유함(白惟咸)과 백유양은 동인과 서인으로 서로 다투어 매우 가까운 친척이었으나 원수가 되었다.【백유양은 백인호(白仁豪)의 아들로 동론(東論)을 주장하고, 백유함은 백인걸(白仁傑)의 아들로 서론(西論)을 주장했다.】당시 백유함은 정철과 친밀하여 조정에서 옥사를 농단했는데, 사형수를 꾀어 이렇게 말했다.

"네가 백유양을 무고하면 죽음을 면할 수 있다"

사형수가 이로 인해 백유양을 무고했다. 그런데 백유양을 잡아왔을 때 죄수가 죽어버렸기에 백유양은 변명할 곳이 없어졌다. 옥사가 날로 심각해져 백유양과 그의 아들은 모두 형장에서 죽었다. 백유함은 자신의 계책이 성공했다고 여기고 길에서 의기양양했다. 서종제(庶從弟)가 백유양의 시신을 거두고 흙을 덮어주자 또 그 서종제를 죽였다. 무릇 정철이 하지 않은 짓을 백유함과 이춘영(李春英)이 모두 도와서 이루었으니, 동인 중에 체포된 자들은 화를 피하지 못하고 죽었다.

계해년(1623) 반정 이후 완평부원군(完平府院君) 이원익(李元翼)이 먼저 조정에 들어와 이발(李潑) 등 여러 사람을 신원하였으나 백유양의 경우는 서인(西人)이 신원할 만한 문건이 없다고 막았다. 그러므로 백유양은 지하에서 홀로 원통해 하였다.

갑인환국(1674) 이후 백유양의 손자가 조부를 신원하고자 남인 권력자들에게 애걸하니 모두 허락하고 허적(許積)도 허락했다. 마침내 격쟁(擊錚)하며 상언(上言)했더니 성상께서 대신들에게 논의하라고 명했다. 대신들은 모두 신원해야 한다고 하였으나 허적은 혼자서 안 된다고 했다. 허적은 허견(許堅)의 말을 듣고서 신원을 막는 논의를 했던 것이다. 허견은 백유양의 토지와 노비가 몰수되어 자기 처가로 들어갔으며 자기가 갖고 있는 것은 모두 그의 물건이니, 만약 그를 신원해주면 그 토지가 전부 본래 주인에게 돌아갈 것이라고 생각했다. 그러므로 이원익도 백유양을 신원하지 못했다고 구실 삼은 것이다.

허적은 허견의 말을 믿었으며, 비록 허견의 마음을 자세히 알지는 못했지만 이원익이 신원하지 못한 사람을 신원했다가 후환이 있을까봐 주저하며 허견의 말을 애써 들어준 것이다. 신원을 막은 뒤로 바깥채에서 자다가 밤에 잠을 이루지 못하는데, 집 안에서 어떤 사람이 누차 '무생(戊生)'을 찾았다. 가만히 누워서 들어보니 그 사람이 '무생, 무생' 하고 부르기에 "여기 있소"라고 대답하자 그 사람이 말했다.

"원한을 풀지 못하여 내가 신원을 기다렸는데 막는 사람이 있으니 어찌하겠는가. 나는 너와 함께 가야겠다."

그리고는 아무 소리 없이 조용했다. 허적은 그가 백유양의 영혼이라는 사실을 알았지만 이미 신원을 막은 뒤이고, 대신이 다시 말할 수도 없었다. 마음이 몹시 불편하여 이튿날 널리 물어보니, 백유양의 아들이 무년(戊年)에 태어났기에 아명이 무생이었다고 한다. 원한을 품고 지하에 묻힌 백유양이 허적의 한 마디 말 때문에 끝내 신원되지 못하고 죄안에 이름이 실렸으니, 그 원통한 영혼이 음침하게 허공에서 소리쳐서 알린 것이다.

지금 성상 8년(1784) 정승 오시수(吳始壽)가 신원되고 제사를 지내주었지만 허적에 대해서는 들리는 말이 없다. 비록 자손들이 쇠미하여 일어나지 못한 탓이지만, 신원되지 못한 것은 백유양과 마찬가지다. 내가 먼 훗날에 와서 개탄하지 않은 적이 없다.

18

허적이 이인을 만나다

국포(菊圃) 강박(姜樸)의 「총명쇄록(聰明瑣錄)」에 다음과 같은 이야기가 있다.

허적(許積)이 충주에 있을 적에 하루는 어떤 손님이 찾아왔다. 키는 9척이었고 평범하지 않았다. 삿갓을 쓰고 장검을 찼는데, 무릎 아래로 새끼줄을 감아서 발등까지 덮었다. 곧바로 들어오더니 예를 갖추지 않고 허적을 한참 주시했다. 허적은 몹시 부끄러운 얼굴로 말했다.

"나라의 은혜가 끝이 없어 감히 명령대로 하지 못했습니다."

손님은 말없이 길게 탄식하고 떠났다. 함께 있던 허적의 조카가 마음속으로 괴이하게 여겨 손님이 떠난 뒤에 물으니 허적이 말했다.

"내가 젊을 적에 산사에서 이 손님을 만났다. 손님은 이인(異人)인데, 내 앞길을 대략 말해주었다. 또 말하기를 '당신은 큰 화를 당할 것이오. 내가 반드시 알려줄 터이니 당신은 경계하시오.' 하였는데, 지금 과연 나타났다. 무릎 이하를 새끼줄로 감은 것은 세상길이 험하다는 뜻이고, 삿갓을 쓴 것은 임금을 믿을 수 없다는 뜻이고, 장검을 찬 것은 형구(刑具)가 앞에 있다는 뜻이다. 내게 화가 닥쳤으나 나라의 은혜를 아직 갚지 못해 물러나기 어려우니 어찌하겠는가."

그리고는 한참 동안 한숨을 쉬었다. 얼마 후 조정으로 돌아가 끝내 화를 당했다.

아! 사람이 알지 못했다면 그만이지만, 허적 같은 사람은 화가 장차 닥칠 줄 알면서도 끝내 피하지 못했으니 더욱 한스럽다. 아! 손님은 참으로 이인이다. 나의 종형 아무개가 그때 자리에 함께 있던 허적의 조카에게 직접 듣고서 내게 이렇게 전해주었다.

19

허적의 어린 시절

허적(許積)의 처가는 성주(星州) 슬곡(瑟谷)에 있다. 도사(都事) 이서(李
簳)가 슬곡으로 장가들었는데,[1] 바로 여기가 허적이 어릴 적 왕래하던
곳이다. 그러므로 그 집안사람들이 허적의 어린 시절 일들을 많이 아
는데, 제법 기이한 일도 있어 사람들 입에 전해진다.

허적은 힘이 남다르고 뜻이 예리하여 매번 객기를 부렸다. 씨름을
하면 사람들이 감히 대적하지 못했고, 날마다 마을 아이들과 격구를
하고 놀았다. 장인 도사공(이서)이 불러서 꾸짖어도 버릇을 고치지 않
았다. 옷은 보통 아이들에 비해 먼저 찢어졌고, 밥 먹을 때를 놓치곤
해서 노비들이 찾은 뒤에야 왔는데, 노는 데 빠져 노비들이 싫어하는
줄도 몰랐다.

공의 집에서는 매를 길러 꿩을 잡아 아침저녁 상에 올렸는데, 여종
이 꿩 다리는 큰 사위 김공(金公, 김이형(金以亨))의 소반에 올리고, 날개
와 이어져 뼈가 많은 꿩 어깻죽지는 공의 소반에 올렸다. 공은 김공과
크게 다른 것을 보고서는 화를 참지 못했다. 하루는 매의 죄를 따지다

---

[1] 도사(都事)······장가들었는데: 이서의 본관은 광주(光州)이며, 진천 현감(鎭川縣監) 이홍우
(李弘宇)의 아들로, 성주(星州)에 살았다.

가 손가락으로 매를 튕겼는데, 매가 즉사했다. 도사공이 공을 불러 온 갖 방법으로 타이르니, 공이 도사공 앞에서 맹세했다.

"앞으로는 마음을 바꿔먹고 독서를 하겠습니다."

이튿날 『중용』 한 권을 들고 용연사(龍淵寺)로 올라가 3년 동안 집에 돌아오지 않았다. 공의 분발은 옛사람과 같았으니, 공을 이루고 사업을 이룬 것도 마땅하다.

공이 한창 기세등등할 적에 어느 날 밤 강가로 나왔다. 늦겨울이라 강에 얼음이 몹시 딱딱했는데, 공은 달빛을 타고 얼음 위로 올라가 얼음을 지치면서 20여 리를 내려갔다. 사방에 인적이 없는데, 삿갓을 쓴 사람이 앞에서 절하고 말했다.

"대감은 어찌하여 이곳에 오셨습니까?"

공은 그것이 도깨비 아니면 강의 신이라고 여겨서 정색하고 말했다.

"달빛이 매우 좋으므로 여기에 왔다. 너는 사람이냐, 귀신이냐?"

"저는 강을 지키는 신입니다. 대감께서 왕림하셨기에 현신하여 뵈러 왔습니다."

"네가 나를 대감이라고 했는데, 내 미래의 일을 알 수 있겠느냐?"

"대감은 높은 관직에 오르겠지만 만약 주저하며 물러나지 않으면 훗날 반드시 화를 당할 것입니다. 그저 대감이 결단하여 용감히 물러나지 못할까 걱정입니다."

그리고는 갑자기 보이지 않았다. 공이 돌아와 친한 아이에게 말했다.

아! 공의 앞길을 신이 알려주었으니 어릴 적부터 명심하였을 것이다. 또 이인이 새끼줄을 감고 장검을 차고 보여주었으니, 속히 결단하여 고향으로 돌아왔어야 마땅하다. 그러나 임금의 은혜를 돌아보며 차마 곧장 떠나지 못해 끝내 경신년(1680) 억울한 옥사에 화를 당하였다. 이것은 비록 큰 운수에 달린 일이지만 사람의 계책이 좋지 않았기 때문이기도 하다.

서자(庶子) 허견(許堅)이 방자하게 횡행할 적에 주자동(鑄字洞) 권대운(權大運) 대감이 차옥(次玉)의 옥사²를 엄하게 다스려 허견에게 죄를 돌리고 허견으로 하여금 손발을 놀리지 못하게 했더라면, 비록 권세를 믿는 패륜아라도 그 사악한 마음을 억누를 수 있었을 것이다. 그러나 허적은 사사로운 정에 빠져 권 정승의 말을 듣지 않고 그 옥사를 느슨히 처리하여 죄를 면했다. 경신환국이 일어나자 허견은 처형되고 허적도 연좌되어 사약을 받고 죽었다. 이것은 사사로운 정에 가려서 이렇게 된 것이 아니겠는가. 미수(眉叟) 허목(許穆) 정승은 그가 결국 화를 빚어낼 줄 알고서 1년 앞서 상소하여 집권자(허적)를 논죄했는데, 말이 엄하고 의리가 정당하여 터럭만큼도 사적인 마음이 없었다. 그리하여 탁류(濁流)가 무너지는 와중에 한 줄기 청론(淸論)을 보전하고 곤륜산의 옥과 돌이 모두 타는 상황을 초연히 홀로 면했다. 옛사람이 이른바 '기미를 보아 명철보신한다.'라는 말은 이를 두고 한 말이다. 몽예(夢囈) 남극관(南克寬)이 말하기를,

"허목의 기미년(1679) 상소는 무인이 팔뚝을 끊는 기상이 있다."³

하였으니, 이 말이 참으로 옳다.

---

2 차옥(次玉)의 옥사: 허견이 서억만(徐億萬)의 아내 이차옥(李次玉)을 납치한 일을 말한다.

3 허목의……있다: 허목의 기미년 상소는 허적의 죄상을 논하는 내용이었다. 무인이 팔뚝을 끊는다는 말은 뱀에 물린 장사가 과감히 팔뚝을 끊어내듯 전체를 위해 일부를 희생하는 것을 말한다.

20

당쟁을 조정한 이이

국포(菊圃) 강박(姜樸)의 「총명쇄록(聰明瑣錄)」에 또 다음과 같이 말했다.

계미년(1583), 갑신년(1584) 무렵 이이(李珥) 숙헌(叔獻)이 동인과 서인을 조정하는 논의를 하였으나 실제로는 서론(西論)을 주장했다. 경안령(慶安令) 이요(李瑤)가 성상의 비위를 맞추어 동인을 무함한 뒤, 선비들은 숙헌을 더욱 불쾌하게 여겼다. 어떤 사람이 이원익에게 물었다.

"숙헌은 조정하는 듯하지만 선비들은 그가 서론을 주장하며 돕는다고 탓하니, 누구 말이 옳습니까?"

이원익 공이 한참 있다가 빙그레 웃으며 말했다.

"여러 사람이 평지에서 싸우고 있는데, 한 사람이 높은 곳에서 보고 있다. 높은 곳에 있는 사람은 멀리서 말하면서 양쪽에게 싸움을 멈추라 해야 하니, 멈추지 않으면 그만이다. 만약 참지 못하고 내려와서 직접 멈추게 했다간 결국 함께 뒤엉켜 싸우게 될 뿐이다."

이원익 공의 이 말은 너그럽고 박절하지 않으며, 숙헌의 당시 상황을 잘 묘사했으니 참으로 좋은 비유다. 만약 숙헌이 들었다면 무슨 말로 변명할지 모르겠다.

21

이홍업이 송시열을 만나『주역』을 묻다

어떤 선비가 청성(靑城, 청송) 작동(雀洞) 길가에 살았는데, 초가집 몇 칸에 주위가 쓸쓸했다. 늙도록『주역(周易)』을 읽으며 동네에 나오지 않아 얼굴도 보지 못하고 성명도 모르는데, 역학(易學) 은자(隱者)라고 불렸다. 한 번은『주역』을 들고 회덕(懷德)에 가서 우암(尤庵) 송시열(宋時烈) 정승에게 어려운 부분을 물었는데, 우암 정승의 대답이 꽤나 틀렸다. 은자가 반복해서 힐문하니 우암 정승이 성난 기색을 보이며 토론하려 하지 않았다. 은자가 일어나서 말했다.

"세상에『주역』을 아는 사람이 없어 공이 알 것이라 생각해서 왔습니다. 제가 의심스러운 부분은 공을 통해 분석하고, 공이 틀린 곳은 저를 통해 알 수 있을 것입니다. 이것이 벗끼리 서로 학문을 돕는 도리이니, 속세의 논의와 이해에 관계된 문제와는 다릅니다. 어찌 공께서는 자신을 높여 이기려고 하며 저를 대하십니까?"

마침내 책을 덮고 일어났다. 우암 정승이 부끄러워 사과하고 만류했지만 은자는 머물지 않고 읍하고 돌아갔다. 어떤 이는 은자의 성명이 이홍업(李弘業)이라고 한다.

22

송시열의 글 1

우암(尤庵) 송시열(宋時烈) 정승이 탄옹(炭翁) 권시(權諰)의 묘표(墓表)를 지었는데, 「서명(西銘)」으로 첫머리를 떼고 "갓난아이의 마음을 잃지 않았다."라고 덧붙였으며, 중간에 자기를 칭찬하는 말을 삽입하며 "하늘에 국운이 영원하기를 빈다."라고 했다. 또 권시가 윤선도(尹善道)를 신구(伸救)한 상소문을 붙였는데, 윤선도에 대해 '참소하고 미워한다.'라고 말한 것은 자기를 두고 말한 듯하다. 말단에 또 "갓난아이의 마음을 잃지 않았다."라고 끝을 맺으면서 「서명」의 학문을 권시에게 귀결시켰다. 두 가지 말을 착종하여 글을 짓고, 말을 엮은 것이 변화하여 무엇을 지적하는지 모르겠다. 대충 보면 그 의중을 알 수 없지만, 자세히 보면 말하지 않은 뜻이 있으니, 무엇인가?

흐리멍덩하여 지각이 없는 것이 갓난아이다. 권시의 당시 상소는 자기 견해가 조금도 없고 남의 말에 흔들려 스스로 화를 키운 것에 불과하다. 마치 지각없는 갓난아이가 다른 사람이 시키는대로 하는 것과 같다. 이야말로 머리는 숨기지만 꼬리는 노출하고 겉으로는 칭찬하지만 속으로는 비방하는 수단이다. 남극관은,

"송시열이 만년에 지은 글은 거의 남을 잡아먹으려고 한다."

라고 했는데 정말 그렇다. 윤증(尹拯)은,

"의리와 이익을 함께 시행하고 왕도와 패도를 나란히 사용한다."

라고 송시열의 학문을 말했는데, 그 병통을 정확히 지적했다. 내가 그
의 전집을 다 보지는 못했지만 본 사람은 이와 같은 글이 많으며 명백
하고 온화한 글은 없다고 하니, 그 마음이 곱지 않다는 사실을 미루어
알 수 있다.

23

송시열의 글 2

내가 무계촌(茂溪村)으로 친척 윤수직(尹守稷)을 찾아가니 책상 위에
『우암집(尤庵集)』두 권이 있었는데, 서문(序文)과 제문(祭文)이었다. 당
시 『우암집』이 새로 노강(老江)에 왔으므로 여러 노인들이 논쟁하며
가져다 보았다. 윤수직이 가져온 두 책이 책상에 있었는데, 나도 처음
본 것이었기에 갈 길이 바쁘지만 잠시 여정을 늦추고 보았다. 그중에
함흥(咸興)의 주씨(朱氏)를 전송하는 서문1을 보니, 이렇게 말했다.

"나는 평소 주자의 글을 좋아하여 '주(朱)'자를 보면 허투루 지나치
지 않는다. 거미[蜘蛛]의 '주(蛛)'자조차도 그러하다. 더구나 그대의
성이 주자와 같음에랴."

내가 다 보고 나서 윤수직에게 말했다.

"사람들이 우암의 글은 가리지 않아서 흠이 많다고 하던데, 과연 그
렇다. 거미의 '주(蛛)'자를 주자의 '주(朱)'자에 견주다니, 다른 사람
이 보고 말한다면 이 거미 '주(蛛)'자가 눈에 거슬리지 않겠는가?"

---

1 함흥(咸興)의……서문: 『송자대전(宋子大全)』권137에 실려 있는 「송함흥이주군서(送咸興二朱
君序)」를 말한다.

이것은 문집을 간행할 때 일을 주관한 사람이 산정하지 않았기 때문이다. 그러므로 이와 같은 글이 많다.

24

김강한의 생애 1

난곡(蘭谷) 김강한(金江漢) 공은 대사성 김방걸(金邦杰)의 증손이며, 표은(瓢隱) 김시온(金是榅) 선생의 현손이다. 젊은 시절부터 위기지학(爲己之學)[1]에 전념하여 문을 닫고 글을 읽었다. 문장이 넘쳐 끝이 없었으나 일찌감치 과거를 포기하고 남에게 알려지기를 바라지 않았다. 집 안에 조용히 앉아 좌우에 책을 두고 늘 책 속의 성인을 마주하고 있으니, 참으로 요즘 세상의 박학하고 독실한 선비다.

내가 한 번은 상림(上林)에서 며칠 동안 만나서 이야기를 나누었는데, 그 조예의 깊이가 나처럼 얕고 비루한 사람이 엿볼 수 있는 수준이 아니었다. 그가 공부하는 바탕은 연평(延平) 선생 이동(李侗)의 비결에서 유래한 것이 많다. 본성이 맑고 고상하며 세간의 영욕과 득실은 그의 마음을 얽매기 부족했다. 그를 만난 사람은 자기도 모르는 사이에 비루하고 인색한 마음이 사라졌다. 헤어진 지 몇 년이 지났는데 거사는 이미 세상을 떠났다. 내가 그 소식을 듣고 애석해·하며 말했다.

"이와 같은 사람이 누추한 집에서 곤궁하게 죽다니, 지금 세상에 공

---

1 위기지학(爲己之學) : 자신의 수양을 위한 학문을 말한다.

론이 없다는 사실을 알겠다."

그 뒤에 들으니, 장사지낼 때 강 너머에 산소를 정해두었는데, 장사 지내기 하루 전에 상여가 출발했다. 상여꾼이 강에 도착하자 물길을 거스르며 건너갔다. 이곳은 도연(陶淵)의 상류로 강물이 폭포에 가까우므로 물결이 몹시 거세다. 앞서 가던 상여꾼들이 물결을 견디지 못하고 먼저 쓰러지자 뒤따라오던 상여꾼들도 이어서 넘어지면서 상여가 물에 떠내려갔다. 상주(喪主)는 거사의 외아들로 뒤에 있었는데, 아버지의 관이 물에 들어가는 것을 보고 물속으로 뛰어들었다. 붙잡고 나오려 했지만 물결이 세차서 손을 쓸 수가 없었다. 이어서 거센 물결에 휩쓸려 깊은 못으로 들어가니, 좌우에서 보던 사람들도 어쩔 수가 없었다. 효자가 물에 빠져 죽는데도 구하지 못했으니, 그날의 광경은 옛날에 없던 일이었다. 비단 본 사람만 얼굴을 가리고 눈물을 흘릴 뿐 아니라 들은 사람도 눈물을 쏟았다.

난곡은 학문을 전파하고 인(仁)을 쌓았는데도 장수를 누리지 못했고, 죽은 뒤에는 또 이와 같은 변고가 있었으니, 이른바 '하늘은 알 수 없고 이치는 예측할 수 없다.'[2]라는 말이다. 여기서 집안 대대로 전해오는 충효가 문소 김씨(聞韶金氏)의 가업이라는 사실을 알겠다. 내가 그러므로 기록한다.

---

2 하늘은……없다: 당(唐)나라 한유(韓愈)의 「제십이랑문(祭十二郎文)」에 나오는 말이다.

25

김강한의 생애 2

난곡(蘭谷) 김강한(金江漢)은 평소 독서로 세상에 이름이 났는데, 칠서 (七書, 사서삼경)를 모두 연달아 암송했다. 사서(四書)는 더욱 평소에 힘을 들였으며, 그 밖의 성리서들 중에 『심경』, 『근사록』, 『주자서절요』를 매일 연달아 외웠다. 한 번은 난곡 뒷산의 황산사(黃山寺)에 올라 하루에 죽 한 사발 먹고 『주역』을 읽으며 4년을 보낸 뒤에야 비로소 집에 돌아왔다고 한다.

26

경전 독서법

구양수(歐陽修)의 독서법은 다음과 같다.

"글자수로 계산하면 『효경』은 1,903자, 『논어』는 11,107자, 『맹자』
는 30,685자, 『주역』은 24,107자, 『서전』은 25,700자, 『시전』은
39,234자, 『예기』는 99,010자, 『주례』는 45,806자, 『춘추좌씨전』
은 196,845자이다. 만약 날마다 3백 자씩 외면 불과 4년 반에 끝낼
수 있고, 조금 둔해도 9년이면 끝낼 수 있다."

선배들은 과제를 정하고 학문에 힘쓰기를 이와 같이 했는데, 요즘
사람들은 일 년 내내 게으름을 피우며 한 글자도 읽지 않으니, 장차 무
어라 하겠는가.

내가 들으니 김해(金海) 땅에 어떤 사람이 있는데, 하루에 경서의 대
문(大文) 한 구절을 읽고서 외우는데, 다음날도 그렇게 했다. 반나절이
지나지 않더라도 그 아래 대문을 읽지 않았다. 매일 이렇게 해서 십 년
이 지나자 강경(講經)으로 과거에 합격하여 강동(江東)의 수령을 지냈
다고 한다. 구양수의 방법으로 말하자면 하루에 대문 한 편을 외면 불
과 십 년만에 칠서를 모두 외운다. 그런데도 하지 못하는 사람이 많으
니 한탄스럽다.

27

김낙행의 생애

구사당(九思堂) 김진행(金晉行, 김낙행(金樂行)의 초명) 공은 제산(霽山) 김
성탁(金聖鐸)의 아들이다. 어떤 이는 문장이 김성탁보다 낫다고 한다.
겉과 속이 맑아 그를 보면 순수하고 참된 군자임을 알 수 있다. 필법
도 정묘하여 일가를 이루었다. 신유한(申維翰)이 그의 글을 보고 감탄
하며 말했다.

"영남에 필적할 만한 사람이 없다."

그러나 김성탁의 이름이 죄안에 있었기에 세상에 큰일을 하지 못하
고 불우하게 죽었다. 문집 수십 권이 상자 속에 보관되어 있다고 한다.

내가 그의 동생 계통(季通, 김제행(金霽行))과 친하므로 김진행의 행실
을 자세히 듣고 사모하고 감탄한 지 오래다. 옛적 내가 안동에 들렀을
때 김진행은 상중에 있었다. 내가 상가에서 공에게 조문했는데, 그 모
습이 늠름하고 성대했으며 제사를 지내면 사람을 감동시켰다. 옛날의
이련(二連)[1]이 상을 잘 치렀는지는 내가 알 수 없지만, 그는 지금 시대

---

1 이련(二連): 소련(少連)과 대련(大連)을 말한다. 춘추 시대의 효자들로 공자가 그 효성을 칭찬
하였다.

의 이런이다. 행실과 문학이 이와 같은데 이름이 민멸되어 일컬어지
지 않으니 슬프다.

28

채제공 사건을 계기로 역사를 읽고

요즘 들으니 성상께서 채제공(蔡濟恭) 대감을 버려진 상태에서 기용하여 평안 병사(平安兵使)로 삼으려고 하였는데, 떠나려 할 적에 이휘지(李徽之)가 병조 판서로 있으면서 마패를 주지 않았다고 한다. 전하는 말을 다 믿을 수는 없지만, 과연 그렇다면 이것은 임금의 명을 멸시한 짓이다. 어찌 임금이 명하여 보내는데 마패를 발급하지 않는 자가 있는가. 노론, 소론의 당인 및 노론, 소론에 붙은 소북이 모두 채제공을 죽이려 했고, 남인이라 일컫는 자들도 그 논의에 참여했으니, 홍수보(洪受輔), 강세륜(姜世綸) 같은 자들이 극도에 달했다.

채제공은 강박(姜樸)의 제자이며, 평안 감영에서 『국포집(菊圃集)』을 간행하여 세상에 전했다. 그러니 강박의 손자이면서 이 논의에 참여한 강세륜은 제 할아버지를 잊었다고 하겠다. 세도가 이 지경에 이르렀으니 어찌 한심하지 않겠는가.

내가 듣고서 「독사(讀史)」 1편을 지었으니, 그 뜻은 여기에 있다. 글의 말미에 "강직하고 방정하게 지조를 지키며 뭇사람의 분노가 자기에게 모이는 줄도 모른다."라고 한 것은 채 판서를 가리킨 말이다. "해치려는 수단을 쓰느라 귀신이 몰래 죽이는 줄도 모른다."라고 결말을 맺었으니, 아마도 가리키는 대상이 있을 것이다.

역사를 읽고[讀史]

뭇 사람의 입은 쇠도 녹이니 약속하지 않고도 함께 소리치고, 모기
소리가 모이면 우레 소리가 되니 울리기도 전에 먼저 합해지기 때문
이다. 누가 귀를 어지럽히는 음란한 소리를 싫어하고, 눈을 현란하게
하는 자줏빛을 미워하며, 참소를 없애고 무고를 변론할 수 있을까. 삿
된 자는 바른 자를 원수로 여기고, 굽은 자는 곧은 자를 막는다. 재주
없는 자는 능력 있는 자를 시기하고, 쓸모없는 자는 공로가 있는 자를
질투한다.

그러므로 공손홍(公孫弘)은 동중서(董仲舒)를 미워하여 교서왕(膠西
王)의 상(相)으로 만들었고,1 양기(梁冀)는 장강(張綱)을 배척하여 광릉
태수(廣陵太守)로 삼았다.2 이봉길(李逢吉)은 한유(韓愈)를 진주(鎭州)에
사신으로 보냈고3 노기(盧杞)는 안진경(顔眞卿)을 이희열(李希烈)에게
사신으로 보냈다.4 이는 모두 숨어서 교묘하게 중상모략하고, 의심할

---

1 공손홍(公孫弘)은……만들었고: 한(漢)나라 공손홍은 자신의 학문이 동중서에 미치지 못
  한다고 시기하여 동중서를 교서왕 유단의 상으로 부임하게 했다.
2 양기(梁冀)는……삼았다: 후한(後漢)의 장강(張綱)이 대장군 양기를 탄핵하자, 양기는 그를
  도적이 난리를 일으킨 광릉 태수로 좌천시켰다.
3 이봉길(李逢吉)은……보냈고: 당 목종(唐穆宗) 때 진주(鎭州)에 난리가 일어나자 재상 이봉
  길이 한유를 사신으로 보내 난리를 진정시키게 했다.
4 노기(盧杞)는……보냈다: 당 덕종(唐德宗) 때 이희열(李希烈)이 반란을 일으키자 노기는 안
  진경을 제거하고자 덕종에게 안진경을 사신으로 보내자고 제안했다. 안진경은 결국 이희열
  에게 죽임을 당하였다.

때 속셈을 잘 이룬 것이다. 여러 음(陰)이 결탁하여 외로운 양(陽)을 가리고, 여러 당파를 끌어모아 홀로 선 사람을 배척하니, 배연령(裵延齡)이 육선공(陸宣公, 육지)에게 저지른 짓5과 이임보(李林甫)가 장구령(張九齡)에게 저지른 짓6이 바로 그것이다. 도랑에 밀어 넣고 돌을 던지거나, 가시나무에 묶어놓고 활을 쏘는 것이 어찌 괴이하랴.

내가 생각건대, 어진 사람이 어질지 않은 사람을 이긴 지 오래지만, 간혹 이기지 못하고 도리어 참소를 당하는 때도 있다. 몰래 점차 스며드는 참소로 입과 혀를 놀리고, 피부에 닿는 하소연으로 뼈를 녹이고 몸을 얽매어 임금이 깨닫지 못하게 하고 나라 사람들이 구분하지 못하게 한다. 한 사람의 아첨꾼을 총애하면 백 명의 아첨꾼이 나아가고, 한 사람의 충신을 내쫓으면 백 명의 충신이 물러난다. 더구나 충신은 적고 아첨꾼은 많으니 어떠하겠는가. 그렇다면 이길 만한 어진 사람이 어질지 않은 사람에게 지는 것이 어찌 괴이하겠는가.

백거이의 「역사를 읽고[讀史]」 시는 다음과 같다.

모래 여우가 사람 그림자를 쏘면	含沙射人影
사람을 병들게 해도 알지 못하네	雖病人不知
교묘한 말로 남의 죄를 지어내니	巧言搆人罪
죽어도 사람들은 의심하지 않네	至死人不疑

---

5 배연령(裵延齡)이⋯⋯짓: 당 덕종 때 육지는 배연령의 참소를 받고 좌천되어 조정에 돌아오지 못하고 죽었다.
6 이임보(李林甫)가⋯⋯짓: 당 현종 때 장구령은 이임보의 참소를 받고 지정사(知政事)에서 면직되었다.

벌을 잡는다고 아들을 죽이고[7]　　　　　　　　　　　撥蜂殺愛子

코를 가린다고 총애하는 여인을 죽였네[8]　　　　　　掩鼻戮寵姬

홍공(弘恭)은 소망지(蕭望之)를 모함했고[9]　　　　　　弘恭陷蕭望

조고(趙高)는 이사(李斯)를 죽이려 했네[10]　　　　　　趙高謀李斯

음덕은 반드시 보답받으니　　　　　　　　　　　　　陰德旣必報

음화가 어찌 공연히 생기랴　　　　　　　　　　　　陰禍豈虛施

인사는 속일 수 있어도　　　　　　　　　　　　　　人事雖可罔

천도는 끝내 속이기 어렵네　　　　　　　　　　　　天道終難欺

이승에는 형벌이 있고　　　　　　　　　　　　　　　明則有刑辟

저승에는 신명이 있으니　　　　　　　　　　　　　　幽則有神祇

구차하게 벗어났다고 기뻐하지 마라　　　　　　　　苟免勿私喜

귀신이 찾아서 벌하리라　　　　　　　　　　　　　　鬼得而誅之

아! 세상에 강직하고 방정하게 지조를 지키는 사람은 뭇사람의 분
노가 자기에게 모이는 줄도 모르고 그 예봉을 건드리니, 독한 수법에

7　벌을……죽이고: 주(周)나라 윤길보(尹吉甫)의 아들 백기(伯奇)가 계모의 옷에 붙은 독벌을
　　떼어 내었는데, 무례하다는 이유로 계모의 꾸지람을 듣고 자결했다.

8　코를……죽였네: 형왕(荊王)이 후궁을 총애하자 왕후가 시기하여 후궁에게는 "왕이 그대의
　　코를 싫어하니 코를 가리라." 하고, 왕에게는 "후궁이 왕에게 냄새가 난다며 코를 가린다."라
　　고 했다. 형왕은 후궁의 코를 자르는 형벌을 내렸다.

9　홍공(弘恭)은……모함했고: 홍공은 한 원제(漢元帝) 때 총애를 받던 환관이다. 원제의 사부
　　였던 소망지(蕭望之)는 그의 참소를 받고 자결했다.

10　조고(趙高)는……했네: 이사는 진(秦)나라 이세황제(二世皇帝)에게 아방궁의 축조를 멈추
　　도록 간언했으나 조고의 모략을 받아 죽임을 당하였다.

죽지 않으면 다행이다. 구밀복검(口蜜腹劍)하는 자는 해치려는 수단을 쓰느라 귀신이 몰래 죽이는 줄도 모르니, 슬프도다.

29

김시습의 행적

어떤 이가 유성룡 선생에게 청한자(淸寒子) 김시습(金時習) 열경(悅卿)
의 행적을 물었더니 선생이 말했다.

"옛날의 일민(逸民)이다. 공자는 '처신은 청렴에 맞고 벼슬하지 않았
던 일은 권도(權道)에 맞았다.'[1]라고 했는데, 청한자에 해당한다."

아! 김시습이 세상을 피하여 선비의 마음으로 승려의 행동을 하며
미친 짓을 하여 그 실상을 감추었다. 비록 빛을 감추고 그림자를 숨겨
후세 사람이 김시습이 있었던 사실을 모르더라도 무슨 걱정이겠는가.
그러나 절의를 표방하고 인륜을 부지했으니, 해와 달과 그 빛을 다툴
만하다. 그 풍도를 듣는 사람은 겁쟁이라도 일어설 것이니, 백대의 스
승이라고 해도 비슷할 것이다.

나는 김시습이 양양 부사(襄陽府使) 유자한(柳自漢)에게 보낸 편지[2]를
읽고 그의 뜻을 슬퍼했다. 또『사유록(四遊錄)』을 읽고 그의 행적을 슬퍼
했다. 그는 시대를 상심하고 속습에 분개했으며, 기운이 답답하고 불편

---

1 처신은……맞았다:『논어(論語)』,「미자(微子)」에 보인다.
2 김시습이……편지:『매월당집(梅月堂集)』권21에 실려 있는「상유양양진정서(上柳襄陽陳情
書)」를 말한다.

하여 시속과 어울리지 못했다. 그러므로 마침내 육신을 자유롭게 풀어놓아 방외에 노닐며 우리나라의 산천에 두루 족적을 남겼다. 망국의 수도에 올라서는 머뭇거리며 슬픈 노래를 불렀다. 세상의 산수, 꽃과 새, 인간사의 시비와 득실을 문장에 모두 담아 그 답답한 마음을 풀었다. 그러므로 그가 글을 지으면 물이 용솟음치고 바람이 일어나는 듯하며 산에 감추고 바다에 잠기는 듯하며 귀신이 부르고 대답하는 것 같아 간간이 보이고 층층이 나와 사람들이 그 끝을 알지 못하게 한다. 성률과 격조에는 그다지 마음을 쓰지 않았으나 생각이 고원하여 보통 사람의 마음을 현저히 벗어났다.

괴애(乖崖) 김수온(金守溫)과 사가(四佳) 서거정(徐居正)은 항상 그를 국사(國士)로 대우했다. 김수온이 지성균관사로 있으면서 '맹자(孟子)가 양혜왕(梁惠王)을 뵙다'라는 논설로 유생들을 시험했다. 어떤 상사(上舍)가 김시습을 만나서 말했다.

"괴애는 장난을 좋아합니다. '맹자가 양혜왕을 뵙다.'라는 구절이 어찌 논설의 제목으로 합당하겠습니까?"

김시습이 웃으며 말했다.

"이 노인이 아니면 이 문제를 출제하지 못할 것이다."

그리고는 붓을 놀려 글을 완성하고 말했다.

"시험 삼아 이 노인을 속여 보게."

김수온은 글을 다 읽기도 전에 대뜸 물었다.

"김시습은 지금 서울 어느 절에 있는가?"

그의 식견이 이와 같았다. 김시습의 부친은 김일성(金日省)인데, 집이 한양 관동(館洞)에 있었다. 김시습이 태어날 적에 성균관의 수복(守

僕)이 꿈에서 공자가 3천 제자를 데리고 김일성의 집으로 들어가는 것을 보았는데, 그날 밤 김시습이 태어났다. 이 이야기는 『사유록』에 실려 있다.

30

사추와 김후직

옛적 사추(史鰌)가 거백옥(蘧伯玉)을 등용하지 않고 미자하(彌子瑕)를 물리치지 않는다는 이유로 죽은 뒤에 간언한 고사가 있다.[1] 신라 때 김후직(金后稷)이 왕에게 사냥 가지 말라고 간언했지만 왕이 들어주지 않았다. 그가 죽을 때 그 아들에게 유언하여 왕이 사냥 가는 길목에 장사지내게 했다. 왕이 사냥 가는 길에 그의 무덤을 지나자 무덤 안에서 "왕은 가지 마소서."라는 소리가 들렸다. 왕이 듣고서 감동하고 깨달아 마침내 사냥을 그만두었다. 사추가 시신으로 간언한 일과 김후직이 무덤으로 간언한 일은 마찬가지인데, 어떤 사람은 이것을 허탄하다고 의심한다.

나는 이렇게 생각한다. 사람의 정신과 천지의 음양은 서로 통한다. 그러므로 옛날 뜻 있는 선비가 죽어도 정신이 흩어지지 않아 결초보

---

1 사추(史鰌)가……있다: 사추는 춘추 시대 위(衛)나라 대부(大夫)이다. 그는 영공(靈公)에게 현신(賢臣) 거백옥(蘧伯玉)을 등용하고 간신(奸臣) 미자하(彌子瑕)를 쫓아내라고 간언했지만 들어주지 않았다. 사추는 죽음을 앞두고 아들에게 "살아서 임금을 바로잡지 못했으니 죽어서도 예를 차릴 수 없다. 내가 죽으면 시신을 창문 아래에 두라."라고 유언했다. 영공이 조문하러 와서 이유를 묻기에 아들이 사실대로 말하자, 영공은 그제야 깨닫고 사추의 말대로 거백옥을 등용하고 미자하를 쫓아냈다.

은(結草報恩)처럼 기이한 현상이 나타나는 경우가 많다. 어찌 이를 의심하겠는가. 김후직의 일은 비단 왕이 그 무덤을 보고 감동했을 뿐만 아니라 그의 혼백이 소리에 의지하여 불러서 경계한 듯하다. 그가 임금을 사랑하는 마음이 지성에서 나왔으므로 비록 뼈는 땅 속에 묻혀 있지만 그 정신은 어둡지 않아 어둑한 가운데 답답해 하다가 수레가 나오는 것을 보고서 바로 느끼고 새어나와 소리를 낸 것이다. 뜻 있는 선비와 어진 사람이 어찌 죽었다고 마음이 바뀌겠는가. 시신으로 간언하고 무덤으로 간언한 일이 비록 보통과는 다르지만 괴이하지 않기는 마찬가지다. 만약 악귀가 집에 들어와 행패를 부리고,[2] 팽생(彭生)의 혼령이 돼지의 몸을 빌어 사람처럼 선다면,[3] 이것은 모두 지극히 괴이한 일이다. 혹시 귀신도 사악하고 바른 것이 있는데 한결같이 보통과 다르다고 해서 괴이하고 허탄하다고 지목한다면, 이는 음양의 유통을 모르는 것이다.

---

2 악귀가……부리고 : 춘추 시대 진 경공(晉景公)이 조삭(趙朔)을 죽이자 꿈에 악귀가 대문을 부수고 들어와 복수하겠다며 행패를 부렸다.

3 팽생(彭生)의……선다면 : 춘추 시대 제(齊)나라 양공(襄公)이 팽생을 시켜 노(魯)나라 환공(桓公)을 죽이게 하고, 그 죄를 덮어씌워 팽생을 죽였다. 그 뒤 양공이 사냥할 때에 팽생의 혼령이 돼지의 몸을 빌어 사람처럼 서서 울었다고 한다.

31

경상도 출신 정승

경상도 지역은 하나의 도국(都局)¹이다. 태백산(太白山)이 상도(上道)에 우뚝하고 지리산(智異山)이 하도(下道)에 울창하며 낙동강(洛東江)이 가운데로 흘러 좌도(左道)와 우도(右道)로 나눈다. 옛적에는 좌도와 우도에 관찰사가 따로 있었는데, 지금은 하나로 합쳤다.

관찰사가 1년 동안 쓰는 비용은 환곡 12만 섬이고, 돈과 베도 충분하다. 그러므로 경상도 관찰사와 평안도 관찰사가 대등한데, 경상도는 돈과 곡식이 평안도보다 많고, 평안도는 은화(銀貨)가 경상도보다 많다. 단지 경상도는 간혹 통정대부(通政大夫. 정3품)를 관찰사로 삼지만, 평안도는 통정대부 관찰사는 없고 모두 가선대부(嘉善大夫. 종2품) 또는 자헌대부(資憲大夫. 정2품)이다. 그러므로 평안도 관찰사에서 정승이 되는 사람은 있지만, 경상도 관찰사는 정승이 되는 사람이 없다. 이것은 우리나라가 평안도를 더욱 중시하기 때문이다.

우리 태조(太祖)가 나라를 세운 뒤로 서북 지방에서는 원래 재상이 나오지 않았다. 고려 말엽을 거울삼아 이렇게 한 것이다. 고려 말의

---

1 도국(都局): 산으로 둘러싸인 지역을 말한다.

재상은 대부분 서북 지방에서 나왔는데, 세력이 강성하여 제어하기 어려웠다. 태종(太宗) 대왕이 문치(文治)를 하려고 일부러 서북 지방을 억제하고 남쪽 지방 사람을 등용했다.

국초에 경상도 사람으로 정승이 된 사람【우리나라에서 경상도 사람으로 정승이 된 사람은 11명이다.】은 하양(河陽)에 문경공(文敬公) 허조(許稠)가 있고, 선산(善山)에 문대공(文戴公) 김응기(金應箕)가 있고, 성주(星州)에 문목공(文穆公) 이직(李稷)이 있고, 진주(晉州)에 문충공(文忠公) 하륜(河崙), 문효공(文孝公) 하연(河演), 문충공(文忠公) 정분(鄭苯)이 있고, 창원(昌原)에 정무공(貞武公) 최윤덕(崔潤德)이 있다.

선조조에 와서는 서애(西厓) 유성룡(柳成龍), 약포(藥圃) 정탁(鄭琢)이 안동(安東)에 살았고, 소재(蘇齋) 노수신(盧守愼)은 상주(尙州)에 살았다. 정인홍(鄭仁弘)은 합천(陜川)에서 나왔으나 정인홍은 광해군 때 정승이 되었다가 처형되어 높은 관직이 끊어졌다.

선조 이전에는 경상도의 지기(地氣)가 왕성하여 이름난 현인이 배출되어 사람들이 추로지향(鄒魯之鄕)[2]이라고 지목하였으니, 우리나라에서 문묘(文廟)에 배향된 오현(五賢)[3]과 사현(四賢)[4]이 경상도에서 배출되었기 때문이다. 일단 서인이 정권을 잡은 뒤로 좋은 관직은 자기들이 하고, 경상도 사람을 서북 지방 사람처럼 대우하니, 한탄을 견딜

---

2 추로지향(鄒魯之鄕): 추(鄒)는 맹자의 고향이며 노(魯)는 공자의 고향으로, 뛰어난 선비가 배출되는 지역을 말한다.

3 오현(五賢): 김굉필(金宏弼), 정여창(鄭汝昌), 조광조(趙光祖), 이언적(李彦迪), 이황(李滉)이다.

4 사현(四賢): 김굉필, 정여창, 조광조, 이언적을 말한다.

수 있겠는가. 그러나 경상도 사람은 선현의 가르침을 삼가 지키며 비록 과거에 합격한 사람이라도 임금이 부르지 않으면 선비 신분으로 서울에 가지 못한다. 비록 낮은 관직 한 자리 못하더라도 권문세가에 빌붙을 마음은 없으니, 이것이 다른 도와 다른 점이다.

32

경상도 출신 대제학 1

우리나라에서 대제학이 된 사람【경상도 사람으로 대제학이 된 사람은 7명이다.】
은 밀양(密陽)에 변계량(卞季良)이 있으니, 자는 거경(巨卿), 호는 춘정(春
亭)이다. 정몽주(鄭夢周)의 문인이다. 우왕(禑王) 때 17세로 과거에 합격
하고 찬성(贊成)을 지냈다. 태종조에 대제학을 맡았다.

대구(大邱)에는 서거정(徐居正)이 있으니, 자는 강중(剛中)이다. 목사
를 지낸 서미성(徐彌性)의 아들이며 권근(權近)의 외손이다. 호는 사가
(四佳)이다. 세종조에 과거에 급제하여 좌리공신(佐理功臣) 달성부원군
(達城府院君)에 봉해졌다. 찬성을 지냈고 시호는 문충(文忠)이다. 명나
라 사신 기순(祈順)과 장근(張瑾)을 맞이하는 원접사가 되었고, 26년간
대제학을 맡아 23차례 과거를 주관했다.

함창(咸昌)에는 홍귀달(洪貴達)이 있으니, 자는 겸선(兼善), 호는 함
허(涵虛), 본관은 부계(缶溪)이다. 세조조에 과거에 급제하고 이조 판
서를 지냈으며 시호는 문광(文匡)이다. 갑자사화에 화를 입었다. 공은
홍효손(洪孝孫)의 아들로 함창 이안리(理安里)에서 태어났다. 어린 나
이에 과거에 급제하여 서거정을 대신하여 대제학을 맡았으나 연산군
갑자년(1504)에 함경도로 유배되어 사약을 받았다.

그 뒤 퇴계 이황, 소재 노수신, 서애 유성룡, 우복 정경세 네 선생이 대제학을 맡았다. 유성룡은 명종조에 이조 판서로 대제학을 맡았고, 정승으로 있을 때 다시 맡았다. 이황, 노수신 두 선생은 선조조에 대제학을 맡았는데, 이황은 찬성으로 있으면서 끝내 사양하고 출사하지 않았고, 노수신은 정승으로 대제학을 맡았으며, 정경세 선생은 인조조에 이조 판서로 대제학을 맡았다.

33
경상도 출신 대제학 2

오봉(五峯) 이호민(李好閔)의 자는 효언(孝彦), 본관은 연안(延安)이며, 현감 이국주(李國柱)의 아들이다. 본디 군위(軍威) 사람이었는데 이국주가 서울로 올라가 이호민을 낳았다. 선조조에 예조 판서를 지냈고 시호는 문희(文僖)이다. 호성공신(扈聖功臣) 연릉부원군(延陵府院君)으로 대제학을 맡았다.

　한음(漢陰) 이덕형(李德馨)의 자는 명보(明甫), 본관은 광릉(廣陵)이다. 이극균(李克均)의 5대손이다. 선조조 과거에 18세로 급제하고 31세에 문형을 맡고 38세에 정승이 되었다. 무술년(1598) 영의정에 임명되었으나 힘껏 사양했다. 호성공신(扈聖功臣)에 봉해지고 영창대군(永昌大君)을 구했다. 시호는 문충(文忠)이다. 그의 선조는 본디 서울 사람이었으나 이인손(李仁孫), 이극균 두 정승이 화를 입고 상주로 내려와 상주에서 태어났다. 14세에 이산해(李山海)의 사위가 되어 그때부터 서울에 살았다. 학봉 김성일 선생과 함께 대제학 후보로 추천되었는데, 이덕형은 권점을 받아 대제학을 맡았고, 김성일은 추천만 받았다.

34

경상도 출신 독서당 학사

우리나라 독서당은 세종조에 처음 설치되었다.【경상도 사람으로 독서당 학사로 선발된 사람은 35명이다.】 당시 대제학 권제(權踶)가 9명을 뽑았는데, 하위지(河緯地)가 뽑혔다.

성종조에 대제학 정인지(鄭麟趾)가 13명을 뽑았는데, 서거정, 강희맹(姜希孟)이 뽑혔다.

대제학 서거정이 47명을 뽑았는데, 홍귀달, 채수(蔡壽), 표연말(表沿沫), 조지서(趙之瑞), 양희지(楊熙止), 유호인(兪好仁), 조위(曺偉), 김일손(金馹孫), 강혼(姜渾), 권오복(權五福), 권달수(權達手), 권경유(權景裕)가 뽑혔다. 어세겸(魚世謙)과 정난종(鄭蘭宗)은 본디 경상도 사람이지만 어세겸의 부친 어효첨(魚孝瞻)과 정난종의 부친 정사(鄭賜)가 서울에 올라와 살다가 어세겸과 정난종을 낳았으므로 경상도 사람에 포함하지 않았다.

중종조에 대제학 어세겸, 홍귀달, 성현(成俔), 김감(金戡)이 16명을 뽑았는데, 홍언충(洪彦忠)이 뽑혔다.

대제학 신용개(申用漑)가 19명을 뽑았는데, 이장곤(李長坤), 어영준(魚泳濬), 황여헌(黃汝獻)이 뽑혔다.

대제학 김안로(金安老), 소세양(蘇世讓), 김안국(金安國), 성세창(成世昌)이 62명을 뽑았는데, 황효헌(黃孝獻), 이희증(李希曾), 주세붕(周世鵬), 이황(李滉), 박승임(朴承任), 노수신(盧守愼)이 뽑혔다.

대제학 정사룡(鄭士龍)이 11명을 뽑았는데, 이후백(李後白)이 뽑혔다.

대제학 박충원(朴忠元)이 7명을 뽑았는데, 구봉령(具鳳齡), 정유일(鄭惟一)이 뽑혔다. 대제학 박순(朴淳)이 1명을 뽑았는데, 유성룡이 뽑혔다.

대제학 김귀영(金貴榮)이 4명을 뽑았는데, 김우옹(金宇顒)이 뽑혔다. 또 5명을 뽑았는데, 김성일이 뽑혔다.

대제학 이산해가 1명을 뽑았는데, 이호민이 뽑혔다.

대제학 유성룡이 2명을 뽑았는데, 정경세가 뽑혔다.

대제학 유근(柳根)이 12명을 뽑았는데, 이민성(李民宬)이 뽑혔다.

숙종조에 대제학 민점(閔點), 민암(閔黯)이 8명을 뽑았는데, 유세명(柳世鳴)과 나의 선친이 뽑혔다. 이후로는 뽑힌 사람이 없다.

35

경상도 출신 청백리

우리나라에서 청백리(淸白吏)로 뽑힌 사람은 중종조에 김종직(金宗直),
이약동(李約東), 손중돈(孫仲敦), 이언적(李彦迪), 주세붕(周世鵬), 이황,
김취문(金就文), 선조조에 유성룡, 인조조에 최진립(崔震立), 숙종조에
우리 고조부 계서공 휘 이성(以性) 공이 뽑혔다. 세조조에 곽안방(郭安
邦), 노숙동(盧叔仝)이 염근리(廉謹吏)[1]로 뽑혔지만, 청백리라고 부르지
는 않았다. 그러므로 끝에 기록한다.【경상도 사람으로 청백리 및 염근리로 뽑힌
사람은 12명이다.】

---

1 염근리(廉謹吏): 청렴한 관원으로 살아 있을 때 뽑힌 자를 염근리라 하고, 죽은 뒤에 뽑힌 자
　를 청백리라 한다.

36

조선의 역대 대제학

내가 우리나라의 대제학을 전부 기록한 것은 선비로서 대제학을 맡은
사람을 알아야 하기 때문이다. 서인이 국정을 담당한 뒤로 대제학을
맡은 사람은 모두 서인이고, 남인은 참여하지 못했다. 그러니 이 기록
도 공론은 아니니, 한탄스럽다.

국조문형전록(國朝文衡全錄)

태종조 변계량(卞季良), 최항(崔恒),

세종조 윤회(尹淮), 서거정(徐居正), 안지(安止)

단종조 김종서(金宗瑞)

세조조 신숙주(申叔舟)

성종조 어세겸(魚世謙)

연산조 홍귀달(洪貴達), 권제(權踶), 성현(成俔), 정인지(鄭麟趾), 김감
(金戡)

중종조 신용개(申用漑), 남곤(南袞), 이행(李荇), 김안로(金安老), 소세
양(蘇世讓), 김안국(金安國), 성세창(成世昌)

인종조 신광한(申光漢)

명종조 정사룡(鄭士龍), 이산해(李山海), 유성룡(柳成龍), 이양원(李陽元), 황정욱(黃廷彧), 이덕형(李德馨), 윤근수(尹根壽), 홍성민(洪聖民), 이항복(李恒福), 홍섬(洪暹), 정유길(鄭惟吉), 박충원(朴忠元)

선조조 박순(朴淳), 이황(李滉), 노수신(盧守愼), 김귀영(金貴榮), 이이(李珥), 심희수(沈喜壽), 이정귀(李廷龜), 이호민(李好閔)

인조조 신흠(申欽), 김류(金瑬), 장유(張維), 정경세(鄭經世), 조경(趙絅), 최명길(崔鳴吉), 홍서봉(洪瑞鳳), 김상헌(金尙憲), 이식(李植), 이경석(李景奭), 이명한(李明漢), 정홍명(鄭弘溟)

효종조 조석윤(趙錫胤), 윤순지(尹順之), 채유후(蔡裕後), 김익희(金益熙), 이일상(李一相), 김수항(金壽恒)

현종조 조복양(趙復陽)

숙종조 김만기(金萬基), 이단하(李端夏), 김석주(金錫胄), 민점(閔點), 남구만(南九萬), 이민서(李敏敍), 김만중(金萬重), 남용익(南龍翼), 민암(閔黯), 권유(權愈), 박태상(朴泰尙), 최석정(崔錫鼎), 오도일(吳道一), 이여(李畬), 서종태(徐宗泰), 최규서(崔奎瑞), 송상기(宋相琦), 김창협(金昌協), 이인엽(李寅燁), 강현(姜鋧), 김진규(金鎭圭), 김유(金楺), 이관명(李觀命), 이광좌(李光佐), 조태억(趙泰億), 이재(李縡)

영조조 이병상(李秉常), 이의현(李宜顯), 윤순(尹淳), 조문명(趙文命), 이진망(李眞望), 이덕수(李德壽), 오원(吳瑗), 이광덕(李匡德), 조관빈(趙觀彬), 남유용(南有容), 윤봉조(尹鳳朝), 김양택(金陽澤), 정휘량(鄭翬良), 이정보(李鼎輔), 정실(鄭宲), 황경원(黃景源), 서명응(徐命膺), 이복원(李福源), 이휘지(李徽之)

37

『주역』에 밝은 이세형

역학(易學)은 여헌(旅軒) 장현광(張顯光) 선생 이후로 『주역』을 공부하는 사람이 없어 알려지지 않았다. 상림(上林) 이세형(李世珩) 진사공은 평생 『주역』에 힘써 여헌 선생의 뒤를 이었다. 그러나 그 저술이 세상에 전해지지 않으니 한스럽다. 공은 안동의 당시(堂試)에서 후천(後天)에 관한 문제를 만나 1등 제2인으로 뽑혔다. 내가 예전에 장원의 답안지를 보았는데 몹시 모호했고, 제2인의 답안지를 보니 조목조목 분명해서 처음 배우는 사람이라도 알기 쉬웠다. 이를 통해 진사공의 역학이 제산(霽山) 김성탁(金聖鐸)보다 고명하다는 사실을 알 수 있다. 진사공은 총명하기가 남다르기로 세상에 알려졌다. 나는 젊은 시절 그분을 뵈었는데, 진사공도 나를 아끼셨다. 그러나 거리가 조금 멀어 자주 뵙지는 못했으니, 지금까지 한스럽기 그지없다. 진사공의 외조는 참의 윤리(尹理)이다. 참의의 아들 판서 윤양래(尹陽來)가 이렇게 말한 적이 있다.

"내가 과거에 합격했을 때는 「난리를 만나면 치세를 간절히 생각한다[逢亂極思治]」라는 책문(策文)을 지었는데, 피휘하여 '이(理)'자를 쓰지 않기는 본디 쉬웠다.[1] 내 생질(이세형)은 후천에 관한 책문을 지었는데, '이'자를 쓰지 않기는 참으로 어려웠을 것이다. 내 생질이 문장에 능하다는 사실을 여기서 확인할 수 있다. 하지만 내가 세상에 있으면서 진사라는 호칭을 바꿔주지 못했으니, 여기서 여론이 인정을 벗어났다는 점을 알 수 있다."

윤 판서는 이조 판서를 역임하지 않았기에 다른 사람에게 부탁했는데, 이세형이 남인 강경론자 집안사람이라는 이유로 기꺼이 들어주지 않아 자기도 어쩔 수 없었다며 탄식해 마지않았다. 이 이야기는 내가 판서의 5촌 조카 윤면형(尹勉亨) 씨에게 듣고 적어 둔다.【진사공의 양부 생원 장원공(이현명(李顯命))은 남인의 소두(疏頭)가 되었기에 서인이 더욱 꺼렸다. 윤 판서가 늘 이렇게 말했다.】

---

1 피휘하여……쉬웠다: 윤양래의 부친이 윤리(尹理)이므로 피휘하느라 이(理)자를 사용할 수 없었으나 큰 문제가 되지 않았다는 말이다.

38
강해의 변려문

내가 젊은 시절 매석(梅石)의 우촌(雨村)에 왕래하면서 기헌(寄軒) 강해
(姜楷) 참봉공의 문하에 출입했다. 공은 나를 아꼈는데 훈계하신 말씀
이 모두 본받을 만했다. 그러나 당시는 너무 어리석어 그대로 실천하
지 못했으니, 지금까지 한스럽다.

　기헌공은 날마다 『중용』과 『대학』을 한 번 외었는데, 두 책을 거의
만 번 읽었다. 성품이 온화하여 하루종일 단정히 앉아 말이 빨라지거
나 갑자기 화를 내는 일이 없었으니, 그를 보면 학문하는 사람이라는
것을 알 수 있었다. 사랑채 앞에 작은 연못을 파고 그 속에 연꽃을 심
어 때때로 감상했다. 연꽃은 흰색이었는데, 전당(錢塘)에서 온 종자였
다. 공의 조카 전 장령 강필신(姜必愼)이 시를 지어 그 벽에 붙였는데,
글솜씨가 뛰어났다.

　기헌공은 묵묵히 앉아 마음을 맑게 하여 천리(天理)를 체득했다. 연
평(延平) 이동(李侗) 선생의 비결을 깊이 터득했지만 세상 사람들은 모
두 몰랐다. 그 학문이 위기지학(爲己之學)이었으므로 겉으로 남에게 드
러내지 않았다. 사람들은 그가 단정한 줄만 알았지 학문의 수준이 이
와 같은 줄은 몰랐다. 그 문장은 명백하고 간략하여 참으로 관각의 솜

씨였다. 젊은 시절 두 번 과거에 합격했다가 합격자 명단에서 빠졌으니, 사람들이 모두 원통하게 여겼다.

공의 변려문은 온 세상 사람이 으뜸으로 여겼다. 한 번은 변려문으로 절제(節製)1에 장원으로 합격했는데, 시험관 김진규(金鎭圭)가 2등을 장원으로 삼았다. 그러므로 당시 공은 비점(批點)2 2구를 얻고도 떨어졌고, 이덕수(李德壽)는 비점 1구를 얻고 합격했으니, 서인이 득세해서 그런 것이다. 내가 문하에 출입하여 그 사실을 자세히 알기에 기록한다.

---

1 절제(節製): 절일제라고도 한다. 매년 인일(음력 1월 7일), 상사일(음력 3월 3일), 칠석, 중양절 등 절일에 시행하였다.

2 비점(批點): 잘 지은 구절에 찍는 점이다.

39

노인의 생애

서애 유성룡이 노인(魯認)의 일을 기록했는데, 노인은 중국의 명승을
두루 보았으니 훌륭하다. 더욱 어려운 점은 조선 사람으로 무이산(武
夷山)에 들어가 주문공(朱文公, 주자)의 서원에서 강학했으니 더욱 훌륭
하다. 선비가 이 세상에 태어나 소원을 이루었으니, 비록 일본에 포로
로 잡혀갔지만 개탄할 필요가 있겠는가. 서애 선생이 듣고 기이하게
여겨 전을 지었다.

"노인이라는 사람이 일본에 포로로 잡혀가 오랫동안 돌아오지 못
하다가 중국 절강(浙江) 사람 아무개를 만나 친해졌다. 그 사람이 노
인의 처지를 불쌍히 여겨 도망쳐 돌아갈 방법을 갖가지로 궁리하
여 마침내 일본을 빠져나와 복건(福建)에 도착했다. 노인은 제법 글
을 알았는데, 곳곳에서 조선 선비가 일본에서 도망쳐 왔다는 소식
을 듣고 몹시 잘 대접하며 그를 데리고 여러 곳을 유람했다. 멀리
무이산에 들어갔는데 무이구곡(武夷九曲) 제5곡에 주자의 서원이
있었다. 서원의 학생이 수백여 명이었는데, 원장이 매일 학생들을
인솔하여 예를 행했다. 학규(學規)가 몹시 엄격하여 새벽에 일어나
북을 치면, 학생들이 마당에 나뉘어 서서 서로 읍하고 「관저(關雎)」

3장을 노래한 뒤 마루에 올라 강의를 듣다가 해가 저물고야 파했다. 저녁에도 서로 읍하고 「학명(鶴鳴)」을 노래했는데, 날마다 이렇게 했다. 노인에게 몇 달 동안 강의에 참석하게 하고, 헤어질 적에 학생들이 각기 시를 지어 주고 또 말했다.

'조선 사람은 중국 사람이 육상산(陸象山)을 숭상한다고 여기는데, 실은 그렇지 않다. 육상산의 학문을 숭상하는 자가 간혹 있기는 하지만, 여기서는 오로지 회암(晦庵, 주자)의 학문을 숭상한다. 부디 조선에 돌아가면 본대로 말하기 바란다.'

그밖에 여산(廬山)의 금산사(金山寺), 서호(西湖)의 임포(林逋)가 살던 곳 등을 실컷 보았다. 노(魯) 지방을 지나가며 공자의 사당에 절하고 북경에 들어가 우리나라로 돌아왔으니, 천하의 기이한 경관을 모두 보았다고 하겠다. 창락(昌樂) 찰방 안숭검(安崇儉)이 내게 말해주었다."

40

성제원의 예언

동주(東洲) 성제원(成悌元)이 초정(草亭)에 살 적에 토정(土亭) 이지함(李
之菡)이 찾아와 함께 한림 신준미(申遵美)의 정자로 갔다. 신준미가 간
소한 주안상을 차렸는데, 노래를 잘 부르는 남자가 있기에 노래를 부
르라고 했다. 한 곡을 다 마치기도 전에 성제원이 갑자기 중지하라 하
고는 그 사람을 집으로 돌려보냈다. 좌중의 사람들은 그 이유를 몰랐
는데, 성제원이 말했다.

"소리가 지극히 처량하여 초상이 난 것 같습니다. 그래서 함께 즐길
수 없었습니다."

얼마 후 들으니 그 남자의 모친이 먼 곳에 있었는데, 이날 부고가
왔다고 한다.

41

자라를 살린 이공린

현령 이공린(李公麟)은 관찰사 이윤인(李尹仁)의 아들로 참판 박팽년(朴彭年)의 딸에게 장가를 들었다. 첫날밤 꿈에 여덟 노인이 와서 절하고 말했다.

"저희는 죽게 되었는데 공께서 만약 솥에 삶기는 목숨을 살려주신다면 후하게 보답하겠습니다."

이공린이 놀라 물으니, 요리사가 자라 여덟 마리로 국을 끓이려 하기에 즉시 강에 풀어주라고 했다. 그런데 자라 한 마리가 달아나자 아이종이 삽으로 잡다가 잘못해서 목이 잘려 죽었다. 그날 밤 꿈에 일곱 노인이 찾아와 사례했다.

훗날 이공린은 여덟 아들을 낳았는데, 이름을 귀(龜), 오(鼇), 별(鱉), 타(鼉), 원(黿), 벽(䴙), 경(鯁), 곤(鯤)이라고 하였으니, 그 상서를 기록한 것이었다. 모두 재주가 뛰어나다고 이름나 사람들이 순씨 팔룡(荀氏八龍)[1]에 비겼다.

---

1 순씨 팔룡(荀氏八龍): 후한(後漢) 순숙(荀淑)의 여덟 아들 순검(荀儉), 순곤(荀緄), 순정(荀靖), 순도(荀燾), 순왕(荀汪), 순상(荀爽), 순숙(荀肅), 순전(荀專)을 말한다.

이원의 자는 낭옹(浪翁)이며 행실과 문장으로 더욱 세상 사람에게 존경을 받았다. 김종직의 문인으로 갑자사화에 죽었으니, 그 징험이 더욱 분명했다. 지금도 이씨 집안사람들은 자라를 먹지 않는다. 판서 김시양(金時讓)은 이원의 외현손으로 그 일을 이씨 집안사람들에게 듣고『파적록(破寂錄)』에 기록했다.

42

관리의 능력이 부족한 신광한

기재(企齋) 신광한(申光漢)은 문장에 능했지만 관리로서의 능력은 부족했다. 한 번은 형조 판서가 되었는데, 소송이 적체되었으나 판결하지 못했고, 죄수가 감옥에 가득차서 수용할 수가 없었다. 신광한이 감옥을 더 지어달라고 청하자 중종이 말했다.

"더 지을 필요가 있겠는가? 판서를 바꾸는 것이 낫다."

마침내 허자(許磁)로 대신하게 하니, 판결이 즉시 끝나고 감옥이 마침내 비었다.

43

사초를 불태운 사관

임진년(1592) 임금이 서쪽으로 피난하였을 때 사관(史官) 아무개 등이
사초(史草)를 불태우고 달아났다.[1] 서애(西厓, 유성룡)가 국정을 맡자 그
사람을 내쫓아 조정에 끼지 못하게 했다. 무술년(1598), 조정의 논의가
크게 변하여 아무개를 서장관(書狀官)에 의망하자 선조가 전교하였다.

"이들은 사초를 불태우고 군주를 저버린 사람이다. 중국으로 사신
가는 도중에 또 도망갈 폐단이 없지 않으니 다시 의망하라."

지극하도다, 왕의 말씀이여! 위세를 부리지 않아도 백성이 법을 두
려워하게 만든다고 하겠다. 당시 사관 중 한 사람은 박정현(朴鼎賢)이
었다.

---

1 임진년……달아났다: 『선조실록』 25년(1592) 12월 4일에 임취정(任就正), 박정현(朴鼎賢), 조존
세(趙存世), 김선여(金善餘) 등이 사관으로서 『승정원일기』와 사초(史草)를 조치하지 않고 일
시에 도망하였다는 기록이 있다.

44

아들을 선발하지 않은 정승

동고(東皐) 이준경(李浚慶)이 영의정이 되어 도당(都堂)에서 홍문록(弘文錄)을 권점(圈點)할 때 자기 아들 이덕열(李德悅)의 이름을 붓으로 지우며 말했다.

"내 아들이 홍문관에 합당하지 않다는 것은 내가 잘 안다."

사람들이 모두 사심이 없고 대신의 체모를 얻었다고 감동하였다. 그 뒤 유영경(柳永慶)이 영의정으로 홍문록을 권점할 때, 역시 자기 아들 유업(柳㠍)의 이름을 지웠다. 당시 유업은 이미 이조(吏曹)에 들어가 좌랑(佐郎)이 되었다. 공론에 따르면 이조 좌랑은 청현직(淸顯職)으로 홍문관보다 낫고 권력도 큰데, 이조에 들어가는 것을 허락해 놓고 홍문록에서만 지웠으니, 소인(小人)이 슬그머니 자취를 감추는 모습이 남김없이 드러났다고 하였다. 동고를 흉내 내고자 하였으나 누가 인정하겠는가. 근래 홍문록을 권점할 때 정승의 자손이 있으면, 동벽(東壁)과 서벽(西壁)[1]은 정승에게 눌려서 감히 권점하지 않을 수 없다. 그

---

1 동벽(東壁)과 서벽(西壁): 관청에서 앉는 자리를 기준으로 하는 관원의 호칭인데, 홍문관의 경우 부제학부터 부응교까지가 동벽이고 교리부터 부수찬까지가 서벽이다.

러므로 나오면 점수를 채워 선발되니, 사사로운 의도가 대거 시행되어 조정이 더욱 어지러워졌다. 지금 보면 유영경이 유업의 이름을 지운 것도 사람들의 마음을 조금 만족시킨다.

45

연산군이 중종을 미워하다

우리나라 연산군은 중종을 시기하여 항상 해치려는 마음을 품었다. 하루는 연산군이 교외에서 사냥을 하였다. 당시 연산군은 준마를 타고 있었고, 중종은 진산대군(晉山大君)으로 뒤를 따랐다. 사냥을 마치자 연산군이 말을 타고 중종에게 말했다.

"나는 홍인문(興仁門)으로 들어갈 테니 너는 숭례문(崇禮門)으로 들어가라. 늦으면 군법을 적용하겠다."

중종이 몹시 두려워하자 영산군(寧山君) 이전(李恮)이 몰래 중종에게 말했다.

"걱정하지 마십시오. 제 말은 임금이 탄 말보다 빠른데 제가 아니면 몰 수 없습니다."

그리고는 미복(微服) 차림으로 말고삐를 잡고 따라가는데, 나는 듯이 달렸다. 궐문에 도착한 지 얼마 안 가서 연산군이 뒤이어 도착했기에 중종은 마침내 화를 면했다. 사람들은 영산군과 말이 모두 중종을 위해 때맞추어 태어났다고 하였다. 영산군은 중종의 서형(庶兄)이다. 이과(李顆)의 옥사[1]에 연루되어 정국공신(靖國功臣)에게 해를 입었다.

---

1 이과(李顆)의 옥사: 1507년(중종2) 중종반정의 공신이 되지 못한 이과 등이 성종의 아들 견성
군(甄城君)을 추대하려 했다는 옥사이다.

46

성종의 판결

성종 때 어떤 사람이 노비와 전답을 사찰에 시주하고 자손들의 복을 빌었다. 그 뒤 자손들이 가난해져 살 수 없게 되자 사찰의 승려와 송사를 벌였으나 여러 번 졌다. 성종 때 격쟁(擊錚)하여 하소연하자 성종이 친필로 판결하였다.

"부처에게 땅을 바치고 복을 구하였는데 부처가 신령하지 않아 자손이 가난해졌으니, 땅은 주인에게 돌려주고 복은 부처에게 돌려주라."

위대하도다, 왕의 말씀이여! 한 마디 말로 옥사를 판결하고, 송사가 없게 만들겠다는 뜻1까지 겸하였다.

---

1 송사가……뜻: 『논어』 「안연(顏淵)」의 "송사를 처리하는 것은 나도 남만큼 할 수 있겠지만, 반드시 송사가 없게 만들겠다.〔聽訟吾猶人也, 必也使無訟乎.〕"라는 공자의 말을 인용한 것이다.

47

선조가 왕위를 계승하다

명종 때 순회세자(順懷世子)가 세상을 떠난 뒤 하원군(河原君), 하릉군
(河陵君), 선조(宣祖) 및 풍산군(豊山君) 등 여러 왕손들이 모두 있었으
나 명종은 후사를 정하지 못했다. 하루는 왕손들을 궁중으로 불러 글
자를 쓰게 했다. 왕손들은 짧은 시를 쓰기도 하고 연구(聯句)를 쓰기도
하였는데, 선조만은 '충효는 본디 둘이 아니다.〔忠孝本無二致〕' 여섯 글
자를 쓰니, 명종이 몹시 기특하게 여겼다. 하루는 또 익선관(翼善冠)을
써 보라며 말했다.

"너희들의 머리가 큰지 작은지 알아야겠으니 이 관을 써보라."

왕손들은 차례로 썼으나 선조는 두 손으로 관을 받들고 도로 어전
에 놓고 머리를 조아리며 말했다.

"이것이 어찌 보통 사람이 쓸 수 있는 것이겠습니까?"

명종이 역시 기특하게 여기고 마침내 왕위를 전해주려는 마음을
굳혔다.

48

홍계관의 점술

우리나라에 점술로 미래의 일을 아는 자가 있었다. 국초에 맹인 점장이 홍계관(洪繼寬)은 점술로 도성에 이름났는데, 도성의 홍계관리(洪繼寬里)가 바로 그 사람이 살던 마을이다. 인산부원군(仁山府院君) 홍윤성(洪允成)은 충청도 사람으로 젊은 시절에는 영락하여 불우했다. 향시(鄕試)에 합격하여 서울에 왔다가 홍계관의 명성을 듣고 찾아갔다. 홍계관이 홍윤성의 운명을 한참 동안 헤아리더니, 무릎을 꿇고 감탄했다.

"공은 신하로서 지극히 존귀한 자리에 오를 운명입니다."

그가 이어서 말했다.

"아무 해 아무 때 공이 필시 형조 판서를 맡을 것인데, 그때 제 아들이 분명 감옥에 갇혀 죽게 되었을 것입니다. 공은 저를 생각하여 제 아들을 살려주십시오."

그리고는 자기 아들을 불러 말했다.

"너는 아무 때 감옥에 갇혀 심문을 받거든 그저 내 아들이라고만 말해라."

공은 경악하여 감히 승낙하지 못했다. 십년도 못 되어 공은 세조의 익대공신(翊戴功臣)으로 품계를 뛰어넘어 형조 판서에 임명되었다. 하루는 큰 옥사를 국문하는데, 한 죄수가 소리쳤다.

"저는 맹인 점장이 홍계관의 아들입니다."

공은 그제야 깨닫고 풀어주었다.

49

조양래의 예언

근세에 조양래(趙陽來)라는 자가 있는데, 사대부 신분이며 인동(仁同)에 살았다. 제산(霽山) 김성탁(金聖鐸)이 그를 찾아가 운명을 물었다. 조양래가 헤아려보더니 마침내 "후천(後天)에서 일어나 선천(先天)에서 끝난다.〔起於後天, 終於先天〕"라고 써주었다. 제산이 그 뜻을 묻자 조양래가 말했다.

"훗날 알게 될 것이오."

그 뒤 제산은 「후천책(後天策)」으로 향시에 합격하여 문과에 급제하였다. 그리고 병진년(1736) 상소에서 "기사년(1689)의 일을 선천(先天) 시절의 일로 치부한다.〔己巳之事, 付之先天〕"[1] 여덟 글자를 썼다가 의금부 감옥에 2년 동안 갇히고 형벌을 받아 외딴 섬에 유배되었으며, 광양(光陽)으로 이배(移配)되었다가 죽었다.

---

1 기사년의……치부한다: 이 구절은 김성탁이 1736년 올린 상소에 나오는 구절이다. 김성탁은 인현왕후를 무함하였다는 죄목을 받은 스승 이현일(李玄逸)을 신원하기 위해 이 상소를 올렸다. 이 구절의 뜻은 인현왕후가 폐위된 기사환국(1689)은 이미 지난 일이 되었다는 뜻이다.

50

충성스러운 김우추의 여종

사람에게 충성스럽고 의로운 마음이 있기는 천민이라도 마찬가지다. 호남의 두 여자의 일로 보자면 김우추(金遇秋)의 여종은 충성에 가깝고, 아무 고을의 무당은 의리에 가깝다. 어찌 천민이라고 소홀히 여길 수 있겠는가?

무인 김우추는 호남 사람이다. 한 사건에 연루돼 의금부에 갇혀 형벌을 받은 지 여러 해가 지났다. 호남에서 여종 하나가 올라와 옥바라지를 했는데, 항상 울면서 시장에서 구걸하였다. 시장 사람들도 그 정성에 감동해 반드시 죽과 남는 쌀, 소금, 생선, 고기를 놓고 "아무 여종에게 주어야겠다"라고 했다. 그러므로 김우추는 감옥에 갇혀 있었으나 몹시 후한 대접을 받았다. 사람들이 시집가라고 권하면 이렇게 말했다.

"가고 싶지 않은 건 아니지만 남편이 있으면 정성을 빼앗겨 주인을 봉양하는 데 전념할 수 없습니다."

조정 신하들도 그 충성을 듣고 서로 전하며 감탄하였다. 결국 김우추가 감옥에서 나온 것은 여종의 도움이 아니었다고 할 수는 없다. 김우추가 감옥에서 나오자 여종은 즉시 호남으로 돌아가며 말했다.

"주인집이 파산한 지 오래이니, 속히 돌아가 마님을 섬길 뿐이다."

51

절개 있는 무당

박수무당은 무당의 남편으로, 반드시 무당을 따라다니며 신을 즐겁게 하니, 세속에서 양종(兩種)이라고 한다. 호남 아무 고을에 박수무당이 있었는데, 무당이 젊고 아름다워 다른 박수무당이 보고서 기뻐하여 빼앗을 계획을 세웠다. 하루는 상복을 입고 무당을 찾아가 말했다.

"나는 아무 고을의 박수무당인데 내일이 부친의 상제(祥祭)입니다. 감히 낭자를 불러 혼령을 즐겁게 해 드리고자 합니다."

무당이 믿고서 남편과 함께 갔다. 박수무당은 일부러 산골짜기 외딴 곳으로 끌어들여 남편을 잡아 묶었다. 그러자 무당이 돌아보며 말했다.

"늙은 종놈이 성품이 망령되고 투기를 좋아하여 매번 해독을 끼쳐 내가 한스럽게 여겼소. 당신 좋을 대로 묶으시오."

묶은 뒤에는 칼로 찌르려 하였는데, 무당이 말에서 내려 만류하며 말했다.

"저 놈이 아무리 형편없다지만 함께 산 지 오래이니 차마 죽는 모습을 볼 수 없소. 나를 숨겨둔 뒤에 손을 써도 늦지 않소."

그리고는 박수무당과 함께 숲속으로 들어가 잘 달래고 교태를 부리며 말했다.

"저 놈은 늙었지만 당신은 젊고, 저 놈은 모습이 누추하지만 당신은 모습이 훤칠하니, 오늘의 일은 실로 원하던 바요."

그리하여 주머니를 열어 밥을 꺼내 마주앉아 먹는데 손으로 서로 먹여주었다. 또 손으로 박수무당의 패도(佩刀)를 꺼내 고기를 자르더니, 칼끝에 고기를 꿰어 먼저 제 입에 넣었다. 또 고기를 꿰어 박수무당의 입을 향하자 박수무당이 몹시 기뻐하며 입을 벌려 받아먹으려 하였다. 무당이 마침내 힘을 다해 칼을 내밀어 목구멍을 찔러 죽이고는 남편의 포박을 풀고 돌아갔다. 창졸간에 꾀를 내어 의롭고 용감하였으니, 어찌 그리도 지혜로운 선비와 같으며 어찌 그리도 매서운 협객과 같은가. 음란하고 요사하며 미천한 무당이 이처럼 기발한 계책과 남다른 절개가 있을 줄 누가 알았겠는가.

52

효자담의 유래

내가 예전에 서울에 갈 때 죽령(竹嶺)으로 길을 잡았는데, 죽령을 넘어 단양(丹陽)에서 충주(忠州)까지 모두 강을 따라갔다. 한 곳에 도착하니 물이 고인 곳에 못이 있었는데, 효자담(孝子潭)이라고 하였다. 토박이에게 물으니 그가 말했다.

옛날에 낚시로 먹고 사는 사람이 있었는데, 이 강가에 와서 낚시를 드리우고 강가 바위에 앉아 있었다. 어떤 물고기가 낚시를 물자 그 사람은 물고기가 얼마나 큰지 모르고 당겼다. 물고기가 못에 와서는 꼬리를 흔들며 못 가운데에서 펄쩍 뛰니, 그 사람이 넘어져 강에 빠졌다. 날이 저물자 그의 아들이 아버지가 오랫동안 오지 않아 괴이하게 여기고 종적을 찾아갔는데, 이미 죽은 지 오래였다. 강가에서 통곡하다가 그대로 물에 빠져 죽었는데, 이튿날 아들의 시신이 아버지의 시신을 안고 떠올랐다. 토박이들이 불쌍하게 여겨 아버지와 아들을 장사지냈다. 지금까지 그곳을 지나는 사람들이 효자담이라고 한다. 이일은 옛날 요아(饒娥)[1]의 일과 비슷하다.

---

1 요아(饒娥): 당(唐)나라 여인으로 부친이 고기를 잡다 물에 빠져 죽자 통곡하다가 물에 뛰어들어 죽었는데, 며칠 뒤 시신이 되어 부친의 시신을 안고 떠올랐다.

53
신유한의 판결

청천(靑泉) 신유한(申維翰)이 연일 현감(延日縣監)으로 있을 때 어떤 객
상(客商)이 아뢰었다.

"오늘 밤 주인집에서 불이 나서 소는 달아나고 말은 죽었습니다. 주
인은 잃은 것이 없으나 저는 살 길이 끊겼습니다. 부디 관가에서 재
산을 모두 잃은 저를 불쌍히 여겨 말 값의 절반을 주인에게 받아 주
시기 바랍니다."

청천이 판결하였다.

"하늘이 무너져도 소가 나올 구멍이 있고,[1] 마구간이 불타면 말을
물을 길이 없다."[2]

한때의 농담이지만 민첩하고 해학이 있다. 소장공(蘇長公, 소식)의
말을 본떴지만 데김〔題辭〕은 좋다.

---

1 하늘이……있고: '하늘이 무너져도 솟아날 구멍이 있다.'라는 말을 해학적으로 표현한 것
  이다.
2 마구간이……없다: 공자의 집 마구간이 불타자 공자가 다친 사람이 있냐고만 묻고, 말에 대
  해서는 묻지 않았다는 『논어』「향당(鄕黨)」의 고사를 인용한 것이다.

54

식견 있는 박필위 아내

『회은일록(晦隱日錄)』에 다음과 같은 이야기가 있다.

기묘년(1699) 박필위(朴弼渭)가 과거에 급제하자 그의 부친 박태회(朴泰晦)가 무수히 풍악을 잡혔다. 그러나 며느리인 대사간 김홍복(金洪福)의 딸은 혼자 걱정하는 기색이 있었다. 박태회가 말했다.

"우리 집에 경사가 있는데 너는 어째서 혼자 걱정하느냐?"

며느리가 말했다.

"우리 부친은 십년 동안 공부하고서야 과거에 급제했습니다. 지금 우리 신랑은 책 읽는 모습을 본 적이 없는데 홀연 이런 일이 생겼으니, 복이 아니라 재앙입니다. 어찌 걱정하지 않을 수 있겠습니까?"

얼마 후 과연 비봉(批封)을 바꾼 일[1]이 발각되었다. 며느리의 식견이 이와 같은데 시아버지라는 자가 태연하게 두려워하지 않고 아들이 과거에 급제한 일을 다행으로 여겨 풍악을 울리며 앞장섰으니, 이런 아비에게 이런 아들이 있는 것이 마땅하다. 이 시아버지는 도리어 며느리만큼도 헤아리지 못하였으니, 슬픈 일이다.

---

1 비봉(批封)을 바꾼 일: 비봉은 응시자의 인적사항을 적은 봉미(封彌)를 말하는 것으로 보인다.

55

조덕건의 집안 다스림

조덕건(曹德健)이라는 사람이 있었다. 예전에 서리(書吏) 일을 하였는데 창의동(彰義洞)에 살았으며 행실이 훌륭하였다. 재종 항렬의 가까운 친척 수십 명과 한 집에 살았는데, 뜰에 작은 항아리 하나를 묻고, 각기 불만스러워 권면하고 경계하고 싶은 말을 쪽지에 써서 항아리에 넣게 하였다. 연말이면 모두 앉아 항아리 속의 종이를 꺼내 모두 펴 보고 즉시 불태워 다른 사람이 못 보게 하고 각기 마음속으로 힘쓰게 하였는데, 끝내 누가 썼는지 알 수 없었다. 선영 아래에 따로 제기(祭器)를 보관해두고 제사지낼 때면 정성과 공경을 다하였다. 지금도 민간의 무뢰배들조차 감히 그 성명을 곧장 부르지 못하고 반드시 '덕건씨'라고 하였다. 조덕건은 현종 중반에 세상을 떠났다고 한다. 이와 같은 사람을 서리라고 해서 소홀히 여길 수 있겠는가.

56

신유한과 최성대의 허풍

예로부터 시인은 허황하고 망녕된 자가 많았다. 지금 세상의 청천(青
泉) 신주백(申周伯, 신유한)은 자기가 청도(淸道) 운문사(雲門寺)의 승려였
는데 도를 닦아 환생하여 큰 지혜를 얻어 문장을 짓고 과거에 급제하
였다고 하였다. 만년에는 집에 있으면서 바리때를 들고 승려처럼 먹
었으며, 자기 집을 사찰로 바꾸고는 부끄러운 줄도 몰랐으니, 어찌 책
읽는 사람이 할 짓이겠는가?

두기(杜機) 최사집(崔士集, 최성대(崔成大))은 자기가 전생에 여자로 김
제(金堤)의 농가에 살았는데 광주리를 들고 나물을 캐던 일이 뚜렷이
기억난다고 하였다. 이것은 양호(羊祜)가 나무 구멍에서 금가락지를
찾은 일[1]과 같지만, 문인이 아니면 이런 말을 하지 않을 것이다. 사군
자는 한 마디 말과 한 가지 행동에 모두 법이 있거늘, 허무맹랑하고 꾸
미는 말이 사람을 해롭게 하기가 이 지경에 이르렀으니, 이것은 이른
바 말할 줄 아는 앵무새이다. 어찌 귀중하겠는가? 시는 볼 만하다.

---

1 양호(羊祜)가……일: 진(晉)나라 양호가 다섯 살 때 이웃집 죽은 아이가 가지고 놀던 금가락
　지를 나무 구멍에서 찾아낸 일을 말한다. 이로 인해 사람들은 양호가 전생에 그 아이였다고
　믿었다.

57

박진귀의 예언

동래(東萊) 노협(盧協)이 헌릉 참봉(獻陵參奉)으로 있을 때 이지무(李枝茂)와 함께 재실(齋室)에서 공부하였다. 하루는 늙은 무인(武人) 박진귀(朴震龜)라는 사람이 찾아왔는데, 그는 노협의 척숙(戚叔)이었다. 노협이 그에게 어디서 오는 길이냐고 묻자 그가 대답하였다.

"지금 기운이 좋지 않으니 오래지 않아 필시 전쟁이 일어날 것이다. 도성으로 들어가 보니 성 안에 살기가 가득하였다. 나라에서 강화도를 요새로 삼으므로 강화도에 가보았더니, 그곳에도 살기가 가득하기에 나는 나라가 반드시 망할 것이라 여겼다. 도성으로 돌아왔더니 수구문(水口門)에서 한 가닥 생기(生氣)를 찾았는데, 남한산성에 도착하자 성 안이 온통 생기로 가득하였다. 또 서문(西門)에 생기가 있으니 나라는 망하지 않을 것이다. 나는 미처 못 보고 죽겠지만 너는 기억해 두어라."

병자년(1636)에 이르러 도성과 강화도는 모두 함락되었다. 성상이 수구문으로 나가서 남한산성을 지키다가 서문으로 나와 항복하였으니, 모두 그의 말 대로였다. 기이하다. 그는 감식안도 있어 노협과 이지무의 책문(策文) 원고를 보고 말했다.

"노협이 먼저 급제하고 이지무는 뒤에 급제할 것이다."

훗날 과연 그의 말대로 되었다고 한다.

58

언어유희

기이한 이야기는 옛사람도 높이 평가하며 한번 웃을 거리로 삼았다.

상사(上舍) 유극신(柳克新)은 자가 여건(汝健)인데, 젊은 시절 대범하고 기운이 호방하며 기이하였다. 진사 백진민(白盡民)은 참의 백유양(白惟讓)의 아들이다. 그가 장난으로 유극신에게 말했다.

"그대는 유색신(柳色新)[1]과 몇 촌 사이인가?"

유극신이 즉시 대답했다.

"유색신은 본관이 위성(渭城)이고 나는 본관이 문성(文城)이니 원래 관계가 없네. 그런데 백유양가(白遊羊街)와 자네 아버지는 몇 촌 사이인가?"

백진민은 대답하지 못했다. 이 이야기를 들은 사람들은 포복절도하였다. 백유양가(白遊羊街)는 거리 이름인데, 유(遊)와 유(惟), 양(讓)과 양(羊), 가(街)와 구(狗)[2]는 속음(俗音)이 같기 때문이다.

---

1 유색신(柳色新): 당(唐)나라 왕유(王維)의 「송원이사안서(送元二使安西)」에 나오는 "위성의 아침 비는 가벼운 먼지 적시고, 객사의 푸르른 버들빛 싱그럽네.(渭城朝雨浥輕塵, 客舍靑靑柳色新)"라는 구절에서 따온 말이다.

2 구(狗): 개의 옛말이 '가히'이다.

59

소인은 등용하지 않는다

명종은 후사 없이 승하하였다. 동고(東皐) 이준경(李浚慶)은 영의정이
었고, 좌의정 심통원(沈通源)은 인순왕비(仁順王妃)의 숙부로서 약방 제
조를 맡아 대궐에 있었는데, 다른 논의가 있을까 두려워 몰래 궐문을
잠그게 하였다. 그리고 계책을 정하여 선조를 맞이하였다. 호위하는
공훈을 요행으로 얻으려는 자들이 많이 달려왔기에 길이 막혔다. 선
비 이지강(李志剛)이 뒤에 와서 소리쳤다.

"소인도 왔습니다!"

주서 황대수(黃大受)가 말했다.

"나라를 열고 가문을 이을 때 소인은 등용하지 말라고 하였으니[1]
우선 물러가라."

많은 사람들이 웃었다. 당시 공훈을 기록한 글을 제출한 사람이 있
었는데, 이 정승이 말했다.

"선왕의 유언을 따른 것뿐인데 신하들이 무슨 공이 있는가?"

그리고는 그 글을 땅에 던졌다.

---

1 나라를······하였으니 : 『주역』 「사괘(師卦) 상륙(上六)의 "나라를 열고 가문을 이을 때 소인
은 쓰지 말아야 한다.[開國承家, 小人勿用.]"라는 구절을 인용한 것이다.

60

역적은 아무데서나 나오지 않는다

오성(鰲城) 이항복(李恒福)은 젊어서 정승이 되리라는 기대를 받았는데 해학으로 이름났다. 경자년(1600), 호남에 체찰사로 나갔는데, 성상이 역모를 사찰하라고 하였다. 이공이 급히 보고하였다.

"역적은 새, 짐승, 물고기, 자라처럼 아무데서나 나오는 물건이 아니니 사찰하기는 어렵습니다."

사람들이 모두 전하며 기이한 말이라고 하였다. 오늘날에 와서는 역적이 나오지 않는 해가 없어 새, 짐승, 물고기, 자라보다 더 많으니, 세상의 변화를 볼 수 있다.

61

신선은 존재하는가

판서 이준민(李俊民)은 거리낌없고 말을 마음대로 하였다. 선조가 신
하들과 신선이 있는지 없는지 이야기하니, 공이 말했다.

"세상에는 신선이 있습니다. 신이 보았습니다."

신하들이 경악하자 공은 천천히 말했다.

"신이 사는 마을에 재상 원혼(元混)이 있는데, 젊어서부터 술과 여
색을 조심하여 지금 나이 아흔이 되도록 병도 없고 젊은이처럼 건
강하니, 신선이 아니고 무엇이겠습니까?"

성상이 빙그레 웃으셨다. 이 말은 에둘러 간언한 동방삭(東方朔)의
기풍[1]이 있다.

---

1 에둘러……기풍: 동방삭은 한(漢)나라 사람이다. 뛰어난 해학과 변론으로 무제(武帝)에게 간
언하였다.

62

이준민이 술을 좋아하다

이 판서(이준민)의 이웃집에 부자가 살았는데, 판서가 그의 집에 가면 좋은 술을 대접하였다. 또 술을 보내주는 경우도 있었다. 그 이웃 사람이 죽자 판서가 통곡하며,

"내 술독이 깨졌다."

하니, 사람들이 모두 웃었다.

63

흰 머리를 뽑는 이유

연릉부원군(延陵府院君) 이호민(李好閔)이 흰머리를 뽑자 한음(漢陰) 이
덕형(李德馨)이 말했다.

"공은 높은 관직에 올랐는데 또 무엇을 바라고 흰머리를 뽑는 것입
니까?"

연릉이 대답했다.

"다른 뜻은 없소. 한(漢)나라 법은 지극히 관대했는데도 살인자를
사형에 처했소. 백발은 사람을 죽이므로 없애지 않을 수 없소."

한음이 큰 소리로 웃었다.

64

송찬의 일화

참찬 송찬(宋贊)이 여종과 사통하였는데, 부인이 질투가 심해 공이 여종의 방으로 들어간 틈에 문을 잠갔다. 그리고는 노비들에게 열지 말라고 주의를 주니 공이 나오지 못했다. 사위 사문(斯文) 이각(李覺)이 알고서 열쇠를 가져다 문을 열었다. 공이 말했다.

"일이 이렇게 되었으니 제갈량(諸葛亮)인들 어찌하겠는가?"

이각이 말했다.

"제갈량이라면 애당초 들어가지 않았을 것입니다."

공은 고개를 숙인 채 웃을 뿐이었다.

65

윤효언의 몸가짐

윤 생원의 이름은 효언(孝彦)으로 다촌(茶村)에 살았다. 판서 윤양래(尹陽來) 공의 5촌 조카이다. 가난하지만 책을 읽어 누차 향시에 합격했지만 끝내 문과에 급제하지 못했다. 때를 만난 사람에게 부정한 방법으로 청탁하지 않았고, 평생의 몸가짐은 한결같이 옛사람을 따랐다. 그러므로 마을 사람들이 모두 존경하였다. 상을 치를 적에는 3년 동안 상복을 벗지 않고 여막을 나오지 않아 바깥사람들이 그의 얼굴을 보는 일이 드물었다. 제사는 반드시 예법대로 하고, 여가가 있으면 상례(喪禮)를 읽었기에 사람들이 더욱 존경하였다.

판서 민진원(閔鎭遠)이 성주(星州)로 유배왔다가 그의 평생 지조와 행실이 이와 같다는 이야기를 듣고 만나고 싶어서 사람을 시켜 윤공에게 말하니, 공이 말했다.

"저는 외딴 시골의 일개 유생이니 재상의 집을 드나드는 것은 절대 안 됩니다. 저를 위해 판서께 사죄해 주십시오."

그리고는 끝내 만나러 가지 않았다. 민 재상이 왔을 적에 성주 근처의 노론(老論)이라는 사람들은 모두 달려가서 만나보았기에 집안이 몹시 복잡하였다. 그러나 공은 몸을 추슬러 물러나고 당색이 같은 사람이라는 이유로 청탁하지 않았다. 민 재상도 존중하여 유배에서 풀려난 뒤 이조 판서가 되자 천거하였으나 역시 낙점을 받지 못했다. 이것이 이른바 '곤궁함을 당연하게 여기는 사람'[1]이니, 군자라고 불러도 지나치지 않다. 윤공이 죽자 그 자손들은 영락하여 가문의 명성을 계승하지 못했으니, 이것이 애석하다.

---

1 곤궁함을……사람: 『논어』 「위령공(衛靈公)」의 "군자는 곤궁함을 당연하게 여기니, 소인은 곤궁하면 제멋대로 행동한다.〔君子固窮, 小人窮斯濫矣.〕"라는 말을 인용한 것이다.

66

우리나라 상수학

우리나라 상수학(象數學)은 화담(花潭)에게서 시작되었고, 소강절(邵康節)을 추종하였다. 퇴계(退溪)만은 그것을 인정하지 않았는데, 이단의 학문에 가까웠기 때문이다. 지금 세상 사람들은 화담에게 기이한 술법이 있다고 전하며, 그가 환골탈태하여 죽지 않았다고 한다. 이 말은 허탄하지만 화담의 평소 논의도 분명 근사한 것이 있었다. 그러므로 방외(方外)의 선비들이 구실로 삼는다. 예컨대 고옥(古玉) 정작(鄭碏), 수암(守庵) 박지화(朴枝華), 고청(孤靑) 서기(徐起) 등의 이인(異人)이 모두 스승으로 섬겼다.

북창(北窓) 정렴(鄭磏)은 화담과 친했는데, 자기가 어렸을 적부터 귀신과 소통하였다고 하고, 14세에 중국에 갔는데 오랑캐들이 만나러 오자 사방 오랑캐의 언어로 대답하니 모두 놀라서 하늘이 낸 사람이라고 불렀다. 이 역시 화담의 학문이다. 허암(虛庵) 정희량(鄭希良)은,

"갑자년(1504)의 화가 무오년(1498)보다 심할 것이다."

하였는데, 이 역시 상수학을 통해 미리 알았던 것이다. 근세에는 성호(星湖) 이익(李瀷) 역시 화담 학문의 여파를 많이 터득하였다.

67

이서우의 「환호설」

송곡(松谷) 이서우(李瑞雨)의 「환호설(幻胡說)」에,

"바른 사람 앞에서는 작은 환술쟁이가 환술을 부릴 수 없고, 바른

임금 아래에서는 큰 환술쟁이가 감히 환술을 부리지 못한다."

하였으니, 이 말이 세상 사람들을 깨우칠 만하다.

68

이찬이 귀신을 쫓아내다

태백산(太白山) 안동(安東) 땅에 신당(神堂)이 있는데 지극히 영험하여
무당들이 날마다 그 아래에 모였다. 원근에 사는 백성이 다투어 복을
빌며 종이돈을 매어 놓는데, 지키는 사람이 돈벌이로 삼는다. 관가에
돈을 바치고 그 자리를 얻으면 돈 나오는 구멍을 얻었다고 하고, 이웃
사람도 축하하며 "아무개는 신수가 좋아 신당 지키는 사람이 되었다."
라고 하였다. 이렇게 한 지 여러 해가 지났다.

　국창(菊窓) 이찬(李燦) 공이 친구와 산을 유람하다가 그곳에 가서 이
와 같은 모습을 보고는 소상(塑像)을 두드리며 죄를 따졌다.

"너는 공덕도 없이 백성의 재물을 허비하니, 내가 백성을 위해 화
를 제거하겠다. 만약 신이 다른 곳으로 가지 않으면 내가 훗날 다시
와서 이 신당을 헐고 이 소상을 부수겠다. 흘려듣지 말고 속히 다른
곳으로 옮기라."

그날 밤 신이 지키는 사람의 꿈에 나타나 말했다.

"이공은 바른 사람이다. 바른 사람에게는 대항할 수 없으니, 너는
내 신당을 삼척(三陟)으로 옮겨라."

그 뒤로 이 폐단이 마침내 사라졌다. 이것은 송곡(松谷) 이서우(李瑞

雨)의 「토상설(土像說)」[1]과 비슷하다.

---

1 토상설(土像說): 이서우의 『송파집』 권10에 실려 있다. 풍자(風子)라는 가상의 인물이 장난삼
  아 흙으로 사람을 빚어놓자 신령한 힘이 생겨 사람들이 제사를 지내며 받들었다. 십여 년 뒤
  풍자가 다시 와서 소상을 때려부수자 신령한 힘이 사라졌다는 이야기다.

69

여효사의 환술

여 진사(呂進士, 여효사(呂孝思))는 선산 부사(善山府使) 여효증(呂孝曾)의
아우이다. 비단 문장이 뛰어날 뿐만 아니라 환술도 기이하였다. 사람
들이 배우려고 하면 거절하며 말했다.

"환술을 잘 쓰지 못하면 도리어 해를 입으니, 차라리 모르는 것이
낫다."

만년에는 수도산(修道山)에 초가집 몇 칸을 짓고 살았는데 맹수가
감히 다가오지 못하여 사람들이 신선이라고 일컬었다.

나의 외증조모 여씨는 선산공(여효증)의 딸이며 여 진사의 조카이
다. 여 진사가 한 번은 다산(茶山)에 와서 십여 일 머무르면서 조카에
게 말했다.

"너희 집은 강가에 있으니, 강의 물고기를 먹을 수 있느냐?"

"강가에 있지만 고기 잡는 도구가 없으니 연목구어(緣木求魚)와 같
습니다."

여 진사가 말했다.

"내가 너를 위해 평소의 다짐을 깨고 기이한 술법을 부려 네가 실컷
물고기를 먹게 해 주겠다. 네가 바늘 하나를 얻어다 내게 준다면 내

가 두드려서 낚시 바늘을 만들어 물고기를 낚겠다."

조카가 바늘을 바치자 고리 모양으로 만들어 긴 대나무에 매달았다. 공은 마루 위에 앉아서 마루 아래 마당으로 낚시를 던졌다. 한참 뒤에 낚시를 들자 큰 물고기 한 마리가 낚싯바늘을 물고 마당에 떨어졌다. 옆에서 보던 사람들이 모두 놀라자 공이 말했다.

"이것은 환술이다. 옛날 좌자(左慈)가 위왕(魏王)의 궁전에서 송강(松江)의 농어를 낚은 것[1]이 바로 이 기술이다. 좌자는 천 리 떨어진 곳의 물고기를 가져왔지만, 나는 겨우 5리 떨어진 곳의 물고기를 가져왔으니, 이것이 옛사람의 기술에 미치지 못하는 이유다."

마침내 회를 뜨니 자리에 있던 사람들이 모두 배불리 먹었다. 이것은 외증조모께서 직접 보고 후손에게 알려준 것이다. 여공은 이 기이한 술법을 지니고도 세상 사람들이 모르게 하였으니, 공의 지조를 알 수 있다.

---

1 좌자(左慈)가……것: 좌자는 후한 사람이다. 그가 위왕 조조(曹操)의 연회에 참석하여 놋그릇에서 송강의 농어를 낚는 요술을 보여주었다.

70

서경덕이 전우치를 굴복시키다

화담(花潭, 서경덕)이 제자들과 하루 종일 경(敬)을 지키고 있는데 전우
치(田禹治)【당시 환술을 잘한 사람이다.】가 까마귀로 변신하여 문 앞 나무 위
에 앉아 그의 말을 들었다. 화담이 알고서 전우치의 발을 나뭇가지에
붙였다. 그 까마귀는 날아가려다가 멈추었으니, 발이 나뭇가지에 붙
었기 때문이다. 제자들이 "이 까마귀는 이상하다."라고 하며 서로를
보고 괴이하다고 하였다. 화담이 미소를 지으며 말했다.

"제군들은 그게 까마귀인 줄만 알고 사람인 줄은 몰라서야 되겠는
가. 이는 전우치가 우리를 시험하러 온 것이다."

그리고는 명령했다.

"속히 내려와 내 말을 들으라."

그러자 사람으로 변신하여 그 앞에 섰다. 화담이 꾸짖었다.

"네가 만약 네 재주를 믿고 의롭지 않은 일을 한다면 하늘이 반드시
죽일 것이다. 부디 십분 조심하여 잘못 쓰지 말라."

전우치가 명을 받들고 갔다. 화담은 간혹 이와 같은 일이 있었으므
로 방술을 하는 선비들의 효시(嚆矢)가 되었다. 이것이 퇴계 선생이 인
정하지 않은 이유이다.

71
『대학』과『중용』

『대학』과『중용』은 공자 문하에서 도를 전하고 사람을 가르치던 책이다. 글이 간략하고 뜻이 자세하여 처음 배우는 선비가 이 책을 공부하여 힘을 얻는다면 다른 경전의 맥락도 이를 통해 환히 알게 되어 읽기 어렵지 않을 것이다.

옛날 덕계(德溪) 오건(吳健)이 젊었을 때 가난하고 미천하여 농가에서 일을 하면서『중용』한 권을 읽었다. 먼저 수백 번을 읽은 다음 글자마다 생각하고, 글자를 통달한 다음에는 구절마다 생각하여 전편을 생각하기에 이르렀다. 이때부터 경전을 모두 통달하여 마침내 큰 선비가 되었다. 퇴계도 자기가 그에 못 미친다고 하였으니, 그 말을 기록한 문인이 있다. 공부하는 사람은 그를 모범으로 삼아야 할 것이다.

지금 남야(南野) 박경손(朴孫慶) 공은 모든 경전을 구절마다 이해하고 글자마다 풀이하는데,『중용』과『대학』두 책을 특별히 깊이 공부하여 크고 작은 주석까지 모두 통달하였다. 선유(先儒)의 설명 중에 주자의 설명과 다른 것이 있으면 모두 분석하여 바로잡아 표준으로 귀결시켰다. 나는 그가 옛날의 덕계와 비교하여 어떠한지 모르겠으나 그 또한 지금 세상의 덕계이다. 그가 지어낸 문장 역시 전아하고 정밀하여 유가의 정도를 터득하였으며, 드넓고 커서 옛 문장가의 발걸음을 추종하였다. 시는 긴요하지 않은 일이었지만 삼매(三昧)의 경지에 들고 스스로 천기(天機)를 내었으니, 지금 세상의 큰 선비들을 하나하나 따져보아도 박공을 첫째로 꼽지 않을 수 없다. 그러나 겸손이 남보다 심하였으므로 글을 부탁하는 사람이 있으면 반드시 다른 말로 미루며 함부로 허락하지 않았다. 때때로 짓더라도 반드시 원고를 버리고 써놓지 않았다. 공이 죽은 뒤 제자들이 남은 글을 수습하였는데 서너 권에 불과하였다. 상자 속에 보관하고 있다고 한다.

72

정종로와 임영의 편지글

편지도 선비의 한 가지 일인데 근래의 선비는 유념하려 하지 않고 오직 빨리 쓰려고만 하여 모두 바삐 초안을 작성한 왕안석(王安石)과 같다는 비난을 면치 못하니, 본바탕의 공부가 없으므로 이와 같은 것이다. 근래 우산(愚山) 정종로(鄭宗魯)의 편지 10여 장을 보았는데, 그 글이 몹시 깊이가 있어 우리 유가의 올바른 길을 잃지 않았다. 필세 또한 어지러운 기색이 없으니, 평소의 공부가 순수하고 익숙하다는 것을 알 수 있다. 농암(農巖) 김창협(金昌協)은 항상 창계(滄溪) 임영(林泳)의 편지가 지금 시대의 제일이라고 하였는데, 나 또한 우산 정종로의 편지가 지금 시대의 제일이며 본받을 만한 명가라고 생각한다. 이러한 사람이 있어 쓸쓸하지 않으니, 실로 우리 영남 친지들의 다행이다.

73

과문의 명인

우리나라의 과문(科文)은 별개의 문체이니, 문장가의 격식으로 말할
수 없다. 그중에 과거 시험장에서 지은 각종 문체로 용렬하고 쓸데없
는 것들과 달리 뛰어난 것이 간혹 있다. 전시(殿試)에서 지은 대책(對
策)으로 말하면 탁영(濯纓, 김일손)의 「중흥책(中興策)」, 율곡(栗谷, 이이)의
「천도책(天道策)」, 윤홍리(尹弘离)의 「소중화책(小中華策)」, 이보(李簠)의
「영남책(嶺南策)」은 구상에 바탕을 두고 골격을 세웠으며, 재주로 엮
고 화려함을 덧붙이고, 마지막에는 엄격히 법도에 맞추어 끝맺었다.
이것은 광천(廣川, 동중서)의 여파이다.

　시부(詩賦)로 말하자면 국초에 제학(提學) 변계량(卞季良)이 시체(詩
體)를 창안하여 회제(回題), 입제(入題)를 법식으로 삼았으나, 옛 시부
의 법은 이미 끊어졌다. 이 때문에 목재(牧齋) 전겸익(錢謙益)이 "조선
사람의 시부를 나는 모르겠다."라고 하였으니, 비난한 것이다. 그러나
점필재(佔畢齋) 김종직(金宗直)의 「조의제문(弔義帝文)」, 탁영 김일손의
「감구유부(感舊游賦)」는 중국 사람과 대등하다. 계곡(谿谷) 장유(張維)
의 「천문부(天問賦)」, 이민구(李敏求)의 「남정부(南征賦)」 역시 그 여파
를 이었다. 과부(科賦)로 말하자면 동악(東岳) 이안눌(李安訥)의 「격축부

(擊筑賦)」, 민제인(閔齊仁)의 「백마강부(白馬江賦)」, 김석주(金錫胄)의 부
두세 수 역시 그럴듯하다고 하겠다.

시학(詩學)에 대해서는 우리나라 사람이 몹시 서투르다. 그러나 목은
(牧隱)이 익재(益齋) 이후에 크게 명성을 떨쳤고, 읍취헌(挹翠軒) 박은(朴
誾)이 만당(晚唐)의 법도를 터득하였으니, 문창(文昌, 최치원) 이후 한 사
람이다. 과시는 이재(李縡)의 청아(淸雅)한 시와 신사권(申史權)의 전아
(典雅)한 시가 법도에 가깝다. 변려문의 법도는 문창후(文昌候) 최치원(崔
致遠)의 『계원필경(桂苑筆耕)』 이후 변려문이 농염하여 사랑스럽다. 「토
황소격(討黃巢檄)」 한 편은 황소를 말에서 떨어지게 하여 천하가 전하여
외었다. 임진왜란 때 이여송(李如松)이 평양에서 왜구를 격파하고 오산
(五山) 차천로(車天輅)를 시켜 노포(露布)를 짓게 하여 천자에게 아뢰었
는데, 천자가 본 뒤 몹시 칭찬하며 2구에 금니(金泥)로 비점(批點)을 찍었
다. 그 뒤 소암(疏庵) 임숙영(任叔英)이 지은 「통군정서(統軍亭序)」가 중국
에 흘러들어갔는데, 중국 사람이 "천년 전에 끊어진 격조가 해동에서
다시 나타날 줄은 몰랐다."라고 하였으니, 왕자안(王子安, 왕발) 이후 한
사람으로 인정한 것이다. 과표(科表)는 말할 만한 사람이 없다.

우리나라 문장을 총괄하여 논하자면 모두 당송(唐宋)을 본떴으나
중국에 미치지 못하는 점이 세 가지 있다. 거칠어 깊지 못하고, 비속
하여 우아하지 않고, 쓸데없어 간략하지 않은 것이다.[1] 그러나 중국
이외의 나라로 따지자면 우리나라가 으뜸이고 안남(安南)이 다음이며

---

1 중국에……것이다 : 김창협의 『농암집』 권22에 실려 있는 「식암집서(息菴集序)」에서 인용한
말이다.

나머지 여러 나라는 문자가 있으나 소견이 다르니 어찌 말할 필요가 있겠는가.

74

귀신을 만난 정석유

예전에 찰방 정석유(鄭錫儒)를 만나 글을 논했는데, 정석유가 말했다.

"신 평해(申平海, 신유한)의 글은 기이한 꽃이나 풀과 같아 언뜻 보면 사과와 귤을 깨문 듯하지만 오래 보면 건강부회인 줄 알 수 있으니, 창명(滄溟 이반룡)과 엄주(弇州 왕세정)의 여파(餘波)이다. 나의 글은 꾸밈이 부족한 듯하지만 본질은 고문(古文)에서 왔으니, 젊었을 적에 『상서(尙書)』를 많이 읽었기 때문이다.

나의 「변도부(抃都賦)」 한 편은 국포공의 명을 받고 좌태충(左太冲)의 「삼도부(三都賦)」를 본떠 지은 것인데, 부를 완성하자 국포공이 대단히 칭찬하며 '그대가 아니면 이렇게 지을 수 없을 것이다.' 하였고, 식산(息山) 이만부(李萬敷) 공 역시 내 글이 옛사람이 남긴 법을 터득했다고 하였다."

그가 신유한을 얕잡아보는 뜻을 저절로 말에서 감출 수 없으니, 문인들이 서로 경시하고 헐뜯기는 예로부터 그러하였다. 정석유를 어찌 괴이하게 여길 것이 있겠는가. 다만 두 사람의 차이는 얼마 되지 않는다. 내가 두 사람의 원고를 보았는데, 한 글자도 서로 화답한 말이 없었으니, 그 버릇이 지나쳐 이와 같은 것이다. 두 사람이 조금 학문이 있었다면 필시 이 지경에 이르지는 않았을 것이다. 사람은 한갓 글재주가 있다고 학문을 멸시해서는 안 된다. 앵무새도 말을 할 수 있다는 비유[1]가 이와 비슷하다. 이야기할 적에 내가 정석유에게 물었다.

"그대가 성산관(星山館)에서 제 목사(諸牧使)【이름은 말(末)이다.】를 만나 묻고 답한 이야기가 세상에 떠들썩하게 전하는데 정말 그러한가?"

"그렇다."

"그대가 나를 위해 자세히 말해주게."

"내가 별시 초시에 합격하여 한창 강경(講經) 공부를 하고 있을 때 고을 목사 홍응인(洪應麟)이 사람을 보내 내게 기별했다.

'내 아들도 서울 과거에 합격하였으니, 그대가 읍내의 학방에 들어와 내 아들과 함께 회시 공부를 하는 것이 좋겠네.'

내가 부득이 관아에 들어가 목사의 아들과 한 방에서 글을 읽었다. 한밤이 되자 목사의 아들과 다기(茶妓) 한 사람은 모두 잠들고 나 혼자 앉아 책을 읽는데, 홀연 대변을 보고 싶어 책방 앞 마구간 뒤에서 대변을 보았다. 즉시 일어나 바지를 입는데 어떤 사람이 길가에 있었다. 마침 밝은 달이 서쪽에 있었는데 사람 그림자가 희미하였다. 나는 마음속으로 두려워하였으나 길에서 만났기에 회피할 수도 없어 길가에서 주저하고 있었다. 그 사람이 읍을 하고 다가오더니 말했다.

---

1 앵무새도……비유: 『예기(禮記)』「곡례(曲禮)」의 "앵무새는 말을 잘하지만 나는 새에 지나지 않는다.[鸚鵡能言, 不離飛鳥.]"라는 말을 인용한 것이다.

'저는 이승 사람이 아닙니다. 임진년 임시로 이곳의 목사를 지낸 제말입니다. 본디 김해(金海) 사람인데 난리를 당하자 의병을 일으켰습니다. 용기와 힘이 있고 싸움을 잘하여 누차 전공을 세웠습니다. 조정에서는 내가 공이 많다 하여 이 고을의 군수로 임명하였고, 이곳에서 죽었습니다. 뼈는 비록 김해에 묻혀 있으나 영혼은 이곳에서 돌아가지 않았습니다. 그러므로 오늘 밤 그대와 만나 일을 이야기하려고 하니, 그대는 들어주겠습니까?'

'나 같은 한미한 선비는 본디 세력이 없는데 무슨 부탁할 일이 있습니까?'

'그대는 내년 봄 반드시 과거에 급제할 것입니다. 과거에 급제하면 내 부탁을 들어줄 수 있을 것입니다. 부탁할 것은 김해 무덤이 세월이 오래되어 무너져 장차 없어지는 것을 면치 못할 것입니다. 그대가 관찰사에게 말해 다시 쌓아준다면 죽은 사람에게 유감이 없을 것입니다. 또 세상 사람들은 홍의장군 곽재우(郭再祐)의 공이 큰 줄만 알고 나의 전공이 홍의장군보다 낫다는 것을 모릅니다. 그대를 통해 세상에 전하고 싶습니다. 나는 오랫동안 나그네로 있으면서 고향에 돌아가지 못했는데, 바람이 맑고 달이 밝은 날이면 여관에서 노닐다가 시를 지었는데 시험 삼아 들어보십시오.'

하고는 시를 읊었다.

산 길고 구름도 먼데	山長雲共遠
하늘 넓어 달도 외롭네	天迥月同孤

적막한 성산관에   寂寞星山館

영혼은 있는가 없는가   英魂有也無

내가 말했다.

'시가 참으로 좋습니다. 평소 이런 공부를 했습니까?'

'무인이라 글재주가 없으나 귀신이라 저절로 압니다.'

말을 마치더니 갑자기 보이지 않았다. 달은 이미 지고 밤은 이미 깊었다. 정신을 차려 어렵사리 책방으로 돌아오니 옷은 전부 젖었고, 땀이 줄줄 흘렀다. 기생은 방금 잠에서 깨었으나 홍군은 아직 깨지 않았다. 기생이 말했다.

'방금 뒷간에 갔을 때 어떤 사람과 계속 이야기하는 소리가 들렸는데, 밤이 깊어 인적이 고요하고 자물쇠가 몹시 굳게 잠겨 있었으니 지극히 괴이한 일입니다.'

그리고는 놀라 묻기를 그치지 않았다. 홍군이 일어나 말했다.

'기생의 말을 들으니 그대는 깊이 숨기지 않는 것이 좋겠네.'

내가 그제야 그 일을 이야기하니 홍군이 말했다.

'기이하다.'

이튿날 아침 일찍 일어나 그의 아버지에게 말하고 관안(官案)[2]을 꺼내 보았더니 과연 임시 수령의 이름이 있었다. 그가 말했다.

'세상에 간혹 이런 일이 있으나 만약 직접 듣지 않았다면 사람들은 필시 거짓말로 치부하였을 것이다. 그러나 직접 보았으니 어

---

2 관안(官案): 역대 수령의 명단이다.

떻겠는가. 지극히 괴이하다.'

이듬해 내가 과연 과거에 급제하여 수령을 만나보고 이어서 달성(達城)에 들어가 관찰사를 만나 시험 삼아 그 일을 말하니, 관찰사가 말했다.

'내가 예전에 『약천집(藥泉集)』을 보았는데, 제말의 공적을 말했다. 사람의 영혼은 오랫동안 없어지지 않는구나.'

그 뒤에 들으니 관찰사가 김해 고을에 관문(關文)을 보내어 사실을 조사하고 목사를 시켜 무덤을 크게 하여 새로 쌓게 하였다고 한다. 나는 전(傳)과 시를 지어 그 이름을 전할 뿐이다."

나는 정 찰방의 말을 듣고 여기에 기록하여 기이한 이야기를 보탠다.

75

시마

시마(詩魔)에 관한 이야기를 나는 믿지 않는다. 몇 해 전 의령(宜寧) 땅에 임씨 양반이 있었는데, 나이는 스무 살 남짓이었다. 집이 가난하여 나무를 하며 살았는데, 글자를 몰랐다. 하루는 한창 낮잠을 자는데 어떤 사람이 글을 가르치는 꿈을 꾸었다. 깨어나서도 희미하게 기억이 나는 듯하여 칠언시를 지었는데, 놀라운 시어가 많았다. 이때부터 사접(私接)[1]에 들어가 공부를 하였는데, 과시(科詩) 역시 제목에 맞게 잘 지었으니 이는 기이한 일이다. 어찌 시마가 하지 않고서야 이럴 수 있겠는가.

어떤 이는 이렇게 말한다. "시마는 정말로 있으나 시마가 사람에게 붙으면 시를 지을 수 있고, 시마가 사람을 떠나면 시를 짓지 못한다."

이치는 그럴 듯하다. 예전에 명나라 사람의 소설을 보았더니 자고기선(紫姑箕仙)이 시를 지은 일이 있었다. 기선은 마귀 종류이다. 사도(司徒) 방채산(方采山) 공이 기선에게 시를 지어달라고 청하니 기선을 불러 제목을 달라고 하였다. 마침 거미줄에 싸인 복숭아가 있기에 시

---

1 사접(私接): 과거 시험 준비를 위해 공부하는 무리를 말한다.

를 짓게 하였더니 즉시 이렇게 썼다.

두견새 우네, 두견새 우네   子規啼　子規啼

오경까지 두견새 우네   子規啼撤五更時

거미도 봄을 붙잡고 싶은 마음에   蜘蛛亦有留春意

복숭아꽃 붙잡고 놓아주지 않네   扯住桃花不放歸

공이 성명을 물어보자 또 '낙하고목(落霞孤鶩)'[2] 두 구를 썼으니, 왕자안(王子安 왕발)이었다. 또 어떤 사람이 기선에게 매화를 읊어달라고 하였더니, 기선이 마침내 썼다.

옥 같은 바탕 곧게 뻗어 맑고 그윽한데   玉質亭亭淸且幽

그 사람이 갑자기 말했다.

"붉은 매화를 읊어주십시오."

그러자 기선이 즉시 이어서 썼다.

이 얼굴빛을 가지 끝에 붙였네   着些顔色點枝頭

---

2 낙하고목(落霞孤鶩): 왕발(王勃)의 「등왕각서(滕王閣序)」에 나오는 "지는 놀은 외로운 오리와 나란히 날고, 가을 물은 먼 하늘과 한 빛깔이네.(落霞與孤鶩齊飛, 秋水共長天一色.)"라는 구절을 말한다.

목동은 잠에서 깨어 몽롱한 눈으로　　　　　牧童睡起朦朧眼

복숭아나무 숲으로 잘못 알고 소를 풀어놓네　錯認桃林去放牛

또 계관화(鷄冠花 맨드라미)를 읊어달라고 하였더니, 기선이 마침내 썼다.

계관화는 본디 연지에 물들었는데　　　　　鷄冠本是臙脂染

그 사람이 말했다.

"흰 계관화를 읊어주십시오."

그러자 기선이 즉시 이어서 썼다.

연지를 씻어내니 눈으로 단장한 듯하네　　洗却臙脂似雪粧

그저 오경에 새벽을 알리고자　　　　　　只爲五更貪報曉

지금도 온 머리에 서리를 얹고 있네　　　至今猶帶一頭霜

문민공(文愍公) 하원길(夏原吉)이 화를 당한 뒤 세종(世宗)이 궁중에 있을 때 자고선이 내려왔는데, 문민이 시를 부쳤다.

태평성대 순임금을 만났는데　　　　　　交泰身逢舜

깊은 원한이 진나라에 화를 일으켰네　　沈冤禍起秦

평생 그저 나라 생각 뿐　　　　　　　平生只爲國

만 번 죽은들 제몸을 꾀하랴   萬死敢謀身

뼈를 요리의 무덤에 묻은 날3   骨附要離日

혼령은 봄날 두견새 따라가네   魂隨杜宇春

집이 있어도 돌아가지 못하고   有家歸未得

대궐 향하여 피눈물 흘리네   洒血控楓宸

성상이 읽고는 크게 깨달아 이튿날 특별히 그의 아내 소부인을 사
면하고 예장으로 돌려보냈다.

---

3 뼈를……날: 요리(要離)는 오(吳)나라의 자객이다. 후한(後漢)의 은사 양홍(梁鴻)이 병들어
  죽자, 벗 고백통(皐伯通)이 그를 요리의 무덤 옆에 장사지냈다. 여기서는 객지에 그대로 장사
  지냈다는 뜻이다.

76

윤회

나는 불교의 윤회설을 믿지 않으나 세상에 간혹 부처의 말과 같은 경우가 있다. 옛 기록으로 말하자면, 방관(房琯)은 전생에 지영 선사(智永禪師)였고, 장방평(張方平)은 전생에 낭야사(琅琊寺) 승려였고, 풍경(馮京)은 전생에 오대산(五臺山) 승려였고, 진서산(眞西山, 진덕수(眞德秀))은 전생에 초암화상(草庵和尙)이었고, 동파(東坡)는 전생에 계선사(戒禪師)였고, 왕십붕(王十朋)은 전생에 엄도리(嚴闍梨)였다. 심지어 승려가 아닌데도 전생을 깨달은 자도 몹시 많다. 책을 모두 믿으면 책이 없는 것이 나아서 그런 것인가.[1] 아니면 불가의 말에 총명한 선비는 대부분 승려에서 나왔다고 하는 말이 정말이라 그러한 것인가. 옛 기록을 전부 믿을 수는 없으나 근래 의성(義城) 남중유(南重維)의 일이 사람들에게 전하므로 기록한다.

남중유가 태어나기 전에 어떤 사람이 전라도에서 와서 말했다.

"제 아들이 아홉 살에 은행을 잘못 먹고 죽었는데, 어제 꿈에 그 아

---

1 책을……것인가: 『맹자』 「진심 하(盡心下)」의 "책의 내용을 전부 믿는다면 차라리 책이 없는 것이 낫다.〔盡信書, 則不如無書.〕"라는 말을 인용한 것이다.

이가 나타나 '저는 서울의 양반집에 환생했습니다.'라고 하며 그 집을 가리켰는데, 바로 남 진사 댁이었습니다. 그러므로 찾아왔습니다. 오늘이 환생하기로 약속한 날이므로 오늘에 맞추어 온 것입니다."

진사가 헛소리라고 여겨 쫓아냈으나 그 사람은 머뭇거리며 떠나지 않고 기다렸다. 그 집에서 과연 사내아이를 낳았으니 바로 남중유였다. 서너 살 때 은행을 보면 반드시 숨이 막혔고, 장성한 뒤로는 비록 숨이 막히지는 않았으나 보면 싫어하였다. 그러므로 그 집에서 은행을 숨기고 보이지 않았다. 때때로 희미하게 전생의 일을 기억하였으니, 양호(羊祜)가 나무 아래 구멍을 찾은 일[2]과 다르지 않다. 남 의성 역시 남에게 숨기지 않고 관직에 있을 때는 전생의 아비를 데리고 갔고, 그 사람 역시 그 집 옆을 떠나지 않고 생애를 마쳤다고 한다.

---

2 양호(羊祜)가……일: 진(晉)나라 양호가 다섯 살 때 이웃에 사는 이씨(李氏)의 집 담장 구멍에서 금고리를 찾아내어 가지고 놀았는데, 그것은 일찍 죽은 이씨 집안 아들이 가지고 놀던 것이었다. 당시 사람들은 양호가 이씨 집안 아들의 환생이라고 여겼다.

77

살인사건을 밝혀낸 이세재와 구봉서

이세재(李世載)는 용인(龍仁) 사람이다. 판서를 지내다가 경상 감사가 되어 위엄이 늠름하니, 휘하의 수령들이 모두 두려워하고 아전들은 더욱 벌벌 떨었다. 당시 사람들이 명감사라고 하였다. 비록 교활한 감영의 아전이라도 감히 속이지 못했다. 하루는 정당(政堂)에 앉아 옥사를 판결하는데, 영문에서 회오리바람이 불더니 마루 위로 들어와 멈추지 않았다. 나뭇잎 하나가 바람을 따라 날아다니다 책상 위에 떨어졌다. 감사가 괴이하여 나뭇잎을 주워 보니, 둥글고 두터우며 사면이 톱과 같아 과거에는 보지도 듣지도 못하던 잎이었다. 감영의 아전을 불러 물어보니, 감영의 아전들도 모두 몰랐다. 그 잎을 사령과 군뢰에게 주며 어느 나무의 잎인지 알아오게 하였으나 사령과 군뢰들도 모두 몰랐다. 문밖에서 행인이 지나가다 보고서 말했다.

"내가 어제 동화사(桐華寺)에서 묵고 새벽에 동구로 내려오는데, 이 잎과 같은 낙엽이 있었습니다. 이는 필시 동화사의 나무이겠지만 무슨 나무인지는 제가 모르겠습니다."

사령이 그 말을 감사에게 고하니, 감사가 즉시 명령을 내렸다.

"아무 날에 내가 직접 동화사에 갈 것이니, 그날 아전 수백 명이 호위하고, 사령과 군뢰는 모두 노끈 하나와 몽둥이 하나를 옷 속에 숨기고 있다가 내가 명령을 내리기를 기다려라. 일시에 거행하면 너희들은 죽음을 면할 것이다. 만약 부지런히 하지 않고 태만히 하면 내가 너희들을 모두 죽이겠다."

명령을 내리자 아전들이 모두 두려워하며 벌벌 떨었다. 사령과 군뢰는 명령을 들을 때 혼백이 몸에 붙어있지 않았다.

그날 감사가 쌍교(雙轎)를 타고 동화사로 가서 절의 누각에 앉았다. 동화사 승려들이 일시에 인사를 드리자 감사가 말했다.

"밖에 나간 사람은 없는가?"

승려들이 말했다.

"없습니다."

감사가 하인들에게 명하여 승려들을 한 사람도 빠뜨리지 않고 모두 포박하게 했다. 그리고 명령을 내렸다.

"승려들 중에 필시 죄를 지은 승려가 있을 것이다. 고하면 승려 하나만 벌을 받을 것이요, 고하지 않으면 승려들이 모두 벌을 받을 것이다. 여러 사람이 모두 죽느니 한 사람이 죽는 것이 낫다. 속히 죄인을 색출하여 고하라."

승려들이 명령을 듣자 모두 벌벌 떨어 얼굴에 사람의 기색이 없었다. 그중에 한 승려가 말했다.

"사또께서 이미 알고 계시니 어찌 감히 숨기겠습니까. 아무 달 아무 일에 소승이 마침 산을 내려가는데 어떤 여인이 절에 올라오고 있었습니다. 깊은 숲 은밀한 곳에서 만난 데다 사방에 사람 소리가 없기에 소승이 한참 동안 이야기하고 말로 유혹했더니, 여인이 속으로 성을 내며 대답하지 않았습니다. 소승이 억지로 가까이 하려 하니, 여인이 굳게 거부하며 끝내 말을 듣지 않아 피차간에 싸움이 벌어졌습니다. 소승의 생각에 칼로 위협하면 여인이 필시 두려워 말을 따를 것이라 여겼습니다. 그러므로 칼을 뽑았더니 여인이 더욱 심하게 거부하여 끝내 깊은 숲속에서 살해하고 나무 아래에 묻었습니다. 소승이 이미 죄를 지었으니 죄를 지은 사람은 죽어 마땅하지만 다른 승려들은 모두 죄가 없습니다."

감사가 소매에서 그 잎을 꺼내 나무 아래에서 맞추어보니, 과연 그 나뭇잎이었다. 매장한 곳을 파보니 얼굴이 살아 있는 것 같았다. 그리하여 그 승려를 때려죽이고 감영으로 돌아왔다. 여인의 원망하는 기운이 잎을 의지하여 앞에 떨어졌는데, 이세재가 알고서 이렇게 하였으니 남보다 훨씬 뛰어나다. 지금까지도 감영에서 기이한 이야기로 전한다.

국포(菊圃) 강박(姜樸)의 「총명쇄록(聰明瑣錄)」을 보니, 구봉서(具鳳瑞)가 전라 감사로 있을 적에 하루는 달밤에 산보하며 뜰의 오동나무에 기대었다가 우연히 '기이한 오동나무에 기대어 달구경하네.〔徙倚奇桐同翫月〕'라는 시구를 지었는데, 한참을 읊어도 외구(外句)를 짓지 못했다. 의(倚)와 기(奇)는 모두 연주(聯珠)이기 때문에 대우를 맞추기가 어려웠기 때문이다. 홀연 한 여인이 앞을 지나며 말했다.

"등불 켜고 누각에 올라 각기 시를 짓네.〔點燈登閣各成詩〕라는 대구는 어떻습니까?"

등(燈)과 등(登), 각(閣)과 각(各) 역시 연주이니 실로 딱 맞는 대우이다. 구봉서는 정신이 어지러워 침실에 들어갔는데 창밖에서 어떤 사람이 원통하다고 하소연했다.

"첩은 달밤에 대우를 지은 사람입니다. 본디 나주(羅州)의 사족이고 남편도 같은 고을의 선비입니다. 첩은 문자를 조금 알아 하루는 침상에서 남편에게 말했습니다.

'당신은「등불 켜고 누각에 올라 각기 시를 짓네.」라는 시구의 대우를 지을 수 있습니까?'

남편은 대우를 짓지 못해 첩에게 약속했습니다.

'절에 올라가 대우를 지어서 돌아오겠소.'

남편은 오랫동안 절에 있었는데, 함께 공부하는 사람이 신혼인데 오래 떨어져 있는 것이 이상하여 물었습니다. 그러므로 남편이 침상에서 약속한 일을 말하였습니다. 벽 너머의 광주(光州) 선비가 몰래 듣고는 밤이 깊기를 기다려 몰래 첩이 있는 곳으로 와서 여종을 불러 제게 말을 전했습니다.

'대우를 지어 왔소.'

잠시 후 방으로 들어와 촛불을 켜게 하더니 억지로 동침하려 하였습니다. 첩이 의심하여 거절하고 따르지 않았더니 첩을 찌르고 달아났습니다. 첩의 집에서는 밤에 사위가 왔다는 말을 듣고 아침에 첩이 죽은 것을 보고는 즉시 관에 고하여 첩의 남편을 가두게 하였습니다. 남편은 원통하게 죽게 되었고, 첩의 원수도 갚지 못했으므로 감히 아뢰는 것입니다."

구봉서가 말했다.

"어떻게 네 원수를 죽일 수 있겠느냐?"

"백일장을 열어 공이 달밤에 지은 시구의 대우를 짓게 하면, 첩이 지은 대우로 대답하는 자가 필시 그 사람일 것입니다."

구봉서가 그 말대로 광주와 나주의 선비들을 모아 상을 걸고 대우를 짓게 하였다. 과연 '등불'이라는 시구로 대우를 지은 자가 있어 자리에 불러 큰 상을 내린 뒤 끌어내려 엄하게 신문하였더니, 그 사람이 즉시 자백하여 처형당하고 남편은 죽지 않았다.

아, 원한을 품어 기운이 맺히면 혼백이 흩어지지 않아 종종 사람에게 감응하여 하소연한다. 고금에 이러한 부류로 패관잡기에 실려 있는 것이 한둘이 아니니, 이런 이치가 전혀 없다고 할 수 없다. 구봉서가 달밤에 시구를 얻은 것도 원통한 기운에 감응하여 그러한 것이다. 동화사의 여인은 나뭇잎으로 사람을 감동시켰고, 광주의 여인은 시로 사람을 감동시켰다. 감동시킨 방법은 다르지만 저 여인은 글을 모르기에 나뭇잎에 혼백을 의지하였고, 이 여인은 글을 알았으므로 시에 혼백을 의지한 것이다. 지극히 원통한 기운이 맺혀 흩어지지 않아 이처럼 기이한 일이 일어났으니 어찌 괴이하다고 하겠는가.

78

홍석무의 용맹

작고한 공주 목사(公州牧使) 홍석무(洪錫武) 공은 나의 외고조 하동 현감(河東縣監) 이현(李玹)의 장인이다. 용기와 힘이 남달리 뛰어났다. 어릴 적 산촌에 살았는데 하루는 혼자 자다가 밤이 깊도록 잠을 이루지 못하고 있었는데 갑자기 창밖에서 거센 바람소리가 났다. 창에 구멍을 뚫고 보니, 큰 범이 뜰에 앉아 있었다. 한참 동안 용기를 억누르다 스스로 가누지 못하고 모난 방망이를 들고 범을 때렸다. 범이 울부짖으니 공이 또 백 번 때려 마침내 죽였다. 공은 몰래 산속에 갖다놓았는데, 이튿날 마을 사람이 산에 올라갔다 죽은 범을 보고 괴이하게 여기며 말했다.

"사나운 짐승이 싸우다 죽었는데, 병이 있어 힘을 내지 못해 그런 것인가? 아니면 덫에 걸려 다쳐 성을 내어 왔다가 이 산에서 죽은 것인가? 그 이유를 모르겠다."

공이 말했다.

"저도 모르겠습니다. 다만 마을을 위해 해로운 것을 제거하였으니 실로 축하할 일입니다. 어찌 그 사나운 짐승의 죽음에 곡절이 있는지 자세히 따질 필요가 있겠습니까."

장성하여 효종이 북벌(北伐)을 위해 예의주시하는 때를 만났는데, 그의 용기와 힘을 알고 병조(兵曹)에 명하여 적당한 관직을 주게 하니, 공을 남행 선전관에 제수하였다. 이윽고 자리를 옮겨 공주 목사에 이르렀다. 공은 군사 업무에 마음을 다하여 당시 벼슬아치들 사이에서 칭찬을 받았다.

79

윤탁연이 보은단을 받다

선조(宣祖) 임진년(1592) 이전에 칠계군(漆溪君) 윤탁연(尹卓然)이 중국에 사신으로 가서 옥하관(玉河館)에 있을 때 역관 홍순언(洪純彦)이 은자(銀子)로 여인 한 명을 샀다. 여인은 자기가 강남 사람이며 부친이 북경에 벼슬하러 왔다가 그대로 북경에서 죽었는데, 고향으로 돌아가 장사지낼 길이 없어 몸을 팔아 고향으로 돌아가 장사지내려 했다고 말했다. 칠계군이 듣고서 은자를 주고 홍순언을 꾸짖어 돌려보내게 했다. 그 여인은 훗날 상서(尙書) 석숭(石崇)의 아내가 되었으나 칠계군은 몰랐다.

임진년 난리가 일어나자 칠계군은 원병을 청하는 사신으로 다시 북경으로 들어갔다. 그 여인은 칠계군이 왔다는 소식을 듣고 상서에게 부탁하여 원병을 보내 구해주게 하였다. 또 칠계군에게 만나자고 청하여 이전의 일을 말하고 보은단(報恩段) 한 필을 주었으니, 이것은 그녀가 손으로 직접 짠 것이었다. 그밖에 준 물건도 몹시 많았다고 한다. 칠계군은 임진년의 공로로 군(君)에 봉해지기까지 하였다. 상서 석숭이 조선의 일에 힘을 다한 것은 이 때문이었다.

나의 외조모 여씨(呂氏)는 선산 부사(善山府使) 여효증(呂孝曾)의 딸이다. 여효증은 칠계군의 손자이자 성주 판관(星州判官)인 윤계기(尹啓基)의 사위가 되었다. 그러므로 보은단으로 만든 옷 한 벌을 여효증의 부인에게 주었고, 부인은 또 나의 외증조모가 시집갈 때 주었다고 한다.

80
이현중의 문장

이현중(李顯中)은 자가 덕은(德隱)이다. 과거에 급제했을 때 만영(晚榮)으로 이름을 고쳤다. 나는 그와 함께 공부한 지 오래되어 그의 사람됨을 자세히 아니, 온화한 군자이다. 그의 집은 가난하여 때로 양식이 끊어졌으나 어버이를 섬기며 몸소 음식을 올리고 벗과 사귈 적에 마음에 간격을 두지 않았으며, 남이 감당하기 어려운 일을 편안한 마음으로 순순히 받아들였다. 뜻을 다잡고 힘써 공부하여 문장을 이루었으니, 비록 과거 문장을 짓더라도 장법과 구법이 남보다 훨씬 뛰어났으며, 스스로 생각을 내어 완연히 옛사람의 글과 같았다. 그러므로 당시 사람들이 숭상하는 문장과는 달라 자주 낙방하였다.

그가 과거에 급제할 당시 초시(初試)의 시관(試官)은 이현급(李顯汲)이었다. 이현급은 글을 알아보기로 세상에 유명하였다. 덕은이 과거 시험장에 들어가 날이 저물기 전에 책문 3편을 지었는데, 그중 세 번째 것이 장원이 되고, 첫 번째 것은 그 다음이 되고, 두 번째 것은 또 그 다음이 되었으니, 1등에 오른 세 사람의 글이 모두 한 사람의 손에서 나왔다. 그해 가을 회시를 볼 적에도 「억기로과부(憶耆老科賦)」로 팔도의 도장원(都壯元)이 되어 곧장 6품에 올라 전적이 되어 그의 이름이 비로소 세상에 회자되었으니, 앞길이 활짝 열렸다고 하겠다. 그러나 오래 살지 못해 관직이 도사에 그쳤으니 애석하다. 그 탁월한 문장으로 만약 저술을 하였다면 의심할 것 없이 후세에 전해졌겠지만 남은 것이 없으니 더욱 애석하다.

81

이세황이 술을 마신 뜻

대몽재(大夢齋, 이세황(李世璜))는 중년부터 술을 마셨는데, 마시기를 좋아해서가 아니라 술에 숨은 것이다. 대몽재는 4대에 걸친 문장가에서 태어나 젊어서 백의재상(白衣宰相)의 기대를 받았다. 또 평소 기개가 커서 속세에 골몰하는 사람이 아니었다. 경신환국 이후 공의 집안과 서인의 당시 재상 집안이 모두 원수가 되었으므로 공은 여섯 번 향시에 급제하고서도 네 차례 회시를 보지 못했으니, 시관이 상피(相避)하였기 때문이다. 아는 사람은 그가 술에 숨었다는 것을 알았고, 모르는 사람은 술에 빠졌다고 여겼으니, 슬픈 일이다. 공의 조카 참봉 이달중(李達中)이 장문의 편지를 올리고, 그 아우 참봉 이학중(李學中)이 술을 조심하라고 간언하는 편지를 올렸으니, 과음하여 몸을 상할까 염려해서였다. 그러나 공의 본뜻을 모르는 세상 사람들이 술을 좋아한다고 하였기 때문이다. 내가 젊은 시절 대몽재 공의 책상에서 두 공의 편지를 보았는데, 그 문장이 옛사람 못지않았다. 말을 풀어내는 것이 여유롭고 자세하여 완곡하게 간언하는 뜻을 잃지 않았으니, 참으로 얻기 어려운 문장이다.

82

이달중과 이학중의 문장

내가 예전에 이 참봉(李參奉, 이달중) 형제의 글을 논하여 이렇게 말했다.

"형님(이달중)은 온화하고 치밀하여 유향(劉向)과 비슷하고, 아우님
(이학중)은 깊이 생각하고 구절을 다듬어 반고(班固)와 비슷하니, 요
컨대 모두 세상에 드문 글이다."

83

조덕린의 문장

강좌공(江左公, 권만)이 예전에 말했다.

"옥천(玉川, 조덕린)의 문장은 영남에서 2백 년 동안 짝이 없었으니, 그 문예가 뛰어났기 때문이다. 옥천이 강원 도사(江原都事)가 되어 관찰사와 전결(田結)에 대해 논한 편지는 명나라 대가의 글보다 못하지 않다. 공은 시 짓기를 좋아하지 않아 시집이 몹시 적다."

84

이광정의 인물평

눌은(訥隱, 이광정)의 관직은 세마에 이르렀다. 당시 영남의 묘도문자는 모두 그의 손에서 나왔다. 공은 평원(平原) 사람으로, 공의 조부는 과거에 급제하여 도사를 지냈다. 내가 젊은 시절 좌도(左道)에 갔을 때 찾아뵌 적이 있는데, 눌은이 만나주며 조용히 말했다.

"나는 그대의 아버님과 나이가 같고 함께 하당(荷塘, 권두인)의 문하에서 배우면서 같이 산 지가 십여 년이다. 지금 비록 늙어 계속 만날 수는 없지만, 어린 시절의 우정을 어찌 하루라도 잊겠는가."

이어서 말했다.

"내가 요즘 선비들의 사람됨을 모두 아는데, 오직 서파(西坡) 오도일(吳道一), 농암(農巖) 김창협(金昌協), 영성(靈城) 박문수(朴文秀) 등 몇 사람만 인물과 풍채가 그대 아버님과 비슷하다. 다만 공허한 부분이 많고 실한 기운이 적으니, 만약 그대 아버님이 높은 자리에 올라 이 몇 사람처럼 권력을 잡는다면 마땅히 몇 사람 위에 있을 것이다."

공은 필시 아첨을 좋아하지 않을 것인데 이렇게 말하였다.

85

김창문의 시

야암(壄庵) 김창문(金昌文) 공은 신동(神童)으로 세상에 이름났으나 19세
에 죽었다. 공이 대곡사(大谷寺) 벽에 쓴 시는 다음과 같다.

요순의 공업은 갈수록 적막해지는데	唐虞勳業日蕭條
비바람 속의 천지는 꿈처럼 쓸쓸하네	風雨乾坤夢寐寥
봄이 온 푸른 산에 꽃과 새가 이야기하니	春到碧山花鳥語
태평성대의 남은 자취 완전히 사라지지 않았네	太平遺跡未全消

86

성석하의 시

나의 증조부(성석하(成錫夏))는 장수 황씨(長水黃氏)와 혼인하였는데, 처가는 상주(尙州) 중모면(中牟面) 안평리(安平里)에 있었다. 처음 장가들었을 때부터 우복(愚伏) 정 선생(鄭先生, 정경세)을 스승으로 섬기며 문하를 왕래하였고, 상주에 집을 정한 것도 스승에게 배우려는 생각이었으나 나이 29세에 요절하니 사람들이 모두 애석해 하였다. 공이 한 번은 정 선생을 따라 상주에 가다가 길에서 산골 처녀가 사람을 만나자 뒤돌아 선 모습을 보고서 장난삼아 절구 한 수를 지었다.

깨끗한 옷차림에 느릿느릿한 걸음	楚楚衣裳緩緩步
뒤돌아서니 짙푸른 머리 정돈하지 못했네	背人不整綠雲鬟
얼굴 가득 부끄러운 모습 금치 못하니	半面不禁羞澁態
눈썹 같은 초승달이 먼 산을 비추네	一眉新月映遠山

선생이 듣고 웃으며 말씀하셨다.

"미인이 무엇이 부끄럽겠는가. 선비가 부끄럽다."

그리고는 대단히 칭찬하였다고 한다. 증조부의 글과 시는 몹시 적으므로 여기 이 한 수를 기록한다.

87

손덕승의 시

내가 어릴 적 아버지와 경주(慶州)의 지평 손덕승(孫德升) 어른이 함께 가야산 해인사를 유람하고 시축(詩軸) 하나를 지었는데 지금 집에 있다. 선친께서는 지평의 시가 지금 사람보다 훨씬 뛰어나다고 하셨으며, 그중 칠언절구 한 수는 손곡(蓀谷. 이달)의 「무릉교(武陵橋)」[1] 시와 우열을 다툴 만하다며 칭찬해 마지않으며 때때로 읊조렸다. 내가 들었으므로 지금 기록한다. 시는 다음과 같다.

백발로 기이하게 정토를 유람하니	白首奇游寶界中
청산에 해는 지고 산들바람 부네	靑山斜日倚微風
무릉에 흐르는 물은 천추토록 맑으니	武陵流水千秋白
삼월이라 깊은 숲에 철쭉이 붉네	三月深林躑躅紅

손곡의 시는 다음과 같다.

---

1 무릉교(武陵橋) : 가야산 해인사 홍류동(紅流洞) 골짜기 입구에 있는 다리이다.

하늘에는 학 날고 옥대는 먼데　　　　　　中天笙鶴玉坮遙

천년 전 고운(최치원)의 일 적막하구나　　千載孤雲事寂寥

달 밝은 골짜기 입구에 물이 흐르니　　　　明月洞門流水在

어디가 무릉 다리인지 모르겠네　　　　　不知何處武陵橋

　지금 보면 두 시는 참으로 맞수이며 모두 당시(唐詩)의 여운이 있다.
그밖에도 시축(詩軸)에 좋은 시가 많으나 지금 다 베껴 쓰지 않는다.

88

대구 백일장

대구의 백일장에는 비록 오래된 규례가 있으나 관찰사의 풍류와 아취를 볼 수 있다. 경오년(1690), 석전(石田) 이 참판(이담명(李聃命))이 경상도 관찰사로 있으면서 연귀정(延龜亭)에서 백일장을 시행했다. 당시 이식길(李植吉)이 부(賦)로 장원을 차지하였는데, 시제(試題)는 「금성읍류(金城泣柳)」[1]였다. 그 회제(回題) 위의 두 구절에 동그라미를 그렸는데, 그 구절은 다음과 같다.

북돋아 기르던 옛날	伊栽培之昔年
사물은 무성해지고 사람은 장성했네	物旣茂而人壯
오늘날에도 볼 수 있으니	亦旣覩於今日
아, 너는 늙고 나도 쇠했구나	嗟爾老而吾衰

상을 내릴 적에 선화당(宣化堂)에서 큰 잔치를 벌였다. 관찰사는 연

---

1 금성읍류(金城泣柳) : 진(晉)나라 환온(桓溫)이 젊어서 금성에 버들을 심었는데, 나이가 들어 그곳을 지나다가 버들이 크게 자란 모습을 보고 세월의 흐름을 상심하며 눈물을 흘렸다는 고사이다. 『진서(晉書)』 「환온열전(桓溫列傳)」에 보인다.

귀정에서 남여(藍輿)를 타고 선화당으로 내려왔다. 장원에게도 따라오라고 하였는데, 그 의장 또한 관찰사와 같았다. 잔치를 마친 뒤 종이, 붓, 먹, 벼루를 주고, 또 쌀 30섬을 주었다. 예로부터 이때처럼 상을 많이 준 적이 없었다.

그 뒤 민창도(閔昌道) 공이 관찰사가 되어 백일장을 시행하였는데, 합천(陜川) 사람 문동도(文東道)가 「전채화시(剪綵花詩)」로 장원이 되었다. 비단 후하게 상을 내렸을 뿐만 아니라 조정에 천거하였으니, 문동도가 부솔(副率)이 된 것은 이 때문이 아니라고는 할 수 없다. 그의 시는 대구의 악부(樂府)에 들어갔다.

그 뒤 조태억(趙泰億)이 관찰사가 되어 낙육재(樂育齋)를 짓고, 돈과 곡식을 많이 주어 선비를 대접하는 장소로 삼았다. 이어서 낙성연(落成宴)을 열고 그날 선비들을 시험하였는데 배윤영(裵胤穎)이 장원이 되었다. 상으로 준 종이, 붓, 먹이 거의 한 바리였다. 사서(四書)도 함께 주어 여러 선비들이 의욕을 가졌고, 고을의 미담이 되었다. 그 뒤로는 들리는 이야기가 없어 조용하다. 근래 김상성(金尙星)이 관찰사가 되어 두 차례 백일장을 열었는데, 금산(金山)의 정경복(鄭庚福)과 영천(永川)의 서필복(徐必福)이 장원하였다. 그러나 그 글과 상은 단지 옛사람을 흉내 내었을 뿐이었다. 나머지 감사는 거론할 것도 없다.

필원산어

하편 1

1

말조심

|

명(明)나라 이태서(利泰西 마테오 리치)가 말했다.

"조물주가 사람을 만들 적에 귀는 두 개, 손은 두 개로 만들었으나 혀는 하나만 만들었으니, 아마도 많이 듣고 많이 행동하되 말은 적게 하라는 것이다. 게다가 혀는 입 속 깊은 곳에 두었고, 치아는 내성(內城)과 같고 입술은 외성(外城)과 같으며 수염은 뇌목(檑木)[1] 같아 세 겹으로 둘러쌌으니, 참으로 몹시 주의하여 말을 조심하게 한 것이다."

지금 사람은 입을 함부로 놀려 싸움을 일으키기 좋아하니, 도대체 무슨 마음인가. 조물주의 뜻을 생각하여 망발하지 말아야 한다.

___

1 뇌목(檑木): 성을 지킬 때 위에서 굴러 떨어뜨리는 통나무이다.

2
여수

|

바다에는 괴물이 많다. 여수(女樹)라는 것이 있어 동이 트면 어린아이를 낳는데, 해가 뜨면 걸어 다니고 아침 먹을 때는 소년이 된다. 해가 중천에 뜨면 장년이 되고, 저물녘에는 노년이 되고, 해가 지면 죽는다. 다음날도 그렇게 된다. 이것은 석가모니의 사문유상(四門遊賞)[1]과 같다. 사람이 세상을 사는 것도 이와 무엇이 다르겠는가.

---

1 사문유상(四門遊賞): 석가모니가 왕성(王城)의 동서남북 문을 나가서 노인, 병자, 망자, 도인을 만나 출가를 결심했다는 이야기다.

3

주령

주령(酒令)의 법은 중국 사람들이 매우 중시하는데, 우리나라 사람은 주령이 무엇인지 모른다. 지금 그 법을 기록한다. 명(明)나라 때 좨주(祭酒) 진순(陳詢)이 왕진(王振)을 거슬러 안륙주(安陸州)로 유배가게 되었다. 동료들이 전송하면서 어떤 이가 주령을 하자고 제안하였다. 각기 두 글자를 나누고 합치되 운(韻)을 맞추고 시서(詩書)에 나오는 두 구절로 끝맺기로 하였다. 학사 진순이 말했다.

"굉(轟)자는 차(車)가 셋이고, 여(余)자와 두(斗)자는 사(斜)를 이룬다. 수레, 수레, 수레가 멀리 싸늘한 산의 자갈길을 비스듬히 올라가네."[1]

학사 고곡(高穀)이 말했다.

"품(品)자는 구(口)가 셋이고, 수(水)자와 유(酉)자는 주(酒)를 이룬다. 입, 입, 입이 그대에게 다시 술 한 잔 권하네."[2]

진순이 말했다.

---

1 멀리……올라가네: 당(唐)나라 두목(杜牧)의 「산행(山行)」에 나오는 "멀리 싸늘한 산의 자갈길을 비스듬히 올라가니, 흰 구름 깊은 곳에 인가가 있네.〔遠上寒山石逕斜, 白雲深處有人家.〕"라는 구절을 인용한 것이다.

"촉(矗)자는 직(直)이 셋이고, 흑(黑)자와 출(出)자는 출(黜)을 이룬다. 곧고 곧고 곧으니 어디를 간들 세 번 쫓겨나지 않으랴."3

학사 진순은 성품이 강직하기가 생강이나 육계와 같았다.4 그러므로 태사 요도남(廖道南)이 "변치 않는 덕을 지키고 험난한 길에서도 기울지 않았다."라고 찬미하였다.

2 그대에게……권하네: 당나라 왕유(王維)의 「송원이사안서(送元二使安西)」에 나오는 "그대에게 다시 술 한 잔 권하니, 서쪽으로 양관을 나가면 친구도 없으리라.[勸君更進一盃酒, 西出陽關無故人.]"라는 구절을 인용한 것이다.
3 어디를……않으랴: 『논어』「미자(微子)」의 "바른 도로 사람을 섬기면 어디를 간들 세 번 쫓겨나지 않겠는가.[直道而事人, 焉往而不三黜.]"라는 구절을 인용한 것이다.
4 생강이나 육계와 같았다: 생강과 육계는 맛이 매우므로 강직한 사람을 비유한다.

4

짐승의 말을 이해한 백귀년

옛날 개갈로(介葛盧)는 새와 짐승의 말을 이해하였으니, 『춘추좌씨전』
에 실려 있다.[1] 명(明)나라 때 백귀년(白龜年)은 선동(仙洞)에 들어갔다
가 도술책 하나를 얻고서 모든 새와 짐승의 말을 이해하게 되었다. 하
루는 노주(潞州)를 지나가는데 그가 새와 짐승의 말을 한다는 사실을
안 태수가 맞이하여 자리에 앉혔다. 마침 아전이 양 30마리를 몰고 마
당을 지나갔다. 그중에 한 마리 양이 채찍질을 해도 가려 하지 않고 슬
피 울었다. 태수가 말했다.

"양이 무슨 이야기를 합니까?"

백귀년이 말했다.

"뱃속에 새끼양이 있고 곧 낳을 것이니 낳은 다음에 기꺼이 죽으러
가겠다고 합니다."

태수가 양을 남겨두게 하고 확인해 보니, 과연 새끼양 두 마리를 낳
았다.

---

1 옛날……있다: 개갈로는 춘추 시대 개(介)나라 임금이다. 그가 소의 말을 이해하였다는 이야
기가 『춘추좌씨전』 희공(僖公) 29년에 실려 있다.

5

욕심 없는 이사형

사람은 누구나 욕심이 있지만, 욕심에 휘둘리면 반드시 해를 입는다. 송(宋)나라 때 이사형(李士衡)이 관직(館職)을 맡아 고려에 사신으로 왔는데, 어떤 무인(武人)이 부사(副使)가 되었다. 고려에서 여러 가지 선물을 주었으나 이사형은 모두 관심이 없어 일체 부사에게 맡겼다. 당시 배 밑창에 물이 샜는데, 부사는 이사형이 받은 선물을 배 밑창에 깐 다음에 자기 물건을 채워서 젖지 않게 했다.

그런데 바다 한가운데 이르자 태풍을 만나 배가 뒤집히려 했다. 뱃사람들은 몹시 두려워하며 배에 실은 물건을 모두 버렸다. 그렇게 하지 않으면 배가 무거워 필시 살아남지 못할 것이기 때문이었다. 부사도 당황하여 배 안의 물건을 모두 바다에 던졌는데, 고를 틈이 없었다. 반쯤 던지자 바람이 그치고 배가 안정되었다. 얼마 후 점검해보니, 던진 물건은 모두 부사의 것이었고 이사형이 받은 것은 배 밑창에 있었기에 하나도 잃지 않았다. 속담에 이른바 '욕심이 많으면 음식도 끊긴다.'라는 것이 이를 두고 한 말이다.

6

이동양의 생애

내가 여가에 서애(西厓) 이동양(李東陽)의 악부(樂府)를 보았는데 그 글이 차가운 비수가 사람 옷 속으로 들어오는 것 같아 서늘하게 정신이 번쩍 들게 하니, 참으로 세상을 놀라게 하는 말이다. 그렇지만 문장으로 사람을 평가하면 이동양을 잘못 평가하게 된다. 어째서인가.

무종(武宗) 때 역적 유근(劉瑾)이 권세를 농단하여 유대하(劉大夏)와 사천(謝遷) 두 공이 같은 날 도성을 떠났다. 그러나 이동양은 묵묵히 있으면서 용납을 받았으니, 어떤 선비는 그가 없는 틈을 타고 시를 지었고【시는 다음과 같다.

재주 있다는 명성 태산북두와 같은데	才名直與斗山齊
중서성에서 밥 먹으니 해가 또 지네	伴食中書日又西
상강을 돌아보니 봄 풀 푸르른데	回首湘江春草綠
자고새 울음 그치니 두견새 우네	鷓鴣啼罷子規啼
자고새는 떠날 수 없다고 울고	鷓鴣啼曰行不得
두견새는 돌아가는 게 낫다고 우네	子規啼曰不如歸】

어떤 화가는 추악한 노파를 그렸다.【어떤 화가가 추악한 노파가 소를 타고 피리 부는 그림을 그리고 그 위에 "이것이 서애 정승의 업적이다."라고 써서 조롱했다.】이

런 일들이 분분히 일어났는데도 자기는 태평성대라 여기며 단점을 감추었다. 여기서 문장으로 천하의 선비를 평가할 수 없으며, 천하의 선비 역시 명성만 가지고 선택할 수는 없다는 사실을 분명히 알 수 있다.

이동양의 젊은 시절 명성이 어떠하였으며, 그 문장은 또 어떠하였는가. 그가 등용되어 조정에 나왔을 때는 국가가 그를 믿고 안정되었으며, 천하가 그에게 의지하여 편안해졌다. 야박하던 풍속을 다시 순박하게 만들고, 무너진 기강을 다시 다스리는 일이 모두 그에게 달려 있었다. 그러나 그가 성취한 일을 보자면 논의와 풍도는 끝내 일컬을 만한 것이 없고, 공명과 사업은 끝내 기록할 만한 것이 없다. 그가 시종일관 한 일이라곤 반식재상(伴食宰相)[1]에 불과하니, 나는 그의 글을 읽고 그 사람됨을 애석해했다.

당시 유대하 공이 유근을 탄핵하자 이동양이 몰래 유근을 달랬다.

"유대하 공이 벌을 받는다면 공은 필시 사람들의 비난을 면하지 못할 것입니다."

그러자 유근이 말했다.

"그가 내게 와서 무릎을 꿇는다면 용서해주겠소."

유대하 공이 전해 듣고 화를 내며 말했다.

"대신이 종놈을 만나겠는가. 죽는 것이 내 본분이다."

유근은 평소 이동양을 중시했으므로 유대하의 죄를 용서했으나 곧 유배하는 명을 내렸다. 유대하는 아이종 하나에게 짐을 메게 하고 수천 리 길을 떠났다. 유근이 주살되자 관직이 회복되었으나 조정에 나

---

1 반식재상(伴食宰相): 함께 밥만 먹는 재상이라는 말로, 높은 자리에 있으면서 하는 일 없이 놀고 먹는다는 뜻이다.

아가지 않고, 동산(東山)의 초가집에 은거하여 베옷을 입고 채소를 먹으며 몸소 농사지어 먹고 살다 죽었다.

아, 가장 알기 어려운 것이 사람의 진실과 거짓이다. 큰 화복을 경험하여 손과 발이 드러나면, 사대부의 행위는 천만 가지로 사람마다 각기 다르다. 평소 도덕과 의리를 말하고 명예와 지조가 있다고 자신하는 사람이 도리어 연약하고 두려운 마음에 숨소리도 내지 못하는 경우가 있고, 평범하다고 지목되던 사람이 굳게 뜻을 지키며 서서 세상에 드러나는 경우도 있다. 여기서 명성이 없는 자가 반드시 실속이 없는 것도 아니고, 명성이 있는 자가 반드시 실속이 있는 것도 아니라는 사실을 알 수 있다. 두 사람의 일을 보면 하나는 경계삼고 하나는 거울삼아야 한다.

7

백성의 노래로 시대를 읽다

근래 서울 사대부 집안 부녀자의 상투 모양이 몹시 크다. 비단 상투가 높을 뿐만 아니라 윗도리는 지극히 작고, 치마 주름은 손바닥만큼 커서 보면 펄럭인다. 그 제도는 각 고을의 기녀에게서 나온 것인데 사대부 집안에서 본받으니, 옛날에 이른바 '도성에서 높은 상투를 좋아하니, 사방의 상투가 한 자나 높아졌다.'[1]라고 한 말이 이것이다. 식자들은 불길하다고 걱정한다. 또 서울의 아이들이 노래하기를,

역적은 원금을 남겨두고 이자만 받네 　　　　　　逆賊存本取利

라고 하였는데, 과연 그 노래대로 역적의 변란이 없는 해가 없어 사대부 집안의 부녀자로 관비(官婢)가 된 사람이 끊이지 않고 이어진다. 이것은 시대의 운수와 관계되어 이와 같은 것인가.

옛적 융안(隆安, 397~401) 연간에 백성이 갑자기 「오농가(懊憹歌)」를 불렀는데, 그 노래는 다음과 같다.

---

1 도성에서……높아졌다: 후한(後漢) 때 장안(長安)에 사치 풍조가 유행하여 도성 여인들이 상투를 높이자 사방에서 본받았기에 이런 말이 유행했다.

| 풀이 나면 따서 엮을 만하고 | 草生可攬結 |
| 여자는 데려다 차지할 만하네 | 女兒可攬擷 |

얼마 후 환현(桓玄)이 제위를 찬탈했다. 의병이 3월 2일 수도를 소
탕했는데, 환현의 궁녀와 역적 집안의 자녀와 기생, 첩을 모두 군사에
게 상으로 주었다. 동쪽으로 구월(歐越) 지방, 북쪽으로 회사(淮泗) 지
방까지 사람들이 모두 얻었으므로 시기는 풀을 엮을 만한 때였고, 사
업은 여자를 차지할 만하다고 한 것이다.【「오농가」는 본디 석숭(石崇)의 첩 녹
주(綠珠)가 지은 것이다. 그 가사는 다음과 같다.

옷감 거칠어 바느질 어려워	絲布澀難縫
지금 내 열 손가락 닳았네	今儂十指穿
황소가 끄는 수레 타고서	黃牛細犢車
내일 맹진에 놀러간다네	遊戲出孟津

농(儂)은 뇌(惱)라고도 한다. 또 악부(樂府) 「오농가」는 다음과 같다.

불쌍한 오구새	可憐烏臼鳥
억지로 날이 밝았다 하네	强言知天曙
이유 없이 삼경에 우니	無故三更啼
즐거운 사람 어둠 속에 떠나네	歡子冒闇去】

8

시인의 자부심

시인이 시구로 이기려 하는 것은 버릇이다. 당(唐)나라 개원(開元,
713~741) 연간 왕창령(王昌齡), 고적(高適), 왕지환(王之渙)이 나란히 유
명했다. 날씨가 춥고 싸락눈이 내리는 날, 함께 기정(旗亭)에 가서 조
촐한 술자리를 열었다. 그런데 이원(梨園)의 연극배우 수십 명이 모여
서 잔치를 여는데, 명부(名部)의 기녀 네댓 명이 뒤이어 와서 노래를
불렀다. 왕창령 등이 자기들끼리 약속했다.

"우리는 늘 우열을 정하지 못하니, 지금 노래하는 사람들의 시가(詩
歌)를 몰래 보고, 자기가 지은 가사가 많은 사람이 뛰어나다고 여긴
다면 우리 시명(詩名)의 우열을 정할 수 있을 것이다."

잠시 후 한 배우가 박자를 맞추며 '찬 비는 강에 이어지고〔寒雨連江〕'[1]
라는 구절을 불렀다. 왕창령이 손을 들어 벽에 금을 긋고 말했다.

"절구 한 수."

얼마 후 또 한 배우가 '상자를 여니 눈물이 쏟아지네〔開篋淚沾臆〕'[2]

---

1 찬⋯⋯이어지고: 왕창령의 시 「부용루에서 신점을 전송하며〔芙蓉樓送辛漸〕」에 나오는 구절
이다.

라는 구절을 불렀다. 고적이 손을 들어 벽에 금을 긋고 말했다.

"절구 한 수."

또 한 배우가 '새벽에 빗자루 들고〔奉箒平明〕'3라는 구절을 불렀다. 왕창령이 벽에 금을 긋고 말했다.

"절구 두 수."

왕지환은 자기 명성이 떨어지지 않았다고 여겨 두 사람에게 말했다.

"이 사람들은 모두 하리(下里)4처럼 속된 노래를 좋아하네. 양춘곡 (陽春曲)과 백설곡(白雪曲)5을 속물이 어찌 알겠는가."

그리고는 가장 아리따운 기생을 가리키며 말했다.

"저 사람이 노래 부르기를 기다리세. 내 시가 아니면 죽을 때까지 감히 겨루려 하지 않겠네."

금세 차례가 오자 기생이 조용히 노래를 불렀는데, '황하는 멀리 흰 구름 사이로 오르네.〔黃河遠上白雲間〕'6라는 구절이었다. 왕지환이 박수를 치며 큰 소리로 웃었다.

"종놈들아! 내가 어찌 헛소리를 하겠느냐."

그러자 모두 함께 큰 소리로 웃었다. 배우들이 놀라고 괴이하게 여

---

2 상자를……쏟아지네: 고적의 시 「단보 양 구소부를 곡하며〔哭單父梁九少府〕」에 나오는 구절이다.

3 새벽에 빗자루 들고: 왕창령의 시 「장신추사(長信秋詞)」에 나오는 구절이다.

4 하리(下里): 초(楚)나라 민간에서 유행하던 세속적인 음악이다.

5 양춘곡(陽春曲)과 백설곡(白雪曲): 초나라의 고상한 노래로, 부를 수 있는 사람이 드물었다고 한다.

6 황하는……오르네: 왕지환의 시 「양주사(涼州詞)」에 나오는 구절이다.

겨 일어나 물으니, 왕창령 등이 그 이유를 이야기했다. 배우들이 놀라 다투어 절하며 잔치 자리로 와 달라고 청했다. 세 사람이 따라가서 하루 종일 실컷 마셨다.

9

방불형용격

시에는 방불형용격(彷彿形容格)이 있다. 이의산(李義山)의 「비〔雨〕」에,

뚝뚝 외밭을 지나	摵摵度瓜園
물가 집 옆에 이어지네	依依傍水軒

비를 말하지 않았으나 저절로 비라는 것을 알 수 있다. 또,

벌레 새긴 일[1] 기억 못하고	雕虫蒙記憶
잉어 삶아[2] 병 앓는다 말하네	烹鯉說沈綿

부(賦)를 짓는다고 말하지 않고 벌레를 새긴다고 말했으며, 편지를
부친다고 말하지 않고 잉어를 삶는다고 말했으며, 병을 말하지 않고
앓는다고 말했다. 또,

---

1 벌레 새긴 일: 시문을 공교롭게 꾸미는 것을 비유한다.
2 잉어 삶아: 잉어 뱃속에서 편지가 나왔다는 고사를 인용한 것으로, 편지를 말한다.

초주(椒酒)로 축수하며3 시를 보태고 　　　　　　　　頌椒添諷咏

불을 금지하며 기쁜 일 점치네 　　　　　　　　　　禁火卜歡娛

　세시(歲時)를 말하지 않고 단지 초주로 축수한다 말했고, 한식을 말하지 않고 불을 금지한다 말했으니, 역시 공교로운 문장이다. 여씨(呂氏. 여조겸)의 『동몽훈(童蒙訓)』에 나온다.

---

3 초주(椒酒)로 축수하며: 새해 아침에 차례를 지내고 어른의 장수를 빌며 초주를 올리는 풍습을 말한다.

10

가도와 맹교의 시

장문잠(張文潛)이 말했다.

"당나라 시인은 곤궁한 사람이 많았는데, 가도(賈島)는 더욱 심했다. 맹교(孟郊)의 시에,

논 갈아 벼 심고	種稻耕白水
청산 베어 땔감 지네	負薪斫靑山

하였고, 가도는,

시장에 땔감이 산처럼 쌓였지만	市中有樵山
여관은 추워서 연기 나지 않네	客舍寒無烟
우물 밑에 단 샘물 있지만	井底有甘泉
솥 안이 늘 말라 걱정이네	釜中嘗苦乾

하였다. 맹교는 땔감과 쌀이 충분했지만 가도는 모두 없었다. 그러므로 '맹교는 춥고 가도는 수척하다.〔郊寒島瘦〕'라고 하는 것이다."

11

시 때문에 곤궁해진 사람

맹호연(孟浩然)이 학사 왕유(王維)를 따라 대궐의 정원에 들어갔는데,
현종(玄宗)이 나왔다. 왕유는 숨기지 못하고 말했다.

"이 사람이 시인 맹호연입니다."

현종이 시를 읊어보라 하니, 맹호연이 예전에 지은 시를 읊었다.

대궐에서 성군에게 하직하고	北闕辭聖主
남산의 집으로 돌아왔네	南山歸癈廬
재주 없어 밝은 임금에게 버림받고	不才明主棄
병이 많아 친구와 소원해졌네	多病故人踈

현종이 듣고 말했다.

"경이 짐을 버렸지, 짐이 언제 경을 버렸는가."

그리고는 다시 부르지 않았다.

맹관(孟貫)의 시에,

둥지 있는 나무는 베지 않고	不伐有巢樹

후주(後周)의 세종(世宗)이 듣고서 말했다.

"짐은 반란을 진압하여 백성을 구했는데, 어찌 둥지가 있다느니 주인이 없다느니 하는가."

두 사람은 시 때문에 곤궁해졌으니, 목소리를 내는 대로 기휘(忌諱)를 저촉했다고 하겠다.

12

설령지와 현종의 시

설령지(薛令之)가 태자 서자(太子庶子)로 좌천되자 시를 지어 슬퍼했다.

아침저녁 끼니도 없으니	無所謀朝夕
어떻게 추운 겨울 견딜까	何由保歲寒

현종(玄宗)이 보고서 붓을 찾아 그 옆에 썼다.

추위 견디는 소나무 계수나무 싫다면	若嫌松桂寒
따뜻한 뽕나무 느릅나무 따라가라	任逐桑楡晩

이로 인해 병을 핑계로 사직하고 돌아갔다.

13

상장의 생애

내가 범엽(范曄)이 지은 『한서(漢書)』 「상장전(尙長傳)」을 읽고 개탄하며 그 사람을 떠올리며 날마다 책 속에서 대하며 어진 이가 되기를 바란다.

상장의 자는 자평(子平)이며 하내(河內) 조가(朝歌) 사람이다. 은거하여 벼슬하지 않았다. 성품이 중용과 조화를 추구했고, 『주역』을 좋아하여 통달했다. 가난하여 먹고 살 길이 없었는데, 호사가가 먹을 것을 주면 필요한 만큼만 받고 나머지는 돌려주었다. 왕망(王莽) 때 대사공(大司空) 왕읍(王邑)이 불렀는데, 여러 해가 지나서야 왔기에 왕망에게 천거하려 했더니 고사하여 그만두었다. 덕을 숨기고 집에 은거하여 『주역』을 읽다가 손괘(損卦)와 익괘(益卦)에 이르러 탄식하며,

"나는 부유함이 가난함만 못하고 귀함이 천함만 못하다는 것을 이미 알고 있다. 다만 죽음이 삶에 비해 어떠한지 모를 뿐이다."

건무(建武. 25~56) 연간에 아들딸을 모두 시집 장가보내자 집안일을 단절하고 상관하지 않으며, "내가 죽었다고 생각해라."라고 했다. 마침내 제뜻 대로 친구 북해(北海) 금경(禽慶)【금경의 자는 자하(子夏)이다.】과 함께 오악(五嶽)과 명산을 유람했는데, 어떻게 죽었는지 알 수 없다.【상

평은 한나라 때의 고상한 선비다. 왕읍이 불렀는데 벼슬하지 않고 왕망의 조정에 천거 받지

않았다. 왕망의 신(新)나라를 찬미한 양웅(揚雄)이나 왕망에게 국사공(國師公) 벼슬을

받은 유흠(劉歆)에 비하면 어떠한가? 내가 그러므로 드러내어 기록한다.】

14
주자의 호승심

주자(朱子)와 육상산(陸象山)은 같지 않으니, 일부러 같지 않으려는 의도가 있었던 것은 아니다. 한쪽은 선비고 한쪽은 승려이며, 한쪽은 바르고 한쪽은 그르며, 한쪽은 공평하고 한쪽은 사사롭다. 이와 같은데 어찌 같겠는가. 육상산의 문인이 이렇게 기록했다.

"어떤 학자가 회암(晦庵. 주자)의 처소에서 왔는데, 절하고 꿇어앉아 하는 말이 꽤나 괴이했다. 날마다 와서 반드시 이야기를 하는데, 며칠이 지나 할 말이 없어지자 가르침을 청했다. 육상산이 대답했다.

'나는 자세히 이야기할 겨를이 없네. 하지만 남에게 말해 줄 한 가지 법도가 있네. 요즘 세상 사람은 얕게는 성색취미(聲色臭味)[1]를 추구하고, 나아가면 부귀영달을 추구하며; 또 나아가면 문장과 기예를 추구한다. 또 어떤 사람은 전혀 이해하지 못하면서 학문을 말하니, 나는 그것을 한 마디로 호승심(好勝心)이라고 한다.'

그 사람은 묵묵히 있다가 말과 행동이 보통처럼 돌아왔다."

호승심은 회암을 비난한 말이다.

---

1 성색취미(聲色臭味): 소리, 빛깔, 냄새, 맛으로 인간의 감각으로 느끼는 것을 말한다.

15

육구연이 문인에게 모욕을 당하다

사희맹(謝希孟)은 육상산(陸象山)의 문인이다. 젊은 시절 호탕하여 육씨 기생과 친했다. 상산이 꾸짖으면 사희맹은 그저 공경히 사죄할 뿐이었다. 어느 날 또 기생을 위해 원앙루(鴛鴦樓)를 지어주자 상산이 또 꾸짖었다. 사희맹이 사죄하며 말했다.

"누각만 지은 것이 아니라 기문도 지을 것입니다."

상산은 그의 글을 좋아했기에 자기도 모르게 물었다.

"누각 기문에 무어라 할 것인가?"

사희맹이 즉시 첫 구를 읊었다.

"육손(陸遜), 육항(陸抗), 육기(陸機), 육운(陸雲)이 죽은 뒤로 천지의 신령한 기운이 남자에게는 모이지 않고 부인에게 모였다."

상산은 묵묵히 그가 자신을 모욕한다는 것을 알았다.

---

1 육손(陸遜)⋯⋯모였다: 육손과 육항은 부자간으로 모두 삼국시대 오나라의 장수이며, 육기와 육운은 형제간으로 진(晉)나라의 문인이다. 사희맹은 유명한 육씨들을 거론하며 더 이상 육씨 남자 중에는 이러한 인물들이 나오지 않는다며 육상산을 모욕한 것이다.

16

왕세정의 시론

명나라 주지번(朱之蕃)이 엄주(弇州) 왕세정(王世貞)에게 학문과 문장을 물으니 이렇게 말했다.

"우리들은 젊은 시절 아무것도 모르고 신기한 육상산(陸象山)을 좋아했는데, 이제 늙어서 보니 고정(考亭, 주자)의 네 글자 가르침이 으뜸가는 의리다. 문장은 선진(先秦)과 서한(西漢)의 산문, 한위(漢魏)의 고시, 성당(盛唐)의 근체시를 반복해 읽지 않을 수 없지만, 소장공(蘇長公, 소식)의 시문은 절실하고 배우기 쉽다. 나도 백거이(白居易)와 소식의 시를 법으로 삼는다."

17
시서 짓는 법

시서(詩序)를 짓는 법은 다른 글과 다르니, 백거이(白居易)의 문집을 보면 알 수 있다.

18

소식의 판결문

소장공(蘇長公, 소식)이 항주 통판(杭州通判)으로 있을 때, 신임 태수가 곧 오게 되었는데, 고을 기생이 문서를 올려 양민으로 올려달라고 요청했다. 동파가 판결했다.

"오일경조(五日京兆)[1]가 판결을 내리기는 어렵지 않으니, 구미호는 편의대로 양민으로 올리라."

또 주씨(周氏) 기생은 기예와 자색이 출중하여 온 고을의 으뜸이었는데, 역시 문서를 올려 기생 명부에서 빼달라고 했다. 동파가 아깝게 여겨 허락하지 않으며 판결했다.

"주남(周南)의 교화[2]를 사모하니 그 뜻은 참으로 가상하지만, 기북(冀北)의 말떼[3]가 없어지니 요청은 허락하지 않는다."

---

1 오일경조(五日京兆): 오래지 않아 해임될 관원이라는 뜻이다. 한(漢)나라 장창(張敞)이 경조 윤(京兆尹)에 임명되었는데, 그가 탄핵을 받자 사람들이 닷새 밖에 자리에 있지 못할 것이라 여겨 '오일경조'라고 불렀다.

2 주남(周南)의 교화: 주남은 『시경』의 편명으로, 부인의 덕을 갖춘 주 문왕(周文王)의 후비(后妃)를 찬미한 노래이다.

3 기북(冀北)의 말떼: 기북은 명마가 많이 나오는 곳이다. 말을 잘 보는 백락(伯樂)이 기북을 지나가자 말떼가 없어졌다는 말이 한유(韓愈)의 「송온조처사서(送溫造處士序)」에 나온다.

그는 이처럼 민첩하고 농담을 잘 했다.

설날 시

옛사람의 설날 시가 몹시 많은데, 오직

한 줄기 봄기운이 조화를 돌이키니	一脈春陽回造化
만방의 백성과 사물이 힘입어 생성하네	萬方民物賴生成

라는 구절에 사물과 내가 봄을 함께하는 뜻이 있다.

고 촉주(高蜀州 고적(高適))의 「설날[元日]」 절구시는 고금의 절창인데, 우리나라 설봉(雪峰) 강백년(姜栢年)이 차운했다. 시의 품격은 높지 않으나 흥취가 가득하니, 참으로 수세(守歲)[1]의 시다. 설봉의 시는 이렇다.

술 떨어지고 등불 꺼져도 잠들지 못하고	酒盡燈殘也不眠
새벽 종 울린 뒤로 점점 정신이 또렷해지네	曉鍾鳴後轉依然
내년에 이 밤이 없어서가 아니라	非關來歲無今夜
가는 해를 아쉬워하는 사람 마음 때문이네	自是人情惜去年

---

1 수세(守歲): 섣달 그믐날 밤을 새는 풍습을 말한다.

20

수도는 아름다우면 안 된다

송나라 사람의 소설에 다음과 같은 이야기가 있다.

"휘종(徽宗)의 꿈에 오월왕(吳越王) 전숙(錢俶)이 나타나 고향으로 돌려보내달라고 하였는데, 이날 고종(高宗)이 태어났다. 고종은 오월왕 전숙의 후신이므로 중원을 수복할 생각이 없었다."

이 이야기는 본디 고종이 중원을 잊어버렸기에 견강부회하여 지어낸 이야기다. 여릉(廬陵) 나륜(羅綸)이 말하기를,

"유영(柳永)이 「망해조사(望海潮詞)」를 지어 서호의 풍경을 묘사했다. 고운 연꽃과 향기로운 계수나무로 맑고 고운 산수를 장식하니, 임금과 신하가 환락에 빠져 중원을 잊게 만들었다."

하였는데, 이 말은 그럴 듯하다.

우리나라의 평양은 강산이 금릉(金陵)이나 전당(錢塘) 못지않다. 옛사람이 평양을 논하며,

"성인이 아니면 이곳을 수도로 삼을 수 없다."

했는데, 방종과 향락에 가까웠기 때문이다. 때문에 토지가 척박한 기주(冀州) 땅이 제왕의 으뜸가는 수도가 됐다. 큰 집과 장식한 담은 성인이 경계한 것인데, 하물며 방종과 향락이랴? 우연히 소설을 보다 기록한다.

송 고종을 비판한 시

『서호지(西湖志)』에 다음과 같은 내용이 있다.

"고종(高宗)이 비둘기를 기르다가 직접 날려 보냈다. 어떤 선비가
시를 지었다.

비둘기가 날아올라 황성을 맴도니	鵓鴿飛騰遶帝都
아침에 잡고 저녁에 풀어주느라 수고하네	朝收暮放費工夫
남쪽에서 온 기러기를 기르는 게 어떠한가	何如養得南來鴈
사막의 두 황제에게 편지를 전할 수 있으리니	沙漠能傳二聖書

고종이 듣고서 선비를 불러보고, 즉시 관직에 임명하라고 명했다."

만약 후세의 임금이 고종과 같은 상황을 만났다면, 필시 자기를 비
난한다고 여겨 죽였을 것이다. 명나라 태조 때 어떤 이가 궁사(宮詞)를
지었는데, 태조가 듣고서 궁중의 일을 누설했다는 이유로 죽이라고
명했다. 그렇다면 명 태조는 비록 나라를 연 훌륭한 군주이지만 어질
고 후덕하기는 고종에 한참 못 미친다.

22

남송 유민의 시

소흥(紹興, 1131~1161), 순희(淳熙, 1174~1189) 연간은 제법 풍족하다고
일컬어졌다. 임금과 신하가 마음껏 쾌락에 탐닉하니, 더 이상 풍경을
보며 신정(新亭)의 눈물[1]을 흘린 사람이 없었다. 임승(林升)이라는 사
람이 시를 지었다.

산 밖에는 푸른 산 누각 밖에는 누각	山外青山樓外樓
서호의 춤과 노래 언제쯤 멈출까	西湖歌舞幾時休
따스한 바람 불고 노니는 사람 취하여	暖風薰得遊人醉
항주를 변주로 여기는구나[2]	便把杭州作汴州

후세에 논하는 사람은 서호를 우물(尤物)이라 여기며 오(吳)나라를

---

1 신정(新亭)의 눈물: 진(晉)나라가 중원을 잃고 남쪽으로 옮겨간 뒤, 주의(周顗)가 신정에서
  술을 마시다가 "풍경은 다르지 않은데 눈을 들어보니 산하가 다르구나."라고 하자, 함께 있
  던 사람들이 잃어버린 중원을 생각하며 눈물을 흘린 일을 말한다.
2 항주를 변주로 여기는구나: 변주는 북송(北宋)의 수도이다. 항주를 변주로 여긴다는 말은
  남송(南宋)의 현실에 안주하여 중원을 수복할 생각이 없음을 비판한 것이다.

무너뜨린 서시(西施)에 비유했다.³ 장지도(張志道) 역시 시를 지었다.

연꽃과 계수나무⁴에 슬픔을 견디지 못하겠으니	荷花桂子不勝悲
강가의 아름다운 풍경에 옛날 일 생각나네	江介年華憶昔時
외로운 봉황은 천목산에 와서 쉬고⁵	天目山來孤鳳歇
바다에 조수 빠지니 육룡이 떠났네	海門潮去六龍移
가충이 세상을 그르치니 끝내 방법이 없고⁶	賈充誤世終無策
유신이 시대를 상심한 아직도 글이 남아 있네⁷	庾信哀時尙有詞
중원을 향하여 절경을 자랑하지 말게	莫向中原誇絶景
서호의 남은 한은 바로 서시이니	西湖遺恨是西施

---

3 서호를······비유했다: 우물은 사람이 제정신을 잃게 만드는 아름다운 여인이나 진귀한 물건
을 말한다. 월(越)나라 재상 범려가 서시라는 미인을 오왕(吳王) 부차(夫差)에게 바쳐 현혹시
키고 결국 오나라를 무너뜨렸다.

4 연꽃과 계수나무: 항주(杭州)의 풍경을 말한다. 유영(柳泳)이 항주의 풍경을 읊은 「망해조사
(望海潮詞)」에 "가을 내내 계수나무, 십 리가 연꽃.〔三秋桂子, 十里荷花.〕"이라는 구절이 있다.

5 외로운······쉬고: 천목산은 절강(浙江) 임안(臨安)에 있는 산이다. 봉황은 황제를 비유하며,
송나라 황제가 중원을 잃고 남쪽으로 내려온 일을 비유하는 듯하다.

6 가충이······없고: 가충은 원래 위(魏)나라 황제 조모(曹髦)의 신하였으나 배반하여 황제를
시해하고 사마소(司馬昭)와 손잡고 진(晉)나라 개국에 가담했다.

7 유신이······있네: 북제(北齊)의 유신(庾信)이 고국 양(梁)나라의 멸망을 슬퍼하며 「애강남부
(哀江南賦)」를 지은 일을 말한다.

23

송 고종의 시

송 고종(宋高宗)은 시를 잘 지었다. 통제(統制) 유한신(劉漢臣)에게 하사한 시는 다음과 같다.

들판 강물 들쭉날쭉 조수 빠진 흔적 남고　　　　野水參差落潮痕

성근 나무 뒤집혀 흰 뿌리 드러났네　　　　　　疎林欹側出霜根

일엽편주는 어디로 가는가　　　　　　　　　　扁舟一棹向何處

강남 황엽촌에 있는 집이라네[1]　　　　　　　家在江南黃葉村

또 「어부사(漁父詞)」 절구 3수를 지었는데, 모두 묘한 소리가 있다.

---

1 들판……집이라네: 이 시는 『산당사고(山堂肆考)』 등에 송 고종의 시로 실려 있으나 본디 소식(蘇軾)의 시다. 『동파전집(東坡全集)』 권16에 「이세남이 그린 가을 경치에 쓰다[書李世南所畫秋景]」라는 제목으로 실려 있다.

24

성조 강희제 1

내가 「서애악부(西涯樂府)」[1]를 보다가 송(宋)나라 여러 황릉을 파헤친
일을 탄식하였다. 원(元)나라는 오랑캐로 천하의 황제 노릇을 하며 남
의 사직을 무너뜨리고 또 그 무덤을 파헤쳤으니, 어떻게 천하의 모범
이 되겠는가. 공자가 말하기를,

　"임금이 있는 오랑캐가 임금이 없는 중국보다 낫다."

하였는데, 원 세조(元世祖)로 말하자면 임금이 있는 오랑캐라고 하겠
다. 하지만 그 행동으로 말하자면 임금이 없는 중국만도 못하다. 모르
겠으나 청나라 오랑캐가 중원에 들어와 원나라처럼 황릉을 파헤쳐 보
물을 가져간 일이 있었는가? 아니면 원나라를 경계삼아 도적질을 하
지 않았는가? 그들이 천하를 다스리는 법도를 보면 이 오랑캐는 원나
라보다 나으니, 필시 이와 같은 일을 하지 않았을 것이다. 게다가 청
나라 사람들은 강희제(康熙帝)를 성조(聖祖)라고 한다. 강희제가 스스
로 말하기를,

　"50년 동안 천하를 다스리면서 한 사람도 함부로 죽이지 않았다."

1　서애악부(西涯樂府): 명(明) 이동양(李東陽)이 지은 『서애의고악부(西涯擬古樂府)』를 말한다.

하였다. 한 사람도 함부로 죽이지 않았는데 잔혹한 일을 하겠는가.

또 들으니 이 오랑캐가 중국의 황제 노릇을 하면서 부역을 가볍게 하여 백성을 안락하게 하고, 제도가 몹시 간략하여 명나라처럼 까다롭지 않다고 한다. 그러므로 중국 사람들은 비록 오랑캐 옷을 입었으나 한족 왕조를 그리워하는 일이 없다고 한다. 과연 그렇다면 이 오랑캐는 오랫동안 나라를 유지할 것이다. 어찌 오랑캐라고 무시하겠는가.

25

송나라 황릉의 운명

도종의(陶宗儀)의 『철경록(輟耕錄)』에 다음과 같은 내용이 있다.

원(元)나라 서승총관(西僧總管) 양련진가(楊璉眞加)는 송(宋)나라 무덤에 묻혀 있는 보물을 이익으로 여기고 황제에게 아뢰어 소흥(紹興)에 있는 여러 황릉 및 대신(大臣)의 무덤 101곳을 파헤쳤다. 또 여러 황릉에서 나온 유골을 모아 소와 말의 뼈와 섞어 남쪽 지방을 억누르는 부도(浮屠)를 만들려고 하였다. 회계(會稽) 사람 당각(唐珏)이 듣고서 통분한 마음에 집안에 있는 물건을 팔아 음식을 마련하고 젊은이들을 불러 울면서 말했다.

"너희들은 모두 송나라 사람이다. 나는 여러 황릉의 유골이 밖으로 드러나는 것을 차마 볼 수 없으니, 다른 뼈로 바꾸고자 한다. 이미 함을 만들고 주머니를 지어 연호(年號) 한 글자를 새겨 번호로 삼았으니, 사릉(思陵 송 고종(宋高宗))부터 그 이하의 유골을 번호대로 수습하여 매장하려 한다."

사람들이 그 말대로 밤에 유골을 가져와 난정산(蘭亭山) 아래에 묻었다. 훗날 다시 송나라 고궁으로 옮겨오고 그 위에는 동청목(冬靑木)을 심어 표시했다. 나유개(羅有開)가 지은 「당의사전(唐義士傳)」에 「동청행(冬靑行)」이 실려 있다.

동청목의 꽃은 꺾을 수 없으니	冬靑花　不可折
남풍은 싸늘하게 불고 향기로운 눈 쌓이네	南風吹涼積香雪
푸른 일산 같은 만년지[1] 흔들거리는데	遙遙翠盖萬年枝
위에는 봉황 둥지, 아래에는 용의 굴 있네	上有鳳巢下龍穴
그대는 보지 못하였는가	君不見
개와 양 같은 오랑캐의 시대에	犬之年　羊之月
천둥이 한 번 치자 천지가 갈라지는 모습을	霹靂一聲天地裂

---

1 만년지(萬年枝): 만년청(萬年靑), 동청목의 다른 이름이다.

26

성조 강희제 2

청나라 강희제를 청나라 사람들은 성조(聖祖)라고 한다. 재위 57년에 애통해 하는 조서(詔書)를 내리고, 또 「열하사(熱河詞)」【열하는 연경에 황제가 지은 궁전이다.】를 지었다. 비록 옛 제왕의 시에는 미치지 못하지만 이 또한 한 시대의 뛰어난 군주다.

27

육지의 생애

당(唐)나라 육지(陸贄)는 18세로 과거에 급제하였다. 한림(翰林)으로 덕종(德宗)을 따라 봉천(奉天) 땅에 갔을 때 나이는 겨우 38세였고, 재상이 되었을 때는 39세다. 몇해 동안 재상 노릇하다가 곧 10년 동안 유배되었고, 52세로 죽자 헌종(憲宗)이 관직을 돌려주었다.

아, 덕종의 마음은 소인(小人)과 맞았다. 그러므로 육지와 같은 신하를 얻고도 그 재주를 다 쓰지 못하고 유배지에서 죽게 하였으니, 누가 이렇게 만든 것인가? 육지가 상주문에서 근실하고 간곡하게 말한 내용을 보면, 그가 군주에게 충성하였다는 것을 알 수 있다. 그런데 불과 몇 년 재상을 지내고 말았으니, 군주와 신하가 잘 만나기는 예로부터 어려웠다. 참으로 한탄스럽다.

송(宋)나라의 노공(潞公) 문언박(文彦博)으로 말하자면 참으로 군주를 잘 만났다고 하겠다. 태평성대에 태어나 젊은 나이에 과거에 급제하고 중외의 관직을 두루 거쳐 43세에 재상이 되었다. 여섯 번 재상이 되고, 상공(上公)의 반열에 있은 지가 52년이며, 91세에 죽었다. 죽을 무렵 장칠(章七 장돈(章惇))이 권력을 잡아 현인들을 배척하며 못하는 짓이 없었는데, 공만은 덕 있는 노인이라는 이유로 그저 관직에서 쫓아냈을 뿐이었다. 이야말로 참으로 군주와 신하가 잘 만난 것이다.

　우리나라의 익성공(翼成公) 황희(黃喜)와 문경공(文敬公) 허조(許稠)
는 우리 세종대왕을 보좌하여 예악을 서술하고 제도를 제정하여 조선
억만 년에 전할 법을 남겼다. 마치 기러기가 순풍을 만나고 큰 물고기
가 큰 골짜기에 노니는 것 같았다. 세상에 왕포(王褒)처럼 글을 잘 짓
는 사람이 있었다면 필시 「성주득현신송(聖主得賢臣頌)」을 다시 지었을
것이다.[1] 우연히 당나라 역사책을 보다가 선공(宣公. 육지)이 군주를 만
나지 못하고 유배지에서 죽은 일이 애석하여 기록한다.

---

1 왕포(王褒)처럼……것이다: 왕포는 한(漢)나라 사람으로, 선제(宣帝)의 부름을 받고서 군주
　와 신하의 아름다운 만남을 노래한 「성주득현신송」을 지었다.

28

소식의 생애

소장공(蘇長公, 소식)은 원우(元祐, 1086~1094) 연간에 처음 관각(館閣)에 들어갔고, 소성(紹聖) 갑술년(1094) 남쪽 변방으로 유배되었으니, 관각에 있던 기간은 9년이다. 장돈(章惇)이 권력을 잡자 시국이 크게 변하여 왕안석(王安石)을 문묘(文廟)에 제향하고, 정씨(程氏 정이(程頤))의 글을 훼손하였으며, 원우간당비(元祐奸黨碑)[1]를 새겼다. 심지어 뒤늦게 선인황후(宣仁皇后)[2]를 폐위하려 하였으나 하지 못하자, 맹황후(孟皇后)[3]를 선인황후가 끌어들였다는 이유로 폐위하였으니, 이것들이 큰 잘못이다. 그밖에 나라를 병들게 하고 바른 사람을 모욕한 일을 일일이 헤아릴 수 없다.

이렇게 7년 동안 지내다가 장돈이 패망하여 마침내 소장공이 유배된 곳으로 유배되어 돌아오지 못했다. 소장공은 은혜를 입어 북쪽으로 돌아와 상주(常州)의 집에서 죽었다. 그 득실을 따져보면 크게 다

---

1 원우간당비(元祐奸黨碑): 장돈, 채경(蔡京)이 왕안석의 신법(新法)을 복구하고 이에 반대한 문언박(文彦博), 소식(蘇軾), 정이(程頤) 등 120인을 간당(奸黨)으로 지목하고 세운 비석이다.

2 선인황후(宣仁皇后): 송 영종(宋英宗)의 황후이다.

3 맹황후(孟皇后): 송 철종(宋哲宗)의 황후이다.

르지 않지만, 죽은 뒤의 명성과 악명은 차이가 있다. 소장공의 명성과 광채는 갈수록 드러났으며, 남송(南宋)에 와서 그의 손자 소부(蘇符) 등은 재상의 자리에 올랐다. 효종(孝宗)은 그의 문장을 좋아하여 잠시도 손에서 놓지 않았으며, 간행하여 천하에 배포하도록 허락하고 시호를 내렸다. 신하로서 가장 높은 자리에 올라 지금은 어린아이와 노비들도 그 이름을 들으면 엄숙히 공경하고, 장돈의 행적을 들으면 거름흙처럼 침을 뱉으니, 7년 동안 누린 부귀영화가 천고의 비난을 대신하기 부족하다. 후세의 소인은 이를 거울삼아야 할 것이다.

29

소식의 시 1

구옹(瞿翁, 구우(瞿佑))이 동파(東坡, 소식)의 시를 평하여 다음과 같이 말
했다.

"마치 무기고를 처음 열어보면 창칼이 빽빽하지만, 하나하나 살펴
보면 날카롭고 무딘 차이가 없지 않은 것과 같다. 그렇지만 타고난
재주가 호방하여 옛사람이 도달하지 못한 경지를 거의 다 드러내
었으니, 만 섬이나 되는 샘의 근원도 필시 이보다 더하지 않을 것이
다. 다만 동방삭(東方朔)이 극력 간언할 때처럼 골계(滑稽)를 섞었으
므로 온축이 부족하여 한스럽다."

30

소식의 시 2

세상의 옛이야기는 시에 넣을 수 있는 것이 있고 없는 것이 있다. 소동
파만은 가리지 않고 손에 들어오는대로 사용하였으니, 항간에 떠도는
이야기도 일단 이 노인의 손을 거치면 마치 기왓조각이 황금으로 변
하는 것처럼 저절로 오묘한 곳이 있었다. 참료(參寥)가 말했다.

"동파의 입 속에는 따로 하나의 화로가 있으니, 다른 사람이 어찌
배울 수 있겠는가."

31

소식의 시 3

동파가 영락(永樂) 문장로(文長老)가 죽었다는 소식을 듣고 시를 지었다.

처음에는 학처럼 여위어 알아보지 못했는데	初驚鶴瘦不可識
곧 구름처럼 돌아가 찾을 곳 없다는 걸 알았네	旋覺雲歸無處尋
세 번 문 앞을 지나가는 사이 늙고 병들어 죽었고	三過門間老病死
한 번 손가락 튕기는 사이 과거, 현재, 미래가 지나가네	一彈指頃去來今
살고 죽음은 늘 보던 것이니 전혀 눈물 흘리지 않으나	存亡慣見渾無淚
동향 사람 잊기 어려워 아직도 마음이 남아 있네	鄕井難忘尙有心
전당으로 가서 원택1을 만나고 싶으니	欲向錢塘訪圓澤
갈홍천 곁에 가을 깊어지기를 기다리네	葛洪川畔待秋深

불교의 말을 썼으나 구법이 웅혼하다.

【이원(李源)이 승려 원택과 벗이 되었는데, 함께 삼협(三峽)에 갔다가 비단 잠방이를 입고 물 긷는 임산부를 보았다. 원택이 말했다.

---

1 원택(圓澤): 낙양(洛陽) 혜림사(惠林寺)에 있던 승려 이름이다.

"이 사람이 내가 몸을 의지할 곳이니, 12년 뒤 항주(杭州)에서 만나자."

이날 저녁 원택이 죽고 부인은 아들을 낳았다. 이원이 약속한 날 천축사(天竺寺)에 갔더니 홀연 갈홍천 가에서 어떤 목동이 물가 너머에서 이원을 불렀는데, 바로 원택이었다. 노래는 다음과 같다.

삼생석² 위에 옛 혼령 있으니	三生石上舊精魂
음풍농월은 논할 것 없네	賞月吟風不要論
부끄럽구나 친구가 멀리서 찾아왔는데	慙愧情人遠相訪
이 몸은 다르지만 본성은 그대로 남아 있네	此身雖非性常存

노래를 마치자 춤을 추며 가버렸다.】

---

2 삼생석(三生石): 천축사에 있는 바위 이름이다.

32

주돈이를 존경한 소식

동파(東坡, 소식)는 구속을 좋아하지 않았다. 그가 좋아하는 것은 문장과 업적, 풍류와 놀이뿐이었다. 이 때문에 예법을 지키는 선비를 좋아하지 않았고, 어울린 사람은 노직(魯直, 황정견(黃庭堅)), 태허(太虛, 진관(秦觀)), 문잠(文潛, 장뢰(張耒)), 정국(定國, 왕공(王鞏)) 등에 불과했다. 정자(程子), 장자(張子)와 교유한 학문하는 사람은 한 마디도 언급하지 않았으니, 그 문장과 기개는 남보다 뛰어나지만 독실한 선비는 비루하게 여기지 않을 수 없다.

동파의 문집에 염계(濂溪, 주돈이(周敦頤))에 대해 쓴 시가 있다.

세상 사람은 명분과 실상을 헷갈려	世俗眩名宗
지인[1]이 있는지 없는지 의심하네	至人疑有無
분노는 물속의 게에게 옮기고[2]	怒移水中蟹
사랑은 집 위의 까마귀에 미치네[3]	愛及屋上烏

---

1 지인(至人): 속세를 벗어나 수양이 높은 수준에 이른 사람을 말한다.
2 분노는……옮기고: 진(晉)나라 사마윤(司馬倫)이 해계(解系)라는 사람을 싫어하여 물속의 게(蟹)까지 싫어하였다는 고사를 인용한 것이다.

가만히 이 개울물로 하여금	坐令此溪水
선생과 함께 이름 전하게 했네	名與先生俱
선생은 본디 덕이 온전하니	先生本全德
깨끗이 물러난 건 일부분이네	廉退乃一隅
이어서 팽택의 쌀을 버리니4	因抛彭澤米
서산의 사내와 비슷하네5	偶似西山夫
마침내 세상에 알려지자	遂卽世所知
염계를 호로 삼았네	以爲溪上號
선생이 어찌 우리 같은 사람이랴	先生豈我輩
조물주와 같은 무리라네	造物乃其徒
응당 유주의 유종원처럼	應從柳州柳
우계를 어리석게 만들리라6	聊使愚溪愚

자첨(子瞻, 소식)은 염계를 존경할 줄 알았으니, 어찌 '고지식하다'느니

---

3 사랑은……미치네: 주공(周公)이 무왕(武王)에게 "어떤 사람을 사랑하면 그 사람의 집 위에 사는 까마귀도 사랑하게 되며, 사람을 미워하면 그 사람 집의 담장까지 미워진다."라고 한 말을 인용한 것이다.

4 이어서……버리니: 팽택 영(彭澤令)으로 있다가 "봉급으로 받는 다섯 말 쌀 때문에 소인에게 허리를 숙일 수 없다."라고 하며 관직을 그만둔 진(晉)나라 도잠(陶潛)의 고사를 인용한 것이다.

5 서산의 사내와 비슷하네: 서산의 사내는 주(周)나라의 곡식을 먹을 수 없다며 수양산(首陽山)에서 고사리를 캐 먹다 죽은 은(殷)나라 백이(伯夷)와 숙제(叔齊)이다.

6 응당……만들리라: 당(唐)나라 유종원이 영주(永州)에 유배되자 그곳에 있던 염계(冉溪)라는 개울을 어리석은 자신이 좋아한다는 이유로 이름을 우계(愚溪)로 바꾸었다. 여기서는 염계의 본래의 지명은 잊혀지고, 주돈이가 지은 염계라는 이름이 영원히 전할 것이라는 뜻이다.

'가죽 속의 뼈'라는 따위의 말로 업신여겨졌겠는가. 염계와 명도(明道, 정호(程顥)) 두 선생은 모두 소동파와 황정견에게 존경을 받았는데, 이천(伊川, 정이(程頤))만은 자첨에게 모욕을 받았다. 이천은 엄정하여 온화함이 부족하였다. 이천도 알고서 만년에는 너그럽기에 힘써서 명도와 같아졌다. 또 범순부(范淳夫, 범조우(范祖禹))를 칭찬하며 '온화하여 잘 인도한다.'라고 하였으니, 여기서 남의 시기와 의심을 받는 데는 이유가 있다는 것을 알 수 있다. 자첨은 소탈하고 솔직하니, 어찌 일부러 바른 사람을 해칠 의도가 있었겠는가. 잘못 알았을 뿐이다. 우연히 동파의 시를 보다가 언급한다.

33

황정견의 전생

『동파외기(東坡外記)』에 다음과 같은 내용이 있다.

동파(東坡, 소식)와 산곡(山谷, 황정견(黃庭堅))이 함께 청로(淸老)를 만났는데, 청로의 말에 따르면 동파는 전생에 오조계화상(五祖戒和尙)[1]이었고, 산곡은 한 여자의 후신(後身)인데, 부릉(涪陵)에 도착하면 알게 될 것이라고 하였다. 황산곡이 당쟁에 연루되어 부릉으로 유배가서 꿈을 꾸었는데, 어떤 여자가 말했다.

"생전에 『법화경(法華經)』을 외며 다음 세상에 남자로 태어나 큰 지혜를 얻어 이름난 사람이 되고자 하였는데, 지금의 학사(學士, 황정견)가 바로 저입니다. 학사가 앓고 있는 겨드랑이 병은 제 관이 썩어 양쪽 겨드랑이 부분에 개미가 집을 지었기 때문에 이런 고통이 생긴 것입니다. 뒷산의 한 언덕이 제 묘소이니, 만약 열어서 개미를 없앤다면 병이 나을 것입니다."

깨어나 확인해보니 과연 그 말 대로였다. 관을 수리하고 흙을 덮자마자 병이 즉시 나았다. 황정견은 이 일을 부릉의 강가 바위에 기록하

---

1 오조계화상(五祖戒和尙): 기주(蘄州) 오조산(五祖山) 오조사(五祖寺)의 승려이다.

였다. 봄과 여름에는 바위가 강물에 잠기므로 세상에 모각한 사람이
드물다고 한다.

34

조맹부를 비난한 시

조맹부(趙孟頫)는 송(宋)나라 종실(宗室)이다. 송나라가 망하자 오흥(吳興)에 은거하였으나 명성이 천하에 가득하여 원 세조(元世祖)가 불러 보고는 글씨를 쓰게 했다. 쓰기를 마치고 나가자 원 세조가 그의 등을 관찰하고 말했다.

"서생의 관상이니 걱정할 것 없다."

그리고는 관직에 임명하니, 조맹부는 대궐을 드나들며 몹시 총애를 받았다. 당시 어떤 사람이 시를 지어 비난하였다.

오흥의 공자는 옥당의 신선	吳興公子玉堂仙
초계를 망천¹처럼 그려내었네	畵出苕溪似輞川
양쪽 물가 푸른 산에 붉은 나무 나지막한데	兩岸青山紅樹低
어찌 오이 심을 열 이랑 밭이 없으랴²	那無十畝種瓜田

---

1 망천(輞川): 당(唐)나라 왕유(王維)가 은거한 곳이다. 왕유는 안녹산(安祿山)의 난이 일어났을 때 그에게 관직을 받았으므로 절개를 잃었다는 비난을 받았다.

2 어찌……없으랴: 진(秦)나라 소평(邵平)은 나라가 망한 뒤 은거하여 장안성 동문 밖에 오이를 심었다. 여기서는 은거하지 않고 벼슬한 조맹부를 비난한 것이다.

「서애악부(西涯樂府)」에 다음과 같이 말했다.

조 승지는 누구 집 자식인가	趙承旨　誰家子
왕유의 시와 그림에 종요의 글씨	王維詩畫鍾繇書
출처만 서로 비슷한 게 아니라네	不獨行藏兩相似

원나라가 중국의 황제 노릇을 하던 때 좋은 벼슬을 차지하고 태연히 지내며 부끄러워하지 않았으니, 후세 사람들이 비난하며 왕유가 절개를 잃은 일에 비유하는 것도 마땅하다.

35

악비 묘소 제영시

내가 악무목(岳武穆. 악비(岳飛))의 『정충록(精忠錄)』을 읽으니 고금에 악무목의 묘소에 시를 쓴 사람이 몹시 많은데, 오직 조맹부(趙孟頫) 자앙(子昻), 반순(潘純) 자소(子素), 엄주(弇州) 왕세정(王世貞) 세 사람의 시가 가장 좋다. 자앙의 시는 다음과 같다.

악왕의 무덤 위에 풀이 무성한데	岳王墳上草離離
가을 해 스산하고 돌짐승은 높다랗네	秋日荒涼石獸危
남쪽으로 건너간 군신은 사직을 가볍게 여기고	南渡君臣輕社稷
중원의 노인들은 깃발을 바라보았네	中原父老望旌旗
영웅은 이미 떠났으니 한탄한들 어찌하리	英雄已去嗟何及
천하가 둘로 갈라지니 마침내 지탱하지 못했네	天下中分遂不支
서호를 향하여 이 노래 부르지 마라	莫向西湖歌此曲
물빛과 산 모습에 슬픔을 견딜 수 없으니	水光山色不勝悲

자소의 시는 다음과 같다.

바닷가 겨울 해는 희미하여 광채 없고　　　海門寒日淡無輝

언월당 깊숙한 곳에 물시계 더디 가네　　　偃月堂深晝漏遲

수많은 군사들은 강가에서 늙어가고　　　萬竈貔貅江上老

두 임금의 패옥은 꿈속에서 돌아오네　　　兩宮環佩夢中歸

후원의 오랑캐 북소리는 꽃 피기를 재촉하고　內園羯鼓催花發

작은 전각 주렴에서 눈 내리는 모습 보네　　小殿珠簾看雪飛

천막 앞에서 호선무 추던 일 말하지 말라　　不道帳前胡旋舞

푸른 옷 입고 술 따르던 사람 있었으니1　　有人行酒着靑衣

엄주의 시는 다음과 같다.

해 지자 소나무 삼나무 어두워지는데　　　落日松杉黯自垂

미풍이 신령한 사당에 고요히 부네　　　微風寂寞動靈祠

중흥하겠다는 적제2의 조서 공허히 전하고　　空傳赤帝中興詔

황룡의 대장기를 스스로 부러뜨렸네　　　自折黃龍大將旗

삼전3에 사람 있어 북극성 향해 조회하고　　三殿有人朝北極

육릉4에는 남쪽 마주한 가지가 없네　　　六陵無樹對南枝

---

1 천막……있었으니: 호선무는 안녹산이 잘 추던 춤이다. 푸른 옷 입고 술 따르던 사람은 왕
　유를 말하는 듯하다.

2 적제(赤帝): 본디 전설의 임금 신농씨(神農氏)인데, 여기서는 송나라 황제를 말한다.

3 삼전(三殿): 황제, 황후, 황태후를 말한다.

4 육릉(六陵): 송나라 고종(高宗), 효종(孝宗), 광종(光宗), 영종(寧宗), 이종(理宗), 도종(度宗)
　등 남송 여섯 황제의 능침을 말한다.

구천을 까마귀 부리 같다고 논하지 마라 　　　　　莫將烏喙論句踐

새가 사라지니 활을 감추어도 슬프지 않네[5] 　　　鳥盡弓藏也不悲

5　구천을……않네: 범려(范蠡)가 월왕(越王) 구천(句踐)을 도와 오(吳)나라를 멸망시킨 뒤, 구
　　천을 두고 "목이 길고 입이 까마귀 부리 같으니 환난을 함께할 수는 있어도 즐거움을 함께
　　할 수는 없다."라고 하고, 또 "새가 없어지면 활을 감추고 교활한 토끼가 죽으면 사냥개를 삶
　　는다."라고 하며 마침내 구천을 떠났다는 고사를 인용한 것이다. 여기서는 악비가 송나라를
　　위해 충성을 다했으나 결국 희생되었다는 뜻이다.

36

송 고종의 죄과

나는 송 고종(宋高宗)의 일에 대해 개탄하며 탄식하지 않은 적이 없다. 예전에 『송사(宋史)』를 살펴보았는데, 오랑캐가 도성으로 쳐들어오자 고종이 군사를 이끌고 와서 호위하지 않고 동평(東平)으로 이동한 것이 첫 번째 잘못이다.[1]

오랑캐가 황제를 납치하여 북쪽으로 가는데 고종이 강회(江淮) 지방을 공략하지 않고 급히 남쪽으로 양자강을 건너려 한 것이 두 번째 잘못이다.[2]

이강(李綱)은 반역자를 토벌하고 종택(宗澤)을 시켜 동경(東京)을 지키게 하였으며, 장소(張所)에게 하북(河北) 지방을 다스리도록 하여 한창 부흥할 조짐이 있었는데, 서둘러 악주(鄂州)로 유배하였다.[3]

진회(秦檜)가 나라를 팔고 화친을 주도하자 고개를 숙인 채 명령을

---

1 오랑캐가⋯⋯잘못이다: 송 고종은 즉위 전 강왕(康王)으로 불렸다. 1126년, 금(金)나라가 도성을 포위하였으나 강왕은 도성을 구원하러 가지 않고 군사를 동평으로 옮겨 적의 예봉을 피했다.

2 오랑캐가⋯⋯잘못이다: 1127년 금나라가 휘종(徽宗)과 흠종(欽宗)을 포로로 잡아 돌아가자 강왕이 남경(南京)에서 즉위하여 황제가 된 일을 말한다.

들었고, 심지어 금(金)나라 사람의 책봉문을 달게 받으며 표문(表文)을 올려 신하라 일컬었다.

악비(岳飛)가 백 번 싸워 적을 격파하여 나라가 유연(幽燕) 지방을 되찾게 되었는데 하루에 열두 차례 금자패(金字牌)⁴를 보내서 불러들여 죽였다. 고종의 죄를 손꼽아 헤아리면 다섯가지이니, 고종은 시종일관 잔인함에 가까웠다. 혼미하여 몰랐다고 한다면 전혀 그렇지 않다.

삼척동자라도 부형이 남과 싸우면 반드시 울면서 달려가서 도와주는 사람을 고맙게 여기고 싸우는 사람을 원수로 여길 것이다. 고종은 이만도 못하였으니, 어찌 지혜가 삼척동자만도 못해서이겠는가. 부형을 도울 마음이 없었기 때문이다.

한나라 이후로 중흥한 황제들을 헤아려보면, 진(晉)나라는 원제(元帝)가 있고 양(梁)나라는 세조(世祖)가 있고 송(宋)나라는 고종이 있었다. 진나라 원제는 한 모퉁이 강좌(江左) 지방에서 강한 오랑캐의 침략을 당하였으나 106명의 관원을 등용하여 사마씨(司馬氏)의 기업을 다시 맡았기에 군자는 그 마음을 헤아려 슬퍼하였다. 상동왕(湘東王)⁵과 강왕(康王)으로 말하자면 모두 인륜에 있어서 용서할 수 없다. 그러나 상동왕은 부형의 화를 이용해서 적을 거의 다 죽였고,⁶ 강왕은 부형의

---

3 이강(李綱)은······유배하였다: 이강은 재상에 임명되자 금나라의 괴뢰 노릇을 한 장방창(張邦昌)을 처벌하고, 종택을 동경 유수(東京留守)로 임명하였으며, 장소를 하북 초무사(河北招撫使)로 임명하여 방비를 강화하였다. 그러나 곧 주화파의 탄핵을 받고 악주로 유배되었다.

4 금자패(金字牌): 역참을 통해 전달하는 긴급 명령서이다.

5 상동왕(湘東王): 양 원제(梁元帝)의 즉위 전 봉호이다.

6 상동왕은······죽였고: 후경(侯景)의 난이 일어나 양 무제(梁武帝)가 죽자, 상동왕은 군사를 일으켜 후경이 옹립한 황제들을 죽이고 마침내 스스로 황제의 자리에 올랐다.

원수를 잊고 화가 자기에게 미칠까 두려워하였다. 군자가 이 옥사를 판결한다면 이렇게 말할 것이다.

"이용한 것과 잊은 것은 차이가 있지만, 강왕의 죄가 상동보다 심하다."

어떤 이들은 이렇게 말한다.

"한 무제(漢武帝)는 북방을 병탄하지 못했고, 야율(耶律, 요(遼)나라)은 남방을 병합하지 못하였다. 나라의 형세가 이 지경에 이르렀으니 회복할 리가 없었을 것이다."

하지만 그렇지 않다. 금나라는 항목(亢木)[7]보다 강했지만, 한세충(韓世忠)이 진강(鎭江)을 막고, 유기(劉錡)가 순창(順昌)에서 격파하였으며, 악비가 언성(郾城)에서 격파하였다. 악비가 주선진(朱仙鎭)에 주둔하였을 때는 두 차례나 오개(吳玠) 형제에게 패배하고 이현충(李顯忠)에게 사로잡혔다가 풀려난 살리갈(撒離喝)[8]과는 달랐다.

만약 이강이 쫓겨나지 않고, 종사도(種師道)가 군사를 거느리고, 왕황(汪黃)과 진회(秦檜) 같은 무리가 저지하지 않았다면, 어찌 황하 이북 지역을 손쉽게 오랑캐에게 양보했겠는가. 비록 승패는 미리 알 수 없으나 자식이 되어 어찌 부형이 사막에 들어가는 모습을 좌시하며 천명에 맡길 수 있겠는가.

만약 "고종은 싸움을 주장하지 않은 것이 아니라 결국 성공하지 못했던 것이다."라고 한다면, 국가가 믿을 것은 민심이라는 사실을 알아야 한다. 두 황제가 북쪽으로 끌려갔을 때 서하(西河) 지방의 충성스럽

---

7 항목(亢木): 『산해경(山海經)』에 등장하는 전설의 나무로 벌레가 먹지 않는 튼튼한 나무다.
8 살리갈(撒離喝): 금나라 장군 완안살리갈(完顏撒離喝)을 말한다.

고 의로운 선비들은 목책(木柵)을 세우고 날마다 관군이 와서 자기들을 구해주기를 기다렸다. 그런데 내버려두고 돌아보지 않았다. 강왕은 즉위하여 오랫동안 버티면서 부형이 죽었다는 소식을 듣고도 움직이지 않았으니, 2~30년이 지나자 충성스럽고 의로운 선비들은 흩어지고 금나라 오랑캐의 형세는 비로소 완성되었다. 그러므로 장준(張浚)의 전투는 시세에 어두웠고, 진회의 화친은 의리를 해쳤다. 두 사람 때문에 송나라는 끝났다.

옛사람이 빈 활을 쏘아 새를 떨어뜨리며 말했다.

"이 새는 병든 놈이다. 낮게 나는 것은 아프기 때문이고 슬피 우는 것은 짝을 잃었기 때문이다. 그러므로 활시위 소리를 듣고 떨어진 것이다."

강왕은 금나라 사람의 병든 새이다. 마침내 상동왕의 뒤를 이었으니 탄식을 견딜 수 있겠는가.

건염(建炎, 1127~1130)과 소흥(紹興, 1131~1162) 연간에는 자식이 제 아비를 버리고 신하가 제 임금을 버렸다. 이처럼 아비를 버리고 임금을 버리는 날에 재야에서 창을 짊어지고 갑옷을 입은 선비들이 간절히 삼강을 밝히고 오륜을 진작하기를 일삼았다. 이약수(李若水), 양방예(楊邦乂)[9] 같은 사람은 죽어도 다른 마음이 없었고, 그 밖의 충성스럽고 의로운 선비를 일일이 셀 수 없다. 악무목처럼 충성스러운 사람을 강왕은 차마 죽여버렸다. 나는 그러므로 말한다.

"강왕의 마음은 제 부형을 잊었다."

---

9 이약수(李若水), 양방예(楊邦乂): 모두 송나라 사람으로 끝까지 금나라에 항거하다 죽었다.

37

악비의 문장

악무목(岳武穆, 악비(岳飛))은 문장에 능하였다. 그가 지은 「하강신표(賀講信表)」[1]는 말뜻이 강개하여 읽으면 눈물이 줄줄 흐른다.

---

1 하강신표(賀講信表):『악무목유문(岳武穆遺文)』에 실려 있는 「사강화사표(謝講和赦表)」를 말하는 것으로 보인다.

38

가계지의 청렴

나는 중승(中丞) 가계지(賈啓之)[1]의 일에 대해 공경히 우러르고 삼가 감복하는 점이 있다.【가중승의 이름은 계지이며 명나라 사람이다.】 가중승이 관직을 그만두고 시골로 돌아왔는데 어떤 백정이 물건을 잃어버리고 공의 집에서 감추었다고 의심하여 문 앞에 와서 욕을 하였으나 공은 태연히 성내지 않았다. 어떤 이가 말했다.

"어찌 잡아다 법관에게 맡기지 않습니까?"

공이 웃으며 말했다.

"담당관의 법은 나만 못하다. 내가 이미 꾸짖었다."

오래지 않아 백정이 사람을 때려 죽게 만들었는데, 때린 사람에게 배상할 적에 말했다.

"가 중승도 나를 두려워했는데 하물며 너 같은 사람이겠는가."

담당자가 이 말 때문에 더욱 심하게 다스렸으니, 메아리처럼 호응했던 것이다. 또 시골로 돌아온 날, 즉시 노비에게 장삼을 버리게 하

---

1 가계지(賈啓之): 가정(賈錠)을 말하는 것으로 보인다. 자는 양금(良金), 안양(安陽) 출신으로 명나라 사람이다.

고 짧은 옷을 입고서 짐을 지고 나무를 했다. 어떤 이가 말했다.

"너무 갑작스럽지 않습니까?"

"모든 일은 처음부터 익혀야 자연스럽다. 지금 관가의 사인(舍人)으로 있다가 시골로 돌아온 사람을 사인으로 대우하고 장삼을 입고서 한가로이 노닌다면 함부로 자랑하는 것이며, 갑자기 나무를 하게 한다면 원망을 견딜 수 없을 것이다. 또 관직을 그만두고 시골로 돌아오면 고기 잡고 나무하는 일이 모두 나의 일이다. 아이들이 견디지 못하게 할 수 있겠는가."

또 뒷골목에 주루(酒樓)를 설치하고 말했다.

"나는 후손에게 줄 재산이 없으니, 후세에 술을 팔게 한다면 여기에 의지하여 살 수 있을 것이다."

아, 지금 세상의 사대부들이 가 중승을 본받는다면 관직에 있으면서 어찌 함부로 사람을 죽이는 일이 있겠으며, 집으로 돌아와도 어찌 탐관오리라는 비난을 받겠는가. 세상에서 관찰사와 수령이 된 사람들은 국가의 은혜를 생각하지 않고 오직 자기를 살찌우기만 일삼아 백성을 때려 갈취하면서도 조금도 돌아보지 않으니, 유독 무슨 마음인가. 우연히 명나라 역사책을 보다가 쓴다.

39

누비의 시

영 서인(寧庶人)[1]의 아내 누비(婁妃)는 현명하고 시를 지을 줄 알았으며, 영헌왕이 역모를 꾸미자 간곡히 간언하였다. 영헌왕이 한 번은 나뭇꾼 그림에 시를 쓰라고 하였는데, 나뭇꾼과 아내가 고개를 돌려 이야기하는 그림이었다.

아내가 남편을 부르고 남편이 고개 돌려 들으니	婦喚夫兮夫轉聽
나무하여 어깨에 멘 짐이 가벼운 줄 알겠네	采樵須是擔肩輕
어제 비가 내려 이끼가 미끄러우니	昨宵雨過蒼苔滑
이끼 덮인 험한 곳으로 가지 마시오	莫向蒼苔險處行

풍자가 몹시 절실하다고 하겠다. 그러나 왕은 잘못을 고치지 않아 과연 패망하였다. 그는 죽음을 앞두고 말했다.

"주왕(紂王)은 부인의 말을 들었다가 천하를 잃었는데, 나는 부인의 말을 듣지 않아 나라를 잃었구나."

---

1 영 서인(寧庶人): 명 태조의 17번째 아들 영헌왕(寧獻王) 주권(朱權)을 말한다.

40

진랍국의 석탑

불경에 이런 이야기가 있다. 진랍국(眞臘國)에 석탑 두 기가 있는데, 사람들이 소송을 하다가 결판이 나지 않으면 즉시 각자 한 탑에 앉게 한다. 이치에 맞지 않는 자는 머리가 아프고 몸이 뜨거워져 견디지 못하고 나오며, 이치에 맞는 자는 평소처럼 편안히 앉아 있다. 그러므로 그 나라에는 소송하는 일이 없다.

안사국(按沙國)에는 푸른 옥으로 만든 서 말들이 주발이 있다. 가난한 사람이 꽃을 조금 던지면 즉시 쌀로 가득차고, 부유한 사람이 꽃을 많이 던지면 아무리 많이 던져도 끝내 가득차지 않는다. 그러므로 가난한 사람은 쌀이 없으면 다투어 꽃을 던진다. 중국에는 이 두 가지 보물이 없는데, 명나라 사람 진계유(陳繼儒)가 『비급(秘笈)』에 썼다.

나는 이 이야기가 허황한 말이라고 생각한다. 만약 이런 보물이 있다면 어째서 당송(唐宋)의 소설(小說)에는 보이지 않고 명나라 때 와서야 비로소 나왔겠는가. 불가에서는 불법을 신령하게 보이게 하려고 허황한 이야기 지어내기를 좋아하므로 이렇게 말한 것뿐이다. 천하는 크고 사해는 넓으니 비록 이와 같은 보물이 있더라도 어찌 귀하게 여기겠는가. 선왕의 법으로 말하자면 바다 속에 던져야 한다. 불경을 보고서 믿는 사람은 공부한 힘이 부족하다는 것을 알 수 있다.

41

천자의 기운

당나라 현종 때 이전(李筌)이 등주 자사(鄧州刺史)를 지낼 적의 일이다. 하루는 별자리를 보고 점을 치며 앉아 있는데 밤 삼경에 동남쪽에서 갑자기 기이한 기운이 보였다. 이튿날 아침, 아전을 시장으로 보내 만약 자녀를 낳았으면 가난한 집이건 부잣집이건 전부 데려오라고 하였다. 십여 명이 넘었는데 이전이 자세히 보더니,

"모두 평범한 골상(骨相)이군."

하고는 다시 시골에 가서 찾아보게 하였다. 그러다가 양 치는 이민족 여인이 낳은 아들 하나를 찾았다. 이전이 슬퍼하며 말했다.

"이 아이는 가짜 천자가 될 것이다."

좌중의 손님들은 죽이라고 하였으나 이전은 안 된다고 하면서,

"되놈은 반드시 나라의 도적이 되겠지만, 만약 죽인다면 진짜가 태어날까 두렵다."

하였다. '되놈'은 안녹산(安祿山)이었다. 천자의 기운은 끝내 사람의 힘으로 막을 수 없다. 원 세조(元世祖)와 청 세조(淸世祖)는 모두 하늘이 자식으로 삼은 사람이다. 건주 여진(建州女眞)이 홍승주(洪承疇)에게 패배할 적에 짙은 안개가 사방을 가렸다. 청 세조의 근처에는 뇌포(雷砲)

가 떨어져 오랑캐 군사가 거의 다 죽었는데, 세조는 연기를 무릅쓰고 뛰쳐나왔다. 명나라 사람들은 뛰쳐나와 달아났는지도 모르고 잠시 느슨해져 밥을 짓느라 싸울 채비를 하지 않았다. 청 세조가 후군(後軍)을 이끌고 습격하여 마침내 명나라 군사를 격파하니, 홍승주는 청나라에 항복하였다. 이 또한 하늘의 뜻이니 어찌하겠는가.

42

천문으로 명 태조의 동태를 살피다

천문을 잘 살피는 사람은 감공(甘公)과 석신(石申)[1] 이후로 없지 않다.
명 태조(明太祖)는 미행(微行)을 좋아했는데, 한 번은 미행을 나왔다가
잠시 여관에 머물러 바위를 베고 풀밭에서 잤다. 한밤중에 두 사람이
이야기하는데, 한 사람이 말했다.

　"오늘밤에 이 늙은이가 또 나왔구나. 내가 천문을 보니 민가에서 머
　리는 바위를 베고 다리는 풀을 밟고 누웠을 것이다."

　태조가 듣고 기이하게 여겨 머리와 다리의 위치를 바꾸고 자는데,
또 한 사람이 말했다.

　"당신이 틀렸소. 이 늙은이는 풀을 베고 다리로 바위를 밟고 있소."

　태조는 자기도 모르게 땀을 흘리며 즉시 대궐로 돌아와 그 뒤로는
미행을 나가지 않았다.

---

1 감공(甘公)과 석신(石申): 전국시대 사람으로 천문에 밝았다.

43

진경의 직필

역사 편찬은 직언을 요구해야 한다. 사명(四明) 진경(陳桱)이 『통감속편(通鑑續篇)』을 지을 적에 송 태조(宋太祖)가 진교(陳橋)에서 반란을 일으킨 사건을 두고,

"조광윤(趙匡胤)이 스스로 즉위하고 돌아왔다."

라고 썼는데, 갑자기 우레가 쳐서 그의 의자를 흔들었다. 그러나 진경은 낯빛도 변하지 않았다. 이어서 매서운 목소리로,

"하늘이 만약 팔을 꺾더라도 고치지 않을 것이다."

하였다. 그 뒤 낮잠을 자다가 꿈에 누군가 불러서 어떤 곳에 갔는데, 집이 크고 화려하여 제왕의 집과 같았다. 문지기가 달려가서 알렸다.

"진 선생이 왔습니다."

그러자 전각 위에서 계단에 오르라고 하였다. 가운데 앉은 사람은 면류관을 쓰고 누런 도포를 입었는데, 자리에서 내려와 꾸짖었다.

"짐이 경에게 무엇을 잘못했다고 짐을 찬탈에 비견하였는가?"

진경은 그가 송 태조라는 사실을 알고 사죄하였다.

"신이 폐하를 거슬렀으니 죄는 죽어 마땅합니다. 그러나 역사는 직필을 중시하니, 폐하께서 저를 죽이더라도 바꿀 수 없습니다."

왕은 고개를 숙이고 말을 하지 않았다. 진경이 계단을 내려오다가 놀라 깨어나니 꿈이었다.

아, 진경과 같은 사람은 참으로 동호(董狐)[1]의 역사책 만드는 방법을 터득했다. 범엽(范曄)과 진수(陳壽) 같은 사람들의 곡필(曲筆)을 어찌 믿을 수 있겠는가.

---

1 동호(董狐): 춘추 시대 진(晉)나라의 사관(史官)으로 권세에 굴하지 않는 직필(直筆)로 명성이 높다.

44

음덕을 쌓아 잃어버린 아이를 찾다

사람에게 음덕(陰德)이 있으면 저절로 감응하는 도리가 있다. 명나라 때 밀운(密雲)에 어떤 사람이 아들 하나를 두었는데, 잃어버린 뒤 몇 년이 지나도록 찾지 못했다. 노인은 아들을 몹시 염려하여 사방으로 찾았으나 종적이 없었고 생사조차 알지 못했다. 하루는 무더운 날씨에 몇 사람이 그 집 문에서 더위를 피해 쉬면서 오랫동안 앉아 있다가 마침내 떠났다. 노인이 보니 사람들이 떠난 뒤 문 앞에 은 몇 덩이를 담은 누런 주머니 하나가 있었다. 노인은 그 사람이 잃어버린 것인 줄 알고 돌아오기를 기다렸다가 주려고 하였다.

얼마 후 어떤 사람이 울면서 말했다.

"나는 진위(津衛)의 변방 군량을 맡은 사람입니다. 마침 동행과 함께 잠시 이곳에서 더위를 피해 쉬면서 은을 담은 주머니를 문 앞에 두었는데, 출발할 때 잊고 가져가지 않았다가 길에서 생각이 났습니다. 이것은 변방 곡식을 살 은인데 잃어버렸으니, 저는 필시 큰 화를 당할 것입니다. 혹시 어르신께서 가져가셨다면 똑같이 나누고자 합니다."

노인이 확인하고 돌려주니 그 사람이 절하고 사례하는 한편 보답하게 해달라고 간청했다. 노인은 한참 동안 고개를 숙이고 있다가 말했다.

"내가 아들을 잃었는데 슬하에 자식이 없으니, 그대는 그저 똑똑한 어린아이 한둘을 찾아서 내게 주면 충분하오."

그 사람은 명심하고 떠났다. 변방 곡식의 일을 마치고 돌아오는 길에 어떤 사람이 어린아이를 데리고 가면서 아이를 팔겠다고 했다. 그 사람은 노인의 두터운 은혜를 생각하고, 또 그가 그렇게 말했으므로 마침내 그 아이를 사서 함께 말을 타고 천여 리를 갔다. 노인의 집에 도착하자 아이가 마침내 방으로 들어가니, 온 집안사람들이 통곡했다. 그제야 사온 아이가 노인이 과거에 잃어버린 아이라는 사실을 알았다. 노인은 몹시 기뻐하며 그 사람에게 또 선물을 후하게 주었다.

45

청렴한 동사의

관직에 있으면서 청렴하기는 억지로 하는 것이 아니라 본심이 이와 같아야 하는 것이다. 명나라 때 동사의(董士毅)는 촉주 태수(蜀州太守)가 되었는데, 동사의는 수십 년 동안 벼슬하면서 가진 것이라고는 푸른 도포 한 벌과 가죽 신 한 켤레뿐이었다. 부임할 때 아들들이 부탁했다.

"아버님의 뜻과 절개는 저희들도 알고 있으니, 일체의 일을 감히 조금도 관여하지 않겠습니다. 다만 아버님의 나이가 많고, 촉주에는 재목이 많으니, 훗날의 일을 계획할 만합니다."

공은 알겠다고 했다. 임기를 마치고 돌아오자 아들들이 물가에서 맞이하고는 지난날 부탁한 일을 공에게 물었다. 공이 말했다.

"내가 들으니 송판이 잣나무만 못하다고 한다."

아들이 말했다.

"아버님이 지금 가져오신 것이 잣나무입니까?"

공이 미소를 지으며 말했다.

"내가 여기 싣고 온 것은 잣나무 종자이다."

아, 관직에 있는 사람이 이와 같다면 어찌 백성을 해치는 일이 있겠는가. 동사의처럼 청렴한 사람은 찾을 수 없지만, 관청의 물건을 훔쳐 자신을 살찌우고도 부족하다고 여겨 백성의 것을 빼앗아 백성이 살 수 없게 만드는 자는 도대체 무슨 마음인가. 지금 세상에 벼슬길에 올라 관직을 맡은 자는 작은 고을 하나를 얻으면 임기 동안 집을 윤택하게 한다. 탐욕스러운 풍조가 점차 심해져 청렴한 사람은 하나도 없으니, 이것은 온 세상이 오염되어 그런 것이다. 어찌 개탄하지 않겠는가.

46

5대조모 김씨의 청렴

나의 5대조가 제주 목사(濟州牧使)로 부임할 적에 정부인 김씨가 여종 계련(季蓮)에게 호미를 들고 따라오게 했다. 임소에 도착하자 밭에 채소를 심고 아침저녁 반찬으로 올렸다. 임기가 차서 돌아올 때 해안에 와서 배를 타려고 하는데, 부인이 계련을 돌아보며 말했다.

"행낭에 관청의 물건을 가져온 것은 없느냐?"

계련이 말했다.

"없습니다. 다만 호미날이 몹시 무디어 채소를 재배하기가 불편하므로 사령(使令)에게 부탁해서 관청 소속의 대장장이 집에 가서 날을 이어 붙여 오게 했습니다."

부인이 말했다.

"이 호미날이 비록 작으나 관청의 물건이기는 마찬가지다."

마침내 호미날을 잘라 해안에 두고 돌아왔다.

47

꿈에서 지은 시

송(宋)나라 대제(待制) 왕소(王素)가 한 번은 꿈에 옥경(玉京)의 황금전
(黃金殿)에 갔는데, 그 위에 감색 옷에 푸른 관을 쓴 자가 말했다.

"나는 동문시랑(東門侍郞)이고 공은 서문시랑(西門侍郞)인데 예전에
문서를 받드는 일로 견책을 받고 속세에 내려갔다."

공이 꿈에서 깨어나 시를 지었다.

화서국[1]에 갔다가 돌아온 듯한데	似去華胥國裡來
구름과 노을 짙은 곳에 누대가 보였네	雲霞深處見樓臺
해와 달 지고 창가에 닭 우는 소리 급한데	日月冷落鷄窓急
놀라 깨어나니 신선 되어 노니는 꿈에서 돌아왔네	驚起遊仙夢一回

만년에 또 옥경에 가는 꿈을 꾸고 시를 지었다.

푸른 허공에 백옥경 숨어 있어	虛碧中藏白玉京

---

1 화서국(華胥國) : 황제(黃帝)가 꿈 속에서 보았다는 이상향이다.

꿈속에 봉황성으로 날아 들어갔네   夢魂飛入鳳凰城

언제 다시 구름과 노을 너머 걸을 수 있을까   何時再步雲霞外

흰 치아의 신선 아이가 이미 마루 청소했네   皓齒靑童已掃廳

당나라 때 허혼(許渾)이 갑자기 죽었다가 사흘만에 깨어나 시를 지었다.

새벽에 옥대에 들어가니 이슬은 맑은데   曉入玉坮露氣淸

자리에서 오직 허비경[2]만 보았네   坐中惟見許飛瓊

더러운 마음 사라지지 않아 속세 인연 남았으니   塵心未盡俗緣在

십리 산을 내려오자 부질없이 달만 밝네   十里下山空月明

그리고는 다시 잠들었다가 놀라 일어나 두 번째 구를 '하늘에서 바람 불어 내려오는 곳에 경전 읽는 소리〔天風吹下步虛聲〕'로 고치고 말했다.

"어제 꿈에 요대(瑤臺)에 갔더니 여인 3백 명이 있었는데, 한 사람이 허비경(許飛瓊)이라 하면서 제2구를 고치게 하였으니, 세상에 자기가 있다는 사실을 알리지 않고자 해서였다."

---

2 허비경(許飛瓊) : 곤륜산 선녀인 서왕모(西王母)의 시녀(侍女)이다.

48

여동빈의 시

여동빈(呂洞賓)이 악주(岳州) 백학사(白鶴寺)에서 쉬는데, 앞에 어떤 노인이 소나무 끝에서 천천히 내려오더니 말했다.

"저는 소나무의 정령입니다. 선생의 예우를 받았으니 뵙고 인사드려야 마땅합니다."

그러자 여동빈이 벽에 다음과 같이 썼다.

홀로 와서 홀로 앉으니	獨自行來獨自坐
무한한 세상에 나를 아는 이 없네	無限人世不識我
오직 성 남쪽 늙은 소나무의 정령이	唯有城南老松精
신선이 지나가는 줄 분명히 아는구나	分明知道神仙過

49

왕수인의 시

왕문성(王文成, 왕수인(王守仁))이 어떤 절에 갔더니 몹시 굳게 잠긴 집이 있었다. 문을 열려고 하자 절의 승려가 안 된다고 하면서,

"안에 입정(入定)한 승려가 있는데, 문을 닫은 지 이미 50년이 지났습니다."

하였다. 왕문성이 마침내 열어보니 감실(龕室) 안에 승려 한 사람이 앉아 있는데 살아 있는 것처럼 의젓하고, 자신을 꼭 빼닮았다. 얼마 후 벽 위를 둘러보니, 시 한 편이 남아 있었다.

오십 년 전 왕수인	五十年前王守仁
문을 연 사람이 문을 닫은 사람이네	開門人是閉門人
영혼이 사라진 뒤 다시 돌아왔으니	精靈剝後還歸復
비로소 불가에 사라지지 않는 몸 있는 줄 알겠네	始信禪門不壞身

먼지 속 먹으로 쓴 흔적이 새것 같았다. 왕문성은 한참 서글퍼하더니,

"이 사람은 나의 전생이다."

하고는 마침내 탑을 세우고 장사지냈다.

50

평수길의 공과

일본은 우리나라와 가까우나 교화 범위 밖의 나라이다. 임진년 난리 때 팔도가 어육이 된 것은 평수길(平秀吉)이 사납기 때문이었지만, 당시 방비하는 계책 또한 소홀하였다. 그러나 임진년 난리 이후로 왜구가 변방을 노략질한 일이 없는 것은 평수길이 여러 섬을 하나로 통일했기 때문이다. 평수길 이전에 왜국의 여러 섬은 각기 군주가 있어 우리나라 남쪽 변방을 침략하였으니, 고려 말부터 국초에 이르기까지 변방 고을의 큰 우환이었다. 그러나 평수길이 통일한 뒤로는 이 우환이 없어졌으니, 평수길은 공과 죄가 같다고 하겠다.

51

평수길의 생애

내가 『용주집(龍洲集)』을 보니, 평수길의 일을 제법 자세히 기록했다.

평수길은 시골의 종이었다. 아이 적에 여름철이 되자 아이들과 나무에 올라가 바람을 쐬는데, 마침 관백(關白)이 사냥을 나왔다가 혼자 말을 타고 그 아래를 달려 지나갔다. 아이들은 두려워 떨며 어쩔 줄 몰라 나무를 안고 울었는데, 수길은 즉시 뛰어내려와 말 앞에 엎드렸다. 관백이 물었다.

"너는 어떤 아이냐?"

"저는 이 마을의 아이인데 무더위를 만나 아이들과 나무에 올라갔는데, 뜻밖에 장군이 지나가시니 감히 높은 곳에서 아래를 내려다보고 절할 수 없었습니다. 장군께서는 용서하십시오."

관백이 훌륭히 여기며 말했다.

"너는 나를 따라와라."

마침내 막하에 두고 곁에서 심부름을 시켰는데 뜻에 맞지 않는 일이 없었다. 장성하자 종군하여 공을 세워 누차 승진하여 대장이 되었다. 평수길은 키가 겨우 5척이고 용모가 못나고 얼굴이 검었다. 그러나 담력이 남보다 뛰어나고 새처럼 재빨라 칼날이 삼엄한 곳도 꿰뚫으며 드나들었다. 이 때문에 관백 신장(信長)이 몹시 아꼈다. 신장이 명지(明智)에게 죽음을 당하자 평수길은 성토하며 군사를 일으켜 명지를 토벌하여 죽였다. 그러자 나라 사람들이 평수길을 의롭게 여겨 그대로 관백으로 삼았다. 그는 뜻을 얻자 갈수록 음란하고 포악해져 풍후수(豊後守)의 아내를 몰래 빼앗아 첩으로 삼고 민간의 부녀자를 잡아다 침실을 채웠다. 대군을 움직여 우리나라를 침략한 뒤로는 원수가 틈을 노릴까 두려워하여 밖에 나올 때는 얼굴을 가리고 잘 때는 침상을 옮겼다. 상앙(商鞅)이 뒤따르는 수레에 갑옷을 싣고, 이임보(李林甫)가 침상을 옮긴 일과 같았다. 평수길이 태어난 연월일시는 모두 병신(丙申)인데, 어떤 이는 원숭이의 정기로 태어났기에 얼굴이 원숭이와 매우 흡사하다고 한다.

52

『법언』을 읽고

양자(揚子, 양웅(揚雄))의 『법언(法言)』에 다음과 같은 내용이 있다.

"어떤 이가 크다는 것이 무엇인지 물으니 '작은 것이다.'라고 하였다. 먼 것이 무엇인지 물으니 '가까운 것이다.'라고 하였다. 이해하지 못하자 양웅이 말했다. '천하가 비록 크지만 다스리는 방법은 도에 달려 있으니 작지 않은가. 사해가 비록 멀지만 다스리는 방법은 마음에 달려 있으니 가깝지 않은가.'"

양자의 글은 기이하다. 내가 그 뜻을 부연하여 글을 지었다.

천하의 크고 작은 것은 같지 않지만 이 이치 하나는 같으니, 하나의 이치로 만사를 꿰뚫을 수 있다. 큰 것을 다스리는 방법은 작은 데 있지 않겠는가. 사해의 멀고 가까운 곳은 다르지만 이 마음 하나는 같으니, 하나의 마음으로 만물을 다스릴 수 있다. 먼 곳을 다스리는 방법은 가까운 데 있지 않겠는가. 크다는 것을 묻자 작은 것이라 답하였으니, 크고 작다는 것은 하나의 이치로 말한 것이다. 멀다는 것을 묻자 가까운 것이라 답하였으니, 멀고 가깝다는 것은 하나의 마음으로 말한 것이다. 도를 가지고 만사를 보면 천하의 만사가 모두 도 안의 일이니,

도를 벗어난 일은 없다. 마음으로 만물을 보면 사해의 만물이 모두 마음속의 물건이니, 마음을 벗어난 물건은 없다. 양자의 말은 과연 믿을 만하다.

그렇다면 도라는 것은 곧 이치이다. 사람의 마음이 비록 우주에 가득차고 고금에 걸치며 이승과 저승을 관통하고 온갖 미세한 것을 거두지만, 요약하여 말하면 이치에 불과할 뿐이다. 이치라는 말은 바로 도이다. 천하가 비록 크지만 이치를 따르면 다스려지고 이치를 거스르면 어지러워진다. 그러므로 다스리는 방법은 도에 달려 있고, 큰 것을 작게 할 수 있다. 사해가 비록 멀더라도 마음이 바르면 다스려지고 바르지 않으면 어지러워진다. 그러므로 다스리는 방법은 마음에 달려 있고, 먼 것을 가깝게 할 수 있다.

동자(董子. 동중서(董仲舒))가 '군주는 마음을 바르게 하여 조정을 바르게 하고, 조정을 바르게 하여 만민을 바르게 하면, 사방과 원근이 모두 한결같이 바르게 되며 음양이 조화롭고 비바람이 때에 맞아 뭇 생명이 조화롭고 사람과 동물이 번식한다.' 하였다. 여기서 큰 천하와 먼 사해가 모두 군주의 마음 하나에 근본을 두고 있다는 것을 알 수 있다. 비록 크고 먼 하늘이라도 사람과 하나의 기운을 함께 하고 있으니, 사람의 일이 바르면 바른 기운이 호응한다. 이것이 길한 상서가 모이는 이유다. 사람의 일이 바르지 않으면 사악한 기운이 호응한다. 이것이 재해가 닥치는 이유다. 상서와 재해는 모두 군주에게 달려 있으니 두려워하지 않을 수 있겠는가.

나는 누추한 마을에서 곤궁하게 사는 사람이다. 그저 비바람이 조화로워 풍년이 들고 사람들이 즐겁기를 바랄 뿐이다. 그런데 올해는 나라에 전성(前星)의 재해가 있고 백성은 배를 두드리는 즐거움이 없다. 나라 걱정하는 마음을 이기지 못하다가 우연히 양자의 말을 보고 마음에 느낀 바 있어 이 글을 짓는다.

53

생쥐 이야기

『사문유취(事文類聚)』에 생쥐 이야기가 있는데 안자(晏子)를 증거로 삼아 전씨(田氏)가 제(齊)나라의 생쥐가 되었다고 말하였다.[1] 내가 그 이야기를 이어서 말한다.

제나라 사구(司寇)가 생쥐 이야기로 경공(景公)을 풍자했다.

"임금께서는 생쥐의 이빨에 대해 들어보지 못하셨습니까? 사람과 온갖 동물을 먹는데, 비록 다 갉아먹더라도 아프지 않아서 세상 사람들은 감구서(甘口鼠)라고 부르는데, 소뿔까지 먹습니다. 소가 자거나 먹을 때 모기와 파리가 살과 털을 흔들면, 반드시 귀를 세우고 꼬리를 흔들어 쫓아버릴 줄 압니다. 하지만 생쥐가 갉아먹으면 아픈 줄 모릅니다. 생쥐의 이빨이 어찌 모기와 파리 천 마리가 무는 것보

---

1 사문유취(事文類聚)에……말하였다: 『사문유취』 별집 권23에 실려 있는 정안(程晏)의 「제사구대(齊司寇對)」를 말한다. 제나라 경내에 도적이 많아 경공(景公)이 도적을 다스리는 사구(司寇)와 의논했다. 사구는 경내의 도적을 다스릴 것이 아니라 조정의 도적을 다스려야 한다고 했다. 경내의 도적은 파리나 모기 같아서 물면 아픈 줄 알지만, 조정의 도적은 생쥐와 같아서 아무도 모르게 야금야금 파먹는다는 것이었다. 경공은 사구가 책임을 회피한다 여겨 처형했다. 안자(晏子)는 "사구가 죽었으니 전씨는 제나라의 생쥐가 될 것이다."라고 하였는데, 과연 훗날 전씨가 제나라의 군주 자리를 빼앗았다.

다 못하겠습니까. 비록 심장과 뼈까지 파고들더라도 알지 못하는데, 뿔은 어떻겠습니까. 공께서 신에게 사구의 직분을 맡겼으니, 조정의 도적을 먼저 다스린 뒤에 경내의 도적을 다스리겠습니다.

조정의 도적은 생쥐와 같으니, 임금님의 뿔을 먹고 또 장차 뼈와 심장까지 파고들 것입니다. 경내의 도적은 모기와 파리 같으니, 그저 임금님의 살과 털을 흔들 뿐입니다. 임금님께서는 귀를 세우고 꼬리를 흔들어 쫓아버릴 것이니, 이는 작은 근심만 알고 큰 근심을 모르는 것입니다."

안자가 말했다.

"사구가 죽었으니 전씨는 제나라의 생쥐가 될 것이다."

아, 세상에서 나라의 생쥐가 된 자가 어찌 제나라의 전씨뿐이겠는가. 왕망(王莽)[2]은 한(漢)나라의 생쥐이며, 주온(朱溫)[3]은 당(唐)나라의 생쥐이며, 장방창(張邦昌)과 유예(劉豫)[4] 같은 자들은 송(宋)나라의 생쥐이다. 임금된 자는 제 뿔을 먹는 줄도 모르고, 또 심장과 뼈까지 파고드는 줄도 몰랐기에 생쥐로 하여금 사람을 잡아먹는 이빨을 마음껏 사용하게 하고, 기꺼이 물리면서도 후회하지 않았다. 이것은 과연 생쥐의 입이 달콤하여 그러한 것인가. 아니면 그들이 생쥐인 줄 몰라 생쥐를 생쥐가 아니라고 여겨서 그러한 것인가. 모기와 파리가 무는 것은 알면서 생쥐가 먹어도 먹히는 줄 모르니, 어찌 이다지도 큰 것에 어

---

2 왕망(王莽): 한나라를 멸망시키고 신(新)을 건국하였다.

3 주온(朱溫): 당나라를 멸망시킨 양 태조(梁太祖)이다.

4 장방창(張邦昌)과 유예(劉豫): 모두 송나라 사람으로, 각기 금(金)나라의 괴뢰국인 초(楚)와 제(齊)의 황제가 되었다.

둔고 작은 것에 밝은가.

생쥐가 몰래 불어나는데도 물어뜯는 줄 모르고, 생쥐가 점차 단 입을 놀리는데도 먹히는 줄 모른다. 뿔을 갉아먹다 뼈를 갉아먹고, 뼈를 갉아먹다 심장을 갉아먹고, 심장을 갉아먹다 죽기에 이르러도 알지 못하니, 슬프다. 한나라 군주가 알았다면 왕망이 어찌 한나라의 생쥐가 되었겠으며, 당나라 군주가 알았다면 주온이 어찌 당나라의 생쥐가 되었겠으며, 송나라의 군주가 알았다면 장방창과 유예 같은 자들이 어찌 송나라의 생쥐가 되었겠는가. 그밖에 제위(帝位)를 찬탈한 조맹덕(曹孟德, 조조(曹操)), 선양(禪讓)을 받은 유기노(劉寄奴, 유유(劉裕))는 입을 달게 만들고 이빨을 놀린 자들이다. 천하에 생쥐가 어찌 이리 많은가. 사구가 경공에게 대답한 말과 안자가 전씨를 헤아린 말은 천고의 격언이다. 그러므로 그 뜻을 부연하여 글을 짓는다.

54

시화설

시대에 따라 변화하는 것이 인지상정이다. 그렇지만 어찌 거꾸로 변화하는 도리가 없겠는가. 나는 원결(元結)의 뜻을 뒤집어 올바르게 돌리겠다.

당나라 원결은 「시화설(時化說)」을 지었으니, 모두 시대를 분개하는 내용이었다. 그 글은 다음과 같다.

"도덕은 기호와 욕심 때문에 각박하게 변하고, 인의는 탐욕과 포악 때문에 난리로 변하고, 예악은 탐닉 때문에 사치로 변하고, 정치는 번잡함과 다급함 때문에 가혹하게 변한다."

또 이렇게 말했다.

"부부는 미혹에 빠지기 때문에 개돼지로 변하고, 부자는 어리석은 욕심 때문에 금수로 변하고, 형제는 시기 때문에 원수로 변하고, 친척은 재물 때문에 길 가는 사람으로 변하고, 친구는 세상의 이익 때문에 장사꾼으로 변하고, 대신은 위엄과 권세를 믿고 충성스럽고 신의 있던 사람이 간사한 모사로 변하고, 백관은 금기에 구애되어 공정하던 사람이 아첨하는 사람으로 변한다. 귀족은 시기를 받아 현명하던 사람이 어리석게 변하고, 백성은 세금에 다쳐 고을이 화의 근본으로 변하고, 간사한 사람은 은혜를 입고서 미천하던 사람이 장군과 정승으로 변하니, 이를 두고 시대의 변화라고 한다."

아, 세상이 이렇게 만든 것인가. 사람이 어쩔 수 없이 변화한 것인가. 옛날에도 이랬는데 하물며 지금은 어떻겠는가. 혼란이 극에 달하여 사람이 저절로 변한 것이니, 순박하게 되돌리는 계기가 없어서야 되겠는가.

내가 듣기로 풍속은 교화에 따라 바뀌기 쉽다고 하였다. 윗사람이 바꾸기만 한다면 도덕은 각박하게 변하지 않고, 인의는 탐욕과 포학으로 변하지 않고, 예악은 사치로 변하지 않고, 정치는 가혹하게 변하지 않고, 부부는 미혹에 빠져 변하지 않고, 부자는 어리석은 욕심 때문에 변하지 않고, 형제는 시기 때문에 변하지 않고, 친척은 재물 때문에 변하지 않고, 친구는 세상의 이익 때문에 변하지 않을 것이다.

대신은 위엄과 권세에 흔들리지 않으니 충성스럽고 신의 있던 사람이 어찌 간사한 모사로 변하겠는가. 백관은 금기에 구애받지 않으니 공정하던 사람이 어찌 아첨하는 사람으로 변하겠는가. 귀족은 시기를 받지 않으니 현명하던 사람이 어찌 어리석은 사람으로 변하겠는가. 백성은 세금에 다치지 않으니 고을이 어찌 화의 근본으로 변하겠는가. 간사한 사람은 은혜를 입지 않으니 미천하던 사람이 어찌 장군과 정승으로 변하겠는가. 그렇다면 변화하고 변화하지 않고는 모두 위에 있는 사람이 어떻게 시행하는가에 달려 있을 뿐이다.

요순(堯舜)이 천하를 인(仁)으로 통솔하자 천하가 인으로 귀의하였고, 걸주(桀紂)가 천하를 포악으로 통솔하자 천하가 포악으로 귀의하였다. 천하 사람이 본디 저마다 요순이 될 수는 없지만, 요순의 시대에는 백성이 본래 타고난 성품을 잃지 않았다. 천하 사람이 본디 저마다 걸주가 될 수는 없지만, 걸주의 시대에는 백성이 모두 본래 타고난 성품을 잃었다. 나는 그러므로 이렇게 말한다.

"변화하는 이유도 윗사람에게 있고, 변화하지 않는 이유도 윗사람에게 있다. 이것은 무엇 때문인가. 백성을 이끌기가 몹시 쉽기 때문이다."

【원 차산(元次山, 원결)의 「시화설」은 세상을 분개한 내용이다. 내가 뒤집은 이유는 속습을 바로잡으려는 의도이다. 한 시대의 속습을 바로잡고자 한다면 모두 윗사람이 어떻게 시행하는가에 달려 있다. 그러므로 말미에 요(堯)임금과 걸왕(桀王)의 풍속이 달랐다고 말한 것이다.】

55

명나라 황제가 환술에 속다

환술(幻術)은 비록 요사한 술법이지만 중국 사람의 환술은 몹시 교묘
하다. 예컨대 당 명황(唐明皇, 당 현종)이 월궁(月宮)을 유람한 일은 모두
환술을 배운 자가 한 짓이다. 명나라 때 황제가 궁중에서 달구경을 하
며 산보하는데, 달빛이 아득한 가운데 무언가가 달에서 내려오는 듯
하였다. 점점 가까이 오더니 곧장 궁중의 황제가 있는 곳으로 향했다.
황제가 보니, 푸른 옷을 입은 동자가 학을 타고 와서 황제 앞에 섰다.
황제가 물었다.

"동자 너는 어디서 왔느냐?"

동자가 대답했다.

"저는 본디 월궁(月宮) 항아(姮娥)의 향안(香案) 앞에 있는 어린 동자
입니다. 항아의 명을 받들고 와서 황제께 아룁니다."

황제가 말했다.

"항아는 월궁의 선녀이고 나는 인간세상의 황제이니 본디 서로 관
계가 없는데 무슨 아뢸 일이 있느냐?"

동자가 말했다.

"제가 항아의 명을 받고 황제께 말씀을 전합니다. 월궁에 광한전(廣

寒殿)이 있어 항아가 항상 그 안에서 지냅니다. 십만 선관(仙官)의 집이 그 좌우를 둘러싸고, 광한전 백옥루(白玉樓)가 홀로 우뚝 서서 계수나무 그림자 아래에 너울거립니다. 옥토끼는 오래 사는 약을 찧고, 선녀는 예상우의곡(霓裳羽衣曲)을 연주하니, 참으로 존엄한 신선 세계입니다. 얼마 전 오강(吳剛)이 계수나무를 자르는 바람에 백옥루의 한쪽 모서리가 손상되어 지금 수리하고 있는데, 황금 대들보가 부족합니다. 월궁의 선관들이 모두 의논하기를 '오직 명나라 황제만이 이 물건을 마련할 수 있다.'라고 하였습니다. 그러므로 항아가 제게 인간세상에 가서 신선의 명을 전하라고 하였으니, 황금 대들보 하나를 감히 부탁드립니다."

황제가 오랫동안 중얼거리다가 말했다.

"내가 구주(九州)의 금을 모으면 이 물건을 마련할 수 있지만 어떻게 가져가겠는가?"

동자가 말했다.

"완성된 뒤에 가져가는 것이 무엇이 어렵겠습니까. 황제 폐하의 성스러운 법을 수고롭게 하지 않아도 월궁에서 변통하여 가져갈 방법이 있습니다. 주조하는 날짜를 계산하여 제게 말씀해주신다면 제가 주조하여 완성하는 날짜에 맞추어 내려오겠습니다. 대들보 양쪽 끝에 큰 둥근 고리를 붙이고, 크기는 제 말대로 주조해주시기 바랍니다."

황제가 말했다.

"열흘 뒤에 주조하여 대궐 앞에 두겠다."

동자는 명을 받들고서 학 등에 타고 하늘로 올라가더니 잠시 후 그

림자도 보이지 않았다. 황제가 천하에 금을 거두라 명하고 황금 대들
보를 만들어 궁중에 갖다놓았다. 약속한 날이 되자 동자가 또 내려와
항아의 명을 전하며 몹시 감사하였다. 황제가 말했다.

"네가 가져갈 수 있느냐?"

동자가 학을 부르자 학 한 마리가 궁중에서 왔다. 동자가 말했다.

"황금 대들보를 운반하는 데는 이 두 마리 학이면 충분합니다."

그러자 두 마리 학이 각기 대들보 끝의 고리 하나씩을 물었다. 동자
가 한 번 소리쳐 학을 꾸짖자, 학이 날면서 대들보가 뜨더니 잠시 후
하늘로 날아가 종적을 알 수 없었다. 그 뒤 황제가 궁인들에게 이 이야
기를 하였더니 모두,

"달 속의 항아가 특별히 심부름꾼을 보내 대들보를 부탁하였으니,
폐하께서 신선의 인연이 있어 이렇게 한 것입니다. 당 명황이 월궁
을 유람하고 나공원(羅公遠)이 은교(銀橋)를 만들었던 고사에서 확
인할 수 있습니다. 지금의 월궁이 바로 옛날의 월궁인데 무너진 곳
을 수리하여 신선에게 큰 공덕을 베풀었으니, 폐하의 일은 한 무제
(漢武帝)가 서왕모(西王母)를 만난 일[1]보다 낫습니다."

황제는 반신반의하였으나 늘 백옥루를 생각했다. 하루는 신하들에
게 이야기했더니 신하들은 모두 침묵했으나 오직 건의(蹇義)만이 대답
했다.

"월궁에 관한 이야기는 참으로 황당합니다. 만고에 없던 일을 오늘

---

1 한 무제(漢武帝)가……일 : 『한무내전(漢武內傳)』에 따르면, 서왕모가 한 무제에게 장수를 기
원하는 뜻으로 3천 년에 한 번 꽃이 피고 열매를 맺는 복숭아를 주었다고 한다.

날에 보게 되었는데, 신은 환술을 잘 하는 사람이 폐하를 속이고, 폐하께서 그 사람의 술책에 빠져 조종당한 것이 아닌가 의심스럽습니다. 신이 염탐하여 아뢰겠습니다."

몇 달 뒤, 서촉(西蜀) 지방에서 금광이 발견되어 금을 채굴한 사람이 천하에 가득하였다. 건의가 아뢰었다.

"이 일은 유난히 의심스럽습니다. 폐하께서 금광 옆에 사는 사람을 모두 잡아다 담당 관사에 보내 다스린다면 간사한 짓을 저지른 우두머리를 잡을 수 있을 것입니다."

황제가 그의 말대로 시행했더니, 과연 환술을 부린 자가 자수하였기에 저자에서 참수하고 천하에 포고하였다. 환술은 비록 요사한 술법이지만 이 정도에 이르렀다면 제 몸을 보존하여 죽음을 면할 수 있었을 텐데, 이것이 이른바 '환술에 뛰어난 자는 환술 때문에 죽는다.'라는 말이다. 기술은 신중히 선택하지 않으면 안 되니, 잘 쓰기는 예로부터 어려웠다. 서촉 사람의 일을 거울삼을 만하다. 우리나라 단성(丹城) 사람 문가학(文可學) 역시 환술 때문에 멸족당하기까지 하였다. 나는 문가학의 환술이 어느 경지에 이르렀는지는 모르겠지만, 죽기는 서촉 사람과 마찬가지였다. 문가학의 일은 전하는 이야기를 듣고서 기록한다.

56

전당 천축사

천축사(天竺寺)는 전당강(錢塘江) 가에 있다. 상천축사(上天竺寺), 하천
축사(下天竺寺) 두 곳이 있는데, 절경으로 일컬어진다. 백거이(白居易)
가 시를 지었다.

사찰 하나가 두 사찰이 되었으니	一山門作兩山門
두 절은 원래 한 절에서 갈라졌네	兩寺元從一寺分
동쪽 시냇물이 흘러 서쪽 시냇물 되고	東澗水流西澗水
남산 구름이 일어나 북산 구름 되네	南山雲起北山雲
앞 누대에 꽃이 피면 뒷 누대에서 보이고	前臺花發後臺見
상계의 맑은 종소리 하계에도 들리네	上界鐘清下界聞
옛적 우리 선사도 닦던 곳 생각하니	遙想吾師行道處
향기로운 계수나무 잎 어지러이 지네	天香桂子落紛紛

소순(蘇洵)이 그 시를 보았는데, 먹빛이 새것 같고 필법도 기이했으
며 시 또한 원숙하여 좋아할 만했다. 40년 뒤 소식(蘇軾)이 천축사를
찾아갔더니 그 절의 승려가 시를 잃어버린 지 오래라고 했다. 소식은

서글퍼 시를 지었다.

향산거사는 유묵을 남겼고	香山居士留遺跡
천축선사의 옛집도 있다네	天竺禪師有故家
주옥 같은 시구 부질없이 읊조리고	空詠連珠吟疊璧
나는 새와 놀란 뱀 같은 글씨는 벌써 사라졌네	已亡飛鳥失驚蛇
숲이 깊어 들판 계수나무는 열매가 없고	林深野桂寒無子
비에 젖은 생강은 병들어도 꽃을 피우네	雨浥山薑病有花
마흔 일곱 해 인생 참으로 한바탕 꿈 같으니	四十七年眞一夢
멀리서 유랑하는 신세 눈물이 줄줄 흐르네	天涯流落涕橫斜

천축사는 금릉(金陵) 전당의 제일가는 승경이다. 명나라 때 동남쪽으로 벼슬하러 가는 사람이 배를 타고 그 아래를 지나가다 간혹 처자식을 잃기도 했는데, 모두들 전당강의 신령이 한 짓이라고 했다. 그 뒤로 처자식을 거느린 사람은 감히 전당강을 지나가지 못했다. 이렇게 수십 년이 지났는데, 하루는 어떤 도둑이 천축사에 들어갔다. 한창 절간의 물건을 훔쳐가려고 하다가 주위를 둘러보니 절 뒷산의 틈에서 불빛이 바깥으로 새어나왔다. 도둑이 이상하게 여겨 가서 보니, 산에 굴을 파놓았는데, 굴속에는 푸른 저고리와 붉은 치마를 입은 여인이 부지기수였다. 그 안이 어두우므로 밤낮으로 등불을 켰던 것이다. 바깥에 있는 사람들은 산을 파서 굴을 만든 줄도 모르고 모두 산으로 여겨 심드렁하게 보았던 것이다.

도둑이 그날 밤 곧바로 전당의 수령에게 달려가서 알리니, 수령은

수하 관리 수백 명을 이끌고 천축사에 뛰어 들어가 승려들을 모두 포박하고, 이어서 굴을 무너뜨렸다. 그간 관원들이 잃어버린 처첩들이 모두 그 안에 있었으니, 승려들이 이처럼 간악한 계책을 부려 오가는 사람의 처첩을 데려가고는 강의 신이 한 짓이라고 거짓으로 말하여 세상 사람들로 하여금 의심하게 했다는 사실을 비로소 알게 되었다. 마침내 승려들을 모두 죽이고 그 절을 무너뜨렸다. 그러므로 명나라 때 천축사는 그 터만 남아 있을 뿐이었다. 【영은사(靈隱寺)도 이와 같은 일이 있었는데, 명나라 때 영은사와 천축사 두 절 모두 훼철되었다.】

57

건주 여진과 홍타이지의 조선 침략

『총명쇄록(聰明瑣錄)』에 다음과 같은 이야기가 있다.

건주(建州) 여진 부락의 추장들은 우리 국경 가까이 살아서 우리나라에 친근하게 붙어 끊임없이 공물을 바쳤다. 우리나라도 그 정성을 가상히 여겨 가자첩(加資帖)[1]을 주어 장려하되, 와서 사은하는 것은 허락하지 않았다. 누루하치[奴剌赤]도 그 가선대부의 직첩을 받고 강계(江界) 국경 너머에서 사은했다. 그 뒤 홀온(忽溫)[2] 수만여 기를 격파하고 마침내 여러 부족들을 점차 병탄하여 중국의 변방을 침범하고는 금국(金國)의 칸[汗]으로 자칭하여 청(淸)나라의 시조가 되었다.

전하는 말에 따르면, 금국의 칸이 길을 가는데, 어떤 여인이 땅에 소변을 보자 땅이 넉 자나 패였다. 기이하게 여겨 그녀와 교접하여 아홉 아들을 낳았는데 모두 영웅이었다. 정묘년(1627) 우리나라에 쳐들어온 사람은 바로 그 아홉째 아들 예왕(豫王)으로 섭정구왕(攝政九王)이

---

1 가자첩(加資帖): 정3품 이상의 품계를 주는 첩지(帖紙)이다.
2 홀온(忽溫): 북방 이민족의 부족 이름이다.
3 금림군(錦林君)의 딸: 금림군 이개윤(李愷胤)의 딸 의순공주(義順公主)이다. 청나라 섭정구왕이 조선 왕실과 혼인 맺기를 원하자, 1650년 청나라로 갔다가 1656년 다시 조선으로 돌아왔고 1662년에 죽었다.

라고 일컬어진다. 경인년(1650) 금림군(錦林君)의 딸3을 뽑아 그에게 보냈다. 병자호란 때 우리나라에 온 사람은 셋째 아들 홍타이지[洪佗始]인데, 이 사람이 숭덕호황(崇德胡皇)이다.

이 말은 예전에 성호(星湖) 이익(李瀷) 어르신에게 들었는데, 이 어르신이 말씀하기를, '건주는 백두산(白頭山)의 산줄기인 장백산(長白山) 아래에 있다. 일단 칸의 부락이 그 땅을 차지하자 비옥한 토지가 되어 곡식이 갑절로 나왔고, 또 전염병도 없어 백성이 편안히 배를 두드리며 살았다. 유랑민이 전부 그 땅으로 들어갔으니, 세금이 지극히 가볍고 가렴주구가 없기 때문이었다. 우리나라 변방의 백성도 많이 들어갔다. 그곳에는 중국인과 몽고인도 섞여 살았는데, 호황(胡皇)이 모두 위무하여 소유했다.

우리나라 창성(昌城)에서 호황이 도읍한 영고탑(靈古塔)까지는 4백리이다. 길이 평탄하므로 호황이 중국을 병탄하려 하면서 우리가 그 뒤를 습격할까봐 두려워했다. 병자년(1636) 우리나라를 침입한 것은 먼저 우리나라를 굴복시킨 다음 중원에서 전쟁을 하려는 계획이었으니, 명나라가 그 추장의 할아비를 죽였기 때문이다. 추장은 명나라를 원수의 나라라고 하며 반드시 복수하고 말겠다고 맹세했다. 명나라가 도적 이자성(李自成)에게 멸망하여 산해관(山海關)을 지키던 장수 오삼계(吳三桂)가 칸에게 군대를 청하자 칸이 기쁘게 따랐던 것은 이 때문이다.'

58

왕세정의 후회

내가 명나라 문단의 평론1을 보니, 왕세정(王世貞)을 이렇게 칭찬했다.

"왕세정의 재주는 실로 이반룡(李攀龍)보다 높다. 그 신명(神明)과 의기(意氣)는 모두 세상에 드물다. 젊은 시절에는 이반룡 무리에 둘러싸여 추중받고, 문호를 세운 뒤로는 명성이 더욱 높아졌다. 비유하자면 험준한 비탈에 오르고 위태로운 담장에 올라탄 것 같아, 내려오고 싶어도 내려올 수 없는 것이었다. 만년에는 세상 경험이 많아지고 독서도 점차 세밀해져 허황한 기운이 사라지고 경박하고 부화한 태도가 없어졌다. 그러자 식은땀을 흘리며 갑자기 꿈에서 깨어났으나 다시 고칠 수 없어 후회했다. 시를 논할 적에는 진헌장(陳獻章)을 깊이 인정했고, 산문을 논할 적에는 송렴(宋濂)을 극력 추숭하고 귀유광(歸有光)을 칭찬했다."

또 이렇게 말했다.

"내가 어찌 취향을 달리 하겠는가. 오랫동안 마음이 아팠다. 오직 일에 따라 바로잡아 후세 사람을 그르치지 않을 뿐이다."

---

1 명나라 문단의 평론 : 전겸익(錢謙益)의 『열조시집(列朝詩集)』을 말한다.

왕세정의 병이 위중해지자 유봉(劉鳳)이 문병을 갔는데, 왕세정이 손에서 소식의 문집을 놓지 않는 것을 보고는 만년에 뉘우쳤다는 사실을 알았다. 처음에 왕세정이 이반룡과 일을 같이할 적에는 나이도 젊고 재주도 많아 기이하고 예스러운 것을 숭상하는 데 힘썼다. 스스로 주(周)나라와 한(漢)나라를 넘어서고 고시(古詩)와 『문선(文選)』을 뛰어넘었다고 하며, 소식 등이 지은 글은 거리의 상스러운 말이라 하며 침을 뱉고 비루하게 여겼다.

그러다가 오랜 뒤에 글을 보는 안목이 조금 트이자 비로소 고금의 문체는 모두 시대의 분위기에 따라 자연스럽게 나왔다는 사실을 알았다. 또 모방과 표절은 거짓이므로 참된 안목을 가진 사람을 속이기 부족하다는 사실을 알았다. 또 참된 뜻과 거짓된 뜻이 속에서 쏟아져 나오는 것은 천기(天機)가 저절로 움직여 자연히 고상하고 오묘한 경지에 도달했기 때문이라는 사실을 알았다. 그러자 두려워하며 깨닫고 지난날을 돌아보니, 이반룡을 추중하며 미친 듯 소리치고 어지러이 내달리며 함부로 글을 지은 것이었다. 다만 고상하고 오묘하며 빼어나고 기이한 점이 소식의 글에 있다는 사실을 알고 비록 버리고 싶었지만 그럴 수 없었다. 마침내 기어들어가 소식에게 귀의하여 이렇게 허다하게 후회하는 말을 했던 것이다.

59

왕안석과 소식이 서로의 재주를 아끼다

예로부터 문인들은 인정과 아취가 많았다. 그러므로 참으로 기이한 재주가 있는 사람을 보면 모두 애지중지했다. 지우를 입은 사람도 자연히 마음에 느낀 바 있어 비록 혐의가 있더라도 서로 따지지 않았다. 염백서(閻伯嶼)와 왕발(王勃)[1], 엄무(嚴武)와 두보(杜甫)[2]의 관계가 이것이다.

처음에 왕안석(王安石)이 신법으로 천하를 흔들자 소식(蘇軾) 형제는 그를 몹시 비난했다. 왕안석도 기뻐하지 않았으니, 그들을 멀리한 것이 어찌 거짓이겠는가. 그러다가 왕안석이 소식을 만났는데, 실로 다른 마음은 없었고, 그의 문장이 오묘하여 몹시 심복했다. 그리하여 소식의 「표충관비(表忠觀碑)」[3]를 벽에 걸어두고 읽으며 말했다.

"이것은 사마천(司馬遷)의 「제후왕연표(諸侯王年表)」와 비슷한 글이다."

---

1 염백서(閻伯嶼)와 왕발(王勃): 염백서는 당(唐)나라 홍주 자사(洪州刺史)로 등왕각(滕王閣)을 중수한 뒤 연회를 열고 손님들에게 글을 짓게 했다. 그는 사위 오자장(吳子章)의 글솜씨를 자랑하려 했지만, 왕발(王勃)이 서문을 짓자 처음에는 무시했으나 나중에는 감탄했다.

2 엄무(嚴武)와 두보(杜甫): 엄무는 당나라 검남 절도사(劍南節度使)로 두보를 아꼈으나 두보는 오만방자하게 굴었다.

3 표충관비(表忠觀碑): 오대(五代) 연간 절강 지방을 통치하다가 송나라에 귀의한 오월 국왕(吳越國王) 전유(錢鏐)의 사당에 그간의 사적을 정리하여 기록한 비이다.

또 「승상원장경기(勝相院藏經記)」를 얻고는 달빛 비치는 처마 아래에서 빙그레 웃으며 서둘러 읽고, 손수 그 기문을 들고 일어나 마루를 배회하며 감탄했다.

"소식은 문장 중의 용(龍)이라 하겠다."

이는 소식의 문장을 깊이 알고서 애지중지한 것이다. 그의 말이 일단 퍼지자 소식은 지기(知己)를 만났다며 감동했다. 소식이 여남(汝南)에서 상주(常州)로 가는 길에 마침내 금릉(金陵)에 들러 왕안석을 만나 군대를 늘리고 옥사를 늘리는 폐단을 간언했다. 또 편지를 보내 진회(秦檜), 장채(張埰) 등 몇 사람을 천거하였다. 그러다가 왕안석이 죽자 황제의 명을 받고 왕안석을 태부에 증직하는 제서(制書)를 지었다.

60

건륭제가 조선 문인을 칭찬하다

지금 중국이 비록 중화(中華)라고는 하지만 오랑캐가 들어와 황제가 되었으므로 오로지 무력을 숭상하고 문학에 공을 들이지 않는다. 몇 해 전 홍화보(洪和輔)가 연경에 들어갔더니 건륭제(乾隆帝)가 시를 짓게 했다. 홍화보가 명령대로 지어 바치니 건륭제가 '천하 문장'이라고 칭찬하며 몹시 후한 선물을 주었다. 작년(1784)에 강세황(姜世晃)이 연경에 갔더니 건륭제가 이런 글을 써 주었다.고 한다.

"문장은 한유(韓愈)와 같고 시는 두목(杜牧)과 같으며, 글씨는 왕희지(王羲之)와 같고 그림은 고개지(顧愷之)와 같다."

그 칭찬한 말이 지극했다. 외국 사람이므로 겉으로만 칭찬한 것인가? 그가 본 실상이 이와 같으므로 과장되게 칭찬한 것인가?

내 생각에는 건륭제도 인걸이다. 어찌 문장을 모르고 이렇게 했겠는가. 홍화보의 시는 말할 만한 것이 없는데 '천하 문장'이라는 호칭을 얻었고, 강세황의 글씨는 요망한 글씨에 가까운데 왕희지에 비견했고, 문장은 제대로 된 문장이 아닌데 한유에 비견했다. 이 두 사람은 건륭제의 칭찬을 받고 좋아하여 남에게 자랑했는데, 그가 칭찬한 말이 바로 깎아내린 말이라는 사실을 모른다. 실상이 있어서 칭찬하는 것은 괜찮지만, 글이 짧은 사람을 '천하 문장'이라 하고, 글재주도 없으면서 글씨에 조금 재주가 있는 사람을 짝이 맞지 않는 사람에게 비견했으니, 두 사람은 모두 농락당한 것이다. 그러나 조선 사람은 모두 건륭제에게 농락당한 줄도 모르고 진짜 칭찬이라고 여기니, 나는 개탄스럽다. 그러므로 이와 같이 쓴다.

61

진회가 지장보살에게 벌을 받다

진회(秦檜)가 악비(岳飛)를 죽인 일은 만고에 지극히 원통한 일이다. 『강호잡록(江湖雜錄)』에 기이한 사건이 실려 있는데, 허황한 말에 가깝지만 뭇사람의 마음을 통쾌하게 하고 한때의 원통한 옥사를 판결했으니, 허황하다고 여기지 않는 것이 좋겠다. 『강호잡록』의 내용은 다음과 같다.

진회가 악비를 감옥에 가둔 뒤 동쪽 창문 아래 귤껍질을 버리며 중얼거리면서 처결을 내리지 못했다. 아내 왕씨가 물었다.

"무엇 때문에 그러십니까?"

진회가 그 일을 이야기하자 왕씨가 말했다.

"붙잡힌 범을 처리하기는 쉬워도 풀려난 범을 처리하기는 어렵다는 말을 듣지 못했습니까?"

진회가 마침내 처결했다. 악비가 죽은 뒤 어떤 승려가 시를 지어 진회를 꾸짖으며 말했다.

집이 동남쪽 첫 번째 산에 있네   家住東南第一山

진회가 병졸 하립(何立)을 시켜 그를 쫓아가게 했다. 하립이 어느 곳에 갔더니 궁전이 삼엄한데, 승려가 앉아서 일을 처결하고 있었다. 바로 시를 지은 승려였다. 옆사람에게 물으니 이렇게 대답했다.

"이곳은 지장전(地藏殿)[1]이니, 지금 이승에서 진회가 악비를 죽인 일을 처결하고 있다."

얼마 후 병졸 몇 사람이 진회를 끌고 왔는데, 쇠로 만든 형틀을 쓰고 봉두난발에 더러운 얼굴이었다. 그가 하립을 보더니 소리쳤다.

"부인에게 동쪽 창문에서의 일이 발각되었다고 전해라!"

진회가 권력을 잡기 전에 선화전(宣和殿) 노송나무에 옥으로 된 가지가 돋아[2] 보는 사람들이 괴이하게 여겼다. 이것은 진회가 국권을 장악할 징조였다. 화친을 강력히 주장하고, 악비를 함부로 죽였으며, 장준(張浚) 등 여러 현인들을 내쫓아 나라를 망하게 했으니, 노송나무에 옥으로 된 가지가 핀 것은 재앙이었다. 그러나 당시 사람들은 모두 몰랐으니 한탄스럽다.

---

1 지장전(地藏殿): 지장보살을 모신 불전이다.
2 노송나무에……돋아: 노송나무[檜]는 진회의 이름이고, 옥 가지[玉枝]는 진회의 자이다.

62

왕안석의 그릇된 자식 사랑

형공(荊公) 왕안석(王安石)이 종산(鍾山)에 한가로이 앉아 있는데, 지난
날 심부름꾼으로 부리던 아전이 찾아왔다. 왕안석이 생각해보니 그는
죽은 지 이미 오래였다. 왕안석이 물었다.

"너는 이미 죽었는데 백주 대낮에 찾아온 이유는 무엇이냐?"

그 아전이 말했다.

"처리해야 하는 사소한 일이 있으니, 상공께서는 놀라지 말고 편안
히 앉아 계십시오."

이윽고 병졸이 왕방(王雱)[1]을 잡아왔는데, 봉두난발에 더러운 얼굴
이라 보기에 참혹했다. 아전이 말했다.

"상공의 아드님을 압송하는데 그 일을 상공에게 알리지 않으면 안
되므로 특별히 고하러 왔습니다."

왕안석은 잠자코 말이 없었다. 그 뒤 왕안석은 자기가 살던 반산(半
山) 집을 승려에게 시주하여 사찰로 만들었는데, 왕방이 명부(冥府)에
서 죄를 면하게 하기 위해서였다. 이 일은『명신록(名臣錄)』에 실려 있
다. 왕안석이 아들 왕방을 애도하면서 쓴 시에,

라고 하였으니, 무슨 뜻인가. 그 아들의 악행을 몰라서 이렇게 썼단 말인가. 왕방은 패악한 자식인데 왕안석은 봉황새에 비견했으니, 자애하는 마음이 우세하여 그 눈과 귀를 가린 것인가.

---

1 왕방(王雱): 왕안석의 아들이다.

63

황겸제와 주희의 백성 구휼

『명신록』에 다음과 같은 이야기가 있다. 충정공(忠定公) 장영(張詠)이 성도부(成都府)에 있을 때 꿈에 자부진군(紫府眞君)을 알현했다. 만나서 이야기한 지 오래지 않아 갑자기 아전이 서문(西門)의 승사(承事) 황겸제(黃兼濟)가 도착했다고 알렸다. 그가 복건에 도복 차림으로 종종걸음으로 오자 자부진군이 계단을 내려와 맞이하는데, 제법 예의가 융숭했다. 또 장공에게 읍하고 승사의 아래에 앉혀놓고는 황겸제를 돌아보며 친근하게 굴었는데, 제법 공경하고 감탄하는 뜻이 있었다. 공이 이튿날 전객(典客)을 서쪽 문으로 보내 황승사라는 사람을 불렀는데, 평소 입는 옷을 입고 오라고 했다. 그가 도착하니 과연 꿈에서 본 모습과 같았다. 공이 꿈 이야기를 들려주며 물었다.

"평소 무슨 음덕을 쌓았기에 이처럼 자부진군의 후의를 입었으며 나보다 윗자리에 앉게 되었는가?"

황겸제가 말했다.

"달리 잘한 일은 없고, 다만 매년 보리가 익을 때면 돈 3만 꿰미로 곡식을 사 두었다가 이듬해 곡식이 아직 익지 않아 백성이 먹을 것이 부족할 때 값을 올리지 않고 수량도 달리하지 않았습니다. 제게는 애당초 손해가 없고, 백성은 급한 처지에서 벗어날 수 있습니다."

공이 말했다.

"이것이 승사가 내 윗자리에 앉은 까닭이오."

그리고는 공복을 가져오라고 하여 두 아전에게 부축하게 하여 엄숙히 네 번 절을 받게 했다. 황공의 후예는 번성하여 지금까지 관직에 있는 사람 중에 고관이 많다.

아, 승사가 쌓은 덕은 이와 같은 데 불과한데, 지금 수령된 자는 국가의 환곡을 자기 이익을 도모하는 밑천으로 삼아 흉년이면 돈 모으기를 일삼아 굶어죽는 백성을 돌아보지 않는다. 만약 부처의 말대로 지옥이 있다면 이와 같은 사람들은 모두 칼과 족쇄를 차고 지옥에 갈 것이다. 수령은 그렇다 치고, 평범한 백성의 경우 가난한 사람은 승사와 같은 뜻이 있어도 형편상 하기 어렵다. 부유한 사람은 할 수 있지만 하지 않고, 부유하면 더욱 부유하게 되려는 마음이 있다. 복을 뿌리는 일은 모르고 도리어 이익을 도모하는 마음만 있으니, 슬프다.

내가 한가롭게 지내며 주자의 글을 읽으니, 건도(乾道, 1165~1173) 연간에 주자가 복건(福建)에 사창(社倉)을 짓고 가난한 백성들에게 해마다 5월이면 사창에서 곡식을 받고, 겨울이면 2할의 이자를 보태 갚게 했다. 수확량이 적으면 그 이자의 반을 덜어주고, 큰 흉년이 들면 전부 덜어주었다. 몇 년이 지나 이자가 원금과 같아지면 혜택을 널리 베풀 수 있을 것이니 이자를 덜어 백성에게 주기로 했다. 몇 년 동안 시행하자 사람들이 편리하게 여겼다. 또 늘상 범중엄(范仲淹)의 의장(義庄)[1]을 좋아하여 그 법도를 알고는 있지만, 나 같은 사람은 힘

이 넉넉하지 않으니 어찌하겠는가? 책에 적어두고 그 한스러움을
기록한다.

---

1 범중엄(范仲淹)의 의장(義庄): 송나라 범중엄이 좋은 땅을 사들여 그 수입으로 친척들 가운
데 혼인이나 장례를 치루지 못하는 이를 도와주었다.

64

성기인의 교화

선친(성기인(成起寅))이 만경(萬頃) 임소에 있을 때 봉급을 반드시 반으로 나누어 떠도는 백성에게 주어 생계에 보태게 했다. 그 뒤 선친이 창녕(昌寧) 미곡선(米穀船) 사건으로 의금부에 잡혀가 감옥에 갇히자, 만경 백성들이 발을 싸매고 천 리 길을 와서 울면서 원통하다고 호소하는 사람이 수백 명이었다. 마침내 이 때문에 풀려났다. 아, 덕이 사람을 감동시키는 것이 이와 같다.

65

용을 본 경험담

용이 하늘로 올라가는 모습을 보기는 몹시 어렵다. 내가 만경 관아에
있던 어느 날 큰 비가 내렸다. 아전들이 모두 용이 하늘로 올라간다고
하며, 구름 사이의 검은 기운이 있는 곳을 가리키며 말하기를,

"이것은 용이 몸을 숨긴 곳이고, 머리와 꼬리는 저기에 있습니다."

라며 분명히 말했다. 그러나 내가 보기에는 끝내 자세하지 않았으니,
내가 보는 것이 토착민만 못해서 그럴 것이라 의심했다. 그 뒤 집에 돌
아와 27세 때 마을 사람을 따라 삼가(三嘉) 댁 사랑채에 갔다. 때는 7월
이라 더위가 한창 찌는 듯했다. 그 집 사랑채가 높아서 시야가 탁 트였
으므로 여러 사람이 모여 우스갯소리를 섞어가며 이야기를 했다. 날
이 저물어 바람이 불자 여러 사람이 옷깃을 걷고 바람을 맞으며 상쾌
하다고 했다. 그때 선전관 이항후(李恒厚) 척숙(戚叔)이 하늘의 한 조각
구름을 가리키며 사람들에게 말했다.

"여러분은 보았소? 저 구름이 몹시 기이하오. 매우 기이하오. 모습
은 곡식 까부르는 키 같은데 위는 두껍고 아래는 홀쭉하오, 길이와
너비는 자리 하나 크기이고, 색깔은 칠흑 같소. 나는 평소 몹시 기
이한 모습의 여름철 구름을 많이 보았지만, 저렇게 새까만 구름은

본 적이 없소. 여러분도 보통 구름으로 보았소?"

그러자 모여 있던 사람들이 일시에 보았는데, 과연 이 선전관이 본 것과 같았다. 사람들이 일시에 괴이하다고 했다. 잠시 후 구름이 점점 강으로 내려오더니 그 끝이 강 속에 꽂혔다. 그곳은 사문진(沙門津) 어귀 철벽이 곧게 선 곳인데 강물이 몹시 깊다. 사람들은 그 이유를 몰라 오랫동안 주시했는데, 그 구름이 또 점점 하늘로 올라갔다. 그 끝에는 무슨 물건이 매달려 있는 것 같았다. 사람들은 그 물건이 무엇인지 몰라 이구동성으로 말했다.

"구름은 검은데 그 끝에 끈처럼 매달린 하얀 물건은 무엇인가?"

한참 의아해 하고 있는 사이에 그 구름은 곧장 철벽 위 평평한 곳으로 올라갔는데, 높이는 4, 50길 정도였다. 구름은 철벽 위에 있었으나 그 끝에 매달린 것은 머리 부분을 검은 구름 속에 감추었으나 그 꼬리는 강 속에 있었다. 대략 그 모습을 파악하니, 큰 백옥 기둥이 철벽 끝에 마주 서 있는데, 그 길이가 철벽과 비슷했다. 옛사람이 '용이 물을 얻는다.'라고 했는데, 덕 있는 사람이 헛소리를 하지는 않았을 것이다. 얼마 후 그 물건이 몸을 굽히고 요동치니, 완연히 구름 사이에 있는 그림 속의 용 같았다. 머리와 뿔은 검은 구름 조각 사이에 둘러싸여 드러나지 않았으니, 『주역』에서 '용을 보되 머리가 없다.'[1]라는 말이 이를 두고 한 말이다. 사람들은 비로소 그것이 백룡이라는 것을 알았다. 이 사문진 어귀에는 예로부터 용이 숨어 있다고 일컬어졌는데,

---

1 용을……없다: 『주역』 「건괘(乾卦) 상구효(上九爻)」에 이른바 "군룡(群龍)을 보되 머리가 없으면 길하다.[見龍無首之吉]"라는 말을 인용한 것이다.

지금 구름 사이에서 노닐고자 이렇게 움직인 것이었다. 용이 하늘로 오를 적에는 반드시 구름을 타고, 구름은 반드시 용을 따른다. 신묘한 변화를 일으켜 천둥번개를 부리고 땅에 물을 쏟아 부어 골짜기를 채우는 것도 삽시간의 일이다.

오늘은 바람도 없고 비도 없어 용이 조화를 부리지 못해 그런 것인가. 그러나 의아해 하는 사이에 용이 절벽에서 강 속으로 향하는데, 그 꼬리가 물에서 한 자 높이에 떠 있었다. 간혹 전신을 흔들기도 하고, 간혹 발톱으로 할퀴기도 했다. 하늘로 오르려고 했지만 꼬리를 흔들며 곧장 오르지 못한 것이 일곱, 여덟 차례였다. 하늘로 올라가려 하였으나 아직 올라가지 못하고 있을 때, 홀연 문득 비슬산(琵瑟山) 골짜기에서 어떤 물건 하나가 나타났다. 소리는 큰 종이 울리는 듯하고, 색깔은 붉고 모양은 둥글어 마치 세상의 둥근 북 같은데 곧장 용이 있는 곳으로 왔다. 용이 이 물건을 얻자 그 몸을 활처럼 반으로 굽히더니, 사문진 어귀에서 점차 금호강과 낙동강이 합류하는 곳으로 와서 곧바로 서서 허공을 가로질렀다. 사방에서 솜 같은 흰 구름이 조각조각 모이더니 잠깐 사이에 용의 몸을 감쌌다.

구름 색깔이 점차 검어지더니 저녁 먹을 무렵이 되자 비바람과 천둥번개가 동시에 한꺼번에 일어났다. 동남쪽의 검은 구름이 천지 사이를 가득 채우니 마침내 온통 어두워져 용이 간 곳을 알 수 없었다. 바람은 회오리바람과 비슷했는데, 들판의 원두막이 모두 날아갔고, 원두막에 있던 농기구도 휩쓸려 날아가 한 마장 거리에 떨어졌으니, 그 바람이 얼마나 거센지 알 만하다.

우레 소리는 뇌거(雷車)[2]가 굴러가는 듯했다. 우레가 치는 곳은 불빛과 맹렬한 기세가 번쩍 일어나 사람들이 모두 쓰러졌다. 콩이 흩어지는 것처럼 비가 내리더니, 잠깐 사이에 도랑이 모두 가득 찼다. 사문촌 사람은 우레 소리에 놀라 모두 방으로 들어왔는데, 그 용이 무슨 짓을 하는지 몰랐다. 높은 마루에서 멀리 보던 사람은 마음 놓고 보았으므로 전말을 모두 자세히 알았다.

때는 7월이라 온갖 곡식이 모두 무성했는데, 용이 지나간 곳은 낟알 한 톨도 상하지 않았으니, 신령한 물건도 곡식이 중요한 줄 알아서 그렇다는 사실을 비로소 알았다. 아니면 그 용은 본래 물고기이므로 본성이 사납지 않아 그런 것인가. 이 용은 물고기가 변한 것인데, 꼬리를 다 태우지 못해서 여전히 물고기 꼬리였던 것이다. 그 뒤 절벽 아래 강물이 얕은 여울이 되었는데, 그 용이 옮겨가서 이렇게 된 듯하다. 듣자하니 이날 조곡(粗谷) 선산 한 곳이 갈라지면서 깊은 연못을 이루었다고 한다.

---

2 뇌거(雷車): 우레를 일으키는 전설의 수레다.

66

한 문제와 가의가 귀신에 대해 문답하다

내가 의아하게 여기는 것이 있다. 한 문제(漢文帝)가 선실전(宣室殿)에서 복을 받는 의식을 거행하며 가의(賈誼)에게 귀신의 일을 질문했는데, 가의가 귀신의 유래를 자세히 설명하자 문제가 자기도 모르게 자리를 당겨 앉았다고 한다.

사관이 그 말을 기록하지 않아 가의의 대답이 어떠했는지는 모르지만, 문제는 이치를 연구하는 학문을 하다가 귀신의 일을 질문한 것인가? 아니면 선실전에서 복을 받는 의식을 거행하다가 우연히 질문한 것인가? 가의가 과연 음양 조화의 이치로 문제의 질문에 대답했기 때문에 황제가 가의 앞으로 가까이 가서 앉은 것인가? 가의의 대답은 『춘추좌씨전』에 기록된 백유(伯有)와 팽생(彭生)의 일[1]에 불과한데, 문제가 그 옛일을 듣기 좋아하여 그랬던 것인가? 이것은 알 수 없다.

그러나 귀신에 관한 일은 이야기하기가 지극히 어렵다. 공자 문하에서도 자로(子路)와 재아(宰我)가 귀신을 섬기는 도리에 대해 질문했

---

1 백유(伯有)와 팽생(彭生)의 일: 백유는 정(鄭)나라 대부 양소(良霄)이다. 사대(駟帶)와 정권을 다투다가 피살당하자 악귀가 되어 사대에게 복수했다. 팽생은 제(齊)나라 공자이다. 노(魯)나라 환공(桓公)에게 죽음을 당하자 악귀가 되어 양공에게 복수했다.

고, 그 밖의 문인과 뛰어난 제자는 인(仁)을 묻고, 효(孝)를 묻고, 정사를 질문했을 뿐이다. 만약 문제가 과연 이치를 연구하려는 마음이 있어서 질문했다면, 가의의 학문은 신불해(申不害)와 한비자(韓非子)의 말에 불과했으니, 어찌 이치에 나아가는 성인의 학문을 말할 수 있겠는가. 대개 음양의 조화는 이치를 궁구하는 일이니, 문제가 우연히 질문했더라도 가의가 우선 귀신의 성대한 덕[2]을 말하고, 이어서 빛나는 실상[3]을 말했다면, 황제가 어찌 귀신의 기운이 피어오르고 두렵게 만든다는 이야기에만 감동했겠는가?

어떻게 아는가? 저승과 이승은 본디 두 가지가 아니며 그 이치는 본디 하나의 근원에서 나온 것이다. 인의(仁義)를 알면 음양을 알 수 있고, 본성을 다할 수 있으면 천명에 도달할 수 있다. 가의 역시 이렇게 대답하여 성인의 가르침을 어기지 않았을까, 아니면 그렇지 않을까?

예전에 문제의 일을 살펴보고서 가의가 문제와 가까운 자리에서 대답한 말이 성인의 말씀과는 다르다는 사실을 알았다. 어째서인가? 신원평(新垣平)이 속이는 말을 아뢰자 문제가 현혹되었다.[4] 이것은 귀

---

2 귀신의 성대한 덕: 『중용장구(中庸章句)』의 "귀신의 덕이 성대하도다. 보아도 보이지 않으며 들어도 들리지 않으며, 사물이 본체가 되어 빠뜨릴 수 없다.[鬼神之爲德, 其盛矣乎. 視之而弗見, 聽之而弗聞, 體物而不可遺.]"라고 한 말을 가리킨다.

3 빛나는 실상: 『예기(禮記)』「제의(祭義)」에 귀신이 나타나는 모습을 형용하여, "그 기운이 위로 날아올라 환히 빛나고 피어오르며 두려워진다.[其氣發揚于上, 爲昭明焄蒿悽愴.]"라고 한 말을 인용한 것이다.

4 신원평(新垣平)이……현혹되었다: 술사(術士) 신원평(新垣平)이 한 문제에게 해가 다시 중천에 뜰 것이라고 말했는데, 얼마 뒤에 실제로 해가 뒤로 물러나 다시 중천에 떴으므로, 다시 17년을 원년으로 삼고 천하에 큰 잔치를 베풀었다.

신의 실상을 알지 못했기 때문이다. 만약 천지조화의 자취를 알았다면 속이는 자가 어찌 요망하고 허황한 말로 문제 앞에서 현혹시킬 수 있었겠는가. 그러므로 나는 이렇게 말한다.

"문제의 질문은 이치를 연구하는 질문이 아니었고, 가의의 대답 역시 음양을 알고 천명에 도달하는 말이 아니었다. 그렇다면 가의가 말한 귀신의 유래는 옛날 민간 신앙의 잡다한 일에 불과했을 것이니, 어찌 군주의 학문에 조금이라도 보탬이 되겠는가.

비록 그러하나 선실전에서 이렇게 질문했으니, 이치를 연구하는 학문이 전혀 없었다고 할 수는 없다. 이때를 만나 가의가 조화에 관한 말로 격물치지의 학문에까지 미쳤다면, 문제의 총명하고 아름다운 자질로 어찌 퍼뜩 깨닫는 일이 없었겠는가. 문제는 이치를 연구하는 질문을 했는데, 가의는 이치에 나아간 학문이 없어 군주의 덕을 성취하지 못하게 하여 한나라가 한나라에 그치고 말았으니 한탄을 견딜 수 없다."

67

소옹의「무명공전」

강절(康節) 소옹(邵雍) 선생이「무명공전(無名公傳)」을 지었다. 비록 스스로를 이름 없는 사람이라고 했지만 광채가 겉으로 드러나니, 덕업과 문장이 드러나 보는 사람을 감동시키는 것은 자연히 막을 수가 없어 소문이 천하에 널리 퍼졌다. 『중용』에서 이른바 수레와 배가 가고 해와 달이 비추는 곳에서는 모두 듣고 알았다. 그 명성이 더욱 퍼지자 숨어서 이름 없이 지내고 싶어도 그럴 수가 없었다. 그의 시는 다음과 같다.

집은 말박 만하고 담은 어깨 높이라네[1]	室大乎斗 墻高乎肩
천하의 봄을 거두어 내 폐부에 들이네[2]	收天下春 歸之肝肺

그 집은 말박 크기였지만 사람들은 좁다고 여기지 않았고, 그 담은 어깨 높이였지만 사람들은 감히 그 끝을 엿볼 수 없었다. 자애롭고 진

---

1 집은……높이라네: 소옹의「옹유음(瓮牖吟)」에 나오는 구절이다.
2 천하의……들이네: 소옹의「안락음(安樂吟)」에 나오는 구절이다.

실하여 봄바람이 사물을 싹트게 하는 것 같았으니, 그 마음은 고금의 변화를 품고 그 도량은 거대한 우주를 삼킨 듯했다. 드높은 산과 넘실 거리는 바다, 무성한 초목, 날고 달리는 동물, 천지가 된 이유, 해와 달이 해와 달이 된 이유, 만물을 조화하는 기틀, 예악과 문물의 근원이 가슴 속에 또렷하지만 억지로 이름 지을 수가 없었으므로 무명공(無名公)이라 자호했다. 그가 안락하게 여긴 것은 곧장 천지와 크기를 같이 하고 만물과 조화를 같이하여 끝이 없는 것이었다.

나는 늘 소옹의 시를 읽고서 존경하며 감탄했다. 나는 어리석은 사람이니, 누추한 집과 외진 골목에 있어도 좋고, 깊은 산 외딴 골짜기에 있어도 좋다. 사람들이 알아주든 몰라주든 나와 무슨 상관이겠으며, 사람들이 기뻐하건 기뻐하지 않건 나와 무슨 상관이겠는가.

또 마음으로 안락하게 여기는 점이 있다. 태평시절에 태어나고 태평시절에 자랐으며 태평시절에 늙었으니 강절과 마찬가지이며, 말박 만한 집과 어깨 높이의 담도 마찬가지다. 나와 옛 사람은 두 가지 같지만 한 가지는 다르다. 다른 점은 내가 노둔한 사람으로 자질은 지리멸 렬하고, 학문은 옛사람의 문턱도 엿볼 수 없을 정도이니, 기꺼이 종노 릇을 할 뿐이다.

한가롭게 지내며 복희씨(伏羲氏)와 문왕(文王)이 만든 『주역』을 보니, 곤괘(坤卦) 육삼효(六三孝)에 '아름다움을 품고 곧은 태도를 지킬 수 있다.' 하였고, 건괘(乾卦) 문언전(文言傳)에 '세상을 따라 변하지 않고, 명성을 이루려 하지도 않으며, 숨어살면서 옳다고 인정받지 못하더라도 근심하지 않는다' 하였으니, 이것은 예로부터 성현들이 긴요하게 사람들을 위해 알려준 것이며, 내가 『주역』에서 얻은 것도 이것뿐이다. 하늘의 변화, 기운의 성쇠, 시대의 오르내림, 운수의 성쇠, 도의 통하고 막힘, 천명의 궁달, 괘상의 길흉, 점사의 험이로 말하자면 무지몽매한 사람이 무지몽매함을 깨우칠 수 있을 것이다. 그러나 나의 무지몽매함은 바뀌지 않고 무지몽매한 그대로이니, 스스로 개탄할 뿐이다. 소옹의 「무명공전」을 읽고 또 마음에 느낀 점이 있어 삼가 그 시에 차운한다.

내 집은 말박보다 작고	余室比斗小
내 담은 어깨에도 못 미치네	余墻不及肩
꿈에서 『주역』 삼효(三爻)를 삼키고	夢吞三爻易
깨어나니 폐부가 따뜻하네	覺來暖肺肝

68

전극항의 운명

나는 도교와 불교의 말을 좋아하지 않지만, 기왕 떠도는 이야기를 기록했으니, 괴이한 이야기를 기록하여 담소하는 사람이 한바탕 웃음거리로 삼도록 한다.

한림 전극항(全克恒)은 사서(沙西) 전식(全湜) 선생의 아들이다. 젊은 나이에 과거에 합격하여 은혜를 입고 집으로 돌아가는데, 조령(鳥嶺) 용추(龍湫) 가에서 시를 지었다.

산에는 봉래섬의 학이 날아다니고	山飛蓬島鶴
물에는 무릉도원의 복사꽃이 흘러오네	水引武陵花

한창 읊조리는데 어떤 사람이 산기슭에서 오더니 읍하고 물었다.

"그대의 시에는 신선의 기운이 있으니, 속세 사람의 입에서 나올 말이 아니오. 그대는 봉래섬과 무릉도원을 보았소?"

한림이 대답했다.

"시인이 으레 봉래섬, 무릉도원을 쓰는 것이지 어찌 본 사람이 있겠소?"

그 사람이 말했다.

"비록 봉래섬과 무릉도원은 아니라도 기이한 화초가 주위를 둘러 싸고 푸른 난새와 흰 학이 빙빙 돌며 오르내리지요. 또 천 년 사는 복숭아와 만 년 사는 약초가 있으니, 봉래섬이 아니지만 봉래섬이 요, 무릉도원이 아니지만 무릉도원이지요. 그대가 보고 싶다면 내 가 길을 안내해서 보여주겠소."

한림이 웃으며 말했다.

"지금 세상에 어찌 그런 별세계가 있겠소? 그대 말이 몹시 허황하 오. 또 내게는 늙은 어버이가 있는데 요행히 과거에 합격하여 문희 연(聞喜宴)을 열기로 하고 날짜를 정했으니, 지금은 한가하게 산을 유람할 때가 아니오. 비록 가까운 곳에 있더라도 나는 보고 싶지 않 소."

그 사람이 말했다.

"그대가 만약 본다면 집에 돌아가는 것도 잊으리니, 나와 3년 뒤에 집으로 돌아가는 것이 좋겠소."

한림이 말했다.

"무릉도원 이야기도 황당하지만 당신의 인사도 지극히 황당하오. 어찌 과거에 급제하고서 부모님을 뵙지도 않고 곧장 산을 유람하 고 3년이 지나도록 집으로 돌아오지 않는 사람이 있겠소. 이와 같 은 말은 귓가로 듣고 싶지도 않소."

그 사람이 말했다.

"그대의 말이 반드시 이와 같다면 이것은 속세에 얽매인 사람이라 도(道)를 이야기하기 어렵기 때문이오. 3년 뒤 그대가 다시 이 길로 올 것이니 내가 보여주겠소."

그리고는 마침내 헤어졌다. 한림이 집으로 돌아와 이 일을 부친 사서 선생에게 말하니, 선생이 말했다.

"그 사람은 반드시 무슨 뜻이 있어 말했겠지만 알 수가 없구나."

그 뒤 한림이 되어 병자호란을 만나 사초(史草)를 안고 북청문(北靑門)으로 나왔다가 뜻하지 않게 오랑캐를 만나 칼날을 맞고 죽었다. 그의 죽음은 3년이 지나지 않았을 때였고, 상여가 이 길로 왔으니, 그 사람의 말이 이때 이르러 과연 증명되었다. 기왕 살길을 알려주고서 그 곡절을 자세히 말하지 않은 이유는 무엇인가? 천기를 누설하고 싶지 않아서 그런 것인가? 은미하게 단서를 드러내어 스스로 깨닫게 하고자 해서 그런 것인가? 이 이야기는 내가 안주 목사(安州牧使) 고유(高裕) 순지(順之)에게 듣고 기록한다. 지금 성상 때 그의 자손이 상언하여 정려문을 세워주고 승지에 추증하였으며, 충렬사(忠烈祠)에 배향했다.

69

고유의 죽음을 애도한 만시

고유(高裕) 순지(順之)는 창녕 현감(昌寧縣監)에서 물러난 뒤 강직하고 청렴하다는 명성을 얻어 지금 성상 초(1776)에 승지로 발탁되었다가 곧 안주 목사(安州牧使)로 임명되었다. 안주는 평안도의 큰 진(鎭)이다. 나는 평안도를 유람하고 싶어 행장을 꾸리려고 하는데, 어떤 이가 평안도에 돌림병이 널리 퍼져 죽은 사람이 이어진다고 했으므로 우선 길을 멈추었다. 오래지않아 순지는 아들이 죽었다는 소식을 듣고 안주에서 본가로 오다가 문경현(聞慶縣)에 이르러 병이 심해져 그대로 일어나지 못했다고 한다. 내가 듣고 슬퍼 만시를 지었다.

펄럭이는 수레의 검은 휘장이 붉은 명정으로 바뀌니	翩翩皂蓋化丹旌
방금 영특한 당신이 구천에 갇혔다는 소식 전해졌네	俄報英姿閉九京
상주 사림이 영수로 추앙하던 분이요	商嶺士林推領袖
태평성대의 인물로 요직에 의망되었지.	聖朝人物擬權衡
구천에서 부자의 정이 얼마나 지극할까	泉臺父子情何極
이 세상 친구들은 눈물이 절로 흐르네	老病未能躬執紼
늙고 병들어 몸소 상여줄 잡을 수 없지만	湖海親朋淚自橫

비단 내 마음 때문에 그대 곡하는 것 아니라네　哭君非但哭吾情

　　우리 집은 상주에 있고, 순지의 집안과는 세교(世交)를 맺었다. 순지는 젊은 나이에 명성을 날려 앞길이 넓게 열렸기에 우리들의 기대가 보통이 아니었다. 그러나 마침내 이 지경에 이르렀으니, 비단 그 집안의 불행일 뿐만 아니라 우리 영남의 불행이다. 우리 형제와 순지의 교분은 젊어서부터 범상치 않았는데, 근래 오랫동안 만나지 못했으니, 하늘의 구름과 땅의 진흙처럼 길이 멀었기 때문이었다. 갑자기 그의 부고를 들으니 참담한 마음이 다른 벗과는 달랐기에 영인(郢人)이 죽자 장석(匠石)이 도끼 쓰는 기술을 버렸다는 말[1]이 헛말이 아닌 줄 비로소 알겠다.

1　영인(郢人)이……말: 『장자(莊子)』 「서무귀(徐无鬼)」에 나오는 고사이다. 영인이 코 끝에 진흙을 바르면 장석이 도끼를 휘둘러 다치지 않게 깎아내었는데, 영인이 죽자 장석은 더 이상 그 재주를 부릴 수 없었다.

70

채제공이 유승현과 권만의 공로를 아뢰다

올해(1788) 봄, 성상이 하교하여 무신년(1728) 역적의 변란 때 공로가 있는 사람은 귀천을 논하지 말고 포상하고 증직하여 그 공로에 보답하라고 했다. 올해가 무신년이기 때문이다. 전라도에서 어떤 사람이 무신년의 공으로 이미 포상과 증직을 받았는데, 이 전교가 내렸다는 말을 듣자 그의 아들이 다시 상소했다.

"제 아비의 공로가 많은데 증직이 낮으니, 추가로 증직하기를 바랍니다."

성상이 우의정 채제공(蔡濟恭)에게 묻자 채제공이 말했다.

"지금 포상하고 증직하지 않은 사람이 여전히 많은데, 이미 증직을 받은 뒤 다시 추가로 증직을 바라는 것은 너무 지나칩니다. 허락하지 않는 것이 마땅합니다. 신의 뜻은 이와 같으니 오직 성상의 처분에 달려 있습니다."

성상이 말했다.

"내 뜻도 이와 같다. 지금 아직 포상을 받지 못한 사람은 누구인가? 이름을 지목하여 대답하라."

채제공이 말했다.

"경상도 안동현의 작고한 참의 신 유승현(柳升鉉), 좌랑 신 권만(權萬)입니다."

성상이 말했다.

"그 신하들이 무신년에 무슨 일을 하였기에 공로가 있다는 것인가?"

채제공이 말했다.

"무신란 때 작고한 신 유승현은 의병장이 되었고, 권만은 종사관 겸 서기가 되어 여러 가지 계책을 내어 적을 막았습니다. 공로로 말하자면 미관말직이라도 포상해야 마땅한데, 빠뜨리고 증직하지 않았으니 조정에 겨를이 없었기 때문입니다. 성상께서 기왕 알고자 하셨으므로 신이 감히 아뢴 것입니다. 지금 전라도 사람은 이미 그 공로에 보답을 받았는데 다시 추가로 증직을 바라니, 어찌 외람되지 않겠습니까."

성상이 말했다.

"두 신하의 공로가 이와 같은데도 지금까지 묻혀 언급되지 않았으니 참으로 지극히 개탄스럽다. 경상도에서 두 신하의 행장을 가져오게 한 뒤 해당 부서에서 증직을 논의하게 하라."

해당 부서에서 성상의 하교에 따라 두 신하의 공로를 포상하여 참의 유공에게는 이조 참판을 증직하고, 좌랑 권공에게는 이조 참의를 추증했으니, 모두 특별한 은전이었다.

강좌 권만 공은 그 출신이나 인물로 말하자면 홍문관이나 조정의 고위직에 아무런 장애가 없으나 불행한 시대를 만나 낭관에 그쳤다. 사후의 증직은 자손이 힘쓴 것도 아닌데 저절로 여기에 이르렀다. 그렇다고 무심히 한 일도 아니니, 만약 우의정이 성상 앞에서 아뢰지 않았다면 성상이 비록 총명하나 어떻게 두 미천한 신하가 나라를 위해 한 일을 알고서 무덤까지 영예를 베풀었겠는가. 성상이 또 물었다.

"두 신하의 자손으로 벼슬하는 자가 있는가?"

"지금 유승현의 손자가 참봉으로 서울에 와 있습니다."

성상이 인견하겠다고 명하여 유범휴(柳範休)가 참봉으로서 입시했다. 성상이 선대 및 그의 조부가 의병을 일으킨 사적을 물으니, 유범휴가 일일이 아뢰었다. 성상이 그 사람을 제법 괜찮게 여기고 물었다.

"네 아비가 살아 있는가?"

유범휴가 말했다.

"살아 있습니다."

우의정이 또 아뢰었다.

"유범휴의 아비 유도원(柳道源)은 지금 진사로 집에 있습니다. 그 사람은 문학과 행실로 사람에게 칭찬을 받고 있습니다."

성상이 말했다.

"그 사람이 이와 같다면 이조(吏曹)에 명하여 적당한 직책에 임명하겠다."

이날 유범휴는 또 특별한 은혜를 입고 나왔다고 한다. 그 뒤에 들으니 유도원은 명릉 참봉(明陵參奉)이 되었다고 한다.

71

김항광이 잉어의 보은으로 과거에 합격하다

괴산(槐山)에 사는 찰방 김항광(金恒光)은 참의 김변광(金汴光)의 서종제 (庶從弟)이다. 약을 팔아서 생계를 꾸렸다. 서울에 올라가 약 재료를 사 가지고 고향에 내려와 팔았는데 해마다 이렇게 했다. 하루는 서울로 올 라가 약국에서 약을 사서 약국을 나왔는데, 어떤 사람이 잉어 한 마리 를 짊어지고 다른 사람과 값을 다투고 있었다. 사려는 하는 사람이,

"그 값이 8전도 지나친데 상인이 1냥을 부르니 너무 지나치다."

하며, 값을 다투느라 결판이 나지 않았다. 김항광이 보니, 잉어가 금 색에 몹시 커서 용의 부류인 것 같았다. 상인에게 1냥을 주고 사서 곧 장 한강에 가서 강물에 풀어주었다. 그 물고기가 처음에는 주춤주춤 하며 반쯤 살고 반쯤 죽은 듯하더니 잠시 후 생기가 돌아 물속에서 곧 추 서더니 금세 힘껏 헤엄쳐 훌쩍 가버렸다. 잉어가 갈 적에 김항광을 똑바로 보면서 마치 아쉬워하는 듯했다. 김항광은 괴이하게 여기며 고향으로 내려와 집으로 돌아왔다.

그 해 봄, 조정에서 증광시 날짜를 정했다. 김항광은 초시에 합격하 여 서울에 올라가 회시를 보려고 했다. 출발하기 전, 하루는 꿈에 어 떤 곳에 갔는데, 강가에 푸른 절벽이 둘러싼 곳으로 경치가 시원했다.

김항광이 방황하고 있으니 어떤 사람이 강 건너 절벽 위에서 김항광을 불렀다. 김항광이 말했다.

"나는 가고 싶지만 배가 없어 강을 건너기 어려우니 어찌하겠소."

그 사람이 말했다.

"배는 아래에 있으니 한번 타 보시오."

김항광이 보니 배가 아래쪽 나루터에 있었다. 마침내 배를 탔는데, 그 배는 사공이 없는데도 몹시 빠르게 움직였다. 그 사람이 있는 곳에 도착해서 보니, 사람이 몹시 위엄 있었다. 그가 김항광에게 말했다.

"나는 하후씨(夏后氏)인데 너는 아느냐? 네가 이번 회시에서 다른 사람이 버린 글을 쓴다면 합격할 수 있을 것이다."

김항광이 갑자기 깨어나니 한바탕 꿈이었다.

서울에 올라가 시험장에 들어가자 같은 당색으로 친하게 지내던 노굉(盧肱)과 같은 접(接)이 되었다. 김항광은 글재주가 없었으므로 노굉이 짓고 남은 것을 얻을 생각이었다. 노굉이 부(賦)를 짓고 나서 마음에 들지 않는다고 버린 뒤 다시 부를 지었다. 김항광이 말했다.

"자네가 기왕 그 글을 버렸으니, 나처럼 글재주 없는 사람은 백지를 내는 꼴을 면하는 것이 우선이네. 그 초고를 내게 주는 것이 어떤가?"

노굉이 말했다.

"이 글은 내가 이미 버렸으니 자네에게 주기는 어렵지 않네. 다만 답안이 문제에서 몹시 벗어났네. 내가 자네와 친한 사이인데 문제를 벗어난 답안을 주기가 마음에 몹시 불편하니 어찌하겠는가."

김항광이 말했다.

"비록 문제를 벗어났지만 나처럼 글재주 없는 사람은 합격과 불합격에 관계가 없네. 그대는 의아해 하지 말고 주게."

노굉이 마침내 그 초고를 베껴 주었다. 김항광은 받아서 답안지에 썼다. 합격자 명단이 나오자 김항광은 과연 그 안에 들어갔고, 노굉은 낙방하여 불합격자가 되었다.

그 뒤에 들으니 시험 문제는 『서경』「우공(禹貢)」에서 나왔는데, '치수(治水)는 도산(導山)¹을 먼저 해야 한다.'라는 것이었다. 시험관이 시험문제를 쓸 적에 도산이라는 구절을 풀이하는 글을 쓰지 않았다. 그러므로 부를 짓는 선비들이 도산을 모두 중요하지 않은 말이라고 여겨 첫 번째 항목에 넣지 않았다. 과장에 있는 모든 사람이 이와 같았으므로, 도산을 첫 번째 항목에 넣은 사람은 모두 합격했다. 김항광이 얻은 글은 시험관의 의도에 맞았기에 과장의 사람들과 몹시 달랐다. 노굉은 버렸지만 김항광이 얻어 합격했으니, 만약 그 꿈이 아니었다면 어찌 버린 글이 정말로 문제의 뜻에 맞는 글인 줄 알았겠는가. 김항광이 유가(遊街)할 적에 약목촌(若木村)에 와서 이야기했으므로 내가 벗 권중수(權仲綏)에게 듣고 기록한다.

---

1 도산(導山): 산세에 따라 물길을 내는 것을 말한다.

72

이산두, 홍중징, 이태화의 판상

안동(安東) 풍산(豊山)의 지중추부사 이산두(李山斗) 공이 이렇게 말했다.

"지금 세상에도 여공(呂公 여동빈(呂洞賓))의 술법을 잘 하는 사람이 있다. 내가 젊어서 식년시 초시에 합격하고 회시를 보러 가다가 이천(利川)의 쌍령(雙嶺) 주막에 도착했다. 바람이 불고 날씨가 매우 좋지 않았는데, 정오에 들어서는 길을 떠날 수가 없었기에 그대로 그 주막에 묵었다. 두 사람이 나보다 먼저 들어와 한 방에 함께 있었는데, 서로 못 보던 사이라 인사하고 이야기를 나누었다.

날이 거의 저물 무렵 어떤 사람이 창문을 열고 방 안의 사람을 둘러보았는데, 우리 세 사람이 솥발처럼 앉아 있었다. 그 사람이 다 보더니 세 사람을 향해 허리를 굽히며 몹시 공손하게 절을 했다. 우리 세 사람이 서로를 돌아보며,

'우리 중에 저 사람을 아는 사람이 있소?'

하니, 세 사람이 모두 말했다.

'모르겠소.'

'저 사내가 우리 세 사람을 모르는데 이렇게 공손히 절을 했소. 지금처럼 나그네가 끊이지 않는 시기에 공손히 말하기도 어려운

데 하물며 절을 하다니.'

세 사람은 의아한 마음이 그치지 않아 그 사람을 불러 까닭을 물었다. 그 사람이 또 와서 공손히 절하고 말했다.

'황공합니다. 황공합니다. 소인은 본디 병조의 서리였는데 지금 늙어서 양주에 물러나 살고 있습니다. 젊어서 관상을 보는 법을 익혀 제법 사람의 앞날을 압니다. 오늘 길을 가다가 주막 방 한 칸에 세 분 판서가 앉아 계신 모습을 보니, 이는 실로 온 나라의 장관이므로 보고서 절을 올리고 자연히 공손해졌던 것입니다.'

세 사람이 그 사내에게 말했다.

'너는 필경 중풍을 앓는 사람일 것이다. 마땅치 않은 사람에게 지나친 벼슬을 더하며 장차 관직이 판서에 이를 것이라 하니, 중풍을 앓는 사람이 아니라면 이렇게 말하겠는가.'

그 사람이 말했다.

'훗날 알게 될 것이니, 소인의 말이 생각날 것입니다.'

그 사람이 떠난 뒤 서로 허황한 사람이라고 하며 각자 제 갈 길로 갔다. 나는 늙도록 세상에 남아 우연히 공조 판서의 교지를 얻었고, 그 두 사람 중 한 사람은 홍중징(洪重徵) 석여(錫余)이며 다른 사람은 이태화(李泰華) 산보(山甫)이다. 홍중징은 원래 직책이 판서이고, 이태화는 옥구 현감(沃溝縣監)으로 침체되어 있었는데, 영조께서 홀연 전지(傳旨)를 내렸다.

'이태화가 지금 살아 있는가?'

조정 신하들은 죽었다고 대답하기도 하고 살아 있다고 대답하기도 했는데, 살아 있다는 말이 제법 진지하여 그날로 장령 벼슬을 내려 불

렀다. 사헌부의 하인이 교지를 가지고 이태화의 집으로 찾아가니, 이
태화는 몹시 가난하여 집이 비바람을 막지 못할 정도였고, 한창 채소
밭을 일구고 있었다. 사헌부 사람이 교지를 전하자 이태화가 서울로
올라와 사은숙배하였다. 몇달 지나지 않아 자급을 뛰어넘어 병조 참
판이 되어 초헌을 타고 출근했고, 이어서 공조 판서가 되었다. 세 사
람이 과연 판서가 되었으니 그 사람의 말이 참으로 믿을 만하다. 관상
을 보는 법이 허망하지 않다.

　그러나 사람의 벼슬길은 미리 정해진 바가 있다. 나와 이태화는
요행히 갑술년(1694) 생이다. 영조께서 동갑내기를 버리지 않으시
고[1] 외람된 직책을 주셨으니, 지금 생각하면 두 늙은 신하에게 성
은이 망극하다. 지난날 그 사람의 말이 부절을 맞춘 듯하니, 기이하
다."

---

1 영조께서……않으시고: 영조와 이산두, 이태화는 모두 1694년생이다.

이세황의 생애

몽재(夢齋) 이세황(李世璜) 공의 문장은 장자(莊子)와 사마천(司馬遷)에 근본을 두었다. 그 기세와 풍격이 마치 백 섬들이 솥을 들어 올리는 것 같고, 필법도 절로 일가를 이루었다. 도사 이만영(李晚榮)이 늘 말하기를,

"그의 문장은 고문(古文)이고 제문은 더욱 비범하다. 글씨는 송설체(松雪體)의 진수를 전한다. 그 문장과 글씨가 모두 골격이 있다."

라고 하였으니 이 말이 과연 믿을 만하다. 취하지 않았을 때 공의 기상을 엿보면 신선의 학이 깃을 고르듯 영롱한 광채가 사람을 쏘고, 목소리가 커서 마치 금석(金石)에서 나오는 듯하니, 참으로 세상에 드문 영걸이다. 남인이 때를 만나지 못한 탓에 누추한 집에 칩거했지만 원근의 친지들은 아는 사람이나 모르는 사람이나 공의 이름을 들으면 모두 "재상의 그릇이다."라고 말했다. 간혹 다른 곳에 가면 좌중에 있는 사람들이 모두 놀라 일어났으니, 옛날의 이른바 진경좌(陳驚座)[1]의 일

---

1 진경좌(陳驚座): 진준(陳遵)은 전한(前漢) 사람으로 자는 맹공(孟公)이다. 당시 제후 중에 이름과 자가 그와 같은 사람이 있었다. 그래서 진준은 남의 집을 방문할 때마다 '진맹공'이 왔다고 했고, 좌중의 사람들은 깜짝 놀라 일어났다. 이로 인해 당시 사람들이 진준을 '진경좌(陳驚座)'라고 불렀다. 여기서는 재상의 그릇이라고 해서 사람들이 그가 진짜 재상을 지낸 줄 착각했다는 뜻으로 쓰인 듯하다.

과 비슷하다.

척독(尺牘)을 쓰는 데서도 공의 정신이 탁월하다는 사실을 알 수 있다. 무식한 상놈들까지도 율리(栗里) 원장의 명성을 들으면 모두 두려워하였고, 사모하는 마음을 금하지 못했다. 만약 공이 재상이 되어 권력을 쥐고 사람을 등용하거나 내쫓았다면, 한 시대를 훈도할 수 있었을 것이다. 그러나 세상과 맞지 않아 끝내 거칠고 굵은 베옷으로 그 큰 몸을 감싸고 한갓 신선의 기운이 미간에 은은하게 서리게 만들었으니, 이 또한 개탄스러울 뿐이다. 공이 한 번은 이렇게 말했다.

"세상살이는 큰 꿈과 같으니, 내가 죽거든 명정에 대몽재(大夢齋)라고 써라. 그대가 쓰는 것이 좋겠다."

공이 별세한 뒤 내가 명정을 써서 무덤 속에 넣어드렸으니, 공의 유언을 따른 것이다.

74

이학중의 학문

내가 어릴 적 삼가현(三嘉縣)으로 과거를 보러 간 적이 있다. 갈 때 율리(栗里) 이학중(李學中) 참봉공을 따라가 함께 가고 함께 묵었다. 그의 행동거지를 살펴보면 보통 사람과 크게 달랐으니, 그가 학문하는 사람임을 알 수 있었다. 그를 따라서 시험장에 들어가니 여러 사람이 빽빽한 가운데서도 단정히 앉아서 시험문제가 나오기를 기다렸다. 잠시 후 문제가 나왔는데, 의제(義題)[1]는 '부비(敷賁)'[2]의 뜻을 쓰는 것이었다. 『서경(書經)』「대고(大誥)」에서 나온 문제인데, 과거 보러 온 선비들이 그 뜻을 몰라 시험관에게 문제를 바꾸어달라고 했다. 시험관은 '전교(傳敎)를 받고 왔으므로 문제를 바꿀 수 없다.'라고 써서 시험장의 유생들에게 보이며 고칠 뜻이 전혀 없었다. 잠시 후 시험장이 소란해지더니 사람들이 모두 일어섰다. 백여 명의 유생이 무리를 지어 문제를 걸어둔 현판 아래 와서 매서운 목소리로 청했다.

"문제를 바꾸지 않으면 우리들은 모두 나갈 것입니다."

---

1 의제(義題): 경전 구절의 의미를 묻는 문제이다.

2 부비(敷賁): 『서경(書經)』「대고(大誥)」의 "펴서 빛내며 선조가 받은 천명을 잘 펴가는 것은 무왕의 큰 공로를 잊지 못해서이다.(敷賁前人受命, 玆不忘大功.)"라는 구절을 말한다.

시험관이 말했다.

"이 문제에 혐의스러운 점이 있으면 바꾸겠지만, 혐의스러운 점이 없고 또 방해되는 것도 없다. 너희들은 나가겠다는 말로 시험관을 협박하니, 너희들은 필시 글재주가 없는 사람일 것이다. 나가든 말든 마음대로 하라."

한창 따지는 사이에 몹시 사납게 생긴 아이 하나가 앞으로 나와 돌을 던졌다. 돌은 시험장 안쪽 시험관의 자리 가까운 곳에 떨어졌다. 시험관들이 놀라고 불안해하는데, 수백 명의 사람이 모두 미리 소매 안에 돌을 넣어 와서 일시에 던지자 돌이 비 오듯 쏟아졌다. 시험관은 얼굴을 다쳐 피를 흘리고, 시험장 안은 온통 흉흉하여 그들을 막을 수 없었다. 이 참봉이 앉아 있는 곳은 문제를 걸어둔 현판과 가까웠고, 나도 따라서 앉아 있었는데, 이 참봉이 나를 경계하며 말했다.

"지금 같은 때 행동을 조심하지 않으면 필시 욕을 당할 것이다. 너는 하루 종일 단정히 앉아 사람들이 소란을 피우더라도 절대 고개를 돌리지 마라."

얼마 후 시험관이 명령을 내려 처음 시작한 사람을 잡아들이게 했다. 군관들이 사방으로 수색하며 모든 사람의 형색을 살펴 시험장 안으로 잡아들였다. 그러나 이 참봉의 접(接)[3]은 군관들이 그 편안한 기색을 보고서는 모두 손을 맞잡은 채 지나갔다. 당시 내가 만약 율리(栗里)의 접에 붙지 않았다면 필시 짓밟히는 우환을 면치 못했을 것이다. 여기서 사람이 공부한 힘이 순식간의 위급한 상황이더라도 발을 딱

---

3 접(接): 과거 시험을 보기 위한 무리를 말한다.

붙인 채 정해진 한계를 벗어나지 않는 데 있다는 것을 알았다. 오늘날 이와 같은 사람을 어찌 다시 볼 수 있겠는가? 이 참봉 공의 효성스럽고 우애 있는 행동은 상주와 함창 사람이 모두 인정한다. 그의 굳건한 의지는 내가 이 한 가지 일에서 알았다.

75

영랑의 단서(丹書)와 허목의 동해비

나는 삼일포(三日浦)의 영랑(永郞)이 쓴 붉은 글씨를 고쳐 쓴 고사를 듣
고【붉은 여섯 글자는 천고의 기이한 유적인데 바위에 새겼다.】감탄하며 말했다.

"고성(高城) 삼일포는 관동팔경 중에 가장 빼어난 곳이다. 유람하는
사람이 모두 한번 보고 싶어 한다. 내가 보고 싶은 것은 비단 빼어
난 경치만이 아니라 절벽 위에 있는 영랑의 붉은 글씨다. 지금 어숙
권(魚叔權)의 『패관잡기(稗官雜記)』를 보니 이렇게 말했다.

'고성 삼일포는 산수가 빼어나다. 신라 때 화랑 안상(安詳), 영랑
의 무리가 이곳에 놀러 와서 사흘 동안 돌아가지 않았기에 붙은
이름이다. 포구 바위 옆에 붉은 글씨로 영랑도남석행(永郞徒南石
行) 여섯 글자가 있다. 세속에서 영랑은 신라 사선(四仙) 가운데
하나이고 남석(南石)은 이 바위를 가리키며 행(行)은 바위에 다녀
갔다는 뜻이라고 한다. 고성에 오는 나그네들이 반드시 붉은 글
씨를 찾아가자 어떤 군수가 비용이 많이 든다고 싫어하여 바위로
깨부수어 없애버렸다. 훗날 호사가(好事家)가 다시 여섯 글자를
새겼는데, 다만 자획이 예스럽지 않아 한스럽다.'

아! 영랑의 일은 우리나라 역사에서 확인할 수 없고, 나는 그가

정말 신선술을 터득했는지 모른다. 다만 그 사람이 오래되고 그 글씨가 귀하니, 그 글씨를 통해 그 사람을 생각하면 천 년이 지나도 그 신선을 떠올릴 수 있을 것이다. 그런데 군수라는 자가 그 비용을 싫어하여 그 글자를 지워버려 옛사람의 필적이 헛되이 없어지게 했다. 한때의 번거로운 비용은 비록 없어졌으나, 후세의 비난은 면하기 어렵다. 만약 그 사람의 이름이 세상에 전한다면 사람들이 필시 손가락질하며 꾸짖을 것이다. 그의 이름이 잊혀지고 대충 태수라고 일컬어지는 것도 그에게는 다행이다. 호사가가 다시 글자를 새겼으니 없는 것보다는 낫지만, 옛사람의 필적은 아니다. 명승지가 갑자기 지난날의 운치를 잃었으니, 이 또한 개탄스러울 뿐이다.

삼척군 해변에 미수(眉叟) 허목(許穆) 선생의 동해비(東海碑)를 세웠는데, 문장이 전아하고 전서(篆書)도 예스러워 형산(衡山)에 있는 우왕(禹王)의 전서 이후로 좀처럼 얻기 힘든 것이다. 이 비석은 비단 유신(庾信)이 칭찬한 온자승(溫子昇)의 한릉산사비(韓陵山寺碑)처럼 훌륭한 문장일 뿐만이 아니라, 교룡(蛟龍)과 해약(海若)[1]이 이 비석을 호위하여 파도가 침식하지 않았다. 훗날 다른 당파 사람이 삼척 군수가 되어 포구 백성들을 시켜 그 비석을 밀어 쓰러뜨리게 했다. 그 뒤 바다에는 늘 거센 바람이 부는 일이 많았고, 큰 파도가 해안을 덮쳐 백성이 살 수가 없었기에 관청에 고하지 않고 다시 비석을 세웠다. 지금도 동해 사람들은 그 기이한 행적을 자주 이야기한다. 과거에 글씨를 지운 사람과 훗날 비석을 쓰러뜨린 사람의 일은

---

1 해약(海若) : 바다의 신이다.

똑같지만, 다시 새기고 다시 세운 것은 자연스러운 마음에서 나온 것이다. 누가 시켜서 그런 것이겠는가. 우연히 패관잡기를 보다가 이 일을 적어 세상 사람들의 냉소를 전한다."

76

성기인이 이구의 딸을 구하다

무신란이 일어나자 선친(성기인)은 개성 임소에서 임금을 도우러 동쪽
으로 갔다. 도중에 어떤 여자아이가 길에 쓰러져 있었다. 선친이 보
고서 불쌍히 여겨 따뜻한 담요로 몸을 감싸고 미음을 마시게 하자 금
새 기운을 차렸다. 마침내 따르는 병졸을 시켜 아이를 안고 성으로 들
어가게 했다. 그 아이는 바로 우봉 이씨 정랑 이구(李絿)의 딸이었으니
당시 나이 11세였다. 정랑은 난리통에 온 가족을 데리고 성 밖으로 피
난하려 했는데, 난민에게 노략질을 당하는 바람에 딸을 잃어버린 것
이었다. 그 아이는 장성해서 진사 민백겸(閔百兼)의 아내가 되었다. 정
사년(1737), 내가 부친상을 당해 다산(茶山)에 있을 때, 이씨는 멀리서
위문하는 글을 보냈고 민 진사는 멀리서 와서 빈소에 조문하고 갔다.[1]

---

1 민……갔다: 민백겸은 민우수(閔遇洙)의 아들로 당색을 떠나 조문을 왔기에 그 특별한 인연
   을 기록한 것이다.

77

김인후가 저승의 재상이 되다

옛사람이 말하기를,

"은(殷)나라 사람은 귀신에 밝았으므로 정성이 없는 폐단이 있었다."

하였다. 나는 평생 귀신 이야기를 하지 않았으나 근래 신흠(申欽)의 『상촌집(象村集)』을 보니, 하서(河西) 김인후(金麟厚) 선생이 죽은 뒤 시를 지은 일을 말한 것이 몹시 신기하다. 그 말이 허황하지만 공이 이미 책에 썼으므로 기록하여 기이한 이야기에 보탠다.

김공은 나면서부터 기이한 자질이 있어 신동으로 불렸다. 과거에 합격하고 조정에 나아갔는데 대단한 지조가 있었다. 을사사화가 일어나려 하자 외직에 임명되기를 구하여 옥과 현감(玉果縣監)에 임명되고, 마침내 죽을 때까지 벼슬하지 않았다. 공이 돌아가신 뒤 몇 년 뒤 공의 이웃 세억(世億)이라는 사람이 병들어 죽었는데, 하루 동안 기절했다가 다시 살아나 아들에게 말했다.

기절했을 때 어떤 사람이 압송해서 큰 관아로 데려갔는데, 건물이 크고 아전과 병졸이 가득했다. 세억이 종종걸음으로 나아가자 마루 위에서 한 재상이 세억을 보더니 여기에 온 이유를 물었다. 그리고는 큰 소리로 말했다.

"올해는 너의 정해진 날이 아닌데 네가 잘못 왔다. 나는 바로 네 이
웃에 살던 김인후다."

라고 하며 종이 한 장에 다음과 같이 써 주었다.

세억이라는 이름은 장수를 뜻하니	世億其名字大年
구름 위로 올라가 상제에게 호소했네	排雲遙叫紫微仙
일흔일곱 이후에 다시 만날 것이니	七旬七後重相見
인간세상에 돌아가 쓸데없이 말하지 마라	歸去人間莫浪傳

세억은 한문을 알지 못했는데도 제대로 전했고, 과연 77세에 죽었
다고 한다.

78

월오의 대나무

내가 만년에 월오(月塢)에 집을 정했는데, 월오는 큰 강가에 있다. 월
오라고 이름지은 것은 달빛이 비치면 둑의 경치가 더욱 아름다울 것
이라 여겼기 때문이다. 그 북쪽에 대나무밭이 있어 만 그루를 심었는
데, 주인이 간혹 베어 재산을 불렸다. 내가 문을 열면 대나무 그림자
가 내 시야에 들어오니, 곧장 대나무를 찾아간 왕자유(王子猷)[1]를 본받
는 것은 아니지만, 대나무가 앞에 있고 대나무를 보는데 어찌 그 주인
이 누구인지 물을 필요가 있겠는가. 주인이 판다면 대나무에게는 재
앙이겠지만, 물건 주인이 스스로 파는 것이지 나는 팔 줄 모른다. 나
는 대나무를 아끼는 사람이다. 날마다 내 눈으로 그것을 보니, 주인을
물을 필요도 없다. 어찌 팔고 안 팔고를 따지겠는가.

　대나무는 눈과 잘 어울리니, 눈이 내리면 깨끗함을 드러낸다. 대나
무는 비와 잘 어울리니 비가 내리면 그 윤기를 더한다. 대나무는 바람
과 잘 어울리니 바람이 불면 소리를 내며 우는 듯하다. 때로는 고요한

1　곧장……왕자유(王子猷): 왕자유는 진(晉)나라 왕휘지(王徽之)이다. 그는 대나무를 좋아했
　는데, 좋은 대나무를 소유한 사람이 그가 찾아오기를 기다렸다. 그러나 왕휘지는 주인을 만
　나지 않고 곧장 대나무가 있는 곳으로 갔다.

밤 인적이 드물 때 달빛이 둑에 오르면 푸른빛이 내 뜰에 가득한 듯하고 무성한 모습이 내 문으로 들어오는 것 같다. 소식의 시에 "빈 뜰에 달빛 지니 대나무 그림자 길구나.〔月落庭空影許長〕"[2]라고 한 구절이 이를 두고 한 말이 아니겠는가. 때때로 옛사람의 시[3]를 읊는다.

화려한 집 가까이 대나무를 옮겨 심었는데	移得琅玕近畫堂
추위에도 변치 않는 마음이 우리 모두 해당하네	歲寒心事兩相當
높다란 가지는 곧바로 하늘에 닿을 듯하고	高枝直擬凌霄漢
굳센 마디는 도리어 눈서리 이겨내길 기대하네	勁節還期傲雪霜
고요한 밤 거문고 들고 조용히 홀로 짝하고	夜靜携琴伴幽獨
밝은 낮에 책상을 옮겨 시원한 바람을 맞네	晝明移榻就清涼
태평 시절에 너를 쥐고 조회하러 가서	明時持汝朝天去
우임금 조정에서 불면 봉황이 날아오리	吹向虞廷引鳳凰

옛적 공자가 위(衛)나라에 갔을 때 바람이 불어 대나무가 흔들리자 음악 소리가 났는데, 기뻐서 고기 맛도 잊고 석 달 동안 고기를 먹지 않고는 공손청(公孫青)에게 말했다.

"사람은 고기가 없으면 수척해지지만 대나무가 없으면 속되어진다. 너는 아느냐?"

대나무를 좋아한 사람은 공자 이후로 끊이지 않았으니, 서리를 이

---

2 빈……길구나: 소식의 「문여가화운당곡언죽기(文與可畵篔簹谷偃竹記)」에 보인다.

3 옛사람의 시: 명(明) 우겸(于謙)의 「이죽(移竹)」이다.

겨내며 시들지 않는 절개가 군자의 상징이 되기 때문이다.

79

김시민의 신이한 행적

옛날에 순절한 진주 목사(晉州牧使) 김시민(金時敏)은 제천(堤川) 사람이
다. 나이 스물 남짓에 용력이 몹시 빼어났다. 한 번은 의림지(義林池)를
지나갔는데, 이 못에서는 괴물이 바위틈에 몸을 숨기고 있다가 사람
이 지나가거나 가축이 둑 위에 있으면 뛰어나와 잡아먹곤 했다.

공은 자기 힘을 믿고서 마음 놓고 지나가는데, 그 괴물이 과연 몰래
엿보고 있다가 둑으로 나와 갑자기 다가왔다. 공이 보니 커다란 소 같
은데 얼굴이 몹시 사납게 생겨 똑바로 볼 수가 없었다. 창졸간이라 피
하지 못하고 서로 힘을 겨루는데, 반나절이 지나자 그 괴물은 힘이 줄
지 않았지만 공은 기운이 점차 빠져 버틸 수가 없었다. 이윽고 하늘에
서 가랑비가 내리고 갑자기 천둥번개가 치더니 급하게 우르릉 쾅쾅
소리가 났다. 그 괴물이 깜짝 놀라 힘을 풀자 공이 마침내 때려눕히고
차고 있던 칼을 뽑아 찔렀더니 그 괴물이 금세 죽었다.

자세히 보니 모습이 기괴하여 인간세상의 물건이 아니었다. 이마
위에 알록달록한 털이 '나군(羅君)'이라는 두 글자를 이루고 있었다.
공은 신라 임금이 죽어서 괴물이 되었다고 여겼다. 그 뒤로 그 피해가
마침내 없어져 사람들은 모두 마음 놓고 둑 위를 지나갔다. 마치 주처

(周處)가 오강(吳江)의 이무기를 죽이자 오 땅 사람들이 마음 놓고 강을 건넌 일1과 같았다.

그 뒤 공은 무과에 급제하고 임진왜란 때 진주 목사가 되었다. 왜 군이 촉석루를 포위하자 공은 힘을 다해 방어했다. 공이 살아 있을 때 는 왜적이 진주성을 함락시키지 못했다. 하루는 공이 성을 순찰하면 서 성곽을 지키는 장교와 병졸들의 근태를 살폈다. 한 모퉁이에 이르 자 주위를 다 둘러보기도 전에 왜적이 몰래 엿보다가 총을 쏘아 공을 맞히니, 공은 마침내 성곽에서 죽었다. 그 왜적의 이름이 바로 나군(羅 君)이었다. 공이 죽은 뒤 성은 마침내 함락되었다.

불교의 인과응보로 말하자면 의림지의 괴물 나군이 사람으로 환생 하여 왜국에 태어나 지난날의 원수를 갚은 것인가. 아니면 왜적의 이 름이 우연히 지난날의 나군과 같은 것인가. 공은 백성들을 위해서 해 악을 제거했으니, 이 괴물이 죽은 것은 바로 하늘이 공의 손을 빌린 것 이다. 비록 그 귀신이 있더라도 어찌 감히 또 요망한 짓을 하겠는가. 이것은 이름이 우연히 같은 것이지만 그 일이 기이하므로 기록한다.

---

1 주처(周處)가……일: 주처는 진(晉)나라 사람이다. 젊은 시절 고향에서 행패를 부렸기에 고 향 사람들이 산 속의 범과 물속의 교룡, 그리고 주처를 세 가지 해악으로 꼽았는데, 주처가 잘못을 깨달아 범과 교룡을 잡고 학문에 힘썼다.

80

상주 공갈못 전설

상주(尙州)의 검호(儉湖)[1]는 큰 호수다. 예로부터 용이 숨어 있다고 전한다. 하루는 함창(咸昌) 사령 가야진(伽倻秦)이라는 사람이 검호를 지나가는데, 호숫가에 도착하기 전에 몹시 피곤해 길가에 앉았다. 그런데 어떤 소복 입은 여자가 역시 길가에 앉더니 가야진에게 말했다.

"나는 이 세상 사람이 아니라 밀양 용당(龍堂)에 숨어 있는 백룡(白龍)이다. 내 남편은 황룡(黃龍)인데, 검호에 첩을 두었다. 그 용은 청색이고 몹시 사납다. 오늘 내가 싸워 사생결단을 내려고 했는데, 지금 너를 만났으니 실로 천운이다. 너는 호숫가 아무 나무 아래 앉아 있다가 내가 한창 싸우기를 기다렸다가 청룡의 일부분이 나오거든 너는 긴 낫을 가지고 그 부분을 잘라라. 만약 내 지시대로 하지 않는다면 너는 반드시 큰 화를 당할 것이다. 부디 신중히 생각해서 내 말을 어기지 마라."

그러더니 소매에서 긴 낫을 꺼내 주고는 그 사내를 데려다 나무 아래 앉혔다. '두려워 마라, 두려워 마라. 마음을 가라앉히고 기다려라.'

---

1 검호(儉湖): 현재 상주 함창의 공갈못을 말한다.

라고 재삼 신신 당부한 뒤, 소복 입은 여자는 물속으로 들어갔다.

잠시 후 천지가 어두워지더니 먹구름이 사방을 가득 채우고 천둥 번개가 때때로 우르릉거렸다. 못물이 흔들리며 큰 물결이 일렁였다. 황룡, 백룡, 청룡의 삼색 용이 굽이굽이 번갈아 나오는데, 그 사내는 여인의 말을 듣기는 했지만 저절로 마음이 움직여 혼이 몸에 붙어 있지 않아 나무 아래 기대앉아 손발을 떨었다. 피하자니 큰 화를 당할 것이라는 말이 두렵고, 피하지 않자니 두려운 마음이 활활 타들어가고 꽁꽁 얼어붙는 듯했다.

앉아서 기다리다가 잠시 눈을 떴더니 청룡의 일부분이 나무 아래 가까이 다가왔다. 그 사내는 즉시 손을 쓰려 하였으나 황룡의 일부분도 나무 옆에서 함께 나왔기에 급박하여 자세히 분간하지 못하고 청색과 황색을 한 낫에 꿰어 버리니, 황룡의 일부분이 잘렸다. 비와 구름이 걷히고 물이 붉게 물들자 소복 입은 여인이 물속에서 나와서 말했다.

"쯧쯧. 저 사내에게 신신당부했건만 결국 헛일이 되었구나. 일이 이 지경에 이르렀으니 어쩔 수 없다. 너는 나를 따라 용당으로 가자. 사람도 용이 되는 방법이 있으니 이밖에는 다른 방법이 없다. 속히 길을 떠나자."

그 사내는 온갖 방법으로 달아나려 했지만 두 발이 이미 굳어 마치 무언가에 끌려가듯 해가 저물기 전에 벌써 용당에 도착했다. 마침내 여인의 손을 잡고 물속으로 들어갔다. 그 뒤 신령한 현상이 자주 나타나자 토착민이 사당을 짓고 제사를 지냈다. 그 신위에는 '가야진 신위'라고 쓰여 있다 한다.

81

강박이 아들을 곡한 시

국포(菊圃) 강박(姜樸) 공이 아들을 곡하며 지은 시는 다음과 같다.

천고에 부질없이 전하는 속명사(續命絲)[1]	千古虛傳續命絲
외로운 무덤에 세 번 두르니 눈물이 옷을 적시네	孤墳三繞淚添衣
세월은 흐르는데 나는 아직 남아 있고	流光冉冉吾猶在
이 세상 아득한데 너는 돌아오지 않는구나	此世茫茫汝不歸
가랑비 자욱하니 향기로운 풀은 어둑하고	微雨常陰芳草暗
두견새 피 토하며 우는데 늦봄 꽃이 드무네.	杜鵑啼血晚花稀
가련하도다 북쪽 두둑 배나무에서	可憐阡北山梨樹
까치가 새끼에게 벌써 나는 법 가르치네	有鵲將雛已學飛

내가 읽으니 눈물이 옷깃을 가득 적셨다. 시가 사람을 감동시키는 것이 이와 같다.

---

1 속명사(續命絲): 속명루(續命縷)라고도 한다. 단옷날에 팔에 매는 색실로, 재앙을 피하고 수명을 늘려준다는 믿음이 있다.

82

이상발의 시

지금 시인 이상발(李祥發)이 지은 「딸을 잃은 의흥 현감(義興縣監)을 위로하다」 시는 다음과 같다.

구름 덮인 고개 어슴푸레 지극히 높은데	雲嶺蒼茫極自高
간간이 들리는 원숭이 소리에 눈물로 도포를 적시네	斷猿聲裡濕青袍
응당 세월이 좋은 약이 될 터이니	合將歲月供良藥
부디 감정의 뿌리를 칼로 끊어보게	須把情根試快刀
선계의 기이한 꽃도 절로 지는 법인데	仙界異花多自落
큰 강의 봄 물결이 어찌 돌아오겠소	大江春浪幾回淘
사물의 이치를 자세히 따져보면 모두 이러하니	細推物理皆如許
슬픔과 기쁨을 버리는 사람이 바로 호걸이라오	撥棄悲歡正是豪

슬퍼하면서도 상심하지 않고 설득이 몹시 중도에 맞는다. 역경을 당한 사람은 세월을 좋은 약으로 삼고 감정의 뿌리를 칼로 끊어버린다면 힘써 근심을 잊을 수 있을 것이다.

필원산어

✳

원문

일러두기

1. 이 책은 여러 문헌에서 인용한 부분이 많다. 저본과 인용 문헌을 교감하고 유의미한 차이가 있는 경우에 한하여 교감주를 부기하였다.

2. 저본과 인용 문헌이 상이한 경우, 저본의 오류가 명백한 경우를 제외하고 저본을 따랐다.

3. 교감주는 원문에 각주로 부기하였다.

4. 표점은 마침표(.), 쉼표(,), 모점(、), 큰따옴표(“ ”), 작은따옴표(‘ ’), 물음표(?), 느낌표(!), 쌍점(:) 등 여덟 개의 부호를 사용하였다. 고유명사는 편의상 별도로 표기하지 않았다.

5. 원문의 대화 및 인용 부분은 1차 인용을 큰따옴표(“ ”), 2차 인용을 작은따옴표(‘ ’), 3차 인용을 홑낫표(「」)로 표기하였다.

6. 원주는【 】표기하고, 판독 불가능한 글자는 ■ 표기하였다.

編上第一

古今人少說, 固夥矣, 而有朝廷臺閣之說, 有山林草野之說. 臺閣之
說, 記朝廷之事, 草野之說, 記閭巷之言, 故所記雖異, 而其爲破寂補
閑之資則一而已. 余山林散人也, 其於朝廷間是非得失, 雖或有聞,
而付之於欹枕, 則有何可記之理乎? 此卷所錄者, 皆古人之陳言, 無
足刮人新眼, 而班固云: "陸子優游, 新語以興, 董子下帷, 發藻儒林,
劉向司籍, 卞章舊聞, 揚雄覃思, 法言·太玄." 古人亦有閑居記事之言
也. 余雖不能於文, 而其所以婆娑偃息者, 皆篇籍之囿也, 其所以探
頤幽隱者, 皆志怪之說也. 或得於古書, 或摘於記聞, 而名之以散語
者也. 錄有上下, 上篇記我東人文字, 下篇則間之以異聞, 效齊諧之言
也. 錄雖雜亂, 而亦爲養寂中一寓目之資耳. 然而伊川謂龜山曰: "勿
好雜書, 多言害道." 好之猶害道, 況記之乎? 余不能無懼然於心.

1

崔文昌入唐登第, 以文章著名, 題潤州慈和寺詩, 有"畫角聲中朝暮
浪, 靑山影裏古今人"之句, 鷄林賈客入唐購詩, 有以此句書示者. 朴學
士仁範題涇州龍朔寺: "燈撼螢光明鳥道, 梯回虹影落巖扃." 朴參政
仁[1]亮題泗州龜山寺詩, 有"塔影倒江飜浪底, 磬聲搖月落雲間, 門前
客棹洪波急, 竹下僧棋白日閑"之句, 方輿勝覽皆載之. 吾東人之以詩
鳴於中國者, 自三君子始, 文章之足以華國如此.

---

1 仁: 저본에는 '寅'. 『東人詩話』에 근거하여 수정.

2

崔猊山瀅才奇志高, 放蕩不羣. 嘗登海雲臺, 見萬戶張瑄題詩曰: "此樹何厄遭此惡詩?" 遂刮去, 塗以糞土. 瑄怒命將追獲傔從, 械門外, 猊山遁還, 其恃才傲物如此, 然坐此蹭蹬. 嘗貶長沙監務有詩云: "高名千古長沙上, 却愧才非買少年." 又云: "三年竄逐病相仍, 一室生涯轉似僧. 雪滿四山人不到, 海濤聲裏坐挑燈." 又有詩云: "我衣縕袍人輕裘, 人居華屋我圭竇. 天工賦與本不齊, 我不嫌人²人我詬." 其詩可見困頓氣像.

3

予嘗愛崔拙翁四皓詩: "漢用奇謀立帝功, 指揮豪傑似兒童. 可憐皓首商山老,³ 亦墮留侯計術⁴中." 趙子昂四皓詩: "白髮商山四老翁, 紫芝歌罷聽松風. 半生不與人間事, 亦墮留侯計術中." 雖詞意不同, 而末句如出一手. 拙老入元朝中制科, 與趙同時, 其或有所模擬. 但以拙老之崛强, 豈效顰一時儕輩之所作乎?

4

金奉使若水題任實公館詩曰: "老木荒榛夾古蹊, 家家猶未飽蔬藜. 山禽不識憂民意, 唯向林間自在啼." 鄭密直允宜題江城縣舍曰: "凌晨走馬入孤城, 籬落無人杏子成. 布穀不知王事急, 隔⁵林終日勸春

---

2 嫌人: 『東文選』에는 '人嫌'.

3 老: 『東文選』에는 '客'.

4 術: 『東文選』에는 '劃'.

5 隔: 『東文選』에는 '傍'.

耕." 鄭詩雖源於金, 然鍛鍊尤妙, 可謂靑出於藍者矣.

5

李仁老題天壽寺壁云: "待客客未到, 尋僧僧亦無. 唯餘林外鳥, 款曲勸提壺." 效昌黎詩 "喚起窓全曙, 催歸日未西. 無心花裏鳥, 更與盡情啼." 李詩自然有韓法.

6

西厓先生曰: "前朝之季, 圃隱似袁粲, 牧隱似楊彪." 又記牧老詩曰: "人情那似物無情? 觸境年來漸不平. 偶向東籬羞滿面, 眞黃花對僞淵明." 昔余讀此詩, 悲牧老之心, 西厓亦曰: "此老心事, 盡在此矣, 悲夫." 詩可以感人情如是夫.

7

鄭知常大同江詩: "雨歇長堤草色多, 送君南浦動悲歌. 大同江水何時盡? 別淚年年添作波." 燕南洪載嘗寫此詩曰: "漲綠波." 益齋曰: "作漲二字未穩, 當是添綠波耳." 以予謏見, 此老好用拗體, 又少陵奉寄高常侍詩有 "天涯春色催遲暮, 別淚遙添錦水波." 添作波之語, 大有本家風韻.

8

高麗金富軾、鄭知常以詩齊名, 金也綺繡宮詩: "堯階三尺卑, 千載稱[6]其德. 秦城萬里長, 二世失其國. 隋皇何不思,[7] 土木竭其[8]力?" 眞有德者之言也. 鄭也句法豪逸, 尤長於拗體, 如 "石頭松老一片月, 天末雲低千點山", "地應碧落不多遠, 僧與白雲相對閑", "綠楊閉戶八九屋, 明月捲簾三兩人." 二家氣像不侔.

9

余嘗讀梅竹堂過夷齊廟詩, 自不覺髮豎而膽困, 其詩曰: "當年叩馬敢言非, 大義堂堂日月輝. 草木亦霑周雨露, 愧君猶食首陽薇." 後果符其言矣. 噫, 生而愛君, 盡爲臣之道, 死而忠君, 立爲臣之節, 忠憤貫乎白日, 義氣凜乎秋霜, 使百世之爲人臣者, 知所以一心事君之義, 千金一毛, 成仁就義, 則可以無愧其言矣. 公嘗赴燕京, 有人請題白鷺圖, 公走草先成二句曰: "雪作衣裳玉作趾, 窺魚蘆渚幾多時." 於是出畫視之, 乃水墨圖也. 遂足之曰: "偶然飛過山陰縣, 誤落羲之洗硯池." 天使張寧出來, 聞梅竹堂不在嘆曰: "吾師倪侍講言東國多名士, 何寥寥眼中耶?" 自此不喜酬唱, 其豫讓論, 有意而作云.

10

崔孤雲雖我東人, 而入唐爲進士, 則便是唐人也. 其詩亦似晚唐人. 其海印寺詩, 非我國人語, 在劉滄呂溫之上, 當與錢仲文李群玉爭雄矣. 詩曰: "狂瀾疊石吼重巒, 人語難分咫尺間. 或[9]恐是非聲到耳, 故敎流水盡籠[10]山." 又臨鏡臺詩: "煙巒簇簇水溶溶, 鏡裏人家對碧峯.

---

6 稱: 『東文選』에는 '餘'.

7 隋皇何不思: '思'는 저본에 '監'. 『東文選』에 근거하여 수정. 『東文選』에는 이 앞에 "古今靑史中, 可以爲觀式"이 있다.

8 其: 『東文選』에는 '人'.

9 或: 『孤雲集』에는 '常'.

10 籠: 저본에는 '聾'. 『孤雲集』에 근거하여 수정.

何處孤帆飽風過? 瞥然飛鳥杳無蹤."

11

我東人文集似中原人文集者, 惟李益齋集耳. 益齋從忠宣王入燕京, 搆萬卷堂, 日與元學士虞集、歐陽玄、趙孟頫、揭曼碩等相唱酬. 又自長安入蜀, 皆有紀行詩, 又從忠宣降香江南, 而凡蘇、杭二州及金陵、錢塘佳麗之地, 皆有題詠, 膾炙人口, 如甘露寺詩及夔府新詠是已. 其後稼亭、牧隱父子登元朝制科, 而其遊賞則不及益齋耳.

12

益齋甘露寺詩曰: "楊子津南古潤州, 一樽難洗古今愁.[11] 侫臣謀國魚貪餌, 黠吏憂民鳥養羞. 風鐸夜喧潮入浦, 烟簑暝立雨侵樓. 中流擊楫非吾事, 閑望天涯范蠡舟."

13

我國得杜法者, 惟蘇齋先生詩耳, 其孝陵詩, 杜之後不可多得. 近世惟燕超齋詩彷彿唐人耳. 孝陵詩曰: "墓[12]表全心德, 陵名[13]百行源. 衣裳圖不見, 社稷欲無言. 天蘄[14]逾年壽, 人含萬古冤. 春坊舊僚屬, 惟有右司存."

---

11 一樽難洗古今愁: 『益齋亂稿』에는 '幾番歡樂幾番愁'.

12 墓: 『蘇齋集』에는 '廟'.

13 名: 『蘇齋集』에는 '加'.

14 蘄: 『蘇齋集』에는 '靳'.

14

燕超齋麻浦詩: "麻浦胡書碣, 山城憶解圍. 空聞千乘國, 未見一戎衣. 將帥無籌策, 文章有是非. 朝宗迷舊路, 江漢欲何歸?"

15

拗體者, 唐律之再變, 古今作者不多, 遇律之變處, 當下平字, 換用仄字, 欲使語句奇健不群. 晚唐人喜用此體. 鄭知常詩深得其妙, 後無人能繼者, 惟金之岱得其法, 如"雲間絶磴七八里, 天末遙岑千萬重. 茶罷松窓[15]掛微月, 講闌風榻搖殘鐘." "白鳥去盡暮天碧, 靑山猶涵[16]殘照紅." "香風十里捲珠簾, 明月一聲求玉笛"等句, 多有霜丐云.

16

古人詩多用佛家語以騁奇氣. 如陳學士澕詩"水分天上眞身月, 雲漏江邊本色山", 李益齋"此物非他物, 前身定後身"之句皆好. 然王荊公寫眞詩云: "我與丹青兩幻身, 世間流轉會成塵, 但知此物非他物, 莫問前身定[17]後身." 李詩述半山之句, 未若陳之意新而語奇.

17

禪林詩其氣像不同, 宋僧洪覺範有一聯云: "夜久雪猿啼岳頂, 夢回晴月上梅花." 盖言聲色俱空之妙. 千峰雨上人有一聯云: "檜老千年色, 鍾寒半夜聲." 陶隱評曰: "此釋氏法案, 聲色俱空語也."

---

15 窓: 『東文選』에는 '簷'.

16 涵: 『東文選』에는 '含'.

17 定: 『臨川文集』에는 '猶'.

18

鄭郊隱守一善郡, 春日西郊詩曰: "衙罷乘閑出郭西, 僧殘寺古路高低. 祭星壇畔春風早, 紅杏半開山鳥啼." 雅麗淸便, 雖置之唐詩無愧.

19

我高祖溪西公與雪峰姜公相善也, 我高祖忤於君上, 黜爲江界府使之任, 雪峰贈以詩曰: "君今匹馬向西關, 我亦纏從北塞還. 聚散覊懷千里外, 悲歡世故十年間. 相逢便說邊城苦, 未別先愁嶺路艱. 倚是丈夫行素位, 一心無處不安閑." 眞知己之語也.

20

林西河椿薄遊星州, 州倅送名妓薦枕, 及晚逃歸, 明朝徑赴筵席. 林有詩曰: "紅粧待晚帖金鈿, 爲被催呼上綺筵. 不怕長官嚴號令, 謾嗔行客惡因緣. 乘樓未作吹簫伴, 奔月還爲竊藥仙. 寄語靑雲賢學士, 仁心不用示蒲鞭."

21

朴生致安早有詩聲, 屢擧不中, 居常怏怏, 薄遊寧海郡, 聞老妓月下彈琴聲, 甚淒咽, 有詩云: "七寶房中歌舞時, 那知白髮老荒陲? 無金可買長門賦, 有夢空傳錦字詩. 珠淚幾霑吳練袖, 薰香猶濕越羅衣. 夜深窓月絃聲苦, 只恨平生無子期."

22

李那有戒子詩: "朔風號怒雪飄揚, 念爾[18]飢寒感歎長. 色必敗身須戒愼, 言能害己更商量. 狂荒結友終無益, 驕慢輕人反有傷. 萬事不求忠孝外, 一朝名譽達吾君."[19] 說得頗穩.

23

松都, 古王京也. 題詠甚多, 而近來杜機絶句尤膾炙, 而李秉淵"黃昏[20]立馬高麗國, 流水聲中五百年"之句, 可謂超出凡類. 李義師四韻律亦可人意, 律曰: "滿月臺荒秋日斜, 行人駐馬一長歌. 休言曆數人無奈, 終是君王德有瑕. 草木生成周雨露, 鼎鐘埋沒亳山河. 依稀看識端門路, 想像春風引翠華."

24

睦萬中關王廟詩, 亦近來絶調, 曰: "颯颯回飈赴畫廊, 暮春天氣忽微凉. 南征祠廟何年事? 東國[21]冠袍異姓王. 蜀井雨飛[22]天地黑, 龍刀苔蝕歲時[23]長. 中原萬里無乾土, 香火千秋寄漢陽."

25

古之詩人, 類皆窮苦, 郊、島之流是也. 有上舍李吉祥, 嘗作詩曰: "班

---

18 爾: 『東文選』에는 '汝'.

19 君: 『東文選』에는 '王'.

20 黃昏: 『槎川詩抄』에는 '斜陽'.

21 國: 『餘窩集』에는 '向'.

22 飛: 『餘窩集』에는 '垂'.

23 時: 『餘窩集』에는 '月'.

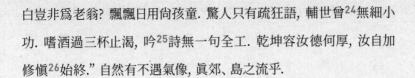

白豈非爲老翁? 飄飄日用尙孩童. 驚人只有疏狂語, 輔世曾[24]無細小功. 嗜酒過三杯止渴, 吟[25]詩無一句全工. 乾坤容汝德何厚, 汝自加修愼[26]始終." 自然有不遇氣像, 眞郊、島之流乎.

26

王密直詩: "村家昨夜雨濛濛, 竹外桃花忽放紅. 醉裏不知雙鬢雪, 折簪繁萼立東風." 詞語玲瓏, 氣像舒閑, 東坡詩曰: "人老簪花不自羞, 花應羞上老人頭." 此老粧點亦妙.

27

白贊成元恒侍忠宣王讌禁池, 有詩云: "瑠[27]璃滑[28]色激[29]方池, 魚樂無心上釣絲. 柳外曲欄簾半捲, 燕輕微雨小晴時." 詞語玲瓏圓轉可愛.

28

白贊成又有祖江詩: "小船[30]當發晚潮催, 駐馬臨江獨冷咍. 岸上行人[31]何日了? 前人未渡後人來." 崔舍人斯立天壽寺詩: "天壽門前柳絮

---

24 曾:『東文選』에는 '會'.
25 吟:『東文選』에는 '題'.
26 愼:『東文選』에는 '善'.
27 瑠: 저본에는 '璃'.『東文選』에 근거하여 수정.
28 滑: 저본에는 '晴'.『東文選』에 근거하여 수정.
29 激: 저본에는 '斂'.『東文選』에 근거하여 수정.
30 船:『東文選』에는 '舟'.
31 行人:『東文選』에는 '世情'.

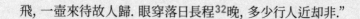

飛, 一壺來待故人歸. 眼穿落日長程³²晚, 多少行人近却非."

29

圃隱使倭國作詩曰: "梅窓春色早, 板屋雨聲多." 此句流傳倭國.

30

李政丞混詩, 頗雄健, 其題永明寺曰: "永明寺中僧不見, 永明寺下³³江自流. 山空孤塔立庭際, 人斷小舟橫渡頭. 長天去鳥欲何向? 大野東風吹不休. 往事微茫問無處, 淡煙斜日使人愁."

31

李文順賦辟寒犀詩: "羅綺薰香暖似春, 君王猶愛辟寒珍. 人間臘雪盈三尺, 白屋那無凍死人?" 諷刺甚切.

32

益齋山中雪夜詩: "紙被生寒佛燈暗, 沙彌一夜不鳴鍾. 應嗔宿客開門早, 要看庵³⁴前雪壓松." 寫出山家雪夜奇趣, 讀之令人沆瀣生牙頰間.

32 程: 저본에는 '亭'. 『東文選』에 근거하여 수정.

33 下: 『東文選』에는 '前'.

34 庵: 저본에는 '巖'. 『益齋亂藁』에 근거하여 수정.

33

李執義堅幹奉使關東, 夜聞杜鵑聲, 題一詩曰: "旅館挑殘一盞燈, 使華風味淡於僧. 隔窓杜宇終宵聽, 啼在山花第幾層?" 此詩流入中國, 其後李執義奉使往中國, 中國人贈詩曰: "山花句與兩儀存, 題遍江南處處軒. 也識謫仙歸去後, 一家風月有傳孫." 中原人以姓字同爲同姓, 故其詩如此. 此詩膾炙一世, 故世以山花二字號執義. 或曰: "執義此詩, 可見其忠義之心."

34

圃隱先生詩法豪邁峻壯, 橫放傑出, 當時罕其倫, 伏節氣像, 見於言語, 是知言志者詩也. 洪武年間入朝登多景樓, 有詩曰: "欲展胷中[35]氣浩然, 須來甘露寺樓前. 甕城畫角斜陽裏, 瓜[36]浦歸帆細雨邊. 古鑊尙留梁日[37]月, 高亭[38]直壓楚山川. 登臨半日逢僧話, 忘却東韓路八千." 卞春亭常贊其正大氣像曰: "先生之詩, 可與益齋甘露寺詩爭雄, 而權一齋詩, 在下風矣." 登永川朝陽閣, 贈太守詩一句曰: "風流太守二千石, 邂逅故人三百杯." 其氣像之磊落, 槩於詩見矣.

35

圃隱淸心樓詩: "煙雨空濛滿一江, 樓中宿客夜開窓. 明朝上馬衝泥去, 回首滄波白鳥雙."

---

35 胷中: 『東文選』에는 '平生'.

36 瓜: 『東文選』에는 '苽'.

37 日: 『東文選』에는 '歲'.

38 亭: 『東文選』에는 '軒'.

36

權一齋詩曰: "北固登臨望潤州, 一樽難洗古今愁. 浪奔江勢猶含怒, 國破山顏尙帶羞. 淮海風烟連古壘, 金焦鍾鼓隱[39]岑樓. 憑誰與問興亡事? 唯有沙鷗近葉舟." 雖不及圃翁詩, 而亦自有一家風韻.

37

復齋韓文節公宗愈晚居漢陽筆林墅, 扁舟短棹, 日往來楮子島, 有詩云: "十里平湖細雨過, 一聲長笛隔[40]蘆花. 却[41]將殷[42]鼎調羹手, 閑[43]把漁竿下晚沙." 杏村李侍中嵒再入台鼎, 晚年乞骸, 與息影庵禪老爲方外交, 扁舟往還, 至輒忘返, 嘗有詩曰: "浮世功[44]名是政丞, 小窓閑味卽山僧. 箇中亦有風流處, 一朶梅花照佛燈." 兩公風流高致, 兩詩亦淸絶可愛, 雖曰詩中有畫亦可.

38

稼亭、牧隱父子相繼中元朝制科, 文章動天下, 今二集盛行於世. 牧隱之於稼亭, 猶子美之於審言, 子瞻、子由之於老泉, 自有家法, 評者曰: "牧隱之詩, 雄豪雅健, 天分絶倫, 非學可到. 稼亭之詩, 精深平澹, 優遊不迫, 格率森嚴, 自有優劣, 具眼者當卞之." 牧隱初入元朝, 文士稍輕之嘲曰: "持盃入海知多海." 牧隱應聲曰: "坐井觀天曰小天." 嘗

---

39 隱: 『東文選』에는 '殷'.

40 隔: 저본에는 '憶'. 『東文選』에 근거하여 수정.

41 却: 『東文選』에는 '直'.

42 殷: 『東文選』에는 '金'.

43 閑: 『東文選』에는 '還'.

44 功: 『東文選』에는 '虛'.

謁歐陽學士玄得印可, 牧老晚有詩云:"衣鉢當從海外傳, 圭齋一語尚琅然. 邇來物價皆翔貴, 獨我文章不直錢." 蓋歎晚節之蹭蹬也. 僧幻庵之於牧隱, 猶東坡之於參寥也. 幻庵書法絶妙, 得晉體, 一時求書者坌集, 然所書必觀詩文, 心肯然後始下筆. 廣平李侍中仁任得尹泙畵十二幅屏風, 令茂松尹會宗作詩, 倩幻庵筆之, 庵曰:"詩欲傳後, 非牧老不可. 世有牧老而敢題屏障者僭也." 卽折簡邀牧老于方丈, 牧老曰:"若邀老物, 當用安和寺泉煎茶." 牧老旣至, 卽席口號賦十二絶, 筆勢風生, 隨賦輒令庵書之. 至滕王閣末句曰:"當日江神知我否? 何時更借半帆風?"庵投筆大叫曰:"政用王勃本色, 此最警絶, 如牧老眞詩聖也." 書訖, 遂成三絶, 廣平珍藏之, 後雲庵澄公淸叟重修長城縣白菴寺樓, 請名於鄭三峯. 三峯名以克復而記之, 使其徒絶澗倫師, 受楷於幻庵, 幻庵曰:"此非吾所書也. 牧老在世, 而敢爲長文大作歟?"卽令沙彌偕絶澗往牧老請名若記, 牧老訊絶澗, 絶澗曰:"寺在二水間, 而水合于寺之源, 東西分流, 又合于樓前爲淵, 然後出山." 牧老曰:"然則可名雙溪樓." 操筆記之, 文無加點, 其末有云:"予老矣, 明月滿樓, 無由宿其中, 恨不少年爲客耳." 幻庵受而書之嘆曰:"唐人詩有明月雙溪寺, 春風入詠樓. 少年爲客處, 今日送君遊之句. 此老政用此語, 而無斧鑿痕, 眞妙手也." 牧老竟坐詩案, 事叵測, 亦未必非幻庵輩爲崇也. 評者謂牧隱晚年之作, 不如少時, 僧竹澗曰:"牧老少遊中原, 與文士人才頡頏爭雄, 爲詩文, 一字一句, 法度森然, 無愧古之作者. 晚年所作, 汎濫縱橫, 有不經意處, 此老才高一世, 傲倪東方, 謂無人具眼者, 敢如是." 竹澗緇流之傑然者也. 論者謂牧隱酷似東坡, 其發越處或過之, 有問陽村, 陽村曰:"子歸讀東坡前後赤壁賦, 牧隱觀魚臺賦, 自當知之矣." 徐四佳曰:"古人以蘇老前後赤壁賦爲一洗萬古, 則非後人所可擬議也."

39

田獻納濡倅公州有詩云: "公事如雲鬢欲絲, 雪晴江路馬遲遲. 吏民不識憂民意, 誤道溪山覓好詩." 其造語之妙, 自然不畔於近民者之貴.

40

趙文忠公浚相業經綸, 若不經意於詩, 爲詩橫放傑出, 有大人君子之氣像, 題安州百祥樓詩: "薩水湯湯漾碧虛, 隋兵百萬化爲魚. 至今留得漁樵話, 未滿征夫一哂[45]餘." 蓋有譏隋、唐之意, 造語奇特, 明使祝孟獻次韻曰: "隋兵再擧豈成虛? 此地應爲涸轍魚. 不見當時唐李、薛, 直揮旄節到扶餘." 蓋反趙意有抑東方之氣像.

41

權陽村詩, 溫醇典嚴, 洪武年間, 被徵入朝, 高皇帝命賦詩二十四篇, 皆操筆立就, 詞理精到, 不加點掇, 其賦弁韓云: "紛紛蠻觸戰, 擾擾弁辰韓." 帝悅之. 其賦大同江云: "箕子遺墟草樹[46]平, 大江西拆抱孤城. 烟波飄渺連天遠, 沙水澄清澈底明[47]. 廣納百川常混混, 虛涵萬象更盈盈. 霈然入海朝宗意, 正似吾王事大誠." 帝曰: "人臣之言, 當如是." 大加寵異. 或問於河浩亭曰: "陶隱詩文, 刻意鍊琢, 精深雅高, 陽村詩文, 平淡溫厚, 成於自然, 畢竟陶優於陽乎?" 浩亭曰: "陶

---

45 哂: 『東文選』에는 '笑'.

46 草樹: 『陽村集』에는 '地自'.

47 明: 『陽村集』에는 '清'.

之鍊琢, 陽爲之有裕, 陽之天機, 陶終不能及也. 且應制詩二十四篇,
陽村爲之而陶隱必不能也.

42

洪武年間李陶隱奉使金陵, 楊州舟中有一聯云: "落照浮雲外, 殘山
大野頭." 篙工撫背嘆曰: "此措大可與言詩." 卽援筆足之.

43

李大諫仁老瀟湘八景詩: "雲間[48]灩灩[49]黃金餅, 霜後溶溶碧玉濤.
欲識夜深風露重, 倚船漁父一肩高." 語本蘇舜欽"雲頭灩灩開金餅,
水面沈沈臥綵虹"之句, 點化自佳. 元學士趙孟頫愛此詩, 改後句曰:
"記得太湖楓葉晚, 垂虹亭下訪三高." 其必有取舍者存焉.

44

柳思庵淑乞骸歸老瑞城, 樵隱李侍中仁復送詩云: "人間膏火日[50]相
煎, 明哲如公史可傳. 已向危時安社稷, 更從平地作神仙. 五湖夢斷
烟波綠, 三徑秋深野菊鮮. 愧我未能投紱去, 邇來雙鬢雪飄然." 時推
爲傑作. 然未幾思庵死於逆旽之手, 論者以爲未必非樵隱詩之爲祟,
蓋明哲之語, 非時君所樂, 五湖二字, 適犯其怒. 嗚呼, 樵翁之詩, 實
思庵實錄, 而反爲讒賊所搆, 詩可易言哉?

48 間: 『東文選』에는 '端'.

49 灩灩: 『東文選』에는 '澈澈'.

50 日: 『東文選』에는 '自'.

45

思庵退去時, 過碧瀾渡詩曰: "久負江湖約, 紅[51]塵二十年. 白鷗如欲
笑, 故故近樓前."

46

吳諫議洵, 工於絶句, 題茂陵客館云: "脩竹家家翡翠啼, 雨催寒食水
生溪. 蒼苔小草官橋路, 怕見殘紅入馬蹄." 又賦春江云: "春江無際
暝烟沈, 獨把漁竿坐夜深. 餌下纖鱗知幾許? 十年空負[52]釣鰲心." 令
人咀嚼, 漸入佳境, 恨不見其長篇大作也.

47

趙文忠公浚邀座主李文靖公開筵, 簪纓滿座, 獨谷成文景公石璘先成
賀詩一絶云: "得士方知座主賢, 侍中獻[53]壽侍中前. 天敎好雨留佳客,
風送飛花落舞筵." 獨谷父曰: "誇才衒能, 取禍之道也." 獨谷悔謝.

48

李文順詩: "輕衫小簟臥風櫺, 夢斷啼鶯三兩聲. 密葉翳花春後在, 薄
雲漏日雨中明." 陳澕詩: "小梅零落柳僛垂, 閑踏靑嵐步步遲. 漁店
閉門人語少, 一江春雨碧絲絲." 兩詩閑遠有味, 如出一手, 雖善論者,
未易伯仲也.

---

51 紅: 『東文選』에는 '風'.

52 負: 『東文選』에는 '有'.

53 獻: 『東文選』에는 '稱'.

49

許悰爲儐送天使詩: "靑烟漠漠草離離, 正是江頭送別時. 默默相看無限意, 此生何處更追隨?" 吳藥山作皇華集序曰: "儐詩之見賞於天使者甚衆, 其最著者此生何處更追隨"云.

50

車五山使日本作詩一聯膾炙一世, 詩曰: "天連魯叟乘桴海, 地接秦童探藥山."

51

權松溪應仁隨使入中國, 過撫寧縣, 作詩曰: "通言煩畫地, 觀樂喜朝天." 書于壁上, 來時已碧紗籠之矣. 車五山詩與表入中國, 中國人稱贊不已, 使此等人生於中華, 則必不以地微爲限也. 是以五山於龍灣館酒席見梁霽湖"一抹紅雲近帝都"之句而泣下也. 今之申靑泉, 卽古之車五山之類也. 以文章鳴於世而拘於地微, 不通淸路, 金鬱山始鑱贈詩曰: "君才似鶴恨無翎, 咫尺蓬瀛隔未登. 算到黃庭堪讀處, 世間惟有月松亭." 蓋申爲平海郡守, 故用月松亭爲詩料, 而靑泉見之, 慨然不能次韻, 卽五山泣下紅雲詩之意也.

52

丹城縣前有蛇山里, 里前有文江城孝子閭, 蔡膺一爲丹城倅, 作詩曰: "逶迤一麓走如蛇, 孝子碑前日欲斜. 北客未歸衣再授, 秋風又發木綿花."

53

文江城益漸往中原, 轉向江南, 得木綿種以來, 爲一國之利, 退溪先生記江城孝子碑言其事.

54

丹城有沈進士能詩, 蘇處士凝天[54]自伽倻山海印寺玩景而歸, 入於沈進士家, 沈作詩以贈曰: "山客入門江客邀, 江山風味說僧樵. 衣上紫霞濃欲滴, 知君應自武陵橋." 蘇不能次.

55

古今詠漁翁詩甚多, 惟崔拙翁詩有無限意味, 可以爲法, 詩曰: "天翁尙不剩[55]漁翁, 故遣江湖少順風. 人世險巇君莫笑, 自家還在急流中."

56

蘇處士科時渡鼎津, 作詩曰: "鼎津津吏向余言, 擧子如雲北渡津. 君今獨背斜陽去, 似是非文不武人."

57

近來詩人李義師可謂翹楚, 其咏雨詩曰: "淸秋庭院長茵苔, 林鳥溪雲日暮回. 數點靑山江上出, 一叢黃菊雨中開. 不因賢舅臨茅屋, 那得貧妻辦酒盃? 閱盡悲歡足衰老, 莫敎離別重相催." 其贈人詩曰: "百年得

---

54 天: 저본에는 '泉'. 일반적인 용례에 따라 수정.

55 剩: 『東文選』에는 '貰'.

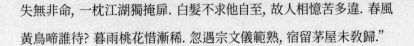

失無非命, 一枕江湖獨掩扉. 白髮不求他自至, 故人相憶苦多違. 春風
黃鳥啼誰待? 暮雨桃花惜漸稀. 忽遇宗文儀範熟, 宿留茅屋未敎歸."

58

申光洙亦以能詩名, 其鎭海樓詩曰: "范舟萬里越驚瀾, 鎭海樓高咫
尺看. 千疊湖山蹲虎壯, 百年風雨戰鯨安. 天長鼓角嗚嗚暮, 浦闊艨
衝陣陣寒. 號令棘門雄節制, 申生憔悴愧儒冠."

59

半洋山在萊州海中, 一名嗚呼島, 田橫之客五百人自死之地也. 水路朝
天時, 此島在眼中, 過者必作詩, 而陽村詩最爲雄混, 詩曰: "十丈風帆
萬斛船, 雲開滄海渺無邊. 星垂雪浪相涵映, 水拍銀河共接連. 可向半
洋悲壯士, 不須三島問群仙. 舟中偃仰堪乘興, 自是浮槎便上天."

60

李陶隱亦有嗚呼島詩, 取質於牧隱, 牧隱曰: "如此詩, 中國未易得."
其後鄭道傳以渠詩爲唐人詩而取正焉, 牧隱曰: "此詩君輩裕爲之."
鄭嘿然而去.

61

凡詩家用事, 雖俚語, 善爲點化, 則亦可以鐵而成金. 佔畢[56]齋詩云:

---

56 畢: 저본에는 '俾'. 일반적인 용례에 근거하여 수정. 이하 '佔俾'은 모두 '佔畢'로 교감하고 따
로 교감기를 달지 않는다.

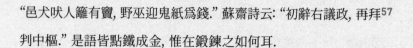

"邑犬吠人籬有蕾, 野巫迎鬼紙爲錢." 蘇齋詩云: "初辭右議政, 再拜[57]
判中樞." 是語皆點鐵成金, 惟在鍛鍊之如何耳.

62

高麗金政丞台鉉, 風儀端麗, 眉目如畫. 幼學之日, 與儕輩受業於先
進之門, 先進奇愛之, 待遇異於他人, 屢引入內餉之. 其家有女新寡,
稍解詩, 忽一日窓隙間以詩投之曰: "馬上誰家白面生? 邇來三月不知
名. 如今始識金台鉉, 細眼長眉暗入情." 公自此絶不復往, 此與靜庵
趙先生事相類, 而凡人遇色界, 以禮自防者難矣. 若金台鉉者, 可謂
鐵中錚錚矣.

63

鄭知常者平壤人也, 以能詩鳴於世, 其律絶彷彿唐人, 春日詩: "桃花
紅雨鳥喃喃, 繞屋靑山間翠嵐. 一頂烏紗慵不整, 醉眠花塢夢江南."
同時金富軾與之齊名, 當妙淸白時翰之據平壤造反也, 富軾承王命
討之, 以知常本平壤人, 爲妙淸潛通, 密啓王誅之. 時知常以司諫在
京, 實不知妙淸之謀. 或云金鄭以詩不相能, 故金也猜才而殺鄭. 富
軾討平妙淸, 泛舟大同江上, 奏凱歌大宴于江中, 作詩曰: "楊柳千絲
綠, 桃花萬點紅." 方吟哦之際, 有神號于空曰: "汝以詩忌我而殺我
于非罪, 汝終不知作詩之趣. 汝奚以知楊柳之千絲, 桃花之萬點乎?
胡不曰: '楊柳絲絲綠, 桃花點點紅.'" 金知常之魂不昧而告之如此,
遂命罷宴. 文人以才而至於猜忌相殺, 何足貴哉?

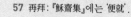

57 再拜: 『穌齋集』에는 '便就'.

64

古人云: "詩能窮人, 亦能達人." 余謂亦能殺人. 中宗朝, 尹校理潔作
詩曰: "三月長安百草香, 漢江春水正洋洋. 欲知聖代不窮意, 看取王
孫舞袖長." 結城尉具思顏以是詩訴于上殺之. 方車載出南門也, 思
顏騎馬而來, 適值相面, 潔呼之曰: "思顏此何事也?" 思顏慚愧, 不忍
相對, 以扇障面, 馬驚而墜, 項折而死, 以其死而言之, 則具先於尹
矣. 光海朝, 權石洲韠聞任茂叔削科, 作詩曰: "宮柳青青鶯[58]亂啼[59],
滿城冠蓋媚春輝. 朝廷莫道[60]昇平樂, 誰遣危言出布衣?" 時柳希奮
用事以爲譏己, 言之光海而殺之. 其前石洲於京中閭家門板上書古人
詩一句曰: "正是青春日將暮, 桃花亂落如紅雨." 及其受杖死也. 置
其尸於其板上, 時方三月也, 果符於古人詩讖, 此莫非前定而然耶?
仁祖朝, 鄭農圃文孚以前參判在家, 作詠史詩曰: "楚雖三戶亦秦亡,
未必南公語得當. 一入武關終不返[61], 殘孫何事又懷王?" 崔來吉讒
之于上, 死於獄中, 當時農圃之從侄造遵等皆以大北誅死, 而詩意又
了了, 不可知, 故以是爲言而殺之. 三人之死皆冤, 而緣於詩不免乎
死, 故余以爲詩能殺人也.

65

徐四佳云: "詩能殺人, 亦能活人." 麗時柳思庵忤逆旽, 乞退有句云:
"不是忠衰誠意薄, 大名之下久居難." 讒者伺旽意搆曰: "盛名久居,

---

58 鶯: 『石洲集』에는 '花'.

59 啼: 『石洲集』에는 '飛'.

60 莫道: 『石洲集』에는 '共賀'.

61 終不返: 『農圃集』에는 '民望絕'.

本范蠡辭越王語也, 柳淑以范自比, 以句踐比王. 且瑞州近海, 必效范蠡所爲, 不如早除." 懇于盹, 盹白王害之. 本朝孟文貞思誠、朴貞肅安信, 同爲臺官, 坐言事當誅. 文貞面有黑色, 蒼黃罔措, 貞肅顏色自若, 口吟一絶云: "數當千載應河淸, 自謂君王至聖明. 爾職不供甘受死, 恐君得殺諫臣名." 以磁器畫地成字, 瞋目語獄吏曰: "當以詩上聞, 不則我爲厲鬼, 爾屬無噍類矣." 太宗聞而霽威赦之. 以二事觀之, 詩非但窮人達人, 而亦能爲殺人活人, 噫, 四佳之言信矣.

66

光海朝, 仁弘用權, 有人作詩譏之曰: "古寺初聞蜀魄聲, 如哀如訴有何情? 江南處處堪棲息, 莫向天津誤太平." 此後當時詩人多見忌於仁弘.

67

權蒼雪以修撰上京, 至彈琴臺, 下馬徘徊, 吟哦之際, 有一人自西來揖而前曰: "公過古戰場, 欲作詩乎?" 公曰: "方搆思而未就." 其人曰: "吾稍解詩句." 公試以呼韻, 其人應口對曰: "㳂水流不盡, 千秋古戰場. 將軍一時誤, 士卒幾人亡. 漠漠生春草, 蒼蒼下夕陽. 漁翁不愁思, 送客棹歌長." 蒼雪吟詠再三, 問其姓名, 其人不言而去. 蒼雪詩, 吾忘不能記, 鄭喘喘翁過琴臺亦有詩曰: "過客無窮恨, 琴臺日暮雲. 淮陰背水陣, 千古誤將軍." 其詩雖平易, 得小詩體格, 可喜.

68

李白洲過琴臺詩: "片雲飛雨過琴臺, 招得忠魂酹酒回. 欲問當時成敗事, 暮山無語水聲哀."

69

晚唐之人, 吟諷弔古者多矣. 斷煙平蕪凄風, 澹月荒寒蕭瑟之狀, 往往慨然以悲, 如劉夢得、劉滄、呂溫之詩, 皆載於唐詩鼓吹, 而其葩藻之勝, 宛轉之態, 能使人感慨不已. 我東人之詩, 只詠其景, 而無瀏漉之意, 此所以不及於唐人遠矣. 金佔畢東都懷古詩曰: "連雲草樹舊江山, 華表亭亭壓市闤. 石老鮑魚猶片段, 城空半月自彎環. 誰敎外侮輕周鼎? 終見降王叩漢關. 千古金鰲閱興廢, 夕陽和恨滿孱顏." 雖以佔畢之大手, 比之於唐詩, 則不啻如珷玞之於良玉, 其他卽又何說? 近世趙綸有句曰: "觀象石臺餘魯殿, 返魂金尺落齊稽." 啄句則好矣, 而無自然底意, 巧而止耳. 僧人處能扶餘懷古詩曰: "白馬波聲萬古留, 男兒到此涕堪流. 始誇魏國山河寶, 終作吳江子弟愁. 廢堞有鴉啼落日, 荒臺無妓舞殘秋. 漁翁不識前朝事, 時傍沙鷗泛葉舟." 此詩聲響則可謂彷彿, 而精深典雅, 則不如佔畢東都詩矣. 今世李義師松京有懷古詩, 卽今世之驪珠矣. 申光洙箕子墓詩曰: "井畝秋生太古烟, 蒼茫遺跡正堪憐"者, 可與李詩爭雄矣. 然我東之詩, 自爲一體而音律終未免鈍滯, 至于今則詩道又一厄矣. 稱以能詩者只得蕭散之語, 而無瀏漉之意, 元不知格調之爲唐爲宋, 而强以呼之曰: "我能唐焉." 還不如高麗之人全學蘇黃也, 可歎.

70

松京懷古詩: "繁華無跡有山河, 觸目其如感慨何? 太液枯荷秋色老, 禁林寒葉雨聲多. 宮烏愛啄金盤露, 野鳥能吟玉樹歌. 瘦馬獨來還獨去, 不堪斜日照銅駝." 石洲此詩, 差強人意.

71

余嘗愛蓀谷寒食詩: "白犬前行黃犬後,[62] 野田草際塚纍纍. 老翁祭罷
田間道, 日暮醉歸扶小兒." 此詩寫出田翁上冢行祭之景, 無雕飾痕,
可謂得唐人之意趣. 余過盃山村得句曰: "行盡江邊忽有村, 欹花嫩
柳傍籬根, 路中埋沒高麗塚, 山下何人是子孫?" 其村左右, 皆有高麗
塚, 合數十故云. 亦可以得其意趣之萬一乎. 具眼者當知之.

72

古今梅花詩甚多, 而梅竹堂成謹甫詩曰: "子固不能詩, 不能亦何傷?
我愛柳仲郢, 衣不喜薰香." 詩意不能詳知, 而意此梅無香臭, 故比之
於曾子固之不能詩, 不害爲曾子固, 則此梅雖無香無臭, 不害爲花中
之上品, 如曾子固之雖無詩, 亦可謂文章之伯矣. 詩意深遠, 而非謹
甫手段則不能矣. 崔簡易咏怪石曰: "窓間一蝨懸, 目靜[63]車輪大. 自
我得此物, 不向華山坐." 詩意蓋以怪石爲石假山, 愛而長對, 常目在
之, 如紀[64]昌之懸蝨於窓間, 而三年視之, 其大如車輪, 言常目故石
山如華山, 我在華山下矣, 何必向華山而望? 詩之深奧, 與上詩同, 而
此則詩家之別調, 非詩之正脈也. 然非簡易手段, 則亦不能作此矣,
唐無此格.

73

吳西坡道一能詩而好飲酒, 自上愛其才, 而常戒其過飲, 以襄陽宰出

---

62 後: 『蓀谷詩集』에는 '隨'.

63 靜: 『簡易集』에는 '定'.

64 紀: 저본에는 '賁'. 『列子』에 근거하여 수정.

守作詩曰: "三申聖[65]戒忽焉忘, 快倒春風滿滿觴. 不使兒童齊[66]拍手, 後人誰識到襄陽?" 詩意豪爽, 亦可見其風流矣.

74

古今咏梅花詩甚多, 難容一語, 而洪思默之詩, 可謂近日之翹楚, 詩曰: "不是東風私寵光, 早自高潔首群芳. 强排虐雪誇孤節, 敢替仁天護一陽. 詞客嘲啾多冷語, 畫工模寫漏眞香. 主人爲我長幽寂, 對月淸樽琴一張."

75

利川雙嶺, 丙子三師敗沒之地, 余昔過是嶺, 想像其舊鬼煩寃, 而帶雨入昆弟岩酒幕, 幕在戰場基之中, 土人云, 天陰雨濕, 則如聞啾啾之聲矣. 余欲作詩而未果矣. 近來見睦萬中丙子年過雙嶺詩, 可謂絕調, 詩曰: "平生流涕漢山前, 此地經過又此年. 三師一時能死國, 雙峯百載尙撑天. 松杉颯颯秋生堅, 虫鶴冥冥雨入川. 王使今春來設祭, 聖恩猶軫國殤憐." 余觀睦萬中他詩, 可謂今世人之翹楚, 其九龍瀑詩曰: "去年誇我朴淵謠, 始到龍淵意不驕. 勢積崩濤搖絕峽, 氣吹飛沫散層霄. 千峰雨色常開合, 萬壑松聲盡寂寥. 直與匡廬驅並長, 未[67]嫌東海處偏遙." 洗劍亭詩曰: "孤月流空朔氣晴, 戍樓千尺鐵簫橫. 魚龍舞應佳人劍, 雲鳥光廻上將旌. 草樹兩邊渾杳漠, 峽江中夜摠自[68]

---

65 申聖: 『西坡集』에는 '旬持'.

66 使兒童齊: 『西坡集』에는 '遣大堤兒'.

67 未: 『餘窩集』에는 '莫'.

68 摠自: 『餘窩集』에는 '自虛'.

明. 書生不帶刀弓出, 魏絳功成海岳平."

76

退溪先生義州十二詠, 氣格雄豪, 音節壯浪, 非騷人之所可得以彷彿,
當世詩人孰能敢敵? 詩者乃一技, 而發乎自然而非造作也. 先生非有
意於詩, 而縱橫放曠, 千彙萬狀, 譬之於風雲月露之浮艷者, 何如也?
余常目而吟諷焉. 其首絶鴨綠天塹曰: "日暮邊城獨倚欄, 一聲羌笛
戍樓間. 憑君欲識中原界, 笑指長江西岸山."

77

吾先祖諱元度, 麗末爲太學士, 改名士弘, 二名皆見麗史, 其詩文多
載於東文選. 至正甲申春, 以察訪登密陽嶺南樓, 首題四韻, 其序曰:
"吾遊於四方, 登覽遊觀之勝者多矣, 不離跬步, 登臨眺遠無極者, 莫
斯樓若也. 南方之美者, 有福之暎湖, 蔚之太和, 金之燕子, 晉之矗石,
陝之涵碧, 皆不能並肩於斯樓, 若與驪江之淸心, 平海之望洋, 丹陽
之鳳韶言之, 則甲乙於其間. 斯樓處郡路之傍, 如倚松岡, 西臨官道,
大江橫流於其中, 列峀重圍於四面, 廣野微茫, 平如碁局, 而大林薈
蔚於其間, 陰晴朝暮, 四時之景無窮, 詩不能盡記, 畫不能盡模, 疑其
南方山水之靈聚於密陽, 而扶擁於斯樓也. 余於至正甲申春, 承察訪
之命, 出巡此道, 道過是郡, 郡之倅兪公屬余寓目, 因作長句四韻, 書
于板上, 後之君子, 無以拙惡爲誚." 詩曰: "朱欄突兀襯雲天, 列峀千
峰轉眼前. 下有長江流不盡, 南臨大野闊無邊. 村橋柳暗千林雨, 官
路花明十里烟. 不欲登臨賞風景, 恐人因此設歡筵." 其後和韻者甚
多, 金佔畢齋詩曰: "登臨正値浴沂天, 灑面風生倚柱前. 南服山川輸

海上, 八窓絲竹鬧雲邊. 野牛浮鼻横官渡, 巢燕將雛割暝烟. 方信吾
行不牢落, 每仍省母忝賓筵." 都元興和詩曰: "金碧樓明壓水天, 昔
年誰搆此峰前? 一竿漁父雨聲外, 十里行人山影邊. 入檻雲生巫峽崆,
逐波花出武陵烟. 沙鷗解[69]聽陽關曲, 那識愁心在別筵?" 此詩自古
傳以伽倻仙女詩, 而未能的知其都詩也. 河浩亭押烟字曰: "十里桑
麻深雨露, 一丘[70]林壑老雲烟." 徐達城評曰: "有宰相氣像." 以其句
法之渾融也. 退溪詩曰: "樓觀危臨嶺海天, 客來佳節菊花前. 雲收湘
岸青楓外, 水落衡陽白雁邊. 錦帳圍將廣寒月, 玉簫吹入太淸烟." 其
後次詩甚多, 而不能盡記.

78

先祖又以按廉使過東萊客館, 有詩云: "先人往歲赴東萊, 孤子方爲
襁褓孩. 今日巡臨民喜迓, 悅如身入故鄕來." 詩意以其先人之任東
萊縣令時生, 故云悅如身入故鄕來也. 爲太學士時, 居於驪州, 與牧
隱、柳巷諸賢相往來, 而又與權學士質爲詩友, 芒浦村舍訪權學士詩
曰: "迎陽浦口蘆花白, 仰德岩邊江樹紅. 有約扁舟載琴酒, 金沙灘上
訪詩翁." 考東文選書之.

79

江左權公, 以作詩贈鄭相澔, 事入人脣舌, 金鶴皐履萬以詩問之曰:
"聞君歸自嶺東州, 此地風烟我舊遊. 滄海桑田容易事, 可能無恙竹

---

69 解: 『淸江詩話』에는 '但'.

70 丘: 『浩亭集』에는 '區'.

西樓?" 江左答之曰: "滄波[71]東接笠田[72]州, 異事爭喧卵島遊. 卵島至今漂[73]不去, 煩君莫問竹西樓." 二詩問答, 皆不俗, 而非江左鶴皐兩公手段則不能矣. 地誌東海有卵島, 俗云卵島, 隨波來往.

80

李松谷傳詩鉢於吳燕超齋, 作詩贈之曰: "天文奎璧亦吾東, 前有孤雲牧後同. 絲入晚唐抽健筆, 鉢傳滄海仰雄風. 天寒歲暮孤吟裏, 水遠山長極目中. 忽聽少年歌古調, 一燈茅屋意無窮."

81

朴南野窮居蓽門之中, 沈潛聖賢之書, 凡義理之精微, 心術之隱奧, 天理人慾之分, 小人君子之判, 了然於胸中, 而自樂無求於世, 所謂人知之亦囂囂, 不知之亦囂囂者也. 其山居有感詩曰: "空山永夜一燈深, 讀罷床書自整襟. 室靜更無餘物在, 心閑不許一愁侵. 撥來古鏡開新面, 喚却瑤琴理斷音. 莫倚片時消息好, 直須長對鬼神臨."

82

金鶴皐本以醴泉花庄人, 鶴皐之先人承旨公, 名海一, 移居堤川, 鶴皐登第後, 因爲堤川人. 其文章與吳燕超齊名, 金公與南野舊時同鄉人也, 相與唱酬甚多, 鶴皐元韻曰: "憶曾吾祖住花庄, 三世依然舊梓桑. 杜曲已無工部宅, 幷州今是浪仙鄉. 此生容鬢全凋換, 故國宗親

---

71 滄波: 『江左集』에는 '風濤'.
72 笠田: 『江左集』에는 '筑前'.
73 漂: 저본에는 '飄'. 『江左集』에 근거하여 수정.

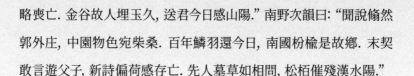

略喪亡. 金谷故人埋玉久, 送君今日感山陽." 南野次韻曰: "聞說翛然
郭外庄, 中園物色宛柴桑. 百年鱗羽還今日, 南國枌楡是故鄉. 末契
敢言遊父子, 新詩偏荷感存亡. 先人墓草如相問, 松栢催殘漢水陽."

83

退溪老先生葬時, 權松溪應仁輓詩膾炙. 其時首章頸聯, 雖用東坡儷
文一句, 而琢句甚好, 不害其圓轉矣. 詩曰: "經學荒蕪更發揮, 儒林
根柢國蓍龜. 功名事業三朝老, 道德文章百世師. 田野養閑忘寵辱,
廟堂虛位係安危. 騎箕忽被天公奪, 寒月凄涼照武夷." 又曰: "師友
淵源洛與伊, 多才餘事又能詩. 驚人妙語江山助, 蓋世功名草木知. 賜
盃屢增休退日, 抱病終謝聖明時. 三年方減宣尼壽, 怨彼蒼天不憖
遺." 東坡儷文曰: "道德三朝之老, 文章百世之師."

84

愚伏鄭先生輓西厓先生, 而筆力老健, 句法蒼古, 可以爲後人矜式,
詩曰: "金聲玉色鳳威儀, 瑞世英姿世所師. 河岳氣中生有自, 退陶門
下見而知. 人間已矣無蓍蔡, 天上依然望尾箕. 脣吻向來何足說? 靑
蠅難辨夜光疵." "才稱王佐未應慚, 徇國誠心帝降監. 經濟中[74]途窮
鬼五, 棲遲初服達尊三. 只緣大雅難諧俗, 豈有重華不聖讒? 臨絶一
封文字少, 解敎悲涕滿東南." "來往西林四[75]十春, 只今於道尙迷津.
山頹此日將安仰? 河飮平生更莫因. 萬古高[76]風長隔面, 一天明月是

---

74 中: 『愚伏集』에는 '半'.
75 四: 『愚伏集』에는 '二'.
76 高: 『愚伏集』에는 '和'.

傳神. 麋官[77]宦冗違臨穴, 慙愧當年築室人."

85

寒岡先生葬時, 李東岳之輓爲第一, 芝峯云: "四韻詩折以爲小詩, 絶句則可以追蹤乎古作者." 余以爲芝峯之言非也, 頸聯旣以格外對之, 則足下二句, 然後詩圓而無欠, 豈芝峯偶未之思耶? 詩曰: "新安故宅里, 易簀又庚申. 以鄭康成姓, 爲朱仲晦身. 朝廷不一日, 敎授幾千人? 扶植民彝地, 誠忠質鬼神."

86

松谷病時, 恩窩往候之, 松谷曰: "吾死之後, 寫吾蹟曲者, 惟仲耆一人, 勿忘吾臨死之言." 松谷觀化後, 恩窩以百韻詩輓之, 末句有曰: "未奠生芻嗟僻遠, 若論私諡有文貞."

87

詩話云, 宮殿朝謁之類, 詩家多用富貴綺麗之語, 如老杜早朝大明宮, 岑參, 賈至之徒, 和者非一, 皆極艶麗, 無爐頭寒乞之聲. 牧隱天壽節入朝大明殿詩: "大闢明堂曉色寒, 旌旗高拂玉欄干. 雲開寶座聞天語, 春滿金卮奉聖懽. 六合一家堯日月, 三呼萬歲漢衣冠. 不知身世今安在? 疑[78]是靑冥控紫鸞." 通亭姜淮伯亦赴南京, 賦早朝奉天殿詩: "御溝楊柳正依依, 月上觚稜玉漏遲. 環佩丁當鵷鷺集, 羽林磨戛虎

---

77 官:『愚伏集』에는 '身'.
78 疑:『牧隱詩藁』에는 '恐'.

賁馳. 螭頭忽暗香烟動, 鳳尾徐開彩仗移. 稽首紅雲瞻肅穆, 日光先繞萬年枝." 蓋有得於賈、杜諸公餘膽矣. 宣德年間, 牧隱之孫李文烈公季甸赴燕京, 朝罷出掖, 主客郎中請賦早朝詩, 文烈窘書牧隱詩示之, 主客大加稱賞. 後通亭之孫姜文景公孟卿, 將赴燕, 李文烈戲曰: "奈如華士試文何?" 文景應聲曰: "吾家亦有通亭集." 滿座絶倒.

88

凡詩用事, 當有來處, 苟出己意, 語雖工, 未免貶者之譏. 高麗忠宣王入元朝, 開萬卷堂, 元學士閻復姚燧趙子昂皆遊王門, 一日王占一聯云: "鷄聲恰似門前柳." 諸學士問用事來處, 王默然. 益齋李文忠公從傍即解曰: "吾東人詩, 有'屋頭初日金鷄唱, 恰似垂楊嫋嫋長'. 以鷄聲之軟, 比柳條之輕纖. 我殿下之句用是意也. 且韓退之琴詩曰'浮雲柳絮無根蔕', 則古人之於聲音, 亦有以柳絮比之者矣." 滿座稱歎, 忠宣詩, 苟無益齋之救, 則幾窘於貶者之鋒矣.

89

麗末李正言存吾平生慷慨不群, 其論逆旽一疏, 文章氣節, 直與日月爭光, 爲詩亦豪邁絶倫, 其送胡奉使還台州詩云: "南省郎官聘我邦, 風流瀟洒已心降. 主人寵迫彤弓一, 門客知深白璧雙. 禹貢山河猶戰伐, 箕封風俗自淳厖. 秋風[79]不識留君意, 直送飛艎到浙江." 又送李副令使浙江詩云: "天地紛爭問幾回, 南朝往事不勝哀. 君歸應過岳王墓, 爲我丁寧酹一盃." 讀其詩, 其氣像可知.

---

79 風: 저본에는 '君'. 『東文選』에 근거하여 수정.

90

詩者小技, 然或有關於世教, 君子宜有所取之. 李正言忭逆旽, 貶長沙詩: "狂妄眞堪棄海邊, 聖恩天大[80]賜歸田. 草廬隨意生涯足, 一片丹心倍昔年."

91

文人相猜, 自古而然, 王半山與東坡不相能, 然讀東坡雪後叉韻詩, 追次至六七篇, 終日不可及, 時人服其自知甚明. 一日三峯假寐, 族姪黃鉉從傍誦陶隱㞐從詩: "鼓角滄[81]江動, 旌旗白日陰. 詞臣多侍從, 會見獻虞箴." 三峯忽開眼曰: "語韻淸圓似唐詩." 鉉曰: "李簽書崇仁所著也." 三峯曰: "兒輩何從得惡詩來乎?" 嗚呼, 以半山之執拗, 自是尙不廢公論, 鄭之不及半山遠矣.

92

權石洲過鄭松江墓, 作詩曰: "空山木落雨蕭蕭, 相國風流此寂寥. 惆悵一盃難更進, 昔年歌曲卽今朝." 蓋鄭澈作將進酒長歌故云.

93

永昌大君改葬時, 哀永昌詩甚多, 而惟洪柱元詩爲最, 詩曰: "遺敎終無賴, 深寃孰不哀? 人生八歲盡, 天道十[82]年回. 白日重泉照, 靑山永宅開. 千秋長樂殿, 應[83]作望思臺."

80　大: 『東文選』에는 '地'.

81　滄: 『陶隱集』에 근거하여 수정.

82　十: 저본에는 '百'. 『無何堂遺稿』에 근거하여 수정.

94

南格庵師古, 東方之異人也. 能通天文地理, 解鳥獸音, 世傳仙化. 蕉
谷挽之曰: "鸞馭飄然折[84]木津, 君平簾下更何人? 床東弟子收遺草,
玉洞桃花萬樹春."

95

退溪老先生過清平山, 有感於李資玄棄官歸隱之事, 作詩而發明資
玄之心, 可謂曠千歲而朝暮遇也. 資玄被史氏貪鄙吝嗇之誣, 則世必
以史氏之論爲正, 而先生之言一出, 使白玉之上靑蠅之點, 自歸於磨
滅, 其前史氏之言, 盡歸於虛矣. 資玄之遇先生眞朝暮, 而先生之於
資玄, 愛其抽身綺紈之叢, 而脫屣聲利之場也. 資玄棄其固有之官爵,
樂其衡門之蘧軸, 則非假容於山皐者, 而史氏之論而刻之者, 何哉?
先生所謂當時士夫之貪榮嗜利, 役役於世途者, 見資玄之與己相去,
造爲不根之謗者近之, 則執史筆以誣人者, 豈君子之爲心也? 君子論
人, 當於有過中求無過, 況於無過中求有過乎? 余於史氏惜之.

96

退溪過清平山詩曰: "峽束江盤棧道傾, 忽逢雲外出溪淸. 至今人說
廬山社, 是處君爲谷口耕. 白月滿空餘素抱, 晴嵐無跡遣浮榮. 東韓
隱逸誰修傳? 莫指微疵屛白珩."

---

83 應:『無何堂遺稿』에는 '還'.
84 折:『蕉谷詩集』에는 '若'.

97

寧月莊陵, 非但陵所之安吉, 景致之勝, 甲於一方, 爲陵官者, 亦頗有
所得, 以其陵在峽邑, 而山中所收者亦不些也. 地旣遠於京師, 無生
事之慮, 而可讀書肄業也. 莊陵陵所丁字閣至近之地, 有六臣祠, 而
錦江圍其前. 江上有亭, 名曰錦江亭, 此乃峽中第一勝景. 退溪先生詩
曰: "鵑啼山裂豈窮年? 蜀水名同非偶然. 明滅曉簷迎海旭, 飄蕭晚瓦
掃秋烟. 碧潭楓動魚游錦, 靑壁雲生鶴踏氈. 更約道人攜鐵笛, 爲來
吹罷[85]老龍眠."

98

錦江亭題詠甚多, 而李達詩爲第一, 詩曰: "懷緖客行[86]遠, 千峰道路
難. 東風蜀魄苦, 西日魯陵寒. 郡邑連山郭, 津亭壓水闌. 徘徊想往事,
不覺淚闌干."

99

魯山之遜于寧越, 聞杜宇聲, 有詩云: "蜀魄啼, 山月低. 相思憶, 倚樓
頭. 爾啼苦[87], 我聞苦[87]. 非[88]爾啼, 無我愁. 爲報天下苦勞[89]人, 愼莫
登春三月子規啼山月樓." 此事載於秋江冷話. 近歲有三陟府使趙瑗
妾李氏, 乃宗室之裔, 隨瑗往三陟, 過寧越, 有一絶云: "五日長關三日

---

85 罷: 『退溪集』에는 '破'.

86 行: 저본에는 '來'. 『蓀谷詩集』에 근거하여 수정.

87 苦: 저본에는 '寃'. 『西厓集』에 근거하여 수정.

88 非: 저본에는 '無'. 『西厓集』에 근거하여 수정.

89 苦勞: 저본에는 '勞苦'. 『西厓集』에 근거하여 수정.

越, 東風立馬魯陵雲. 妾身亦是王孫女, 此地鵑聲不忍聞."

100

西厓記明廟御筆事曰: "壬辰之變, 賊入京城, 車駕西巡. 至明年癸巳
四月, 都城始復, 其年十月, 車駕還都. 公私廬舍, 宮闕廟社, 蕩然一
空, 圖書典章文物, 擧爲灰燼無餘. 一日, 余在備邊司, 有吏於閭閻得
短屛張坐壁, 凡六疊, 各書絶句一首於其上. 余與儕[90]僚傳觀之, 識
者皆知爲明廟御筆, 不敢留諸外, 遂啓請入內, 其絶句乃古人詠史詩,
而皆喪亂後[91]懷古之作, 亦可怪也. 其一曰: '楚王辛苦戰無功, 國破
城荒霸業空. 惟有青春花上露, 至今猶泣細腰宮.' 其二: '茫茫春草
沒章華, 因笑靈王昔好奢. 臺土未乾簫管絶, 可憐身死野人家.' 其三:
'吳王恃霸棄雄材, 貪向姑蘇醉綠醅. 不覺錢塘江上月, 一宵西送越兵
來.' 其四: '楚國城池颯已空, 陽臺雲雨去無蹤. 何人更有襄王夢? 寂
寂巫山十二重.' 其五: '襄王不用直臣籌, 放逐南來澤國秋. 自向波間
葬魚腹, 楚人徒倚濟川舟.' 其六: '魯公城闕已丘墟, 荒草無由認玉除.
因笑臧孫才智少, 東門鐘鼓祀鶢鶋.'"

101

睦時敬爲藍浦倅時, 李進士瑞觀往見之, 俱是失時之人. 睦作詩贈之
曰: "冬至陽生藍海隈, 十年青眼此中開. 梅花月色論心夜, 貧富茫茫
酒一盃."

90　儕: 『西厓集』에는 '諸'.

91　後: 저본에는 없음. 『西厓集』에 근거하여 보충.

趙泰億送人謫愁州詩曰: "風波宦海昔同遊, 榮辱居然各白頭. 我去上流非樂土, 君投絶塞是愁州. 關雲極目餘千里, 江菊傷心又九秋. 何日更尋漁釣約, 太湖烟月弄扁舟?"

吳遂燁贈燕使詩曰: "八月仙槎鴨綠波, 朔雲關雪感懷多. 燕南日暮天如醉, 薊北秋高劒作歌. 東土有人悲漢水, 中原送客問黃河. 試看清聖祠前石, 風雨年年尙不磨."

古有四韻科, 金安老以秋千詩登第, 詩曰: "東風初破小桃腮, 節迫秋千雨洗埃. 繡舃掠花紅露濕, 纖肢劈柳綠烟開. 初疑弄玉吹簫去, 更訝飛瓊御鶴來. 堪笑半仙眞戲劇, 景陽兵禍是成胎."

頭流山花開洞, 有人於石間得一詩, 疑崔孤雲之作, 而辭氣非塵世人語, 詩曰: "東國花開洞, 壺中別有天. 仙人推玉枕, 身世欻千年. 萬壑雷聲起, 千峯雨色新. 山僧忘歲月, 猶記葉間春."

甲戌歲, 金大司成邦杰謫同福, 遊於赤壁, 作詩曰: "壬戌秋逢甲戌秋, 逐臣遊處逐臣遊. 匏樽白酒經長夜, 明月清風滿小舟."

107

甲戌換局後, 南人或死或竄, 有一宰死於嶠南, 有人輓之曰: "貞元朝士已無存, 半是三危半九原. 藥老西投坡友繫, 嶠南旅櫬又含寃." 詞氣藹然, 見之不禁淚落, 詩可以感人如是哉!

108

吾五代祖芙蓉堂公, 兒時以聰慧聞於人, 年七歲時, 玄風倅聞之請見, 吾六代祖抱之而騎去, 入玄邑時, 方日已暮矣. 玄倅見其容貌愛之, 問曰: "汝能作詩云, 我與汝爲聯句, 汝能對之乎?" 公曰: "兒雖不善作, 當如敎." 玄倅曰: "白月從東出." 公卽應曰: "玄風向似歸." 時玄倅瓜滿將歸故云. 玄倅誦其詩, 大贊曰: "此兒將來必以文學名於世, 善敎之." 多給紙筆墨以賞之, 六代祖受而歸家.

109

吾高祖爲繡衣湖南時, 暗行至一處, 湖南十二邑守令人大張宴, 盃盤狼藉, 設妓樂, 觀者如堵. 日之方中, 繡衣爲乞客樣, 請飮食, 諸倅方醉, 暫許席, 草草設飮食, 諸倅曰: "客能作詩, 則可以預終日宴席, 醉飽飮食, 否則莫若速歸." 繡衣請其韻, 曰膏曰高, 卽請紙一丈寫詩曰: "樽中美酒千人血, 盤上嘉肴萬姓膏. 燭淚落時民淚落, 歌聲高處怨聲高." 寫畢卽進, 諸倅轉觀, 疑訝之際, 書吏呼暗行而直入. 諸倅一時皆散, 當日罷出者六人, 其餘六人入書啓中. 諸倅皆勢家子弟, 而一不顧籍, 湖南之人稱之爲美談.

110

世云: "濯纓長於行文, 而詩非其所長, 挹翠長於詩, 而行文非其所長也." 此言非也. 濯纓、挹翠於文於詩, 皆天才也, 但所嗜文與詩之異耳. 余嘗觀濯纓觀水樓四韻, 其格調, 非常調, 杜之後, 不可多得, 觀挹翠與南士華書求碑銘, 其書完然一行狀, 而效班椽叙事體, 要之兩公之文與詩, 亦不下於所長. 使之享年, 益盡心於詩文兩技, 則濯纓不獨以文名世, 而挹翠不獨以詩自鳴而已. 濯纓題三嘉縣觀水樓詩曰: "一縷溪村生白煙, 牛羊下括謾爭先. 高樓樽酒東西客, 十里桑麻南北阡. 句乏有聲遊子拙, 杯斝無事使君賢. 倚闌更待黃昏後, 觀水仍看月到天." 此與其文何如也? 濯纓則三十五取禍, 挹翠則二十七取禍, 而世言挹翠其時半白, 濯纓文字多用老病, 或者二先生之年數止於此而已耶.

111

任踈庵以五言排律六百韻述懷詩, 寄李東岳, 東岳以七言一首答之, 可以敵六百韻也. 高麗時, 李奎報次吳世文六百韻詩序曰: "古人詩集中, 無有押三百韻詩者, 況六百韻乎? 唐宋諸大家所無者, 君能之, 甚奇也." 踈庵盖效李、吳, 而古人所不爲者, 亦何足貴乎? 東岳詩曰: "萬曆皇明己未秋, 任君六百韻吾投. 自從唐宋不曾覯, 雖有杜韓那得酬. 奧理包犧卦外刮, 秘書倉頡字前搜. 是年大旱燋山岳, 定識天驚地亦愁."

112

古人稱杜甫非特聖於詩, 詩皆出於憂國愛民, 有一飯不忘君之心. 大元至治中, 忠宣王被讒竄西蕃, 益齋李文忠公, 萬里奔問, 忠憤藹然, 詩曰: "寸腸氷炭[92]亂交加, 一望燕山九起嗟. 誰謂鱣鯨困螻蟻? 可憐蟣蝨訴蝦蟆. 才微杜漸顏宜赭, 責[93]重扶顚[94]髮已華. 萬[95]古金縢遺冊[96]在, 未容群叔誤周家." 其忠誠憤激, 杜少陵不得專美於前矣.

113

水路朝天時, 金清陰過陳仲子故里, 作詩曰: "廉士遺墟何處尋? 井邊蝝李已無陰. 野塘水綠[97]雙[98]鵝白. 猶作當時鴟鴞音."

114

李參判仁復爲安東府伯時, 江左權公入見, 李曰: "聞姜子淳明日到吾邑云, 君爲我作一詩如何?" 江左曰: "以府伯之文章, 欲代人而作之, 吾雖粗解詩句, 而代他人作可也, 代府伯作不可也." 李曰: "子淳以知詩自任, 吾欲瞞過此人, 故請君詩以試子淳詩眼耳." 江左曰: "若然則雖句鄙而言陳, 當如敎矣." 遂書五言小詩一首曰: "東閣使君梅, 雪中連夜開. 漸看江月巨, 明日子淳來." 寫畢, 還家矣. 其後更入, 則李曰: "子淳果詩眼不差矣. 詠其詩三回番後, 謂吾曰: '此非君之詩, 誰人之代作也?' 曰: '吾欲試君之眼, 而請於他人, 君知之, 君之眼果高

---

92 炭: 저본에는 '雪'. 『益齋集』에 근거하여 수정.
93 責: 저본에는 '義'. 『益齋集』에 근거하여 수정.
94 顚: 저본에는 '綱'. 『益齋集』에 근거하여 수정.
95 萬: 저본에는 '前'. 『益齋集』에 근거하여 수정.
96 冊: 저본에는 '策'. 『益齋集』에 근거하여 수정.
97 綠: 저본에는 '闔'. 『淸陰集』에 근거하여 수정.
98 雙: 저본에는 '寒'. 『淸陰集』에 근거하여 수정.

矣.' 子淳曰: '其詩體格, 勝於君矣.' 因相與一笑而罷, 詩可瞞不知之
人, 而不可以瞞知詩之人矣." 江左答曰: "吾詩不免陳陋, 而姜公慰藉
言之, 何足信乎?" 李曰: "君之詩快, 免葷葱氣色, 嶺南詩, 權君可以
持之矣." 遂飮酒而論詩云.

115

丹陽之龜潭, 乃第一勝景, 古人之詩甚多, 而今世李獻慶之詩, 亦自爽
然, 而能模寫舟行之景, 後來鮮有其匹, 詩曰: "棹撥偏憐破縠紋, 開
筵還惜藉蘭薰. 花應浮下忠州郭, 春自悠然竹嶺雲. 島樹初晴渾似暝,
漁歌已斷更如聞. 那堪一宿丹陽郡? 身去心留此水濆[99]."

116

康伣北道文官, 而以詩名於北道, 以禮郎爲金冲庵賜祭獻過祀後, 作
詩贈主人曰: "溫陵追復自遺疏, 諭祭堂堂故判書. 天壤憤平今日後,
君臣契合百年餘. 靑山雨集松梢暗, 碧墼秋來水影虛. 好撝主人行祀
事, 蒼丘一宿幸何如?" 蒼丘, 冲庵子孫所居也.

117

丁湖堂以黃山督郵, 登東萊永嘉臺有詩曰: "瘴雨白連蛟窟外, 蠻烟靑
出橘林前." 又登嶺南樓詩曰: "一宦惱心荒政後, 半生添病客遊中."

118

---

99 濆: 저본에는 '濱'. 『艮翁集』에 근거하여 수정.

高麗文士, 專尙東坡, 每及第榜出, 則人曰: "三十三東坡出矣." 高元間, 宋使求詩, 學士權適贈詩曰: "蘇子文章海外聞, 宋朝天子火其文. 文章可使爲灰燼, 千古芳名不可焚." 宋使歎服, 其尙東坡可知也.

余酷好東坡文與詩, 常目而觀之, 及讀朱子書, 然後知其以雄渾敏妙之文, 扇揰闔闢權衡之術, 蘇家三父子文字, 大抵不脫此臼中, 不可以道理雅馴言之也. 故朱子答汪尙書書中, 辨論不置, 而其贊東坡竹石畫, 則歸之於正人君子, 盖衛道之嚴, 不可不如是也. 我朝退陶先生與弟子泛月灌纓前灘, 使弟子詠赤壁賦, 歎曰: "蘇公終是寡欲." 盖許之也. 三蘇文章, 馳騁好異, 所以見異端新奇之說, 從而好之, 宜其見斥於晦菴之論也. "夫道者, 文之根本, 文者, 道之枝葉. 惟其根本乎道, 所以發之於文, 皆道也. 三代聖賢文章, 皆從此心寫出, 文便是道, 今東坡之言曰: '吾所謂文, 必與道俱', 則是文自文, 道自道." 故朱子曰: "待作文時, 旋去討箇道來入放裏面, 此是他病處. 只是他每常文字華妙, 包籠將去, 到此不覺漏逗. 說出他本根病痛所以然處, 緣他都是因作文, 却漸漸說上道理來. 不是先理會得道理了, 方作文, 所以大本都差." 朱子之論, 却下一鍼於東坡頂上矣. 其詩亦然, 少溫柔敦厚之意, 多譏誚怨刺之句. 熙寧中, 王安石以新法誤天下, 東坡有山村五絶, 有"邇來三月食無塩, 過眼靑錢轉手空"等句, 坐譏時事, 謫南荒, 謂其詩曰烏臺詩案. 元豊八年, 神宗崩, 五月一日, 東坡題楊州竹西寺云: "此生已覺都無事, 今歲仍逢大有年. 山寺歸來聞好語, 野花啼鳥亦欣然." 元祐間, 趙君錫等構軾曰: "軾不得志於神宗, 今喜上賓有是句." 哲宗疑之. 東坡詩與文, 皆爲大宗, 而有是累, 余爲之一惜. 東坡平生功名出處, 自比白香山, 牧隱亦嘗以東坡自比. 牧隱謫長湍, 寄省郎十首, 有"黜僧還恐似王輪, 滿庭靑紫絶無人"等句, 爲臺官所彈, 禍且不測. 其視烏臺詩案, 亦無幾矣. 然三蘇文字, 以文章家言之, 可謂入室而升堂. 老蘇文甚高, 而只議論乖角, 雄健則乃其本色也. 長公文波瀾變化, 爲文中之龍, 而不可以道理並全篇看, 但當看其大者而說得透. 子由文, 比東坡稍近理, 然其說利害處, 東坡文字較明白, 子由文字不甚分曉, 要之學術則三蘇只一般, 後之讀三蘇文者, 不可不知也.

119

江左權公嘗謂余曰: "詩雖小技, 亦可以觀前程. 昔年吾登浮石聚遠樓, 有詩曰: '頭上四三天北斗, 眼前七十嶺南州.' 叔父蒼石公評之曰: '汝未久登第矣.' 過數年登第, 言果驗矣. 其後功名蹭蹬, 沈滯數十年, 入于太白山中石浦村, 過歲月. 一日聞恩窩蔡參判, 以史記奉安使來安東, 歷入西谷靑岩亭云, 故吾待之矣. 旣來接語, 叙寒暄訖, 言于余曰: '近來入于山中作隱士云, 果耶?' 余曰: '然.' 曰: '隱者有何事業?' '隱者事業只管山中之白雲耳.' 曰: '近來詩格必長, 爲我誦之, 以豁胸次如何?' 曰: '懶廢筆硯, 全却吟哦, 而近日得一詩, 其聯曰: 「峽昏常作霧, 江霽忽高虹.」' 恩窩沈吟半餉, 高聲浪咏曰: '豈有句法如是豪爽, 而終於隱士者乎? 君未久必有復職之事矣.' 曰: '朝廷忘吾名久矣, 誰人能記憶而備之於望乎?' 曰: '今春必有文臣重試, 君試觀之如何?' 別後月餘, 朝家果定重試日子. 余忽思是言, 趁其日觀重試題, 則'作舟車以濟不通'制也. 余果參榜眼, 卽除禮曹正郎, 爲梁山守. 縣殘祿薄, 而比之山中之隱, 則果顯矣. 古人以詩而卜其窮達, 蓋詩者言之所形也, 見其詩, 可以知其言, 知其言, 斯可以審其聲矣. 苟能審其聲, 則其心之所在, 不能遁其形, 而因其詩想其■, 古人以詩而知者由此也, 無怪其恩窩之卜吾重試, 而吾之晉途前後屯塞者, 或坐於詩之窮而如是耶?"余聞江左公言而記之.

120

我東人辭賦, 元非南楚餘波. 惟金佔僳吊義帝文, 其格似柳柳州, 我東無其匹. 若以後語論之, 則不下於吊萇弘文, 黃太史之毀璧[100], 當讓一頭. 今時靑泉申維翰之哀博津辭, 亦差強人意, 格雖不及於吊義帝文, 而辭藻不下於邢敦夫秋風三叠耳.

121

申靑泉嘗謂: "李紫霞文章, 不下於王弇山." 誦江上烈孝女傳曰: "此文今時所無, 而抑簡易之所不能不畏. 宣祖之世, 簡易以巨手獨出, 而若使紫霞當之, 則不宜屈膝." 蓋其許之太過也. 余觀紫霞所著宋五藏傳、梅鶴軒記及其他雜文, 當在簡易之下, 而惟烈孝女傳, 則雖簡易, 亦畏之, 儘乎文章不在多作也.

122

謙庵柳先生爲仁同守時, 修冶隱墓, 作烏山書院, 立砥柱碑于院前江上, 可以風後世之士矣. 碑歲久字劃剝落, 中流二字, 石柝析缺片. 六七年前, 任希雨爲守, 治石改豎, 補其字劃, 使觀者煥然改覩, 亦可以名傳于後矣. 古碑不書寫碑人名字, 世傳謙庵之筆, 故任希雨亦寫碑而不書其名, 倣舊之制也.

---

100 璧: 저본에는 '璺'. 『山谷集』에 근거하여 수정.

西厓先生秉東銓時, 白惟讓以書薦汝立, 西厓有答書. 及己丑獄事起,
西厓不自安, 上疏曰: "當時汝立負重望, 知而惡之者, 惟李敬中一人,
至以媚嫉被彈." 上命贈敬中官, 而罪彈論臺諫仁弘. 仁弘由是坐罷,
怨西厓入骨. 及其遭遇, 排抑西厓, 不有餘力. 及李爾瞻逐西厓, 而南
以恭輩, 紛紛而起矣. 仁弘使其徒文弘道, 彈西厓, 而彈文中有堨塢
語. 西厓與蒼石書中"水雲一區, 幷入於彈文中"者是也. 其後完平選
清白吏時, 抄西厓曰此[101]者西海中小國也. 頌東海而用西海事, 是未
可知也. 自天地剖判以來, 裨海環之. 中國外, 如赤縣神州者九, 乃有
大瀛海環之, 其外天地之際焉, 則以其頌瀛海, 故不分其東西, 而混
稱之耶. 以許眉叟之博洽, 必有所據, 而不能無疑, 故志之.[102]
露梁疑塚碑有三, 許眉叟以疑而表銘, 南藥泉以實而言碑, 趙觀彬參
其疑與實, 而其文不足觀.[103]

我朝燕山忌中廟, 常有欲害之心. 一日燕山校獵於郊, 燕山時有駿馬
所乘之時, 中廟以晉山大君扈焉. 獵罷, 燕山乘馬謂中廟曰: "予自興
仁門入, 爾自崇禮門入."[104] 碑不書寫碑人名字, 世傳謙庵之筆, 故任
希雨亦寫碑而不書其名, 倣舊之制也.[105]

101 西厓先生秉東銓時……抄西厓曰此: 상편 2 6칙과 중복되므로 번역하지 않았다.
102 者西海中小國也……故志之: 상편 1 125칙과 중복되므로 번역하지 않았다.
103 露梁疑塚碑有三……而其文不足觀: 상편 1 124칙과 중복되므로 번역하지 않았다.
104 我朝燕山忌中廟……爾自崇禮門入: 상편 1 45칙과 중복되므로 번역하지 않았다.
105 碑不書寫碑人名字……倣舊之制也: 상편 1 122칙과 중복되므로 번역하지 않았다.

123

西厓先生作砥柱中流碑陰記而爲之歌, 歌曰: "烏山兮何有? 有紀兮
有堂. 洛水兮沄沄, 其流兮孔長. 一坏兮荒原, 維先生之藏. 斲石兮鐫
辭, 垂萬載兮耿光. 課忠兮責孝, 惠我人兮無疆. 薦蘭肴兮酌桂醑, 魂
髣髴兮徜徉. 仰高山兮俯淸流, 思先生兮可忘."

124

梅竹堂成忠文公有光于吾宗中, 故吾於公有九原難作之恨. 常過露
梁, 拜公父子墓, 不覺隕淚. 露梁之南, 四墓列焉, 人傳爲六臣墓, 而
俱有標石, 曰成氏之墓、朴氏之墓、兪氏之墓、李氏之墓,[106] 婦人稱
氏, 而今四墓並列, 非婦人也明矣. 世傳有僧取六臣尸, 負而瘞之, 僧
是梅月堂云. 露梁疑塚碑有三, 許眉叟以疑而表銘, 南藥泉以實而言
碑, 趙觀彬列其疑與實, 而其文不足觀.

125

許眉叟東海頌, 文章高古, 東國不可多得. 而但佛齊者, 西海中小國
也, 頌東海而用西海事, 是未可知也. 自天地剖判以來, 裨海環之, 中
國外如赤縣神州者九, 乃有大瀛海環之, 其外天地之際焉, 則以其頌
瀛海, 故不分其東西而混稱之耶? 以許眉叟之博洽, 必有所據, 而不
能無疑, 故志之.

---

106 人傳爲六臣墓……李氏之墓: 저본에는 없음. 『海東野言』에 근거하여 보충.

126

龍洲公與日本人林道春, 有往復書札, 道春可謂其國之翹楚, 竺教之
中, 能知程朱之學, 而其詞翰文字, 亦不生疎. 龍洲公之答書, 使外國
人知我禮義之邦, 而鼎呂自重, 後來錄東槎者, 惟以詩騷爲事, 無一
言及於學問, 是爲欠事.

127

企齋申公光漢年十五六時, 以宰相家之貴子不學書, 日事豪擧. 嘗與
鄰兒鬪鬨, 公曰: "吾是貴介公子, 汝是庶人子, 而何敢辱我?" 鄰兒曰:
"汝非貴介公子, 乃是無腸公子." 忍憤而歸家, 自是晝夜讀書, 其翌年
以白鷗賦爲初試壯元, 因以登第, 以文章名於世. 其材固絶異於人,
而非鄰兒之激其心, 則豈能發憤而能成就至此乎?

128

張谿谷論國初四大家文曰: "佔僻精而未大, 乖厓博而寡法, 四佳、
虛白館閣之雄." 此評儘的矣, 以吾所見, 則四家之外, 文取濯纓, 詩
取挹翠. 濯纓之文, 規模軌範, 自昌黎文變化來, 而中興策, 筆力可扛
百斛龍文, 其時中國之人稱爲東國之昌黎. 挹翠之詩, 天機透悟, 自
然得三昧影像, 其格優入晚李轂中. 二公文與詩, 實是天賦之才, 而
非學之可能, 則使二公而不遇其禍, 磨礱沈灌, 漸就純熟, 則其所就,
豈易量哉? 故濯纓公之文, 輕銳之氣勝, 而似欠純熟底意味. 挹翠公
之詩, 清麗閑淡, 而於言遠旨遠, 瀏亮宛轉之態, 大有慊焉. 然二公東
國奇才也, 不幸而身蹈大禍, 惜哉!

129

中世谿谷、澤堂以大家聞, 龍洲、東州亦號爲大家藪, 而各有所長, 未易評論優劣, 而吾所深許者, 惟金農岩昌協文耳. 其文得歐陽正脈, 而溫雅縝密, 宜於後人之柯則也. 如李博泉之文, 乃其趣下風者耳, 何可與之抗衡乎?"

130

近世之文, 惟谿谷文章, 平鋪典雅, 可以爲法.

131

姜雪峰栢年文章, 亦浩汗不窮.

132

農巖全稿, 其文如江流渾渾無涯, 本之以朱文, 以屬不竭之氣, 文之以八大家, 以取綴文之法, 盖近來未易得之文也, 抄而書之, 以爲作文者矩率.

133

眉叟露梁疑塚碑文, 韓文之後不可多得.

134

蒼雪權公裒退溪先生之言行之在門弟子各錄者, 彙爲四卷, 即夫子齊, 魯二論, 朱子格言, 語類之匹, 而蒼雪公之彙而分之, 類而編之者, 可謂有功於斯文. 趙海村顯命爲慶尙方伯時, 聞此冊之在布衙中, 言于安東府伯, 纔開板印出, 而禮安士流忽生忌克之心, 以爲登梓時不使禮安人知之, 於全書中有洗垢處, 有索瘢處, 不可以行世. 或云: "一字之害, 血流千里." 或云: "權公之無識至此." 兩邑士類, 仍成南州部之黨, 而宣城人至於叫閽, 破安東板不用, 更爲開板於陶院, 而或換其篇目, 或刪其繁複, 爲二卷冊子, 即今行世者, 乃陶院本耳. 余家有花山本一秩, 近來潛心以觀, 則蒼雪公之編次, 可謂極盡無欠. 當時陶山門弟各記之際, 詳略有不同處, 而大抵其時同聽於函丈之下耳, 在後人之道, 不可棄其一字, 乃是敬重先生之道. 而宣城人任意刪削, 自謂擬朱子語類, 而不知自歸於輕率之類也. 況退陶先生與仲久【李湛】書曰: "編書有緊酬酢, 則亦豈無閑酬酢乎?" 蒼雪公之編言行録時, 蓋體老先生之訓, 而時或不棄閑酬酢之言者以此也. 始先生言行見於門人記述者, 月川所撰總録, 高峰所撰竭銘, 西厓所撰年譜, 附本集行世, 自餘若鶴峰、文峰、栗谷、秋淵、雪月堂、艮齋、蒙齋所録, 雖詳略不同, 疎密有異, 妙道精言, 懿行哲範, 鑿鑿可撱. 而或私相傳録, 訛脫居半, 或埋沒箱篋, 人罕得見. 至如栢潭、雲巖[107]、楓庵、謙庵、芝軒、勿庵、夢村諸公, 記一漏萬, 各自私藏, 易歸沈沒. 蒼雪公搜求積年, 參校衆本, 裒寡成多, 刊誤歸正, 廣求詳訂, 庶無遺憾. 而宣城人之忽生歧心, 何哉? 百世之後, 具眼者出, 則於二板之中, 必有所取舍矣.

135

林滄浪泳記退溪語録中, 有南冥一語, 其語曰: "南冥與某言曰: '往年

---

107 巖: 저본에는 '庵'. 일반적인 용례에 근거하여 수정.

承召赴京, 余訪李恒之于寓邸. 恒之謂余曰: '景浩由文章而入其學問, 誤矣.' 余應曰: '其學問, 公與吾之所不得而知者, 公但論弓角而已, 吾但論講經而已, 何可與論景浩學問之淺深耶?' 恒之滿座門徒, 不喜吾言, 多有不平之色矣.' 盖一齋初習武, 讀大學, 乃覺悟, 盡棄其業, 而讀書修行. 南冥先生占文科初試, 講誦經書, 後入頭流, 隱居行義, 南冥歷擧其前所業." 盖欽服先生之學問也如此, 世言兩先生不相能, 而以此語觀之, 則南冥知退溪如是, 而豈有不相能之理乎?

136

瓶庵南溟雜裒曰: "光海辛亥四月, 鄭仁弘詆退溪, 以丁未同參請罪鳳城之論. 時李白沙恒福諸公在政府, 上箚辨之曰: '臣等嘗問[108]之, 故老李滉於丁未年拜弘文應敎之日, 三司猝發請罪鳳城之議. 滉自外初還, 未知論議首末, 旣同參, 翌日於榻前, 大臣以下皆離席而請鳳成之罪. 雖直臣如安名世, 亦莫敢異同. 滉獨不離於席, 及退, 控免本職. 九死路頭, 能辦截鐵之勇, 萬馬奔中, 能有駐足之力. 事之難處, 其視於不與是論者尤有甚焉, 而滉能之. 今仁弘以是而爲之累, 不亦太刻乎?'云云." 仁弘終以此爲言而阻本道文廟配享十二年.

137

宣廟丁卯十月十七日, 承旨李俊民啓曰: "李滉、曹植則臣幸得見而知其賢, 李恒則不及見, 然而嘗仍朋輩亦聞其人矣. 李滉則地位甚高, 祖述程朱, 故其所著述, 與程朱相近矣. 我國此等人絶稀, 其性恬退,

---

108 問: 저본에는 '聞'. 일반적인 용례에 근거하여 수정.

自少不樂仕宦, 其心最爲嚴苦. 李恒則當初業武妄行之人, 而悟而知學, 做得工夫, 其勇與古人何異? 閉門讀書, 德器亦成, 見之儼然. 但武人初不讀書, 晚年知學, 故學問不能該通矣. 曹植則氣質磊落, 壁立千仞, 而可以激頑立懦, 學問則有不循規矩之病矣. 成運則亦遺逸之士也. 先王朝承召上來, 而辭病退去, 年今七十矣. 此人則未知其何如, 大槪恬淡自守者也. 一時賢者, 不一其人, 而如李滉則其尤也. 自上召彼數人者, 欲致三代之治, 而彼數人者, 豈以伊周自許乎? 責任太重, 則恐以學問未至爲嫌, 接引過厚, 則亦恐其不敢當也. 日暝上來後引見, 則其人必有所陳達矣. 信任之意, 則所當專一, 而其間接待, 則斟酌爲之可也"云云.

138

退溪先生舊宅, 在都下西門內, 庭有老檜, 長數十丈. 兵燹後, 故家喬木蕩然, 獨此樹得全, 人皆異之. 及辛亥春, 忽摧折, 其夏, 仁弘嗾朴汝樑、朴乾甲輩, 醜詆退溪, 此正斯文之一厄會, 折檜之變, 抑其兆也歟. 仁弘之詆毀退溪也, 太學引義痛斥, 光海怒儒生甚, 白沙相有疏曰: "曹植之門, 無仁弘則道益尊." 時以爲名言.

139

李澤堂曰: "栗谷論退溪, 多依樣之味. 又曰: '拘而謹.' 今世學者, 執此而小退溪, 嶺儒以此非栗谷. 以余觀之, 所謂依樣者, 非若揚雄太玄、法言假竊模倣也. 朱子折衷百家, 定論萬世, 退溪依其言學習, 心融神會, 如出己言, 其時論述, 皆能發其餘蘊, 爲之羽翼, 此乃善學朱子也. 栗谷一時與花潭泛論對擧之評, 後人執爲嚆矢, 非栗谷意也."

愚以爲澤堂之發明栗谷之言, 儘善矣. 但依樣二字, 非尊敬之言, 謂之
學朱子則可也, 而謂之依樣, 則其中隱然有假竊模倣之意, 何也? 退
溪先生嘗曰: "聖賢之書未易讀, 義理精微未易窮, 相傳宗旨, 未可輕
改, 立論曉人, 未可輕發." 故凡言立論, 依其前賢之言, 不敢輕發, 而
以示鄭重之意 是乃敬謹之至, 而相傳宗旨, 未可輕發而然也. 栗谷則
直以多依樣之味爲言, 是自不免率易輕發之歸, 而亦非尊敬老先生
之意. 嶺北學習於栗谷者之小退溪, 不爲無稽, 而嶺儒之亦以此非栗
谷者, 非爲其議論而如是也. 又況拘而謹三字, 自不掩其小小之意,
是不諒退溪先生敬義夾持之工夫也. 退溪先生雖謙沖自守, 絶不談
人物長短時事得失, 而惟於闢異端處, 不少假借, 必力加分析而折衷
之. 如花潭、松堂之學問, 退溪卞之不置, 而至於晦齋先生, 世不知其
學問之邃, 而表章其學, 與寒暄、一蠹、靜庵並擧, 稱爲四賢. 於其敬
之所在, 則世不知晦齋先生而表章之, 於其義之所在, 則人不敢議花
潭、松堂兩先生而辨別之, 毅然自拔於世俗之見, 而偲然自守於衛道
之嚴, 是乃老先生平日敬義之功, 而今只曰"拘而謹", 則其謹也爲其
所拘而謹耳, 非敬義夾持之謹耳. 栗谷之言, 果能無憾於後來學者之
心乎? 澤堂之分疏, 亦不免阿好之意. 愚之所言者, 不以一毫私意參
錯其中, 而公言之者也. 退溪先生前日答栗谷書曰: "爲見叔獻前後論
卞, 每把先儒說, 必先尋其不是處, 務加貶斥[109], 使你更不得容喙而
後已. 至於尋究得箇是處, 要從這明白平實正當底道理, 朴實頭做將
去意思, 殊未有見得. 或恐久遠, 深有礙於正知見、實踐履, 故妄言及
此, 不覺自犯於芸人之田之戒, 悚汗無已." 栗谷之指摘先儒之說, 輕

---

109 貶斥: 저본에는 없음.『退溪集』에 근거하여 보충.

易言之, 乃是其病, 而退溪先生已知之矣. 後之爲學者, 當師退溪之依樣, 勿效花潭、栗谷之自得可也.

140

澤堂又曰: "南冥之學, 一轉爲仁弘." 此言尤非也. 仁弘爲爾瞻指使, 假寵昏朝, 威權振一國, 則其與南冥之壁立萬仞, 雲視富貴之心, 有異矣. 其心旣異, 則其學亦豈有可同之理哉? 以南冥之不知爲不明則可也, 而以學之轉而爲仁弘則不可也. 龜山之門出陸棠, 不可以陸棠之邪佞而疑龜山之學也. 程氏之門有邢恕, 不可以邢恕之反覆而疑程氏之學也. 今以仁弘之迷君喪邦, 而謂南冥之學之轉, 則是不論其心, 而徒以外面而言之也. 故余不得不卞. 古人云: "荀卿之學, 流爲李斯." 余以爲仁弘貪進冒祿之心, 旣異於介石, 則是所謂背其師之學也. 於南冥何有哉?

141

菊圃瑣錄曰: "丁應泰之搆誣也, 朝家當遣使卞誣, 宣廟意欲領相之去, 而領相【西厓】不肯請行. 李完平以左相行, 回至遼東, 聞李爾瞻論西厓, 歎曰: '朝廷有直士.' 及昏朝, 爾瞻主別處大妃之論, 完平上箚極論, 謫洪川, 俄放還驪州. 鄭守夢曄嘗爲公從事, 亦於卞誣行, 爲書狀者也. 一日候公, 語及爾瞻曰: '使道直士, 今何如也?' 完平曰: '當時柳相事慨然, 而人無爲言者, 獨爾瞻論之, 故有是言, 不過指一事而發, 豈可以此斷其平生也?'" 噫, 菊圃此錄, 必爽失之言也. 盖西厓與完平爲知己之友, 則完平必知西厓之心也. 當日宣廟下問時, 西厓以老病不堪行爲對, 西厓之意, 以爲卞誣事甚重, 中路或慮不了當重事, 而先爲瀎然, 則非但遷延時日, 國事亦未知所止泊, 故以不堪行爲對. 於其創殘之日, 夫豈憚於一番行役而如是哉? 且其時有九十老母, 西厓去後, 人事未可知, 而夫旣致身, 則豈可言其情乎? 西厓之心, 完平旣知之, 故當日宣廟之前, 以自家之無文爲對, 而請其從事之能文者, 二公之心, 皆公於國事, 西厓慮其中路瀎然, 故以言其老病不堪行, 完平憂其上國之不聽, 故請其能文者, 欲爲更請之計, 事雖貳, 而原其心則一耳. 豈其還歸本國也, 以慨然爲言哉? 夫慨然云者, 凡人不知心者, 觀其外面而如是發歎也. 二公平日旣知其心, 當日榻前之對, 亦知其心之炳然, 則夫豈懷其慨然之心, 於完平回時, 口發如此之言哉? 此必無之理也. 且大少北人之嫉西厓, 畜欲逐之心, 完平已熟知之矣. 李爾瞻其時官雖不高, 而其爲骨北領袖, 完平又知之矣. 窺伺君意, 而一疏逐其耆老, 則其心全在於固其勢, 而非爲國家而發也. 雖三尺童子, 皆度爾瞻心事, 而曾謂完平之賢, 棄其爲國之藎臣, 而輕信其少年挾私之言乎? 其必不以直士許爾瞻, 明若觀火矣. 大抵西人, 每懷不足之心於西厓, 故借其守夢與完平問答之言, 以崇西厓之辜, 而流傳於世耳. 菊圃信其言, 而書之於瑣錄, 亦甚未妥. 余故明其二公之心, 而卞瑣錄之誤.

142

菊圃作李仁復來初碑銘, 而起頭以許眉叟己未一疏爲嘉惠後人之地, 以不爲苟黨一言爲眼目, 其下繼李仁復之言曰: '我蠲吾躬而已, 何有於比朋哉? 我公吾衷而已, 何事於私同哉?' 指錮廢失志者, 如臭帑塗豕, 奮口直斥爲李也之大節, 以此而衛眉叟之道, 以此而世完平之家, 其言似是, 而以余觀之, 則此不過媚時人而發, 如此之言, 刻之金石,而使時人皆觀之也, 何者? 李來初以賢相之孫, 少時登科, 年未四十, 而位至參判, 則不可謂不顯矣. 菊圃亦世家之人, 登金門, 上玉堂, 則其顯與來初一般矣. 當時唱爲尊學眉老之言, 自爲一黨而和之者, 有吳光運、洪景輔、李萬維若而人而已, 稱之爲五學士, 自以爲淸論, 而歸其餘南論世守之人, 於臭帑塗豕之類, 此豈君子人之口氣乎? 君子一言爲知, 一言爲不知, 則菊圃一言歸於知乎, 歸於不知乎? 吾於五學士之言論, 甚慨然也. 且白湖社相羅庚申獄事, 罪死而不得伸其寃, 則其於金石文字, 不敢書其別號固也, 而稱尹以山人, 山人之稱, 尤所未知. 若稱以驪尹, 則可以知其未伸寃, 而以仕宦之人稱山人, 何意哉? 況庚申已過二百餘年矣, 其有罪無罪, 付之過去事, 可矣, 而必提起山人者, 以白湖之尤得罪於宋相也. 宋相爲西人之領袖, 而死後其餘威尙熱, 則菊圃之文, 只爲宋相也. 媚宋相, 乃所以悅西人之心, 下石於已落井之人, 而以媚於有熱氣之相, 一篇文字, 累言不已, 吾不知其可也. 大凡金石文字, 自有其例, 先書其人之世系, 次書其人之行蹟, 而此碑文, 則棄其前例, 寫出別識論, 而其精神所在, 則在於苟黨一言也. 五學士皆以世家顯, 然背其世論不可, 故做出尊崇許眉叟之言, 以爲發明世論之不改, 此所謂陽借陰背者也. 今吾摘發其眞臟, 而恐歸於傷巧之譏, 還不勝其思然也. 世之人議論不一, 其以吾言爲是乎非乎? 至於許眉叟明哲之見, 則孰不欽仰尊崇, 而奚獨於李來初而表而書之乎? 菊圃之論旣如此, 則宜其孫之有疏論蔡台, 何足怪哉? 但其文章, 則蔡台序文, 所謂許眉叟後一人者, 信矣. 刻而傳之於世, 必無費紙之愧, 蔡台之不負菊圃, 可謂盡門生之道矣.

143

國初文章, 皆以雅馴爲體, 兼鉤棘之語, 效韓、柳、歐、蘇者也. 盖以漢而後文章, 至韓、柳而始立, 操觚家集卷篇目, 到歐、蘇而方是暢也. 歐公文字, 敷腴溫潤, 蘇長公得波瀾變動, 皆後人所柯則也. 我東自以勝國末至國初, 全尙東坡文與詩, 皆以宋爲轂, 而不失雅馴之體, 觀於國初人文字則可知矣. 佔畢、乖涯、四佳、虛白四大家之外, 作者輩出, 而文則典雅而止耳, 詩則渾厚而止耳. 自明宣兩廟以後, 於中州突出李滄溟、王弇州[110]輩, 而務爲鉤棘之體, 我國之彷像其語者, 有崔簡易, 而當時號爲大手, 然此皆優孟之效楚相衣冠, 何足貴乎? 至如館閣之文, 有西厓、月沙、五峰、白沙、漢陰諸公, 而西厓文字, 尤明白簡當耳. 廢朝時, 柳於于文字, 不下於諸公, 而以其罪死, 故無集以傳世, 可惜也已. 仁廟以後, 谿、澤爲大家評, 眉叟極力爲古文, 而文章與時下, 則雖欲爲馬、班之史而得乎? 龍洲、東州、白湖得一派, 而至於霞溪, 則尋鬼窟荊棘之塗耳. 夢囈曰: "觀懷川晚年文字, 則殆欲食人, 靑天之下, 厚地之上, 無限光明世界, 幽篁路險, 彼獨何憚, 而不爲之疲哉?" 吾亦以此言爲正. 盖我國文人, 皆以中原人文章爲轂, 而規模狹隘, 地步不廣, 未免於井蛙之見, 宜其見笑於大方之家也. 朱子曰: "歐陽子云: '三代而上, 治出於一而禮樂達於天下. 三代而下, 治出於二而禮樂爲虛名.' 此古今不易之至論也. 然彼知政事禮樂之不可不出於一, 而未知道德文章之尤不可使出於二也. 夫古之聖賢, 其文可謂盛矣. 然初豈有意學爲如是之文哉? 有是實於中, 則必有是文於外. 如天有是氣, 則必有日月星辰之光耀. 地有是文, 則必有

---

110. 州: 저본에는 '洲'. 일반적인 용례에 근거하여 수정.

山川草木之行列. 聖賢之心, 既有是精明純粹之實, 以旁薄充塞乎其內, 則其著見於外者, 亦必自然條理分明, 光輝發越而不可掩. 姑舉其最而言, 則易之卦畫, 詩之詠歌, 書之記言, 春秋之述事, 與夫禮之威儀, 樂之節奏, 皆已列爲六經而垂之萬世, 其文之盛, 固莫能及. 然其所以盛者, 豈無所自來? 而世亦莫之識也. 故夫子之言曰: '文王既沒, 文不在茲乎?' 夫豈世俗所謂文者, 所能當哉? 孟軻氏沒, 聖學失傳, 天下之士背本趨末, 不求知道養德以充其內, 而汲汲乎徒以文章爲事業. 然在戰國時, 若申、商、孫、吳之術, 蘇、張、范、蔡之辯, 列禦寇、莊周、荀況之言, 屈平之賦, 以至秦, 漢之間, 韓非、李斯、陸生、賈傅、董相、史遷、劉向、班固, 下至嚴安、徐樂之流, 猶皆先有其實而後託之於言, 唯其無本而不能一出於道, 是以君子猶或羞之. 及至宋玉、相如、王褒、揚雄之徒, 則一以浮華爲尙, 而無實之可言矣. 雄之太玄、法言, 蓋亦長楊較獵之流, 而粗變其音節, 非實爲明道講學而作也. 東京以降, 訖于隋、唐, 數百年間, 愈下愈衰, 則其去道益遠, 而無實之文, 亦不足論. 韓愈氏出, 始覺其陋, 慨然號於天下, 欲去陳言, 以追詩書六藝之作, 而其弊精神, 糜歲月, 又有甚於前世諸人之所爲者. 然猶幸其略知不根無實之不足恃, 因是頗泝其源而適有會焉, 於是原道諸篇始作, 而其言曰: '根之茂者其實遂, 膏之沃者其光燁, 仁義之人, 其言藹如也.' 其徒和之, 亦曰: '未有不深於道而能文者', 則亦庶幾其賢矣. 然今讀其書, 則其出於諂諛戲豫, 放浪而無實者, 自不爲小. 若夫所原之道, 則亦徒能言其大體, 而未見其深討服行之效, 使其言之爲文者, 皆必由是以出也. 故其議古人, 則又直以屈原、孟軻、馬遷、相如、楊雄爲一等, 而猶不及於董、賈. 其論當世之弊, 則但以詞不已出, 而遂有神徂聖伏之嘆. 至於其徒之論, 亦但以剽掠潛竊爲文之病, 大振頹風, 敎人自爲爲韓之功, 則其師生之間, 傳受之際, 蓋未免裂道與文以爲兩物, 而於其輕重緩急本末賓主之分, 又未免於倒懸而逆置之也. 自是以來, 又復衰歇. 數十百年而後, 歐陽子出, 其文之妙, 蓋已不愧於韓氏, 而其曰: '治出於一云'者, 則自荀、揚以下皆不能及, 而韓亦未有聞焉, 是則疑若幾於道矣. 然考其終身之言與行事之實, 則恐亦未免於韓氏之病也. 抑又嘗以其徒之說考之, 則誦其言者旣曰: '吾老將休, 付子斯文矣.' 而又必曰: '我所謂111文, 必與道俱.' 其推尊之也, 旣曰: '今之韓愈矣.' 而又必引夫文不在兹者, 以張其說. 由前之說, 則道之與文, 吾不知其果爲一耶? 爲二耶? 由後之說, 則文王、孔子之文, 吾又不知其與韓、歐之文, 果若是其班乎否也." 朱子論古文與今時操觚家, 而不及於三蘇者, 非以三蘇文爲不如歐陽子也. 以蘇氏三父子之文, 得之於戰國權衡之文, 故其近理處小, 而馳騁於捭闔之術也. 因說蘇文害正道, 甚於老佛文, 亦不可不愼也.

144

高麗光、顯以後, 文士輩出, 詞賦四六, 穠纖富麗, 非後人所及. 但文辭議論, 多有可議者. 當是時, 程朱輯註不行於東方, 其論性命義理之奧, 紕繆牴牾, 無足怪者. 蓋性理之學, 盛於宋, 自宋以上, 思、孟以下, 作者非一, 唯李翶、韓愈爲近正, 況東方乎? 忠烈以後, 輯註始行, 學者駸駸入性理之域, 益齋以下, 稼亭、牧隱、圃隱、陽村諸儒, 相繼而作, 倡明道學, 文章氣習, 庶幾近古, 而詩賦四六, 亦自有優劣矣.

---

111 謂: 저본에는 '爲'. 『晦庵集』에 근거하여 수정.

145

皇明文章, 惟宋金華最爲純正華富, 方遜志, 其弟子也. 而亦歐、蘇之餘波也. 繼此者如王陽明、唐荊川、王遵岩、歸震川之流, 皆雅馴之體, 辭理兼備, 蔚爲中華文章正脈矣. 忽於其間, 突出李攀龍者, 創出別體, 務爲鉤棘險僻, 人所不解者, 粧撰爲文, 簡左、國字句, 班、馬模象緣餙之, 無一言眞實自得者, 而其理致精神, 闔闢締搆, 昧昧焉無所知也. 其爲詩, 只取子美、摩詰、李頎、岑參等諸作之最佳者數十句, 依樣模寫而衣被之, 以廓大之景, 如中原、大陸、宇宙、乾坤、日月、風雲、千里、萬里、白雲、明月、大漠、滄海等字數十句而張其氣. 自以爲文自西京, 詩自天寶以下, 不足汚吾筆, 其徒推服者, 又謂之上推虞姚, 下薄漢、唐. 攀龍傲然自當, 務爲夸大, 乃作白雪樓於鮑山下, 與王世貞、徐中行、宗子相[112]、余曰德、張佳胤結社, 謂之七子, 非此則莫登此樓也. 操海內文章之柄者二十年, 擧世趍風, 狂怪之語, 幽險之體, 遂至易天下. 夫天下之大, 萬有餘里, 文士之多, 爲幾萬人, 而擧爲野狐精所迷, 僵仆於鬼窟荊棘之塗, 豈不哀哉? 我東方, 自國初至于今, 爲文章者, 皆歐、蘇餘也, 擧皆雅馴爲體, 理到爲主, 不爲鉤棘險僻之語, 而霞溪權太學士愈, 生於肅廟朝, 典一世文衡, 而其所作記序碑銘, 惟務戛戛難讀, 使人或不能句, 而其所劌心鈲目者, 澁僻險怪而止耳. 效其文而鼓其波者, 閔參議昌道, 而一時遊從之人, 大抵然矣. 可謂鬼窟荊棘之塗, 而譬之蜉蝣之羽, 熠燿之光, 自起自滅而已. 其後吳藥山文章簡潔可法, 而但不免科文程式耳.

---

112 徐中行、宗子相 : 저본에는 '徐中行宗子相徐子輿'. 子輿는 徐中行의 字이므로 '徐子輿' 3자를 삭제하였다.

146

丁湖堂範祖以文章鳴於世, 余得其全稿, 藏于家, 而以此文而得名, 近世之無文可知, 其詩少勝.

147

近見苧亭李公嘉林四稿序, 敍事章法, 非塵陋語, 可謂文章家軌範, 而吾不見其人, 又不見其全集, 甚恨. 然一臠可知全鼎矣, 多乎哉? 可與李紫霞文相爭雄矣. 苧亭公名德冑, 完山人.

148

李東州文章, 亦不後於作者, 而其人不足取, 故其文亦隨人而下於一層, 人不以敬心觀之矣. 惜哉!

149

金欝山始鑽年十九, 逢增廣科監試, 摘兩場, 其兄始鉀亦以欝山之文參榜, 其東堂自家貫三場, 上京觀會試, 兄弟皆以終場爲生員, 仍以登龍, 聲名藹蔚於京鄉. 英宗朝, 趙相顯命以材兼將相薦之, 上未及進用, 中途而卒, 世人惜之.

150

吾族叔顯寅氏言: "金鬱山今世人材之第一, 嘗居家, 造木牛流馬, 能行, 布石爲八陣圖, 囚狗則狗不能出. 至於康節經世書, 西山皇極內篇, 璿璣玉衡之制, 無不洞知. 易學高明, 占法通神, 以其材藝言之, 非但今世之所無, 抑亦古人之稀有." 吾先君亦言: "旅宦在京時, 値除夕時, 嶺南人會于一處, 略設盃盤, 有人呼韻, 卽取紙寫曰: '靑燈明滅酒樽眠, 各把離愁餞舊年. 千里旅遊丹陛下, 五更歸夢北堂前. 紅潮滿面春生早, 白雪當窓曉到先. 漏罷丁東人語鬧, 千官珂馬禁城烟.'

雖古人刻燭擊鉢, 無以過之. 時睦大敬, 柳子山在座, 而皆閣筆曰: '忠孝之意, 溢於言表, 他人不復贅矣.' 凡他作文, 甚敏速如口誦, 所以人不可當, 眞一世之奇才也." 申靑泉嘗言: "自京下鄕抵蛾林, 時金公倅蛾林, 甚喜余來, 索沿道所詠詩, 吾以一軸進之云. 覽訖, 呼小童附紙一筆次韻, 未食頃而止. 吾見詩人多矣, 未見其速有如此者." 盖亦畏其速也. 天之生如此之材, 而使不永其年, 惜哉!

151

伴鶴亭李公名復厚, 弱冠登進士, 游於太學, 已爲儕流聳服, 潛修篤行, 文章亦切近的當, 而循蹈規矩, 韓子所謂有德者必有言, 而藹藹如春空之雲也. 雅性儒素, 斥去浮僞, 其文其學, 可以自見於世, 而獨不汲汲於進取. 晚歲卜居老江之皐, 作亭養鶴, 因以伴鶴自號, 逍遙物外, 而得江山之閑趣, 世皆高之, 過者必禮於其門. 公之家連世以文學鳴於世, 而公之先人上舍公諱益謙, 高文大策, 爲一世所宗. 五魁堂試, 輒不利于省試, 人論近世冤屈, 未嘗不屈一指於公, 而公又爲冤屈, 連兩世宜顯而不顯, 粉字只得上舍二字, 可勝歎哉! 蘇處士凝天[113]贈詩曰: "兩癯仙共老江潯, 淸唳時時和苦吟. 飮啄自如吾本分, 雲宵不繫爾遐心. 靑田舊侶經年待, 赤壁秋期帶月尋. 幾日報來方丈

---

113 天: 저본에는 '泉'. 문맥에 근거하여 수정.

客, 廻舟亭下話冲襟." 公歿後, 伴鶴亭爲他人之物, 歸然於江皐. 余
自咸陽由晉州歸漆谷, 過亭下, 感古懷今, 不覺凄然.

152

晦隱南鶴鳴子聞, 卽南相九萬之子也. 能文章, 在京而不見科, 蔭仕
爲洗馬, 而不出, 以布衣終其身, 亦一世之高士也. 有文集二卷. 其子
克寬號夢囈, 亦能文章. 自藥泉至夢囈, 合三代有文集傳于世.

153

杜陵李公名重光, 承旨東標之孫, 荷堂權斗寅之外孫, 松齋先生之裔
孫也. 本以眞城人, 松齋時居禮安, 其後冠冕繩繩, 承旨公爲肅廟朝
名臣, 其胤好謙[114]爲荷堂公之壻, 因居安東地爲安東人, 杜陵在安東
太白山之下, 而李公隱居於是村, 不求聞達於人, 自樂荊門之下, 而喜
吟詩以見懷, 詩律淸高如其人. 英宗朝, 大臣元景夏白上贈承旨公吏
判, 因除李公爲寢郎, 公不出. 其後又徵爲寢郎, 公終不出, 以老于山
中. 余與李公爲六寸親, 故嘗以私問曰: "凡人汩汩於世路者 皆有榮
進之心, 而君獨無焉, 以其貞吉之介于石而如是耶, 以其蕭軸之樂勝
於紆金懷朱之榮而如是耶. 抑亦畏其山靈之勤移而如是耶". 公笑曰:
"君之言戲我而又嘲我也. 吾非逃世絶俗, 高尙其志而如是也. 若使密
翁在世 則可以知吾之心, 而君亦黙識之矣. 不然則當此聖世, 人皆有
欲仕之心, 吾豈異於人, 而不出於麋爵之日乎." 余聞其言而高之, 因

---

114 謙: 저본에는 '蒹'. 일반적인 용례에 근거하여 수정.

念恒人之心, 如得一官之命, 則不恥苟且之事, 而公得之, 而不移其心, 可謂今世之淸士矣. 李公之死已五六年, 世無知其行者, 故記之.

154

余少時往春陽權上舍妹兄家過三冬, 其時有人傳云, 寧海飛盃洞有李姓士人, 夢遇一老人, 形容甚瑰偉, 作詩授士人曰: "誰鑿金精百尺樓, 平生除却薛家愁. 洪橋影斷淸凉界, 萬里江山白日道." 詩意不能詳知, 以江左權公之知詩, 送江左公, 欲解其意. 江左公亦不能解上句意, 以其詩送于菊圃姜公. 姜公答云: "語句鏗鏘, 不似鬼語, 吾亦不詳, 而大抵非好語也." 其翌年, 霽山金丈疏中, 有先天二字, 囚禁府受刑, 風浪大作, 寧海郡有葛庵祠, 盡爲毁撤, 而金丈謫海島, 其後移光陽, 卒於謫所. 是知大數當前, 神者告之, 而人自不悟, 可勝歎哉.

155

澤堂論宋翼弼、朴洞之爲人曰: "宋也交遊牛、栗, 天資透悟, 剖析精微, 詩詞妙絶, 世多傳誦. 家有世累而不思蓋覆, 身居賤流而妄自尊大. 及安氏子孫起訟, 宣廟命搜捕之, 謫熙川, 遭倭亂得放, 而猶大言高談, 譏訕時事, 其人其學, 乃靈明之空見耳, 非躬行心得之學也. 朴則勤學善誨. 嘗居京師而弟子數百人, 小學經書之外, 不敎他書. 及黨論分, 而弟子於坐論談東西是非, 則輒斥之曰: '君輩欲談時論, 且出廳相卞, 勿於吾坐問難.' 後居原州之鼎山以歿. 鼎山不能文章, 無片言可傳, 而其視龜峰所處得失懸絶."

二人皆庶流, 而鼎山之不能文, 勝於龜峰之能文. 今世有愼敦恒權得中者, 二人皆質微, 而敦恒則能文, 參於榜眼累矣. 吾於友人家暫面敦恒, 而不與之談論, 故不知其學之何如, 而聞人言, 則渠於所居縣, 作書室於山中, 聚學徒講論云, 此亦今世之希聞. 得中則雖不文, 而凡事務從正當底道理, 不爲曲逕之行, 故其氓俗或化之云, 此亦凡民之俊秀也. 賤流如是, 可以士大夫而不如是乎? 士大夫行事如靑天白日, 不必效賤流之所爲, 而苟或行身處事違於矩律, 則反有愧於二人, 可不勉哉? 可不謹哉?

156

木齋洪公諱汝河缶溪人, 大諫鎬之子 文匡公虛白先生五代孫也. 登第歷翰苑, 至司諫, 年纔五十五而卒. 文章典雅, 所著有木齋集六卷、彙撰麗史二十餘卷、東史提綱六卷, 本集及東史提綱已登梓, 彙撰麗史以財力之不足, 不能開板, 頃者安東士林發通道內, 助其未備, 而欲附剞劂, 然則登梓必矣. 實是斯文之幸也.

編上第二

1

江左公曰: "凡詩章得意先作, 則次其韻誠難, 昔年申靑泉周伯宰平海時, 以祝官往莊陵. 吾相遇於鳳城, 作詩一首以贈曰: '端宗陵寢錦江灣, 寒食君爲大祝官. 芳草又生來馬峽, 春花欲動有鵑山. 人情此際思哀切, 詩意今行得正難. 凄雨鳳城東畔路, 一盃相屬涕潛潛.' 周伯見之曰: '公已探驪獲珠, 其餘瓜甲, 得焉用之? 吾已閣筆矣.' 昔白香山竪降幡於劉禹錫之金陵懷古詩, 申之意蓋效此也. 今之詩人不如此, 不可與不知者道者, 此之謂也."

2

正德間有孟淑卿者以詩鳴, 題觀蓮美人圖曰: "綠槐蟬靜日偏長, 懶熱金爐百和香. 莫摘池中蓮子看, 箇中多半是空房." 又春閨圖詩: "粧樓倚倦怯啼鴉, 寶髻慵簪茉莉花. 蝶粉蜂黃渾褪却, 不應人尙在天涯." 以此詩而觀之, 則如權松溪車五山者可以橫行中國矣.

3

樊巖蔡濟恭, 以兵使出平安道, 作一句詩曰: "朝鮮地重平安道, 聖主恩深蔡判書." 句法豪爽不俗, 可見氣像.

4

東岡先生爲白惟咸所誣, 己丑謫會寧, 寒岡先生贈詩曰: "窮途由我

不由天, 莫恨潮州路八千. 此日正爲安命日, 餘年盡是省愆年. 江南莫
解秋蘭佩, 宣室應思夜席前. 這裏經過知玉汝, 乾坤恩造更無邊." 東
岡答曰: "十年經幄九重天, 豈識鰲山路數千? 錯擬野芹堪獻御, 不知
秋菊可延年. 雲橫鐵嶺家何在? 雪擁咸關馬不前. 孤臣魂魄何須喚,
自有丹心向日邊."

5

梅竹軒成先生夢遊桃源事實, 世無知之者. 余嘗見東文選, 有崔寧城
恒題桃源圖長律一篇, 其首句曰: "桃源縹緲隔東韓, 梅竹何從驀地
看. 忘我天遊酣一枕, 馳神高臥任三竿." 詩多不能畢句, 而以梅竹軒
指安平大君. 余嘗疑之曰: 梅竹旣是成謹甫之號, 則大君之取以爲號
者, 抑何也? 及見稗說曰: "梅竹軒嘗夢遊桃源, 有一人先到其處, 視
之則朴彭年仁叟也. 及覺, 召安堅, 說以夢中事, 畫所見山川之狀, 畫
成自爲序題其首, 一時游從之士皆賦其事, 爲一大軸, 余嘗於京中一
相公宅, 得寓目焉. 梅竹軒之筆, 安堅之畫, 諸名士之詩, 眞三絶也.
但纔一閱未能記詩句也."

噫! 東文選纂集之時, 四佳、虛白諸公以梅竹罪人, 不錄其本實, 以
泛以桃源圖爲題者, 固也. 噫! 梅竹夢遊之事, 非魚叔權記之, 則後之
人於何而知之? 桃源之說荒唐, 而梅竹與醉琴同遊者, 夢也, 非眞也,
而若非精神之湊合, 則何能發宵寐而同步屧乎? 丙子之獄, 同日被禍,
則吾知夫兩先生不昧之精靈, 化爲長虹, 橫亘斗牛, 俯視人世, 直一
蛟蚋之聚, 而當日桃源之夢, 亦厭世之昏濁, 思欲潔身而如是歟! 寧
城之詩句雖妙, 而能不靦顏於丙子之後乎? 徐四佳嘗得太公釣魚圖,
以示金悅卿而請詩, 悅卿援筆賦之曰: "風雨蕭蕭拂釣磯, 渭川魚鳥

摠忘機. 如何老作鷹揚將, 空使夷齊餓採薇?" 四佳見之曰: "子之詩,
吾之罪案也." 如四佳者, 可謂知其愧矣. 世人不知梅竹軒夢遊之事,
故記之.

6

西厓柳先生秉東銓時, 白惟讓以書薦汝立. 西厓有答書. 及己丑獄事
起, 西厓不自安, 上疏曰: 當時汝立負重望, 知而惡之者 惟李敬中一
人, 至以媚嫉被彈. 上命贈敬中官, 而罪彈論臺諫仁弘, 仁弘由是坐
罷, 怨西厓入骨. 及其遭遇, 排抑西厓, 不有餘力, 及爾瞻逐西厓, 而
南以恭輩紛紛而起矣. 仁弘使其徒文弘道彈西厓, 而彈文中有鄙[115]
塢語, 西厓與蒼石書中, 水雲一區幷入於彈文中者是也. 其後完平選
清白吏時, 抄西厓曰: 此人非可以一善名之, 而我之選之者, 以洗鄙塢
之陋耳. 西厓被逐後, 爾瞻之黨枳塞我先祖芙蓉堂公淸職之選者, 蓋
以我先祖爲西厓文人, 而西厓體察時五年爲其幕下調度使之任故也.
仁弘旣得志後, 西厓門下人皆爲其所斥. 愚伏鄭先生亦落其臼中耳.
蓋其時爾瞻居內用權, 仁弘爲爪牙. 北人布滿, 則西厓一邊人, 烏得
安於朝廷乎? 觀西厓先生己亥與韓西平書土室複壁之語, 則可以知
其禍[116]色矣.

7

我先祖號芙蓉堂, 壬辰之亂, 西厓柳先生爲體察使, 我先祖爲調度御

---

115 鄙: 저본에는 '壻'. 일반적인 용례에 근거하여 수정..
116 禍: 저본에는 '火'. 문맥에 근거하여 수정.

使在幕下. 稱其職五年不遞其任, 其間以省親事往寧海地, 摠督使尹承勳誣啓以逃避, 禍將不測. 賴文忠公【西厓】馳啓見原, 亂甫平, 以調度時功勞, 卽除正言, 經亞長, 入春坊爲文學, 其時有舍人薦, 晉途纔闢, 而文忠公被逐於朝, 無汲引之人. 及光海卽位, 北人用事, 先時北人朴宗胄與我先祖有山訟相爭事, 仍成仇隙, 至是宗胄爲仁弘血黨, 居中用事, 仇視寒岡鄭先生門下諸人, 先祖以鄭先生門人, 又爲文忠公所信任, 宗胄因私嫌而枳塞其淸路, 終光海朝十二年, 無除命. 先祖自昌寧移家榮川, 避其凶焰也.

8

丹陽地有雲巖, 其地絶勝. 西厓先生自京下來時, 愛其地之勝, 以御賜豹皮一簡, 買得其處民家基址, 弘道輩以董卓郿[117]塢比之, 而肆然陳達於天陛之下, 北人之斯君一至於此乎. 余於京行時, 取路竹嶺入雲巖, 見先生所居遺墟, 果絶勝地也. 余之必欲見雲巖者, 意有在焉, 我高祖自江界遭匪人之厄, 謫丹陽, 賜環未久, 因以別世. 而高祖在丹陽時, 以雲巖在邑不遠之地, 且絶勝, 故僦屋以居, 其家尙在也. 余見之不勝感古之懷.

9

古人有以一言回天者, 而我朝西厓先生有焉. 宣廟嘗問侍臣: "予可比古何主?" 鄭以周對曰: "堯舜之主也." 金鶴峯誠一對曰: "可以爲堯舜, 可以爲桀紂." 上曰: "堯舜桀紂若是班乎?" 對曰: "聖質高明, 爲

---

117 郿: 저본에는 '堳'. 일반적인 용례에 근거하여 수정.

堯舜不難, 而有自聖拒諫之病, 拒諫自聖, 桀紂之所以亡也." 上變色, 徙倚龍床, 左右震懼, 柳西厓成龍進曰: "二人之言皆是也. 堯舜之比引君之辭, 桀紂之言警戒之意." 上色霽賜酒而罷. 尹海平在明廟朝, 請印布六臣傳, 上震怒命曳出. 李栗谷於宣廟朝, 又有是請, 如尹海平之言, 上怒曰: "家藏六臣傳, 以叛逆論." 左右震恐, 柳成龍進曰: "國家不幸而有難, 欲臣等爲申叔舟乎, 爲成三問乎? 上爲之霽威, 此非片言回天乎.

10

鶴峯金先生剛直敢言, 宋判書麒壽以特進官, 詣經筵, 其子應漑以玉堂, 應泂以注書入侍講筵. 講畢, 語及乙巳事, 宋公泣陳其冤枉之狀, 悲動左右, 鶴峯亦以正言在筵進曰: "麒壽在乙巳間附麗權奸, 至錄僞勳, 享其富貴二十餘年, 及今聖明在上, 公論大行, 乃以悲辭苦語, 指陳其冤, 欲竊公論之名, 眞小人情狀也. 麒壽惶恐而退, 三父子一時引疾, 聞者縮頸, 而公辭氣自如, 古有剛直之臣而金鶴峯近之矣.

11

言論過激, 亦媒禍之道, 古人之愼其樞機者以此, 余於守愚堂之事見之矣. 孔夫子言遊之訓, 豈不信哉? 方其鄭汝立之在全州也. 博覽廣記, 貫穿經傳, 論議高激, 踔厲風發. 見栗谷爲時所推重, 傾身事之, 執弟子禮, 有孔子已熟底柹子, 栗谷未熟底柹子之論. 栗谷奇其才延譽之, 遂躋淸顯, 名聲籍甚. 其後汝立見時議漸變, 遂背之, 詔附李潑兄弟. 一日上問李珥何如人, 群臣未及對, 汝立極言其短, 不有餘力. 上深惡之曰: "汝立今之邢恕" 汝立怒, 因而退, 棄官歸全州, 屢

徵不起, 武斷鄕曲, 潛謀不軌, 事發自死. 己丑獄, 逆黨有吉三峯者亡
未捕, 姜海、梁千頃等, 承時宰風旨, 上疏以崔永慶爲吉三峯. 被逮繫
獄, 不降色辭, 意氣如常, 獄吏皆歎服敬事焉. 徵士素不識鄭賊, 徵士
之喪明也, 鄭賊致弔書, 而徵士不記也. 至是訊問也, 與鄭賊相識, 徵
士對以不識, 上不直之, 鄭松江澈爲委官請訊之, 上以爲處士不可加
刑釋之, 臺諫具宬固請更鞫, 竟瘐[118]死獄中, 徵士初出獄, 成牛溪遣
其子文濬, 遺之米曰: "何惡於人, 而遭此禍?" 徵士曰: "只坐惡於汝
翁耳." 以此致再鞫之禍云耳. 守愚有孝行, 爲石槨葬父, 以遺逸拜持
平, 不就. 余於守愚事, 甚慨然其言論太激, 故書其事以爲戒.

12

知人之明, 自古爲難, 而承旨姜緖之知人, 異於他人. 時方太平, 李梧
里元翼沈于下僚, 人未知奇也. 緖每見輒曰: "國家有大亂, 此人必洒
泣以擔當." 人皆笑, 至壬辰乃驗. 趙承旨仁復、金典翰弘敏, 一時俱有
重名. 金陜川昌一問于姜公緖曰: "趙何如人也?" 箕踞答曰: "我之奴
也." "金何如人也?" 跪曰: "我之師也." 及末年, 趙失其性, 處事顚悖
[119], 然後人始服其見之明. 徐藥峯渻少時, 以末官陸沈于下僚, 緖每
見之敬待曰: "此人非獨其身至宰相, 其子孫必大昌盛." 後皆如其言.
緖, 議政士尙之子也, 陽狂隱於酒, 人呼[120]每醉, 展其兩足作謎語, 一
日倒于路側, 小兒戲曰: "令公勿路臥, 恐玉貫碎也." 姜曰: "代以金可
也." 其墓在衿陽路邊, 梧里每過墓下, 輒曰: "吾賢友也." 展拜而行.

---

118 瘐 : 저본에는 '廈'. 문맥에 근거하여 수정.

119 悖 : 저본에는 '沛'. 『涪溪記聞』에 근거하여 수정.

120 呼 : 저본에는 '乎'. 『涪溪記聞』에 근거하여 수정.

13

凡人操守, 遇色界上可知. 成東洲悌元嘗遊名山, 歷西原, 主牧命以一侍兒從行. 東洲與之偕, 周遊遠近, 積以時月, 終始同床而不之犯. 侍兒旣歸, 傳說於人, 人皆歎服. 亂後庚子, 成監察隨金槐山順命, 會淸牧尹敬立許酒場, 言及舊聞, 左右曰: "侍女名春節, 老尙不死." 主牧命召之, 春節年已八十, 問知監察是東洲公玄[121]孫, 不覺涕泣汎瀾曰: "不圖今日, 復見東洲之孫也." 主牧審其事, 一一開陳如前所聞. 東洲遊山之時, 到山水淸絶而會心處, 卽模畵之, 又賦詩而寫諸幅末, 訖則付春節, 出山之日, 至數十幅, 東洲謂渠曰: "余不犯汝, 而必謂汝是所眄, 不復汝顧矣. 汝之生理, 只在此紙, 此紙持以示人, 則不忘余者, 或多給恤汝者." 春節自言曰: "雖不蒙一眄, 何忍負諸?" 遂終身不改節, 以詩畵作帖, 示諸名勝之經此牧者, 則莫不厚與之, 賴以資生云.

14

漢陰爲領相, 白沙爲左相, 自少知己也. 一日, 沙相語漢相曰: "吾輩任事久, 迄可休矣. 台於大小僚中見可代者否? 官卑則當力爲推挽也." 漢相故不答, 直曰: "某日台必見顧" 沙相果如期至, 坐定. 漢相曰: 李承旨爾瞻, 以台入故屛避矣. 沙相使之入, 而已揣漢意; 熟視漢相曰: "台眼近眯耶." 漢相默然, 瞻卽辭去, 沙相乃曰: "台何誤耶. 吾輩異日, 不遭此人毒手幸矣." 及癸丑, 漢陰被譴卒, 白沙竄北靑不歸. 皆爾瞻之爲也. 漢相被譴後, 每歎曰: "常台知人矣." 常台卽沙相字子常故也.

---

121 玄: 『魯西遺稿』에는 '兄'.

15

永川羅峴有廣州李氏先山, 義城居生員壯元李山岳之姪, 潛葬於羅峴
先山所禁處, 漆谷廣李諸人會而議曰: "李某旣已潛葬, 則掘移極難,
此言通于漢陰相公, 則必有處置之道." 裝送一人于京, 其人直入漢相
宅, 告其來之由, 因言山事. 漢陰曰: "如吾有何氣勢而掘其墳乎? 莫
如李爾瞻, 今日往彼家, 則彼必問之曰: '來時入漢相宅言此事乎?' 卽
對曰: '不入而直來令監宅.' 若言先入吾家云, 彼本來多忌克, 且性又
好勢, 必不施行, 須諱之而見之可也." 漆谷人依漢相言見爾瞻, 果如
漢相之所料, 先問入漢相宅與否, 其人諱之, 李聽其言後曰: "當有處
置." 留其家四日, 別無所言, 其人告歸, 李曰好去云云, 其人到漢江
邊, 方欲濟, 則舟中有自慶尙道來者, 持營關去李判書宅, 問之則乃
掘移關文也. 判書卽李爾瞻也.

16

許草堂曄之墓, 在南漢霜草里, 筠獄後, 禍及泉壤, 夜夜哭聲在墓. 沈
司諫大孚作詩慰之, 詩曰: "不肖寧無子, 空山白骨寒. 精靈休夜哭,
金盆亦人間." 墓哭遂止. 噫! 草堂生妖人筠, 則其家逢禍例也, 胡爲
而哭墓? 宜乎見沈司諫詩而慙赧止哭也.

17

己丑之獄, 白參議惟讓之子, 爲鄭汝立之姪壻, 故獄事初頭, 拿問原
情後, 謫鏡城. 白惟咸與惟讓相爭於東西論, 至親爲仇讐.【惟讓仁豪
之子主東論, 惟咸仁傑之子主西論.】 時惟咸爲鄭澈狎客, 居中操弄
獄情, 誘死囚曰: "汝誣告惟讓, 則可以免死." 囚引惟讓誣告, 而方拿

來之際, 囚已伏罪死矣. 惟讓旣無卞明處, 而獄事日深, 惟讓及其子皆死於桁楊之下. 惟咸自以爲得計, 而揚揚於道路, 其庶從弟收惟讓尸掩土, 又殺其庶從弟. 凡鄭澈之所不爲, 惟咸及李春英皆助成之, 故東人被逮者, 皆死無得以逭焉. 癸亥反正後, 完平首入, 伸李潑等諸人寃, 而至於白惟讓, 則西人枳塞以可伸文案之無, 故白惟讓獨抱寃於泉臺中矣. 甲寅飜局後, 參議之孫欲伸其祖, 而乞於南人執柄者, 皆許之, 社相亦許之矣. 遂擊錚上言, 上命議大臣, 大臣之言, 皆以許伸爲可, 獨社相以爲不可. 蓋社相聽堅之言, 而爲此枳塞之議. 堅則渠意以爲白參議田民沒入於渠之妻家, 自己執持者, 皆是其物也. 若伸其寃, 則其田土盡歸於本主, 故以完平相之不能伸白參議爲言, 而社相則信聽堅言, 雖不詳知堅之意, 而完相之所不能伸者, 或伸之, 而慮有後患, 嶢岨而曲聽堅之言. 旣防之後, 宿於外室, 夜半無寐, 堂中有人呼戊生者累矣. 靜臥而聽之, 其人呼戊生戊生, 答曰: "在此." 其人曰: "寃不得伸矣. 吾待其伸矣. 而有尼之者, 奈何乎哉? 吾與汝可以去矣." 因寂無聲. 社相知其白參議之魂, 而旣已塞伸寃之後, 大臣不可更爲言, 而意甚不平. 明日廣問之, 則白參議之子, 以戊年生, 故兒名曰戊生也. 抱寃泉臺如白參議, 而因社相之一言而終不得伸, 名在丹書, 宜其寃魄之啾啾, 而呼之於空, 使之知之也. 今上八年, 伸吳相始壽寃, 因賜祭, 而社相則無聞焉. 雖因子孫之殘微不振, 而有寃不得伸, 與白參議一般矣. 吾於百世之後, 未嘗不慨然也.

18

瑣錄曰: 社相在忠州, 一日有客, 身長九尺異常, 着蔽陽子, 佩長劒, 自膝以下, 縛以索沒趺. 直入而不禮, 對相國瞪視良久. 相國色甚愧,因曰: "國恩罔極, 不敢如命." 客無言長嘆而去. 相國之家侄在坐者心恠之, 候客去請問之. 相國曰: "余少時, 於山堂遇此客. 客異人也. 略言余前程, 且曰: '子當有大禍, 吾必有以告之, 子其戒之.' 今果至矣. 其縛膝以下者, 示世路險也. 蔽陽子, 爲天日不可恃也. 佩劍, 刀鉅在前也. 吾禍迫矣. 奈國恩未報, 此身難退何?" 因歔欷久之, 已而還朝, 終及於禍. 噫! 人之不知者已矣, 若相國者, 知禍之將至, 而卒亦不免, 尤可恨矣. 嗟乎! 客眞異人哉. 余從兄某, 親聞於相國之侄其時與坐者, 爲余傳之如是.

19

社相妻家在星州瑟谷, 李都事舒壻瑟谷, 乃是社相兒時往來之地, 故其家人多知社相少時之事, 亦頗有異事, 而流傳於人口. 社相膂力絶倫志銳, 而每爲客氣所使, 與人角觝, 人不敢敵. 日與村中諸兒擊毬爲戲, 其岳丈都事公, 召而責之, 不悛其習, 衣服比凡兒先爲破裂, 飲食或失時, 奴輩搜索而後來, 蓋貪於作戲, 不知奴婢輩之生憎. 公之家養鷹捉雉, 朝夕盤纏之時, 婢以雉脚登于友壻金公之盤, 以雉肩多骨處聯翼一支登公之盤, 公見其大異於金公, 不禁怒意. 一日數鷹之罪, 而以手指彈之, 鷹卽死. 都事公召公, 而萬端開諭, 公誓于都事公前曰: "此後當改心易慮, 讀書爲計矣." 其翌日挾中庸一卷, 上于龍淵寺, 三年不歸家, 公之發憤如古人, 宜其成功而做事業也. 公方使氣豪擧時, 一夜步出江上, 節乃季冬, 江氷甚固, 公乘月登氷治氷而下, 將二十里許, 四無人跡, 有一戴蔽陽子人拜于前曰: "大監何以來此?" 公意其爲魍魎及江神, 正色而言曰: "月色甚好, 故來此, 而汝是人耶鬼耶?" 答曰: "小的乃是守江之神, 而大監來臨, 故現謁而來耳." 公曰: "汝旣稱吾大監, 能知吾來頭事乎?" 答曰: "大監位至崇品, 而若顧戀不退, 則後必及禍, 但恐大監不能決意勇退耳." 仍忽不見. 公歸而語所親兒童, 噫! 公之前程, 神者告之, 自少銘于心, 而又有異人縛膝佩劍之示, 則宜其決歸之速, 而眷顧君恩, 不忍便決, 終蹈禍機於庚申之濫獄, 此雖大運所係, 抑亦人謀之不藏, 方當孽子之恣橫, 鑄洞權相嚴治次玉之獄, 歸罪於堅, 而使堅不得弄其手脚, 則雖怙侈之悖子, 庶可以鎭壓其邪心, 而社相溺於私情, 不聽權相之言, 緩其獄而逭其罪, 至于庚申, 堅伏王法, 社相以連坐賜藥死, 此非蔽於私而如是乎? 眉相豫知其末梢之醲禍, 先一年上一疏論執政, 辭嚴義正, 無有毫髮私得, 俾一脈淸議存植於濁流糜潰, 超然獨免於崑火玉石之焚, 古人所謂見幾明哲, 此之謂也. 夢囈南克寬曰: "許眉叟己未一疏, 有武夫斷腕氣像." 諒哉言乎!

20

瑣錄又曰: 癸甲之際, 李叔獻爲東西調停之論, 而其實主西, 自慶安令瑤承望訐誣之後, 士流尤不快於叔獻. 人有問於梧里曰: "叔獻似爲調停者, 而士論以主西推助咎之, 其是非何如." 公良久微哂曰: "有衆人在平地角鬪, 有一人在高處看, 在高處者, 當遙語而兩止之, 不止則已矣. 苟不耐得, 下去而身自救解, 則不徒不能解, 卒與之爛熳焉已矣." 公之此言, 含渾不迫, 而畵出叔獻當日光景, 眞善喩也. 使叔獻而聞者, 未知將何辭以解也.

21

有一士人居靑城[122]雀洞路傍, 草屋數掩, 環堵蕭然, 白首讀易不出

隣里, 不見面, 不知姓名, 稱之易學隱者. 嘗挾易往懷德, 問難宋尤
相, 尤相所答頗錯, 隱者反覆叩詰, 則尤相設厲色, 不肯開討. 隱者作
曰: "世無知易者, 意公之知故來, 愚之所疑, 因公可析, 公之差處, 亦
可因愚而得, 此麗澤相益之道也. 類非如世路言議利害之所關, 何公
之亡己設勝而待之?" 遂捲冊起. 尤相惣謝而留之, 隱者不爲留, 揖歸.
或曰隱者李姓名弘業.

22

尤相作炭翁墓表, 以西銘起頭, 系之以不失赤子之心, 中間挿入譽自
家之言, 稱之以祈天永命. 又係以炭翁救海尹之疏, 以讒諂媚嫉言海
尹者, 似若爲自家之地. 而其末又以不失赤子之心結之, 以西銘之學,
歸於炭翁, 兩般爲語, 錯綜成文, 而綴辭閃爍, 不知指的, 汎看則不識
其意, 而細觀則意在不言中, 何也? 凡儱侗無知者赤子也, 炭翁當日
之疏, 旣無一分的見, 而不過動於人言, 爲自己弭禍之計, 如赤子之無
知而被人指使也, 此正藏頭露尾, 陽譽陰毁之手段. 夢囈所謂懷川晚
年文字, 殆欲食人者, 信矣. 明齋以義利雙行, 王伯竝用, 言懷川之學
者, 切中其病. 余不盡觀其全集, 而見之者云, 如是者多, 無明白愷悌
之文字, 其心地之不好, 可推而知矣.

23

余訪尹戚守稷于茂溪村, 案上有尤庵集二卷, 乃序及祭文也. 時尤庵
集新來老江, 故諸老論爭, 持而觀之, 尹戚所持來者二卷而在案上,

---

122 城: 저본에는 '坡'. 『菊圃集』에 근거하여 수정.

余亦以新面目, 故路雖急, 而暫弛行而觀之. 其中有送咸興朱姓人序曰: "吾平生好朱子文, 故遇朱字, 不爲放過, 雖蜘蛛之蛛字亦然. 況乎君之姓與朱子同者乎?" 余觀畢後謂尹近之曰: "人云尤庵之文不爲財擇, 故多瑕纇, 果信矣. 以蜘蛛之蛛字, 比之於朱子之朱字, 以他人觀之者言之, 此蛛者果不爲碍眼乎?" 此文集刊出之時, 主事者不爲刪定, 故如是者多.

24

蘭谷金公名江漢, 大司成邦杰之曾孫, 瓢隱先生之玄孫也. 自年少潛心爲己之學, 閉戶讀書, 文章浩汗不窮, 而早廢擧業, 不求聞達於人, 而靜坐一室, 左右圖書, 常對黃卷中聖人, 儘今世之博學篤行之士也. 余嘗於上林逢着數日與之談論, 其所造之淺深, 有非如余淺陋者所可窺測, 而其用工地頭, 則多自延平旨訣中來也. 素性淸高, 世間榮悴得失, 無足以嬰其懷, 見之者, 不覺鄙吝之自消. 別後過數年, 居士已觀化, 余聞而嗟惜曰: "以如此之人, 而窮死蓽門之中, 今世之無公論可知也." 厥後聞之, 則其葬也, 越江而定山, 前期一日行喪, 而擔轝軍至江, 亂流而渡, 此江乃是陶淵上流, 而江水近瀑, 故湍甚急, 而擔軍前徒不能捍水先仆, 而後軍繼仆, 大擧隨水而下. 其主喪之人, 以居士之獨子在後矣. 見其父柩入水, 亦躍入水中, 欲扶而出, 而波勢洶湧, 不能措手, 因爲惡灘所驅, 轉入重淵, 左右見者亦無可奈何, 使孝子死於水而不能救, 其日景色, 乃是前古所無之事, 非徒見者掩淚, 聞者亦涕洟之下. 夫蘭谷之種學積仁, 而未得其壽, 死後又有如此之變, 所謂天者不可知, 而理者不可推矣. 是知家傳忠孝者, 乃是聞韶金氏世業, 余故記之.

25

蘭谷平生以讀書聞於世, 七書無非連誦, 而於四子則尤素着力者, 其
餘性理諸書中, 心經、近思錄、節要書恒日連誦, 常上蘭谷後山黃山
寺, 一日餟粥一器, 讀周易, 過四年後, 始還家云耳.

26

歐陽公讀書法曰: 以字計之, 孝經一千九百三字, 論語萬一千一百七
字, 孟子三萬六百八十五字, 周易二萬四千一百七字, 書傳二萬
五千七百字, 詩傳三萬九千二百三十四字, 禮記九萬九千一十字, 周禮
四萬五千八百六字, 春秋左傳十九萬六千八百四十五字. 若日誦三百
字, 不過四年半可畢. 雖稍鈍, 亦九年可畢. 先輩立課用力於學文如
此, 今人之終歲悠泛, 不讀一字者, 其將謂之何哉! 余聞之金海地有
人, 一日讀經書一大文成誦, 其翌如之, 雖日未半, 不讀其下文, 日日
而如是, 過十年以講經登第, 歷江東守云. 以歐陽公法言之, 則一日
誦一大文, 不過十年, 盡誦七書, 而多有不能爲者, 可歎.

27

九思堂金公名晉行, 霽山之子也. 文章或云勝於霽山, 而表裏瑩然, 見
之粹然眞君子也. 筆法亦精妙, 自成一家. 申青泉見其文, 嘆曰: "嶺南
無其匹"云. 而緣於霽山之名在丹書, 不得有爲於世, 坎軻而沒, 有文
稿數十卷而藏於巾衍中云耳. 余與其弟季通甫相親, 詳聞九思堂之行
實, 而艷歎之者久矣. 昔年余過安東時, 九思堂居憂, 余弔公于堊室,
稟稟其形, 濟濟柴柴, 而祭者令人感動. 古之二連之善居喪, 吾不能知,
而抑亦今世之二連也. 行誼文學旣如是, 而名湮沒而不稱, 悲夫!

28

近聞自上欲用蔡台濟恭, 起廢爲平安兵使, 將行, 李徽之爲兵判, 不給
馬牌云. 傳說不可盡信, 而果爾則是蔑君命也. 焉有人君命送而不給
馬牌者乎? 老少黨人及小北附托老少者, 皆欲殺之, 而稱南人者, 亦
參其論, 如洪受輔、姜世綸而極矣. 蔡旣爲菊圃弟子, 而刻菊圃集于
平營行于世, 則爲菊圃之孫, 而參於是論者, 可謂忘其祖也. 世道至
此, 豈不爲寒心哉. 余聞而作讀史一篇, 其意蓋在於此也. 篇末以剛
正自守, 不知衆怒之叢己者, 指蔡尙書, 而以逞其戕害手段, 而不知鬼
得以陰誅結之者, 意有所歸耳.

讀史: 衆口鑠金, 不謀而同唱, 聚蚊成雷, 未響而先合. 孰能惡淫哇之
亂聽, 疾紫色之眩目, 而墮其讒辨其誣也哉? 蓋正者邪之所仇也, 直
者曲之所矯也. 有能者爲不才之所忌, 有功者爲無庸之所嫉. 是故公
孫弘惎仲舒以相膠西, 梁冀斥張綱而守廣陵, 李逢吉以韓愈使鎭州,
而盧杞以顏眞卿使李希烈, 莫不巧中於隱伏之微, 善成於疑似之際.
結群陰而蔽孤陽, 援衆比而排獨立, 則裴延齡之於陸宣公, 李林甫之
於張曲江, 何怪其下石於擠溝壑, 而彎弓於困蒺藜也哉? 余嘗謂仁之
勝不仁久矣, 而然或有時乎不勝, 而反爲所諂者. 以其浸潤之潛, 弄
口鳴舌, 而膚受之愬, 銷骨糜身, 使君而自不覺, 使國而不能卜, 則寵
一佞而百佞進, 出一忠而百忠退, 矧乎忠者寡而佞者衆乎? 然則雖以
可勝之仁, 而爲不仁之所勝者, 何足怪哉? 白香山有讀史詩曰: "含沙
射人影, 雖病人不知. 巧言搆人罪, 至死人不疑. 掇蜂殺愛子, 掩鼻戮
寵姬. 弘恭陷蕭望, 趙高謀李斯. 陰德旣必報, 陰禍豈虛施? 人事雖
可罔, 天道終難欺. 明則有刑辟, 幽則有神祇. 苟免勿私喜, 鬼得以誅
之." 噫! 世之以剛正自守者, 不知衆怒之叢己而觸其鋒, 其不死於毒

拳者幸矣. 而口蜜腹劍之人, 而欲逞其戕害手段者, 亦不知鬼得以陰誅. 哀哉!

29

或問清寒子金悅卿之行於西厓先生, 先生曰: "古之逸民也. 孔子曰: '身中淸, 廢中權.' 淸寒子有焉." 噫, 悅卿之逃世, 心儒跡佛, 作狂易之態, 以掩其實. 雖藏光匿影, 使後世不知有金時習, 抑何閔焉? 然標節義, 扶倫紀, 可與日月爭光. 聞其風, 懦夫亦立, 則雖謂之百世之師, 近矣. 余讀梅月堂寄柳襄陽書而悲其志. 又讀四遊集而悲其跡. 蓋其傷時憤俗, 氣鬱不平, 而不能與時低仰. 故逐放形骸之外, 域中山川, 足跡殆遍, 登覽故都, 躑躅悲歌. 凡世間泉石花鳥人事之是非得失, 一寓於文章, 以宣其鬱抑. 故其爲辭也, 水湧風發, 山藏海涵, 神唱鬼酬, 間見層出, 使人莫知端倪. 聲律格調, 不甚經意, 而思致高遠, 迥出常情. 金乖崖、徐四佳常待以國士. 乖崖知館事, 以孟子見梁惠王論試諸生, 有上舍見淸寒子曰: "乖崖好劇, 孟子見梁惠王, 豈合論題?" 時習笑曰: "非此老不出此題." 乃走筆成篇曰: "試瞞此老." 守溫讀未終, 遽問曰: "悅卿今住京山何寺?" 其見知如此. 梅月堂之父名曰省, 家在漢陽館洞, 梅月堂生時, 館守僕夢孔子率三千弟子入曰省家, 其夜梅月堂生, 此語在四遊錄中.

30

昔史鰌以不進蘧伯玉而退彌子瑕, 故有身後之諫. 新羅時, 金后稷諫王田獵, 王不聽, 及其死也, 遺命其子, 葬於王遊畋之路. 及王出畋, 過其墓, 墓中有言, 王勿去. 王聞而感悟, 遂止畋獵. 史鰌之尸諫, 金后稷之墓諫, 一也. 而或者以此爲怪誕而疑之. 余以爲人之精神與天地陰陽相爲流通, 故古之志士死且未散, 而能現異如結草守笞之類多矣. 何足疑於此哉? 金后稷之事, 非但王見其墓而感動也. 而渠之魂魄且能托於聲氣, 似若呼而警之也. 是其愛君之心, 出於至誠, 故雖骨托於重泉, 以其精神不昧, 鬱悒於冥冥之中, 及見車騎之出, 乃觸感而宣洩之, 以有聲也. 志士仁人, 豈以生死而貳其心乎? 尸諫墓諫, 雖異於常, 而其不爲怪, 則一也. 若大厲之入門作孼, 彭生之托豕人立, 此皆怪之極也. 或者不知鬼亦有邪正, 而一以異於常者, 指以爲怪誕, 則是不知陰陽之流通也.

31

嶺南一域, 作一都局, 太白峙於上道, 頭流鬱於下道, 洛水中流, 分爲左右道. 古者有左右監司, 而今則合爲一矣. 監司一年所用, 還耗十二萬石, 錢布稱足, 故慶尙道伯與平安方伯相等, 而慶尙道則錢穀勝平安道. 平安道則銀貨勝慶尙道. 但慶尙道則或以通政爲監司, 而平安道則無通政監司耳, 皆嘉善或資憲. 故以平安監司入相者有之, 慶尙道則無入相之人. 是則我國所重, 尤在於平安道矣. 我聖祖開國以後, 西北元不出宰相, 蓋懲於麗季而如是也. 麗季宰相多出於西北, 跋扈難制, 太宗大王方欲做文治, 故抑西北而嚮用南方之人, 國初以嶺南之人入相者【本朝以慶尙道人入相者十一人】, 河陽有許文敬稠, 善山有金文戴應箕, 星州有李文穆稷, 晉州有河文忠崙, 河文孝演, 鄭文忠苹, 昌原有崔貞武潤德. 至于宣廟朝, 西厓․藥圃居安東, 蘇齋居於尙州, 而仁弘出於陜川, 仁弘爲相於廢朝, 伏法, 而大官絶矣. 蓋宣廟以前, 嶺南地氣方旺, 而名賢輩出, 人以鄒魯之鄕目之, 而其國朝

配聖廡五賢四賢, 出於嶺南故也. 一自西人當國後, 好爵渠自爲之, 而
待嶺南之人如西北人, 可勝歎哉? 然嶺南之人謹守先賢之訓, 雖登第
之人, 非有君之召, 則不能白衣而上京, 雖或不霑一命, 而亦無炙手
於熱門之意, 是則異於他道也.

32

國朝爲大提學者【以慶尙道人爲大提學者七人】, 密陽有卞季良, 字
巨卿, 號春亭, 圃隱門人, 辛禑時十七科, 贊成, 太宗朝典文衡. 大邱
有徐居正, 字剛中, 牧使彌性子, 權陽村外孫, 號四佳, 世宗朝科, 佐
理功臣, 達城府院君, 贊成, 文忠公, 儐祈順、張瑾[123], 主文二十六年,
掌試二十三榜. 咸昌有洪貴達, 字兼善, 號涵虛, 缶溪人, 世祖朝科,
吏判, 文匡公. 甲子被禍, 公以孝孫之子, 生於咸昌理安里, 竗歲登科,
代四佳典文, 燕山甲子謫北道, 尋賜藥, 其後退溪、蘇齋、西厓、愚伏
四先生爲典文, 而西厓先生當明宗朝, 以吏判典文, 再典於爲相時,
退溪、蘇齋兩先生當宣祖時, 退溪以贊成終辭不出, 蘇齋以相典文,
愚伏先生當仁祖朝以吏判典文.

33

五峯李好閔, 字孝彦, 延安人, 縣監國柱子. 本以軍威人, 縣監上京,
生五峯. 宣祖時禮判, 文僖公, 扈聖功臣, 延陵府院君, 典文. 漢陰李
德馨, 字明甫, 廣陵人, 克均五代孫, 宣祖朝科, 十八登第, 三十一典
文, 三十八入相, 戊戌拜領力辭, 扈聖勳, 救永昌, 文忠公, 其先本以

---

123 瑾: 저본에는 '寧', 『成宗實錄』에 근거하여 수정.

京人, 被仁孫、克均兩相禍, 流落尙山, 生于尙山, 十四爲鵝溪李相
壻, 仍居京. 與金鶴峯先生同入文衡薦, 而漢陰受點典文, 鶴峯只入
薦而已.

34

國朝湖堂初設於世宗時【以慶尙道人爲讀書堂翰林者三十五人】, 其
時大提學權踶選九人, 而河緯地被選. 成宗朝大提學鄭麟趾選十三
人, 而徐居正、姜希孟被選. 大提學徐居正選四十七人, 而洪貴達、
蔡壽、表沿沫、趙之瑞、楊熙止、兪好仁、曺偉、金馹孫、姜渾、權五
福、權達手、權景裕被選. 魚世謙及鄭蘭宗本以慶尙道人, 世謙之父
孝瞻、蘭宗之父賜, 上京居之, 生世謙、蘭宗, 故不入於慶尙道人中耳.
中宗朝大提學魚世謙、洪貴達、成俔、金戡選十六人, 而洪彦忠被選.
大提學申用漑選十九人, 而李長坤、魚泳濬、黃汝獻被選. 大提學金
安老、蘇世讓、金安國、成世昌選六十二人, 而黃孝獻、李希曾、周世
鵬、李滉、朴承任、盧守愼被選. 大提學鄭士龍選十一人, 而李後白被
選. 大提學朴忠元選七人, 而具鳳齡、鄭惟一被選. 大提學朴淳單選,
柳成龍被選. 大提學金貴榮選四人, 而金宇顒被選, 又選五人, 而金
誠一被選. 大提學李山海單選, 而李好閔被選. 大提學柳成龍選二
人, 而鄭經世被選. 大提學柳根選十二人, 而李民宬被選. 肅宗朝大
提學閔點、閔黯選八人, 而柳世鳴及我先考被選. 此後無被選人耳.

35

國朝以淸白吏被選者, 中宗朝有金宗直、李約東、孫仲敦、李彦迪、周
世鵬、李滉、金就文, 宣祖朝有柳成龍, 仁祖朝有崔震立, 肅宗朝我高

祖溪西公諱以性被選耳. 世祖朝郭安邦、盧叔仝, 以廉謹被選, 以不
名以淸白吏, 故書之末.【以慶尙道人淸白及廉謹被選者十二人】

36

余之寫本朝文衡全錄者, 爲儒者當識典文衡之人也. 自西人當國後爲
文衡者皆是西人, 而南人不得參焉. 然則此錄亦非公論也. 可歎.

國朝文衡全錄: 太宗朝有卞季良、崔恒. 世宗朝有尹淮、徐居正、安
止. 端宗朝有金宗瑞. 世祖朝有申叔舟. 成宗朝有魚世謙. 燕山朝有
洪貴達、權踶、成俔、鄭麟趾、金戩. 中宗朝申用漑、南袞、李荇、金
安老、蘇世讓、金安國、成世昌. 仁宗朝有申光漢. 明宗朝有鄭士龍、
李山海、柳成龍、李陽元、黃廷彧、李德馨、尹根壽、洪聖民、李恒
福、洪暹、鄭惟吉、朴忠元. 宣祖朝有朴淳、李滉、盧守愼、金貴榮、
李珥、沈喜壽、李廷龜、李好閔. 仁祖朝有申欽、金鎏、張維、鄭經
世、趙絅、崔鳴吉、洪瑞鳳、金尙憲、李植、李景奭、李明漢、鄭弘溟.
孝宗朝有趙錫胤、尹順之、蔡裕後、金益熙、李一相、金壽恒. 顯宗
朝有趙復陽. 肅宗朝有金萬基、李端夏、金錫胄、閔點、南九萬、李敏
敍、金萬重、南龍翼、閔黯、權愈、朴泰尙、崔錫鼎、吳道一、李畬、徐
宗泰、崔奎瑞、宋相琦、金昌協、李寅燁、姜鋧、金鎭圭、金楺、李觀
命、李光佐、趙泰億、李縡. 英宗朝李秉常、李宜顯、尹淳、趙文命、
李眞望、李德壽、吳瑗、李匡德、趙觀彬、南有容、尹鳳朝、金陽澤、
鄭翬良、李鼎輔、鄭宲、黃景源、徐命膺、李福源、李徽之.

37

易學自旅軒先生以後, 治易之人絶無聞焉. 上林李進士公, 一生用工

於易, 繼踵於旅軒先生, 而其著述無傳於世, 可恨. 公曾於安東堂試,
逢後天問題, 爲一等第二. 余嘗見壯元文, 答軸甚模糊, 第二則軸縠
所答, 條條辨白, 雖蒙學之人, 曉然易知, 是知上舍公易學之高明, 勝
於霽山也. 上舍公以聰明絶倫聞於世, 余少時得拜於床下, 上舍公亦
愛之, 而地步稍間, 未得源源拜候起居, 至今栖恨不已. 上舍公外祖,
卽參議尹理也. 參議之胤判書陽來常言曰: "吾之登科時, 逢亂極思治
策, 而避諱不書理字. 固易也. 吾甥之逢後天策而不書, 固難矣. 吾甥
之能於文, 可驗於此. 然吾在世而不能改上舍之名, 是知論議之奪人
情曲也." 蓋尹判書不經吏判, 轉請於他人, 則以其南人峻論家人, 故
不能樂聞. "吾亦無奈何." 歎息不已. 此言吾聞於判書之五寸侄勉亨
甫, 故書之.【上舍公之養父生員壯元公, 爲南人疏頭, 故西人尤忌之.
尹判書常以此爲言.】

38

余少時往來梅石雨村, 遊於寄軒姜參奉公門下. 公於愛吾, 訓誨之言,
皆是可法. 而其時愚迷太甚, 不能遵以施行, 至今恨之. 寄軒公日誦
庸學一遍, 庸學幾至萬讀. 性溫雅, 終日端坐, 無疾言遽色, 見之可知
其學問中人也. 鑿小塘于舍廓前, 種蓮其中, 有時愛賞, 而蓮則色白,
其種自錢塘來也. 公之侄前掌令必愼, 作詩付其壁, 而文筆則超類矣.
寄軒公默坐澄心, 體認天理, 深得延平旨訣, 而世人皆不知也. 以其
學之爲己, 故外不自表於人, 而人徒知其端雅, 而不知其學力之之如
是也. 其文章亦明白簡當, 眞館閣手段也. 少時再登第而見拔, 人皆
冤之. 公之儷文, 爲一世所宗, 嘗以儷文登節製爲狀元, 考官金鎭圭,
以第二爲狀元, 故其時公以批[124]點二句見拔, 而李德壽以一句批[125]

點登第, 蓋西人以其得時而然也. 余出入門下, 詳知其事, 故記之.

39

西厓記魯認事, 而魯認之周觀中原勝景壯矣. 而尤有難者, 以朝鮮人
入武夷山中, 講學於文公書院, 尤壯矣. 士生斯世, 志願足矣. 雖被虜
入日本, 何足慨懷? 西厓先生聞而奇之, 作傳曰: 有魯認者, 被虜入日
本, 久不得返, 遇中原浙江人某, 因與相熟.[126] 其人愍認心事, 謀脫
回百計, 遂自日本逃至福建. 認頗解文識字, 處處聞朝鮮士子從日本
逃來, 待之甚勤, 引與遊觀諸處, 邐迤入武夷山, 第五曲有朱子書院.
院中學徒數百餘, 院長每日率諸生行禮, 學規甚嚴, 晨起擊鼓[127], 諸
生分庭相揖. 歌關雎三章, 登堂聽講, 日晚乃罷, 夕又相揖, 歌鶴鳴,
日以爲常. 令認同參講席幾數月, 臨別, 諸生各爲歌詩以贈之, 且云:
"聞朝鮮以爲中原尙陸子, 實不然. 陸學間有尙者, 如此處, 專崇晦庵
之學, 須以所見歸語朝鮮"云. 其他廬山金山寺, 西湖林逋所居, 無不
縱觀, 過魯拜孔廟. 入北京發還, 可謂極天下之奇觀, 昌樂察訪安崇
儉爲余言之.

40

成東洲嘗居草亭, 李士亭來訪, 偕往申翰林邀美亭上. 申設小酒, 有一
男子善謳者, 命歌之, 未盡一曲, 東洲遽命止之, 送還其人於家, 座上

---

124 批: 저본에는 '飛'. 문맥에 근거하여 수정.

125 批: 저본에는 '飛'. 문맥에 근거하여 수정.

126 熟: 저본에는 '孰'. 『西厓集』에 근거하여 수정.

127 鼓: 『西厓集』에는 '鐘'.

莫知其然. 東洲曰: "聲極悽咽, 似有喪, 故不可與樂也." 旣而聞之,
男子之母在遠, 訃音是日來云.

41

李縣令公隣, 觀察尹仁之子也. 娶朴參判彭年之女, 合巹之夜, 夢有
老翁八人來拜於前曰: "某等將就死, 公若活湯鑊之命, 則有以厚報."
李驚問之, 則饔人將以八鼈調羹, 卽令放于江中, 一鼈逸去, 小奚持
鉎以捕之, 誤斷其頸死焉. 其夜又夢七翁來謝, 後李生八子, 名之曰:
龜鼈鼉鼊黿鼇[128]鯁鯤, 志其祥也. 皆有才名, 人比之荀氏八龍. 黿字
浪翁, 行義文章尤爲世推, 以佔畢齋門人, 死於甲子之禍, 其驗尤著.
至今李氏不食黿鼈. 判書金時讓, 則浪翁之外玄孫, 聞其事於李氏,
書之於破寂錄中.

42

申企齋雖能文章, 而吏才非其長. 嘗判刑部, 訴訟塡委, 而不能決, 囚
繫滿獄, 而不能容. 公請加構獄舍, 中廟曰: "何必改構? 不若易判書."
遂以許磁代之. 裁決立盡, 囹圄遂空.

43

壬辰西狩, 史官某等焚史草而逃. 西厓當國, 斥其人不齒于朝. 戊戌,
朝論大變, 擬某書狀官, 傳曰: "此輩[129]乃焚史草而背君父之人也. 朝

---

128 鼇: 저본에는 없음. 『二樂亭集』에 근거하여 보충.
129 輩: 저본에는 '背'. 문맥을 고려하여 수정.

天中路, 不無更逃之弊, 改擬.” 至哉! 王言, 可謂不威而民威於鈇鉞者也. 其時史官一人朴鼎賢也.

44

李東皐浚慶爲領相, 當都堂弘文錄圈點時, 以筆抹其子德悅名曰: “吾子不合玉堂, 吾知之詳也.” 人皆服其無私, 得大臣體. 其後柳永慶以領相當弘文錄圈點時, 亦末去其子㦀之名. 時㦀已入東銓爲佐郎, 公論以爲銓郎淸顯, 優於玉堂而權重, 旣許其入銓, 而獨抹於堂錄, 小人厭然情狀, 敗露無餘, 雖欲效顰東皐, 人誰許之? 近來堂錄時, 相臣子孫則東西壁壓於相臣, 不敢不圈, 故出而準點得選, 而私意大行, 朝政益淆, 以今觀之, 永慶之抹去㦀名, 其亦差强人意也.

45

我朝燕山忌中廟, 常有欲害之心. 一日燕山校獵於郊, 燕山時有駿馬所乘之時, 中廟以晉山大君扈焉. 獵罷, 燕山乘馬謂中廟曰: “予自興仁門入, 爾自崇禮門入, 後者當以軍法從事.” 中廟大懼, 寧[130]山君密白於中廟曰: “無憂也. 吾馬甚駿於乘, 非我莫能制.” 卽微服控馬而從, 其走如飛. 至闕門, 少頃燕山繼至, 中廟遂得免. 人謂寧山與馬, 皆爲中廟應時而生云. 寧山卽中廟庶兄也, 有時言辭連李顆獄, 爲靖國功臣所害.

130 寧: 저본에는 '靈'. 『中宗實錄』에 근거하여 수정. 이하 '靈山'은 모두 '寧山'으로 교감하고 따로 교감기를 달지 않는다.

46

成廟時, 有一人以奴婢田舍施於佛寺, 以祈子孫冥福. 其後子孫窮不能自存, 與寺僧訟屢屈. 成廟時擊錚訴之, 上親筆判曰: "納田於佛以求福也, 佛者不靈, 子孫貧賤, 田還於主, 福還於佛." 大哉王言, 片言折獄, 使無訟之意兼也.

47

明廟時, 順懷世子旣薨, 河原、河陵、宣廟及豐山諸王孫皆在, 上未能的定其嗣. 一日召諸孫于宮中, 以命寫字, 諸王孫或書小詩, 或書聯句, 宣廟獨書忠孝本無二致六字, 明廟大奇之. 一日又使着翼善冠曰: "知汝輩頭大小者, 此冠宜着之." 諸王孫以次着之, 宣廟兩手奉冠, 還置御前叩頭曰: "此豈常人之所着哉?" 明廟亦奇之, 遂定傳授之意.

48

我國有以卜術知將來之事者, 國初盲卜洪繼寬以卜鳴於都中, 都中有洪繼寬里, 卽其人所居之里也. 洪仁山允成, 湖西人, 少時落拓不遇, 取解入京, 聞繼寬名造焉. 繼寬推某命良久, 跪而致歎曰: "公人臣極貴之命也." 仍曰: "某年某時, 公必判秋部, 其時某子必繫獄當死, 幸公念我而活我子." 因招其子曰: "汝某時繫獄就訊, 只言某之子可也." 公愕然不敢諾. 未十年公以光廟翊戴功, 超授刑判, 一日鞫[131]大獄, 一囚呼曰: "囚是盲卜洪某之子也." 公乃悟而釋之.

---

131 鞫: 저본에는 '鞠'. 문맥에 근거하여 수정.

49

近世有趙陽來者, 士人也, 居於仁同. 金霽山訪之, 因問命. 陽來推之
後遂書"起於後天, 終於先天". 霽山問其義, 陽來曰: "後當知之矣."
其後霽山以後天策發解登第, 而丙辰上疏用"己巳之事付之先天"八
字, 繫禁獄二年, 受刑謫絶島, 移配光陽而卒.

50

人之有忠義之心, 雖在下賤亦然. 以湖南二女事觀之, 金遇秋之婢,
近於忠, 某邑巫, 近於義, 豈可以下賤而忽之哉? 武人金遇秋, 湖南
人也. 坐事囚王府受刑, 屢閱歲, 有一婢自湖南來養獄, 常號泣, 乞於
市, 市人感其誠, 必置粥餘米鹽魚肉曰: "當遺某婢." 故金雖在拘掠
中, 供養甚豊, 人勸之嫁則曰: "非不欲也, 顧有夫則誠奪, 不專於養
主也." 朝臣亦聞其忠, 傳相嗟賞, 畢竟金獄之縱出, 未必婢爲之助也.
金既得脫, 卽歸湖南曰: "主家破産久矣, 亟歸且養女君耳."

51

優而牝巫者, 必隨巫娛神, 俗謂之兩種, 湖南某邑優之所牝者, 巫少而
美, 有他優見而悅之, 欲以計奪之. 一日着孝子服, 往要巫曰: "我某鄕
優也, 父祥在明日, 敢請娘以娛亡靈." 巫信之, 偕夫往, 優故引入山谷
僻處, 捽其夫縛之, 巫顧曰: "老奴性妄喜軋妬, 每下毒手, 吾所恨也.
惟君之縛之也." 既縛欲刃之, 巫下馬止之曰: "彼雖無狀, 同居久, 不
忍見其死. 置我隱屛而後下手未晚也." 遂携優入林中, 假依溫撫, 具
態而媚, 且曰: "彼老而爾壯, 彼體陋而爾容儀偉岸, 今日之事, 實所願
也." 仍與之解橐出飯而對食, 交手以相哺, 又手抽優佩刀割肉, 旋以

刀尖奏肉, 先入己口略, 旋又奏肉向優口, 優甚喜張口, 而逆受之, 巫遂極力進刀, 槊其喉殺之, 去解夫縛與歸. 其倉卒之間, 機變義勇, 胡然而智士, 胡然而烈俠, 誰謂巫覡淫妖之賤, 有此奇計特節也?

52

余昔往京時, 取路竹嶺, 踰嶺則自丹陽至忠州, 皆狹江而行, 至一處, 水匯處有潭, 潭名曰孝子, 問于土人, 人曰: "古者有人以釣爲業, 至此江濱, 垂綸而欹坐于江濱之石, 有魚呑釣綸動, 其人不知其魚之大而引之, 魚至江潭, 掉尾而躍于波心, 其人蹉跌而墮江. 日暮其子怪其父之久不來, 往尋其踪, 則死已久矣. 號哭于江上, 仍以墮水死. 其明日, 其子抱父尸而浮江, 土人哀之, 葬其父子, 至今過者稱之爲孝子潭." 此與古之饒娥事相類.

53

申靑泉爲延日倅時, 有一客商告曰: "今夜主人之家失火, 牛逸而馬死, 主人則無所失而商則生理絶矣. 願官家憐吾客商之全失, 捧馬價之半於主人, 以償之爲望." 靑泉判曰: "天崩有出牛之穴, 廏焚無問馬之道." 其暫時戲劇之言, 亦敏捷善謔, 雖效蘇長公之言而題辭好矣.

54

晦隱日錄曰: 己卯科朴弼渭登第, 其父泰晦作樂無數, 而其妻金大諫洪福之女, 獨有憂色. 泰晦曰: "吾有慶而汝獨何憂?" 婦曰: "家親積工十餘年乃登第, 今吾郎未嘗見其讀書, 而忽有此事, 非福伊災, 安得不憂?" 未久果發覺換批封事, 其妻之知識如此, 而爲其父者恬然不

以爲懼, 幸其子之科而作樂以導之, 宜其父有是子, 有是父而反不如
婦人之所料, 哀哉.

55

有曺德健者, 曾爲書吏之役, 居彰義洞, 有至行. 與再從近親數十人同
室以居, 埋一小甕於庭中, 各以不滿於心而欲加勉戒之言, 卽書小紙
納甕中, 每歲終合坐, 出甕書, 盡開見, 卽焚之, 毋使他人見之, 各自
勉勵於心, 而終不知爲何人所言. 於其先墓下, 亦別貯祭器, 臨祭極
其誠敬, 至今閭里無賴之人, 亦不敢直呼其姓名, 必曰德健氏. 德健
之死, 在顯廟中年云. 如此之人, 豈以胥吏而忽之哉?

56

自古詩人, 例多誕妄, 今世靑泉申周伯自以爲淸道雲門寺僧, 修業還
生而得大智慧, 爲文章登科第, 暮年居家持鉢效僧食, 使渠之一室變
爲叢林而不自知其愧, 是豈讀書之人所爲哉? 杜機崔士[132]集以爲女
子後身, 而居金堤田家時, 提筐採蘋, 歷歷記得云. 此與羊祜之樹穴
探環同, 而非詞人則不爲此語矣. 士君子一言一動, 自有規模, 而浮華
之害人, 至於如此, 是所謂能言之鸚鵡, 何足貴乎? 詩則可取.

57

盧東萊協爲獻陵寢郞時, 與李枝茂課業於齋室. 一日有一老武人朴

---

132 士: 저본에는 없음. 문맥에 근거하여 보충.

震龜者來, 卽盧之戚叔也. 盧問叔從何來, 則答曰: "時氣不佳, 非久
必有兵禍, 入都城則殺氣滿城. 國家以江都爲保障, 故往見江都, 島
中殺氣亦滿, 吾以爲國必亡. 還入都城, 自水口門尋一條生氣, 至南
漢則城中全是生氣. 又有生氣在西門, 國其不亡矣, 吾則不及見而死,
君其記之." 及丙子, 都城及江都全陷, 上從水口門出保南漢, 自西門
下城, 一如其所言, 異哉! 其人亦有藻鑑, 閱盧及李枝茂之策稿曰:
"盧先第而李後." 其後亦果如其言云.

58

奇談, 前人猶尙之, 以爲一笑之資, 柳上舍克新, 字汝健, 少時倜儻,
負氣豪放自奇. 白進士盡[133]民, 參議惟讓之子也. 戲謂柳曰: "君與
柳色新第幾親?" 應聲答曰: "柳色新系渭城, 吾系文城, 自不相涉. 第
未知白遊街與汝父第幾親乎?" 白無對, 聞者絶倒. 蓋白遊羊[134]街者,
街路之名, 而遊與惟, 讓與羊, 街與狗, 俗音同也.

59

明廟升遐無嗣, 李東皐爲首相, 左相沈通源, 仁順王妃之叔父也, 以
藥房提調在闕中, 恐有異議, 密令鎖其門, 定策迎宣廟, 欲冀僥倖扈
衛功者, 多奔走焉, 道爲之塞. 李斯文志剛後至呼曰: "小人亦來矣."
注書黃大受曰: "開國承家, 小人勿用, 姑退." 人多笑之. 時有投錄功
之書者, 李相曰: "從先王治命, 群臣何功焉?" 投其書於地.

---

133 盡:『涪溪記聞』에는 '振'.

134 羊:『涪溪記聞』에는 없음.

60

李鰲城少負公輔之望, 以詼諧自名. 庚子歲, 體察湖南, 上使機察逆
節, 李公馳啓曰: "逆賊非如鳥獸魚鼈處處生產之物, 難以機察." 人
皆誦之以爲奇談. 至于今日, 逆賊無歲無之, 比鳥獸魚鼈而尤多, 亦
可以觀世變矣.

61

李判書俊民, 倜儻陽狂放言, 宣廟與群臣語及神仙有無, 公曰: "世有
仙人, 臣及得見之." 群臣愕然, 公徐曰: "臣里中有宰相元混, 自少愼
酒色, 年今九十餘, 無病輕健如少年, 非神仙而何?" 上爲之莞爾, 此
語有東方朔譎諫之風.

62

李判書之隣家有富人, 判書去其家, 則以好酒待之. 且又餕瀝有時及
之, 乃其隣人死, 判書哭之痛曰: "吾酒瓮破矣." 人皆胡盧.

63

李延陵嘗鑷白, 漢陰謂曰: "公位至崇品, 復何所望而去白耶?" 延陵
曰: "非有他意也. 漢法至寬, 殺人者死, 白髮殺人, 故不得不除." 漢
陰大笑.

64

宋參贊嘗私其婢, 夫人嫉妬亦甚, 伺公潛入婢房, 鎖其戶, 飭奴婢勿
開, 公不得出, 婿客李斯文知之, 取鑰開戶, 公謂曰: "事旣如此, 雖諸

葛亮, 奈若何?" 李曰: "若諸葛亮, 初不入矣." 公但俯首胡盧而已.

65

尹生員名孝彦, 居茶村, 而判書尹公陽來之五寸侄也. 窮而讀書, 屢登鄉試, 而終不利於禮部, 雖得時之人, 不爲曲逕之行, 平生處身行事, 一依古人, 故村人皆敬重焉. 其居喪也, 三年不脫衰絰, 足跡不出堊室, 外人罕見其面, 祭奠必以禮, 而有暇讀喪禮, 人尤重之. 閔判書鎭遠謫來星州, 聞其平生操行之如是, 欲見之, 使人言及於尹公, 公曰: "吾以窮鄉之一儒生, 出入於宰相門庭, 甚不可, 爲我謝判書." 終不往見焉. 當閔宰之來也, 星州近處以老爲名者, 皆奔走往見, 門庭甚熱鬧, 而公斂身退避, 不以其同色之人而有所乞憐, 閔宰亦重之, 解謫歸後, 爲吏判, 剡而薦之, 亦不蒙點, 是所謂固窮之人, 而君子之稱不爲過也. 尹公死, 其子孫零替不能繼其家聲, 是可惜哉.

66

我國理數之學, 自花潭始, 追踪康節, 退溪獨不取之者, 爲其近於異學也. 今世俗相傳謂花潭有異術, 言其蟬蛻不亡, 此說雖誕, 然花潭平日議論, 亦必有近似者, 故爲方外士之所藉口也. 如鄭古玉磏朴守庵枝華徐孤靑起之異人, 皆師事之. 鄭北窓磏與花潭相善, 自爲兒時能攝心通神, 十四觀中國, 諸蠻夷來見者, 能爲四夷語應之, 莫不驚異, 號曰天人, 此亦花潭之學也. 而鄭虛庵希良, 甲子之禍甚於戊午之言, 亦因數學而前知也. 近世星湖李丈亦多得花潭學之派流.

67

李松谷幻胡說曰: "正人之前, 小幻不能幻, 正君之下, 大幻不敢幻."
此語可警世人.

68

太白山安東地有神堂, 極靈異, 巫覡日日婆娑於其下, 遠近居民爭趨
祈福, 糜以紙錢, 守直之人, 仍以爲利, 納錢官家, 得之則其家自以謂
得錢穴, 隣人亦賀, 以某也身數好, 故得爲堂直, 如是者有年矣. 菊窓
李公燦與友人遊山, 至其處, 見其如此, 叩塑像而數之曰: "汝無功
德, 而費民財, 吾欲爲民除禍, 神若不去他處, 則吾後日更來, 毁此堂
破此像, 無泛聽而速移他處可也." 其夜神夢守直人曰: "李公正人也,
正人不可抗, 汝移吾堂于三陟地." 是後其弊遂息, 此與松谷土像說相
類.

69

呂進士卽善山府使孝曾之弟也, 非但文筆有餘, 幻術亦異, 常人欲學
之, 則却之曰: "幻術不善用之, 則反而有害, 不如不知之爲愈也." 暮
年築草屋數間於修道山以居之, 而虎豹不敢近, 人以神仙中人稱之.
余外曾祖母呂氏, 卽善山公之息女也, 於進士爲侄, 嘗來茶山, 留十
餘日, 謂其侄曰: "汝家臨江, 江魚得以喫之乎?" 答曰: "雖臨江而無
魚具, 是猶緣木求魚也." 進士曰: "吾爲汝毁平日操守, 而作一奇術,
使汝厭魚可乎? 汝持一針授我, 則我當敲爲釣以釣魚." 以針上之, 則
作鉤繫於長竹竿, 公坐於堂上而投之于堂下場中, 移時收釣, 有一大
魚含釣而落於庭上, 傍人皆大驚, 公曰: "此乃幻術, 而昔左慈在魏王

宮中, 釣松江鱸者, 卽此術也. 左慈能致千里之魚, 吾纔致五里之魚, 此所以不及古人之術也." 遂斫爲膾, 而一坐皆腹飽, 此則外曾祖親見而傳於後耳. 呂公挾此奇術而使世人不得知焉, 公之操守可知也.

70

花潭與弟子終日觀敬, 田禹治【當時善幻術者】化爲烏, 坐門前樹上, 聽其言. 花潭知之, 接其足於樹枝, 其烏欲飛而止, 以其足之接枝也. 弟子曰: "異哉此烏也." 皆相顧稱怪, 花潭微哂曰: "諸君只知其烏, 而不知其人可乎? 此是禹治試吾而來耳." 因命曰: "速下聽吾言." 於是化爲人而立其前, 責之曰: "汝若恃汝術而行不義之事, 則天必殛之, 須十分愼旃, 勿爲誤用可也." 禹治承命而去, 花潭或有如此之事, 故爲方術士之所嚩矢, 此所以退溪先生之不之取也.

71

庸學二書, 乃孔門傳道誨人之書也. 文約義備, 初學之士, 於此二書, 講究得力, 則他經傳路脈, 由此洞然, 讀之無難. 昔吳德溪健少貧賤, 服田家役, 讀中庸一卷, 先下數百遍, 然後字字思之, 字通然後句句思之, 以至通篇思之, 自此盡通經傳, 遂爲大儒. 退溪亦自以爲不及, 門人有記其說者, 學者當取以爲法焉. 今世南野朴公孫慶於諸經傳, 無不句解字釋, 而尤於庸學二書, 用工特深, 大小註釋, 無不通融, 先儒諸說之或有異於朱子說者, 皆卞析而證正之, 會其極而歸其極, 吾不知其與古之德溪何如, 而亦今世之德溪也. 其發於文章者, 亦典雅精深, 得儒門正法, 而浩汗博大, 追蹤古作者地步. 詩詞乃其餘事, 而透悟三昧, 自出天機, 歷數今世之大儒, 不得不屈一指於朴公, 而以其謙

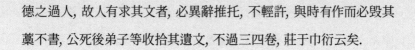

德之過人, 故人有求其文者, 必異辭推托, 不輕許, 與時有作而必毁其
藁不書, 公死後弟子等收拾其遺文, 不過三四卷, 莊于巾衍云矣.

72

書札亦儒者一事, 近來爲士者, 不肯留心, 惟以急速爲主, 皆不免王半
山忙裏走草之譏, 以其無本地工程而如是也. 近見愚山鄭子書札十
餘丈, 其文甚蘊藉, 不失吾儒家法門路脈, 而筆勢亦無胡亂底意, 可
知其平日工夫之純熟矣. 金農巖昌協常以林滄溪[135]書札爲今時第一,
余亦謂鄭愚山宗魯書札, 爲今時第一可法名家, 有斯人而不寂, 實是
亦吾嶺親知之幸也.

73

我國科文, 自爲一體, 不可以文章家體格爲言. 而其中科作雜體, 或有
步驟之異於膚率冗靡者, 以公庭大對言之, 濯纓中興策, 栗谷天道策,
尹弘离之小中華策, 李簹之嶺南策, 本之意匠而幹之以筋骨, 締之以
材植, 而傅之以華藻, 卒引之於規矩繩墨森如也, 此乃廣川之餘波
也. 至於詩賦, 則國初卞提學季良刱體, 以回入題爲式, 而古者詩賦
之法, 已絶矣. 是以錢牧齋謙益曰: "朝鮮人詩賦, 吾不知也." 蓋毁之
也. 然金佔畢弔義帝文, 金濯纓感舊游賦, 則可以佶伉於中華之人矣.
張谿谷天問賦, 李敏求南征賦, 亦可以趾其餘波矣. 至於科賦, 則李
東岳擊筑賦, 閔霽仁白馬江賦, 金錫冑賦二三首, 亦可謂近似矣. 詩
學則我國人甚魯莽, 而牧隱尤大鳴於益齋之後, 挹翠軒朴誾得晚李之

---

135 溪: 저본에는 '浪'. 일반적인 용례에 근거하여 수정.

規, 後文昌而一人耳. 其科詩, 則李縡之淸雅, 申史權之典雅近之矣. 麗文之規, 崔文昌桂林筆耕以後麗文濃纖可愛, 黃巢一檄, 至使巢墮馬, 而天下傳誦, 壬辰李如松破倭于平壤, 使車五山天輅作露布, 聞于天子, 天子見之後, 大加稱贊, 而加金批二句, 其後任疏庵叔英作統軍亭序, 流入中國, 中國曰: "不意千年絶調, 復起海東." 蓋許之以王子安後一人耳. 科表則無可言者. 以我國文而總論之, 則皆依樣唐宋, 而其不及中國有三, 膚率而不能切深也, 俚俗而不能雅儷也, 冗靡而不能簡整也, 然外中華而論之, 則我國爲最, 而安南次之, 其餘諸國, 皆有文字而異於所見, 何足道哉?

74

昔年逢鄭察訪錫儒論文, 鄭曰: "申平海之文, 如奇花異草, 乍看似查橘之嚙口, 而久看知其傅會, 是滄㢠餘波也. 吾之文, 文華似不足, 而本質從古文來, 以其少時之多讀尙書也. 吾之汴都一賦, 承菊圃公之命, 擬左太冲三都賦, 而賦成後, 菊圃公大加稱贊, 以爲非君不能作此. 息山李公亦以吾文得古人餘法云云." 蓋其少申之意, 自不掩於言中, 文人相輕相詆, 自古而然. 至於鄭而何足怪哉? 但其兩人所居里不可過十, 而余得見兩藁, 無一字相酬酢之語, 以其習氣之過而如是歟. 使二人少有學術, 則必不至其如是, 人不可以徒文而蔑其學識也, 鸚鵡能言之喩近之. 相語時余問鄭曰: "君於星山館逢諸牧使【名末】問答語盛行於世, 果信然否?" 答曰: "然." 曰: "君爲我詳言之." 鄭曰: "吾得別試科初解方做講經工時, 州牧洪應麟使人通于余曰: '吾子亦參京中科, 君入邑內學房, 與吾子同做會工可也.' 余不得已入衙舍, 與主倅之子同房讀書. 至夜半, 主倅之子及茶妓一人皆宿, 余獨坐讀書, 忽思遺便, 起至冊房前馬廐後, 便訖, 卽起立結袴之際, 見一人在路上. 時澹月在西, 人影熹微, 余心甚怖, 而當路逢着, 回避不得, 方躊躇路上, 其人揖而前曰: '吾非陽界人, 乃壬辰假守此牧諸末也. 本以金海人, 當亂掘起, 勇力善鬪, 累立戰功, 朝家以吾功多, 除本州假守, 仍死於此. 骨雖藏於金海, 而英魂在於此而不歸, 故今夜與君相遇而有言及事, 君肯聽否?' 余曰: '如吾寒儒, 本無勢力, 有何可請之事?' 曰: '君明春必登科, 科後可以遂吾請耳. 所請者金海之墳, 歲久傾頹, 將未免陵夷, 君言于方伯, 改其築, 則此乃化者之所無憾也. 且世人只知郭紅衣之功大, 而不知吾之戰功勝於紅衣, 欲因君而傳之于世耳. 吾久客不歸, 每風淸月白之時, 遊於客舍, 得一詩, 試聽之.' 因吟曰: '山長雲共遠, 天迥月同孤. 寂寞星山館, 英魂有也無.' 余曰: '詩儘好矣. 平日有此工夫否?' 曰: '武夫無文, 而神道自然而知之.' 言訖忽不見, 月已落矣, 夜已深矣. 收拾精神, 艱到冊房, 則衣服盡濕而汗流津津矣. 妓纔宿覺而洪君則尙未醒矣. 妓曰: '俄者上厠時, 與何人相語湄湄, 更深人靜而門鑰甚固, 極是怪底事.' 驚問不已, 洪君起曰: '聽妓言, 君不牢諱可也.' 余迺言其事, 洪君曰: '異哉.' 翌朝早起言于其大人, 出官案觀之, 則果有假守之名官, 曰: '世或有如此事, 而若不親聞, 則人必歸之於虛言, 奈目擊何? 極可異, 極可怪.' 其翌年余果參榜, 來見主倅, 仍入達城見方伯, 試以其事言之方伯曰: '昔年吾觀藥泉集, 言諸末功績, 人之精靈, 久而不泯矣. 其後聞之, 則方伯移關金海邑查實, 諸牧使塚增其築, 新其封云矣. 余作傳作詩以傳其名耳." 余聞鄭察訪之言, 而記之于此, 以資異聞.

75

詩魔之說, 余不信矣. 數年前宜寧地有林姓兩班人, 年二十餘, 而家貧惟以負薪爲事, 目不知書字之何如. 一日午睡方濃, 有人敎書, 旣覺恍然有知, 作七言詩, 而多有可人語. 自此入私接中做工, 而科詩亦着題精緻, 此是異事, 豈非魔之所爲而如是乎? 或云, 詩魔固有之, 而魔之附人, 能作詩, 魔之離人, 不能作詩, 理似然矣. 嘗觀明人小說, 有紫姑箕仙賦詩事, 箕仙, 魔類也, 方司徒采山公請箕仙賦詩, 仙請題, 適有桃花罩在蛛網, 令賦之, 卽書云: "子規啼, 子規啼, 子規啼撒五更時, 蜘蛛亦有留春意, 扯住桃花不放歸." 公請姓名, 又書落霞孤鶩二句, 蓋王子安也. 又有人召仙請賦梅花, 仙箕遂書"玉質亭亭淸且幽", 其人遽曰: "要紅." 卽承云: "着些顔色點枝頭, 牧童睡起朦朧眼, 錯認桃林去放牛." 又要題鷄冠花, 卽書"鷄冠本是臙脂染", 其人曰: "要白." 卽承云: "洗却臙脂似雪粧, 只爲五更貪報曉, 至今猶帶一頭霜." 夏文愍原吉遭禍後, 世宗於宮中嘗降紫姑仙, 文愍以詩附箕曰: "交泰身逢舜, 沈寃禍起秦. 平生只爲國, 萬死敢謀身. 骨附要離日, 魂隨杜宇春. 有家歸未得, 洒血控楓宸." 上讀之大悟, 明日特旨赦其妻蘇夫人還豫章.

76

余不信佛家輪回報應之說, 而世或有如佛說者. 以古記言之, 則房琯之爲智永, 張方平之琅琊僧, 馮京之五臺僧, 眞西山之草庵和尙, 東坡之戒禪師, 王十朋之嚴闍梨後身, 至若非禪門而證悟前身者甚多, 盡信書則不如無書而然耶? 抑佛家之書, 言聰慧之士, 多從般若中出來者, 信然而然耶? 古記不可盡信, 而近世南義城重維事, 傳於人, 故記之. 南重維未生時, 有人自全羅來而言曰: "渠之子年九歲, 誤食銀杏而死. 昨夢其兒曰'吾還生京中兩班家'云而指其家, 則南進士宅, 故尋覓而來. 今日乃其還生所約之日, 故趁今日而委來矣." 進士以誕妄而逐之, 其人逗留不去以待之. 其家果得男子, 卽重維也. 年三四歲時, 見銀杏則必窒塞, 成長後雖不窒塞, 而見之則心惡, 故其家匿銀杏而不見, 時時怳惚記得前生事, 與羊祜之探環樹穴不異矣. 南義城亦不匿於人, 而居官時率其人而往, 其人亦不離其家之側, 以終其生云.

77

李世載, 龍仁人, 以判書爲慶尙監司, 威風凜凜, 節下守令皆畏戢, 下吏尤戰慄, 當時稱之以明監司, 雖奸猾營吏, 莫敢欺慢. 嘗一日坐政堂決獄, 有回風自營門而入于堂上而不止, 一葉隨風而落于案上. 監司怪之, 拾葉觀之, 則團而厚, 四面如鉅, 而乃是前日不覩不聞之葉也. 招營吏而問之, 則營吏皆不知, 下其葉于使令軍牢房, 使之知其某木之葉, 而使令軍牢亦皆不知. 門外有行人歷去而觀之曰: "吾昨宿桐華寺, 晨朝下洞口, 有落葉如此葉者, 此必是桐華寺之木也, 而木則吾不知之矣." 使令以其言告監司, 監司卽爲傳令曰: "某日吾親往桐華寺, 其日下吏數百護衛, 而使令軍牢皆持一索一推, 藏之衣袖中, 待吾令下, 而一時擧行, 則汝等免死. 若不勤怠慢, 則吾盡殺汝等." 令旣下, 吏輩盡慴, 莫不戰服, 而至於使令軍牢, 則聽令之際, 魂不附體矣. 其日監司乘雙轎向桐華寺, 坐于僧樓上, 寺僧皆一時現謁, 監司曰: "無出去之人乎?" 僧曰: "無有." 監司命下輩盡縛僧等, 無一人落漏, 下令曰: "衆僧中必有作罪之僧, 直告則一僧當罪, 不告則衆僧當罪. 與其衆人皆死, 不如一人獨死, 急急摘出罪人而告之." 諸僧聽

令後, 皆戰慄, 面無人色, 中有一僧告曰:“使道旣知之, 則何敢隱諱
乎? 某月日小僧適下山, 有女人上寺, 相遇深林茂密處, 且四面無人
聲, 小僧接語移時, 以言挑之, 則女慍于心而不答. 小僧强欲款之, 則
女牢拒終不聽言, 彼此成一戰場. 小僧之心, 以爲以劍劫之, 則彼必
懼而從言, 故拔劍, 而女之拒益甚, 終至戕殺于深林中, 瘞于樹下. 小
僧旣作罪, 則有罪者當死, 諸僧皆無罪.”監司袖出其葉於下而驗之
于樹下, 則果其樹葉, 而掘其所瘞, 顏貌如生. 於是杖殺其僧而還于
營, 蓋冤氣憑于葉而墜於前, 李之知而作是擧措, 大勝於人, 至今營
中傳以爲異談. 及見姜菊圃聰明瑣錄, 具鳳瑞按湖南時, 一日月夜,
步倚庭梧, 偶得徙倚奇桐同玩月之句, 沈吟未成外句, 盖倚奇相同爲
聯[136]珠, 難於屬對也. 忽有一女人過前曰:“何不以點燈登閣各成詩
對之?”燈登閣各, 亦爲連珠, 實的對也. 具精神怳惚, 入寢房, 窓外
如有人訴冤曰:“妾卽月下屬對人也, 本羅州士族, 夫亦同鄕士人. 妾
粗解文字, 一日枕上謂夫曰:‘君可對點燈登閣各成詩句否?’夫不得
對, 約妾曰:‘上寺得對而歸.’夫在寺久, 同伴恠其新婚久離詰之, 故
夫以枕上所約語之, 隔壁有光州士人偸聽之, 待夜深潛到妾所, 呼婢
告妾曰:‘得對而來.’尋入房, 勿使擧燭, 强求歡. 妾疑而拒之不從, 則
刃妾而逸去. 妾家夜聞婿至, 而朝見妾死, 卽告官囚妾夫. 夫將冤死,
而妾讎亦未可報, 故敢告.”具曰:“何以得殺讎汝人耶?”對曰:“設白
日場, 揭公月下之句使對, 則以妾對對者, 必其人也.”具如其言, 會光
羅多士, 懸賞求對, 果有以點燈句爲對者, 招坐重賞後, 捽下嚴究, 其
人卽服正法, 其夫得不死. 噫, 含冤結氣, 精魄不散, 往往感之人而

136 聯:『菊圃集』에는 ‘連’.

有所章白焉, 今古此類之見載於稗官雜記非一, 不可謂全無此理, 具之月下得句, 已是冤氣之所憑感也. 桐華之女以葉而感人, 光州之女, 以詩而感人, 所感不一, 而彼無文, 故憑魂於葉, 此有文故憑魂於詩, 至冤之氣, 結而不散, 則有此異事, 何足怪哉?

78

古公州牧使洪公錫武, 吾外高祖河東縣監玹之聘丈也. 勇力絶倫, 兒時寓山村, 常獨宿, 夜半無寐, 忽聞窓外風聲大起, 穴窓而窺, 有大虎蹲庭中, 公賈勇移時, 不自禁抑, 持楞木杖搏擊虎, 虎咆哮作聲, 公又百擊之, 遂斃焉. 公潛爲移置於山中, 明日村人上山而見死虎, 怪之而告曰: "有戾物相鬪而自死, 此乃有病不能自力而然歟? 或傷於設機而怒, 而來止於此山而死歟? 其故莫之知也." 公曰: "吾亦不知, 而但爲村除害, 實是可賀處, 豈可詳問其戾物之死有曲折乎?" 旣長, 當孝宗銳意北伐時, 知其勇力, 而命銓曹付相當職, 授公南宣, 仍遷而至於公州牧使. 公亦盡心於軍旅之事, 當時有稱於縉紳間矣.

79

宣廟壬辰之前, 漆溪君尹卓然朝天在玉河館, 譯官洪純彦以銀子買得一女, 女自言江南人, 父仕北京仍卒于京, 返葬無路, 故賣妾身, 欲爲返葬計耳. 漆溪君聞之給銀子, 責純彦而還之, 其女後爲石尙書之妻, 而漆溪君不知矣. 壬辰之亂, 漆溪君以請救使更入北京, 其女聞漆溪君之來, 請於尙書, 給兵以救之, 又請見漆溪君, 言其前事, 仍贈報恩大段一匹, 而此則其手自織者也. 其他贈遺之物甚多云. 漆溪君以壬辰功, 至於封君, 蓋石尙書之極力朝鮮事以此. 余外曾祖母呂氏, 卽

善山府使孝曾之女, 而呂善山爲漆溪君孫, 星州判官啓基之婿, 故報
恩段之衣次一領傳于呂善山夫人, 夫人又給余外曾祖母新行時云耳.

80

李顯中, 字德隱, 登科時, 改名晚榮, 余與之同硏者久矣, 詳知其人,
蓋豈第君子人也. 其家素貧, 有時或絶糧, 而事親躬自菽水之供, 交朋
心絶畦畛之設, 安意順受於人所難堪者, 而篤志勵業, 能成文章, 雖
作程式之文, 而章法句法逈異於人, 自出機軸, 宛然如古人之文, 以
故不入時尙, 而屢屈於場屋, 其登科時, 初試試官卽李顯汲也. 李以
知文鳴於世, 德隱入於場屋, 日未暮作策三篇, 其第三篇爲壯元, 其
第一篇爲其次, 第二篇又爲其次, 一等三人之文, 皆出於一人之手, 其
秋會試, 亦以憶耆老科賦爲八道都壯元, 直出六品爲典籍, 其名始膾
炙於世, 可謂展其長楸之步, 而亦不永年, 官止都事可惜. 以其文章之
卓越, 如有著述, 則傳後無疑而無有焉, 尤可惜.

81

大夢齋自中年飮酒, 而非嗜飮也, 隱於酒也. 夢齋生於四世翰苑之家,
少負白衣宰相之望, 且又生平氣槃磊磊落落, 非泱汩塵世中人也. 庚
申飜局後, 公之家與西人當局宰相, 皆成讐冤, 故公六登鄕解而四不
見會試, 蓋以試官之相避也, 人之知之者, 知其隱於酒, 而不知者以
爲縱酒流落也, 悲夫! 公之侄李參奉達中上長書, 而其弟參奉學中上
酒諫書, 其意蓋慮夫過飮傷身, 而以其世人之不知公本意而稱爲崇飮
也. 余少時得見二公書于夢齋公案, 其文章不下於古人, 遣言措辭之
間, 委餘紆備, 不失譏諫之意, 眞不易得之文也.

82

余嘗論李參奉兄弟之文曰: "伯氏溫雅縝密似劉向, 季氏覃思研句似班固, 要之皆希世之文也."

83

江左公常曰: "玉川文章, 嶺南二百年來無其匹, 以其文藝發越也. 玉川爲江原都事, 與方伯論田結書, 不下於明大家文, 公不喜作詩, 詩集甚少."

84

訥隱官至洗馬, 嶺南其時墓道文字, 皆出其手. 公平原人, 公之祖登第官都事, 余少時左道之行, 入拜床下, 訥翁賜顏而從容言曰: "吾與乃爺同庚而同學於荷堂門下, 同處者十餘年, 今雖至於老, 而不能源源, 兒時情誼, 何可一日忘耶?" 因言曰: "吾遊於今世縉紳間, 皆知其人, 惟吳西坡道一、金農巖昌協、朴靈城文秀數人, 其人物風采, 可彷乃爺, 而但多虛少實氣, 若乃爺得高位而持柄如數人者, 則當在數人已上." 蓋公必不阿好, 而發如此言也.

85

壄庵金公昌文, 以神童名於世, 年十九卒, 公題大谷寺壁上曰: "唐虞勳業日蕭條, 風雨乾坤夢寐寥. 春到碧山花鳥語, 太平遺跡未全消."

86

我曾祖娶長水黃氏, 聘家在尙州中牟面安平里, 自初入長師事于愚伏鄭先生, 往來于門下, 定居尙山, 亦爲就師計也. 年二十九夭逝, 人

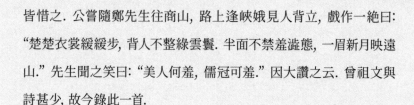

皆惜之. 公嘗隨鄭先生往商山, 路上逢峽娥見人背立, 戲作一絶曰:
"楚楚衣裳緩緩步, 背人不整綠雲鬟. 半面不禁羞澀態, 一眉新月映遠
山." 先生聞之笑曰: "美人何羞, 儒冠可羞." 因大讚之云. 曾祖文與
詩甚少, 故今錄此一首.

87

余兒時家大人與慶州孫持平名德升丈, 同游伽倻山海印寺, 有吟詠
一軸, 今在家. 先君嘗言持平詩超出今時人, 其中七絶一首, 可與蓀
谷武陵橋詩爭雄矣, 稱贊不已, 有時諷誦. 余聞之, 故今記之, 詩曰:
"白首奇游寶界中, 靑山斜日倚微風. 武陵流水千秋白, 三月深林躑躅
紅." 蓀谷詩曰: "中天笙鶴玉坮遙, 千載孤雲事寂寥. 明月洞門流水
在, 不知何處武陵橋." 以今觀之, 二詩眞敵手, 而皆有唐響矣. 其他
好詩, 多在軸中, 而今不盡謄.

88

大丘白場, 雖有古規, 而亦可見道伯之風流文雅矣. 庚午石田李參判
按本道節, 行白場于延龜亭, 而其時李植吉以賦爲壯元, 題則金城泣
柳也. 其回題上押二句貫珠, 其句曰: "伊栽培之昔年, 物旣茂而人壯,
亦旣覩於今日, 嗟爾老而吾衰." 其賜賞也, 設大宴于宣化堂, 監司自
延龜亭載藍輿而來宣化堂, 命壯元隨行, 而其威儀亦如監司, 罷宴後
給紙筆墨硯, 又給白米三十石, 古者賞賜之豊, 未有如其時者也. 其
後閔公昌道按節時, 行白場, 陜川人文東道以剪綵花詩爲壯元, 非但
賞格之豊, 仍薦之於朝, 東道之爲副率, 未必不由於此也. 其詩入於
大丘樂府中. 其後趙泰億爲監司, 作樂育齋, 多給錢穀, 以爲士林供

養之所, 仍設落成宴, 試士于其日, 裵胤穎爲壯元, 其賞格則紙筆墨
幾一馱矣. 四書亦同爲給之, 興起多士之心, 而爲營中之美談, 厥後
寥寥無聞, 近來金尙星爲道伯, 二次設白場, 而金山鄭庚福永川徐必
福爲壯元, 而其文及賞格, 只依樣前人, 其餘監司, 則無足擧論矣.

編下第一

1

明利泰西云: "造物製人, 兩其耳, 兩其手, 而一其舌, 意使多聞多爲
而少言也. 其舌又置之口中奧深, 而以齒如城, 脣如郭, 鬚如櫓, 三重
圍之, 誠欲甚謦之, 使訒于言矣." 今之人輕其口, 出好興戎者, 果何心
哉? 宜思造物之意, 勿爲妄發可乎?

2

海中多有怪物, 有女樹, 天明生嬰兒, 日出能行, 食時成小年, 日中成
壯年, 日晚成老年, 日沒而死, 明日復然. 此與釋迦四門遊賞同, 而人
生世間, 亦何以異是?

3

酒令之法, 中國人甚尙, 我國人不知酒令何如, 今錄其法. 明時陳祭
酒詢忤王振, 謫安陸州, 同僚餞之, 或倡爲酒令, 各用二字分合, 以韻
相協, 以詩書二句終之. 陳學士詢云: "轟字三箇車, 余斗字成斜, 車
車車遠上寒山石逕斜." 高學士穀云: "品字三箇口, 水酉字成酒, 口口
口勸君更進一盃酒." 陳云: "矗字三箇直, 黑出字成黜, 直直直焉往
而不三黜?" 蓋陳詢學士性直如薑桂, 故廖太史道南贊之曰: "秉德惟
恒, 履險不傾."

4

昔介葛盧解鳥獸言, 載於左氏傳. 明時白龜年入仙洞, 得一軸素書, 能卜九天禽語, 九地獸語. 一日過潞州, 太守知其能解禽獸言, 迎之在座, 適將吏驅三十羊過庭下, 其中一羊, 鞭不肯行, 且悲鳴. 守曰: "羊有說乎?" 龜年曰: "羊言腹有羔將產, 俟產訖, 甘就死." 守乃留羊驗之, 果生二羔.

5

人之有欲, 人人皆然, 苟爲欲使, 必有其害, 宋時李士衡爲館職, 使于高麗, 一武人爲副. 高麗禮幣贈遺之物, 士衡皆不關意, 一切委於副使. 時船底疏漏, 副使者以士衡所得繒帛籍船底, 然後實己物, 以避漏濕, 至海中, 遇大風, 船欲傾覆, 船人大恐, 盡棄所載, 不爾船重必難免, 副使倉黃, 悉取船中之物, 投之海中, 更不可揀擇, 投及半, 風息船定, 旣而點檢, 所投皆副使之物, 士衡所得在船底, 一無所失, 俗所謂多慾則斷其食物者, 此之謂也.

6

余暇日閱西厓李東陽樂府, 其文如比首寒光, 侵人衣裾, 使人爽然醒魂, 儘驚世語也. 然以文取人, 失之李東陽, 何者? 武宗之時, 逆瑾縱橫, 劉、謝二公, 同日去國, 獨東陽含默取容, 士人之瞰亡題詩【詩曰: "才名直與斗山齊, 伴食中書日又西. 回首湘江春草綠, 鷓鴣啼罷子規啼. 鷓鴣啼曰行不得, 子規啼曰不如歸."】, 畫者之畫醜惡老嫗【有畫者畫一醜老嫗騎牛而吹笛, 題其上曰'此西厓相業', 以嘲之. 西厓聞之, 作一絶曰: "楊妃身死馬嵬坡, 出塞昭君怨恨多. 爭似阿婆牛背穩,春風一曲太平歌."】，紛然而至，猶自謂太平，以護其短．是知文章不足以定天下士，而天下之士亦不可以名而取之也，決矣．東陽少時之名何如，而其文亦何如也？當其進用之時，國家所恃以為重，天下所賴以為安，風俗所以既漓而復淳，紀綱所以既壞而可以復理，無一不係乎其身．及夫要其所就而觀之，則言論風旨，卒無可稱，功名事業，卒無可紀，其始終行事，不過伴食中書而已．余嘗讀其文，惜其人，而當時劉公大夏之劾瑾也，東陽陰濟解瑾曰："劉公若罪，則公必不免人謫矣."瑾曰："但令渠來跪我則已."公轉怒曰："大臣肯見奴乎？死吾分耳."瑾雅重東陽，許其宥罪，旋有謫戍命，一僕負擔，行數千里，瑾誅，復職不拜，歸隱東山草堂，布衣蔬盤，躬耕力食以終．噫，最難知者，人之情偽，經大禍福，手腳方露，士大夫所為，千種萬種，隨人各異，居平談道義，自許以名節者，反選懦畏怯，不能出氣息，或目為常流者，抗志自立，以自表於世，是知無名者未必無實，有名者未必有實，觀二公之事者，一戒而一鑑可也．

7

近日京中士大夫家婦女髻樣甚大，非但高髻而已，且上衣極小，裳領大如掌片，見之便捷，其制出於各邑妓女，而士大夫家效之，古所謂城中好高髻，四方高一尺者是也．識者已憂其不祥，且京中兒童相謠曰："逆賊存本取利."果如其謠，而逆變無歲無之，士大夫家婦女，沒入為官婢者，連續不絕，此乃系時運而如是耶？昔隆安中百姓忽作懊憹之歌，其曲曰："草生可攬結，女兒可攬擷."尋桓玄纂位，義旗以三月二日掃定京師，玄之宮女及逆黨家子女妓妾，悉為軍賞，東及甌越，北流淮泗，人皆有獲，故言時則草可結，而事則女可擷也．【懊憹歌，

本石崇妾綠珠所作, 其詞則曰: "絲布澁難縫, 今儂十指穿. 黃牛細犢
車, 遊戲出孟津." 儂一作惱, 又樂府懊憹歌曰: "可憐烏臼鳥, 强言知
天曙. 無故三更啼, 歡子冒闇去."】

8

騷人以詩句爭勝, 乃是習氣. 唐開元中, 王昌齡、高適、王之渙齊名,
一日天寒微雪, 共詣旗亭小飲, 有梨園伶數十輩會讌, 名部妓四五續
至唱謳, 昌齡等私相約曰: "我輩每自不定, 今可密觀諸所謳人歌詩詞
多者爲優, 而可以定我輩之詩名." 俄而一伶撫節而唱寒雨連江, 昌
齡引手畫壁曰: "一絶." 尋又一伶唱開篋淚沾臆, 高適引手畫壁曰:
"一絶." 又一伶唱奉帚平明, 昌齡畫壁曰: "二絶." 之渙自以盛名不
減, 兩人曰: "此輩皆下里耳, 陽春白雪, 俗物豈知?" 因指諸妓最姝者
曰: "待此子唱復, 非吾詩卽終身不敢爭衡矣." 須臾次至, 雙鬟卽竛然
發聲曰: "黃河遠上白雲間." 之渙拍手大噱曰: "田舍奴, 我豈妄哉?"
因大諧笑, 諸伶驚怪起請, 昌齡等因話其故, 諸伶競拜, 乞俯就筵席,
三子從之, 暢飲竟日.

9

詩有彷彿形容格, 李義山雨詩: "摵摵度瓜園, 依依傍水軒." 不待說
雨而自然知是雨也. 又: "雕虫蒙記憶, 烹鯉說沈綿." 不說作賦而說
雕虫, 不說寄書而說烹鯉, 不說病而說沈綿. 又: "頌椒添諷咏[137],禁
火卜歡娛." 不說歲時而但云頌椒, 不說寒食而但云禁火, 亦文章之工

---

137 咏 : 저본에는 '昧'. 『杜詩詳註』에 근거하여 수정.

也. 出呂氏童蒙訓.

10

張文潛云: "唐詩人多窮, 賈島尤甚, 孟郊詩曰: '種稻耕白水, 負薪斫青山.' 島曰: '市中有樵山, 客舍寒無烟. 井底有甘泉, 釜中嘗苦乾.' 孟氏薪米自足, 島則俱無也, 故郊寒島瘦."

11

孟浩然從王維學士入禁園, 玄宗下臨, 維不得諱曰: "此乃詩人孟浩然也." 玄宗曰: "試誦詩." 浩然誦前日所作詩曰: "北闕辭聖主, 南山歸癈廬. 不才明主棄, 多病故人疎." 玄宗聞之曰: "卿自棄朕, 朕何棄卿?" 因不復召. 孟貫詩曰: "不伐有巢樹, 多移無主花." 周世宗聞之曰: "朕伐反弔民, 何謂有巢無主?" 二子正坐詩窮, 可謂轉喉觸諱.

12

薛令之遷庶子, 題詩自悼曰: "無所謀朝夕, 何由保歲寒?" 玄宗覽之, 索筆題其傍曰: "若嫌松桂寒, 任逐桑楡晚." 因此謝病歸.

13

余讀范史尙長傳, 慨然想其爲人, 日日對卷中, 以爲希賢之資. 尙長字子平, 河內朝歌人也. 隱居不仕, 性尙中和, 好通老易, 貧無資食, 好事者更饋焉, 受之取足而反其餘. 王莽大司空王邑辟之, 連年乃至, 欲薦之於莽, 固辭乃止, 潛德隱於家, 讀易至損益卦, 喟然歎曰: "吾已知富不如貧, 貴不如賤, 但未知死何如生耳." 建武中, 男女嫁娶旣畢, 敕斷家事, 勿相關, 當如我死也, 於是遂肆志, 與同好北海禽慶【慶字子夏】俱遊五嶽名山, 竟不知所終.【尚平漢時之高士, 不仕於王邑之辟, 不入薦於王莽之朝, 比之於美新之夫, 國師之公, 而何如哉? 吾故表而書之.】

14

朱、陸二氏之不同, 非故有意於不同也. 此儒而彼禪也, 此正而彼邪也, 此公平而彼私狠也. 夫如是, 安得以相同耶? 陸象山門人記曰: "一學者自晦庵所來, 拜跪語言頗怪, 日見必有陳, 至數日語罄, 固請誨, 答曰: '吾未暇詳論, 然有一箇規模說與人, 今世人淺之爲聲色臭味, 進之爲富貴利達, 又進之爲文章技藝, 又有一般人都不理會, 却談學問, 吾以一言斷曰勝心.' 其人默然, 言動乃復常云, 蓋以勝心譏晦庵也.

15

謝希孟, 陸象山門人也. 少豪雋, 與妓陸姓狎, 象山責之, 謝但敬謝而已. 它日復爲妓造鴛鴦樓, 象山又以爲言, 希孟謝曰: "非特建樓, 且爲作記." 象山喜其文, 不覺曰: "樓記云何?" 卽占首句云: "自遜、抗、機、雲之死, 而天地英靈之氣, 不種於男子而種於婦人." 象山默然知其侮己也.

16

皇明朱之蕃問學問文章於王弇州, 曰: "吾輩少時妄喜陸之新奇, 到老看之, 則考亭訓四字, 爲第一義, 文章則先秦西漢文, 漢魏古詩, 盛唐近作, 雖不可不復讀, 而蘇長公詩文, 切近易學, 吾亦以白傅蘇詩爲法矣."

17

詩序之法, 與他文異, 觀於白傅集則可知矣.

18

蘇長公通判杭州, 新太守將至, 有營妓投牒乞從良, 坡判曰: "五日京兆, 判狀不難, 九尾野狐, 從良任便." 時坡權領郡事矣. 又有周妓藝色超絶, 爲一郡冠, 亦投牒乞脫妓籍, 坡惜之不許, 判曰: "慕周南之化, 此意誠可嘉, 空冀北之群, 所請宜不允." 其敏捷善謔如此.

19

古人元日詩甚多, 而惟"一脈春陽回造化, 萬方民物賴生成"之句, 有物我同春之意, 而高蜀州元日絶句, 爲古今絶唱. 我國姜雪峰栢年次韻, 詩格雖不高, 而詞致藹然, 眞守歲之詩也. 雪峰詩曰: "酒盡燈殘也不眠, 曉鍾鳴後轉依然. 非關來歲無今夜, 自是人情惜去年."

20

觀宋人小說, 徽宗夢吳越王錢俶乞還故地, 高宗以是日生, 高宗是錢王後身, 故無意中原, 是說固高宗之忘中原而傅會而爲之說也. 盧陵羅綸云: "柳耆卿望海潮詞, 摸寫西湖之景, 荷艷桂香, 粧點湖山之淸麗, 使君臣留連而忘中原." 是則然矣. 我國之平壤, 江山不讓於金陵、錢塘, 古人之論平壤者云: "自非聖人, 不能都此地." 以其近於縱逸耽樂也. 是以冀州土壤之地, 爲帝王之上都也, 峻宇雕墻, 號爲聖人之戒, 況耽樂縱逸乎? 偶觀小說, 聊記之.

21

西湖志云: "高宗養鵓鴿, 躬自飛放, 有士人題詩曰: '鵓鴿飛騰遠帝都, 朝收暮放費工夫. 何如養得南來鴈, 沙漠能傳二聖書.' 高宗聞之, 召見士人, 卽命補官," 若使後世人主當高宗之時, 則必以爲譏己而殺之, 大明太祖時, 有人作宮詞, 帝聞之, 以爲漏洩宮中事, 命殺之, 然則明祖雖剙業之英主, 而仁厚不及高宗遠矣.

22

紹興、淳熙之間, 頗稱康裕, 君相縱逸耽樂, 湖山無復有新亭之淚, 有林升者題詩云: "山外靑山樓外樓, 西湖歌舞幾時休? 暖風薰得遊人醉, 便把杭州作汴州." 後之論者, 以西湖尤物, 比之西施之破吳也. 張志道亦有詩曰: "荷花桂子不勝悲, 江介年華憶昔時. 天自山來孤鳳歇, 海門潮去六龍移. 賈充誤世終無策, 庾信哀時尙有詞. 莫向中原誇絶景, 西湖遺恨是西施."

23

宋高宗能詩, 賜統制劉漢臣詩曰: "野水參差落潮[138]痕, 疎林欹側[139]出霜根. 扁舟一棹向何處? 家在江南黃葉村." 又作漁父詞三絶, 皆有妙響.

---

138 潮: 『東坡全集』에는 '漲'.
139 側: 『東坡全集』에는 '倒'.

24

余閱西涯[140]樂府, 至宋諸陵發掘事, 歎曰: "元以蒙胡帝天下, 夷人社稷, 而又發其塚墓, 何以爲法於天下乎? 孔子曰: '夷狄之有君, 不如諸夏之無.' 以元世祖言之, 則可謂夷狄之有君, 而以其行事而言, 則不如諸夏之無君也. 未知淸胡之入中原, 亦如元而掘陵取寶耶? 徵於元而不行盜賊之事耶? 以其治天下規模而觀之, 則此胡勝於元, 必不行如此之事耳. 又況淸人以聖祖稱康熙, 康熙之自言曰: '五十年治天下, 不妄殺一人.' 一人不妄殺, 則其可行殘酷之事乎? 又聞此胡帝中國, 輕徭薄賦, 使民安樂, 制度甚簡易, 不似明之數米簡髮, 故中國之人, 雖胡服而無歐吟思漢之事云. 果爾則此胡之歷年必久矣, 豈可以胡人而輕易之乎?"

25

陶宗儀輟耕錄曰: "元西僧總管楊璉眞加, 利宋攢[141]宮金玉, 奏發諸陵之在紹興及大臣塚墓, 凡一百一所. 又欲裒諸陵骨, 雜牛馬骸, 爲鎭南浮屠. 會稽人唐玨聞之痛憤, 貨家具爲飮食, 因召諸少年泣曰: '爾輩皆宋人, 吾不忍陵骨之暴露, 欲以他骨易之, 已造函製囊, 刻年一字爲號, 自思陵以下, 隨號收殯.' 衆如其言, 夜往取遺骸, 葬蘭亭山下, 後又移來宋故宮, 冬靑木植其上, 以識焉." 羅有開撰唐義士傳, 載冬靑行云: "冬靑花, 不可折. 南風吹凉積香雪[142], 遙遙翠盖萬年枝. 上有鳳[143]巢下龍穴, 君不見犬之年羊之月, 霹靂一聲天地裂."

---

140 涯: 저본에는 '匡'. 일반적인 용례에 근거하여 수정.

141 攢: 저본에는 '瓚'. 문맥에 근거하여 수정.

142 香雪: 저본에는 '雪香'. 『輟耕錄』에 근거하여 수정.

26

清主康熙, 清人謂之聖祖, 在位五十七年, 下哀痛詔, 又製熱河詞【在
燕京帝所作宮苑】, 雖不及古帝王之詞, 而亦一世中英主也.

27

唐陸贄年十八登第, 以翰林隨德宗奉天時, 年僅三十八, 相時三十九,
相數年, 卽貶在謫十年, 卒年五十二, 憲宗復其官. 噫, 德宗之心, 與
小人合, 故得陸贄之臣, 而不能盡其材, 使之卒於謫, 是孰之然哉? 觀
其勤勤懇懇於章奏之間, 則可以知其忠於君, 而不過數年爲相而止,
君臣相得, 自古爲難, 可勝歎哉? 若宋之文潞公, 可謂眞得君矣. 生于
太平, 早年釋褐, 歷歷中外, 四十三而入相, 凡入相者六, 而在上公之
列者五十二年, 年九十一而卒, 卒之時, 章七用事, 斥諸賢, 無所不至,
而公獨以耆德, 只去位而已, 此眞君臣相得也哉! 我朝之黃翼成, 許
文敬, 佐佑我世宗大王, 述禮樂, 定制度, 而垂法朝鮮億萬年, 若鴻毛
之遇順風, 而巨魚之縱大壑, 世有能文如王褒者, 則必更作聖主得賢
臣頌矣. 偶閱唐史, 惜宣公之不遇其君而卒死于謫, 故書之.

28

蘇長公元祐初入館閣, 至紹聖甲戌, 被竄南荒, 在閣凡九年, 章惇用
事而時事大變, 祠安石於孔廡, 毀程氏文字, 刻元祐奸黨碑, 至欲追
廢宣仁, 而不得則乃以孟后爲宣仁所援而廢之, 此其大者. 其他病國
醜正, 不可一二數也. 如是七年而惇敗, 竟得長公所謫地不還, 長公

---

143 鳳: 저본에는 '烏'. 『輟耕錄』에 근거하여 수정.

蒙恩北還, 卒於常州家庄. 考其得失, 無大相懸, 而身後芳臭自別, 長公之聲輝光彩, 愈久而愈彰, 至南渡, 其孫符等位列宰輔, 孝宗愛其文, 手不暫釋, 許令刊布天下, 贈諡易名, 位極極人臣, 至今童孺下皁聞其風, 亦凜凜起敬, 聞章七之迹, 則唾之如糞土. 七年之榮利, 不足以救千古之衰鉞, 後之小人, 尚監于此.

29

瞿翁評坡詩曰:"如武庫初開, 矛戟森然, 一一求之, 不無利鈍. 然天才宏放, 凡古人所不到處, 發明殆盡, 萬斛泉源, 未必爲過也. 頗恨方朔極諫時, 雜滑稽, 故罕溫籍."

30

世間故實小說, 有可以入詩者, 有不可者, 惟東坡不揀擇, 入手便用, 街談巷說, 一經此老手, 點瓦鑠爲黃金, 自有妙處. 參寥曰:"老坡牙頰間, 別有一副鑪韝, 他人豈可學耶?"

31

坡聞永樂文長老死, 有詩曰:"初驚鶴瘦不可識, 旋覺雲歸無處尋. 三過門間老病死, 一彈指頃去來今. 存亡慣見渾無淚, 鄉井難忘尚有心. 欲向錢塘訪圓澤, 葛洪川畔待秋深." 用佛語, 而句法雄混.【李源與僧圓澤爲友, 同至三峽, 見一孕婦錦襠[144]而汲. 圓澤曰:"此某托身之所也, 後十二年, 杭州相見." 是夕澤死, 而婦人生子. 源如期至天竺, 忽聞

---

144 襠: 저본에는 '鐺'. 『東坡詩集注』에 근거하여 수정.

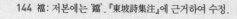

葛洪川畔, 有牧童隔水呼源, 乃源澤也. 歌曰: "三生石上舊精魂, 賞月吟風不要論. 慙愧情人遠相訪, 此身雖非性常存." 歌罷, 舞袖而去.】

32

東坡不樂拘檢, 其所好者, 惟文章事功風流遊戲之間, 以此不喜禮法之士, 其從遊者, 不過魯直、太虛、文潛、定國之輩, 而其於程、張所交學問之人, 無一言一字之相及, 雖其文章氣節有大過人者, 篤論之士, 不得不鄙之. 坡集中有題濂溪詩曰: "世俗眩名寔, 至人疑有無. 怒移水中蟹, 愛及屋上烏. 坐令此溪水, 名與先生俱. 先生本全德, 廉退乃一隅. 因抛彭澤米, 偶似西山夫. 遂卽世所知, 以爲溪上號. 先生豈我輩? 造物乃其徒. 應從柳州柳, 聊使愚溪愚." 子瞻知尊慕濂溪, 豈可以愁糟皮裡骨等語侮之耶? 濂溪、明道兩先生, 皆爲蘇、黃所敬服, 而獨伊川見侮於子瞻, 盖伊川之嚴正, 欠於一和字, 伊川亦知之, 晚務寬平, 與明道同狀, 又推范淳夫溫和善開導, 於此可知招人之猜疑, 有以也. 子瞻之坦率白直, 豈故有意於毒正哉? 亦知之誤耳. 偶看東坡詩, 因論及此.

33

東坡外記曰: 東坡、山谷同見淸老, 淸語坡前身爲五祖戒和尙, 山谷是一女子後, 至涪陵, 當知之, 黃旣坐黨遷涪, 夢女子語生前誦法華經, 願後作男子, 得大智慧, 爲時名人. 今學士是已. 學士所患腋氣, 緣某棺朽穴兩腋, 故有此苦, 後山一岡, 卽某墓. 若啓之除蟻, 則腋氣除矣. 旣覺驗視如言. 修掩纔畢, 其氣卽除, 黃記此事於涪陵江石間, 春夏石爲江水所侵, 世少模刻云.

34

趙孟頫宋宗室也, 宋亡, 隱於吳興, 而聲名滿天下, 元世祖召而見之, 使之寫書, 寫畢出去, 元祖相其背曰: "書生之相也, 不足憂也." 乃命之官, 出入禁掖, 甚見尊寵, 其時有人以詩譏之曰: "吳興公子玉堂仙, 畵出苕溪似輞川. 兩岸青山紅樹低, 那無十畝種瓜田." 西厓[145]樂府曰: "趙承旨, 誰家子. 王維詩畵鍾繇書, 不獨行藏[146]兩相似." 當胡元之帝中國, 取膴仕而恬然, 不以爲愧, 宜乎來後人之譏貶, 而以王維之失節比之也.

35

余讀岳武穆精忠錄, 古今題詠武穆墓詩甚多, 而惟趙子昻孟頫、潘子素、王弇洲三人詩最好, 子昻詩曰: "岳王墳上草離離, 秋日荒涼石獸危. 南渡君臣輕[147]社稷, 中原父老望旌旗. 英雄已去嗟何及? 天下中分遂不支. 莫向西湖歌此曲, 水光山色不勝悲."[148] 子素詩曰: "海門寒日淡無輝, 偃月堂深晝漏遲. 萬竈犹獀江上老, 兩宮環佩夢中歸. 內園羯鼓催花發, 小殿珠簾看雪飛. 不道帳前胡旋舞, 有人行酒着青衣." 弇洲詩曰: "落日松杉黯自垂, 微風寂寞動靈祠. 空傳赤帝中興詔, 自折黃龍大將旗. 三殿有人朝北極, 六陵無樹對南枝. 莫將烏喙論句踐, 鳥盡弓藏也不悲."

---

145 厓 : 저본에는 '崖'. 일반적인 용례에 근거하여 수정.
146 藏 : 저본에는 '裝'. 『懷麓堂集』에 근거하여 수정.
147 輕 : 저본에는 '傾'. 『松雪齋集』에 근거하여 수정.
148 不勝悲 : 저본에는 '使人疑'. 『松雪齋集』에 근거하여 수정.

36

余於宋高宗之事, 未嘗不慨然發嘆也. 嘗以宋史考之, 虜逼京城, 高
宗不趨師入衛, 而移東平一也. 虜掠帝北行, 高宗不經理江淮, 而急
營南渡二也. 李綱討僭逆僞命, 用宗澤留守東京, 任張所招撫河北
方, 克復有緒, 而亟竄之鄂州, 秦檜賣國主和, 乃俯首聽命, 至甘受金
人封冊, 奉表稱臣, 岳飛百戰破賊, 擬挈幽燕歸國, 而十二金牌召還
孥戮, 高宗之罪, 屈指而計, 則合五也. 高宗之終始近乎忍矣, 而謂之
昏迷而不知, 則是大不然. 夫三尺童子, 見父兄與人鬪, 必號泣而赴
之, 德其助我, 而讐其鬪者. 高宗曾是之不若, 豈智出童子下哉? 意不
在父兄耳. 歷計漢以後中興之帝, 則晉有元帝, 梁有世祖, 宋有高宗,
而晋元則一隅江左, 當强胡剽肆, 而能用百六椽, 再典司馬之業, 君
子諒其心而悲之, 若湘東、康王, 均爲人倫所不赦, 然湘東乘父兄之
禍, 而幾其盡, 康王忘父兄之仇, 而懼其及, 則君子之治斯獄也, 曰乘
之與忘, 或有辨, 而康王之罪, 浮於湘東矣. 說者謂: "漢武不能吞北,
耶律不能併南, 國勢至此, 當無恢復之理." 曰: "不然, 金人之强, 莫
甚乎亢木, 然韓世忠扼之於鎮江, 劉錡敗之於順昌, 岳飛敗之於郾
城, 及朱仙鎮次, 莫如撒離喝然, 再爲吳玠兄弟所戕, 且爲李顯忠所
擒而釋, 若使李綱不黜, 種[149]師道視師, 而無汪黃、秦檜之徒沮而格
之, 則安見大河以北, 唾手而讓諸夷狄, 雖成敗未可逆知, 而爲人子
者, 豈有坐視其父兄滔溺漠北, 而委之天命者乎? 如曰高宗非不主戰,
而訖無成功云爾, 則當知國家所恃者人心, 方二帝北轅, 西河忠義之
士, 結竿連寨, 日望王師之至我, 旣棄而不顧, 適康王在位, 遲久相

---

149 種: 저본에는 '沖', 일반적인 용례에 근거하여 수정.

繼, 聞父兄崩問而不之動, 積二三十年, 而忠義之士解體, 金虜之勢始成, 故張浚之戰昧於時, 秦檜之和害於義, 兩者之幾宋事去矣. 昔人有引弓虛發而下鳥者曰, 此孽也, 飛卑者痛, 哀鳴者失侶, 故聞弦聲而墜. 康王金人之孽也, 而遂爲湘東之續, 可勝歎哉? 建炎紹興之世, 子棄其父, 臣棄其君, 當此棄父棄君之日, 乃草澤之中, 荷戈負甲之士, 切切以明三綱振五常爲事, 而如李若水、楊邦乂者, 之死靡他, 其外忠義之士, 不可以枚數, 而如岳武穆之精忠, 康王忍而殺之, 余故曰, 康王之心, 忘其父兄也."

37

岳武穆能文章, 其賀講信表, 辭意慨慷, 讀之令人涕淚潸潸.

38

余於賈中丞啓之事, 有所欽仰敬服矣.【賈中丞名啓之, 明時人.】 賈中丞解官歸里, 有屠人失物, 疑公家匿之, 詣門辱罵, 公恬然不怒, 或謂何不捉付司敗, 公笑曰: "有司之法不如我, 我已叱之矣." 未久屠人毆人至死, 抵償毆時自謂曰: "賈中丞尙怕我, 況汝乎?" 有司以此語治益深, 盖其應如響矣. 又歸里日, 卽令幹奴去長衫, 着短衣, 負擔取薪, 或曰: "何驟乎?" 曰: "事在始初, 習則自然. 今以官家舍人歸里人, 待以舍人, 長衫閑遊, 妄自侈大, 而猝令取薪, 怨不堪矣. 且罷官歸田, 漁樵皆我事, 可令兒曹不堪乎?" 又置酒樓于後巷曰: "吾無財以貽孫曾, 使後世鬻酒, 猶可資活耳." 噫, 今世士夫, 以賈中丞爲法, 則居官豈有濫殺人之事乎? 歸家豈有受臟吏之誚乎? 世之爲方伯守令者, 不思國家之恩, 惟以肥己爲事, 鞭撻剝民, 小無顧籍者, 獨何心哉? 偶觀明史書之.

39

寧庶人之【宸濠】妻婁妃賢明解吟咏, 苦諫王圖逆, 王嘗令題樵圖, 乃樵與婦回首語也曰: "婦喚夫兮夫轉聽, 采樵須是擔肩輕. 昨宵雨過蒼苔滑, 莫向蒼苔險處行." 可謂諷諭深切, 而王不悛果敗, 臨死曰: "紂聽婦人言失天下, 我不聽婦人言亡國."

40

佛書曰: "眞臘國有石塔二坐, 人爭訟不決, 卽令各坐一塔中, 理屈者頭痛身熱, 不耐而出, 其理直, 安坐如常, 故其國無爭訟之事, 按沙國有靑玉佛鉢受三斗, 貧人以少花投之, 卽滿爲米, 富人以多花投之, 正復百千萬億, 終不滿, 故貧人無米, 則爭投之, 中國無此二寶. 明人陳繼儒[150]書之於秘笈中, 而余以爲此說虛誕之言也, 若有此寶, 何故不見於唐宋小說, 而至於明時而始出耶? 佛氏喜爲誕說, 以神其法, 故言之耳. 天下大矣, 四海廣矣, 雖有怪物如此, 何足爲寶乎? 以先王之法言之, 投之海中可也, 見佛書而信之者, 可見學力之不足也.

41

唐明皇時李筌爲鄧州刺史, 嘗占星宿而坐, 一夕三更, 東南隅忽見異氣, 明朝呼吏于郊市, 如産男女, 不以貧富, 悉取至過十餘輩, 筌視之曰: "皆凡骨也." 重令于村落搜訪之, 乃得牧羊胡婦一子, 李君慘然

---

150 儒 : 저본에는 '孺'. 일반적인 용례에 근거하여 수정.

曰: "此假天子也." 座客勸殺之, 莖以爲不可: "胡鶵必爲國盜, 若殺之, 恐生眞耳." 胡鶵則安祿山也. 蓋天子之氣, 終不可以人力而防之也. 元世祖及淸世祖, 皆天所以子之也. 當建虜之敗於洪承疇也, 大霧四塞, 淸世祖隣地雷砲, 胡軍盡死, 而世祖冒烟突出, 明人不知突出而逸去, 少緩炊飯, 而不爲戰備. 淸世祖率後軍而襲之, 遂破明軍, 承疇降於淸, 此亦天也, 奈何乎哉?

42

察天文之人, 甘石之後, 不爲無人, 明太祖好微行, 嘗夜出暫止逆旅, 枕石眠草藉上, 中夜有兩人共語, 其一曰: "今夜此翁又出矣, 吾視玄象, 當在民舍中, 頭枕石, 脚踏藉而臥." 上聞而異之, 首足易位而寢, 又一人曰: "君誤矣, 此翁枕藉草, 脚踏石耳." 上不覺汗出, 卽還宮, 而此後不出矣.

43

作史貴直言, 四明陳桱作通鑑續篇, 書宋祖陳橋事曰: "匡胤自立而還." 方屬筆, 雷忽震其几子, 桱色不變, 因厲聲曰: "老天若擊折之臂, 亦不改矣." 後晝枕夢人召之, 至一所, 門闕壯麗, 如王者居. 門者奔告云: "陳先生來矣." 殿上傳呼升階, 中坐者冕旒黃袍, 降坐叱曰: "朕何負卿, 乃比朕簒逆耶?" 桱知其宋祖, 謝曰: 臣觸陛下, 罪應死. 然史貴直筆, 陛下雖殺我, 不可易也." 王者俛首不言, 桱下階, 因驚覺, 乃一夢也. 噫, 若陳桱者, 眞得董狐作史之法, 而如范曄、陳壽輩之曲筆, 何足信乎?

44

凡人有陰德, 則自然有感應之道. 明時密雲有一人, 有一子, 失之數歲, 求之不得, 翁念子殊甚, 而四求無跡踪, 莫知其生死. 一日, 炎天極暑, 數人歇凉於其門, 坐久竟去, 翁見人去後門前, 有一黃帒, 盛銀數錠, 翁知其人之所遺而埃其還, 欲給之. 少頃, 一人號泣曰: "我津衛解邊餉者, 適與同伴暫此歇凉, 以銀所之帒, 置門前, 行時忘取, 路上思之, 則此乃邊餉之銀而見失, 吾當大禍必矣. 倘長者收得, 願與均分之." 翁驗還之, 其人拜謝, 且懇所以報德, 翁俛首久之曰: "老拙失一子, 手下無人, 君但覓清秀孩童一二, 賜我足矣." 其人刻銘而去, 餉邊事畢, 回至途見人携小兒, 請鬻其人, 計翁恩厚, 且其言如此, 故遂買其兒, 聯騎到千餘里, 至翁門下兒, 遂竟入室中, 舉家號泣, 始知所買兒, 乃翁前日失子也, 翁大喜, 復厚贈其人.

45

居官而清白, 非作爲也, 本心如此也. 明時董士毅爲蜀州守, 士毅遊宦數十年, 所有董一青袍、一革靴, 赴任時, 諸子請曰: "大人志節, 兒輩能諒, 一切生事, 不敢少槪, 第念大人年高, 蜀中多木多材, 後事可爲計也." 公曰: "唯唯." 旣致政歸, 諸子迎之水次間, 以前日後事問公, 公曰: "吾聞之人云, 松板不如栢也." 子曰: "大人今所具者, 栢耶?" 公莞爾曰: "吾茲載有栢子種之可也." 噫, 居官者如此, 則豈有剝民之事乎? 清如士毅者不可得, 而偸取官物, 以爲肥己, 猶以爲不足, 割剝生民, 至於民不聊生者, 亦獨何心? 今世之人, 仕宦居官者, 得一小縣, 則六朞之間, 至於潤屋, 貪風轉甚, 無一清白之人, 此則一世之所染漬而然也, 豈不慨然哉?

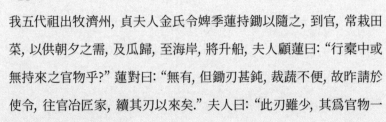

46

我五代祖出牧濟州, 貞夫人金氏令婢季蓮持鋤以隨之, 到官, 常栽田菜, 以供朝夕之需, 及瓜歸, 至海岸, 將升船, 夫人顧蓮曰: "行橐中或無持來之官物乎?" 蓮對曰: "無有, 但鋤刃甚鈍, 栽蔬不便, 故昨請於使令, 往官冶匠家, 續其刃以來矣." 夫人曰: "此刃雖少, 其爲官物一也." 遂斷刃置海岸而歸.

47

宋待制王素常夢玉京黃金殿上, 有紺服翠冠者曰: "吾乃東門侍郎, 公卽西門侍郎, 昔以奉牘事許責於世." 公夢回題詩曰: "似去華胥國裡來, 雲霞深處見樓臺. 日月冷落鷄窓急, 驚起遊仙夢一回." 晚歲又思玉京之夢, 詩曰: "虛碧中藏白玉京, 夢魂飛入鳳凰城. 何時再步雲霞外, 皓齒靑瞳已掃廳."[151] 唐時許渾, 暴卒三日, 醒作詩曰: "曉入玉坮露氣淸, 坐中惟見許飛瓊. 塵心未盡俗緣在, 十里下山空月明." 復寐驚起改, 第二句云: 天風吹下步虛聲, 日昨夢到瑤臺, 有女三百人, 一云是許飛瓊, 令改第二句, 不欲世間知有我也.

48

呂洞賓憇岳州白鶴寺, 前有老人自松梢冉冉而下曰: "某松之精也, 見先生遇禮, 當候見." 呂因書壁云: "獨自行來獨自坐, 無限人世不識我. 唯有城南老松精, 分明知道神仙過."

---

151 皓齒靑童已掃廳: 저본에는 '皓齒靑瞳已許成'. 『堯山堂外紀』에 근거하여 수정.

49

王文成常遊一寺, 有院封鐍甚固, 欲啓之, 寺僧不可曰: "中有入定僧,
閉已五十年矣." 文成竟發視, 龕中坐一僧儼然如生貌, 酷肖己. 既已
循覽壁上, 留一詩曰: "五十年前王守仁, 開門人是閉門人. 精靈剝後
還歸後, 始信禪門不壞身." 塵埃中墨跡猶新, 文成悵然久之曰: "此
吾前身也." 遂建塔葬之.

50

日本與我國隣近, 而聲敎外之國也. 壬辰之亂, 入路魚肉者, 以其平
秀吉之傑黠, 而其時備禦之策亦踈漏, 然自壬亂後, 倭無寇邊之事者,
以平秀吉之統諸島爲一也. 秀吉之前, 倭國諸島, 各爲君長而來擾我
南邊, 自麗末至于國初, 爲邊郡巨患, 秀吉統一之後, 却無此患, 則秀
吉者, 可爲功罪相等也.

51

余見龍洲集, 記秀吉事頗詳曰: "平秀吉者, 田間人奴也, 爲兒時, 當
暑月, 與群兒上樹取凉, 會關白出獵單騎, 馳過其下, 群兒戰慄, 不知
所出, 抱樹而啼, 秀吉卽暫騰而下, 跪于馬首, 關白問: '汝何兒?' 對曰:
'小的卽此村里中兒, 值苦熱, 同群兒上樹, 不意將軍行過, 不敢在高
處下拜, 惟將軍恕之.' 關白善之曰: '汝可從我.' 遂畜帳下, 左右使令,
無不合意. 及長, 從戰陳有功, 補職屢遷大將, 秀吉長纔五尺, 貌侵面
黑, 然膽勇過人, 捷若飛禽, 雖白刃森羅中, 貫穿出入, 以是關白信長
最愛之. 信長之爲明智所殺也, 秀吉聲罪擧兵, 討明智誅之, 於是國
人義秀吉, 仍以爲關白. 既得志, 淫虐日甚, 潛奪豊後守之妻, 以爲妾,

獵民間婦女, 充塞臥內, 一自動大衆, 侵寇我國之後, 懼其仇怨投隙, 出則蒙面, 臥則徙床, 商鞅之從車載甲, 李林甫之移床, 同一揆也. 秀吉生年月日時, 皆丙申, 或言猿猴之精, 面酷似猿猴云.

52

楊子法言, 或問大曰小, 問遠曰邇, 未達, 曰天下雖大, 治之在道, 不亦小乎? 四海雖遠, 治之在心, 不亦邇乎? 楊子之文奇矣, 余演其意而作說曰: 天下大小不同, 而同此一理, 則以一理而可以貫萬事矣. 治其大者, 不在其小乎? 四海遠邇相絶, 而共其一心, 則以一心而可以宰萬物矣. 治其遠者, 不在其邇乎? 問大而答以小, 其大其小, 以其一理而言之也. 問遠而答以邇, 其遠其邇, 以其一心而言之也. 以道而觀萬事, 則天下之萬事, 皆道中之事也, 未有外道而爲事者也. 以心觀萬物, 則四海之萬物, 皆心裡之物也, 未有外心而爲物者也. 楊子之言, 果信矣. 然則道者, 卽理也. 人之一心, 雖彌六合, 亘古今, 貫幽明, 撤萬微, 而約而言之, 則不過曰理, 而理之爲言, 卽道也, 天下雖大, 循理則治, 悖理則亂, 故治之在道, 而大可使小也. 四海雖遠, 心正則治, 不正則亂, 故治之在心, 而遠可使邇也. 董子所謂爲人君正心以正朝廷, 正朝廷以正萬民, 則四方遠近, 莫敢不一於正, 而陰陽和而風雨時, 羣生和而人物殖, 是知天下之大, 四海之遠, 皆本於人主之一心, 而雖以上天之大且遠, 亦與人而同一氣也, 人事正則正氣應之, 此吉祥之所由集也, 人事不正則邪氣應之, 此灾異之所由臻也. 其祥其灾, 都係人主, 則可不懼哉? 愚也窮居陋巷, 只願雨順風調, 年豊人樂, 而今年國有前星之灾, 民無鼓腹之樂, 不勝漆室之憂, 而偶閱楊子之言, 有感於心, 而作此說.

53

類聚有鼫鼠說, 以晏子爲證, 而田氏爲鼫於齊爲說, 余繼其說曰: "齊司寇以鼫鼠說諷景公曰: '君不聞鼫鼠之牙乎? 食人與百類, 雖囓盡而不痛, 俗謂之甘口鼠, 食魯牛之角, 牛之寢甋, 有蚊蚋撓其膚毛, 必知鼓耳搖尾以揮之, 及鼫鼠食之, 不知痛也. 鼠之一牙, 豈不甚於蚊蚋千嘴乎? 雖貫心徹骨, 而不知也, 況其角乎? 公誠職臣以司寇請司朝廷之寇, 然後司封彊之寇也. 朝廷之寇, 其鼫鼠乎! 食君之角矣, 又將貫骨與心也, 封彊之寇, 其蚊蚋乎! 但搖君膚毛矣. 君將鼓耳搖尾而揮之, 是患小而不知大也.' 晏子曰: '司寇死田氏爲鼫於齊.' 噫, 世之爲鼫於國者, 奚獨田氏於齊乎? 王莽鼫於漢, 朱溫鼫於唐, 張邦昌、劉豫之類, 爲鼫於宋, 爲人君者, 不知食其角, 又不知貫骨與心, 使鼫而得肆其食人之牙, 甘爲其喑, 而不知悔焉, 是果鼫之口甘而如是歟? 抑亦不知其鼫, 而以鼫爲非鼫而然歟? 蚊蚋之嘴, 其能知之, 而鼫鼠之食, 不知其食也, 是何暗於大而明於小也? 鼫鼠之潛滋暗長, 而不知其囓也, 鼫鼠之漸肆甘口, 而不知其食也. 自角而骨, 自骨而心, 自心而至於死而不知, 哀哉! 使漢之君而知之, 則王莽豈能爲鼫於漢, 使唐之君而知之, 則朱溫豈能爲鼫於唐? 使宋之君而知之, 則邦昌、豫之徒亦豈能爲鼫於宋哉? 其餘曹孟德之篡位, 劉寄奴之受禪, 甘其口而逞其牙矣, 滔滔天下, 一何鼫鼠之多也? 司寇之對景公, 晏子之料田氏, 爲千古之格言, 故演其意而爲之說.

54

隨時而化, 乃人之常也, 而亦豈無反化之道乎? 余乃反元結之意, 而歸之正, 唐元結有時化說, 皆憤世之言也. 其說曰: "道德爲嗜欲化爲險薄, 仁義爲貪暴化爲凶乱, 禮樂爲耽淫化爲侈靡, 政教爲煩急化爲苛酷." 又曰: "夫婦爲溺惑所化, 化爲犬豕, 父子爲悁慾所化, 化爲禽獸, 兄弟爲猜忌所化, 化爲讎敵, 宗戚爲財利所化, 爲行路, 朋友之爲世利所化, 化爲市兒, 大臣爲威權所恣, 忠信化爲奸謀, 庶官爲禁忌所拘, 公正化爲邪佞, 公族爲猜忌所限, 賢哲化爲庸愚, 人民爲征賦所傷, 州里化爲禍邸, 姦凶爲恩幸所迫, 廝卑化爲將相, 此所謂時之化也." 噫, 世而使之也耶, 人亦末如之何而化之也耶? 古之時而如是, 則況乎今之時也耶? 澆漓之極, 人自化之, 則其可無回淳返朴之機也耶? 吾聞風俗與化移易, 上之人苟能轉移之,

則道德不化爲險薄, 仁義不化爲貪暴, 禮樂不化爲侈靡, 政教不化爲苛酷, 夫婦不爲溺惑所化, 父子不爲悁慾所化, 兄弟不爲猜忌所化, 宗戚不爲財利所化, 朋友不爲世利所化, 大臣不撓於威權, 則忠信豈化爲姦謀? 庶官不拘於禁忌, 則公正豈化於邪佞? 公族不限於猜忌, 則賢哲豈化爲庸愚? 人民不傷於征賦, 則州里豈化爲禍邸? 姦凶不迫於恩幸, 則廝卑豈化爲將相? 然則所以化所以不化者, 都係於上之人施設之如何耳. 堯舜率天下以仁, 天下歸於仁, 桀紂率天下以暴, 天下歸於暴. 天下固不能人人皆堯舜, 而堯舜之世, 民不失其本然之性, 天下固不能人人皆桀紂, 而桀紂之世, 民皆失其本然之性, 吾故曰, 所以化者在於上之人, 而所以不化者在於上之人, 時曷故焉? 誘民孔易也.【元次山時化之說, 乃憤世之言, 而余所以反之者, 卽矯俗之意也. 欲矯一世之俗, 都在上之人施設之如何, 故末以堯桀之殊俗言之.】

55

幻術雖妖術, 而中原人幻術甚巧, 如唐明皇之游於月宮, 皆是學幻者

所爲也. 大明時, 皇帝玩月逍遙於宮中, 月色滄茫之中, 若有物自月宮下來, 漸漸而近, 直向宮中皇帝所在處, 帝觀之, 則靑衣童子乘鶴而來, 立于帝前, 帝問曰: "汝童子, 從何處而來?" 童子對曰: "某本月宮姮娥香案前小童也, 奉姮娥命來, 稟于帝." 帝曰: "姮娥乃月宮仙女也, 吾乃人間皇帝也, 本不相關, 有何可稟之事?" 童子曰: "童子受姮娥之命, 傳語于皇帝前. 月宮有廣寒殿, 姮娥常處其中, 十萬仙官之戶, 環繞其左右, 而廣寒殿白玉樓, 巋然特立, 娑婆桂影之下, 玉兎長生以擣藥, 仙女度曲以霓裳羽衣, 儘尊儼之仙府也. 頃因吳剛之斫桂, 而白玉樓一角被傷損, 今方補葺, 而所乏者黃金大樑耳. 月宮仙官皆議曰: '惟大明皇帝, 可以措備此物'云. 故姮娥命童子往下界, 傳致仙命, 而敢請金樑一副." 帝沈吟良久曰: "吾收九州之金, 則可辦得此物, 而何以持去?" 童子曰: "旣成之後, 持去何難? 不勞皇帝之聖憲, 自月宮有變通持來之道耳. 計其可鑄日子, 言于吾, 則吾當下來, 須趁其日鑄成, 而金樑兩邊, 着大圓環, 尺數則依吾言而鑄之爲望." 帝曰: "過十日後, 當鑄而置于宮前." 童子承命鶴背跨而上天, 須臾不見其影矣. 帝命天下收金, 造成金樑, 曳置于宮中, 至期, 童子又下來, 傳姮娥命, 多謝多謝. 皇帝曰: "汝能運去否?" 童子喚鶴, 一鶴又自宮中而來, 童子曰: "運金樑, 此二鶴足矣." 於是二鶴各銜樑頭一環, 童子一聲叱鶴, 鶴飛而梁浮, 俄然之頃, 冲天而去, 杳不知其踪跡矣. 是後帝與宮人說及此事, 皆曰: "月中姮娥, 特使請樑, 以陛下之有仙緣而如是也. 唐明皇之游月宮, 羅公遠之造銀橋, 古事可徵, 而今日之月宮, 卽古之月宮, 則修理頹圮, 有大功德於仙班, 陛下之事, 比之於漢武之見西王母差勝耳." 帝將信將疑, 而一念常往來於白玉樓之上矣. 一日, 與群臣燕語, 諸臣皆嘿然, 獨蹇義對曰: "月宮之說, 誠謊唐, 而

萬古所無之事, 見於今日, 臣疑善幻之人, 瞞了陛下, 而陛下墮於其人
術業操縱中耳, 臣當廉探以聞矣." 其後數月, 西蜀出金穴, 掘金之人
遍於天下, 蹇義奏曰: "此獨可疑, 願陛下盡捉金穴傍之人, 付有司治
之, 則可得奸魁." 帝依其奏施行, 幻者果首服, 斬于市, 布告天下. 幻
雖妖術, 至於如此, 則可以保其身, 而不免於死, 是所謂工於幻而死於
幻, 術不可不愼, 而善用之者, 自古而難矣. 於西蜀之人, 可以鑑矣. 我
國丹城人文可學, 亦以幻術, 至於滅族, 吾未知文可學之幻術, 至於何
境, 而其亡身, 則與西蜀人而一般, 文可學之事, 聞於傳說而記之.

56

天竺寺在錢塘江上, 有上下天竺, 稱絕勝之地. 白樂天詩曰: "一山門
作兩山門, 兩寺元從一寺分. 東澗水流西澗水, 南山雲起北山雲, 前
臺花發後臺見, 上界鐘清下界聞. 遙想吾師行道處, 天香桂子落紛
紛." 蘇老泉見之, 墨跡如新, 筆法奇異, 詩亦圓熟可愛. 其後四十年,
東坡往天竺寺尋之, 則寺僧云, 見失久矣, 坡悵然作詩曰: "香山居士
留遺跡, 天竺禪師有故家. 空詠聯珠吟疊璧, 已亡飛鳥失驚蛇. 林深
野桂寒無子, 雨浥山薑病有花. 四十七年眞一夢, 天涯流落涕橫斜."
天竺一寺爲金陵錢塘之第一勝景, 明時東南官舟過其下者, 或失其妻
子, 皆云錢塘神所爲. 是後率妻子者, 不敢過錢塘, 如此數十年. 一日
有偸兒入天竺寺, 方欲偸去寺中物, 流目而觀, 則寺後山有隙, 火光
照外. 偸兒異之往見, 則因山而作窟室, 窟室中藏綠衣紅裳者, 不知
其數. 以其內暗, 故晝夜張燭燈, 而外人不知鑿山爲窟, 皆以爲山而
尋常看之. 偸兒是夜直走錢塘守土官所在處告之, 官率下吏數百, 突
入天竺, 盡縛僧徒, 因毀窟室. 前後官員所失之妻妾, 皆在其中, 始知

僧輩出此奸計, 收蓄來去人妻妾, 詐稱江神之所爲, 而使世人疑之也. 遂盡殺僧徒, 因毀其寺, 故明時天竺寺, 惟基址在耳. 【靈隱寺亦有如此事, 明時靈隱、天竺二寺皆毀撤.】

57

聰明瑣錄曰: "建州部落諸酋長, 居近我界者, 欵附我國, 進獻不絶, 國家嘉其誠, 給加資帖以奬之, 不許來謝. 奴剌赤亦得嘉善帖, 拜恩於江界越邊矣. 其後破忽溫數萬餘騎, 遂駸駸幷呑諸種, 犯中朝邊地, 自稱金國汗, 爲淸始祖. 傳言金國汗出, 見女人溲於地, 地穿四尺餘, 異而交之, 生九子皆雄. 丁卯東搶者, 卽其第九子豫王, 號爲攝政九王, 而庚寅選去錦林君女者也. 丙子東來, 卽其第三子洪佗始, 是爲崇德胡皇. 此語曾聞於星湖李丈, 而李丈言建州在白頭一支長白山之下, 而一自汗之部落屯就其地, 便成沃土, 穀菽倍出, 而且無厲疫, 人民安寧, 鼓腹居生, 流人盡入其地, 以其稅斂極歇而無苛政也. 我國邊民亦多流入, 其地漢人、蒙古人亦雜處其中, 胡皇皆撫而有之. 自我國昌城, 至胡皇所都靈古塔, 四百里也. 道里平衍, 故胡皇欲呑中國, 而恐我人之襲其後, 丙子東來, 蓋先服我國, 而次第爲用兵中原計, 以其大明之殺奴酋之祖也. 酋稱大明以讐國, 誓必報而後已. 大明亡於闖賊李自成, 山海關守將吳三桂請兵於汗, 汗欣然從之以此也."

58

余嘗觀皇明藝苑評論, 贊有王元美者曰: 元美之才, 實高於李于鱗. 其神明意氣, 皆足以絶世. 少時爲于鱗輩牢籠推輓, 門戶旣立, 聲價復重, 譬之登峻坂騎危墻, 雖欲下而不能也. 迨乎末年, 閱世旣深, 讀

書漸細, 虛氣消歇, 浮華解駁, 於是洼然汚下, 蘧然夢覺, 自悔其不可
復改也. 論詩則深服陳公甫, 論文極推宋金華, 贊歸太僕. 且曰: "余
豈異趣哉? 久而自傷, 惟其隨事改正, 勿誤後人耳." 元美病劇, 劉子
威往候, 見其手子瞻集不置, 乃知晚年之悔悞也. 始元美之於于鱗同
事也. 年富材盛, 務尙奇古, 自謂軼周、漢而超古、選, 以子瞻輩所作
爲街巷俚語, 而唾鄙之. 及其久而文眼稍開, 則始知古今文體, 皆隨
其時之風氣, 而出於自然也. 又知模倣蹈襲爲虛僞, 而不足欺眞眼目,
又知眞意虛旨之由中寫出者, 天機自動, 自臻高妙也. 於是惕然覺悟,
回視前日, 推重于鱗, 狂叫亂走爲妄作也. 但見高妙絕奇, 在於子瞻
之文, 而雖欲舍而不可得矣. 遂乃匍匐而歸之, 有此許多悔悞之說.

59

自古文人, 類多才情雅致, 故見人之眞有奇才, 莫不愛重不已. 其受知
者, 亦自然有在心之感, 雖有嫌惡, 彼此俱不論也. 如閻公之於子安,
嚴武之於子美者是也. 始王介甫創法擾天下, 子瞻兄弟之刺貶譏切至
矣. 介甫深不悅, 其踈抑亦豈所假借哉? 及介甫見子瞻, 實無他腸, 而
其文章之妙, 有可深服者, 則乃掛表忠觀碑於壁上, 讀之曰: "此馬遷
諸侯王年表記之類也." 又得勝相院記, 就風簷月下, 展眉疾讀, 手提
其記, 起而徘徊軒上, 歎曰: "子瞻可謂文中之龍." 蓋亦深知子瞻之文
章而愛重之矣. 其言一播, 子瞻於是有知己之感, 其自汝赴常, 遂過
金陵見介甫, 勸諫大兵大獄之弊, 又以書薦秦檜、張荣等數人. 及介
甫沒, 受命作贈安石太傅制.

60

今之中國, 雖云中華, 而以其胡人之入帝, 故全尙武力, 而不用工於文字耶. 數年前, 洪和輔入京, 乾隆帝使之作詩, 和輔應制而進之, 乾隆稱之以天下文章, 寵賂甚優. 去年, 姜光之入京, 乾隆書以給之曰: "文如韓退之, 詩如杜牧之, 筆如王羲之, 畵如顧愷之." 其所以稱譽之至矣. 以其外國之人, 陽浮爲稱譽言耶? 以其實狀所見之如是而濫譽之耶? 吾以爲乾隆亦人傑也, 豈不知文而如是乎? 洪和輔之詩, 無足言者, 而得天下文章之號, 姜光之筆法似妖筆, 而比之於王羲之, 文則近於不文, 而比之韓退之. 此二人得乾隆之稱譽而好之, 以夸於人, 而不知其所以譽之者, 迺所以貶之也. 凡有其實而譽之可也. 而以短文之人, 謂之天下文章, 以不文而少有才於寫書者, 擬議非其倫, 二人皆墮於籠絡. 而至於朝鮮擧國人, 皆不知乾隆之籠絡而以爲實譽, 吾嘗慨然, 故如是書之.

61

秦檜殺岳飛事, 萬古至冤. 江湖雜錄有異事, 近於虛誕, 而以其快衆人之心, 而決一時之寃獄, 則不以虛誕而視之可也. 江湖雜錄云, 秦檜置岳飛於獄, 於東窓下捐橘皮, 沈吟不決, 妻王氏問: "何故乃爾?" 遂告其事, 王氏曰: "豈不聞縛虎容易縱虎難?" 檜計乃決. 飛旣死, 有僧作詩譏檜, 自云: "家住東南第一山." 檜令隸卒何立物色追之, 至一所, 宮殿嚴邃, 僧坐決事, 卽作詩僧也. 問傍人, 答曰: "此地藏殿, 方決陽間秦檜殺岳飛事." 須臾數卒引秦檜至, 荷鐵枷, 囚首垢面. 見何立呼曰: "傳與夫人, 東窓事發矣." 秦檜未用事之前, 宣和殿檜樹生玉枝, 見者怪之, 是乃秦檜當國之徵, 力主和議, 枉殺岳飛, 斥逐張

浚等諸賢, 馴致亡國, 則檜樹之生玉枝, 乃災也, 而其時人皆不知, 可
歎也.

62

王荊公在鍾山閑坐, 有前日使喚小吏來見, 荊公思之, 則其吏死已久
矣. 荊公問曰: "汝已死矣. 白晝來見何也?" 其吏曰: "有小決事, 請相
公安坐勿驚心." 俄而吏卒抑王雱[152]而至, 囚首垢面, 見之慘然. 小吏
曰: "押相公子, 而不告其事於相公不可, 故特來告之." 荊公默然無
語. 其後荊公以所居半山家施僧爲寺, 爲雱逭冥罪. 此事載於名臣錄,
而荊公之輓雱曰: "一日鳳鳥去." 何意也? 不知其子之惡而如是乎?
王旁悖子, 而荊公比之鳳鳥, 慈愛之情勝, 而掩其耳目耶?

63

名臣錄言, 張忠定詠在成都府, 嘗夜夢謁紫府眞君, 接語未久, 吏忽
報請到西門黃兼濟承事, 以幅巾道服而趨, 眞君降階接之, 禮頗隆盡,
且揖張公, 坐承事之下, 詢顧相款, 似有欽歎之意. 公翌日卽遣典客詣
西門, 請黃承事者, 戒令具常所衣服來, 比至, 果如夢中所見. 公卽以
所夢告之, 問: "平日有何陰德, 蒙眞君厚意如此, 且居某之上座耶?"
兼濟云: "無他長, 惟每歲遇麥登熟時, 以錢三萬緡收糴, 至明年禾麥
未熟, 小民艱食之際, 價直不增, 升斗亦無高下, 在我者初無所損, 而
小民得濟所急." 公曰: "此承事所以坐某之上也." 令索公裳, 二吏掖

---

152 雱: 저본에는 '旁'. 『宋史』에 근거하여 수정. 이하 '旁'은 모두 '雱'으로 교감하고 따로 교감기
를 달지 않는다.

之, 使端受四拜. 黃公後裔蕃衍, 至今在仕路者, 比比青紫. 噫, 承事之積德者, 不過如是, 而今之爲官長者, 以國家還穀爲自己牟利之資, 凶歲則惟以聚錢爲事, 而不顧其餓死. 若如佛氏言而有地獄, 則如此之類, 皆枷鎖而赴酆都矣. 官長則然矣, 而至於編戶之人, 貧者雖有承事之志, 而勢難爲之, 富者可爲而不爲, 富而有益富之心, 不知種福之事, 而反有牟利之心, 哀哉. 余閑居披閱朱文, 則乾道間, 朱文公作社倉於福建, 使貧民歲以中夏受粟於倉, 冬則加息什二以償, 歲小不收, 則弛其息之半, 大侵則盡弛之, 期以數年, 子什其母, 則惠足以廣, 而息遂捐以予民, 行之累年, 人以爲便. 又常愛范希文義庄, 知其規模, 而如余者力不贍矣, 奈何乎哉? 書之於冊, 以志其恨.

64

先君在萬頃任所, 凡月俸必分半, 委之流民以資生業矣. 其後先君以昌寧米船事, 被拿而係獄, 萬頃之民裹足千里, 呼泣訴寃者, 幾至屢百人, 竟以此得釋. 噫, 德之感人其如是夫.

65

龍之騰空, 見之甚難. 余在萬頃衙舍時, 或大雨, 則吏人皆云, 龍也上天云, 指示雲間之有黑氣處曰: "此是龍藏身之所, 而其頭與尾在這處." 分明說去, 而吾之見, 則終不仔細. 自疑其所見不如土人而如是也. 其後歸家, 年二十七時, 隨洞內人往三嘉宅舍廊, 時值七月而炎暑方蒸, 以其舍廊之高, 而眼界之通暢也, 諸人多會做話, 雜以諧笑, 日之夕矣. 有風颯然而來, 諸人披襟當之, 爽然稱快之際, 李宣傳名恒厚戚叔, 指天中一片雲, 而言于諸人曰: "諸君見之乎? 其雲甚異常,

狀如簸揚之箕, 而上豊而下殺, 長廣如一席, 其色如漆, 吾平生多見
夏雲之甚奇, 而未有純黑若此者. 諸君亦以尋常之雲見之乎?” 於是會
者一時視之, 果如李宣傳所見, 諸人一時稱怪, 俄而其雲漸漸向江而
下, 揷其末於江中, 乃是沙門津頭, 鐵壁直立, 江水極深. 諸人莫知其
故, 注目久視, 其雲又漸漸騰空, 而其末端有物懸者, 人皆不知其物,
而同聲曰: “雲則黑矣, 而末端所懸之白如繩者, 何物也?” 方疑訝之
際, 其雲直上鐵壁頭平鋪處, 高可四五十丈, 雲則在壁上, 而其末所
繫者, 頭雖藏於黑雲中, 而其尾在於江中. 略辨其形狀, 如白玉巨柱
互立乎壁際, 其長與壁相稱, 古人云, 龍得水, 則長者不爲虛言矣. 俄
然之頃, 其物屈身而動搖, 依如畵龍之在雲間. 頭角則以其黑雲一片
緊裹不露, 易所謂見龍無首者, 此之謂也. 諸人始知其白龍, 而此津
頭自古稱龍潛, 今欲遨遊雲間, 故作此擧措. 其騰躍也, 必以雲, 雲必
從龍, 而神變化, 感震電, 水下土, 汩陵谷, 乃暫時事也. 今日無風無
雨, 龍不能生其造化而然歟. 然疑之際其龍自壁而向江中, 其尾離水
尺餘, 或動搖其全身, 或挐紛其爪牙, 欲騰上而不能掉尾直上者七八
次. 欲騰未騰之時, 忽自琵瑟山山谷中有一物, 聲如巨鐘之鳴, 色則
赤而形則圓, 如世之圓鼓, 而直向龍在處, 龍得此物, 半屈其身如弓
形, 自沙門津頭, 漸漸至琴湖、洛東兩江合流處, 直立橫空, 四面白雲
如絮, 片片而集, 須臾之間, 裹龍之身, 雲色漸黑, 餔時, 風雨雷電, 一
時竝作, 東南黑雲, 盡塞天地, 遂晦冥一色, 而不知龍之所去矣. 風則
似羊角, 而野中之瓜幕盡爲飛去, 鐵物之在幕中, 亦爲捲飛, 而落於一
馬場, 可知其風之暴也. 雷聲則如雷車之轉, 所撲之處, 火光及猛勢焂
起, 人皆仆而昏倒, 雨點如散菽, 頃刻之間, 溝澮皆盈, 沙門村人慟於
電聲, 皆入房中, 不知其龍之所爲, 而高堂遠望之人, 放心而見之, 故

首末皆詳知之. 時值七月, 百穀皆茂盛, 而龍之過去處, 不傷一粒, 始知神物亦知穀之重而如是歟. 抑亦其龍本是魚, 故性不暴而如是歟. 此龍乃魚之變化, 而尾則未能燒之, 依舊是魚尾耳. 是後壁下江水爲淺灘, 以其龍移故如是歟. 聞粗谷楸山圻一處, 成深淵於是日云耳.

66

余嘗疑漢文帝之受釐宣室也, 問賈生以鬼神之事, 誼具道鬼神之所以然之故, 帝不覺席之前. 史氏不載其言, 吾未知其言之如何, 而帝有窮理之學, 而問之以鬼神之事耶? 抑亦受釐於宣室, 而偶然而問之耶? 爲誼者果以陰陽造化之理, 對帝之問, 而帝之席前於誼也耶? 誼之對不過如左氏之記伯有彭生之事, 而帝貪聽其故事而然耶? 是未可知也. 然鬼神之事, 至難言也. 在孔門有季路問事鬼神, 宰我問事鬼, 其他門人高弟, 大抵問仁問孝問政而已. 使帝果有窮理之心而問之, 則誼之學不過明申韓之言而止耳, 豈能以聖人造理之學而言之耶? 蓋陰陽造化, 乃是窮理之事, 則帝雖偶然以問, 而誼也先陳盛矣之德, 後之以昭明之情狀, 則帝之所感者, 奚但蒸蒿悽愴也哉? 何以知之? 幽明本無二致, 而其理自是一源, 知仁義則知陰陽, 能盡性則能至命, 誼之對亦嘗及此, 而不違於聖人之訓也否耶? 嘗以文帝之事考之, 則知誼前席之對, 異於聖人之言, 何者? 新垣平以詭詐進, 而帝爲之惑, 是未知鬼神之情狀也. 苟能知天地造化之迹, 則詭詐者何以妖誕之辭說, 眩之於帝之前也哉? 吾故曰: "帝之問, 非窮理之問, 而誼之言, 亦非知陰陽能至命之言也. 然則誼之具道所以然者, 不過說古昔民神雜糅之事, 何有一分所助於君學也哉? 雖然, 宣室之問及此, 不可謂全無窮理之學也. 當是時也, 誼也以造化之言及於格致之學,

則文帝之聰明之姿, 緝熙之質, 亦豈無飜然覺悟之事哉? 帝有窮理之
問, 而誼無造理之學, 使君德不能成就, 而漢止於漢, 可勝歎哉?"

67

康節邵先生作無名公傳, 雖自謂無名, 而輝光外著, 則德業文章發於
觀感者, 自不可遏, 而令聞廣譽及於天下, 中庸所謂舟車所通, 日月所
照, 皆聞而知之. 其名益暢, 則雖欲自隱無名而不可得. 其詩曰: "室
大乎斗, 墻高乎肩." "收天下春, 歸之肺肝." 其室大乎斗, 而人不以謂
窄, 其墻高乎肩, 而人不敢窺涯, 子諒之生, 春噓物苗, 則其心含古今
之變, 其量吞宇宙之大. 山岳之高峙, 河海之汪洋, 草木之蕃殖, 飛走
之動息, 天地之所以爲天地, 日月之所以爲日月, 造化萬有之機, 禮樂
文物之源, 瞭然於中而不可強爲名, 故號曰無名公. 蓋其所安而樂之
者, 直與天地同其大, 萬物同其造化而無窮焉. 余嘗恒誦邵子之詩而
欽歎焉, 如余者, 愚庸人也, 雖蓬堵窮巷可也, 雖深山絶壑亦可也. 人
之知不知, 於我何有? 人之喜不喜, 於我何有? 亦有所樂於心者. 生
於太平時, 長於太平時, 老於太平時, 與康節同, 而斗室肩墻, 亦與之
同矣. 余與古人同二, 而一其異焉. 異者, 以余之鹵莽, 其質滅裂, 其
學不能窺古人之門墻, 而甘爲牛馬走而已. 閑居披閱羲文之繇, 坤之
六三曰: "含章可貞." 乾之文言曰: "不易乎世, 不成乎名, 遯世不見是
而無悶." 此從古聖賢喫緊爲人處, 余之得於易者止是. 而天之變化,
氣之消長, 時之升降, 運之否泰, 道之通塞, 命之窮達, 考卦之吉凶,
占辭之險易, 則可使蒙愚者啓其蒙愚, 而余之蒙愚不移於蒙愚, 嘗自
慨然而已. 及讀康節無名公傳, 又有感於心, 謹次其韻曰: "余室比斗
小, 余墻不及肩. 夢吞三爻易, 覺來暖肺肝."

余不喜爲仙佛之語, 而旣錄散語, 則聊爲志怪之言, 以資談者之一噱. 全翰林克恒, 沙西先生之子也. 妙年登第, 帶恩歸家, 至鳥嶺龍湫上作詩曰: "山飛蓬島鶴, 水引武陵花." 方吟哦之際, 有人自山邊來, 前揖而問曰: "君詩有烟霞氣, 非塵世人口中語. 君見蓬島、武陵乎?" 翰林答曰: "詩人例用蓬島、武陵, 而豈有見之者乎?" 其人曰: "雖非蓬島、武陵, 而琪花瑤草, 羅生左右, 青鸞白鶴, 翱翔上下. 且有千歲之桃, 萬年之藥, 則非蓬島而蓬島, 非武陵而武陵. 君若欲見之, 則吾當引其路而見之矣." 翰林笑曰: "今世豈有如此別造世界乎? 君之言甚誕矣. 且吾上有老親, 幸而登科, 聞喜設宴, 定以日子, 此非閑漫遊山之時. 雖在咫尺之地, 吾不願見." 其人曰: "君若見之, 則當忘歸家, 與我過三年後歸家則好矣." 翰林曰: "桃源之說旣荒唐, 而君之人事又極荒唐矣. 豈有登第不省父母而徑自遊山, 過三年而不歸家者乎? 如此之言, 不欲聞於耳邊." 其人曰: "君之言必如是, 此所以帶塵陋之人難以語道者也. 過三年後, 君復來是途, 則吾當見之矣." 遂別去. 翰林歸家, 以是白其大人沙西先生, 曰: "其人必有意而言之也. 然不可知耳." 其後爲翰林, 當丙子胡亂, 抱史草出北靑門, 不意撞着胡人, 死於兵刃. 其死, 在三年之內, 喪行由是路而來, 其人之言, 至是果驗矣. 旣指示其生路, 而不細其曲折, 何哉? 不欲漏泄天機而如是歟? 欲其微發其端, 使之自悟而如是歟? 此語余聞於高安州順之而記之. 今上朝, 其子孫上言, 旌其門, 贈承旨, 因享忠烈祠.

高裕順之解昌寧綬後, 以强直廉謹得名, 今上初, 擢爲承宣, 卽拜爲安州牧使. 安爲西路巨鎭, 余嘗有西遊之願, 方欲治行之際, 有人傳西路癘氣大肆, 死者相枕云, 故姑停行. 未久, 順之聞子喪, 自安來本家, 至聞慶縣病甚, 仍不起. 余聞而悲之, 作輓詞, 詩曰: "翩翩皂蓋化丹旌, 俄報英姿閉九京. 商嶺士林推領袖, 聖朝人物擬權衡. 泉臺父子情何極? 湖海親朋淚自橫. 老病未能躬執紼, 哭君非但哭吾情." 余家在尙州, 與順之家爲世交, 而順之早歲登揚, 進途大闢, 吾儕之擬望非尋常, 而竟至於斯, 非但其家不幸, 抑亦吾嶺之不幸也. 吾之兄弟與順之, 交誼自少不凡, 而近來久不相見, 以其雲泥之路殊也. 忽聞喪逝之報, 慘悼之懷, 與他朋友而異, 始知郢人之廢斤, 果不爲虛語矣.

70

今春自上下敎戊申逆變有功勞者, 無論貴賤褒而贈之, 以酬其功. 蓋今年以戊申故也. 全羅道有人以戊申功曾已褒贈矣. 及聞此傳敎之下, 其子更爲上疏曰: "其父功多而贈小, 望復加贈." 上問右相蔡濟恭, 右相曰: "卽今未褒贈之人尙多, 而旣贈之後, 更望加贈, 亦爲太濫, 勿許宜當. 臣意如此, 而惟在聖上處分." 上曰: "吾意亦如是. 當今未褒之人其誰也? 指名以對可也." 右相曰: "慶尙道安東縣故參議臣柳升鉉, 佐郎臣權萬是也." 上曰: "其臣當戊申時, 做得何如事而有功勞乎?" 右相曰: "戊申亂時, 故臣柳升鉉爲義兵將, 權萬爲從事官兼書記. 多有謀劃, 遮遏賊勢, 以功而言之, 則宜授一命之褒, 而闕然無贈, 乃朝家未遑事. 聖上旣欲知之, 故臣敢以聞. 今者全羅之人, 旣酬其功, 而更望加贈, 不豈濫乎?" 上曰: "二臣功勞旣如是, 則至今湮沒不稱, 誠極嘅然, 令本道取二臣行狀上之後, 令該曹議贈其職." 該曹遵上之敎, 而褒二臣之功, 贈參議柳公以吏參, 贈佐郎權公以吏議,蓋別恩典也. 江左權公以地處人物而言之, 玉署花塼無所碍處, 而遭時不幸, 終於郞僚, 死後之贈, 非子孫之宣力, 而自然而至此, 亦非無心之事. 如非右相之仰禀榻前, 則聖上雖聰明, 而何能知二微臣爲國之事, 而榮及泉臺乎? 上又問: "二臣子孫有仕宦之人乎?" 對曰: "今柳升鉉之孫, 以齋郞在京" 上命引見. 柳範休以齋郞入侍, 上問其先世及厥祖倡義事蹟, 範休一一陳達, 上頗可其人, 問曰: "汝有父在乎?" 範休曰: "在." 右相又爲陳達曰: "柳範休之父道源方以進士在家, 而其人以文學操行有稱於士林間." 上曰: "其人旣如此, 則命銓曹相當職除授可也." 是日柳範休, 又被貳數而出云. 其後聞之, 則柳道源爲明陵參奉云.

71

槐山居察訪金恒光, 卽參議金汸光之庶從弟也. 以賣藥爲生理, 上京貿藥料, 下鄕賣之, 年年爲事矣. 一日上京貿藥於藥局, 出藥局, 則有一人負一鯉魚, 與人方爭價, 欲買人曰: "其價八錢過矣, 而商之呼以一兩, 甚過矣." 爭價未決. 恒光見之, 則其魚金色而甚大, 意其龍之類焉, 授一兩於其商買之, 直向漢江上, 放之中流. 其魚初則圉圉焉, 半生半死, 少焉有生氣, 直立水中, 俄而洋洋焉悠然而逝. 其逝也, 直視恒光, 若有顧戀之意, 恒光怪之, 而下鄕歸家矣. 其春朝家定增廣科, 恒光觀初試榜, 方欲上京, 觀會試, 未發行, 一日夢至一處, 乃江上蒼壁擁立, 景致蕭然. 恒光彷徨之際, 有一人在越江邊壁上, 招恒光, 恒光曰: "吾欲往, 而無船難渡江, 奈何?" 其人曰: "船在下, 試乘之." 恒光見之, 則船在於下津. 遂乘船, 其船無黃帽郞, 而其運自速,至其人所在處見之, 則人甚魁偉, 言于恒光曰: "吾即夏后氏, 汝豈知乎? 汝今番會試, 用他人棄文, 則可以登龍矣." 恒光遽然而覺, 乃一夢也. 上京入禮部, 與同色相親人盧肱爲同接, 渠無文, 故得盧也之後手爲計矣. 盧也作賦, 以其不合意棄之. 更爲作賦. 恒光曰: "君旣棄其文, 則如吾不文者, 以免曳白爲上, 以其草授吾何如?" 盧曰: "此文吾旣棄之, 則授君非難. 而但失題太甚, 吾與君相親, 而失題之文授之, 甚不可於心, 奈何?" 恒光曰: "雖失題, 吾之不文者, 得失非關係, 君勿爲疑訝, 而授之可也." 盧遂謄其草授之, 恒光受而書試紙矣. 及榜出, 恒光果參之, 而盧則落爲榜外人. 其後聞之, 則題出禹貢, 而乃治水先導山也. 試官寫題時, 不書解題導山一款, 故作賦之士, 皆以導山爲歇後語, 不入第一項, 遍場之人如是, 故以導山爲第一項者, 皆參之. 恒光所得之文, 合試官之意, 而與場中人大異. 盧則棄之, 而恒光則得之參榜, 若非其夢, 則豈知其所棄之文爲眞得題之文也? 恒光游街時, 來若木村言之, 故吾聞於權友仲綏而記之.

72

安東豐山李知事公名山斗嘗曰: "今世亦有善爲呂公之術者. 吾少參於式年初試, 作會試之行, 至利川雙嶺酒幕, 風日甚不佳, 午入不爲發程, 因宿其酒幕. 有二人先吾而入, 同在一房, 相與敍其不見, 因爲打語. 日幾暮, 有人開窓而周觀房中人, 吾三人鼎足而坐. 其人觀畢, 向三人而磬折而拜甚恭. 吾三人相顧曰: '吾輩中有知其人之人乎?' 三人皆曰: '不知.' 曰: '彼漢旣不知吾三人, 而如是做恭作拜. 當此行客絡繹之時, 恭言遜辭猶難, 況拜乎?' 三人疑訝未定. 召其人而問其故. 其人又來而恭拜曰: '主臣主臣. 小人本是兵曹書吏. 今老而退居於楊

州. 少而習相人之術, 頗知人之前頭. 今日之行, 見酒幕一房中坐了三
判書, 此實一國壯觀, 故見而拜之, 自然恭遜也.'三人謂其漢曰:'汝
必病風之人, 以濫爵加之不當之人, 而曰「將來官必至於判書.」 非
病風之人而如是乎?'其人曰:'日後知之矣. 當思小的之言矣.'其人去
後, 相與稱虛誕之人而分路矣. 吾以老年在世, 偶得工判敎旨, 其二
人, 一則洪重徵錫余, 而李泰華山甫也. 洪則元職爲判書, 李則以沃
溝沈滯矣. 英廟忽下旨曰:'李泰華今生在否?'朝臣或對以死, 或對以
生, 而言其生者, 語頗眞的, 卽日以掌令召之, 憲府下人持敎旨, 索李
沃溝家, 則李貧甚, 家不蔽風雨, 而方藝蔬田. 憲府人以敎旨傳之, 李
上來肅謝, 未數月, 超爲兵曹參判, 乘軺供職, 仍爲工判. 三人果爲判
書, 而其人之言信矣. 相人之法, 亦不爲虛, 而人之宦路有前定, 吾與
李沃溝, 幸而爲甲戌生, 英廟不棄其同甲, 而加之以濫職, 至今思聖
恩罔極於二老臣, 而前者其人之言, 如合符節, 異哉."

73

夢齋公文章, 本之莊、馬, 其氣格如扛百斛之鼎, 筆法亦自成一家. 李
都事晩榮常云:"文則古文, 而祭文尤不凡, 筆則傳神於松雪, 其文其
筆, 都是骨格'此言果信矣. 當其不醉之時, 覰公氣像, 則如仙鶴整翮,
英彩襲人, 聲音洪亮, 若出金石, 儘間世之英也. 緣其南人之失時, 窮
縶華門下, 而遠近親舊, 知面與不知面者, 聞公之名, 皆曰:'宰相器局.'
而有時或作客, 則一座皆驚座, 古所謂陳驚座事近之, 而尺牘之寫, 亦
可見公之精神之發越, 至於常漢無識, 如聞栗里院長聲名, 則皆畏之,
而亦不禁其愛慕之心. 若使公做宰相得柄黜陟人, 則可見陶鑄一世,
而世不我與, 卒之大布皺繒裹其長身, 而徒使靑霞之氣, 隱隱於眉宇,

其亦可噫也已. 公嘗曰: "處世若大夢, 吾死後銘旌, 書以大夢齋, 而君寫之可也." 公別世後, 吾寫銘旌, 納之于壙中, 遵公遺言也.

74

余兒時, 觀光于三嘉縣. 去時, 隨栗里李學中參奉公同行同宿, 觀其行止動作, 則大異於凡人, 可識其學問中人也. 隨而入場, 雖衆人叢匝之中, 而端坐竢其題出. 俄而題出, 則義題卽書義敷責也. 題出於大誥中, 而觀光士皆不知其義, 請于掌試, 而改其題. 試官以奉承傳勿改題, 書示場中儒生, 而頓無改意. 俄而場中撓撓, 人皆起立, 百餘儒生作隊, 至懸題板下, 勵聲而請曰: "若不改題, 則吾等皆出去云云." 試官曰: "此題若有所嫌則當改, 而旣無所嫌, 又無所碍, 而汝等以出去之言, 恐動試官, 汝等必是不文之人, 其去其不去, 任意爲之." 方言詰之際, 見一兒形貌甚可憎, 當前而投石, 石入內場[153]逼近試官座下. 諸試官驚動不安之際, 數百諸人皆預爲袖石, 一時擲之, 石如雨下. 試官傷面血流, 舉場中皆洶洶, 不能禁止. 而李參奉所坐處, 近懸題板下, 吾亦隨而坐. 李參奉戒吾曰: "如此之時, 若不謹其行動, 則見辱必矣. 自家終日端坐, 一不回頭於衆人叢匝之時." 俄而試官傳令捉首唱之人, 軍官輩四出搜覓, 皆察其形色, 捉入內場, 而李參奉一接, 則軍官輩見其氣色之安閑, 皆拱手而過之. 其時吾若不依附於栗里接, 則必不免蹙踏之患. 是知人之學力, 雖在造次顚沛中, 而牢着脚跟, 不失定限, 今時那得復見其如此之人乎! 李參奉公孝友之行, 尚、咸士友皆必服, 而其定力之牢確, 而吾於此一事而知之.

---

153 內場: 저본에는 '內漁場'. '漁' 1자를 연문으로 보아 삭제.

余嘗聞三日浦永郎丹書之改書事【丹書六字爲千古異蹟, 刻之石上】, 歎曰: "高城三日浦, 卽關東八景之第一勝地, 願遊者皆欲一觀. 余之欲觀者, 非徒景之勝也, 以永郎丹書之在壁上也. 今觀魚叔權稗官記曰: '高城三日浦, 有水石之勝, 新羅時, 有花郎安詳、永郎之徒, 來遊三日不返, 故名焉. 浦口巖邊, 有丹書六字曰「永郎徒南石行」. 俗釋之曰: 「永郎者, 新羅四仙之一, 而南石者, 指此石也, 行者, 行于石也.」 客之到郡者, 必訪丹書, 有一郡守, 厭其煩費, 以石擊之, 使漫滅. 後有好事者, 再刻六字, 但字劃[154]不古, 可恨.' 噫! 永郎之事, 東史無徵, 吾不知眞得神仙之術, 而但其人古矣, 其書貴矣, 仍其書而想其人, 則可以挹仙眞於千載之下, 而爲太守者厭其費, 而漫其字, 使古人書迹浪抛於烏有, 一時之煩費雖除, 而後世之譏議難免, 若使其人傳其名於世, 則人必指點而唾罵之矣. 渠也之沒名而泛稱以太守者, 是亦渠之幸也. 好事之再刻, 猶勝於無, 而非古人之手跡, 使名區勝地, 頓失前日之韻, 其亦可慨也已. 三陟郡海邊樹眉叟先生東海碑銘, 文章典雅, 篆法蒼古, 衡山禹篆之後, 不可多得者. 此碑也, 非但寒山片石之可人語而已, 虯螭海若能衛此石, 波不浸蝕, 而後之異己者爲陟守, 使浦民曳而倒之. 是後海常多大風, 鼉波溢岸, 民不聊生, 不告其官, 更爲樹碑, 至今東海之人, 多言其異. 前之漫書者, 後之倒碑者, 其事同符, 而再刻改竪, 出於人心之自然, 是孰使之然哉? 偶閱稗記, 因書此以傳世人之冷齒."

---

154 劃: 저본에는 '學'. 『稗官雜記』에 근거하여 수정.

76

戊申之亂, 先君自開城任所東赴勤王, 路中有一女兒僵仆於地. 先君見之慘然, 以暆褓裏體, 飮之以米汁, 須臾得蘇, 遂令從卒抱持入城. 其兒乃牛峰李正郎之女, 而時年十一歲也. 正郎亂中擧家欲避地於城外, 而爲亂民所驅掠, 因失其嬌兒矣. 其兒長成, 後爲閔上舍百兼之妻, 丁巳余丁艱在茶山, 李氏遠致慰問, 而閔上舍遠來弔殯而去.

77

古人曰: "殷人明鬼, 故其弊儳." 余平生不爲明鬼之言, 近見申象村集, 其言河西金先生死後作詩事甚異. 其言近於誕, 而公已筆之於書, 故記之以資異聞. 西河公生有異質, 號爲神童. 釋褐登朝有大節, 乙巳之禍將作, 求補外除玉果縣監, 遂不仕終身. 公歿數年, 公之隣人名世億者病死, 一日絶而復甦, 因語其子曰: "氣絶之時, 有若爲人所押詣一大衙門, 館宇深邃, 吏卒騈闐, 世億趨蹌前進. 堂上坐一宰相見世億, 詢其來由, 呼而言曰: '今年非爾限也, 爾誤來耳. 我卽爾之隣居金某也.' 書一紙以授曰: '世億其名字大年, 排雲遙叫紫微仙. 七旬七後重相見, 歸去人間莫浪傳.'" 世億者不解文字而能傳也. 世億果七十七而死云.

78

余晩卜月塢, 塢在大江濱, 而號以月, 意月所被也, 塢之景爲益勝歟. 其北有竹園, 苞以萬竿, 而主者或斬伐之, 以益其貨焉. 余開門, 而竹影在吾目, 不效王子猷之逕造竹所, 而竹所在前, 看竹何須問其主人乎? 主者之貨之, 竹之厄也, 而貨者自貨也, 吾不知貨之也. 愛之者,

吾也, 曰吾目而看之也. 主人不問, 則亦何論其貨與不貨乎? 竹宜雪,
雪時著其潔也, 竹宜雨, 雨時增其濕也, 竹宜風, 風時蕭蕭若鳴也.
其或夜靜人寂, 月上於塢, 蒼然者滿吾庭耶, 祁然者入吾戶耶. 東坡
詩所謂"月落庭空影許長"者, 非此之謂也耶? 有時詠古人詩曰: "移得
琅玕近畫堂, 歲寒心事兩相當. 高枝直擬凌霄漢, 勁節還期傲雪霜.
夜靜携琴伴幽獨, 晝明移榻就清涼. 明時持汝朝天去, 吹向虞廷引鳳
凰." 昔孔子適衛, 有風動竹, 聞蕭瑟之聲, 欣然忘味, 三月不肉, 謂公
孫靑曰: "人不肉則瘠, 不竹則俗, 汝知之乎?" 竹之愛, 孔氏之後, 愛之
者不衰, 以其有凌霜後凋之節, 而爲君子人之庭實也.

79

古晉牧死節人金時敏, 卽堤川人也. 年二十餘, 勇力絶倫, 嘗過義林
池. 此池有怪物隱身於巖隙, 伺人過及畜物在堤上, 躍出而啖食之.
公則恃其力而放心而過之, 其物果潛伺而出堤, 卒然相迫. 公見之,
則如一巨牛, 頭面甚獰, 不能直視, 而倉卒之間, 回避不得, 與之相搏
角力半餉, 其物則力不減, 公則氣漸解, 幾不能支吾. 俄而天微雨, 雷
電倏起, 急聲轟轟, 其物驚動力解, 公遂搏而仆之, 拔所佩刀刺之, 須
臾其物死. 詳見則形狀奇怪, 非人世所有之物, 而額上班毛成羅君二
字. 公意新羅君死而化爲怪物也. 是後其害遂息, 人皆任意而過堤上,
若周處殺吳江蛟, 而吳人放心渡江也. 其後公登武科, 壬辰亂時倅晉
州, 倭人圍矗石, 公極力備禦, 公在時倭不能陷城. 一日公巡城, 看守
堞將吏勤懈, 至一曲港, 周覽未畢, 有小倭潛窺放丸而中公, 公遂死
於堞上, 倭之名則乃羅君也. 公死後, 城遂陷焉. 以佛家報應之說而
言, 則義林池之怪物羅君, 還生爲人於倭國, 而報其前日之讎也耶?

抑倭之名, 偶同於其前羅君耶? 公旣爲民除害, 則此物之死, 乃天所以假手於公也. 雖有其神, 而何敢更爲作孽之事乎. 是其名之偶同也, 而其事旣異, 故記之.

80

尙州儉湖, 湖之大者也, 自古有潛龍云. 一日咸昌使令伽倻秦爲名者過儉湖, 未到湖堤上, 倦甚坐道上. 有素服女來, 而亦坐道上, 語伽倻秦曰: "吾非人世人, 乃密陽龍堂所潛之白龍也. 吾之夫乃黃龍, 而作妾於儉湖, 其龍則靑色也而甚惡. 今日吾欲與之相戰, 以決死生, 而今遇汝, 實是天也. 汝坐堤邊某樹下, 待吾酣戰, 而靑龍一曲若出, 則汝持長鎌, 而斷其曲. 若不如我之指示, 則汝必有大禍. 須愼旃無負我言." 於其袖中出長鎌以授之, 引其漢坐樹下: "勿怖勿怖, 定心以待." 再三申申後, 素服女入水中. 俄而天地慘慘, 陰雲四塞, 雷電時復轟轟, 池水蕩瀁, 而大波浪湧. 黃白靑三色屈曲迭出. 厥漢雖聽其言, 自然心動, 魂不附體, 欹坐樹下, 手足戰掉. 欲避則大禍之言可畏, 不避則懼心如燉凝, 坐以待之, 暫爲開目, 則靑龍一曲迫近樹下, 厥漢卽欲下手, 而又黃龍一曲同出樹邊, 急遽間不能細分, 靑黃二色, 一鎌以掛, 而黃龍之曲已斷矣. 雨收雲歸, 而水爲之赤, 素服女自水中出曰: "咄咄, 這漢言之申申, 竟歸虛地, 事至於此, 無可奈何. 汝從我去龍堂, 則人亦有化龍之道, 此外更無他計, 須急急發程." 厥漢百計謀避, 而兩足已花塔矣, 若有物引之者, 日未暮, 已到龍堂, 遂携其手入水中. 是後頻見靈異, 土人作堂以祠之, 其神位題曰, 伽倻秦神位云.

81

菊圃姜公哭子詩曰: "千古虛傳續命絲, 孤墳三繞淚添衣. 流光冉冉
吾猶在, 此世茫茫汝不歸. 微雨常陰芳草暗, 杜鵑啼血晚花稀. 可憐
阡北山梨樹, 有鵲將雛已學飛." 余讀之, 流淚滿襟. 詩之感人如是.

82

今世詩人李祥發慰義興倅喪女詩曰: "雲嶺蒼茫極自高, 斷猿聲裏濕
青袍. 合將歲月供良藥, 須把情根試快刀. 仙界異花多自落, 大江春
浪幾回淘. 細推物理皆如許, 撥棄悲歡正是豪." 悲而不傷, 說得甚中.
凡遭逆境者, 以歲月爲良藥, 情根試快刀, 則可以勉勵而忘憂矣.

찾아보기

* 인명만을 정리했다.
* 본문에서 호(號), 자(字), 시호(諡號), 별칭 등만 사용된 경우, 이를 이름과 함께 ( ) 안에 표기했다.
* 국왕의 존호들은 ( ) 안에 국호를 적어 서로 구분했다.

지은이

성섭(成涉, 1718~1788)

본관은 창녕(昌寧), 자는 중응(仲應), 호는 교와(僑窩)이다. 성주(星州) 출신으로, 현령을 지낸 성기인(成起寅)의 아들이다. 조덕린(趙德鄰), 이광정(李光庭)에게 수학했다. 누차 과거에 도전했으나 실패하고 시작(詩作)과 산수유람에 몰두했다. 만년에 칠곡(漆谷) 월오(月塢)에 은둔하여 성리학에 잠심했다. 저술로『필원산어(筆苑散語)』,『교와문고(僑窩文稿)』가 있다. 영남 남인으로서의 뚜렷한 정체성과 폭넓은 독서에 바탕을 둔 독특한 시각으로 조선후기 남인 문단을 조명했다.

옮긴이

장유승(張裕昇) 단국대학교 동양학연구원 책임연구원
부유섭(夫裕燮) 한국고전번역원 연구원
백승호(白丞鎬) 한남대학교 국어국문창작학과 교수

시화총서 • 네 번째

필원산어

글밭에 흩어진 이야기

1판 1쇄 인쇄 2019년 10월 30일
1판 1쇄 발행 2019년 11월 15일

지 은 이 성섭
옮 긴 이 장유승 · 부유섭 · 백승호
펴 낸 이 신동렬
책임편집 현상철
편   집 신철호 · 구남희
마 케 팅 박정수 · 김지현

펴 낸 곳 성균관대학교 출판부
등   록 1975년 5월 21일 제1975-9호
주   소 03063 서울특별시 종로구 성균관로 25-2
전   화 02) 760-1253~4
팩   스 02) 762-7452
홈페이지 http://press.skku.edu

ⓒ 2019, 장유승 · 부유섭 · 백승호
ISBN 979-11-5550-346-1 93810

값 38,000원